길 잃은 자들이 떠도는 곳

WHERE THE LOST WANDER
Copyright ⓒ2020 by Amy Sutorius Harmon
All rights reserved.

Korean translation copyright ⓒ2023 by MIRAE JIHYANG
This edition is made possible under a license arrangement originating with Amazon Publishing,
www.apub.com, in collaboration with Eric Yang Agency

이 책의 한국어판 저작권은 EYA(Eric Yang Agency)를 통한
Amazon Publishing사와의 독점계약으로
도서출판 미래지향이 소유합니다.
저작권법에 의하여 한국 내에서 보호를 받는 저작물이므로
무단전재 및 복제를 금합니다.

길 잃은 자들이 떠도는 곳

에이미 하먼 지음
김진희 옮김

일러두기
주석은 옮긴이와 편집자주입니다.

실제 존 라우리의 직계 후손인 내 남편에게,
그리고 자신에 대한 책이 쓰일 거라 예언했었던
와샤키 추장에게 이 책을 바칩니다.

차례

프롤로그

1. 미주리 주 세인트조지프 • 19
2. 횡단 • 47
3. 빅블루 강 • 72
4. 콜레라 • 96
5. 플랫 강 • 120
6. 엘름 크리크 • 141
7. 북쪽 • 160
8. 모래 절벽 • 183
9. 래러미 요새 • 204
10. 인디펜던스 락 • 226
11. 스위트워터 강 • 246
12. 그린 강 • 268
13. 브리저 요새 • 291
14. 샛길 • 316
15. 쉽 락 • 335
16. 어디에도 • 356
17. 디어 로지 계곡 • 377
18. 대집회 • 398
19. 경주 • 414
20. 윈드 강 • 432
21. 가을 • 453
22. 겨울 • 471

에필로그

작가의 말

프롤로그

나오미

바퀴는 산산조각이 났다. 지난 5월 우리의 여정이 시작된 이래로 마차들 바퀴의 차축 하나가 사라지거나 외륜이 부러진 것이 이번이 처음은 아니었다. 하지만 목초지 없는 메마른 땅은 길게 이어지고 있었고, 이곳은 쉬어갈 만한 곳도 아니었다. 우리에게 선택지는 많지 않았다. 아빠와 워런 오빠는 몇 시간째 바퀴에 매달려 있었고, 빙엄 씨는 아빠와 오빠를 돕고 있었다. 윌과 웨브는 와이엇과 존이 오는지 지켜보기로 했다. 눈부시고 고요한 날이었다. 덥기까지 했다. 아이들은 검은색 바위와 꺼칠꺼칠한 샐비어 사이를 누비며 숨바꼭질을 하고 서로를 쫓으며 놀고 있었다. 나는 너무 지친 나머지 동생들을 야단치거나 다른 할 만한 것을 찾아 주지 못하고 그냥 내버려 두며 지켜보고만 있었다. 윌은 존이 준 활을 가지고 놀고 있었는데 알 수 없는 적을 향해 활을 조준했다. 윌의 화살이 공중을 가르고 날아가 우리 아래쪽에 있는 골짜기 속으로 사라졌다. 윌이 화살 몇 개를 더 날리더니 다른 바위 뒤로 몸을 휙 수그렸다. 웨브는 자기 차례를 간절히 바라며 충성스러운 새끼 강아지 마냥 윌을 수선스레 쫓아다니고 있었다.

햇빛은 지난 몇 주 동안 충분히 받았다. 이제 시원한 산들바람이 불어오거나 하얀 눈송이가 내 혓바닥 위로 조금 떨어진대도 괜찮을 것 같았다. 겨울과 마차 행렬이 어울리는 조합이 아니긴 하지만.

아기와 마차도 어울리는 조합은 아니었다. 그런데 남자들이 지금 우리 마차의 바퀴를 고치고 있는 동안, 호머 빙엄의 아내 엘시가 자기네 마차에서 아기를 낳으려고 안간힘을 쓰고 있다. 우리를 제외한 나머지 마차들은 샘터에 먼저 가서 기다리겠다는 약속을 남기고 모두 떠나 버렸다. 우리가 '그들의 바퀴 자국을 따라서' 딱 하루만 가면 나오는 곳이라고 했다. 지금 우리는 그들의 바퀴 자국으로부터 족히 1마일은 떨어진 곳에 있었다. 어젯밤 우리 마차들은 물과 풀을 찾아서 가던 길에서 방향을 틀었다. 그런데 그때 마침 아빠가 우리 마차의 바퀴를 고장 냈고, 엘시 빙엄이 더이상은 한 발자국도 못 가겠다고 말했던 것이다.

엘시는 걸어야 할 것이다. 오늘은 아니더라도 내일은 분명 걸어야 할 것이다. 우리에겐 올라야 할 또 다른 산등성이와 건너야 할 또 다른 강이 기다리고 있을 것이다. 엄마가 막내 울프를 낳았을 때도 그 다음 날부터 바로 걷기 시작했었다.

나는 여동생이기를 기도했었다. 정말로 간절히 기도했었다. 엄마에게는 이미 아들이 넷이나 있었고, 내가 영원히 엄마 곁에 있을 수는 없을 테니까. 나는 지금 스무 살이고, 이미 한번 결혼했다가 과부가 되었다. 그리고 나에게는 캘리포니아에 도착한 이후 나만의 계획이 있다. 엄마에게는 내가 없을 때 엄마를 도와줄 다른 딸이 필요했다. 그러나 내 기도는 씨도 먹히지 않았다. 하나님은 엄마에게 아들을 하나 더 주셨고 나에게는 남동생을 하나 더 주셨다. 그래도 내 실망은 그리 오래가지 않았다. 나는 삶과 숨을 붙들기 위해 꼬물거리며 빽빽 울어대는 아기 울프를 단번에 알아보았다. 울프는 나의 아이였다. 우리의 아이였다. 울프는 제 자리를 잘 찾아왔다.

"애가 너 어릴 때랑 꼭 닮았어, 나오미." 엄마가 소리쳤다. "어쩜, 네 아들이라고 해도 믿겠구나."

울프는 그 시작부터 나의 아들처럼 느껴졌다. 하지만 나에게는 돌봐야 할 남동생들이 너무 많았고 남편도 없었기 때문에 아기에 대해서는 깊이 생각해본 적이 없었다. 그런데 엄마는 몇 년째 꿈에서 내 아이들을 보았다고 말했다.

엄마는 생생한 꿈을 꾼다.

아빠는 엄마가 꾸는 꿈이 성경 속 요셉이 꾸는 꿈 같다고 했다. 이집트로 팔려간, 색동 외투를 입은 요셉. 아빠는 심지어 엄마에게 서부에 가서 입으라고 요셉의 외투같이 생긴 옷을 사주었다. 다채로운 색으로 염색된 양모를 한데 짜서 만든 것이었다. 엄마는 아빠를 나무라면서도 좋아했다.

날이 계속 더운데도 엄마는 아직 그 외투를 입고 있었다. 엄마의 몸은 따뜻해지지 않을 것 같았고, 아기 울프는 늘 배고파했다. 엄마는 엄마의 몸이 아기를 더 갖기에는 너무 늙고 지쳤다고 말했었다. 젖도 잘 나오지 않았다. 그런데 하나님의 생각은 달랐다. 하나님과 아빠의 생각은 달랐다. 나는 아빠에게 이제는 엄마를 건드리지 말고 내버려 둘 필요가 있다고 말했었다. 원래 그 말을 하려던 건 아니었는데 가끔은 생각하는 도중에 나도 모르게 말들이 입 밖으로 튀어나와 버렸다. 아빠는 아직 나를 용서하지 않았다. 그때 엄마는 나를 평소보다 더 크게 꾸짖었다.

"나오미 메이, 그 말은 저 남자가 날 내버려 두길 원할 때 나 스스로도 충분히 할 수 있어."

"알아요, 엄마. 엄마는 언제나 엄마의 생각을 있는 그대로 말하잖아요. 지금도 그렇고요."

그 말에 엄마는 웃을 수 밖에 없었다.

엄마가 가여운 엘시 빙엄에게 몸을 일으켜보라고 하는 소리가 들렸다. 나는 내 가죽 공책과 연필을 가방에 집어넣은 뒤 울프를 데리고 염소 거트를 찾으러 갔다. 울프의 우는 소리가 엘시를 더 힘들게 하고 있었고, 마차 안도 비좁았다. 거트는 지금 멍에 벗긴 황소들과 함께 풀을 뜯고 있다. 이쪽 지역에는 풀이 거의 없었는데 그나마 조금 있던 것들도 벌써 다 뜯어 먹힌 상태였다. 암석들 사이로 찔끔찔끔 흘러나오는 샘물이 우리에게 약간의 수분을 제공해주었고, 지금은 동물들이 무리 지어 그곳을 둘러싸고 있었다.

나는 거트의 젖꼭지를 비틀었다. 녀석은 얕은 물웅덩이에서 고개조차 들지 않았다. 나는 찍 나오는 따뜻한 젖을 손바닥에 받아 젖꼭지를 닦아낸 후 울프의 굶주린 큐피드 입술을 그 아래로 가져다 댔다. 내가 쭈그려 앉아 울프를 내 무릎 위에 눕히면 거트의 젖을 짜는 동시에 울프에게 젖을 먹일 수 있었다. 나는 그동안 이 일을 점점 더 잘하게 되었고, 거트 또한 이 일에 점차 익숙해져서 이제는 달아나지 않았다. 거트는 염소치고 성질이 순한 편이었다. 그동안 내가 보아온 다른 염소들, 모세가 황금 송아지를 망가뜨렸을 때 이스라엘 백성들이 그랬던 것처럼, 매애 하고 울어대는 다른 염소들과는 달랐다.

거트가 우는 소리를 냈다. 녀석의 울음소리 때문에 나는 잠시 혼란스러워졌다. 몸이 얼어붙었다. 그 울음소리가 다시 들려왔다. 그건 거트의 울음소리가 아니었다.

"엘시가 아기를 낳았나 봐." 내가 아기 울프에게 말했다. 그러자 울프가, 엄마 말로는 나중에 내 눈동자만큼 초록 빛깔을 띨 거라는 두 눈으로 나를 올려다보았다. "주님 감사합니다." 내가 나직이 말했다. 그러자 빙엄 씨가 내 말을 따라 했다.

"주님 감사합니다." 그가 우렁차게 외쳤다. 남자들이 바퀴를 뒤로 한 채 일어섰다. 아빠가 우우 낮은 함성을 지르며 빙엄 씨의 등을 두드렸다. 빙엄 씨에 대해, 그리고 가여운 엘시에 대해 안도하고 있는 것이었다. 그때 또 다른 누군가가 함성을 질렀는데, 나는 놀라지 않았다. 내 무릎 위에서 꿈틀거리는 아기, 그리고 이제 막 세상 밖으로 나온 아기에 대한 생각에 깊이 빠져 있었던 것이다. 아마도 웨브나 윌이 축하하며 내는 소리겠거니 생각했다. 그러나 그 생각과 동시에 나의 두 눈이 불안하게 흔들리며 그 생각은 폐기된다. 내 동생들은 저런 소리를 내지 않는다. 땅 울리는 소리가 나더니 가장 가까운 언덕 위에서 깃털 장식을 하고 손에 창을 든 원주민들이 말을 타고 우리를 향해 쏟아져 내려왔다. 그중 한 명은 자기 배에 파묻힌 화살을 붙잡고 있었는데 두 손이 피로 붉게 물들어 있었다. 나는 눈앞의 광경이 믿기지 않아 혹시 윌이 저 사람에게 화살을 잘못 쏜 게 아닐까 멍하니 생각했다.

거트가 달아나기 시작했다. 거트의 젖이 흘러나와 메마른 땅 위를 적시는 모습이 눈에 들어왔다. 황소들도 놀라 달아나고 있었다. 나는 그 자리에 얼어붙은 채로 원주민들이 아빠와 워런 오빠, 빙엄 씨를 습격하는 모습을 바라보았다. 다들 소매를 걷어 올리고 땀과 때로 절은 얼굴을 일그러뜨린 채 원주민들을 어리둥절 응시하고 있었다. 아빠는 비명 한 번 지르지 못하고 쓰러졌다. 워런 오빠는 두 팔을 뻗어 저항하며 비틀비틀 뒷걸음쳤다. 빙엄 씨는 두 팔을 이리저리 휘둘러보았지만 자신의 머리를 보호하지는 못했다. 빙엄 씨 얼굴로 휘둘러진 곤봉이 둔탁한 소리를 냈다. 그의 무릎이 꺾이고 덤불 우거진 땅으로 얼굴부터 고꾸라졌다.

나는 입을 벌리고 얼어붙은 채로 울프를 가슴 속으로 꽉 끌어안았다. 그때 내 앞으로 어느 원주민 전사 하나가 나타났다. 긴 머리에 상체는 맨몸이고 한 손에 곤봉이 들려 있었다. 나는 눈을 감고 귀를 막고 싶었다. 하지만 내 팔다리와 눈꺼풀 모두 얼어붙어 그 어느 것도 할 수 없었다. 그를 바라보는 것 외에는 아무것도 할 수 없었다. 그가 악을 쓰며 무슨 말을 하더니 곤봉을 들어 올렸다. 엄마가 내 이름을 외치는 소리가 들렸다. 나오미. 나 오 미. 하지만 그 마지막 음절에서 엄마의 목소리가 뚝 끊겨 버렸다.

나의 몸은 얼어붙었으나 나의 귀에서는 불이 났다. 고통과 승리의 비명 소리 하나하나가 내 머리 속에서 부드러운 북소리로 메아리쳐 울리고 또 울렸다. 그 전사가 나에게서 울프를 빼앗으려 했다. 내가 울프를 꽉 끌어안고 놓지 않게 한 것은 나의 힘이 아니라 나의 두려움이었다. 나는 그에게서 눈을 돌릴 수가 없었다. 그가 나에게 무언가를 말했지만 그 소리는 그저 횡설수설하는 소리로 들릴 뿐이었고, 나는 내 시선을 절대 떨어뜨리지 않았다. 그가 내 머리로 곤봉을 휘둘렀다. 나는 내 얼굴을 울프의 곱슬거리는 머리카락으로 돌렸다. 곤봉의 둔탁한 타격이 가해졌고 나는 기절했다.

시간은 빠르게 또 느리게 흘러갔다. 내 귀에서 내 숨소리가 들렸고, 내 가슴에 안긴 울프가 느껴졌다. 그런데 내가 내 몸 위로 떠오르고 있었다. 내 아래로 살육의 현장이 내려다보였다. 아빠와 워런 오빠 그리고 빙엄 씨. 배에 화살이 꽂힌 원주민도 죽어 있었다. 잔잔한 푸른 하늘에 색색의 화려한 깃털들이 나부끼고 있었다. 저건 윌의 화살이었다. 이제야 확실히 보였다. 하지만 윌과 웨브는 어디에도 보이지 않았다.

죽은 원주민이 자신의 말 위로 끌어올려졌다. 다른 원주민들의 얼굴은 친구를 잃었다는 분노로 일그러져 있었다. 그들은 우리 마차에서 아무것도 가져가지 않았다. 밀가루도, 설탕도, 베이컨도. 전쟁 속에서도 평상시만큼이나 온순한 황소들도 데려가지 않았다. 하지만 나머지 동물들을 데려갔다. 그리고 나를 데려갔다. 나와 아기 울프를 데리고 갔다.

그리고 그들이 마차를 불태웠다.

나는 더 높이 올라가려고 했다. 저 멀리, 엄마와 아빠와 워런 오빠가 나를 기다리고 있는 천국을 향해 더 높이 올라가려고 했다. 잠시 동안 옅은 섬망에 휩싸여 아무것도 인식하지 못했다.

그러나 나는 죽지 않았다. 나는 걷고 있었고 울프는 아직 내 품에 안겨 있었다. 나를 잡아당기는 어떤 아득한 힘이 공중에 떠 있는 나와 걷고 있는 나 사이의 간격을 좁혔다. 잡아당기는 힘은 점점 강해졌고, 나는 내 목에 묶여 있는 밧줄을 발견했다. 내가 휘청거리다가 몸을 똑바로 일으킬 때마다 줄이 팽팽해졌다가 풀렸다가 했다. 경직된 내 두 다리는 얼룩 조랑말 한 마리의 뒤를 따라서 걷고 있었다. 조랑말의 엉덩이 위에 있는 얼룩이 빙엄 씨 마차의 천막에서 스며 나오던 핏물처럼 보였다. 마차에는 피가 흥건했었다. 비명 소리가 난무했었다. 비명 소리, 비명 소리, 그러고는 아무 소리도 나지 않았다.

지금은 고요했다. 얼마나 오래 걸은 건지 알 수 없었다. 나는 이상한 무의식에 빠져 있었다. 보고 있는데 보이지 않았다. 알고 있는데 알지 못했다. 갑자기 욕지기가 치밀어 올랐다. 뱃속이 불시에 격렬하게 뒤집혔다. 나는 무릎을 꿇고 쓰러졌다. 몇 시간 전 아침으로 먹은 옥수수 죽이 수풀 위로 흩뿌려졌다. 구역질을 하며 몸을 수그리는데 기다란 풀들이 내 볼을 간질였다. 울프가 울음을 터뜨렸다. 내 목에 감긴 밧줄이 팽팽해지고 눈앞이 빙빙 돌았다. 어떤 손이 내 땋은 머리카락을 낚아챘다. 무릎 꿇고 있던 나는 위로 휙 일으켜졌다. 원주민들이 자기들끼리 칼을 휘두르며 말다툼을 하고 있었다. 울프가 악을 쓰며 자지러지게 울었다. 나는 울음소리를 죽이려고 울프의 얼굴을 내 가슴에 파묻었다. 그리고 토사물 묻은 내 볼을 아기의 볼에 갖다 대고 내 입술을 아기의 작은 귀로 가져갔다.

"조용. 울프야." 내가 말했다.

나는 내가 왜 아직도 살아있는지 알 수 없었다. 울프가 왜 아직도 살아있는 건지 알 수 없었다. 내 피부가 갑자기 곤두섰다. 칼날 하나가 내 눈썹에 닿았다. 나는 두 눈을 들어 가장 가까이에 있는 원주민을 쳐다보았다. 그가 무슨 말인가를 낮게 내뱉으며 자신의 칼 끝을 내 오른쪽 눈 아래에 갖다 댔다. 꼬집히는 느낌이 나는가 싶더니, 피가 볼을 따라 천천히 묵직하게 흘러내렸다. 그의 친구들이 야유했다. 시끄러운 야유 소리에 울프의 울음소리가 잠겼다. 나는 두 발로 벌떡 일어서서 도망가려 했다. 하지만 내 목에 감긴 밧줄이 나를 뒤로 휙 잡아당겼고, 나는 내 토사물 위로 넘어졌다.

칼로 나를 찌른 남자가 자신의 말 위로 올라탔다. 우리는 다시 이동하기 시작했다. 이제 공중에 떠올라 아래를 내려다보고 있는 것은 나의 두려움뿐이었다. 그리고 다행히도 나에게는 아무런 감각이 남아있지 않았다. 생각이 없었고, 고통도 없었다. 내 두 팔에는 동생이 안겨 있었다. 내 뒤로 우리 마차에서 피어나는 연기와 함께 내 삶이 하늘 위로 두둥실 떠올랐다.

1853년 5월

1

미주리 주 세인트조지프

존

그녀는 넓은 도로 한복판에 있는 볼록한 나무 물통 위에 걸터앉아 있었다. 노란 드레스를 입고 하얀 보닛을 쓴 한 송이 꽃이었다. 자신을 지나쳐가는 수많은 사람들을 가만히 쳐다보고 있었다. 사람들 모두 먼지와 불만에 휩싸여 분주히 어디론가 가고 있는데, 그녀는 허리를 꼿꼿이 세우고 두 손을 가만히 둔 채로 다소곳이 앉아 사람들을 쳐다보고 있었다. 마치 갈 곳이 없는 것처럼 보였다. 어쩌면 저 물통 안에 든 내용물을 지키라는 임무를 받은 건지도 몰랐다. 그런데 생각해보니 저 물통은 어제도 그제도 저 도로 위에 있었고, 나는 그 안이 비어 있다는 사실을 잘 알고 있었다.

나는 새 모자를 쓰고 새 부츠를 신고 있었다. 지금은 천 셔츠와 바지 한 보따리를 들고 안장 가방에 넣으러 가는 중이다. 커니 요새로 가는 동안 도움이 될 커피와 담배, 구슬과 함께 넣어갈 것이었다. 드레스의 발랄한 색깔 때문일까, 혹은 그녀의 여성스러운 모습 때문일까. 아니면 다른 사람들은 모두 바삐 움직이는 데 그녀 혼자 가만히 있어서였을까. 어쨌든 나는 흥미를 느끼고 멈춰 섰다. 그녀를 바라보며 한쪽 팔에 들고 있던 짐 꾸러미를 다른 팔로 옮겨 들었다.

잠시 후 그녀의 눈이 나에게 와 머물렀고, 나는 그녀의 눈을 피하지 않았다. 아버지는 빤히 쳐다보는 내 시선에 대해 늘 발끈하긴 했지만, 사실 내가 그렇게 물끄러미 쳐다보는 것은 건방져서도 오만해서도 아니었다. 내가 빤히 쳐다보는 것은, 내가 누구를 그리고 무엇을 상대해야 하는지를 정확하게 알 때 나 자신을 보호하는 것이 가장 쉽기 때문이었다.

내가 그녀와 계속 눈을 맞추고 있자 그녀는 놀란 듯했다. 그러더니 빙긋 웃었다. 나는 그녀의 예쁜 입과 나를 반기는 미소에 당황해 눈을 돌려 버렸다. 내가 방금 무슨 짓을 했는지를 깨닫고 민망해졌다. 나는 그녀 때문에 불안정해졌고, 마치 케틀(내가 키우는 매머드잭*)처럼 수줍어하고 있었다. 목이 화끈거리고 가슴이 조이는 느낌이었다. 그녀가 물통을 밀고 일어서더니 나를 향해 성큼성큼 걸어왔다. 나는 헛되다는 걸 알면서도 그녀의 움직이는 모습과 턱의 생김새가 마음에 든다고 생각하며 그녀를 바라보았다. 나는 그녀가 나를 지나쳐 갈 거라고 생각했다. 아름다운 여자들이 흔히 그러듯 의도적으로 무시하는 태도로 치마를 쌩 휘날리며, 속눈썹을 파닥거리며 나를 지나쳐 갈 거라고 기대했다. 그런데 그녀가 내 바로 앞에 멈춰 섰다. 그러고는 한 손을 앞으로 내밀었다. 그녀의 입은 여전히 웃고 있었고 두 눈은 여전히 나를 똑바로 응시하고 있었다. 그녀는 조금도 겁쟁이가 아니었다.

"안녕하세요. 나오미 메이라고 해요. 저희 아버지가 당신 아버지 존

---

* Mammoth jack, 매머드는 크기가 가장 큰 당나귀의 품종이고, 잭은 수탕나귀를 의미한다.

라우리 씨께 노새 두 마리를 사셨거든요. 혹시 당신과 아버지 두 분 다 존 라우리라고 불리시는 거예요? 저희 아버지가 그런 이야기를 하셨던 것 같아서요."

그녀의 손바닥은 얼룩덜룩했고 손가락 끝은 새카맣다. 손톱은 내 손톱만큼이나 짧았다. 지저분한 손이 그녀의 단정한 외모, 창백한 피부와 부조화했다. 내가 자신의 손가락들을 보고 있다는 사실을 눈치 챈 그녀가 약간 움찔했다. 내가 그 모습을 보았다는 사실이 기쁘지 않다는 듯 그녀가 아랫입술을 깨물었다. 그러면서도 손은 여전히 내밀고 있었다.

나는 그 손을 잡지 않았다. 그녀의 질문에도 대답하지 않았다. 그 대신 아무것도 들지 않은 손으로 모자를 살짝 들어 올리면서 그녀에게 손대지 않고 인사했다. "아가씨."

그녀의 미소는 흔들리지 않았지만 내밀었던 손은 도로 내려갔다. 그녀의 눈은 놀랍도록 선명한 초록빛을 띠고 있었다. 그녀의 볼 위에 갈색 주근깨들이 흩어져 있었고, 코 위에도 톡톡 뿌려져 있었다. 곧고 모양이 예쁜 코였다. 코 뿐만 아니라 그녀의 모든 부분이 예쁘게 생겼다. 나는 문득 손가락 하나를 내 콧등을 따라서 두 눈 사이의 굴곡까지 미끄러뜨려 보고 싶어졌다. 그러고는 나 자신과 이 호리호리한 백인 여자를 어떤 식으로든 비교하고 있다는 사실을 깨닫고 스스로가 바보처럼 느껴졌다.

우리는 말없이 서로를 쳐다보았다. 그러다 나는 문득 그녀가 나에게 무슨 질문을 했었는지, 무슨 말을 했었는지 기억나지 않는다는 사실을 깨달았다. 내가 누구인지조차 알 수 없는 상태가 되어 버렸다.

"라우리 씨 맞죠?" 마치 내 생각을 읽기라도 한 것처럼 그녀가 망설이며 조심스레 말했다. 나는 그녀가 자기 질문을 반복하고 있다는 사실을 깨달았다.

"어, 네, 아가씨."

나는 모자를 다시 살짝 들어 올려 보인 뒤 실례합니다, 하고는 그녀를 지나쳐 멀리 걸어가 버렸다.

나는 혼자 조용히 욕을 중얼거렸지만 날카로운 모서리는 가까스로 삼켜내고 가던 길을 계속 갔다. 나는 남자다. 예쁜 여자를 보면 눈이 가는. 그것은 부끄러워할 일도 아니었다. 하지만 그녀는 예쁘기만 한 것이 아니었다. 나의 관심을 끌었다. 나는 뒤돌아서 그녀를 쳐다보고 싶었다.

세인트조지프는 오늘 무척 북적거리고 있다. 봄이었다. 그리고 서부로 가는 이주민 마차들은 여정의 채비에 한창이다. 아버지가 작년 봄 내내 팔았던 노새보다 지난 2주 동안 판 노새의 수가 더 많았다. 사람들은 라우리 노새를 구입하길 원했지만 우리에게 있던 노새들은 이미 다 팔리고 없었다. 우리는 지금 우리가 팔고 있는 동물들(급하게 구해오긴 했으나 우리가 직접 길들이지는 못한 노새들)이 일을 잘할 거라고 보장하지 못했다. 대신 아버지는 그것들은 라우리 노새는 아니라고 재빠르게 사람들에게 말하면서 더 적은 값을 받고 팔았다. 나는 아버지가 그녀의 아버지에게 판 것이 라우리 노새들인지, 다른 사람에게서 데려온 길들이지 않은 노새들인지 궁금해졌다. 그녀는 내가 누구인지 알고 있었지만, 나는 그녀를 처음 보았다. 하지만 나는 그녀를 기억할 것이었다.

내가 그녀를 돌아보았다. 나도 어쩔 수가 없었다. 그녀가 나를 쳐다보고 있었다. 보닛으로 감싼 머리는 옆으로 살짝 기울어져 있었고, 두 손은 몸 앞에서 맞잡은 채 빛바랜 노란색 원피스의 치마 위에 놓여 있었다. 그녀가 다시 웃어 보였다. 내 무시에 화도 나지 않는 모양이었다. 하긴 왜 화가 나겠는가? 딱 보기에도 내가 자신에게 관심이 있는 것처럼 보였을 텐데. 내가 바보 같았다.

그녀는 아직도 길 바깥쪽으로 이동하지 않고 있었다. 사람들이 분주하게 그녀를 지나쳐갔다. 마차와 말들이 지나가고 있었다. 남자들은 밀가루 포대를 들어 올리고 있었고, 여자들은 어린아이들을 통솔하고 있었다. 그녀가 내 이름을 알고 있다는 사실이 신경 쓰였다. 어릴 때부터 존 라우리라고 불리고 있었으면서도 말이다. 아버지는 나의 존재를 민망해 하면서도 내 이름은 아버지의 이름 존 라우리를 따서 지어주었다. 아버지는 어쩌면 나를 민망해 한 것이 아니라 스스로를 부끄러워한 건지도 몰랐다. 나도 확실한 건 잘 모른다. 아버지의 아내 제니는 나와 아버지 둘 모두에게 내가 누구인지를 일깨우기 위해 언제나 나를 존 라우리라고 불렀다. 존이나 조니라고 부르지 않고, 꼭 존 라우리라고 불렀다. 나의 어머니 부족의 원주민들은 나를 '두 발'이라고 불렀다. 한쪽 발은 백인의 발, 다른 쪽 발은 포니 족의 발이라는 뜻이었지만, 그렇다고 내가 딱 절반으로 쪼개지는 것은 아니었고, 그 두 세계 모두에 걸쳐 있었다. 나는 양쪽 세계 모두에게서 낯선 사람일 뿐이었다.

어머니가 분노에 휩싸여 내 머리카락을 미친 듯이 잡아당겼다. 어머니의 매서운 손길에 나는 깜짝 놀라 비명을 질렀다. 어머니가 무릎을 꿇더니 머리를 바닥으로 조아렸다. 양 갈래로 땋은 머리카락 사이의 단정한 선이 바닥을 가리키고 있었다. 나는 엄마에게 내가 아직 여기에 있다는 사실을 상기시키기 위해 그것에, 그 선에 손을 가져다 댔다. 그러자 마치 나의 손길 때문에 고통을 느끼기라도 한 듯 어머니가

미주리 주 세인트조지프 23

통곡하기 시작했다.

"존 라우리." 어머니가 말했다. 자신의 말을 강조하기 위해 어머니의 두 손바닥이 바닥을 세차게 때렸다.

백인 여자가 자신의 앞치마를 그러쥐었다. 남자는 불 앞에서 아무 말이 없었다.

"존 라우리. 아들. 존 라우리." 어머니가 계속 말했다. 나는 어머니가 무슨 말을 하고 싶은 것인지 알 수 없었다. 나도 백인의 언어를 조금 알기는 했다. 어머니가 백인의 집으로, 백인의 농장으로 일하러 갈 때 나를 데리고 다녔기 때문이다.

"아들 여기 산다." 어머니가 단호한 목소리로 요구했다.

"마리." 숨이 턱 막혀 말도 제대로 하지 못하고 있는 백인 여자가 내 어머니에게 손을 뻗었다. 나는 다른 사람들이 내 어머니를 마리라고 부르는 걸 들은 적이 있었다.

어머니가 고개를 흔들며 자신의 포니 족 이름을 끙끙거리며 말했다. 어머니가 다시 일어서면서 나에게 손을 뻗었다. 그러더니 마을 아이들이 나에게 하듯이 내 머리카락을 다시 잡아당겼다. 나는 곱슬머리였고, 포니 족처럼 보이지 않았다. 나는 그 사실이 싫었다. 하지만 어머니는 예전에는 단 한 번도 나를 이런 식으로 아프게 한 적이 없었다.

"백인 아이." 어머니가 말했다. "존 라우리 아들." 어머니가 나의 아버지를 손가락으로 가리켜 보였다. "아들."

나는 그 기억을 떨쳐냈다. 그러고는 그녀가 아직 길 한복판에 있는지 보기 위해 뒤돌아보지 않고 아버지 가게의 문을 열었다. 아버지의 가게에서는 마구 용품을 판매하고 있었고, 가게 뒤쪽에서는 노새를 팔았다. 가게 뒤쪽에는 울타리가 쳐져 있었고, 그 뒤쪽으로는 마구간들이 있었다. 제니의 이 층 판잣집은 그 뒤쪽 거리에 자리하고 있었다. 그는, 나의 아버지는, 수탕나귀 한 마리와 암말 두 마리, 세 아이, 그리고 이사 가고 싶어 하지 않던 아내를 데리고 빈털터리로 이곳 세인트조*에 와서 자리를 잘 잡았다.

제니는 나를 돌려보낼 수도 있었다. 나의 어머니를 돌려보낼 수도 있었다. 하지만 돌려보내지 않았다. 나를 원하는 사람은 아무도 없었다. 나의 어머니 쪽 사람들도, 나의 아버지 쪽 사람들도 나를 원하지 않았다. 하지만 제니의 집에서 나는 미움 받지 않았고, 다치지 않았고, 오랫동안 배곯아 본 적이 없었다. 제니는 우리를 잘 보살폈고, 아버지를 잘 보살폈다. 가정을 잘 꾸려나갔고, 매일 식탁 위에 저녁 식사를 차렸다. 내 생각에는 아버지 또한 먹을 것과 쉴 곳과 근면함을 제공하면서 제니를 보살피는 것 같았다. 아버지는 그와 똑같은 방식으로 노새와 암말도 보살폈다. 솔직히 말하면 아버지는 노새와 암말을 더 좋아하긴 했다.

아버지는 단 한 번도 폭력적으로 행동한 적이 없었다. 단 한 번도 나에게 혹은 자신의 가족에게 손을 올린 적이 없었다. 하지만 아버지는 무뚝뚝하고 말수가 적은 사람이었다. 나는 예전에는 아버지를 무서워했었다. 아버지가 있을 때면 아버지로부터 멀리 떨어져 있기 위해 늘 아버지를 주시했었다.

아버지는 지금 가게에 혼자 있다. 드문 일이었다. 보통 아버지는 가게 뒤편에서 동물들과 함께 있었다. 평소에는 리로이 퍼킨스가 가게 안에서 장비들을 판매했고, 아버지와 나는 가게 밖에서 노새를 돌보

---

* 세인트조지프.

고 판매했다. 내가 떠나있는 동안 아버지는 사람 하나를 더 고용해야 할 것이다. 나는 이 가게가 그리울 것이다.

울타리 안에서는 혼돈의 냄새가 났다. 먼지와 똥 냄새에 휘감긴 땀 냄새와 말 냄새. 가게 안에서는 질서의 냄새가 났다. 가죽과 기름과 쇠의 냄새. 나는 깨끗한 무균의 냄새를 깊이 들이마셔 내 가슴 속에 머금었다. 그런 뒤 날숨과 함께 질문을 쏟아 냈다. "혹시 메이라는 아저씨에게 노새 파셨어요?"

아버지가 고개를 들고 나를 쳐다봤다. 눈빛이 멍했다. 나는 그 표정을 알고 있었다. 생각을 할 때 나오는 표정이었다. 아버지의 눈은 푸른 빛을 띠었고 양 볼은 불그스레했다. 내가 어렸을 때는 아버지가 참 거대해 보였다. 지금은 나도 아버지만큼 컸고, 내 몸은 아버지의 몸과 닮아 있었다. 나는 키가 컸고, 몸은 어깨에서 떡 벌어졌다가 엉덩이로 내려가며 폭이 좁아졌다. 그리고 긴 다리와 큰 발, 강인한 손을 갖고 있었다. 아버지의 차가운 눈빛이나 지푸라기 색깔의(지금은 흰색이 된) 머리카락은 나에게 없었다. 하지만 나의 움직이는 모습이 아버지와 닮아 있었다. 나의 걷는 모양새는 물론, 가만히 서 있는 모습조차 아버지와 똑같았다. 아버지의 모습을 보고 배운 것이거나, 아니면 애초에 그렇게 타고난 것 같았다. 나는 이제 아버지가 무섭지 않았다. 단지 아버지의 그늘에 싫증을 느낄 뿐이었다.

"딸이랑 같이 온 것 같던데요?" 나는 이렇게 말하고는 내 얼굴에서 표정을 가능한 한 완전히 지워냈다. 그런다고 아버지가 속을 거라고 생각하지는 않았다.

기억이 떠오르는 듯 아버지의 표정이 편안해졌다. "윌리엄 메이. 온 가족을 다 데려왔더구나. 애들이 무척 많았다. 다 자란 애들도 있고,

어린 애들도 있고. 아내는 보아하니 임신 중인 것 같던데."

나는 아무 말도 하지 않았다. 내 머릿속은 나오미 메이에게 완전히 빠져 있었다. 그녀의 노란 원피스와 초록빛 눈동자 그리고 예쁘장한 코 위에 톡톡 뿌려져 있던 주근깨들.

"왜?" 아버지가 짧게 묻고는 마치 안 좋은 소식이라도 듣게 될 것처럼 기다렸다.

"괜찮은 녀석들이었어요?" 내가 물었다.

"우리 노새는 아니었다. 하지만 서로 잘 맞는 놈들이었다. 얌전하고 사람들과 마차에 익숙한 놈들이었지. 그 남자에게 마차를 끌 황소들이 있더구나. 노새는 예비용으로 데려가고 싶어 했어. 아마 대부분은 사람을 태우거나 짐을 나르는 데 쓰일 거다."

나는 만족해하며 고개를 한 번 끄덕였다.

"이제야 그 사람 딸이 기억나네. 밝은 색깔 눈동자였지. 질문이 참 많더구나." 아버지가 나의 눈을 올려다보았다. "예쁘고."

나는 감정을 숨기고 끙 앓는 소리를 냈다. 아버지와 나는 여자 이야기나 다른 시시콜콜한 이야기를 나누는 사이가 아니었다. 우리는 노새 이야기를 나누었고 그것이 전부였다. 아버지가 능동적으로 내놓은 의견에 나는 놀랐다.

"그 가족이 애벗 일행과 계약을 했어. 그러니까 정 걱정이 되면 가는 동안에 계속 지켜볼 수 있을 게다…… 그…… 노새들 말이다." 아버지가 말했다.

나는 내 반응을 억누르며 고개를 끄덕였다. 그랜트 애벗은 제니의 오빠였다. 자신은 산 사나이라며 우쭐대는데, 사실 덫을 놓으며 긴 시간을 보내 본 적도 없는 사람이었다. 1949년 캘리포니아 골드러시에 동참했었지만 일확천금을 움켜쥐는 데는 실패했다. 지금껏 오리건 준주까지 세 번 왕복했고, 이제는 모피 판매나 사금 채취보다 서부 이주 호황에 뛰어드는 것이 더 큰 돈을 버는 길이라고 결정 내린 모양이었다. 덧붙이자면 그는 한시도 가만히 있지 못하는 성질이었다. 그가 나에게 커니 요새까지 같이 가자고 설득했다. 그래서 나는 그동안 노새들을 몰고 플랫 강 바로 아래에 있는 커니 요새까지 다섯 번을 왕복했다. 나는 그곳에 갈 때마다 그곳에서 멈추지 않고 서쪽으로 계속 더 가 보는 건 어떨까 생각했었다. 그러면서도 결국에는 매번 세인트조의 아버지 집으로 되돌아왔었다.

커니 요새에 노새를 공급하러 마차 행렬과 함께 가게 되면 노새들을 관리할 사람을 더 고용하지 않아도 되었고, 그랜트 애벗이 나에게 필요할 때 도와달라며 돈도 줄 것이었다. 그가 이동하는 동안 노새 몇 마리를 자기 마음대로 쓰는 것도 그다지 큰 문제는 되지 않았다. 일행의 수가 많으면 나는 안전과 지원을 제공받을 수 있었다. 물론 이동하는 속도가 현저히 느려지긴 하지만. 그래도 그동안 한 번도 문제를 겪은 적은 없었다. 나는 동물들을 잘 다루었고, 혼자서도 잘 지냈으며, 일도 성실하게 해냈다. 나는 그저 노새 모는 사람일 뿐이었고, 내가 조금 다르게 생겼다고 해서 그걸로 딴지를 거는 사람도 없었다. 딱 한 번, 이동하는 동안 단 한 번도 씻지 않던 어떤 남자에게 "더러운 인디언" 소리를 들은 적이 있긴 했다. 그 남자는 그로부터 이틀 뒤에 콜레라로 죽어 버렸다. 너무 게으른 나머지 깨끗한 물을 찾아 상류로 이동하지 않았던 것이다.

"준비는 다 됐고?" 아버지가 물었다. 아버지는 내가 준비를 다 끝냈다는 걸 알고 있었다. 뎀프시 대위가 요청한 노새들은 팔리지 않도록 따로 분류해 두었다. 먹이도 주고 모든 채비가 끝난 상태였고, 노새에 실을 짐 꾸러미들도 긴 여정을 위한 준비가 끝나 있었다.

나는 꾸러미들을 들어 올렸다. "이것들만 집어넣으면 돼요. 셔츠랑 바지들이요. 물물교환하기에 좋잖아요."

"사슴 가죽보다야 천이 교환하기 훨씬 수월하지." 아버지가 말했다. 아버지는 오늘 평소보다 말을 더 많이 하고 있었다. 나는 이것을 어떻게 받아들여야 할지 알 수 없었다. "제니가 너 머리 자르게 집으로 보내 달라고 하더라." 아버지가 덧붙였다.

"지금 바로 갈게요." 내가 순순히 말했다. 제니는 그런 것들에 신경을 썼다. 나는 머리가 길면 라우리 가 사람보다는 포니 족 사람처럼 보였고, 그 모습이 사람들을 긴장하게 만들었다. 나는 열 살 즈음부터 머리카락을 짧게 잘라 관리해왔다. 내가 처음 아버지와 함께 살게 되었을 때 제니는 내 엉킨 머리카락들을 풀기 위해 최선을 다했지만 결국 모두 잘라버릴 수밖에 없었다. 그 곱슬머리가 다시는 돌아오지 않았다. 나는 따라갈 수 없었던 나의 어머니를 그 곱슬머리가 따라간 것이라고 오랫동안 생각해왔다.

제니는 자신을 어머니라 부르라고 했지만, 나는 그럴 수 없었다. 물론 그 호칭을 원하는 것이 제니의 자존심 때문이 아니라는 것은 나도 알고 있었다. 수치심도 아니었다. 그저 사람들이 내가 그의 아들이므로 그녀의 아들이라고 생각하는 것이 우리 모두에게 편하기 때문이었다. 제니의 요구는 타당한 것이었다. 제니의 머리카락은 짙은 갈색이었고 눈동자도 그와 같은 색이었다. 내 머리카락과 눈동자 색깔이 그녀의 것보다 훨씬 더 어둡긴 했지만 세인트조 사람들은 내가 아버지보다는 어머니를 더 많이 닮았다고 생각했다. 그렇게 추정하거나, 아니면 아무것도 묻지 않았다. 내 이복 여동생들은 아버지의 파란색 눈을 가지고 있었고, 머리카락 색깔은 제니의 머리보다 조금 더 밝은 빛깔을 띠었다. 나는 주변에 사람이 없을 때는 제니를 그녀의 이름으로 불렀다. 주변에 사람이 있으면 그냥 부인이라고 부르거나 아무런 호칭도 사용하지 않았다. 제니를 어머니라고 부르게 되면 그 머리숱 많고 비뚤어진 미소를 가지고 있었던 포니 족 여인을 부정하는 것이 되어버리므로.

어머니가 나에게 기다리라 하고는 뒤돌아서 걸어가기 시작했다.

나는 다급히 어머니를 쫓아갔다. 어머니가 단호한 표정과 확고한 두 팔로 나를 밀어냈다. 매서운 눈빛으로 아래턱을 쭉 내밀며 겁을 주는 얼굴을 해 보였다. 나는 그 표정을 예전에도 여러 번 본 적이 있었다. 그래서 어머니가 양보하지 않을 거라는 사실을 알고 있었다. 하지만 상관없었다. 나는 어머니 옆에서 꼼짝하지 않았다. 어머니가 그 집에서 우리를 따라 나온 남자에게 되돌아 걸어갔다. 어머니가 한 손으로 내 엉킨 머리를 붙잡고 흔들었다. 어머니가 그 남자를 가리켜 보였다. 그리고 나를 가리켜 보였다. 어머니는 다시 뒤돌아 걸어가려고 했다. 내가 다시 어머니를 쫓아가자 어머니가 그 자리에 주저앉았다. 양반다리를 하고 앉아서 두 손을 무릎 위에 올리고 정면을 바라보았다. 나도 어머니 옆에 자리를 잡고 앉았다. 우리는 밤새 그렇게 앉아 있었다.

어머니는 내가 옆에 없는 것처럼 행동했다. 어머니는 아팠다. 어머니의 숨소리에서 끓는 소리가 났다. 어머니의 살을 만지면 불에 타는 듯 뜨거웠지만 어머니는 내색하지 않았다. 그 남자가 우리 둘 모두에게 손짓을 했는데 어머니는 움직이는 것도, 그 백인 남자를 따라 집 안으로 들어가는 것도 거부했다. 그러자 남자가 우리에게 이불을 가져다주었다. 아침에 일어나자 어머니와 나 모두 하늘 아래에서 몸을 쭉 펴고 누워있었다. 하지만 어머니의 눈동자는 움직이지 않았고, 몸은 차갑게 식어 있었다.

백인 남자가 어머니를 어디론가 데려갔다. 그리고 남자의 아내가 나를 작은 집 안으로 데리고 들어갔다. 나는 텅 비어 있었다. 뱃속도, 마음도, 눈도. 나는 텅 비어 있었기에 울지 않았다. 꿈을 꾸고 있다는 확신이 들었다. 가느다랗게 땋은 양 갈래 머리를 어깨까지 늘어뜨린 여자아이 둘이 나를 물끄러미 쳐다봤다. 아이들은 작았다. 나보다 작았고, 아이들의 눈은 내 어머니를 데리고 간 백인 남자의 눈처럼 푸른 색이었다. 백인 여자의 눈과 머리카락은 나처럼 어두운 색이었다. 하지만 피부는 보름달처럼 밝았고 양 볼은 분홍빛을 띠었다. 나는 푸른 눈동자의 아이들 대신 그 여자를 쳐다보았다. 그리고 내가 이 꿈에서 깨기 전에 나에게 먹을 것을 주면 좋겠다고 생각했다. 나는 텅 비어 있었다.

"저 애는 인디언이에요, 엄마?" 여자아이 하나가 백인 여자에게 물었다.

"가족이 없는 아이란다, 사라."

"우리가 저 애의 가족이 되나요?" 둘 중 작은 아이는 치아 두 개가 빠져 있었다. 말을 할 때마다 바람 빠지는 소리가 났다. 하지만 나는 아이가 하는 말을 충분히 알아들을 수 있었다. 나는 백인 아이들 주변에서 많은 시간을 보냈다.

"이름이 뭐예요?" 이 빠진 아이가 물었다.

"저 아이 이름은 존 라우리야, 해티." 백인 여자가 대답했다.

"그건 인디언 이름이 아닌데요." 사라가 코를 찡그렸다. "그건 아빠 이름이잖아요."

"맞아. 음. 저 아이는 아빠의 아들이란다." 백인 여자가 다정한 목소리로 대답했다. 나는 울기 시작했다. 내가 악을 쓰며 서럽게 울자 여자의 두 딸이 손으로 양쪽 귀를 막았다. 작은 아이가 나를 따라 울기 시작했다. 나는 더이상 텅 비어 있지 않았다. 나는 공포와 눈물로 가득 차 있었다. 그것들이 내 입과 눈에서 흘러나오고 있었다.

"이번에 돌아올 거냐, 존?" 아버지가 물었다. 아버지의 두 눈은 자신의 앞에 있는 거래 장부를 향하고 있었지만 손은 연필을 쥐고 움직이지 않고 있었다. 나는 무슨 말인지 이해가 되지 않았다.

"한 시간쯤 걸릴 거예요. 리로이는 어디 있어요? 제가 여기로 다시 왔으면 하시는 거예요?"

"아니. 지금이 아니고. 그 얘기가 아니다. 세인트조로 다시…… 돌아올 거냐?"

그 말이 마치 내가 돌아오지 않기를 바라고 있는 것처럼 들려 순간 내 몸이 굳어져 버렸다. 하지만 아버지가 그 흐릿한 눈을 들어 나를 올려다보았을 때 나는 그 눈 속에서 아버지의 긴장을 보았다. 수면 위에 비친 태양처럼 반짝이고 있었다. 아버지의 얼굴에는 별다른 표정이 없었고 목소리는 차분했다. 하지만 두 눈만큼은 복잡한 감정을 숨길 수 없었고 나는 어리둥절해지고 말았다.

"제가 왜 안 돌아오겠어요?" 내가 말했다.

아버지는 그걸로 답이 됐다는 듯이 고개를 한번 끄덕였고, 나는 그 이상한 대화가 끝났다고 확신했다. 그래서 가게 밖으로 나가려고 다시 뒤돌아섰다. 그런데 아버지가 다시 이야기했다.

"나는 이해할 거다……. 네가 돌아오지 않는다 해도 말이다. 저기에 엄청나게 넓은 세상이 펼쳐져 있다." 아버지가 한 손을 약간 들어 올리더니 세인트조지프를 흐르는 드넓은 미주리 강의 서쪽을 가리켜 보였다. "커니 요새 근처에 포니 족 마을이 있다고 하더구나."

"아버지는 제가 거기에 가서 포니 족이랑 살았으면 하시는 거예요?" 내 목소리는 너무도 건조해서 그 기저에 흐르는 촉촉함은 보여 주지 못하고 있었다. "제가 속한 곳이 거기라고 생각하시는 거예요?"

아버지의 어깨가 약간 처졌다. "아니, 그걸 원한다는 게 아니다."

나는 의심스럽다는 듯이 웃음을 터뜨렸다. 내가 버릇없어 보일 거라 생각하지는 않았다. 나는 아버지와 살면서 그동안 크게 힘들었던 적이 없었기 때문에, 아버지를 몰아세우거나 아버지에게 상처를 줄 이유가 없었다. 하지만 나는 놀랐고, 그 놀라움 안에 고통도 있다는 것을 발견했다.

어머니가 돌아가신 후 나는 할머니를 만나러 가끔씩 포니 족 마을로 몰래 도망가곤 했었다. 하지만 포니 족 주민들은 나를 좋아하지 않았다. 그들은 내가 무언가를 가지고 오기를 바랐다. 그들은 굶주려 있었다. 그들에게 환영받고 싶은 마음에 한번은 제니의 밀가루와 설탕을 모두 싸 들고 간 적이 있었다. 아버지는 그것들을 또 가져올 수 있었고, 포니 족에게는 그런 것들이 너무나도 부족했다. 제니는 회초리로 내 엉덩이를 때렸다. 제니의 뺨 위로 눈물이 흘러내렸다. 해티와 사라가 창문으로 지켜보고 있었다. 제니는 나를 그렇게 때리지 않으면 내가 또 그런 짓을 할 거라고 말했다.

나는 회초리질을 당해 놓고도 그 짓을 또 했다. 아버지는 늘 밀가루와 설탕을 다시 가지고 왔다. 물론 가져오는 데는 어느 정도 시간이 걸렸고, 그래서 몇 주간 우리 식탁에 빵이 없을 때도 있었다.

그로부터 얼마 지나지 않아 우리는 세인트조지프로 이사를 했다.

아버지는 가진 모든 것을 팔아서 번식을 위한 우수한 품종의 수탕나귀 한 마리를 구입했다. 미주리 주에서 세인트조지프보다 남쪽에 위치한 인디펜던스에서는 이미 많은 노새 교배업자와 노새몰이꾼들이 성업 중에 있었다. 세인트조지프는 인디펜던스보다 작긴 했지만 오리건 준주로 가는 출발 지점으로서 완벽한 위치를 점하고 있었다. 아버지는 제니에게 서부에 대한 사람들의 새로운 열망이 들끓고 있는 시점인 만큼 우리가 노새로 돈을 벌 수 있을 거라고 말했다. 그리고 자신은 결코 훌륭한 농부가 되지 못할 거라고도 말했다. 아버지의 말이 맞았다. 아버지는 노새꾼이었다. 아버지는 우수한 품종의 노새들을 번식시켰을 뿐만 아니라 노새를 잘 이해했다. 노새도 아버지를 이해했다. 노새 사업 시작 후 5년도 채 되지 않아 아버지는 미주리 강을 따라 자리한 레번워스 요새와 커니 주둔지에 있는 군인들에게 그들이 필요로 하는 짐 노새들을 공급하기 시작했다. 커니 주둔지가 플랫 강 바로 아래 네브래스카 주의 미개척지로 옮겨갈 때도 내가 라우리 노새 열댓 마리를 몰고 200마일에 이르는 대초원을 따라서 군 수송품 행렬에 동행했었다. 그 일을 지난 5년간 봄마다 했었다. 그리고 내일 다시 출발할 예정이었다.

"그녀를 사랑했었다." 아버지가 다른 사람 같은 목소리로 말했다.

"뭐라고요?"

"그녀를 사랑했었다." 아버지가 반복해서 말했다. 아버지는 이제 연필은 내려놓은 채 두 손을 장부 위에 쫙 벌리고 있었다. 마치 균형을 잡으려고 안간힘을 쓰는 깜짝 놀란 고양이처럼. 나는 아버지가 아픈 거라고…… 아니면 술에 취한 거라고 생각했다. 물론 그 어느 쪽으로도 보이지는 않았지만.

"누구를요?" 나는 문으로 손을 뻗으면서 문득 그게 누구인지 알면서도 물었다.

그때 아버지의 두 눈에는 힘이 들어갔고 입은 굳게 다물고 있었다. 아무래도 내가 아버지를 비웃는다고 생각한 것 같았다. 하지만 나는 지금 너무도 혼란스러워서 아버지를 비웃을 수 있는 상태가 아니었다.

"마리." 아버지가 대답했다.

"지금 아버지 혼자 되뇌시는 거예요?" 내 입에서 그 말이 불쑥 튀어나왔다. 나는 다시 한번 내 감정에 놀라고 말았다. 내 목소리는 꼭 화가 난 것처럼 들렸다. 아버지는 나에게 인디언 어머니에 대한 이야기를 한 적이 없었다. 단 한 번도 없었다. 아버지가 지금 저러는 이유가 무엇인지 알 수 없었다.

"네가 나를 나쁜 사람이라 생각한다는 거 나도 안다. 나쁜 놈 맞아. 하지만 나는…… 네가 생각하는 모든 것들에까지 죄책감을 느끼지는 않는다." 아버지가 대답했다.

"그 얘기를 저에게 왜 하시는 거예요?" 내가 나직이 내뱉었다. 나는 아버지 말을 믿지 않았다. 그리고 우리 사이에 이 대화를 남겨둔 채로 세인트조를 떠나고 싶지 않았다.

"마리는 나와 함께하는 삶을 좋아하지 않았어. 마리가 떠나고 싶다고 했을 때 나는 그냥 보내줬다. 그리고 너도 보내줄 거다. 하지만 내가 마리를 억지로 보낸 게 아니라는 사실은 너도 알아둘 필요가 있어. 결코 아니었다. 단 한 번도 그런 적 없었어. 만약에 마리가 허락만 해줬다면 나는 평생 마리를 아껴줬을 거다. 그 후로 8년이 지나 마리가 너를 나에게 그리고 제니에게 데려오기 전까지 나는 너에 대해 전혀 모르고 있었다."

나는 무슨 말을 해야 할지 알 수 없었다. 내 마음은 텅 비어 있는데 내 심장은 천 파운드는 되는 것처럼 무거웠다.

"네가 떠날 때마다 이 말을 꼭 해주고 싶었다. 이번에는 이렇게 말하지 않고서는 너를 보내지 말자고 스스로 다짐했다." 아버지가 말했다.

"혹시 어디 아프신 거예요?" 내가 물었다. 어머니도 자신이 죽게 된다는 사실을 알게 됐을 때부터 이상하게 행동하기 시작했었다.

"아픈 게 아니다."

우리는 말없이 서 있었다. 나는 두 손을 엉덩이에 올린 채로, 아버지는 자신이 맨땅에서부터 일구어 낸 가게의 계산대 위에 관절이 하얗게 튀어나오도록 커다란 주먹을 쥐고서. 마구와 멍에, 고삐와 장비들 사이에서 우리는 그렇게 말없이 서 있었다. 아버지가 이 가게를 바닥에서부터 시작해 완성하는 모습을 나는 지켜봤었다. 그 모습이 존경스러웠다. 그리고 지금도 대개는 아버지를 존경하고 있었다. 하지만 나머지의 감정들은 오래된 밧줄처럼 매듭이 지고 해져 있었다. 그러나 나는 지금 당장 아버지가 보고 있는 앞에서 그것을 풀 생각은 없었다. 아버지의 이 새로운 폭로에도 불구하고 나는 그것을 풀지 않을 것이다. 이 새로운 폭로 때문에 더더욱 풀지 않을 것이다. 나는 고르지 못한 숨을 들이쉬고 퉁명스레 고개를 한 번 끄덕 하고는 문을 열고 밖으로 걸어 나갔다. 그러고는 내 뒤로 문을 조용히 닫았다.

나는 바로 제니에게 가지 않았다. 뱃속에서 내장이 꼬이고 가슴 속에서 불이 났다. 아버지는 내 몸을 갈라 활짝 펼친 뒤에 나로 하여금 내 내면을 들여다보도록 만드는 데 소질이 있었다. 마치 나의 내면을 반복적으로 들여다보는 것이 아버지를 더 잘 이해하는 데 도움이라도 된다는 듯이. 나는 아버지가 어머니를 사랑했었다는 말을 믿지 않았다. 아버지에게 그 감정을 가질 능력이 있는지에 대해서도 확신할 수 없었다. 나는 아버지가 어디가 아픈 거라고, 불치병에 걸린 거라고, 제니가 큰 소리로 읽어주던 셰익스피어의 페리클레스처럼 등 뒤에 칼이 꽂힌 채 건널 판자* 끄트머리에 서 있는 거라고 다시 한번 확신했다. 내 가슴 속 열기가 팔을 따라 내려가더니 손바닥을 간질였다. 나를 이렇게 신경 쓰게 만든 아버지가 원망스러웠다. 나는 우뚝 멈춰 섰다. 내가 멈춰선 곳 앞에 어떤 꼬마가 어리둥절한 얼굴로 멈춰 섰다.

"죄송합니다, 아저씨."

꼬마가 뒷걸음질 치더니 고개를 들어 나를 올려다보았다. 오후의 태양 빛에 꼬마의 두 눈이 가늘어져 있었다. 꼬마가 나와 시선을 맞추려고 고개를 길게 빼자 머리에 얹어져 있던 모자가 바닥으로 떨어졌다. 꼬마의 머리카락은 적갈색이었고 사방으로 뻗쳐 있었다. 꼬마 뒤로 한 소년이 몸을 구부려 그 구김이 간 중절모를 집어 올려 꼬마의 털북숭이 머리 위에 다시 올렸다. 꼬마의 헝클어진 머리카락이 내가 지금 해야 할 일을 상기시켰다. 나는 아버지의 가게 쪽으로, 제니와 제니의 가위를 향해 돌아섰다. 하지만 꼬마의 어머니가 멀지 않은 곳에 있었다. 꼬마의 어머니가 내 앞에서 걸음을 멈췄고, 그 뒤로 또 다른 아들이 따라왔다.

---

* 배와 육지 사이를 이어 걸어갈 수 있게 만든 판자를 말하나, 배 위에서 폭동이 일어났을 때 그 폭동의 주도자를 그 판자 위로 이동시켜 밀쳐 수장시키는 용도로도 쓰였다.

"라우리 씨." 여인이 한 손을 나에게 쭉 내밀었다. 다른 쪽 손바닥은 믿을 수 없도록 크게 부푼 배 위에 놓여있었다. 여인의 보닛이 초록색 두 눈에 그늘을 드리우고 있었고, 나는 그 눈동자 색깔에 정신이 팔린 채로 여인의 작고 꺼칠한 손을 잡고 흔들었다. 초록색 눈을 가진 처음 보는 여인에게 내 이름으로 인사를 받은 것이 오늘에만 두 번째였다. 하지만 이 여인의 눈동자는 빛이 바래 있었다. 여인의 모든 것이 빛바래 있었다. 여인의 원피스, 보닛, 피부, 미소까지. 여인의 피로가 손에 잡힐 듯 생생했다. 아이들은 여인 주변에 모여 있었다. 모두들 똑같이 생겼다. 그리고 여인을 꼭 닮아 있었다. 이 여인의 아이들이 아닐 리가 없어 보였다. 아이들 중 불그스름한 얼굴에 너무 큰 모자를 쓴 가장 작은 녀석이 신이 나서 떠들어대기 시작했다.

"우리는 메이 가족이에요. 애벗 씨와 서쪽으로 떠날 거예요. 내일 출발해요. 우리가 아저씨네 아버지 라우리 씨께 노새들을 샀어요. 엄마가 저보고 게네 이름을 지으라고 하셨어요. 라우리 씨는 쉽고 귀에 딱 꽂히는 이름으로 지어야 한다고 하셨어요. 명령하는 말처럼 들리게요. 그래서 게네 이름을 트릭과 텀블로 하면 어떨까 해요. 왜냐면 한 놈은 빼질거리고 다른 놈은 어설프거든요. 아빠 말로는 아저씨가 노새 모는 사람이래요. 저도 언젠가 노새 모는 사람이 될 거예요. 노새가 엄청 많은 울타리도 가질 거예요. 제 번식장 이름은 '웨브 메이 노새'로 하려고요. 그래도 걱정 마세요, 라우리 씨. 아저씨와 아저씨네 아빠 사업에는 지장이 안 가도록 할게요. 왜냐면 저는 세인트조에 안 있을 거거든요. 저는 캘리포니아로 갈 거예요."

나는 고개를 한 번 끄덕였다. 여인이 피곤한 기색으로 웃어 보였다.

"어제 저희가 노새를 구매하는 동안 당신이 뒤쪽 방목장에 있었어요. 우리는 라우리 씨를 봤는데 라우리 씨는 우리를 보지 못했지요. 라우리 씨가 우리 마차 행렬과 함께 갈 거라고 라우리 씨 아버지께서 이야기해 주셨답니다. 이렇게 초라하게 소개를 하게 된 걸 이해해주세요."

키가 가장 큰 아이, 아마 열다섯 아니면 열여섯쯤 되어 보이는 소년이 나에게 한 손을 내밀었다. "저는 와이엇 메이라고 해요, 라우리 씨." 소년은 정직해 보였다. 얼굴은 아직 소년의 것이었지만 목소리는 남자의 것이었다. 남자는 목소리가 가장 먼저 변한다. 물론 나도 그랬었다. 어느 날 일어나 보니 내 목 안에 두꺼비가 한 마리 들어앉아 내가 입을 벌릴 때마다 아버지 목소리를 흉내 내고 있었다.

"저는 윌이에요." 그다음으로 큰 소년이 말했다. 나는 인사의 의미로 고개를 끄덕여 보였다.

"제가…… 나오미를 만났습니다." 내가 말했다. 나는 그녀의 이름만큼은 또렷이 기억하고 있었다. 하지만 그 말을 함과 동시에 하지 말 걸 후회했다. 그녀를 이름으로 부르는 것은 너무 친밀한 관계처럼 보이게 했기 때문이다. 그런데 그녀의 가족들은 그것을 알아채지 못했거나 신경을 쓰지 않는 눈치였다.

"누나는 항상 돌아다녀요." 가장 작은 아이가 말했다. 꼬마 이름이 뭐였더라? 와이엇? 아니다. 웨브였다. 웨브 메이 노새. "누나는 아마 어디에서 뭘 그리고 있을 걸요. 누나는 훌륭한 노새 모는 사람은 못 될 거예요. 아빠는 누나가 노새만큼이나 고집이 세다고 했거든요. 노새 모는 사람이 되려면 참을성이 있어야 하죠, 라우리 씨?"

"우리 나오미 지금 어디 있는지 모르시죠?" 메이 부인이 물었다.

"모르겠습니다, 부인. 거의 한 시간 전에 만났거든요." 아버지와의 대화에서 야기된 불안은 이제 사라진 나오미에 대한 걱정으로 바뀌어 있었다. "그런데 따님을 찾으시면…… 혼자서 돌아다니지 말라고 해 주세요. 세인트조지프에는 거친 남자들과 외지인들이 많거든요."

"누나는 아마 종이를 사고 있을 거예요, 엄마. 종이랑 연필이요." 나이가 가장 많은 소년이 끼어들었다.

"우체국 옆에 잡화점이 하나 있습니다. 거기에서 그런 것들을 팔아요." 내가 말했다.

"거친 남자들과 외지인들이라." 메이 부인이 내 말을 반복했다. 부인의 두 눈이 주변을 두리번거렸다. "라우리 씨, 저희는 당신과 함께 갈 수 있어서 정말로 운이 좋다고 생각해요. 경험이 많은 사람과 함께 갈 수 있다는 건 참으로 감사한 일이죠."

"저는 커니 요새까지만 갑니다, 부인."

부인이 잠시 나를 진지하게 쳐다보았다. "제 생각엔 막상 가보면 더 가고 싶어질 것 같은데요, 라우리 씨."

대부분의 가족들에게 출발 후 첫 2백 마일이 얼마나 고된 여정인가를 생각하면, 이건 뭘 모르고 하는 소리다. 비 내리고, 바람 불고, 이 길이 끝나지 않을 것만 같고. 이 여인에 대해, 이 여인이 얼마 후면 견뎌야만 하는 것들에 대해 생각하니 안쓰러운 마음이 들었다.

"아빠가 캘리포니아까지는 2천 마일을 가야 한다고 하시던데요." 와이엇이 침울하게 말했다. 내가 고개를 끄덕였다. 온 가족이 고개를 들어 올리고 눈을 동그랗게 뜨고 내가 무슨 말을 더 하기를 기다리며 나를 쳐다보고 있었다. 조금은 특이한 가족이었다. 솔직하고 직설적이었다. 나와 함께 있는 모습을 보이고 싶어 하지 않는 사람들처럼 시선을 내리거나 자리를 옮기지도 않고 있었다.

"우리 또 만나네요, 라우리 씨." 활기찬 목소리가 들려왔다. 나오미 메이가 갈색 종이 꾸러미를 든 채 깊게 파인 바퀴 자국들을 폴짝폴짝 건너뛰고 남자와 동물들을 요리조리 피하며 다가오고 있었다. 마치 우리가 오래된 친구라도 되는 듯 그녀가 내 옆으로 와 섰다.

"메이 아가씨." 내가 말했다. 갑자기 숨이 찼다.

"누나 이름은 콜드웰 부인이에요, 라우리 씨." 웨브가 알려주었다.

"그래도 우리는 그냥 나오미라고 불러요."

나는 내 안에 무언가 쿵 내려앉는 느낌을 애써 무시하며 뒷걸음질 쳤다. 내 시선은 다시 메이 부인에게로 돌아갔다.

"강은 언제쯤 건너시나요?" 내가 시선을 부인에게 고정한 채로 물었다.

"줄이 너무 길어서요……. 그래도 제 생각엔 우리가 짐배를 타고 건널 수 있게 남편이 해놓지 않았을까 싶어요." 메이 부인의 두 눈 사이에 파인 고랑이 깊어졌다.

"저 어제 배가 뒤집히는 걸 봤어요, 라우리 씨! 마차랑 사람들이랑 전부다 물에 빠졌어요." 웨브는 그 일이 무척 재미있었다는 듯 들뜬 목소리로 말했다.

"짐배는 타지 않는 게 좋습니다. 강에 대해서 잘 아는 사람이 없다면 동물들을 끌고 강을 건너지도 마세요. 데커스 페리로 가보세요. 수풀이 무성해서 찾아가는 데 힘이 조금 들 수도 있지만, 거기에서 강을 건너면 목초지도 있고, 일행들이 모두 올 때까지 기다릴 수 있는 장소도 있을 거예요. 화이트 헤즈 교역소도 있어요. 강을 건너고 나서 필요한 물품이 생각나면 이용할 수 있을 겁니다." 내가 말했다.

"남편에게 전할게요. 고마워요, 라우리 씨."

"라우리 씨도 데커스 페리에서 강을 건너시나요?" 나오미가 끼어들었다.

"저는 여기에서 제 노새들과 함께 직접 헤엄쳐서 건너갑니다. 내일은 강 건너 화이트 헤즈 교역소에 가 있을 거예요. 필요할 때 애벗 씨를 도와야 하거든요." 나는 계속 그녀를 쳐다보지 않고 있었다. 그러고는 더는 시간을 지체하고 싶지 않은 마음에 뒷걸음질 쳤다. 나는 불안했고, 그녀가 나를 불안하게 하고 있었다.

"그럼 내일 거기에서 봐요, 라우리 씨." 메이 부인이 고개를 숙이며 말했다. 나도 모자를 들어 올리며 인사했다. 내가 뒤돌아서 걸어가는데 그들 모두가 나를 쳐다보고 있었다.

제니는 커다란 창 앞에 앉아 꾸벅꾸벅 졸고 있었다. 제니가 널따란 판유리 전체를 덮도록 쳐놓은 새하얀 커튼이 펄럭이며 석양빛을 한결 부드럽게 만들고 있었다. 제니의 무릎 위에는 성경책이 펼쳐져 있었고, 제니의 손바닥이 성경의 한 페이지 위에 가만히 놓여 있었다. 마치 졸고 있지 않은 것처럼, 거기에 쓰인 글과 교감하며 신의 계시를 받고 있는 것처럼 보였다. 눈부신 석양빛이 제니의 피부에 새겨진 가느다란 선들을 지우고 있었다. 잠시 동안 제니는 자신의 나이 마흔다섯 살보다 더 어리게 보였다. 아버지는 제니보다 열다섯 살 많았다. 하지만 그 둘을 따로 알았던 적이 없는 나에게 그 나이 차이는 잊기 쉬운 것이었다. 나의 기척에 제니의 눈이 번쩍 뜨였다. 제니가 성경책을 덮어서 옆에 두고 일어섰다.

"존 라우리." 제니가 인사했다.

"제니." 나는 모자를 벗고 있었다. 제니의 시선이 모자를 벗은 내 머리 위로 움직였다.

"머리카락을 잘라야겠구나." 제니는 마치 그 사실을 지금 막 발견한 것처럼, 아버지에게 나를 보내라고 시키지 않은 것처럼 말했다. "가서 가위를 가져와야겠다."

"저 오늘 밤에 떠나요." 내가 불쑥 내뱉었다. 내가 오래 머물지 않을 거라는 경고였다.

"뭐라고?"

"오늘 밤에 동물들을 데리고 강을 헤엄쳐 건널 거예요. 강 건너에 캠프를 세우려고요. 내일 아침에 건너게 되면 물을 말릴 수 있는 시간이 충분하지 않거든요." 이 이야기를 할 생각은 없었는데, 마치 내내 이 생각을 하고 있었던 것처럼 말이 입 밖으로 술술 흘러나왔다.

"오늘 밤에 떠난다고? 네 동생들이 작별 인사를 하고 싶어 할 텐데."

"4주 동안 다녀오는 거예요. 길어야 5주예요. 작별 인사는 필요 없어요." 내가 가장 하고 싶지 않은 것이 바로 배웅을 핑계로 수선을 피우는 것이었다.

제니가 앞장서서 티끌 하나 없는 깨끗한 주방을 지나 집 뒤쪽 포치로 갔다. 아버지의 마구간 뒤쪽 목장이 바라보이는 곳이었다. 암말들이 제 새끼들과 풀을 뜯고 있었다. 지난 몇 주간 노새 새끼 열 마리가 태어났다. 내년 봄에 팔릴 준비를 하게 될 열 마리의 라우리 노새들이었다. 하지만 이제 내가 감탄하며 바라보는 것들은 노새가 아니라 암말들이었다. 어떤 노새 업자들은 자신이 가진 최고의 수탕나귀를 그저 그런 암말들과 교배시켰다. 아버지는 말했다. "중요한 건 암말이다.

최고의 노새들은 우수한 어머니에게서 나오는 거야. 수탕나귀도 중요하지만, 암말이 전부인 게다."
지금까지는 아버지의 말이 맞았다.
나는 내가 늘 앉는 스툴에 앉았다. 그 스툴에 앉으면 제니가 내 머리를 다듬을 수 있게 내 몸이 낮아졌고, 내 두 무릎은 양옆으로 기이하게 튀어 올라왔다. 제니에게 내 머리를 맡길 때마다 나는 어린아이가 된 것 같은 느낌이 들었다. 하지만 이것은 우리의 의식이었다. 제니는 다정다감하고 따뜻한 사람이 아니었다. 머리를 자를 때가 제니가 나를 만지는 유일한 시간이었다. 열세 살 때 나는 세인트조에서 내 어머니의 마을로 도망간 적이 있었다. 말 위에 올라타 그곳까지 가는 데 꼬박 사흘이 걸렸었다. 하지만 도착했을 때 마을은 온데간데없이 사라져 있었다. 나는 아버지의 말을 타고 일주일 뒤에 거지꼴을 하고서, 그리고 상실감에 젖은 채로 집으로 돌아왔다. 회초리질과 호된 꾸중을 받을 거라 생각했었다. 그런데 제니가 나를 앉혀 놓고 머리를 자르기 시작했다. 제니는 나에게 어디에 다녀왔는지, 왜 다시 돌아왔는지 묻지 않았다. 제니의 부드러운 손길이 나를 울게 했다. 나는 제니가 머리를 잘라주는 내내 울었다. 제니도 울었다. 머리를 다 자른 제니는 내 피부가 새빨개질 때까지 나를 씻게 했다. 그러고는 나에게 밥을 주었고, 나를 잠자리에 들게 했다. 아버지는 나에게 분명하게 말했다. 다음에 또 말없이 떠났다가는 집에 다시 돌아왔을 때 환영받지 못할 거라고. 가고 싶으냐? 가거라. 하지만 갈 때 간다는 말 정도는 할 정도로 남자답게 행동해라.
"머리숱이 참 많구나, 존 라우리." 제니가 늘 하는 말이었다. 그러면서도 제니는 내 머리를 늘 다 잘라내고 싶어 했다. 제니가 작업을 시작했다. 싹둑싹둑 머리카락이 잘려 나갔고 마침내 제니가 가위를 내려놓았다. 제니가 자신의 앞치마를 털어내고, 내 어깨 위에서 천을 벗겨 내 뒤뜰에 대고 힘차게 흔들어 털었다.

"혹시 아버지 어디 안 좋으세요?" 내가 불현듯 물었다. 내가 제니를 얼마나 놀라게 했는지가 눈에 보였다. 제니의 놀란 모습에 나는 안심이 되었다. 제니가 눈치채지 못하는 것은 거의 없었다.

"너는 여기에 살잖니, 존 라우리. 매일 아버지와 일하고 있고. 아버지가 괜찮다는 거 너도 알 텐데."

제니가 잘려 나간 머리카락을 내 목에서 털어냈다.

"오늘 아버지답지가 않아서요." 내가 푸념하듯 말했다.

"네가 떠날 때면 아버지는 항상 힘들어하신다." 제니가 가만히 말했다.

"그건 사실이 아니에요."

"사실이야. 그게 사랑의 고통이다. 모든 부모들이 느끼는 거야. 제 자식을 보호해주고 지켜줄 수 없다는 데서 오는 고통. 아프지 않으면 그건 사랑이 아니다."

제니 말이 맞다는 건 나도 알고 있었다. 제니도 자신의 말이 맞다는 사실을 알고 있었다. 우리 사이에 다시 침묵이 이어졌다. 나는 모자를 머리에 얹어 제니의 작품을 덮고는 일어섰다. 내가 제니 위로 쑥 올라갔다. 하룻밤 사이에 불쑥 커버린 아이처럼 나는 제니가 아주 작게 느껴졌다. 전에는 그런 식으로 느껴 본 적이 한 번도 없었다. 나는 제니의 작고 평범한 얼굴을 마치 처음 보는 것처럼 내려다보았다. 제니를 안아주고 싶었지만 그러지 않았다. 제니가 손을 뻗어 내 손을 잡았다.

"잘 가거라, 존 라우리."

"안녕히 계세요, 제니."

제니는 내가 계단을 내려가 도로로 걸어가는 모습을 지켜보고 있었다.

"존?" 제니가 나를 불렀다. '라우리'를 붙이지 않은 내 이름만 부르는 제니의 처연한 목소리가 나를 우뚝 멈춰 서게 했다.

내가 돌아섰다.

"그럴 만한 가치가 있다는 거, 너도 알지."

"뭐가요, 제니?"

"고통 말이다. 견딜 가치가 있는 거야. 더 많이 사랑할수록 더 많이 아픈 법이다. 하지만 견딜 만한 가치가 있어. 그럴 만한 가치가 있는 유일한 게 바로 사랑이야."

2

횡단

나오미

저녁 식사 후 나는 와이엇과 윌, 웨브와 함께 대기 중인 마차들과 참을성 없는 이주자들로 가득한 정신 사나운 캠프지에서 벗어나 절벽 위로 올라갔다. 이곳 도시와 물결치는 강의 강둑이 한눈에 내려다보이는 곳이었다. 미주리 강의 강물은 막 자다 일어난 웨브의 머리카락처럼 사방으로 소용돌이치고 있었다. 마구 용품점 사장님이자 최고 품종의 노새를 판매하는 것으로 명성이 자자한 라우리 씨께 왜 여기에서는 미주리 강을 '빅 머디'라고 부르는 건지 물어봤다.

"강바닥이 모래로 덮여 있는데 그 모래들이 계속해서 이동하고 다시 자리를 잡으면서 수면 아래에 물길이 계속 새로 만들어진단다. 물거품이 일고 소용돌이치면서 강물을 흙탕물로 만들어 놓지. 그 물에 한 번 빠졌다가는 나오는 데 고생 좀 하게 될 거다."

이곳은 내가 기대했던 곳이 아니었다. 우리는 일리노이 주 스프링필드에서 왔는데, 나는 예전에는 일리노이 주가 미주리 주와 엄청나게 다를 거라고 생각하지 않았다. 하지만 세인트조지프에는 고요함이 없었다. 정적이 없었다. 탁 트인 땅이 없었다. 도박장에서는 하루

종일 음악이 흘러나왔고, 남자들은 온종일 취해 있는 듯 보였다. 장비 가게, 선착장, 경매장, 모든 곳들이 수많은 인파로 붐볐다. 심지어 우체국 바깥까지 사람들이 발 디딜 틈 없이 모여서 미지의 땅으로 출발하기 전 편지를 부치기 위해 서로 밀치고 밀리며 북새통을 이루고 있었다.

두 눈을 감고 서쪽으로 가는 여정을 생각할 때면 나는 늘 그 끝없이 이어지는 아득한 거리를 떠올렸었다. 광활한 땅을 떠올렸었다. 앞으로 그런 것들을 경험하게 되겠지만 아직 이곳 세인트조에서는 아니었다. 내 눈길이 닿는 곳마다 마차들과 동물들과 사람들이 있었다. 온갖 종류의 사람들이 다 있었다. 더러운 사람들, 멋 부린 사람들, 잘 차려입은 사람들, 남루하게 입은 사람들. 백인 남자들과 흑인 남자들, 시를 읊는 소녀들과 마차에서 열광적인 목소리로 성경을 읽는 목사의 아내들. 물건을 파는 사람들과 사는 사람들. 하지만 그들 모두 같은 것을 원하는 것처럼 보였다. 돈을…… 아니면 돈을 벌 수 있는 방법을.

어제 라우리 마구점에서 보란 듯이 깃털 장식을 하고 색색의 옷을 입은 한 무리의 원주민들(200명도 넘는)이 도로 중앙을 따라 걸어가는 것을 보았다. 거리의 군중이 홍해 갈라지듯 양쪽으로 갈라졌다. 원주민들은 서둘러 강둑으로 내려가 다른 사람들과 함께 나룻배에 올라탔다. 하지만 아무도 그들에게 줄을 서라고 요구하지 않았다. 그들이 포타와토미 족이라는 사실은 후에 알게 되었다. 나는 그때 와이엇이 내 팔을 붙잡고 얼른 가자고 보챌 때까지 그 원주민들을 쳐다봤었다.

"누나, 지금 노려보고 있어. 저 사람들이 보면 좋아하지 않을 거야." 와이엇이 경고했다.

"노려보는 게 아니야. 기억하고 있는 거야." 내가 말했다.

기억하는 것. 그것이 내가 지금 하고 있는 것이었다. 나중에 다시 꺼내서 볼 수 있도록 세세한 것들을 주의 깊게 관찰하고 기억해두는 것.

미주리 강을 건너기 위해 무리 지어 기다리고 있는 마차의 줄이 선착장 부두에서부터 세인트조를 둘러싸고 있는 절벽까지 길게 이어져 있었다. 다른 사람들보다 먼저 강을 건너려는 열기가 대단했다. 다른 마차들보다 먼저 강을 건너면 동물들이 풀을 더 많이 뜯을 수 있고, 흙먼지가 적고, 더 좋은 캠프 자리를 점할 수 있고, 병에도 덜 취약할 것이었다.

우리는 원래 북쪽으로 멀리 떨어져 있는 카운슬 블러프스에서 강을 건너 오리건 준주까지 북쪽 경로로 가는 것을 생각했었다. 하지만 카운슬 블러프스는 모든 사람들이 강을 먼저 건너려고 싸움을 벌이는 곳에 지나지 않았다. 그리고 거기에서는 강을 안전하게 건널 수 있는 방법도 없었다. 카운슬 블러프스에는 모르몬교인들이 너무 많았고, 콜드웰 씨가 그들과 여정을 함께 하고 싶어 하지 않았다. 콜드웰 씨는 모르몬교인을 싫어했다. 물론 내 생각에는 그분이 모르몬교인을 한 명이라도 만나봤을 것 같지도 않고, 만나봤다 해도 모르몬교인인지도 몰랐을 것 같긴 하지만. 콜드웰 씨는 자신이 이해하지 못하는 사람은 누구도 좋아하지 않았다. 내 생각에 거기에는 여성, 원주민, 아이들, 모르몬교인, 가톨릭교인, 아일랜드인, 멕시코인, 스칸디나비아인, 그리고 콜드웰 씨와는 다른 모든 사람이 포함되었다. 그리고 덧붙이자면 콜드웰 씨와 다른 사람에는 대부분의 사람들이 포함되었다.

카운슬 블러프스에는 증기선이 없고 마차가 겨우 두 대 밖에 안 실리는 끔찍스러운 짐배를 타고 건너야 한다는 소문을 들은 우리는 초기 여정이 더 길어질지언정 그보다 더 남쪽에서 출발하는 것이 안전하겠다는 결론을 내렸다. 그에 더해, 세인트조가 상점과 거리가 있는 진짜 도시다운 도시라는 이야기를 들었다. 세인트조에는 마구점과 증기선과 노새들이 있다고, 훌륭한 품종의 미주리 노새들이 있다고 했다.

젊은 존 라우리가 내 머릿속을 스쳐 지나갔다. 나는 그에 대한 생각을 밀어냈다. 온종일 그에 대한 생각을 밀어내고 있었다. 그가 우리와 함께 간다는 소식을 들은 나는 이상한 기대감으로 가득 차올랐고, 그 마음이 어떤 것인지 아직 정리되지 않고 있었다. 오늘 밤 잠들기 전에, 내 남동생들이 조잘대는 소리가 들리지 않을 때, 그에 대해 생각할 계획이었다.

우리는 세인트조지프에서 출발하는 마차 행렬들 중 첫 행렬에 속하고 싶었다. 하지만 모두가 첫 행렬에 속하고 싶어 했다. 그리고 모두가 처음이 될 수는 없는 노릇이었다. 이 속도라면 우리 일행은 마지막 마차 행렬이 될 수도 있었다. 초록 잔디가 초원을 뒤덮기 시작하자 마차 행렬들은 출발 지점을 떠나 강을 따라 서쪽으로 이동하기 시작했다. 아빠는 몇 주 동안 이렇게 말했다. "너무 일찍 출발하면 아직 동물들이 먹을 풀이 없을 거다. 너무 늦게 출발하면 먼저 도착한 마차들의 동물들이 풀을 다 뜯어먹어 버려 남아있는 게 없을 거다." 그리고 또 아빠는 이런 말도 셀 수 없이 많이 했다. "너무 일찍 출발하면 평야에서 얼어 죽거나 굶어 죽을 거다. 너무 늦게 출발하면 산속에서 얼어 죽거나 굶어 죽을 거다."

빨리 출발하든 늦게 출발하든 나는 이제 떠날 준비가 되어있었다. 살면서 바라왔던 그 어떤 것보다도 나는 이 여정을 크게 갈망하고 있었다. 그 이유는 나도 정확히 알지 못했다. 서부로 가는 것은 내 꿈이 전혀 아니었다. 서부로 가고 싶어 했던 것은 대니얼이었다. 일리노이에 있는 농장을 팔고 캘리포니아로 떠나자고 우리 가족을 설득했던 것도 대니얼이었다. 우리 모두를 설득했으면서도 아무것도 보지 못할 사람 또한 대니얼이었다.

우리가 결혼한 지 세 달이 지나고 내 열아홉 번째 생일이 며칠 남지 않았을 때 대니얼은 갑자기 병에 걸렸고 그로부터 일주일 후 세상을 떠났다. 그가 죽었을 때 나는 내가 임신한 게 아닐까 의심했었다. 하지만 대니얼이 죽고 며칠 지나지 않아 극심한 통증과 함께 피가 흘러나왔을 때 그 모든 두려움은 사라졌다. 나는 가슴이 찢어질 것 같았고…… 안도했다. 나는 과부인 동시에 어머니가 되고 싶지는 않았다. 하지만 그런 나의 감정을 설명하는 것은 나 스스로에게조차 부도덕하게 들렸다. 그래서 나는 설명하려 하지 않았다. 나는 모든 사람들이 정말로 정직하다면 저마다 조금씩은 부도덕할 거라 생각했다. 부도덕하고 겁먹은, 인간적인 사람들.

대니얼이 떠나고 몇 주 동안 나는 그가 몹시 그리웠다. 하지만 그리워하지 않으려 애썼다. 그래 봤자 나에게 좋을 것이 없었다. 고통은 쓸모없는 것이었고, 나는 그런 것에 젖어 있을 사람이 결코 아니었다. 그 대신 나는 화가 났다. 그리고 바빠졌다. 나는 동틀녘부터 해가 넘어갈 때까지 일을 했다. 파종 시기였고 할 일이 정말 많았다. 그래서 일을 했다. 내 모든 화를 대니얼이 잠들어 있는 땅으로 쏟아부었다. 하지만 그의 무덤에 내 눈물을 주지는 않았다. 추수가 모두 끝나고 추위가 밀려오기 시작하던 어느 일요일 오후, 나는 대니얼의 얼굴을 그리고 있는 나를 발견했다. 한 번 시작되자 멈출 수 없었다. 나는 대니얼을 그리고 또 그렸다. 삶의 모든 시기의 대니얼의 모습을 그렸다. 내 머리카락을 잡아당기고 닭을 겁주며 쫓아다니는 꼬마 대니얼. 나의 형제로

서의 대니얼. 나의 아들로서의 대니얼. 나의 남편으로서의 대니얼. 그리고 무덤에 있는 대니얼의 모습을.

나는 울면서 손이 갈고리처럼 굽어질 때까지 대니얼을 그렸다. 하지만 내가 간직한 것은 단 한 장이었다. 다른 한 장은 대니얼의 웃지 않는 얼굴과 꼭 닮은 그의 어머니에게 드렸다. 나머지 그림들은 그의 무덤 옆에 묻었다.

그 후로 그렇게 울었던 적은 한 번도 없었다. 여전히 아프긴 하지만, 이제 1년이 훌쩍 지난 일이고 나는 그것을 받아들이기로 했다. 콜드웰 부부는 이제 내가 콜드웰 가 사람이라고, 콜드웰 가의 일원이라고 말했지만, 나는 아직도 내가 메이 가 사람으로 느껴졌다. 그리고 대니얼이 없으니 그 사람들에게 영속적인 의무감도 느껴지지 않았다. 콜드웰 부부에게 내가 우리 가족과 마차를 타고 서부로 갈 계획이라고 말했더니, 콜드웰 씨는 격렬하게 반대했고 대니얼의 어머니 엘메다는 대니얼의 상처받은 눈으로 나를 바라보았다.

"저희 어머니께 제가 필요해요." 나는 간단하게 말했다. 그 말도 사실이긴 했지만, 솔직히 나는 로렌스 콜드웰 씨 근처에 있는 것을 견딜 수가 없었다. 대니얼이 살아있어 그 가족과 함께였다면, 여정의 끝에 다다랐을 때 나는 미쳐버리고 말았을 것이다. 콜드웰 부부의 딸 루시 그리고 그녀와 결혼한 지 얼마 안 된 아담 하인스가 그들과 함께 갈 것이었고, 또 콜드웰 부부의 열여섯 살 난 아들 젭도 함께 할 것이었다. 그들은 나 없이도 잘 지낼 것이다. 그리고 나는 콜드웰 부인이라고 불릴 때면 신경이 곤두서곤 했다. 콜드웰 씨는 나를 '과부 콜드웰'이라고 부르는 게 습관이 되어 버렸다. 마치 내가 중년의 시기는 살아 보지도 않고 노년으로 접어든 것처럼.

내 생각에 콜드웰 씨는 대니얼의 죽음으로 관심을 받고 싶어 하는 사람 같았다. 대니얼의 죽음에 대한 이야기를 들은 사람들은 콜드웰 씨에게 더 친절하게 대했고, 그것이 콜드웰 씨가 나에 대한 소유권을 주장하는 방식이었다. 엄마와 내 형제들이 나를 나오미라고 부르는 유일한 사람들이었다. 아무래도 어린 나이에 과부가 된다는 것이 다른 여자아이들은 아직 맛보지 못한 어떤 다른 방식의 자유를 나에게 준 것 같았다. 그 자유라는 것이 말과 행동에서의 약간의 재량을 의미하는 것이라면 말이다. 나의 이야기를 들은 사람들은 판단을 하고 동정을 하며 가끔은 고개를 절레절레 흔들고 혀를 끌끌 차기도 했다. 그리고 많은 시간 나는 혼자였고, 그런대로 나에게 잘 맞는 것 같았다.

웨브가 내 치마를 잡아당기며 강가를 가리켜 보였다. 웨브의 입안에서 여러 단어들이 엉켜 서로 먼저 나오겠다고 엎치락뒤치락 하고 있었다. "저기 라우리 씨다! 라우리 씨의 노새들이랑 있어. 라우리 씨의 당나귀들 좀 봐! 저것들은 매머드잭이야. 암말이랑 교배시키는 당나귀." 웨브는 여덟 살이라는 나이 치고 교배에 대해 아는 것이 너무 많았다. 그래도 웨브 말이 맞다고 나는 확신했다. 웨브는 이제 수말과 암탕나귀에 대해, 그리고 사람들이 노새만큼은 선호하지는 않는 듯한, 수말과 암탕나귀의 새끼 버새에 대해 재잘거리기 시작했다.

존 라우리는 군중 속에 있었다. 나는 그를 금세 찾아냈다. 하얀 머리칼 때문에 눈에 잘 띄는 존 라우리 아저씨는 뒤쪽에서 자신의 모자를 흔들어 동물들을 몰며 따라가고 있었다. 젊은 존 라우리의 말 뒤로 노새 열두 마리가 줄에 매어진 채 두 줄로 서 있었고, 웨브가 흥분하며 이야기 한 당나귀 두 마리가 그 뒤를 따르고 있었다. 대부분이 훌륭한 동물들이었다. 당나귀들은 검은색에 키가 훌쩍 컸고, 기다란 귀와 가는 주둥이, 상당히 큰 눈을 가지고 있었다. 마치 어린아이가 그린 그림 속에서 걸어 나와 한 걸음씩 내디딜 때마다 몸집이 커진 것처럼 무언가 웃긴 구석이 있었다. 막대기 같은 다리와 늘씬한 엉덩이에도 불구하고 그 당나귀들은 내가 살면서 본 당나귀들 중에 가장 컸다.

젊은 존 라우리가 강인한 궁둥이에 목이 굵은 자신의 말을 망설임 없이 흙탕물 속으로 몰았다. 노새들과 수탕나귀들도 그를 따라 물속으로 들어가더니 즉시 반대편 강기슭을 향해 헤엄치기 시작했다. 그와 동시에 덩치 큰 흑인 한 명이 짐을 실은 작은 배 한 척의 노를 저으며 움직이기 시작했다. 배는 존 라우리와 그의 동물들과 가까운 거리를 유지하며 나아갔다. 아마 흑인 남자는 라우리의 짐들이 젖지 않도록 하기 위해 고용된 사람인 것 같았다.

"저기 가는 것 좀 봐!" 웨브가 소리쳤다. 웨브는 폴짝폴짝 뛰고 두 팔을 흔들면서 그들을 응원하고 있었다.

"저 사람이 하니까 쉬워 보이지 않아?" 와이엇이 말했다. 와이엇의 목소리는 웨브보다는 차분했지만 웨브 못지않게 감명을 받은 것 같았다. "다른 사람들 전부 어떻게든 줄을 서려고 서로 싸우고 밀치고 난리인데, 저 사람은 엄청 편안하게 그냥 물로 바로 들어가서 헤엄치고 있잖아."

"라우리 씨는 자기 아빠한테 작별 인사도 안 했어." 윌이 말했다. 윌은 입이 떡 벌어진 채로 존 라우리 아저씨만 바라보고 있었다. 아저씨는 자기 아들이 강을 헤엄쳐 나아가는 모습을 바라보고 있었다. 손을 흔들지도 않고, 잘 가라는 말도 외치지 않았다. 그저 가만히 서서 아무 미동도 없이 자신의 아들과 작은 배가 건너편 강기슭에 닿을 때까지 그저 지켜보기만 할 뿐이었다. 자기 아들이 건너편에 도착한 모습을 본 아저씨는 뒤돌아서서 모자를 다시 쓰고는 강둑을 올라가 도로 쪽으로 걸어갔다. 거리가 멀어 아저씨의 표정이 보이지는 않았지만, 아저씨의 걸음이 느렸고 등이 약간 구부정했다. 이유는 모르지만 나는 갑자기 슬픔이 북받쳐 올랐다.

"누나 왜 울어?" 윌이 걱정 가득한 목소리로 물었다. 나도 내가 울고 있다는 사실을 깨닫고 깜짝 놀랐다. 윌은 열두 살인데도 다른 형제들 모두를 합친 것보다 타인의 감정을 더 세심하게 헤아릴 줄 알았다. 윌은 다른 사람이 알아차리지 못하는 것들을 알아차렸다. 어쩌면 여러 형제들 중 중간에 낀 아이이기 때문인지도 몰랐다. 그래도 윌은 우리 가족의 평화 중재자였고, 모든 불화와 다툼을 개별적인 것으로 받아들였다.

"나도 모르겠어, 윌. 그냥 약간 우울한 느낌을 받은 것 같아."

"대니얼 형이 그리운 거야?" 윌이 물었다. 나는 내 눈물이 죽은 남편을 위한 것이 아니라 내가 알지 못하는 어느 낯선 사람 때문이라는 사실에 죄책감을 느꼈다.

"누나 강 건너는 게 무서워서 그래?" 웨브가 끼어들었다. 덕분에 눈을 가늘게 뜨고 나를 바라보고 있는 윌의 질문을 피할 수 있게 되었다. 나는 손으로 양 볼을 훔치고 웃어 보였다.

"아니. 안 무서워. 그냥 작별하는 게 싫은 거야." 내가 말했다.

"아빠가 그러는데 우리 출발하고 나면 다시는 돌아오지 않을 거래. 그래서 나는 요즘 눈에 보이는 모든 것들에게 작별 인사를 하고 있었어. 그래도 라우리 씨의 노새들과 저 수탕나귀들을 조금 더 오래 볼 수 있게 돼서 너무 좋아." 웨브가 키득거렸다.

"누나, 우리 이제 캠프로 돌아갈까?" 윌이 눈썹 사이를 찡그리며 물었다.
"아니. 그림을 좀 그리고 싶어. 나랑 같이 여기에 앉아 있어 줄래?"
그러자 윌은 순순히 고개를 끄덕였고, 와이엇과 웨브도 기꺼이 내 곁에 남아 주기로 했다.

바지선 한 척에 한시도 가만히 있지 못하는 가축들이 실리고 있었다. 노새 한 마리가 바지선 위로 올라서다 결국 다른 노새 한 마리를 옆으로 밀어 강물 속으로 빠뜨리고 말았다. 그게 내 동생들 눈에는 그렇게 재미있었나 보다. 다들 숨이 넘어가도록 웃어대다가 웨브는 하마터면 바지에 오줌까지 쌀 뻔했다. 결국 와이엇이 웨브를 데리고 덤불이 있는 곳으로 가서 오줌을 뉘어야 했다.

선착장은 구경하는 사람들과 앞으로 다가올 모험에 대한 기대로 가득했다. 내 손은 지난 사흘 동안 세인트조에서 본 무수히 많은 얼굴들, 잊고 싶지 않은 얼굴들을 재창조하기 위해 부지런히 움직였다. 나는 해가 떨어지기 시작할 때까지, 하얀 천막으로 덮인 수많은 마차들이 장밋빛으로 물들 때까지 그림을 그렸다. 그러고 나서 내일에 대한 열망을 가슴 속에 품은 채로 동생들과 함께 우리 가족이 있는 곳으로 돌아갔다.

우리는 동트기 전에 일어나 출발할 채비를 했다. 그리고 태양이 하늘 색깔을 바꾸어 놓기 전 데커스 페리를 향해 동물들과 함께 출발했다. 아빠에게 마차 한 대가 있었고, 워런 오빠와 오빠의 아내 아비가일에게도 마차가 한 대 있었다. 우리는 식구가 워낙 많았기 때문에 아빠는 원래 마차를 한 대 더 장만하려고 했었다. 하지만 아빠는 와이엇이 매일 혼자서 노새 두 마리를 감당할 수 있을 거라 생각하지 않았다. 오빠 부부에게는 아직 아이가 없었기 때문에 우리가 두 마차 사이를 옮겨가며 지내면 될 거라는 결론이 내려졌다. 콜드웰 부부에게도 마차가 두 대 있었고, 열댓 마리의 소가 있었다. 나는 그 소들이 매애 하고 울어대는 소리 때문에 그들의 여정에는 단 한 순간의 고요함도 없을 거라고 생각했다.

한 시간 조금 넘게 가자 갈림길과 함께 데커스 페리의 표지판이 나타났다. 표지판은 습지 같은 빽빽하고 깊은 숲속을 가리키고 있었다. 우리는 새벽 동트기 전만큼 어두운 그늘 속에 잠긴 채 힘겹게 나아갔다. 아빠는 불안해하며 라우리 씨의 성격과 분별력에 대해 이러쿵저러쿵 이야기했다. 콜드웰 씨는 세인트조로 되돌아가려고까지 했다. 우리가 진흙을 피하기 위해 최선을 다하며 빽빽한 나무 사이를 헤쳐 나아가는 동안 콜드웰 씨의 아들 젭과 내 동생들은 가축들이 이탈하지 못하게 하느라 진땀을 빼고 있었다.

"우리 이 숲에서 빠져나가지 못할 수도 있어, 위니프레드." 아빠가 엄마에게 투덜댔다. "어쩌면 순진해 보이는 이주자들을 이쪽으로 보내서 길을 잃게 만든 후에 사기 치려는 건지도 모른다고."

엄마는 아무 대답 없이 볼록 튀어나온 배를 두 손으로 감싼 채 묵묵히 걸었다. 북쪽의 페리를 이용하라고 했던 라우리 씨의 조언을 아빠에게 전한 사람은 엄마였고, 설령 엄마 자신도 걱정이 된다 하더라도 그걸 말로 내색하는 분은 아니었다. 그리고 우리는 한 시간도 되지 않아 정말 데커스 페리에 도착해 있었다. 우리 앞으로 마차가 한 대도 없었다. 강을 건널 때는 마차 두 대와 황소 여덟 마리, 노새 두 마리, 젖소 두 마리 그리고 우리 식구 여덟 사람까지 모두 한 배에 탈 수 있었다. 콜드웰 가족들은 우리가 강을 건넌 직후 소와 마차 전부를 싣고 강을 건너왔다. 웨브에게는 실망스럽게도 우리 가족과 콜드웰 가족의 횡단 모두 별 탈 없이 끝났다. 아빠는 이 길을 다시 걸어오느니 일주일 동안 줄을 서는 편이 낫겠다고 불평하긴 했지만, 앞서 했던 말을 조금은 취소해야 했다. 엄마는 그저 아빠의 손을 토닥일 뿐이었다. 그래도 우리의 마차 행렬 중에서는 우리 가족이 가장 먼저 약속한 공터에 도착한 것이었다.

우리는 작년 봄에 출발할 수 있는 기회를 놓쳤었다. 대니얼의 죽음으로 우리의 이주 의욕이 모두 꺾여버린 것이었다. 그래서 우리는 다시 기다리며 계획을 세웠다. 그런데 그때 엄마가 임신을 했고, 우리의 이주는 또 한 번 연기되어야 할 것처럼 보였었다. 우리는 아기가 우리의 이주 여정이 시작되기 전에 나와 주기를 기도했다. 하지만 아기는 결국 태어나지 않았고, 마차 행렬의 일행들이 우리를 기다려줄 수도 없는 노릇이었다. 아기가 언제 나올지 알 수 없었다. 엄마는 느낌 상 일주일 혹은 이 주일 남은 것 같다고 했다. 하지만 엄마는 우리가 계획대로 가야 한다고 주장했다. 그리고 아빠는 언제나 엄마의 말을 잘 듣는 사람이었다.

우리는 우리 마차 행렬의 일행들이 모두 모이기를 하루 종일 기다렸다. 존 라우리가 우리의 마차 통솔인 그랜트 애벗 씨와 함께 약속된 장소에 와있었다. 그랜트 애벗 씨는 본인 말로는 "셀 수도 없을 만큼 많이" 초원을 가로질러 왔다 갔다 한 사람이었다. 물론 나는 본인이 원한다면 그것이 정확히 몇 번인지 기억할 수 있을 거라 생각하긴 했다. 그는 로키산맥에 있는 허드슨 베이 컴퍼니에서 잠시 일했었다고 했다. 그런데 본인 말로는 자신이 모피 거래보다는 사람들이 더 좋았고, 가이드로 일하기를 강력 추천받았다는 것이다.

이 여정을 위해 총 마흔 가족이 그와 계약을 했고, 가능한 한 고통 없이 캘리포니아까지 갈 수 있도록 해달라며 그에게 돈을 지불했다. 애벗 씨는 그 사실이 무척 자랑스러운 모양이었다. 수북한 회색 콧수염과 어깨에 닿을 듯 말 듯 한 긴 머리카락을 가진 그는 붙임성이 좋은 성격이었다. 그가 입은 튜닉과 레깅스는 산 사나이의 옷처럼 술로 장식되어 있었다. 거기에 구슬로 장식된 모카신을 신고, 등에는 라이플총을 메고 있었다. 그는 존 라우리를 잘 아는 듯 보였는데, 존 라우리를 자신의 조카라고 소개했다.

"존의 엄마 제니가 제 여동생입니다. 존은 플랫 강에 있는 커니 요새까지 우리와 함께 갈 거예요." 애벗 씨가 말했다. "존이 인디언 말도 할 줄 압니다. 혹시라도 포니 족과 문제가 생길 수도 있으니까요. 플랫 강 유역이 포니 족 지역이거든요. 캔자스 족도 살고 있긴 하지만 블루리버 계곡 쪽에 캔자스 족이 더 많을 겁니다. 그래도 그들과 문제가 생길 거라고는 생각 안 합니다. 그들은 보통 물물교환을 원하거든요. 아니면 구걸을 할 거예요. 그들은 담배와 천 그리고 반짝이는 건 뭐든 다 좋아하죠."

나는 이해가 되지 않았다. 존 라우리의 어머니가 그랜트 애벗 씨의 동생이라니. 그랜트 애벗 씨는 사슴 가죽을 입고 있을지 몰라도 우리 아빠만큼 피부가 하얗고 붉었다. 나는 이미 존 라우리 아저씨를 보았다. 아저씨도 백인이었지만, 부자 사이에 닮은 부분은 분명 있었다. 그렇지만 둘이 닮았다고 해도 존 라우리의 이국적인 생김새를 설명해주기에는 부족했다. 존 라우리는 자신의 아버지처럼 키가 컸고 어깨가 넓었고 시원시원한 보폭으로 걸었다. 하지만 그의 피부는 태양에 그을린 색이었고, 머리카락은 블랙커피 색깔이었다. 머리카락은 대개 회색 펠트 모자의 챙 아래에 가려져 있었지만, 내 눈에는 그의 목을 껴안고 있는 새카만 머리카락이 보였다. 그의 이목구비는 마치 돌을 깎아 놓은 것 같았다. 꽉 다문 입술, 울퉁불퉁한 콧날, 도드라진 광대뼈, 각진 아래턱, 화강암 같은 두 눈동자 그리고 내가 살면서 본 눈썹 중에 가장 새카만 눈썹. 그의 나이는 짐작하기 어려웠다. 그의 눈 주변으로 지친 기색이 보이긴 했지만 그것은 세월의 흐름에서 연유한 것은 아니었다. 내 생각엔 그랬다. 그는 아마 나보다 겨우 몇 살, 아니면 열 살쯤 많은 것 같았다. 알 방법이 없었다. 그래도 나는 그를 바라보는 것이 좋았다. 그는 내가 앞으로 그리게 될 얼굴을 가지고 있었다.

웨브가 노새와 수탕나귀들에게 자신을 소개 해달라면서 존 라우리를 빠른 걸음으로 쫓아다니고 있었다. 윌과 와이엇도 재빨리 따라나섰다. 존 라우리는 내 동생들이 쫓아다녀도 별로 신경 쓰지 않는 눈치였다. 동생들 질문에 모두 대답해주고 동생들의 이야기를 모두 들어주었다. 나도 거기에 끼고 싶었지만 나에게는 할 일이 있었고 엄마는 지금 그 일들을 하려고 애쓰고 있다. 아빠는 엄마에게 쉴 수 있을 때 쉬라고 말했지만 엄마는 아빠 말을 무시하고 일을 했다.

교역소 인근 집합지로 다른 마차들이 하나둘 도착하기 시작했다. 어떤 사람들은 자신의 마차 캔버스 천 위에 자신들의 이름, 구호, 출신지 같은 것을 적어 놓았다. 오리건 아니면 죽음뿐. 캘리포니아 행. 보스턴에서 태어나 오리건으로 가는 길. 웨버 가. 팔리 가. 클라크 가. 휴스 가. 아빠는 우리도 이름을 적어야 한다고 결정을 내리고는 '메이'라는 글자를 마차 측면에 빨간색 물감으로 질질 흘리며 적었다. 엄마는 아빠의 작품이 마음에 들지 않았다.

"맙소사, 윌리엄. 꼭 죽음의 천사에게 우리를 건너뛰라고 마차에 표시해둔 것 같잖아요."

마차들 모두가 천막 위에 닿을 정도로 짐을 가득 싣고 있었다. 콩과 베이컨과 밀가루와 라드유. 물통은 마차 측면에 줄로 묶여 있었고, 마차의 본체에는 이중바닥을 만들어 연장들과 매일 쓰지는 않는 물건들을 그 아래에 넣어두었다. 아빠는 여분의 바퀴들과 쫙 펼치면 대륙을 가로지를 수 있을 정도로 긴 로프와 체인들, 톱과 쇠 도르래 그리고 내가 이름도 모르고 어디에 쓰는지도 모르는 것들 열댓 개를 가지고 있었다. 엄마는 사기그릇들을 짚으로 포장하고 기도를 한 뒤 그곳에 넣어두었다. 우리는 양철로 된 컵, 접시, 받침 접시에 쇠숟가락으로 식사를 했다. 그것들은 깨지지 않기 때문이었다.

어떤 여자는 마차 안쪽에 테이블 하나와 의자들 그리고 서랍장까지 싣고 왔다. 그 여자는 그것들이 가문 대대로 내려온 가구이며, 바다도 건너왔는데 하물며 땅은 왜 못 건너겠냐고 했다. 자신들이 사용할 수 있는 것, 필요한 것 이상으로 너무 많은 짐을 가져온 사람들이 있는가 하면, 필요한 것들이 턱없이 부족한 사람들도 있었다. 신발이 없는 사람까지 있었다. 한밑천 잡으려는 사람들과 가족들, 아이들과 노인들이 너나 할 것 없이 잡다하게 뒤섞인 모양새였다. 대부분의 사람이 백인이라는 점만 빼면 세인트조의 풍경과 똑같았다. 존 라우리를 제외한 모든 사람들이 백인이라는 점만 뺀다면. 물론 나는 그가 어떤 인종의 사람인지 정확히 알지 못했다.

로렌조 헤이스팅스 씨는 위아래로 조끼까지 해서 완벽한 정장을 차려입고 있었다. 거기에 회중시계도 있었고 넥타이도 깔끔하게 매고 다녔다. 그의 아내 프리실라는 백마 두 마리가 끄는 소형 마차에 레이스 달린 양산을 쓰고 새침하게 앉아 있었다. 그들에게는 노새 여덟 마리가 끄는 거대한 대형 마차도 있었는데, 그들의 일꾼 두 명이 그 마차를 몰았다. 와이엇이 그 안을 한 번 들여다보고 와서는 마차 안에 깃털 침대가 있다고 이야기했다. 또 헤이스팅스 부인에게는 그녀의 '도우미'가 되어주는 중년 여성 두 명이 있었다. 둘은 자매였는데 그들은 형제를 만나기 위해 캘리포니아로 가는 것이었다. 미혼인 두 자매는 나와 우리 엄마에게 자신들을 벳시 클라인과 마거릿 클라인이라고 소개했다. 하지만 우리의 만남은 길게 이어지지 못했다. 헤이스팅스 부인이 두 자매에게 이것저것 일을 계속 시켰기 때문이다. 애벗 씨는 우리 아빠에게 헤이스팅스 부부는 아마 일주일도 못 갈 것이라고 말했다. 그리고 그것이 우리들 모두에게 좋은 일일 것이라고 했다. 애벗 씨는 각 마차 행렬마다 제 몫의 '낙오자들'이 반드시 있게 마련이라고 말했다. 나는 그 두 자매를 위해서라도 그들이 되돌아가기를 바랐다.

　재산과 지위와는 관계없이 모든 사람들의 꿈은 동일해 보였다. 모두들 지금 가진 것과는 다른 것을 원하고 있었다. 땅. 행운. 멋진 인생. 심지어 사랑까지. 모두들 우리가 그곳에 가면 발견하게 될 것들에 대해 이야기했다. 나도 다르지 않았다. 물론 그곳에 도달하기까지의 여정에서 마주치게 될 것들이 걱정스럽긴 했지만. 어떤 사람들은 마차 여기저기에 쑤셔 넣은 짐이 너무 많아서 그들의 동물들이 마차를 끄는 것 자체가 경이로울 정도였다. 그럼에도 동물들은 마차를 끌었다. 다음 날 아침 옥수수 죽과 베이컨으로 아침 식사를 끝낸 뒤 마차들이 서로 자리다툼을 벌이며 길게 펼쳐졌다.

　사람들은 그것을 길이라고 불렀고, 나 또한 길이라고 생각했다. 수천 명의 이주민들이 2천 마일에 걸쳐, 평야와 산과 강과 계곡을 가로

지르며 땅 위에 바퀴 자국과 발자국으로 다져 놓은 길. 이 길은 미주리 강 유역에 위치한 열 몇 곳의 출발 지점에서 시작되어 우리 대부분 한 번도 가본 적 없는 지역에 있는 신록의 협곡들까지 이어져 있었다.

행렬에 마차의 수가 워낙 많았기 때문에 어떤 사람들은 양옆으로 쭉 늘어서서 이동하기도 했고, 어떤 사람들은 뒤뚱거리는 하얀 오리 가족들처럼 일렬로 걷기도 했다. 마차들은 앞뒤로 나란히 서서 울퉁불퉁한 지형 때문에 덜컹거리며 나아갔다. 콜드웰 씨는 행렬의 맨 앞에 애벗 씨와 가깝게 위치해야 한다고 고집을 부렸고, 결국 자기 가족과 동물들을 선두에 서도록 만드는 데 성공했다. 우리 가족은 기꺼이 줄의 맨 뒤로 빠져 있었다. 사실 그 줄이라는 것도 깔끔한 줄이라기보다는 엉성한 삼각 대형으로 보였다. 엄마는 속도를 줄일 필요가 있었고, 우리가 걸어갈 때 다른 마차가 우리 뒤를 졸졸 쫓아오지 않아서 훨씬 좋았다. 콜드웰 가족과의 거리도 마음에 들었다. 엘메다 콜드웰의 슬픈 눈을 보지 않을 수 있었고, 대니얼의 가족을 돌봐야 한다는 의무감 같은 것도 느끼지 않을 수 있었다. 나는 우리 가족을 챙기는 것만으로도 버거운 신세였다.

바퀴 자국과 고르지 않은 지형으로 마차가 끊임없이 덜컹덜컹 흔들렸기 때문에 마차 뒤에 타고 있으면 멀미가 났다. 나는 그것이 바다의 파도 속에 내던져진 것 같다는 상상을 했다. 그래서 우리 대부분은 그냥 걷는 편을 택했다. 커다란 배가 몸 앞으로 불룩 튀어나와 있는 엄마조차도 걸었다. 그것이 다른 이주자들의 눈길을 끌었다. 엄마는 힘들다는 말을 거의 하지 않았지만 내 눈에는 엄마가 힘들어하는 것이 보였고, 그래서 나는 불안했다. 아빠의 눈에도 그것이 보였고, 그래서 아빠는 엄마에게 제발 마차에 타라고 사정을 했다.

"저 덜컹거리는 마차에 앉아 있다가는 아기가 떨어지고 말 거예요. 그리고 나는 아기가 한 일주일이나 이 주일은 더 있다가 나왔으면 좋겠다고요." 엄마가 말했다. 엄마의 말을 잘 듣는 사람은 아빠만이 아니었다. 아기도 엄마의 말을 잘 들었고, 그래서 엄마의 뱃속에서 잘 기다려주었다.

볼 것이 거의 없었다. 아름답지 않아서가 아니고 우리의 속도가 너무 느렸기 때문이었다. 너무 느리게 가다 보니 눈이 모든 것들을 단번에 집어삼켜 출발한 지 몇 시간도 채 지나지 않아 눈앞의 모든 풍경에 익숙해져 버리고 만다. 봄 야생화들이 습지대에서 고개를 내밀고 있었고, 개울과 강이 곳곳에서 흐르고 있었다. 1마일 혹은 그쯤에 한 번씩은 마차의 바퀴가 그 축까지 진흙에 빠졌고, 로프와 근육을 이용해 마차를 간신히 끌어내고 나면 때마침 다음 마차가 도착해 똑같은 비극의 희생양이 되곤 했다.

느릿느릿 단조롭게 이동하는 것은 우리를 졸리게 만들었다. 특히 오후에 심했다. 쉼 없는 덜컹거림 때문에 잠이 들어버린 사람들이 자기 마차에서 굴러떨어지는 일이 심심찮게 일어났다. 마차를 끄는 노새들과는 달리 황소들은 고삐를 매거나 사람이 끌고 가지 않았다. 그냥 두 마리씩 짝지어 멍에를 씌우고 그 옆에서 사람 하나가 같이 걸어가면서 필요할 때마다 막대기나 가죽 채찍으로 황소들을 재촉하면 그만이었다. 아빠와 워런 오빠, 와이엇이 두 마차를 번갈아 몰았고, 이틀 정도 지나자 월도 그 요령을 익히게 되었다.

말발굽 소리가 나를 짜증 나게 했다. 걷는 것도, 일하는 것도, 광활함이나 진흙도 아니었다. 나를 힘들게 하는 것은 소음이었다. 마차에서 나는 쟁그렁거리는 소리, 덜컹거리는 소리. 끽끽거리는 바퀴 소리와 달그락거리는 마구 소리, 소 목에 단 방울 소리가 만들어 내는 끝없이 이어지는 불협화음. 모든 것들이 삐걱거리고 덜컹거리고 비틀거리며 신음했다.

우리는 아침마다 소에서 짠 우유를 우유통에 담아 마차에 실어 놓았다. 하루의 여정이 끝날 때쯤이면 우리는 아무런 노력도 하지 않고 버터를 얻을 수 있었던 것이다. 빵을 만드는 일은 손이 조금 더 많이 갔다. 밤이 되어 마차가 멈추면 우리는 너무 배가 고파서 밀가루 반죽이 부풀기를, 빵이 구워지기를 기다릴 수가 없었다. 출발 첫째 날 나는 아침에 빵을 만들려고 했었다. 하지만 빵이 익을 시간도, 무쇠 압력 냄비가 식을 시간도 충분치 않았다. 식지 않은 냄비를 그대로 마차에 넣으면 바닥이 타 구멍이 생기기 때문에 결국 냄비가 식을 때까지 월과 내가 냄비 손잡이에 빗자루를 끼워서 함께 들고 걸어야 했다. 할 일은 너무나도 많았고, 엄마에게는 휴식이 필요했다. 그래서 나는 밤새 빵을 굽는 한이 있더라도 일주일에 딱 하루만 빵을 만드는 것이 내가 감당할 수 있는 최선이라고 결정 내렸다.

우리는 결국 사흘 내내 저녁으로 베이컨과 콩으로 만든 스튜만 먹어야 했다. 아빠는 우리가 짐승을 잡으면 신선한 고기를 먹을 수 있을 거라고 약속했지만, 세인트조에서부터 이어지는 경로에는 놀랍게도 큰 먹잇감이 하나도 없었다. 모기와 나비, 온갖 종류의 새와 기어 다니는 것들이나 있었지 짐승 떼는 눈을 씻고 찾아봐도 없었다. 웨브가 매일 작은 망원경으로 버펄로 떼의 흔적을 찾으려 해봤지만, 애벗 씨 말로는 요즘 버펄로 떼의 수가 크게 줄어들었고, 아마도 플랫 강에나 가야 볼 수 있을 거라고 했다.

아침과 저녁이 하루 중 가장 고된 시간이었다. 짐을 싣고, 내리고, 차곡차곡 집어넣고, 다시 꺼내 펼쳐 놓는 일의 연속이었기 때문이다. 그래도 나는 아침이 가장 두려웠다. 내 앞으로 길고 고된 하루가 펼쳐져 있기 때문이었다. 그리고 떠나는 것이 도착하는 것보다 더 많은 일을 요구했기 때문이었다. 캠프를 세우고 철수하는 일. 그것은 쉴 틈 없이 움직여야 하는 정신 사나운 일이었다. 커피와 옥수수죽 그리고 약간의 베이컨을 곁들여 아침 식사를 끝내고 나면 우리는 텐트를 거두고, 이불을 개고, 주전자와 냄비와 팬을 싸고, 아침을 먹은 접시를 전날 밤 저녁을 먹은 후에 했던 것과 같은 방법으로 물로 헹궈냈다. 물로 헹구면 접시에 약간의 토사가 남기 때문에 다음에 그 접시를 다시 사용할 때 깨끗이 닦아내야 했다.

어찌 보면 삶은 훨씬 단순해진 것이었다. 허드렛일을 제외하고는 이제는 우리 앞에 펼쳐진 길과 그 길을 매일매일 걸어야 하는 걸음과 덜컹거리며 굴러가는 마차만이 존재할 뿐이었다. 앞으로 나아가는 것 외에는 할 일이 없는 단순한 삶으로 바뀐 것이다. 나는 엄마와 함께 걷지 않을 때면 아빠가 라우리 아저씨에게 구입한 노새 두 마리 중 하나인 트릭 위에 올라타 안장뿔 위에 스케치북을 놓고 그림을 그리곤 했다. 아빠는 우리의 여정에 대해 일기를 썼지만 나는 언제나 글보다는 그림에 더 소질이 있었다. 엄마는 내가 내 이름을 말 할 줄 알게 되기 전부터 진흙 위에 그림을 그리기 시작했다고 말했다. 그림 그리는 시간은 내가 혼자일 수 있는 유일한 시간이었다. 그 시간을 제외한 깨어 있는 모든 시간은 걷거나 일을 하면서 보냈다.

우리 모두 저마다 맡은 일들이 있었다. 아빠와 워런 오빠는 동물들을 관리하고 텐트 치는 일을 했다. 웨브와 윌, 와이엇은 불 피울 나무를 구해 오고, 물을 떠 오고, 마차의 짐을 내리는 일을 하느라 바빴다. 엄마와 나는 그것들을 제외한 모든 일을 했다. 오빠의 아내 아비가일도 나와 엄마를 도우려 했지만 아비가일은 몸이 허약하고 핼쑥했다. 캠프에서 풍기는 여러 냄새에 헛구역질을 했고 현기증을 느꼈다. 나는 아비가일도 임신을 한 것이 아닌가 생각했다. 오빠도 그렇게 생각하고 있는 것 같았고, 그래서 자신의 아내를 위해 힘들지 않게 해주려 부단히 애쓰고 있었다. 하지만 힘들게 하지 않을 방법 따위는 없었다. 엄마와 아비가일이 우리 마차 행렬의 유일한 임신부는 아니었다. 출발 후 처음 며칠 동안 빙엄이라는 이름의 젊은 부부가 우리들 바로 앞에서 마차를 끌었다. 엘시 빙엄의 배는 엄마만큼 많이 나오진 않았지만 그래도 배가 불렀다는 것이 곁에서 봐도 충분히 드러났다. 엘시는 무척 밝은 성격이었고 남편 빙엄 씨도 마찬가지였다. 엘시는 다른 사람들과는 달리 마차에 탔을 때 덜컹거리고 흔들리는 것으로 힘들어하지도 않았다.

위생 상태에 신경 쓰는 것은 불가능한 일이었다. 동생들은 그런 것에 크게 신경 쓰지 않는 듯했지만 나는 더러운 것을 참을 수가 없었다. 나는 사람들이 강둑에서, 그리고 큰 비가 내린 후에 생긴 얕은 웅덩이에서 물을 떠오는 모습을 보았다. 그 근처에 동물 사체가 있었는데도 말이다. 존 라우리는 내 동생들에게 매일 밤 캠프에서 더 상류로 올라가 물을 떠와야 한다고 일렀고, 또 아이들을 자주 도와주었다. 하지만 그럴 때도 나는 걱정이 되었다. 내 생각에는 모든 사람들이 청결한 위생을 위해 아주 조금만 더 노력한다면 아픈 사람들이 훨씬 줄어들 것 같았다. 우리가 이동하는 경로를 따라 콜레라가 유행하고 있다는 소문이 이미 퍼지기 시작하고 있었다.
 출발 후 나흘째 되던 날 길가에 무덤이 보이기 시작했다. 대부분 작은 나무토막에 달군 쇠로 지져 글자를 새겨 넣은 표식만 있었다. 나는 엄마와 팔짱을 끼고 걷다가 무덤을 발견했을 때 처음 몇 번은 저기에 무덤이 있다고 엄마에게 말했었다. 하지만 만든 지 얼마 안 된, 태어난 지 두 달 된 여자 아기의 무덤을 본 이후로 엄마는 이제 무덤은 쳐다보기도 싫다고 했다.
 "죽음이 존재한다는 사실을 알기 위해 굳이 죽음을 볼 필요는 없어, 나오미." 엄마가 말했다. "나는 내 마음을 다잡아야 해. 지금 당장은 두려움이나 슬픔을 감당할 힘이 엄마에겐 없거든. 그러니까 엄마는 그냥 계속 걸을 거고, 나오미 네가 본 것들을 엄마에게 말하지 않으면 고마울 것 같구나."
 나는 엄마의 팔을 꽉 붙잡았고, 엄마는 내 손을 토닥였다.
 "엄마 두려운 거예요? 나는 낮은 목소리로 물었다. 내가 엄마에게 진짜 하고 있는 말은 내가 두렵다는 것이었다. 엄마는 지금 자신의 마음을 다잡고 있는지 몰라도, 내 마음은 끔찍한 가능성으로 가득 들어차 있었다.
 "엄마를 위한 두려움이 아니야. 나 자신은 어떻게 해야 할지 알거든. 하지만 아이를 더 잃고 싶지는 않구나. 그리고 저기에 아기를 묻어야만 했던 그 가여운 아기 엄마를 생각하고 싶지도 않고."
 엄마는 다섯 명의 건강한 아이를 낳았지만 죽은 아이들도 몇 있었다. 하루 혹은 이틀도 버티지 못한 아기들, 그리고 도자기 인형처럼 미동도 없이 태어난 여자 아기가 있었다. 우리가 서부로 가는 길에 돌봐야 할 신생아가 없다면 엄마가 더 편하게 지낼 수 있었을 거라는 생각이 드는 건 어쩔 수 없었다. 하지만 나도 그 말을 입 밖으로 낼 만큼 바보는 아니었다.

"너 지금 쏘아보고 있어, 나오미."

"제가 최고로 잘 하는 거예요. 사람들 쏘아보기랑 그림 그리기. 제가 가진 최고의 재능 두 가지잖아요." 내가 예상한 대로 엄마가 웃음을 터뜨렸다. 내 두려움과 분노는 마차 행렬과 함께 이동하는 먼지처럼 자욱하게 피어올라, 비를 내리겠다고 계속 위협하고 있는 후텁지근한 하늘로 섞여 들었다.

"너는 감정을 잘 못 숨겨." 엄마가 말했다.

"맞아요. 쏘아보기랑 그림 그리기. 제가 잘하는 건 그것밖에 없어요."

엄마는 이번에는 웃지 않았다. "왜 화가 났는지 말해보렴."

"여자인 게 싫어요."

"그래?" 엄마의 목소리가 놀라움으로 갈라졌다.

"여자인 게 너무 힘든 일인 것 같아서 싫어요."

"그럼 차라리 남자가 되고 싶다는 거니?" 엄마는 내가 지혜로움을 완전히 잃었다는 듯이 물었다.

나는 잠시 생각해 보았다. 나도 남자인 것이 훨씬 낫다고 생각할 정도로 분별력을 완전히 잃은 것은 아니었다. 그래도 아마 남자의 삶은 좀 더 쉬울 것이다. 아닐 수도 있고. 나도 알 수 없었다. 저마다의 길마다 모두 다른 힘듦이 있을 것이다. 그래도 나는 여전히 화가 났다.

"나는 아빠에게 화가 나요. 대니얼에게. 콜드웰 씨에게. 워런 오빠에게 화가 나요. 솔직히 말하면 존 라우리 씨에게도 화가 나요. 오늘은 그냥 화가 나는 날인가 봐요."

"화가 나면 두려움을 느낄 때보다는 기분이 훨씬 낫지." 엄마가 수긍했다.

내가 고개를 끄덕였다. 엄마가 내 팔을 다시 꽉 잡았다.

"그렇지만 화는 소용없는 거야." 엄마가 말했다. "소용없고 헛된 감정이야."

"그건 저도 모르겠네요." 화가 두려움을 떨쳐낼 수 있게 해준다면 아주 소용없는 것은 아니겠지.

"새가 하늘을 난다고 해서 새에게 화가 나거나, 말이 아름답다고 해서 말에게 화가 나거나, 곰에게 무서운 이빨과 발톱이 있다고 해서 곰에게 화가 나니? 단지 너보다 크기 때문에? 더 강하니까? 네가 싫어하는 모든 것들을 파괴한다고 해서 상황이 달라지진 않아. 너는 여전히 곰이나 새나 말이 될 수 없는 거야. 남자를 미워한다고 해서 네가 남자가 되지는 않지. 너의 자궁이나 가슴, 아니면 너의 나약함을 미워한다고 해서 그것들이 사라지진 않아. 너는 여전히 여자야. 미워하는 것은 아무것도 해결해 주지 못해. 미워하는 게 간단하고 편해 보일 거야. 하지만 대부분의 것들이 생각보다는 단순해. 그것들을 복잡하게 만드는 건 바로 우리야. 우리는 더 잘 받아들일 수 있는 것들을 복잡하게 만들면서 살아. 하지만 있는 그대로를 받아들인다면 우리는 우리의 에너지를 초월에 쏟을 수 있게 되지."

"초월이요?"

"그래."

"그게 뭔지 저에게 설명해 주셔야 해요, 엄마. 저는 초월이 뭔지 모르거든요."

"네 손이 그림을 그리고 있을 때 너의 정신이 머무는 곳이란다." 엄마가 설명했다. "이곳을 넘어선 세계이고 장소야. 한계를 뛰어넘는 곳이지."

나는 고개를 끄덕였다. 그 정도는 나도 이해할 수 있었다. 그림을 그릴 때면 나는 분명히 어딘가 다른 곳에 가 있는 느낌이 들었다. 도피하는 것이었다. 그림을 그리는 것이 소중한 시간을 낭비하는 것처럼 보일지라도 내가 멈추지 않은 이유였다.

"너의 에너지를 네가 바꿀 수 없는 것들을 넘어서는 데 사용하렴, 나오미. 마음 다잡고. 그러면 모든 것들이 가장 좋은 방향으로 나아가게 될 거야."

"그 과정에 고통이 많이 따른다고 해도요?"

"그 과정에 고통이 따른다면 더더욱." 엄마가 단호하게 말했다.

우리는 나란히 서서 더 나은 곳에 대한 생각에 잠겨 잠시 말없이 걸었다.

"존 라우리에게는 왜 화가 나는 거니? 나는 그 사람 좋던데." 엄마가 문득 물었다. 엄마는 내가 아빠나 워런 오빠, 콜드웰 씨에게 왜 화가 나는지는 묻지 않았다. 마치 그들을 향한 나의 화가 정당하다는 듯이. 나는 머리를 뒤로 젖히고 웃음을 터뜨린 후, 고백을 했다.

"나도 그 사람이 좋아요, 엄마. 그래서 화가 나는 거예요."

3
빅블루 강

존

나는 위니프레드 메이 부인이 걱정스러웠다. 그리고 부인의 남편이 이해되지 않았다. 나라면 언제 아기가 나올지 모르는 만삭의 부인을 이런 광야로 데리고 오지 않았을 것이다. 메이 부인은 마차에 타지 않고 그 옆에서 터덜터덜 걸었다. 부인의 딸이 옆에서 부인의 팔짱을 끼고 함께 걸었다. 부인을 비난할 수는 없었다. 덜컹거리는 마차에 타고 있으면 양수가 터질 것이다. 부인에게는 걷는 것이 더 낫긴 했다.

위니프레드와 나오미는 보기 좋은 한 쌍이었다. 어머니의 지친 얼굴에는 옅은 주름이 있었고 밤색 머리카락 곳곳에 흰색 가닥들이 섞여 있었다. 그에 반해 어머니 옆에 선 나오미는 생기가 넘치고 날씬해 보였다. 그러나 고집스러워 보이는 아래턱과 늘 웃고 있는 입, 초록색 눈동자와 코 위의 주근깨는 두 모녀가 똑같았다.

메이 가족의 남자아이들, 특히 웨브가 나에게 도꼬마리처럼 들러붙어 떨어지려 하지 않았다. 내가 가능한 한 기분 나쁘지 않게 떼어낸 후에도 아이들은 얼마 지나지 않아 나에게 다시 달라붙었다. 웨브는 내가 데리고 있는 동물들의 이름을 다 외우더니, 동물들을 볼 때마다 제니가 나에게 읽도록 시켰던 성경 속 열두 제자 같은 이름들을 줄줄이 외우며 한참 동안 인사를 했다.

"안녕 부머, 버드로, 삼손, 델릴라, 터그, 거스, 재스퍼, 주디, 라쏘, 러키, 콜, 페퍼." 웨브가 신나게 외쳤다. 하지만 나의 수탕나귀 포트와 케틀에게 인사를 할 때면 언제나 짐짓 점잔을 빼며 목소리를 낮추었다. 포트와 케틀도 웨브를 좋아하는 것 같았다. 나의 말 데임도 웨브를 좋아했고, 웨브는 데임에게도 똑같은 열정을 가지고 인사하는 것을 잊지 않았다.

"안녕, 예쁜 데임." 웨브가 말했다. 아이는 내가 돌려보내거나 누가 자기를 데리러 오기 전까지는 절대로 입을 다물지 않았다.

나는 나에게 물을 권리가 없는 질문을 웨브에게 하고 싶었다. 아이의 누나에 대해, 그녀의 남편의 빈자리에 대해, 그리고 그녀가 늘 들고 다니는 가죽 가방에 대해 묻고 싶었다. 하지만 나는 묻지 않았다. 그녀는 나에게 자신을 나오미 메이라고 소개했었고 그것이 내가 그녀의 이름이라고 받아들인 것이었는데, 웨브의 말로는 그녀가 콜드웰 부인이라는 것이었다. 마차 행렬에 있는 콜드웰 부부와 분명 관련이 있어 보였다. 나는 웨브에게 어머니가 잘 지내시는지 물었고, 이 꼬마 녀석은 자기 어머니가 잘 지내지 못할지도 모른다고 한 번도 생각해본 적 없는 것처럼 코를 찡그려 보였다.

"엄마는 당연히 잘 지내세요, 라우리 씨. 엄마는 라우리 씨가 오고 싶으면 우리 가족이 저녁 먹을 때 모닥불로 와도 좋다고 하셨어요. 라우리 씨에게는 라우리 씨를 돌봐 줄 사람이 없으니까요." 웨브가 말했다.

"나 자신은 내가 돌봐, 웨브. 어른은 그러는 거야."

"우리 아빠는 안 그러는데요. 워런 형도 안 그러는데. 아빠랑 형은 엄마랑 아비가일이랑 나오미 누나가 돌보는데요."

"너희 아빠는 열심히 일 하시잖아. 워런도 그렇고."

"엄마만큼 열심히 안 하는데요."

"맞아. 내 생각엔 지금 여기에서 너희 어머니만큼 열심히 일하는 사람은 아무도 없는 것 같다."

"저녁 먹으러 오세요, 라우리 씨. 나오미 누나가 요리를 하거든요. 엄마만큼 잘 하진 않지만 그래도 배를 채울 수는 있어요. 아빠가 그러시는데 그게 중요한 거래요."

웨브는 매일같이 나를 초대했지만 나는 한 번도 받아들이지 않았다. 몇 번 거절하자 웨브는 나에게 올 때 빵 한 덩이를 가져다주었다. "나오미 누나가 주래요." 웨브가 말했다. 내 마음은 기쁨으로 들어찼다. 그 빵이 자신의 동생들을 견뎌주는 것에 대한 감사의 표시인지, 아니면 더 많은 어떤 것에 대한 초대인지 나는 알 수 없었다. 하지만 그녀가 만든 것이기에 나는 그 빵을 한껏 음미하며 먹었다. 나는 그녀에 대해 너무 많이 의식하고 있었고, 마차 행렬의 맨 뒤로 빠져서 그녀를 지켜볼 때도 늘 그녀로부터 거리를 유지했다. 그러면서도 웨브가 마차 행렬에서 너무 멀리 새지 않도록 지켜보기 위해서라고 스스로에게 말했다. 애벗은 내가 맨 뒤에서 갈 수 있도록 허락해주었다. 내가 맨 뒤에 있으면 애벗은 뒤처지는 사람 걱정 없이 선두에 머무를 수 있었다.

매일 밤 마차들은 원형으로 빙 둘러섰다. 황소들은 멍에를 풀고 풀을 뜯게 해주었고, 동물들이 한곳에 모여 있도록, 더 좋은 풀을 찾아 너무 멀리 가버리지 않도록 남자들이 교대로 감시했다. 동물들이 자리를 잡고 졸기 시작하면 두 다리를 묶어 두거나 말뚝을 박아 매어 두고, 아니면 동그랗게 모여 있는 마차 안쪽으로 몰아넣었다. 마차들을 전부 쇠사슬로 연결해 울타리처럼 만들면 그 안에서 동물들이 하룻밤을 지낼 수 있었다. 데려온 동물 수가 많은 사람들은 동물들을 지키느라 훨씬 힘든 시간을 보냈고, 아예 원 바깥에 동물들을 두고 그냥 동물들 사이에서 자는 사람도 종종 있었다. 그것이 내가 거의 매일 밤 하는 일이었다. 나는 노새들이 풀을 뜯는 곳에 텐트를 치거나, 아니면 그냥 내 안장을 내려서 베개로 베고 하늘을 이불 삼아 잠을 청하곤 했다.

출발 후 닷새째 되는 날 눈을 떴는데 우르르 쾅쾅 천둥이 울리고 시커먼 구름이 하늘을 두껍게 뒤덮고 있었다. 이제 막 떠오르고 있는 태양이 하늘에 단 한 줌의 빛도 주지 못할 정도였다. 세인트조를 출발한 이후 보슬비와 약한 소나기 때문에 애를 많이 먹긴 했지만 지금 몰려오고 있는 폭풍은 그것들과는 완전히 다른 것이었다. 우리는 이른 새벽 떠날 채비를 하는 대신 마차를 원형 대형 그대로 두었고, 애벗이 돌아다니며 동물 말뚝과 텐트의 말뚝을 더 깊게 박으라고, 마차의 바퀴에 쇠사슬을 걸고 모든 물건들을 묶어 고정하라고 사람들에게 알렸다. 동물들은 모두 마차 가운데로 모았다. 매섭게 몸부림치는 하늘 아래에 황소와 젖소, 말 그리고 노새까지 전부 한데 모았다. 나는 내 노새들도 데임과 수탕나귀들과 마찬가지로 애벗의 마차 근처에 두 다리를 묶어 놓은 뒤 비를 피하기 위해 마차로 들어갔다. 하늘이 갈라지고 굵은 빗줄기가 초원 위를 사정없이 때리기 시작했다.

빗물은 방울방울 떨어지지 않고 공기를 가르며 억수처럼 쏟아져 내려 땅에 부딪친 뒤 튀어 올랐다. 그 힘이 어찌나 대단한지 땅 위의 흙이 소용돌이칠 정도였다. 사람들은 텐트 안에, 마차 안에 웅크리고 있었다. 텐트와 마차가 억수 같은 비의 충격을 흡수해주긴 했지만, 작은 틈으로 스며드는 빗물은 어쩔 도리가 없었다. 애벗의 마차 아래 웅덩이들이 점점 커지며 퍼져나가더니 높은 지대에 있는 땅까지 전부 진흙으로 만들어 놓았다. 애벗은 그다지 불평하지 않았다. 나는 그의 그런 점이 좋았다. 그런 점으로 보자면 제니와 닮아 있었다. 물론 애벗에게는 할 말이 무수히 많았고 언제나 들려줄 이야기가 있었다. 나는 애벗을 혼자 떠들도록 두고서 잠에 빠져들었다. 비는 내렸지만 바람은 불지 않았고, 이 비가 끝나길 기다리는 것 외에는 달리 할 일도 없었다. 나는 반쯤 잠들어 있었고, 애벗은 오리건 준주에서 블랙풋 족을 만났던 이야기를 한참 떠들고 있었다. 전에도 들어본 적 있는 이야기였다. 그런데 애벗이 갑자기 이야기를 멈추었다.

"저 여자 지금 뭐 하는 거야?" 애벗이 나에게 물었다. 그렇지만 나는 피곤했고 별로 알고 싶지도 않았다. 나는 눈도 뜨지 않았다. 비는 계속 내리고 있었고 나는 잠이 부족했다. 그리고 이 비 때문에 동물들이 겁을 먹고 달아날까 봐 혹은 누가 동물들을 훔쳐 갈까 봐 걱정되지도 않았다. 동물들은 뒷다리를 바깥쪽으로 하고 머리를 안쪽으로 한 채로 모두 한데 모여 있었다. 나는 애벗이 무슨 이야기를 하는 것인지 보려고 모자를 들어 올리지도 않았다.

"참, 대단하네. 살면서 웬만한 못 볼 꼴은 다 봤다고 생각했는데 말이야." 애벗이 중얼거렸다.

나는 사색을 하려면 혼자 조용히 했으면 좋겠다는 생각을 했다. 그가 지금 나를 끌어들이려고 한다는 것은 나도 알고 있었다.

"저 지독한 여자는 빗속에서 빨래를 하고 있어."

내 눈이 번쩍 뜨였다. 그것이 나오미 이야기라는 걸 내가 어떻게 알았는지는 모르지만 나는 그게 나오미 이야기라는 것을 알았다. 나는 모자챙을 뒤로 밀어 그 광경을 내다보았다. 메이 가족들의 마차들은 지금 애벗의 마차 옆에 묶여 있다. 메이 가족의 마차는 어젯밤 이곳에 제일 마지막으로 도착해 선두마차인 애벗의 마차와 꼬리 마차 사이의 공간을 메꿨다.

나오미 메이는 지금 양동이 두 개와 빨래판을 가져다 놓고 오른손에 각진 커다란 비누 하나를 쥐고서 폭우 속에서 옷을 비벼 빨고 있었다. 그녀는 온 몸이 흠뻑 젖어 있었고, 자신의 보닛 대신 웨브의 모자를 쓰고 있었다. 그리고 가족들의 빨래를 빠른 속도로 해치우고 있었다. 비벼 빤 옷의 비눗물이나 땟물을 헹구지 않고 자기네 마차 사이를 연결하는 쇠사슬 위로 던진 뒤 세차게 쏟아지는 비가 그 일을 대신하도록 했다.

"아카아." 내가 나직이 탄식했다. 그러고는 일어나 폭우 속으로 나갔다. 온 몸이 곧바로 빗물에 흠뻑 젖었다. 나는 빗물이 줄줄 흐르고 있는 내 모자의 챙을 쥐고 그녀를 향해 성큼성큼 걸어갔다. 비는 내렸지만 바람은 불지 않고 있었고, 오직 무거운 빗물의 무게만 느껴질 뿐이었다. 그렇다고 유쾌한 것은 아니었다.

"그러다 지독한 감기에 걸릴 거예요." 내가 나오미를 향해 몸을 수그리고 그녀의 머리 위로 내 흠뻑 젖은 코트를 펼쳐 가림막을 만들어 주며 말했다.

"나는 절대 안 아파요." 그녀가 소리치고는 계속해서 빨래를 비볐다.

"그런 말 하면 안 돼요. 절대라고 말하는 사람들은 금세 거짓말쟁이가 되는 법이라고요." 제니가 늘 하던 말이었다. 그런데 나오미 메이는 고개를 흔들 뿐이었다.

"나는 절대 안 아파요." 그녀가 고집스레 말했다.

나는 그녀가 멈추기를 바라며 잠시 그녀를 바라보고 있었다. 그리고 나는 왜 그동안 빗물에 내 옷을 빨 생각을 못했을까 하는 생각을 했다. 지금 빗물이 내 옷을 저절로 불리는 중이었다. 이제 내게 필요한 건 작은 비누 하나뿐이었다.

"동생들은 어디에 있어요?" 나는 웨브와 윌과 와이엇에게 잔소리를 좀 해줘야겠다는 생각이 들었다.

"애들 옷을 내가 다 가져와 버렸어요. 지금 속옷만 입고 마차 안에서 이불을 덮고 오들오들 떨고 있을 거예요." 그녀가 말하며 숨죽여 웃었다.

"당신이 있어야 할 곳도 거기 같은데요." 내가 말했다.

"마차 안에 들어앉아 비참해질 수도 있고, 빨래를 하면서 비참해질 수도 있어요. 이렇게 하면 최소한 옷은 깨끗해지잖아요."

"바람이 강해지면 이 줄들도 버티지 못할 거고, 그러면 빨래들이 흙탕물로 떨어질 거예요."

"그렇다면 빨리 서둘러야겠네요." 그녀가 적의 없는 말투로 대답했다.

"아카아." 나는 다시 앓는 소리를 냈다. 그녀를 두고 갈 수는 없는 노릇이니 돕는 편이 나을 것 같았다.

비가 너무 세차게 퍼붓고 있었기 때문에 옷을 짜는 것은 소용없는 일이었지만 나는 그냥 옷들을 비틀어 짰다. 그녀가 폭우를 맞으며 옷을 계속 비벼 빠는 동안 나는 옷을 비틀어 짜고 비누 거품과 모래를 털어냈다. 마지막 셔츠에 거품을 내고 짜는 일이 끝난 후 나는 더러운 물이 든 양동이를 비워냈고, 그녀가 그 안에 옷들을 차곡차곡 집어넣었다. 옷들은 흠뻑 젖어 있었지만 놀랍도록 깨끗해져 있었다.

"하늘이 개면 그때 널어서 말리려고요." 내가 그녀의 등을 밀어 그녀 아버지의 마차 쪽으로 데리고 가는데 그녀가 말했다. 그녀가 환한 미소를 지으며 나에게 고맙다고 말했다. 그리고 다음에 저녁 먹으러 꼭 가겠다는 나의 약속을 받아냈다. 그러고는 마침내 마차 안으로 들어갔다.

"너 이 녀석, 저 예쁜 과부에게 반한 거냐?" 내가 흠뻑 젖은 옷을 벗고 있는데 애벗이 물었다. 나는 잠시 멈칫 했다. 과부라는 말이 내 머릿속에서 댕댕 울렸다. 나는 더이상 춥지 않았다.

"너가 그렇게 빨래를 하고 싶어 할 줄 알았으면 내 더러워진 옷들도 주는 거였는데 말이야." 애벗이 낄낄거렸다. 나는 애벗의 말은 무시하고 안장 가방에서 마른 바지와 셔츠를 꺼냈다. 둘 다 꺼내자마자 축축해졌지만 나는 양모 판초를 머리 위로 벗고 물을 잔뜩 머금은 부츠를 벗어버린 뒤 몸을 꿈틀거리며 새 옷에 몸을 욱여넣었다.

"너, 가지 말았어야 했어. 저 여자가 너에게 도와 달라고 한 것도 아니잖아. 너희 둘이 저기에서 불륜을 저지르고 있는 걸 사람들이 전부 지켜봤을 게 틀림없어. 방금 네가 모든 사람들의 관심을 자초한 거라고. 콜드웰 씨는 네가 적으로 두고 싶어 할 사람이 아니야. 저 여자는 콜드웰 씨 아들이랑 결혼했었고, 콜드웰 씨는 아직도 저 여자를 자기 재산으로 생각하고 있다고."

"그럼 그 사람은 왜 나와서 저 여자를 도와주지 않은 건데요?" 내가 툴툴거리며 물었다.

애벗이 코웃음을 쳤다. 그러더니 내 앞에 손가락을 흔들어 보였다. "아서, 이 친구야. 저 여자는 네 여자가 될 수 없어."

나는 발끈했지만 대답하지는 않았다. 나는 모자의 물기를 짜낸 뒤에 머리 위에 아무렇게나 얹고 전에 그랬던 것과 똑같이 모자의 챙이 눈을 덮도록 끌어내렸다. 나는 다시 내 안장에 털썩 앉아 눈을 감고 폭풍이 끝나기를 기다릴 준비를 했다.

"빗물에 빨래하지 말라고. 그런 바보 같은 짓이 어디 있어." 애벗이 중얼거렸다. "그러다가 병이라도 들어봐. 내가 간호해 주기를 손톱만큼도 기대하지 말라고."

"나는 절대 안 아파요." 내가 나오미 메이의 말을 앵무새처럼 외웠다. 그러고는 애벗이 터뜨리는 웃음에 온몸이 굳어 버렸다.

"너 이미 병 걸렸어. 상사병. 네 얼굴에 다 쓰여 있다고."

평소에는 몇 피트 깊이밖에 되지 않는 빅블루 강은 폭풍 때문에 사나운 급류로 변해 있었다. 머리 위에서 소용돌이치며 비를 내리겠다고 위협하는 구름들을 보아하니 강을 건너기 위해 더 기다렸다가는 앞으로 상황이 더 나빠질 일만 남은 것 같았다. 애벗도 내 생각에 동의했고, 결국 마차 행렬 사람들에게 마차 안의 짐을 내리고 나룻배에 실으라고 지시했다. 남자들은 건너기 좋은 자리와 가장 현명하게 강을 건널 수 있는 방법을 두고 실랑이를 벌이며 한 시간을 낭비했다. 마침내 실랑이가 끝나고 마차들이 강으로 곤두박질치는 것을 막기 위해 밧줄에 묶어 한 대씩 강둑 아래로 내렸다.

발을 보호하기 위해 신은 모카신을 제외하고 완전히 헐벗은 캔자스 족 원주민 대여섯 명이 이곳에서 조악한 뗏목을 만들어 사람들과 물건들을 강 건너로 실어다 주고 있었다. 그러면서 마차 한 대당 3달러, 사람 한 명당 1달러를 요구했다. 동물들은 요금 없이 헤엄쳐서 강을 건널 수 있었지만, 물품들은 한 더미당 천 셔츠 하나씩을 원하고 있었다. 그 가격에 사람들은 주저하며 원주민들과 흥정을 하려고 했다. 그러나 어떤 마차 한 대가 옆으로 기울면서 일가족과 그들의 물건들이 강물 속으로 빠지는 모습을 본 뒤 이주자들은 그 정도의 돈은 내도 괜찮겠다고 결정을 내렸다.

내 노새들은 강물 언저리에 멈춰 섰다. 나는 녀석들을 보채지 않고 물이 내 가슴께에서 찰랑거릴 때까지 물속으로 성큼성큼 걸어 들어갔다. 그러고는 양팔을 들어 올려 이곳이 안전하다는 사실을 몸소 보여주었다. 내가 줄을 조금 잡아당기자 데임이 저항하지 않고 나를 따라 들어와 헤엄을 치기 시작했다. 노새들은 여전히 의심하고 있었다. 나의 수탕나귀 포트와 케틀이 몇 발자국 내딛더니 강물로 들어와 머리는 꼿꼿이 쳐들고 귀를 쫑긋 세운 채로 나를 향해 힘차게 헤엄쳐 왔다. 그러자 긴 줄로 함께 연결되어 있던 노새들이 마치 수탕나귀와 암말의 모습을 보고 수치심을 느꼈다는 듯 포트와 케틀의 뒤를 따라서 바로 강물 속으로 들어왔다.

나는 마차와 짐들을 캔자스 족과 다른 사람들에게 맡기고, 두 시간 동안 황소와 말, 양과 젖소들을 데리고 강을 건넜다. 남자들은 그 일을 나에게 온전히 맡겼다. 단 한 사람을 빼고 말이다. 애벗이 예상했던 대로 콜드웰 씨는 내가 나오미의 빨래를 도와준 이후로 나를 계속 도끼눈을 뜨고 쳐다보고 있었다. 콜드웰 씨는 자신이 뭐든 가장 잘 알고 있다고 확신하는 사람이었고, 마구를 채워 마차에 연결한 자기 동물들에게 고함을 지르며 채찍질을 하고 있었다. 그의 노새들은 채찍을 맞으면서도 멈칫거리고 있었고, 나는 조용히 중얼거리며 맨 앞에 있는 콜드웰 씨의 노새를 향해 손을 뻗었다.

콜드웰 씨의 채찍이 내리쳐지더니 내 모자의 챙을 잡아채고 내 얼굴을 때렸다. 내 볼이 부풀고 있는 것이 느껴졌다. 그러나 나는 고삐를 놓지 않았다. 그 대신 채찍의 끝을 잡아 콜드웰 씨의 손으로부터 확 낚아챘다.

"그렇게 해도 말 안 들을 거예요, 콜드웰 씨. 이 녀석들은 콜드웰 씨보다 몸집도 크고 힘도 더 셉니다. 이렇게 채찍질을 하시면 앞으로 2천 마일을 가는 동안 건너야 하는 개울과 강에서 계속해서 문제가 생길 거예요. 콜드웰 씨와 강물은 두려워할 대상이 아니라는 사실을 이 녀석들에게 알려주셔야 합니다. 제가 헤엄쳐서 데리고 건널게요. 마구를 벗기실 필요도 없습니다."

"망할 사기꾼놈들. 내 동물은 내가 데리고 건널 수 있어." 콜드웰 씨가 소리쳤다.

"콜드웰 씨. 저 사람에게 도와주라고 하세요. 노새를 잘 다루는 사람이라고요." 나오미가 강둑에서 우리 쪽으로 천천히 내려오며 말했다. 나는 그녀가 이미 몇 시간 전에 건너갔다고 생각하고 있었다. 나는 이미 웨브를 등에 업어서 건너다 주었고, 윌과 와이엇은 트릭과 텀블을 타고 건너갔다.

"나 혼자서도 할 수 있는 일을 이 잡종 놈이든 그 누구에게든 부탁하며 돈을 낼 생각은 없다." 콜드웰 씨가 말했다. 엘메다 콜드웰 부인은 그의 옆 마부석에 앉아 있었다. 부인의 얼굴이 마차를 뒤덮고 있는 캔버스 천 만큼이나 새하얗게 변해 있었다.

"이리 오세요, 엘메다." 나오미가 콜드웰 씨의 마차로 다가가며 다소곳이 말했다. "거기에서 내려오세요. 엄마랑 저도 걸어서 건널 거예요. 콜드웰 씨가 마차를 강물에 쓰러뜨리고 싶어 하시는 거라면 어머니를 거기에 계속 앉아 계시게 할 수는 없어요."

콜드웰 씨는 씩씩거리며 나오미를 노려보고 있었다. "엘메다는 괜찮을 거다, 과부 콜드웰." 그가 소리쳤다. 그의 눈이 다시 나에게 와 꽂혔다. 그가 노새의 고삐를 한 번 더 홱 잡아당겼다.

"저는 돈 받을 생각 없습니다, 콜드웰 씨." 내가 말했다. 그에게 돈 같은 건 받고 싶지도 않았다. 나는 그저 노새들에게 채찍질을 해대는 것이 마음에 들지 않았을 뿐이었다. "제가 헤엄쳐서 데리고 건널게요. 고삐 놓으시고 마차 위에 계속 계세요. 콜드웰 부인도 옆에 그냥 있으셔도 괜찮습니다."

나오미가 알 수 없는 표정으로 나를 쳐다보았다. 궁금해하는 것도 같고 경계하는 것도 같았다. 마치 나를 확신하지 못하는 듯한 얼굴이었다. 전에도 그녀의 그 표정을 본 적이 있었다. 나는 콜드웰 씨의 노새들에게 채워진 마구에 다시 한번 손을 뻗었고, 이번에는 콜드웰 씨도 저항하지 않았다. 입을 굳게 다문 채로 고삐를 쥔 손에 힘을 약간 빼고 나를 지켜봤다.

나는 콜드웰 씨의 노새들에게 내가 원하는 것과 내가 기대하는 것이 정확히 무엇인지를 보여주며 채찍질이나 고함 한번 없이 녀석들을 강물 속으로 들어오도록 구슬렸다. 그런 뒤 오래 지나지 않아 콜드웰 씨의 마차와 노새들, 그리고 콜드웰 씨 부부까지 강 건너편으로 데리고 갈 수 있었다. 콜드웰 씨는 나에게 고맙다고 하지 않았다. 하지만 엘메다 부인은 마차에서 내려올 때 내가 도움을 줄 수 있도록 허락했고, 두 다리가 땅 위에서 제대로 지탱할 수 있을 때까지 잠시 내 팔을 붙잡고 서 있었다.

마차 쉰 대와 이백여 명의 사람들이 별 탈 없이 빅블루 강을 건넜다. 모두들 옷이 젖고 지치긴 했지만 다시 힘을 내서 강변에 캠프를 세우기 시작했다. 해질녘이 되어 어둠 속 여기저기서 모닥불이 피어올랐다. 어둠 속에 핀 니포피아꽃들 같았다. 마차 행렬들은 저마다의 원을 만들고 불침번을 세워 동물들을 감시했다. 이미 정처 없이 헤매는 젖소들을 두고 사람들이 서로 옥신각신하고 있었고, 동물들이 뒤섞이면 서로 자기가 주인이라고 우기며 다툼을 벌이고 있었다. 나룻배로 장사를 하던 캔자스 족 원주민들은 이제 우리 캠프를 돌아다니며 먹을 것을 요구하고 있었고, 이주자들은 그들에게 순순히 먹을 것을 내어주었다. 마차 행렬 이주자들도 원주민들이 어떻게 공격하고 어떤 수모를 주는지에 대한 이야기를 들어 익히 알고 있는 것이다. 그 덕에 사람들은 고분고분 자신들의 물건을 원주민들에게 나눠주었다. 캔자스 족 원주민들은 나를 이상한 눈으로 쳐다보았다. 그들은 나를 어떻게 받아들여야 할지 감을 잡지 못하고 있었다.

"그쪽은 저 사람들 같지가 않아요." 나오미 메이가 나에게 절인 돼지고기와 히커리 나무 열매 냄새가 나는 것이 든 그릇 하나를 건넸다. 혹시 내가 방금 내 생각을 소리 나게 말했나 싶었다. 나는 너무 깜짝 놀라는 바람에 그녀가 건넨 것을 엉겁결에 받아들고 말았다. 이미 식사를 했는데도 말이다. 나는 동물들을 감시하기 위한 불침번에 이른 순번으로 선발됐다. 캠프 주변에 잔디가 풍부했고 동물들은 지금 나와 가까운 거리에서 풀을 뜯고 있다.

"누구하고요?" 내가 불만스레 물었다.

"내가 그동안 봤던 원주민들이랑요." 그녀가 어깨를 으쓱 했다.

"몇 명이나 봤는데요?"

내가 그녀를 불편하게 하려고 하는데도 그녀는 시선을 피하지 않고 있었다. 오히려 그녀가 나를 불편하게 하고 있었다.

"조금요."

"음…… 세상에는 많은 부족이 있어요." 나는 스튜를 크게 한 입 떠먹었다. 맛은 나쁘지 않았다. 나는 빨리 먹어 치울 생각으로 또 한 입 먹었다. 그래야 그녀가 그릇과 숟가락을 가지고 돌아갈 테니까.

"그쪽은 어느 부족이에요?" 그녀가 부드러운 목소리로 물었고, 나는 한숨을 쉬었다.

"나는 부족에서 자라지 않았어요." 내가 쏘아 말했다.

"그쪽은 내가 알고 있는 백인 남자들 같지도 않아요."

"그래요?"

"네. 그쪽은 굉장히 깔끔하고 단정해 보이거든요."

내가 반쯤 웃으면서 코웃음 쳤다. "저를 키워주신 분이 무척 깔끔한 백인 여성이셨어요. 모든 것에는 제 자리가 있죠. 저도 그렇고"

그녀가 씻은 지 얼마 안 된 나의 얼굴과 팔 위로 걸어 올린 소매를 쳐다보았다. 내 옷은 깨끗했고 머리카락도 마찬가지였다. 나오미가 갑자기 자신의 외모를 의식하는 듯 자신의 머리를 매만졌다. 그녀에게는 원피스 세 벌이 있었다. 분홍색, 파란색, 노란색. 전부 직접 지어 만든 옷이었고 아무런 장식도 없었다. 그래도 그 옷을 입은 그녀는 예뻐 보였다.

"라우리 씨의 자리는 어디인데요?" 그녀가 물었다. 그녀의 목소리에 내 가슴이 조이는 듯했다.

"네?" 나는 무슨 말인지 이해되지 않아 물었다.

"모든 것에게는 제 자리가 있다면서요."

빅블루 강

"바로 지금 저의 자리는 노새들과 함께 있는 겁니다, 콜드웰 부인." 나는 모자를 조금 젖혀 보인 뒤 그녀에게 빈 그릇을 주고 일어나 그녀를 지나쳐 걸어갔다. 그녀가 나를 따라왔다.

"나를 메이 아가씨라고 불러주면 좋겠어요. 나오미라고 부르지 않을 거라면요."

"콜드웰 씨는 어디에 있나요?"

"어느 콜드웰이요?"

"당신을 부인으로 만든 사람 말입니다." 내 목소리가 화난 듯 들려 나도 당황스러웠다. 나는 그녀가 과부라는 사실은 알았지만 어떤 연유로 과부가 됐는지는 알지 못했다. 과부가 된 지 얼마나 됐는지? 결혼생활은 얼마나 했는지? 나는 알고 싶었지만 묻기 두려웠다. 나는 걸음의 속도를 높였다. 그러자 그녀도 속도를 높였다. 나는 그녀가 그냥 돌아갔으면 좋겠다는 생각을 하면서 데임에게로 걸어갔다. 하지만 그녀는 웨브만큼이나 집요했다.

"대니얼 콜드웰이 나를 부인으로 만들었어요. 하지만 죽었죠. 그리고 나는 이후로는 콜드웰이 아니었어요. 하지만 거기에 결코 익숙해지지 못했죠. 때로 나는 그 사실을 아예 잊어버리고…… 잘못된…… 이름을 말하곤 해요." 그녀가 설명했다. "그쪽이 나를 콜드웰 부인이라고 부르면 나는 그쪽이 엘메다를 말하는 거라고 생각할 거예요." 그녀가 내 옆에 멈추더니 데임에게 손을 내밀었다. 데임이 그녀의 손에 코를 대고 칙칙 소리를 내며 그녀에게 인사했다.

"아카아." 내가 나직이 탄식했다.

"그 말을 많이 하네요. 무슨 의미예요?" 나오미가 물었다.

"무슨 특별한 의미가 있는 건 아니에요."

"한숨 쉴 때 그 말을 하던데요."

"그런 말이라고 보면 돼요." 나는 대개의 경우 내가 그 말을 하는지 깨닫지 못했다. 그 말은 나의 아주 어릴 적 기억에서 온 것이었다. 어머니가 지쳤거나 무엇이 궁금할 때 나직이 내뱉는 말이었는데, 아무런 의미도 없는, 혹은 모든 것을 담은 감탄사였다.

"그 말이 마음에 들어요."

"아가씨 때문에 내가 곤란해질 거예요." 내가 나직이 속삭였다.

"나 때문에요?"

"마차로 돌아가세요. 저는 지금 불침번을 서고 있어요. 그리고 당신이 나와 함께 있는 모습을 다른 사람에게 보이고 싶지 않아요."

"우리가 적절치 못한 대화를 하는 것도 아니잖아요."

나는 애벗이 해준 말을 떠올리며 몇 걸음 뒤로 물러서서 우리 사이의 간격을 벌렸다. 저 여자는 네 여자가 될 수 없어.

"모든 것에는 제 자리가 있는 법이에요." 내가 단호한 목소리로 말했다.

"나 때문에 화가 났군요."

"아니에요."

"그쪽이 다른 원주민들과 다르다고 말했던 건 모욕을 주려고 한 게 아니었어요. 단지 그쪽을 이해하고 싶었던 것뿐이에요."

"왜요?"

"그쪽은 행동을 백인같이 하잖아요. 백인처럼 말하고요. 대개는요. 그렇지만 백인은 아니잖아요."

"백인이에요." 나는 포니 족이기도 하지만 그만큼 백인이기도 했다.

"그래요?" 나오미는 놀란 목소리였다. "키워 주신 분이 백인 여성이라고 했죠. 그분이 어머니세요?"

"네." 내가 말했다. 그 '어머니'라는 단어를 여러 의미로 해석해 보자면 제니는 어머니가 맞았다. 그리고 나는 내 개인적인 이야기를 하고 싶지 않았다. 하지만 나오미가 차분히 관찰하는 얼굴로 고개를 갸우뚱 기울이며 빛나는 눈으로 나를 보았을 때, 나는 이미 내 이야기를 하고 있었다.

"나를 길러 주신 분은 아버지와 아버지의 아내 제니예요. 제니는 애벗 씨와 남매지간이고요. 제니가 나를 낳은 건 아니지만, 그런데도…… 나를 길러 주셨죠."

"낳아 주신 분은 누구예요?" 그녀가 물었다. 나는 화가 나려고 했다. 나오미 메이는 내가 만나본 여자 중에 가장 시끄러운 여자였다.

"포니 족 여인이었어요. 그런데 당신도 다른 사람들과는 달라 보이는군요." 내가 쏘아 말했다.

"다른 사람 누구요?" 그녀가 어리둥절해 하며 물었다.

나는 마차 행렬의 일행들을, 캠프를 가리켜보였다. 모닥불과 양철 그릇을 앞에 두고 옹기종기 모여 콩과 베이컨을 입안으로 떠 넣고 있는 사람들. "다른 여자들이요. 당신은 다른 여자들과 달라 보여요."

"여자를 몇 명이나 알고 있는데요?" 비꼬는 목소리였다. 나는 방금 전 내가 했던 말이 나에게 고스란히 되돌아왔다는 사실을 깨달았다. 그녀는 겁먹지 않는다. 그녀는 시끄러웠지만…… 그렇지만 나는 그녀가 좋았다. 또한…… 그녀를 좋아하고 싶지 않았다.

"내가 어떻게 다른데요?" 그녀가 따져 물었다.

"당신은 여기에서 나와 이야기하고 있잖아요." 그녀는 그 말에 반박하지 못했다. 다른 사람들 모두가(그녀의 형제들을 제외하고) 나와 늘

거리를 두고 있었다. 그것은 그 사람들 잘못이라기보다는 내 탓이라는 것을 알고 있었다. 나는 친절한 성격이 아니었고, 나오미와 친구가 될 수 없었다. 이제 그녀를 달아나게 할 시간이었다.

"당신은 다른 사람들이 무슨 생각을 하든 신경 쓰지 않는군요. 무심하거나 오만하거나 둘 중 하나겠죠. 하지만 나는 그중 어느 쪽도 될 수 없는 사람이에요." 내가 말했다.

그녀는 나에게 뺨이라도 맞은 것처럼 움찔했다. 내가 정확히 의도한 바였다. 모진 말들은 쉽게 잊히지 않는다. 그리고 나는 그녀가 내 말을 새겨들었으면 했다.

여자들이 문제였다. 여자들이 늘 문제였고, 앞으로도 문제일 것이다. 이것은 내가 일찍이 경험으로 체득한 진실이었다. 내가 어릴 때, 이제 막 소년티를 벗기 시작했던 때였다. 세인트조지프에 사는 콘웨이 부인이라는 사람이 있었다. 제니의 친구였다. 어느 날 그 여자가 나를 제니의 응접실 구석으로 몰아넣더니 자신의 손을 내 바지 아래로 미끄러뜨리고 혓바닥으로 내 목을 핥았다. 내가 겁에 질려 얼어붙자 그녀가 참지 못하고 내 뺨을 때렸다. 그로부터 몇 주 후에 그녀가 똑같은 짓을 다시 했고, 나는 호기심과 갈등을 느끼며 같이 키스를 했다. 나는 내 손과 입을 어디에 둬야 할지도 모르고 있었다. 그녀는 나에게 어떻게 해야 하는지 가르쳐주었고, 나는 그 순간을 즐겼다. 하지만 제니에게 우리의 모습을 들켰을 때 그 여자는 비명을 지르며 나에게서 떨어져 나갔다. 내가 강제로 했다고 주장했다. 그때 나는 배웠다. 여자는 믿을 족속이 못 된다는 것을. 그리고 사람들은 내 말을 믿어주지 않을 거라는 것을. 이후 그 여자의 남편이 나를 찾아왔었다. 아버지는 그 사람의 노여움을 풀어주기 위해 다가올 봄에 팔 예정이었던, 우리 농장에 있는 노새 새끼들 중에서 가장 좋은 놈 한 마리를 그에게 주었다.

학교에 있는 여자아이들은 나를 무서워했다. 선생님조차 나를 무서워했다. 그리고 남자아이들은 늘 나와 싸우고 싶어 했다. 하지만 대개의 경우 싸움을 시작하는 것은 내 쪽이었다. 싸움을 하고 나면 기분이 훨씬 좋아졌다. 그리고 나는 싸움을 잘했다. 선생님은 우리 아버지에게 내가 올바르게 행동할 줄 알게 될 때까지 학교에 보내지 말아 달라고 부탁했다. 아버지는 나를 수 족의 혼혈인 오탁타이에게 맡겼다. 아버지 밑에서 잠시 일했던 사람이었다. 오탁타이는 칼 쓰는 솜씨가 뛰어났고 격투를 벌이는 법을 알고 있었다. 그리고 그의 분노는 거의 나의 것만큼 거대했다. 그는 나를 지쳐 쓰러질 때까지 훈련을 시키고, 대련에서는 나를 흠씬 두들겨 패 주었다. 그러는 한편으로 제니는 나에게 읽고 쓰고 계산하는 법을 가르쳐 주었다. 언어와 숫자는 나에게 어려웠던 적이 한 번도 없었다. 그리고 나는 내 숱 많은 머리카락 아래에 건강한 정신을 가지고 있었다.

나는 커니 요새에 '아는' 여자들이 조금 있었다. 포니 족 여자들 약간, 블랙풋 족 여자 하나, 그리고 일리노이 출신의 창녀들 조금이었다. 그들은 요새 뒤편에 일렬로 오두막을 세워놓고 있었다. 사람들 모두 그 여자들이 뭐 하는 사람들인지 알고 있었고, 아무도 그것을 입에 올리지 않았다. 사람들은 방문에 대한 비용을 지급하고 자신의 순서를 기다렸다. 그리고 그 여자들은 그렇게 밥벌이를 했다. 템프시 대위는 어딘가에 아내가 있겠지만, 던이라는 이름의 블랙풋 족 여성을 개인적으로 가장 좋아했다. 그리고 그 여자를 다른 사람들과 공유하고 싶어 하지 않았다. 한번은 그 여자가 나를 보고 웃으며 내 가슴 위에 손을 올렸는데, 그것 때문에 우리 아버지의 계약이 전부 날아갈 뻔했었다. 뎀프시 대위는 나에게 관심을 다른 데로 돌리라고 명령했고, 나는 그의 말에 따라 집으로 돌아갔다. 늘 여자들이 문제였다.

"존 라우리, 당신은 내 생각 많이 안 하죠?" 나오미가 몽상에 젖어 있던 나를 현실로 쑥 잡아당기며 물었다.

"저는 당신 생각을 전혀 하지 않습니다. 콜드웰 부인." 나는 거짓말을 했다. 그리고 우리 둘 모두를 위해 그녀의 이름을 강조해 말했다. 나는 나오미가 꼭 제니 같은 말투로 나를 존 라우리라고 부르는 것이 싫었다. 그리고 이유도 없이 그녀에게 화가 났다. "나는 여자들이 믿지 못할 사람들이라는 걸 알거든요." 내가 말했다.

"나는 남자들이란 그냥 겁먹은 꼬맹이들이라는 사실을 안답니다. 하나님은 당신의 보잘것없는 기개를 보완해주려고 강한 몸을 주신 거예요."

"난 당신이 두렵지 않아요." 내가 다시 거짓말을 했다.

"당신은 나를 무서워하고 있어요, 존 라우리."

"저리 가세요, 꼬마 아가씨. 나는 당신의 놀림감이 아닙니다."

"나는 다양한 이름으로 불릴 수 있지만 꼬마 아가씨는 아니에요. 그리고 나는 친구를 놀림감으로 만들어본 적 없는 사람이에요."

나는 나의 키스를 원해 놓고 내가 응하자 비명을 지르던 여자를 떠올렸다. 나오미도 내가 키스를 하면 소리를 지르며 소란을 피울지 궁금해졌다.

"대체 내게 왜 이러는 거죠, 콜드웰 부인?" 내가 한숨을 쉬었다.

그녀가 나를 가만히 바라보았다. 그녀의 눈이 한번 깜빡이고 두 번 깜빡였다. 그녀의 기다란 속눈썹이 위아래로 쓸고 지나가며 나를 그 안으로 끌어당겼다. 그녀의 손목은 가늘었고, 나는 내 손으로 그녀의 양쪽 팔을 감싸 내 쪽으로 끌어당겼다. 그녀가 고개를 들어 나를 올려다보았다. 마치 위험을 감지한 노새처럼 그녀의 콧구멍이 벌름거렸다. 하지만 그녀는 순순히 내 쪽으로 다가왔다. 그녀의 숨이 내 얼굴을 간질였다. 내 입이 그녀의 입에 가까워졌을 때, 내가 할 수 있는 일이라고는 내 손 안에 있는 그 자그마한 뼈들을 으스러뜨리지 않는 것이 전부였다.

나는 거칠게 굴기로 마음먹었다. 아주 난폭하게. 그러면 그녀는 울며 도망갈 것이고 나는 혼자 남겨질 것이다. 아니면 그녀의 아버지가 커다란 소총을 가지고 와서 나에게 가버리라고 하겠지. 나에게는 좋은 일이었다. 나는 이제 이 마차 행렬의 느려 터진 속도에 지칠 대로 지쳐 있었고, 혼자서도 커니 요새까지 갈 수 있을 것이다. 아마 이 사람들보다 두 배는 빠르게 갈 수 있을 것이다.

하지만 마지막 순간에 나는 그렇게 할 수 없었다. 나는 난폭하게 굴 수 없었다. 그리고 그녀에게 키스를 할 수도 없었다. 그녀가 나를 향해 입을 들어 올리고 있었지만 나는 그녀의 입술은 외면해 버리고 그녀의 이마 위에 가벼운 입맞춤을 했다. 욕정도 벌도 아닌 부드럽고 달콤한 것이었다. 마치 아이가 제 엄마의 눈썹에 하는 것 같은 키스였다.

그녀가 물러서더니 나를 쳐다보았다.

"이런 건 내가 받고 싶은 키스가 아닌데요."

"아니라고요?"

"아니에요." 그녀가 진지하게 대답했다. 그녀가 깊은 한숨을 쉬었다. 그녀의 말들이 긴장한 듯 빠르게 터져 나왔다. "그쪽이 나를 처음 본 순간 하고 싶었던 키스 그대로 나에게 해주면 좋겠어요."

나는 그 귀여운 말에 약간의 헛웃음을 터뜨렸다. 그녀가 침을 꼴깍 삼켰다. 그녀의 목울대가 불편하게 움직이는 것이 보였다. 내가 그녀를 당황하게 만든 것이었다. 그녀의 손가락들은 구부러진 채 치마를 그러모으고 있었다. 마치 금방이라도 달아날 것처럼. 좋았어. 그것이 그녀에게 최선이었다.

그런데 내가 그녀에게 다시 다가섰다.

이번에 나는 신사적이지도 소심하지도 않았다. 그녀의 입술이 내 입술과 맞닿아 납작해졌다. 하지만 그녀는 뒤로 빼거나 나를 밀어내지 않았다. 그녀는 손가락을 내 머리카락 속으로 미끄러뜨렸다(내 모자는 이미 떨어진 상태였다). 내 머리카락을 너무 세게 잡아당기는 바람에 이빨이 그녀의 이빨과 딱 소리를 내며 부딪쳤고 내 등은 완전히 구부러졌다. 내 손바닥 안에 있는 그녀의 갈비뼈는 가냘팠다. 나는 그녀의 몸을 감싼 뒤 들어 올려 내 몸 위에 올라타게 했다. 나는 맹목적으로 대담하게 그녀의 입속으로 침입했고 키스를 했다.

하지만 그녀는 내가 예상했던 것보다 더 부드러웠다. 입술과 피부가 부드러웠고, 그녀의 볼륨이, 숨 소리가 부드러웠다. 그리고 그녀는 달콤했다. 나는 부끄러운 마음에 그녀를 밀어냈다. 그녀가 비틀거리며 내 팔을 향해 손을 뻗었지만 나는 이미 뒤로 물러선 뒤였고, 그녀는 얼굴을 일그러뜨리며 손바닥을 바닥에 짚고 넘어지고 말았다.

내 입에서 긴 욕이 나지막이 흘러나왔다. 제니가 들었다면 나의 뺨을 찰싹 때렸을 만한 말이었다. 아버지도 그 욕을 많이 했지만 여자 앞에서 해서는 안 된다는 사실 정도는 아버지도 알고 있었다. 내가 앞으로 다가가 나오미를 일으켜주려 했지만, 나오미는 내가 내민 손을 무시하고 내 도움 없이 혼자서 벌떡 일어났다. 잘 됐다. 그녀의 몸에 다시는 손대지 않는 것이 좋을 것이다. 내 두 손은 떨리고 있었고 두 다리에도 힘이 빠진 듯했다. 나는 손등으로 내 입에서 키스의 흔적을 훔쳐냈다.

그녀가 손바닥을 탁탁 털더니 치마를 흔들어 털었다. 그늘 속에서도 그녀의 입술이 새빨개진 것이 보였다. 내가 너무 강하게 키스를 한 것이다. 키스를 또 하고 싶은 마음이 굴뚝같았다. 그녀가 나의 눈을 피했다. 내 목적이 달성됐다는 확신이 들었다. 그녀는 지금 나에게 화가 나 있었다. 잘 된 것이다. 이것이 최선이다. 하지만 만회의 필요성을 느끼며 내 심장이 두방망이질 치고 있었다.

"당신이 왜 이렇게 불친절하게 구는지 알아요." 그녀의 목소리는 온화했다. 나는 다시 한번 망연자실했다.

"왜인데요?" 내가 숨이 턱 막혀 물었다.

"당신은 우리가 같다고 생각하지 않으니까요."

"안녕히 가세요, 콜드웰 부인." 나는 그녀의 대답을 무시하고 말했다. 그녀가 가 버렸으면 했다. 가지 않았으면 했다. 나를 용서해줬으면 했다. 나를 포기했으면 했다.

"앤더슨 부부는 노르웨이 사람들이에요. 맥닐리 부부는 아일랜드 사람들이고요. 요한 그루버는 독일 사람이에요. 당신은 일부분은 인디언이고, 나는 과부예요." 나오미가 어깨를 으쓱했다. "우리 모두 서로가 필요해요. 우리 모두 서로의 곁에서 평화롭게 살 수 있지 않을까요? 우리 모두가 서로 똑같을 필요는 없다고요."

"섞이지 않는 문화도 있는 법이에요. 그건 지느러미가 있지만 땅 위에서 살려고 하는 것 같은 거예요." 내가 작게 속삭였다.

그녀가 작게 무슨 말인가를 했다. 나는 그 말을 듣기 위해 머리를 숙였다.

"뭐라고요?" 내가 물었다.

"그럼 거북이가 되라고요." 그녀가 한 글자 한 글자에 힘을 주며 말했다. 그녀가 갑자기 빙긋 웃었다. 그녀의 예쁜 얼굴에서 치아가 반짝였다. 나는 크게 웃음을 터뜨렸다. 그 솔직함 앞에 무장해제 되어 나도 모르게 웃음이 터져 나왔다. 나의 불편함, 방어적인 것들이 달빛 속에 녹아들고 있었다.

"잘 자요, 존." 그녀가 돌아서며 말했다. 나오미는 미루나무 잡목림에서 바보 같이 미소 짓고 있는 나를 남겨둔 채 공터에서 캠프 쪽으로 걸어갔다. 나의 말 데임이 바보 같은 내 모습을 본 유일한 목격자였다.

그녀는 달랐다. 무척 달랐다.

내가 아는 사람들 대부분 겁쟁이들이었다. 나를 포함해서.

하지만 나오미 메이는, 아니 나오미 콜드웰은 겁쟁이가 아니었다.

4
콜레라

나오미

"엄마?" 나는 엄마가 아직 깨어 있는지 어떤지 몰랐다. 엄마와 나는 오늘 마차 안에서 잠을 청하고 있었다. 캠프가 정적에 휩싸인 지 30분은 되었는데 내 마음은 아직도 진정되지 않고 있었고 내 심장은 속도를 늦추지 못하고 있었다. 존이 나에게 키스하게 한 후부터 계속 이러고 있었다. 나는 그때 내가 무얼 하고 있는지 정확히 알고 있었다. 존도 알고 있었을 것이었다.

"뭐라고 했니, 나오미?" 엄마 목소리에 힘이 없었다. 나는 하마터면 아무것도 아니에요, 라고 말할 뻔했지만 이야기를 해야만 했다.

"세인트조지프의 그 거리에서 존 라우리를 처음 본 순간부터 그 남자를 좋아하게 됐어요." 내가 속삭이는 목소리로 빠르게 고백했다. "저도 이유를 모르겠어요."

"엄마도 알아." 엄마가 중얼거렸다. 그러자 내 심장이 제 속도를 찾았다. 엄마에게는 언제나 그런 능력이 있었다.

"엄마랑 아빠도 그랬었어요?" 내가 물었다. "처음 본 순간, 바로 그 자리에서 알았어요?"

"아니." 역시 엄마다웠다. 거짓말하지 않고 솔직히 말하는 엄마.
"엄마랑 아빠는 너와 대니얼의 관계와 더 비슷했단다."
"친구요?"
"그래. 친구였지. 그런데 엄마는 아빠를 좋아했었어. 아빠도 엄마를 많이 좋아했었고. 누군가가 나를 많이 좋아해 준다는 건 늘 근사한 일이잖니. 그리고 너희 아빠는 자기가 날 좋아하고 있다는 사실을 내가 알도록 했어."
"나도 존에게 내가 좋아한다는 사실을 알게 했어요."
"엄마도 알고 있어."

엄마가 나를 놀리려 한다는 걸 알면서도 가슴 속에 부끄러움이 차올랐다. 나는 존을 졸졸 쫓아다니고 싶지는 않았다. 내가 그 남자를 너무 많이 원하고 있다는 사실이 특히 마음에 들지 않았다. 하지만 나도 어쩔 수가 없었다.

"만약에 그 사람이 나쁜 사람이라면...... 그런데 나에게 붙잡혀 준다면 어떻게 해요?" 내가 걱정하는 목소리로 물었다.

"엄마가 라우리에 대한 꿈을 꿨어. 그 사람은 나쁜 사람이 아니야. 그렇지만...... 그 사람이 너에게 잡혀줄지는 엄마도 모르겠구나. 그 사람은 불신과 부정으로 가득 차 있어. 인내심이 필요할 거야, 나오미. 인내심과 이해심이. 그리고 네가 그 둘 중 하나라도 보여줄 수 있을 정도로 그 사람이 우리 곁에 오랫동안 있어 줄지는 모르겠구나."

나는 엄마의 꿈과 내가 영원히 짝사랑만 하면서 혼자 남겨질지도 모른다는 실망스러운 진실 중 어느 것에 먼저 덤벼야 할지 알 수 없었다.

"엄마 꿈 이야기해주세요."

엄마는 꽤 오랫동안 말이 없었다. 내가 일어나 앉았다. 어둠 속에서 엄마의 표정은 보이지 않았지만, 엄마의 눈만큼은 반짝반짝 빛나고 있었다. 나는 엄마가 잠든 것이 아니고 생각하고 있다는 사실을 알았다.

"거대한 새가 물속에서 나오는 걸 본 적 있니?"

"엄마." 엄마가 다른 생각 중이었다고 생각한 나는 낮게 탄식했다. 그런데 엄마가 이야기를 계속 이어 나갔다. 졸린 목소리였다.

"엄마 꿈에 커다란 흰색 새 한 마리가 두 날개를 크게 펄럭이면서 물 밖으로 나왔단다. 새가 날아오르는데 남자의 몸으로 변하기 시작했고, 날개는 깃털로 만든 머리 장식이 되었지. 세인트조에서 포타와토미 족 추장이 쓰고 있던 것 같은 깃털 장식 말이야. 그 새가 사람으로 변해서 물 위를 걸었어……. 성경 속 예수님처럼 말이야……. 그렇게 건너편 해안까지 걸어갔단다. 그런데 그 사람의 얼굴이 존 라우리의 얼굴이었어. 그게 무슨 의미인지는 나도 모르겠지만. 나오미, 엄마는 존 라우리를 만나기 오래 전부터 그 꿈을 꿨단다."

"꿈에서…… 느낌이 어땠어요?" 나는 엄마에게는 꿈이 어떤 느낌으로 다가왔는지가 가장 중요한 부분이라는 사실을 알고 있었다.

"슬펐어. 너무도…… 슬펐어, 나오미. 하지만 감사한 마음도 들었지." 엄마가 속삭였다. "마치 그 남자가 우리를 도와주러 온 것 같았단다. 내가 물속으로 가라앉기 시작했거든. 베드로처럼. 그런데 그 남자가 나에게 손을 내밀더니 나를 끌어올려 준 거야." 엄마가 성서를 이야기할 때는 아무도 반박하지 못했다.

"물 위를 걷는 예수님처럼요?" 내가 나에게도 들릴 듯 말 듯 한 목소리로 가만히 물었다. 하지만 엄마는 내 말을 그대로 반복해 말했다.

"물 위를 걷는, 마리아의 아들 예수처럼."

존

빅블루 강을 건넌 후부터는 북쪽 방향의 리틀블루 강을 따라서 플랫 강과 내 여정의 종착지인 커니 요새를 향해 쭉 가기만 하면 되었다. 이쪽 지역은 나에게 익숙한 지역이었다. 하지만 나오미는 처음이었다. 정오 식사가 끝난 후 나오미의 어머니는 마차에 올라타 메이 씨의 옆자리에 앉아서 가기로 마음을 정했다. 나오미는 트릭을 타고 가고 있었다. 트릭은 우리 아버지가 약속했던 대로 놀라울 정도로 착한 노새였다. 나오미는 지금 공책에 또 무엇을 쓰고 있었다. 안장뿔 위에 가방을 얹어 놓고 그 위에 공책을 펼쳐놓고 있었다. 노새의 걸음마다 그녀의 몸이 흔들렸고, 그녀의 손은 공책 위에서 크게 움직이고 있었다. 키스를 해 그녀를 쫓아 보낸 사람은 나였는데, 지금 데임 위에 올라타 그녀 옆으로 우물쭈물 다가가고 있는 사람도 나였다. 그녀가 지금 뭘 하고 있는지 보고 싶었다.

"항상 그 공책에 글을 쓰고 있군요." 내가 말했다. 비난하는 목소리였다. "그러다가 떨어져요."

나는 내가 지금 그녀의 옆에 와 있는 것이 우연인 것처럼 보이기 위해 앞만 보려 노력했다.

"쓰는 거 아니에요."

그녀가 더이상 말이 없어 나는 그녀를 쳐다볼 수밖에 없었다.

그녀가 나를 쳐다보며 코에 주름을 만들고 빙긋 웃으며 고개를 흔들었다. 머리 위에 있던 보닛은 머리 뒤로 벗겨져 있었다. 오후의 햇살이 그녀의 밤색 머리카락을 붉게 바꾸어 놓았다. 보닛을 제대로 쓰지 않으면 주근깨가 백 개는 더 생길 것이었다. 그렇지만 나는 별말 하지 않았다. "나는 말에는 관심이 없어요." 그녀가 말했다.

"말에 관심 없다고요?" 내가 물었다.

"종이에 쓰는 말에는 관심 없어요."

"다른 종류의 말이 또 뭐가 있는데요?"

"입으로 하는 말이요. 그런 말에는 관심 있어요." 나오미가 대답했다.

나는 이해가 되지 않아 끙 앓는 소리를 냈다.

"나는 좋은 대화를 좋아해요. 관심이 가는 사람과 나누는 대화를요. 당신은 관심이 가는 사람이에요. 당신과 이야기를 더 자주 나누고 싶어요." 그녀가 눈썹 사이를 찡그리더니 얼굴을 찌푸렸다. "내가 입 다무는 법을 배우지 않으면 말 때문에 곤경에 처할 거라고 아빠가 그러셨어요. 존 라우리 당신 생각에도 내가 문제인 것 같나요?"

"그렇다는 거 알잖아요." 내가 말했다.

그녀가 웃었다.

"그리고 나를 존 라우리라고 부르지 말아요." 내가 툴툴대며 말했다. 그녀가 나를 존 라우리라고 부를 때면 제니 생각이 났다. 나는 나오미가 나에게 제니를 떠오르게 하지 않았으면 했다.

"그럼 나는 당신을 존이라고 부르고, 당신은 나를 나오미라고 부르는 건 어때요?"

나는 고개를 한번 끄덕여 보였다. 그렇지만 나는 그녀를 콜드웰 부인이 아닌 다른 이름으로 부르게 될 거라 생각하지는 않았다. 이름을 소리 내 부르는 일은 없을 것이다. "글을 쓰는 게 아니면 뭐 하는 건데요?" 내가 물었다.

"그림 그려요. 그림을 잘 그리면 말을 할 필요가 없거든요."

"한 번 봐도 돼요?"

그녀는 잠시 생각하는 듯 보였다. 마치 내 껍질을 벗기기라도 할 것처럼 나를 뚫어지게 쳐다보았다. 나는 시선을 돌렸다. 그녀를 오래 쳐다볼 수가 없었다. 내가 분수를 잊고 있었다.

"좋아요. 하지만 한 가지 약속해요." 그녀가 말했다.

"뭘요?"

"나를 두려워하지 말아요."

나는 깜짝 놀라 움찔했다. 하지만 그녀가 나를 놀리고 있는 것 같지는 않았다. 그녀가 나에게 가죽 장정 공책을 내밀었다. 그러고는 재빠르게 고개를 돌려 앞을 바라보았다. 내가 자신의 공책을 살펴보는 모습을 보고 싶지 않은 것 같았다. 전혀 그럴 것 같지 않았는데 그녀의 쑥스러워하는 모습이 그 순간을 더욱 은밀한 것으로 만들어주었다. 나는 순간 페이지들을 감추고 있는 작은 잠금쇠를 푸는 것이 망설여졌다.

"두려워하지 않겠다고 약속했잖아요." 그녀가 꾸짖었다.

나는 그런 약속을 하지는 않았는데 아무래도 내가 공책을 본다는 것이 그 조건을 받아들였음을 의미한 것 같았다. 나는 데임의 고삐와 리드줄을 안장뿔에 감아 두 손을 자유롭게 했다. 그리고 나오미의 공책을 열었다. 그 어떤 것보다도 그 안이 궁금했다. 이제 막 그녀와 관계를 가지려는 것 같은 설렘이 느껴졌다. 서두르고 싶지만 아프게 하고 싶지는 않은 그런 느낌.

나는 풍경화를 기대했다. 양쪽으로 드넓게 펼쳐진 평야와 함께 강과 산, 하늘 같은 그림이 있으리라 기대했다. 그리고 실제로 풍경도 조금 있었다. 보는 즉시 무엇을 그린 것인지 정확히 알 수 있는 그림들이었다. 캔자스에 있는 지류들과 번개로 갈라진 하늘, 빗물에 흠뻑 젖은 습지대들, 동물 사체와 바퀴 자국 주변 여기저기에 사람들이 버리고 간 짐들. 섬세한 골회자기가 한가득 들어있는 버려진 궤짝 옆에 있는 작은 무덤 하나, 그리고 또 다른 무덤 하나. 나오미는 그 그림에 '상자 안의 뼈들'이라는 제목을 써 놓았다.
 하지만 내 마음을 움직인 것은 다름 아닌 얼굴들이었다.
 페이지마다 얼굴로 가득했다. 다 알고 있다는 듯의 눈으로 지친 미소를 짓고 있는 나오미의 어머니 얼굴을 알아보았다. 나오미의 형제들이 좋아하는 나오미 아버지도 있었다. 힘들어 보이는 얼굴이지만 희망에 부풀어 있는 듯했다. 그리고 나오미 형제들의 모습, 애벗의 모습, 걸어가는 여인들의 모습, 지칠 줄 모르는 아이들의 모습이 담겨 있었다. 빌리 젠슨이라는 꼬마 아이의 얼굴도 있었다. 세인트조에서 출발한 지 사흘째 되던 날 자기 아버지의 마차에서 떨어지는 바람에 바퀴에 깔려 몸이 으스러진 아이.
 나오미는 무슨 그림을 그리 열심히 보고 있나 하고 내 쪽을 쓱 보았다.
 "빌리 그림은 아이의 어머니께 드리고 싶었어요. 그런데 지금 당장은 너무 힘드실 것 같아서."
 나는 고개를 끄덕이고 다음 페이지로 넘어갔다. 내 그림이 잔뜩 있었다. 왼쪽 모습, 오른쪽 모습, 앞모습, 뒷모습. 그녀의 시선으로 본 나의 모습이 마음에 들었다. 초록빛 눈동자와 분홍색 입술, 주근깨 코를 지닌 그녀의 실력에 감탄했다. 쉴 새 없이 떠들어대는 여자들, 거절의 말은 사절인 여자들은 그런 그림을 그리지 않는다. 나는 이런 그림을 그리는 사람을 그 누구도 알지 못한다.

"당신을 처음 본 순간 당신을 그리고 싶다는 생각이 들었어요. 계속 쳐다보게 되더라고요." 나오미가 말했다. "그래서 결국 당신을 닮아 나게 했지만 나도 어쩔 수가 없었어요. 당신은…… 아름다운……" 그녀가 말을 하다가 멈추더니 다시 말을 바꾸었다. "당신은 잊지 못할 얼굴을 가지고 있거든요."

나는 기쁘고 또 어리둥절했다. 내가 아무 말도 하지 않자 그녀는 내가 이해해 주기를 간절히 원하는 것처럼 계속해서 말을 했다. "나는 무엇보다도 사람들 얼굴을 그리는 게 좋은 것 같아요. 아빠는 풍경화가 신문사에 팔기는 더 수월할 거라고 하셨어요. 하지만 대부분의 경우 이 세상의 풍경들은 그 안에 머무는 사람들과는 상대가 안 되거든요."

나는 할 말을 잃은 채 내 눈과 입과 턱을 내려다보았다. 그림 속에서 아버지가 보였다. 어머니가 보였다. 제니도 보였다. 그것이 어떻게 가능한 것인지 궁금했다.

"내 생각에 그건 감정인 것 같아요." 나오미가 말했다. 나의 침묵 가운데 나오미는 여전히 자기 해명을 하느라 바빴다. "표정들 말이에요. 풍경은 바람이 불고 비가 내려야 변하잖아요. 하지만 얼굴은 매 순간 변해요. 나는 그림으로 그 속도를 따라갈 수가 없어요. 그리고 모든 얼굴은 저마다 다 다르고요. 당신 얼굴은 그중에서 가장 달라요."

나는 공책을 그녀에게 휙 내밀었다. 그녀가 얼떨떨한 얼굴로 받았다.

"존?"

"실력이 좋으시군요, 콜드웰 부인." 내가 말했다. 내 말투가 너무 딱딱하고 뻣뻣해서 리틀블루 강으로 나를 던지면 뗏목처럼 떠내려갈 수

콜레라 103

도 있을 것 같았다. 나는 데임에게 앞으로 가도록 박차를 가한 뒤 나오미와 그녀의 많은 얼굴들을 남겨둔 채 자리를 떴다.

 마차 행렬에 성인 남자 예순다섯 명과 큰 사내아이 스물다섯 명이 있다는 걸 감안했을 때, 나는 나의 몫보다도 훨씬 더 오래 불침번을 섰다. 어쨌든 나는 노새들을 목적지까지 안전하게 전달하기 전까지는 잠을 제대로 잘 수 없을 것이었다. 나는 내 동물들이 걱정되었다. 마차 행렬의 남자들은 전부 피곤에 절어 있었고 불침번을 건성으로 섰다. 감시해야 할 소와 말뚝 박아야 할 말의 수는 너무 많았다. 나는 내 동물들을 가능한 한 내 가까이에 두려고 했고, 대개는 내 동물들이 풀을 뜯고 있는 곳에 텐트를 치고 귀를 쫑긋 세운 채로 잠을 청했다. 매일 저녁 식사 후에 잠깐 눈을 붙인 덕분에 나는 크게 지치지 않을 수 있었다.
 빅블루 강을 건너고 이틀째 되던 밤, 불침번을 끝내고 텐트로 돌아갔는데 웨브 메이가 내 텐트에서 기다리고 있었다. 내 안장을 베고 내 침낭 위에 몸을 웅크린 채로 내 이불을 어깨 위까지 덮고 있었다. 나는 아이를 흔들어 깨웠다.
 "웨브. 늦었어. 너희 마차로 돌아가야지 꼬마야. 가족들이 걱정할 거야."
 아이가 깜짝 놀라 일어나 앉았다. 자신이 잠들었다는 사실에 화가 나는 모양이었다.
 "엄마가 아기를 낳고 있어요. 엄마가 비명을 지르거든요. 아기를 낳는 건 엄청나게 아픈 일이에요, 라우리 씨. 엄마가 비명 지르는 소리를 듣고 싶지 않았어요. 그래서 여기로 온 거예요."

"가자. 어서." 내가 말했다. 나는 걱정으로 가슴이 조여왔다.

마차에서 멀지 않은 곳에 이르렀는데 아기 울음소리가 대기를 갈랐다. 바람에 실려 온 늑대의 울음소리 같았다.

"저 소리 들려요, 라우리 씨?" 웨브가 말했다. 아이의 졸린 얼굴이 경이감에 젖어 환해졌다.

아기는 숨으로 자신의 폐 안을 채우고는 또 한 번의 울부짖는 소리를 내뱉었다. 새벽 2시가 다 된 시간이었는데도 캠프의 사람들이 안도하며 움직이는 소리가 들려왔다.

나는 모닥불 옆에 아이들과 함께 몸을 옹송그리고 앉아 기다렸다. 윌리엄 메이 씨가 마차에서 내려왔다. 그의 볼 위로 눈물이 흘러내리고 있었다. 메이 씨는 모두 잘 끝났다고, 아들을 하나 더 낳았다고 말했다. 그 말을 듣고 나는 아이들에게 작별 인사를 했다.

마차들을 따라 빙 도는데 나오미의 모습이 보였다. 양동이 하나를 두고 빨래를 하고 있었다. 양쪽 소매는 걷어붙였고, 단추들이 풀려 그녀의 새하얀 목이 드러나 있었다. 나오미의 원피스는 새까만 얼룩으로 더러워져 있었고, 머리카락은 부스스하게 풀려 있었다. 그녀의 가느다란 허리까지 떨어지는 머리카락이 달빛 속에서 춤추고 있었다.

"아기는 건강해요? 어머니도요?" 내가 물었다.

"네, 괜찮아요." 그녀의 목소리는 덤덤했고 힘이 없었다. 나는 우뚝 멈춰 섰다. 그녀가 손을 흔들어 물기를 털어 내고 양동이를 뒤집더니 의자처럼 그 위에 앉았다.

"또 남동생이에요. 예쁘고…… 작은…… 남자아이."

"여동생을 원했어요?"

"네. 나를 위해서는 아니고…… 엄마를 위해서요. 그래도 아기는…… 아기는…….." 그녀는 마치 자신조차 자기 기분을 모르겠다는 듯이 말을 잇지 못했다. 그녀가 다시 말했다. "엄마는 내가 아기 이름을 지었으면 좋겠대요. 알파벳 'W'로 시작하는 이름이 생각이 안 나요. 우리 가족 모두 더블유로 시작하는 이름이거든요." 그녀가 나를 올려다보았다. 두 눈은 지치고 슬퍼 보였다. 나는 무슨 말을 해야 할지 몰랐다.

"당신 이름은…… 나오미잖아요. 그러니까 당연히…… 다른 알파벳으로 시작해도 될 것 같은데요."

"내 이름은 원래 윌마라고 지으려고 했었대요. 그런데 내가 태어나기 전에 엄마가 꿈을 꾸셨는데 성경 속 나오미가 나왔대요. 엄마 말씀으로는 그것이 하나님의 계시였고, 그래서 저 혼자 이름이 더블유로 시작하지 않는 거예요."

"윌마보다는 나오미가 더 마음에 드는데요." 내가 가만히 고백했다.

"나도요. 하나님 감사합니다. 저희 엄마에게 꿈으로 보여주셔서요. 저에게도 보여주시면 안 될까요? 제가 이름을 뭐라고 지어야 할지 알 수 있게요?" 나오미는 진심을 담아 기도를 하고 있는 것 같아 보이지는 않았지만 하늘을 올려다보고 있었다. 그녀의 목소리에서는 진이 다 빠져 있었고, 나는 그녀를 위로하기 위해 이름을 생각해보려 했지만 아무것도 떠오르지 않았다.

"왜 여기에 와있는 거예요, 존?" 늦은 시간이잖아요." 그녀가 물었다.

"웨브가 내 텐트에서 자고 있더라고요. 어머니가 비명 지르는 걸 듣고 싶지 않았대요."

나오미의 아래턱이 작게 떨렸다. 그러더니 입술이 떨리기 시작했다. 나는 내 멍청한 행동을 자책했다. 나오미가 자신의 더러워진 원피스를 내려다보며 한숨을 크게 들이쉬었다.

"엄마는 비명을 지르지 않으셨어요. 고통이 극심했던 1분을 빼고는요. 그리고 엄마는 조용히 신음하신다고요. 엄마는 내가 아는 사람 중 가장 강한 사람이에요. 엄마에게는 나도 거의 필요 없다시피 했어요. 엄마는 각 단계마다 어떻게 해야 하는지 알고 계셨거든요. 웨브가 태어날 때 나는 열두 살이었고 너무 어려서 엄마를 도와드리지 못했었어요. 그래도 그때는 침대도 있었고 산파도 있었죠. 저는 콜드웰 부인이 와서 도와줄 거라고 생각했는데 그분도 지금 병에 걸린 모양이더라고요. 병에 걸려 몸져누운 사람이 많아요."

"헤이스팅스 씨 일꾼 중 하나인 조 더건도 오늘 밤에 죽었어요. 혹시 들었어요?" 나는 이 이야기를 해도 되나 망설이며 물었다. 그 남자는 병에 빠르게 굴복했다. 오늘 정오까지도 괜찮았었는데.

"지금까지 몇 명이나 죽었어요?"

"다섯이요."

"세상에."

"애벗 말로는 내일 다시 출발할 거래요. 콜레라를 피하기 위해서. 원인이 콜레라가 맞다면 말이죠."

"오 안 돼." 그녀가 신음했다. "엄마가 하루는 쉬셨으면 했거든요."

"우리로서는 더 깨끗한 물을 찾아서 계속 가는 게 최선이에요. 사람들이 웅덩이나 강둑에서 물을 떠오고 있잖아요."

"강까지 내려가기가 힘들어서 그래요. 진흙이 수렁 같아서 자칫하면 빠져나오기가 힘들거든요. 어젯밤에도 윌이 양동이에 물을 떠오려고 내려갔다가 부츠 한쪽을 잃어버렸어요."

"알고 있어요."

"우리가 병으로부터 도망칠 수 있을까요?"

"도망치는 게 우리가 할 수 있는 최선이에요." 내가 말했다. 나오미가 고개를 끄덕였다.

"지금 어머니와 아기는 누구랑 있어요?" 인제 그만 그녀가 들어가 쉬기를 바라며 내가 물었다. 머지않아 동이 틀 것이고, 그녀에게는 휴식이 필요했다.

"아비가일이 엄마와 함께 있어요. 아기는 온당 그래야 한다는 듯 엄마 젖을 먹었고, 지금은 아기와 엄마 모두 잠들었어요. 아기는 정말 작고 귀엽고 소중해요. 사랑스러운 존재가 될 거예요. 솔직히 말하면…… 나는 벌써 아기를 사랑하고 있어요." 그녀가 마치 울음을 참는 것처럼 한쪽 손을 입에 갖다 댔다. 그래도 울음을 터뜨리지는 않았다. 그 대신 그녀는 허리를 꼿꼿이 세웠다.

"당신도 이제 자야 돼요. 너무 많은 것들을 하고 있어요."

"난 아직은 자고 싶지 않아요. 내 동생의 이름을 생각해야 하거든요. 이름이 필요해요. 그런데 나는 몸을 움직여야 생각이 잘 떠오르는 편이거든요. 그래서 조금 걸으려고요. 혹시 나랑 같이 걸을래요?"

내가 낮게 신음했다. 우리는 하루 종일 걸었다.

"또 키스 해 달라고 하지는 않을게요." 그녀가 슬픈 목소리로 말했다. "약속해요."

나는 한 손을 내밀어 그녀가 일어설 수 있게 도왔다. "5분이에요. 5분만 걸을 거예요. 당신 지금 지쳤어요. 나도 지쳤고."

그녀는 한숨을 쉬면서도 알겠다는 듯이 고개를 끄덕였다.

"존 라우리, 혹시 다른 이름도 있나요?" 그녀가 물었다.

나는 잠시 생각에 잠겨 아무 말도 하지 않았다. 내 포니 족 이름을 묻는 걸까?

"그냥 존 라우리예요? 가운데 이름은 없어요?" 그녀가 덧붙여 물었다. 어둠 때문이었을까, 아니면 그녀의 처연한 목소리 때문이었을까. 나는 아무에게도 한 적 없는 내 이야기를 그녀에게 하기 시작했다.

"내 어머니는 나를 '핏쿠 아쑤'라고 부르셨어요."

"다시 말해봐요." 그녀가 속삭였다. 내가 다시 말하자 그녀가 그 이름을 똑같이 따라 하려고 했다. "무슨 의미예요?"

"두 발이요."

"그럼 거북이는 뭐라고 불러요?" 그녀가 놀리듯이 물었다.

"이카스."

"마음에 들어요. 그런데 알파벳 더블유로 시작하진 않네요." 그녀가 말했다.

나는 웃었고 그녀는 시무룩해졌다. 그녀의 강인한 기개도 피곤함 앞에서는 고개를 숙였다.

"아기 소리가 꼭 늑대 새끼가 내는 소리 같았어요. 아기 우는 소리를 듣자마자 처음으로 한 생각이었어요." 내가 말했다.

그녀가 눈을 들어 어둠 속에서 나를 빤히 바라보았다. "우리 증조할머니 성함이 울프였어요. 제인 울프."

"울프 메이." 내가 발음해보았다.

"울프 메이." 그녀가 고개를 끄덕이며 중얼거렸다. "마음에 들어요. 하나님은 아기에게 강한 이름이 필요할 거라는 걸 알고 계세요."

"그리고 알파벳 더블유로 시작하죠." 내가 덧붙였다. 그러자 그녀가 가만히 웃었다. 그 기분 좋은 소리를 듣자 내 심장이 빠르게 뛰기 시작했다.

"당신 이제 자야 해요, 나오미." 그녀의 이름이 내 혀 위에서 감미로운 소리를 내며 빠져나갔다. 나는 그녀에게 들키고 싶지 않았던 무언가를 드러내고 말았다는 사실을 깨달았다.

"이제 자려고요, 존. 도와줘서 고마워요. 언젠가 동생이 자기 이름을 어떻게 지었는지 궁금해할 거예요. 그때 당신에 대해서, 그리고 이 여정에 대해서 아이에게 말해 줄게요." 그녀가 한숨을 쉬고 희미하게 웃었다. "울프 메이. 막내 울프. 좋은 이름이에요." 안심하는 목소리였다. 그녀의 말에 내 가슴이 부풀어 올랐다.

나는 이번에는 잘 자라는 인사를 하지 않았다. 그녀 곁에 있고 싶었지만, 내가 할 수 있는 거라고는 그냥 그 자리를 뜨는 것뿐이었다. 나는 고개를 숙이고 텐트 안으로 들어갔다. 하지만 나는 곧 비누 한 조각과 애벗의 물통에서 떠온 물이 들어있는 양동이를 가지고 밖으로 나갔다. 그리고 몸을 비벼 씻기 시작했다. 내 생각 속에서 나오미 메이에 대한 것을 모두 씻어내고 싶었다. 커니 요새에 도착하면 나는 다시 미주리로 돌아갈 것이고 그녀는 캘리포니아로 계속 갈 것이다. 다시는 그녀를 보지 못할 것이다. 그 생각이 내 뱃속에 허기처럼 들어앉아 그 밤 내내 내 속을 온통 휘저어 놓았다.

나오미

엄마는 아침부터 다시 걷기 시작했다. 아기 울프는 포대기에 싸 가슴에 꼭 끌어안았다. 엄마와 아빠는 내가 선택한 이름을 듣고 망설이지 않았다. 실제로 엄마와 아빠는 내가 예상했던 대로 울프 할머니를 떠올리며 고개를 주억거렸다. 나는 그것이 존이 지어준 이름이라는 말은 하지 않았다. 그건 우리 둘만의 비밀이었다. 나는 첫 며칠 동안은 엄마의 일들을 감당하기 위해 최선의 노력을 다했다. 마차가 멈추면 엄마를 곧장 쉬게 하고 내가 음식을 준비하고 빨래를 하고 가족들을 돌보았다.

우리가 가는 경로를 따라서 번지고 있는 유행병 때문에 사람들 모두 신경이 곤두서 있었다. 우리 마차 행렬에 있던 어떤 가족은 몇 시간 차로 아버지와 어머니를 모두 잃었고, 결국 열 살도 되지 않은 아이 넷이 고아로 남겨지고 말았다. 어느 아저씨 한 분이 그 아이들을 모두 거두어 주었는데 그 다음날에는 정작 자신의 아내를 잃고 말았다. 결국 그 일가족(마차 두 대, 아이 여덟 명, 성인 남자 한 명, 양 세 마리, 황소 네 마리)은 미주리로 방향을 돌려야만 했다. 열네 살짜리 남자아이가 마차 한 대를 몰았다. 우리는 죽음의 갑작스러운 격노에 어안이 벙벙한 채로 그들이 되돌아가는 모습을 지켜볼 수밖에 없었다. 그전까지는 어떤 고난과 어려움 있더라도 결국 우리가 모두 견뎌내리라는 환상 같은 것 속에 지내고 있었다면, 이제 그런 환상은 모두 사라져 버렸다. 우리의 정신이 우리들에게 작은 거짓말들을 속삭이고 있는 것은 아닐까 하는 생각이 갑자기 들었다. 너는 괜찮을 거야. 너는 훨씬 더 강하고 똑똑하잖아. 너는 살아남을 수 있을 거야.

대니얼의 죽음으로 나는 죽음이란 변덕스러우면서도 한번 내린 결정은 절대 되돌리지 않는다는 사실을 배웠다. 그리고 그 누구도 죽음을 피하지 못한다는 것도. 죽음에는 예외가 없었다. 아비가일은 마차 옆에서 엄마와 함께 걸으며 하루를 시작했다. 그런데 점심 때쯤 아비가일이 극심한 경련으로 몸을 웅크렸다. 설사를 너무 자주하는 바람에 블루머*가 더러워질까 아예 벗어 버렸다. 아비가일은 배 속에 있는 아기 때문이라고 말했지만 해질녘에는 상태가 더 나빠졌다. 워런 오빠가 아비가일의 손을 붙들고 가지 말라고 애원했다. 그러나 아비가일은 깨어나지 못했다. 그리고 오빠도 나처럼 배우자를 잃고 혼자 남겨졌다.

우리는 여분의 마부석을 가져다가 관을 만들어, 나무가 줄지어 서 있는 야트막한 산골짜기에 아비가일을 묻어주었다. 리틀블루 강에서 멀지 않은 곳이었다. 존 라우리가 아빠와 와이엇이 땅을 파는 것을 도왔다. 우리는 엄마의 흔들의자의 나무를 떼어 십자가를 만들었다. 끝없는 덜컹거림과 흔들림의 연속인 우리의 여정이 끝나고 나서도 또 다른 흔들거림을 원할 사람은 아무도 없을 것이었다.

엄마가 노래를 불렀다. '내 속한 땅에 이제 폭풍은 불지 않네.' 그리고 우리 일행 중 일라이어스 클라크라는 감리교 집사가 주의 영원한 안식에 대해 몇 마디 말을 해주었다. 그러나 안식은 없었다. 그 엉성하게 만든 관이 땅에 묻힌 직후 우리는 다시 출발했다.

"아내는 원래 오고 싶어 하지도 않았어. 일리노이에, 자기 어머니 가까이에 머물고 싶어 했었다고." 워런 오빠가 울부짖었다. "나는 일리노이에서 우리에게 가능성이 없다고 생각 했어. 내가 아내 말을 듣지 않았어. 그리고 아내는 떠났어. 이제 이런 외딴곳에 아내를 혼자 남겨두고 떠나야 해."

우리는 오빠를 위로할 수 없었다. 해질녘쯤 오빠는 아비가일과 똑같은 증상으로 심하게 앓기 시작했다. 우리는 오빠가 자기 아내의 발

---

* 원피스 안에 입었던 속바지.

자국을 따라갈까 무서웠다. 오빠 마차의 황소는 와이엇이 몰았고, 워런 오빠는 슬픔을 가누지 못하고 자기 마차 안에 몸져누웠다. 사지의 고통으로, 창자의 고통으로 괴로워했다. 어제만 해도 자신의 양말에 난 구멍을 꿰매주던 아내의 죽음을 슬퍼했다. 나는 오빠를 간호했다. 약으로 오빠의 고통을 덜어주려 해보았지만 전혀 도움이 되지 않는 것 같았다. 엄마도 오빠를 보살펴주고 싶어 했지만 내가 절대 안 된다고 막아섰다. 엄마는 이미 약해질 대로 약해져 있었고, 만약 엄마마저 병에 걸린다면 울프도 죽게 될 것이었다. 엄마가 죽으면 우리 모두 죽게 될 것이었다.

아빠가 우리에게 되돌아가고 싶은지 물었다. 세인트조에서 출발한 지 이제 2주가 되어가고 있었다. 삶은 더이상 그 모습을 알아볼 수 없게 변해 있었다. 우리는 거꾸로 뒤집힌 세상에서 게걸음으로 걸어가고 있었다. 오리건과 캘리포니아에서 만나게 될 땅과 희망에 대한 이야기는 암울한 현실에 맞닥뜨려 자취를 감추었다. 아빠는 존 라우리가 미주리로 돌아갈 때 우리도 따라갈 수 있다고 말했다. 우리를 집에 데려다 달라고 그에게 돈을 지불할 수 있다는 것이다. 그 말에 내 심장 박동이 빨라졌다. 하지만 엄마는 다 안다는 얼굴로 나를 쳐다보며 고개를 흔들었다. 물론 그건 모두를 향한 몸짓이었다.

"지금 거기에 남아있는 건 아무것도 없어요, 윌리엄." 엄마가 말했다. "이제 우리가 돌아갈 곳은 없다고요. 만약에 되돌아간대도…… 아비가일이 살아 돌아오는 건 아니에요. 우리의 미래는 저기에 있어요. 우리의 아들들은 캘리포니아에 도착할 거예요. 우리가 남겨두고 온 인생보다 더 나은 인생을 아이들이 살 거라고요. 두고 보세요. 당신도 알게 될 거예요."

콜레라 113

워런 오빠는 간신히 견뎌내긴 했지만 빅블루 강 제방에서부터 플랫 강까지 가는 데 꼬박 여드레가 걸렸다. 우리의 주위를 맴돌고 있는 죽음 때문에 우리 마차 행렬은 속도가 더디어진 상태였다.

얕고 길게 뻗어 있는 강의 남쪽에 위치한 커니 요새에는 성벽이나 방어시설 같은 것은 없었다. 그저 울타리와 막사가 있는, 먼지 풀풀 날리는 평범한 야영지였다. 원주민들을 가까이 오지 못하게 하기 위한 대포가 있었다. 본관 옆으로 오두막 몇 채가 이곳저곳에 흩어져 자리하고 있었다. 그리고 말을 타고 갈 만한 거리쯤에 포니 족 마을이 있다는 이야기를 들었다. 우리가 요새에 도착한 날 밤 포니 족 여성들과 아이들, 그리고 남자 노인들이 비명을 지르고 통곡을 하며 우리 캠프로 비틀비틀 걸어 들어왔다. 수 족이 포니 족 마을을 습격해 동물들을 강탈해 가고 오두막 몇 채에 불을 질렀다고 이야기했다.

우리는 카운슬 블러프스에서 미주리 강을 따라 세인트조로 가는 동안에도 비슷한 광경을 보았었다. 오마하 원주민 무리가 자신들의 마을에서 도망친 것이었다. 그때 아빠는 원주민들에게 줄 수 있는 모든 것을 주었고, 원주민들은 마치 수 족이 아직도 자기들 뒤를 쫓는 것처럼 두려워하고 신음했다. 나는 세인트조에 도착한 뒤 안도했지만, 지저분한 행색에 피가 묻어 있었던 오마하 원주민들의 이미지가 내 기억 속에 붙박여 있었다. 나는 그들 얼굴을 지워내기 위해 종이 위에 그들 얼굴을 그렸다. 그림은 그들에게 다시 생명을 불어넣었고, 나는 그 이미지들이 희미해지기만을 바랐다.

내가 살면서 본 적도 들어본 적도 없는 강한 바람이 불고 있었다. 우리는 마차를 원형으로 세우고 바퀴를 말뚝에 고정했다. 그리고 동물들이 강풍에 놀라 도망가지 못하도록 마차의 원 안에 가두었다. 동생들은 마차 아래로 들어갔고, 엄마와 울프와 나는 마차 안으로 들어갔다. 바람이 이렇게 시끄럽게 불 때는 엄마가 자면서 끙끙거리는 소리가 들리지 않았다. 엄마는 잠을 자며 잠꼬대를 했고 창백했고 허약했다. 나는 엄마가 콜레라에 걸릴까 봐 걱정했지만 엄마는 웃으면서 나에게 걱정 말라고 말했다.

"엄마는 절대 안 아파. 너도 알잖니, 나오미." 엄마가 말했다. 그 말을 듣고 나는 내 모든 허세가 엄마에게서 배운 것이라는 사실을 알게 됐다.

엄마는 끙끙거리고 아기 울프는 칭얼대고 있었다. 바람이 잦아들려면 몇 시간은 더 기다려야 했지만 나는 잠이 오지 않았다. 동이 트기 직전에 나는 부츠를 신고 마차 밖으로 나갔다. 화장실이 너무 급해 같이 가달라고 엄마를 깨울 정신도 없었다. 바깥으로 나가니 정적에 휩싸인 캠프에서 으스스함이 느껴졌다. 캠프는 깊은 수면에 빠져 있었고 아빠의 시끄러운 코골이 소리가 암흑 속에서 나에게 방향을 알려 주었다. 나는 가고 싶은 만큼 멀리까지 가지는 못했지만, 이 정도면 됐다 싶은 곳보다는 좀 더 걸어갔다. 나는 신발이나 속바지가 젖지 않도록 치마를 붙잡고 쭈그려 앉았다.

바람이 구름을 모두 몰아내고 나자 새카만 어둠 속에 콕콕 박혀 있는 별들이 모습을 드러냈다. 나는 마차로 돌아가고 싶지 않았다. 이제 또 긴 하루가 이어지면 피곤함이 내 팔다리에 찾아오고 눈꺼풀까지 무거워지게 할 것이었다. 하지만 이 고독이 나에게 기운을 주었다. 나는 머리카락을 풀고 손가락으로 빗질을 한 뒤 다시 땋아 묶었다.

나는 갈색 강물이 흐르는 넓은 플랫 강을 생각하지 않으려 노력했다. 봄비가 내려 강둑 위까지 물이 불어 쓰레기들이 물살에 휩쓸렸다.

물 맛은 끔찍했지만 끓여서 커피를 넣으면 참을 만했다. 애벗 씨는 물 한 양동이에 귀리를 뿌리면 바닥으로 가라앉으면서 토사도 같이 가라앉는다고 알려주었다. 그 방법이 효과는 있었지만 그 또한 어찌 보면 낭비였다.

나는 불을 피우고 커피를 만들었다. 내 소리 때문에 너무 일찍 깨는 사람이 없기를 바랐다. 나는 고요에 둘러싸여 컵을 들고 앉으며 천천히 숨을 쉬었다. 시간이 내 리듬에 맞추어 천천히 가주었으면 했다. 마차의 원 안에 동물들이 있었기 때문에 나는 마차들의 원형 바깥쪽에 모닥불을 피웠다.

가벼운 발걸음 소리에 내 고개가 올라가고 우울한 생각들이 흩어졌다. 소매를 말아 올린 존 라우리가 짧게 깎은 머리에서 물을 뚝뚝 흘리며 어둠 속에서 모습을 드러냈다. 모닥불 때문에 그의 모습이 신기루처럼 보였다. 나는 마치 그를 기다리고 있었던 것처럼 어정쩡하게 일어섰다. 어쩌면 기다리고 있었는지도 몰랐다. 어쩌면 내 간절한 생각이 그를 이곳으로 불러들인 것일지도 몰랐다. 그가 나에게 키스를 했던 때로부터 겨우 일주일 밖에 지나지 않았지만 마치 오래전 일처럼 느껴졌다.

"커피 마실래요?" 나는 그렇게 물어 놓고 그에게 선택권을 준 것을 바로 후회했다. 그러고는 그의 대답을 기다리지 않고 급히 내 컵을 그에게 건네면서 다른 컵을 찾았다.

"앉아요. 해치지 않아요." 내가 말했다.

그는 거절하고 싶다는 듯 입술을 깨물더니 결국 양철 컵을 커다란 두 손바닥으로 부드럽게 감싼 채 순순히 자리에 앉았다. 나는 그 컵을 옆으로 내려놓고 그의 품으로 들어가고 싶었다. 아비가일의 죽음과 울프의 탄생이 나를 텅 빈 눈을 가진 귀신처럼 만들어 놓았다. 나는 그동안 우리 가족들의 발이 절망의 구렁텅이에 빠지지 않도록 하는 데 내가 가진 모든 힘을 쏟아부으며 한 걸음 또 한 걸음 힘겹게 내딛어왔다. 나에게는 존을 생각할 시간이 없었다. 그렇지만 내 심장은 그 불을 꺼트리지 않고 있었다. 나는 그에게 우리 마차 행렬을 두고 가지 말라고 애원하고 싶었다.

"너무 일찍 일어났네요." 그가 목소리를 낮추어 말했고, 덕분에 나의 고뇌에 찬 애원이 불쑥 튀어나오지 않을 수 있었다.

"당신도요." 내가 대답했다. 목이 메이는 듯한 소리가 나왔다.

"바람 때문에 애벗 마차에 들어가 있어야 했어요. 그리고 애벗 때문에 밖으로 나왔어요. 바람 소리보다 애벗 소리가 더 크거든요."

그 순간 아빠의 코 고는 소리가 절정에 이르렀고, 아기 울프가 울부짖었다. 피곤과 짜증이 잔뜩 묻은 울음소리였다. 우리 둘 다 웃음을 터뜨렸다.

"우리는 내일 출발해요. 라우리 씨는 이제 어떻게 하나요?"

"애벗은 내가 남아 주길 원해요. 나에게 일 하나를 제안했거든요."

나는 미친 듯이 뛰는 내 심장 소리를 들키지 않기 위해 애쓰며 고개를 끄덕였다.

"그 일을 받아들일 건가요?" 내가 속삭였다.

그가 커피를 한 모금 마시더니 아직 마음을 정하지 않았다는 듯 모닥불을 물끄러미 바라보았다. 그의 콧등과 볼록한 볼, 튀어나온 턱 위에서 빛과 그림자가 넘실댔다.

"네. 그리고 내 노새 절반을 몰고 브리저 요새로 갈 생각이에요. 케틀과 데임을 데려갈 거고…… 아마 캘리포니아에 도착하면 내 사육장을 차릴 거예요." 그의 목소리는 단호했다. 마치 그 결정이 지금 갑작스럽게 상당한 무게와 함께 그에게 찾아온 것처럼 들렸다. 내 심장이 멎을 것만 같았다. 다음 질문을 하는데 약간 숨가쁜 목소리가 나왔다.

"브리저 요새는 어디예요?"

"천 마일 정도 가야 돼요…… 저 쪽으로." 그의 팔이 플랫 강과 평행을 이루며 강 하류를 가리켜 보였다.

"왜 노새예요?" 그와 함께 있는 시간을 잠시라도 늘리고 싶은 마음에 내가 물었다.

"내가 가장 잘 아는 거니까요. 노새는 강해요. 똑똑하고. 고집이 세죠. 노새는 말과 당나귀의 장점들만 물려받거든요."

"말이 더 예뻐요. 그림으로 그리기에도 더 좋고."

"말은 큰 개와 같아요. 사람과 개는 잘 맞아요. 사람과 말도 그렇고요. 그런데 노새는…… 녀석들은 그저 우리를 견디는 거예요. 노새는 사람을 기쁘게 해주려고 안간힘 쓰지 않죠."

"그런데 그런 게 좋아요?"

"나는 그걸 이해해요."

"혹시 여자가 있나요, 라우리 씨?" 내가 뜬금없이 물었다. 내 대담함은 새로울 것이 없었지만 나의 관심은 새로운 것이었다. 과부였을 때든 아니든 나는 이런 감정을 전에는 한 번도 느껴본 적이 없었다.

"새 남편을 찾고 있는 건가요, 콜드웰 부인?" 존 라우리가 손에 든 커피 컵의 가장자리를 만지고 있었다.

"원래는 아니었어요. 그런데 당신을 만났죠." 나는 그의 눈을 가만히 쳐다보았다. 웃지 않았다. "그런데 존 라우리 씨, 당신은 노새랑 비슷한 것 같아요. 그래서 나는 당신의 관심을 받기 위해 노력해야 할 거고요."

그의 얼굴 위 빛과 그림자 사이에서 놀라움이 어른거렸다. 깜짝 놀란 그의 눈이 아주 잠시 나에게 와 머물렀다. 그러고는 웃음 비슷한 소리를 냈다. 하지만 입꼬리가 올라가지도 않았고 눈가에 주름도 생기지 않았다.

"당신은 내 관심을 받았어요, 콜드웰 부인. 그런데 그게 당신이 진짜 원하는 건지 모르겠군요." 그가 커피 컵을 내려놓더니 일어섰다.

"내 마음은 내가 잘 알아요, 라우리 씨. 나는 늘 그랬어요. 내 심장도 늘 그랬고요."

"그렇지만 당신은 지형은 잘 알지 못하잖아요."

"나는 당신이 그 길을 안내해 줄 거라 믿고 있어요, 존. 캘리포니아에 도착할 때까지 말이에요."

"나도 가본 적이 없어요." 그가 작게 속삭였다. "어떻게 해야 하는지 몰라요…… 아무것도요."

"그럼 우리 침착하게, 천천히 가요." 내가 말했다.

"이카스처럼?"

그게 무슨 말이었는지 떠올리는 데 잠시 시간이 걸렸다.

거북이처럼.

나도 일어섰다. 피곤함은 완전히 잊은 채 내 눈이 그의 눈을 살피고 있었다.

"그래요. 그렇게요." 내가 말했다.

5
플랫 강

존

  나는 수탕나귀 두 마리와 함께 노새들 전부를 요새 뒤쪽에 있는 작은 방목장으로 몰아넣고, 한 포니 족 소년에게 데임을 맡겼다. 소년은 군모를 쓰고 빛바랜 군복을 입고 있었는데 모카신을 신고 있는 걸 보니 정식 신병은 아닌 것 같았다.
  소년에게 포니 족 말로 고마움을 표하고 뎀프시 대위를 보러 왔다고 말하니, 소년이 포니 족 말을 줄줄 쏟아 내기 시작했다. 노새의 품질과 수탕나귀의 크기에 대해 품평을 하더니, 내가 암말들과 작업할 때 자신이 옆에서 도와도 되느냐고 물었다. 몇 년 전부터 이곳 사람들이 나를 알아보는 것 같긴 했다. 내가 커니 요새에 오래 머물지 않을 거라고 말하자 소년의 어깨가 축 처졌지만, 소년은 요새의 본관과 뎀프시 대위의 숙소를 가리켜 보이며 내가 돌아올 때까지 자신이 동물들을 지키고 있겠다고 말했다.
  안으로 들어가자 상등병 퍼킨스라는 사람이 의심스러운 눈초리로 나를 맞았다. 깔끔한 콧수염과 딱 달라붙는 번들거리는 머리카락에 잘 다린 튜닉과 바지를 입은 사람이었는데, 그의 모습을 보자 문득 세인트조와 플랫 강 사이의 먼지 자욱한 모든 길들이 실감 나게 느껴지는 듯했다. 그에게 내 방문 목적을 말하자 고개를 끄덕이며 나에게 기다리라고 지시하고는 뎀프시 대위의 사무실 문을 똑똑 두드렸다. 알 수 없는 몇 마디의 말 소리가 들린 후 마룻장이 끽끽거리는 소리와 함께 발자국 소리가 들렸다. 뎀프시 대위가 하얗게 센 턱수염 뒤로 환하게 웃는 얼굴을 하고 문가에 모습을 드러냈다. 볼록한 배 아래로 검은색 벨트가 단단히 매여 있었고, 금색 단추들이 달려 있는 군청색 옷을 입고 있었다. 몸집이 상당히 크고 원기 왕성한 사람이었고, 나는 그에게 호감을 느꼈다.

"존 라우리 군. 드디어 왔군 그래. 동물들이 보고 싶네. 지금 바로 동물을 먼저 봐도 괜찮겠나? 사교적 인사는 잠시 뒤로 미뤄두고?"

나는 고개를 끄덕였다. 사교적 인사라는 건 정말이지 끔찍한 일이었다. 나는 차를 마시는 걸 특별히 좋아해 본 적이 없었다. 차를 마시면 내가 세련되지 못한 사람이 된 것 같고 답답하게 느껴졌다. 작은 컵에 담긴 차를 홀짝이고, 쿠키 몇 개를 집어먹는 것이 예의에 맞는 일인지 궁금해하는 것보다는, 그냥 밥이나 실컷 먹는 게 나을 것 같았다.

나는 계약을 이행하지 않을 것이었다. 긴장은 됐지만 내 마음은 단호했다. 내가 방금 전 울타리에서부터 걸어온 길을 고스란히 되돌아가며 대위는 나에게 세인트조에서부터의 길과 여정에 대해 물었다.

"자네가 온다고 해서 찰리가 아주 신이 나 있었네. 이주자 마차 행렬을 볼 때마다 혹시 자네와 노새들이 있지 않나 계속해서 찾아봤었지."

"찰리요?"

뎀프시 대위가 울타리 너머 그 포니 족 소년을 가리켜 보였다. 소년은 벌써 데임의 안장을 내리고 녀석에게 솔질을 해주고 있었다. 데임은 마치 자기가 조금이라도 움직이면 소년이 하던 행동을 멈출까 봐 걱정된다는 듯이 두 눈을 감고 머리를 떨어뜨린 채 미동도 없이 서 있었다. 포트는 소년의 어깨 냄새를 맡고 있었고, 소년은 손을 뻗어 포트의 코를 토닥여 주며 사랑을 주고 있었다.

"젠장할, 저 근사한 동물 좀 보게나." 뎀프시 대위가 휘파람을 휙 불었다. "내 살면서 본 수탕나귀 중 제일 크군. 저 녀석 덕분에 일이 한결 수월하겠어. 안 그런가, 라우리 군?"

나는 고개를 끄덕였다. "최고의 수탕나귀입니다. 그런데 제가 저 놈을 대위님께 기꺼이 팔려고 합니다." 수탕나귀는 우리가 그동안 맺은 계약에서 단 한 번도 거래 대상이 된 적이 없었다. 대위의 눈썹이 회색 모자의 넓은 챙 아래로 사라졌다.

"계약은 노새 열 마리였는데." 뎀프시 대위가 더듬거리며 말했다. "그런데 어쩌려는 셈인가?"

"노새 다섯 마리와 저 수탕나귀 한 마리를 드리려고 합니다. 둘 중에 더 까만 놈으로요."

"수탕나귀? 왜지?" 그가 눈을 가늘게 뜨더니 나를 유심히 살피며 턱수염을 쓸어내렸다. 포트와 케틀 정도로 검증된 족보와 크기를 가진 훌륭한 품종의 수탕나귀들은 한 마리에 3천 달러에도 팔 수 있었다. 어떤 당나귀는 5천 달러에 팔렸다는 이야기도 들은 적이 있었다.

"제가 마차 행렬과 함께 캘리포니아까지 계속 가기로 결정을 했거든요. 그래서 저에게 노새들이 필요합니다. 저 당나귀로 하시죠. 대위님께는 좋은 조건이에요."

대위가 포트의 주변을 빙 돌았다. 포트가 이별을 예감하기라도 한 듯 몸을 케틀 쪽으로 잽싸게 움직였다.
"노새 번식에 대해 잘 아는 사람에게야 좋은 조건이겠지. 그런데 나는 아니네. 나는 기병이라고, 라우리 군. 군대에는 당나귀가 아니라 훌륭한 미주리 노새가 필요하지." 대위는 이미 흥정을 시작하고 있었다. 그의 목소리에서 그것을 알아챌 수 있었다. 나는 처음부터 최종 조건을 제시해버린 스스로를 자책했다. 뎀프시 대위는 말과 가축에 대해서 잘 아는 사람이었다. 수탕나귀의 가치에 대해서도 모르지 않을 것이었다. 하지만 지금 계약을 변경하려는 사람은 나였다. 나는 나의 조건을 고수하기 위해 아무 말도 하지 않았다.

그가 무언가를 깊이 생각하고 있는 것처럼 턱수염을 긁었다. 나는 내가 수용할 수 없는 조건이 나오겠거니 하고 마음의 준비를 하고 있었다. "이렇게 하면 어떨까 싶군. 자네가 계약 변경을 다른 방법으로 보상할 수 있을 것 같네. 실은 수 족이 지난 밤에 포니 족 마을을 습격했어. 오두막에 불을 지르고 말들을 훔쳐 갔지. 그래서 지금 우리가 원주민 전쟁 중간에 딱 끼인 꼴이 된 거야."

찰리의 몸이 굳었다. 데임의 몸 옆을 긁어주던 솔이 우뚝 멈춰 버렸다. 데임이 칙칙 소리를 내며 머리로 소년을 살며시 밀었다. 그러자 찰리가 다시 손을 움직여 천천히 솔질을 하기 시작했다. 하지만 찰리의 귀는 여전히 우리의 대화를 향해 있었다.

"군에서 부족 노인들에게 플랫 강 북쪽으로 이주를 하면 보상을 해주겠다고 제안을 했네. 그냥 마을을 완전히 포기해주기만 하면 되는 거야. 그런데 이주를 안 하려고 하더군." 대위가 말을 이었다.

"플랫 강의 북쪽으로 이주를 하면 그들은 수 족 영토로 더 깊숙이 들어가게 돼 버립니다." 내가 말했다.

"그래. 하지만 이 요새는 더이상 두 부족 사이에 끼어 있지 않게 되겠지."

"저는 그 일에 관여하고 싶지 않습니다."

뎀프시 대위가 지친 한숨을 내쉬며 고개를 끄덕였다. 그러고는 무언가를 떠올리려는 것처럼 얼굴을 찡그렸다.

"군에서는 라우리 노새 열 마리와 교미 서비스를 구매했고, 1853년 6월 15일 이전에 커니 요새로 공급해준다고 계약서에 쓰여 있는 걸로 알고 있네. 내 책상에 계약서가 있어."

"그건 주문을 하신 겁니다. 구매하신 게 아니고요. 주문하신 것을 받으면 그때 돈을 지급하시는 겁니다. 그 조항들을 잘 아시잖아요, 대위님." 내가 말했다. 대위가 우리 아버지와 거래를 한 것은 이번이 처음이 아니었다.

대위가 다시 한숨을 쉬었다. "노새 다섯 마리와 수탕나귀 한 마리에 동의할 수 있네. 하지만 계약서에 쓰여 있는 라우리 노새 교미는 받지 않겠네. 나에게 필요한 언어 능력이 자네에게 있지 않은가. 오후 한나절이면 되네. 오후 한나절 말일세, 존. 내일이면 자네는 계획대로 이주자 마차 행렬과 함께 다시 떠날 준비가 되어있을 거야. 좋은 조건이라 생각하게. 자네가 내 대변인이 되어 주기만 하면 되는 거야."

나는 대위에게 지금까지 내 출신을 말한 적이 없었다. 하지만 대위는 우리 아버지를 알고 있었고, 그러니 대위는 나에 대해 익히 들어 알고 있는 것이었다. 대위는 자신이 통솔하는 부대원들의 개인사와 환경뿐만 아니라 그들의 습관과 재능 같은 것에 대해서도 잘 알고 있을 터였다. 대위는 나와 그런 이야기를 나눠본 적이 없는데도 나에 대해 알고 있었다. 사실 원래 계획대로였다면 지금부터 일주일 동안은 내 당나귀들을 데려다가 커니 요새의 방목장에 있는 발정 난 암말들의 교미를 도우며 시간을 보냈을 것이다. 그런 것을 생각하면 오후 한나절만 그를 위해 일해달라는 요구가 부당한 것은 아니었다. 나는 대위의 조건에 동의하며 천천히 고개를 끄덕였다.

"저는 누구의 대변인도 되지 않을 겁니다. 저는 대위님의 말씀만 전달할 거예요. 그리고 그들의 이야기를 들을 거고요. 그러고 나서 무슨 이야기를 들었는지 대위님께 와서 말씀드리겠습니다."

"자네가 출발하고 나서 내가 밀가루와 옥수수를 한 짐 실어 바로 보내겠네. 가는 길은 찰리가 안내해줄 거야. 그들에게 북쪽으로 이주해 준다면 더 많은 선물을 주겠다는 점을 상기시켜주게."

"선물을 정말 주실 건가요?"

뎀프시 대위가 한숨을 쉬며 고개를 끄덕였다. "내가 지휘관인 한 선물은 제공될 거네."

찰리는 데임의 안장을 제자리로 휙 올리더니 안장 띠를 단단히 매고는 녀석의 코를 토닥였다. 소년이 기대에 찬 얼굴로 나를 바라보았다. 나는 앞으로 걸어가 고삐를 잡았다.

"자네 동물들은 여기에 두고 가도 되네." 대위가 말했다. "우리가 지키고 있겠네. 다녀와서 소식 전해주게, 라우리 군. 내가 곧 옥수수와 밀가루를 실은 마차를 보내겠네."

내가 나갈 수 있도록 찰리가 문을 열어주었다. 그러고는 문을 빙 돌려 닫고 뛰기 시작했다. 보아하니 나보고 따라오라고 하는 것 같았다. 신발 뒤축을 데임의 몸 양쪽으로 찔러 넣고 소년을 쫓아 달렸다. 아이의 뛰는 속도는 놀랍도록 빨랐다. 내가 소년을 불러 세워 포니 족 언어로 계속 뛰어갈 것인지 물었다. 그 말을 들은 아이는 웃더니 속도를 더 높였다. 나는 잠시 동안 데임이 아이 옆에서 속도를 맞춰 가도록 했다.

"마을에서 요새까지 매일 뛰어다니니?" 내가 물었다.

찰리가 고개를 끄덕였다. 눈은 앞을 보고 있었다. 아이는 큰 보폭으로 가볍게 뛰고 있었다. 그렇게 2마일 정도를 뛰었다. 우리의 오른쪽으로 강이 흘렀고, 왼쪽으로는 완만하게 경사진 초원이 끝없이 펼쳐져 있었다. 아이는 나를 데리고 풀이 무성한 습지대를 건너고 낮은 오르막을 올랐다가 내려갔다. 그때 나는 더는 달리지 않고 급하게 데임을 멈춰 세웠다. 찰리도 속도를 늦췄다. 아이가 두 손을 엉덩이에 올린 채로 조금 놀란 듯한 얼굴로 나를 바라보았다.

"네 차례야." 내가 말했다. 아이는 내 명령에 두 눈이 휘둥그레졌다.

"아, 아니요. 아니에요, 라우리 씨." 아이가 단호하게 고개를 흔들었다. "이제 그렇게 많이 안 남았어요."

"그럼 더 잘됐다. 네가 타라. 내가 뛸게."

"라우리 씨가 뛰신다고요?" 아이가 놀란 목소리로 물었다. 아이의 갈색 얼굴에서 치아가 환하게 빛났다. 내가 같이 웃어 보였다.

"나도 어머니 마을로 돌아가는 길에는 너처럼 뛰어다녔어. 내가 못 뛸 것 같니?"

"부츠를 신고 계시잖아요. 빠르게 뛰지 못하실 거예요."

나는 데임 위에서 미끄러져 내려가 아이에게 고삐를 넘겼다. 아이는 아직도 망설이고 있었다.

"이렇게 해야 너희 마을 사람들도 내가 친구라는 사실을 알 거야." 내가 말했다.

찰리는 내 말에 동의하는 것처럼 보이지는 않았지만, 내 말에 타고 싶은 욕망이 너무 컸는지 재빠르게 데임의 등 위로 올라탔다. 아이가 두 발을 흔들며 마치 버펄로 떼를 발견한 것 같은 날카로운 소리를 냈다. 그러자 데임이 갑자기 튀어 나갔고 찰리가 우우 함성을 지르며 나를 남겨둔 채 뒤도 돌아보지 않고 달려갔다. 나는 전력으로 뛰기 시작했다. 뛰는 것은 내가 아이에게 호언장담했던 것만큼 쉽지도 빠르지도 않았다. 내 두 다리를 이용해 이 정도의 거리를 뛰는 것도 꽤 오래간만이었다. 낮에는 안장 위에만 있고, 밤에는 딱딱한 땅 위에 뻗어 있느라 뻣뻣하게 굳어버린 내 팔다리가 저항하고 있었다. 나는 데임의 발이 구덩이에 빠져 다리가 부러지는 일이 생기지 않기만을 기도했다. 드넓게 펼쳐진 땅 곳곳에 프레리도그*의 집들이 있었기에 나는 그 안에 발이 빠지지 않기 위해 땅만 보며 뛰었다. 찰리가 되돌아오기를 바라며, 그리고 마을이 내가 걱정하는 것만큼 멀지 않기를 바라며 나는 가능한 한 빠르게 계속 뛰었다.

몇 분 뒤 찰리가 흙먼지를 수북이 일으키며 되돌아왔다. 아이는 축하의 의미로 두 손을 들어 올리고 환희에 찬 표정으로 내 주위를 빙 돌았다. 말 타는 솜씨가 꽤 훌륭했다. 아이는 멀리 오두막들이 있는 듯한 곳을 가리켜 보이더니, 이제는 말 타는 것을 즐기며 내 옆에서 천천히 달렸다.

나는 우리가 마을에 들어서면 사람들이 동요하고 관심을 보일 거라고 생각했다. 그런데 우리가 왔다는 것을 아무도 알아채지 못한 것처럼 보였다. 양 한 마리가 매애 울었고, 꼬마 몇 명이 양의 뒤를 쫓고 있었다. 그러다가 잠시 멈춰 서서 나를 물끄러미 쳐다보더니 다시 양을 쫓기 시작했다. 마을은 텅 빈 것처럼 느껴졌다. 개와 양 그리

* 다람쥣과에 속한 동물, 초원에 굴을 파고 산다.

고 아이들 몇 명만이 노닐고 있었다. 울타리 안도 텅 비어 있었고, 인디언 조랑말 한 마리 보이지 않았다. 잡목으로 만든 오두막 몇 채가 송두리째 불에 타 있었고, 그 주변의 새까매진 잔디만이 그곳에 움막이 있었음을 보여주는 유일한 증거였다. 흙을 빚어 만든 오두막은 그나마 괜찮아 보였다. 흙 오두막들은 가운데의 커다란 오두막 한 채를 두고 빙 둘러 자리하고 있었다. 내가 알기로는 그 가운데 오두막은 남자들이 모여 이야기를 나누고 담배 파이프를 돌려가며 피우는 그런 장소였다.

"다들 어디에 있니?" 내가 찰리에게 물었다.

"사람들은 아직 요새에 머물러 있어요. 전사들은 다 싸우러 갔고요. 수 족과 싸워서 우리 말과 소들을 도로 빼앗아 오려고요." 아이의 목소리가 침울했다. 마치 전사들이 그러지 못할 거라 생각하는 듯 보였다. 아니면 전사들이 아예 돌아오지 못할까 두려운 것도 같았다.

"그럼 나는 여기 왜 온 거지?" 내가 투덜거렸다. "나는 누구랑 이야기해?"

"형제들이 여기에 계세요. 그분들과 이야기할 수 있어요." 찰리가 나를 안심시켰다.

"형제들?"

"형제들은 이제 뛰지 않아요. 말에 타지도 않고요. 형제들은 잠을 자고, 밥을 먹고, 돌아가며 파이프를 피워요. 수 족이 쳐들어왔을 때에는 오두막 밖으로 나가지도 않았어요. 형제들 말로는 자기들은 이제 죽을 준비가 되었대요. 하지만 어떤 이유에서인지 아직까진 절대 죽지 않아요." 찰리가 어깨를 으쓱했다.

"형제들이 몇 명이니?"

"세 분이요. 우리 마을에서 나이가 가장 많은 분들이에요. 아마 포니 족 전체를 통틀어서 나이가 가장 많을걸요. 나이가 너무 들어서 심지어는 자기 아들딸들보다도 오래 살았어요. 우리 삼촌이 추장 '개 이빨'인데, 형제들 중 한 분의 손자예요."

"삼촌은 좋은 추장이니?"

"저도 모르겠어요." 찰리가 천천히 말했다. "좋은 추장은 어떤 거예요?"

나도 그 답을 아는 것 같지 않아 커다란 오두막으로 향하는 찰리를 말없이 따라갔다. 아이는 나에게 기다리라고 말하고는 몸을 숙여 문으로 들어갔다. 안에서 무슨 말인지는 모르지만 속삭이는 목소리들이 들려왔다. 잠시 후 여자 둘이 다급히 바깥으로 나와 나를 안쪽으로 안내했다. 오두막 안은 캄캄했고 따뜻했다. 한낮인데도 불이 피워져 있었고 중앙 화로 위쪽에 있는 구멍으로 연기가 피어오르고 있었다.

노인 세 명이 버펄로 모피를 걸치고 화로 앞에 앉아 있었다. 졸린 얼굴로 새빨갛게 타고 있는 장작을 바라보고 있었다. 노인들은 앞쪽 머리만 짧게 남기고 나머지는 밀어버리는 포니 족의 전통 방식을 따르지 않고 있었다. 노인들의 머리카락은 길고 하얬다. 하얗게 센 노인들의 머리가 거의 똑같아 보였고, 얼굴도 마찬가지였다. 왜 이들이 형제라고 불리는지 알 것 같았다. 셋 사이에 뚜렷한 차이랄 것이 없었다.

나는 노인들 건너편 바닥에 앉아서 노인들이 나에게 말을 걸어 주기만을 가만히 기다렸다. 찰리가 가느다란 두 다리를 접어 양반다리를 하고 양손은 옆으로 떨어뜨리고 내 옆에 앉았다. 끝나지 않을 것만 같던 침묵이 흐른 뒤, 나는 빨리 돌아가고 싶은 마음에 여기 온 목적을 이야기했다.

"뎀프시 대위가 포니 족 주민분들이 플랫 강 북쪽으로 이주해 주기를 바라고 있습니다."

됐다. 그렇게 나의 임무는 끝났다.

노인들이 등을 구부리고 고개를 푹 숙이고 앉아 연기를 뻐끔거리며 무슨 말들을 중얼거렸다. 노인들은 내 이야기를 듣는 것 같지도 않았다. 나는 크게 신경 쓰지 않고 몸을 일으켰다. 그런데 노인들이 모욕을 당한 것처럼 고개를 들었다.

"이주하기까지 또 얼마나 시간을 준다고 하나? 뎀프시는 백인을 대변하나? 수 족이나 샤이엔 족을 대변하는 것인가?" 노인 한 명이 물었다. 포니 족 노인의 떨리는 목소리가 내 양심을 찔러댔다.

"카키." 내가 대답했다. 아니요.

"자네는 우리가 이주해야 한다고 생각하나? 자네 부족민들도 이주를 했나?" 같은 형제가 물었다.

나는 어머니의 마을을 떠올렸다. 미주리는 이제 포니 족의 영토가 아니었다. 예전에 포니 족 영토였는지도 알 수 없었다. 그래도 나의 포니 족 할머니는 자신의 증조할아버지가 버펄로 사냥을 하던 시절에는 포니 족의 영토가 이쪽 바다에서 저쪽 바다에 걸쳐 있었다고 말했었다. 그 말이 사실인지, 아니면 기울어가는 한 부족에 대한 아쉬움에서 비롯된 근거 없는 믿음이었는지는 나도 모른다. 하지만 이제 미주리는 더이상 샤이엔 족의 땅도, 포타와토미 족의 땅도 아니었다. 미주리는 이제 다른 사람들의 땅이었고, 벽돌과 석조로 지은 집들이 미주리 영토 곳곳에 자리하고 있었다. 포니 족 원주민들은 수 족처럼 이주하며 살지 않는다. 포니 족은 옥수수를 키우고 흙으로 오두막을 짓고 살았다.

"미주리에는 포니 족이 많지 않습니다." 내가 말했다.

"조만간 어디를 가도 포니 족을 많이 볼 수 없을 게야." 다른 형제가 대답했다. "뎀프시는 이제 우리를 상대하고 싶지 않으니 떠나라는 거야. 그 사람한테 우리는 골칫거리지. 하지만 우리가 한번 이주를 하게 되면, 우리는 앞으로 계속 이주를 하며 살아야 할 거야. 우리는 이곳에 처음 온 사람들이야."

나는 형제가 말하는 것이 진실이라는 것을 의심하지 않았고, 아무 대답도 하지 못했다.

"자네는 어디 사람인가?" 마지막 형제가 내게 물었다.

그 질문은 내가 지금껏 대답할 수 없었던 질문이었고, 모든 사람들이 결국 나에게 묻는 질문이었다. "저희 아버지는 라우리 가 사람입니다. 저희 어머니는 포니 족 분이셨습니다. 저는…… 둘 다입니다. 핏쿠 아쑤." 나는 손바닥을 위로 향한 채 어깨를 으쓱해 보였다.

"핏쿠 아쑤." 마치 그게 말이 된다는 듯 형제들이 고개를 끄덕이며 그 말을 중얼거렸다. 그러더니 다시 침묵이 이어졌다. 나는 형제들이 잠이 들었다고 생각했고, 찰리는 내 옆에서 좀이 쑤시는 듯 꼼지락대고 있었다.

"뎀프시 대위에게 가서 제가 뭐라고 전하면 될까요?" 내가 물었다. "저를 통해 전하고 싶은 건 뭐든지 말씀하시면 가서 전하겠습니다."

형제들이 동시에 말을 하기 시작했다. 말들이 서로 엉키고 겹쳐서 누가 무슨 말을 하는지 알아듣기 힘들었다.

"캔자스 족이 우리 아래에 있다고 전하게나. 수 족은 우리 위에 있고. 샤이엔 족도 그렇고."

"그들은 우리 것을 훔치네. 우리도 마찬가지로 그들 것을 훔치고.

하지만 우리는 서로의 삶의 방식을 어느 정도는 이해하고 존중하고 있어. 하지만 백인들은 그렇지 않아."

"백인들은 우리 조상들의 신성한 묘지를 짓밟고 있네. 마차들은 우리들의 묘지를 밟고 지나가고. 우리가 마차의 바퀴 자국을 다 보고 있어."

"백인 누군가가 약속을 하고 우리가 조약에 사인을 하면, 또 다른 백인 누군가가 나타나서 그 조약을 깨는 거야."

노인들의 분노가 손에 잡힐 듯 생생했다. 노인들은 마치 그것이 내 잘못인 것처럼 나를 노려보았다. 나는 이야기 나누고 있는 사람들이 노인임에 감사했다. 개 이빨이나 그의 부하 전사들이었다면 나를 쫓아냈을 것이다. 아니면 나를 칼로 베어 죽였을 것이다.

"뎀프시에게 가서 전하게. 우리는 바로 여기에 있을 거라고." 형제 한 명이 말했다.

"뎀프시에게 가서 대포를 이용해 수 족과 직접 싸우라고 해. 우리는 수 족과 싸우고 싶지 않네." 다른 형제가 덧붙였다.

"그렇게 전하겠습니다." 내가 말했다. 하지만 나는 그것이 소용없을 거라는 사실을 알고 있었다. 누군가 이 마을에 다시 방문해 형제들에게 떠나 달라고 요구하고 거절의 대답은 받지 않을 것이었다. 나는 형제들에게 옥수수와 밀가루를 실은 마차가 마을에 도착할 것이라고, 뎀프시 대위의 선물이라고 말했다. 하지만 이번에 내가 몸을 일으켰을 때는 아무도 나를 올려다보지 않았다. 찰리가 나를 따라서 나왔다. 커다란 오두막에서 나와 두 눈이 빛에 적응하고 나자 부족민들이 마을에 다시 들어차 있는 모습이 보였다. 커니 요새에서 이미 옥수수가 도착해 있었고 밀가루도 와 있었다. 여자들이 선물을 내리고 있었다.

나를 본 여자들은 하던 일을 멈추고 나를 의심스러운 눈빛으로 쳐다보았다.

나는 포니 족 말로 혹시 다른 필요한 것이 없는지 물었다. 여자들의 눈이 놀라 휘둥그레졌다. 내가 포니 족 말을 할 때면 사람들이 흔히 보이는 반응이었다.

"튀기, 당신이 우리에게 필요한 걸 가져다줄 건가요?" 한 여자가 비웃으며 물었다.

튀기. 흔히들 쓰는 혼혈이라는 말을 조금 비틀어 만든 새로운 말이었다. 어머니의 마을에서 내쫓기고 알게 된 사실은 내가 로렌스 콜드웰 같은 사람들 사이에서 환영받지 못하는 것만큼 원주민들 사이에서도 환영받지 못한다는 것이었다. 나는 방금 바보 같은 말을 한 것이었다. 나에게는 원주민의 요구를 들어주거나 필요한 것을 줄 능력이 없었다.

찰리가 내 팔을 잡아당겼다. "혼자 요새까지 찾아갈 수 있으세요, 라우리 씨? 아니면 제가 데려다 드릴까요?"

"혼자 갈 수 있어, 찰리."

아이가 진지한 눈빛으로 내 어깨를 탁, 쳤다. "말을 타게 해 주셔서 감사해요. 최고의 하루였어요. 라우리 씨를 다시 볼 수 있기를 바랄게요."

내가 고개를 끄덕였다. "나도 그랬으면 좋겠다."

"길을 잘 찾아 가시길 바랄게요." 찰리가 덧붙였다.

나는 마을을 뒤로한 채 달렸다. 내 앞으로 광활한 초원과 플랫 강이 펼쳐져 있었다. 그때 문득 이런 생각이 들었다. 어쩌면 찰리가 했던 말은 요새로 돌아가는 길만을 의미하는 것이 아닐 수도 있겠다는 생각이.

❖

나는 뎀프시 대위에게 가서 보고했다. 대위는 그들 반응에 그다지 놀란 것 같지 않았지만 한숨을 쉬고는 장부에 어떤 표시를 했다. 마치 평화로운 제거에 대한 자신의 시도를 기록해 두는 듯했다. 그 후 나는 아버지에게 편지를 한 통 썼고, 제니에게도 한 통 써서 세인트조로 편지를 가져다주겠다는 어느 덫사냥꾼 편으로 보냈다.

아버지에게는 노새의 상태에 대해, 그리고 뎀프시 대위가 노새의 품질과 크기 등 전체적으로 보인 반응에 대해서 썼다. 또 착하고 고분고분한 번식용 수탕나귀들이 꼭 필요하다는 뎀프시 대위의 말도 전했고, 여기에서 캘리포니아로 가는 동안 들르게 될 모든 요새와 교역소에서 교미 서비스를 제공해 돈을 벌 수 있다고도 적었다. 노새 계약 건은 아버지의 계약이긴 했지만, 포트와 케틀은 내 당나귀였다. 나는 대위와의 거래에 대해 자세히 설명하지 않았고, 원래의 계약금 전액이 세인트조에 있는 아버지 계좌로 입금될 것이라고만 썼다. 그런 뒤 집에 돌아가지 않을 거라고 썼다.

아버지에게 나오미 메이나 그녀의 그림에 대해서는 말하지 않았다. 그녀에 대해 말하는 것은 내가 집으로 돌아가지 않는 이유가 그녀라고 인정하는 꼴이었다. 그래서 나는 래러미 요새에서, 브리저 요새에서, 그리고 내 여정의 끝에 다다라 또 소식을 전하겠다고 간단하게 적었다. 또 아버지를 안심시키기 위해 나에게는 많은 돈이 준비되어 있다고 썼다. 나는 돈이 없이는 먼 길을 떠나지 않는다. 운명과 고독한 세상의 손아귀에 맨몸으로 붙잡히는 것에 대한 두려움 때문이었다. 철저히 혼자 남겨지게 되는 것에 대한 두려움 때문이었다. 나는 편지 맨 아래에 서명을 했다.

제니에게는 먼저 애벗의 안부를 전하고 애벗이 나에게 캘리포니아까지 마차 행렬과 함께 가자고 제안한 이야기를 썼다. 정부에서 사람들에게 오리건의 땅을 나누어 주고 있다고 썼다. 정부에서는 미국 전역에서 오는 이주자들을 오리건에 정착하도록 유혹하기 위해 땅을 나누어 주고 있었다. 미혼 남성에서 320에이커, 기혼 남성에게 640에이커를 주었다. 원주민에게도 땅을 줄지는 알 수 없었다. 어쩌면 절반만 줄지도 몰랐다. 나는 어쩌면 오리건으로 가게 될 수도 있을 것 같았다.

제니나 아버지가 나의 땅 이야기에 속을 거라 생각하지는 않았다. 땅이나 농사, 심지어 작은 공간 조차도 살면서 내 관심의 대상이 되어 본 적이 없었다. 물론 나도 땅을 그런대로 좋아하게 될 것도 같았지만. 아버지와 제니는 알고 있었다. 나는 노새와 훌륭한 암말 몇 마리, 그리고 말의 후반신에 대고 콧방귀를 끼지 않는 수탕나귀 단 몇 마리만 있으면 세상에서 가장 행복한 사람이라는 것을. 노새 교배는 내가 잘 아는 것이었고, 나는 언제나 그 짐승들에게 어떤 유대감 같은 것을 느꼈다. 노새는 번식을 하지 못한다. 노새는 족보를 만들지 못한다. 후손이 없고, 혈통이 없다. 매번 특별한 그 한 마리로서만 존재했다. 종이 다른 어머니와 아버지 사이에서 태어나는 노새는 힘과 노동을 위해 개량된 것이었다. 그게 전부였다. 나는 아버지의 생각에도 불구하고 어디에 속할 필요가 없었다. 나는 언제라도 사람보다는 노새를 택할 사람이었다.

나는 제니에게 우리가 겪은 죽음이나 고된 나날들에 대해 이야기하지 않았다. 콜레라나 나오미의 눈 색깔에 대해 이야기하지 않았다.

포니 족 마을과 그곳의 어려움에 대해서 이야기하지 않았다. 그것이 나를 얼마나 절망적인 기분으로 만들었는지 이야기하지 않았다. 나는 잘 지내고 있다고 간단하게 말하고, 제니가 나에게 마지막으로 해줬던 말로 편지를 끝맺었다. 사랑은 그 고통을 감내할 가치가 있는 유일한 것이라는 것. 그리고 내가 제니를 제대로 알고 있다면 제니는 그 행간을 읽을 것이다. 제니는 눈치챌 것이다. 내가 헤어지고 싶지 않은 누군가를 만났다는 사실을.

내가 나오미를 사랑하고 있는 건지는 나도 알지 못했다……. 아직은 알 수 없었다. 내가 느끼기에 사람들은 너무 가볍게 고백을 하고 사랑을 쫓아 그것에 고꾸라지듯 빠져들었다. 사랑에 빠지는 중이긴 했지만, 나에게 나오미는 멀리 있는 작은 점 같았다. 너무 멀리 떨어져 있고 잘 보이지도 않아서, 내가 지금 무엇을 보고 있는지 알기 위해 바라보는 것을 멈출 수 없는 존재 같았다.

나는 언제라도 사람보다는 노새를 택할 사람이었다……. 하지만 나오미 메이는 완전히 다른 문제였다.

나오미

"플랫 강 북쪽으로 건너가야 합니다." 하루가 시작되는 시점에 애벗 씨가 우리에게 알렸다. "뎀프시 대위 말로는 강의 북쪽은 병이 그나마 덜 심하다고 합니다. 래러미 요새까지 가는 길 내내 상황이 나쁠 거고, 지금껏 본 중에 최악이라더군요. 우리는 어쨌든 강을 건너긴 해야 합니다. 저는 바로 지금 건너자는 말씀을 드리는 겁니다."

플랫 강의 폭은 1마일쯤 되었다. 그리고 평소 때는 가장 깊은 곳의 수심이 엉덩이를 넘지 않았다. 하지만 그 얕은 수심이 순진한 얼굴로 사람들을 유혹했다. 애벗 씨는 남자들과 노새들이 플랫 강을 걸어서 건너다가 갑자기 덮쳐오는 물살에 휩쓸려 넘어지는 모습을 본 적 있다고 말했다. 빗물, 그리고 1천 마일 거리에 있는 산에서 흘러오는 유수 때문이라고 했다. 가끔은 물이 불어나기 몇 분 전에 흘러오는 물을 볼 수도 있다는데, 설령 그것을 본다 한들 강의 폭이 워낙 넓기 때문에 일단 강물 속에 발을 한번 내디디면 도로 빠져나오지 못한다는 것이었다. 그리고 플랫 강의 바닥은 유사(流砂)라고 했다. 사람이 가다가 멈추거나 동물이 갑자기 멈칫거리기라도 하면 그 즉시 마차의 바퀴들이 축까지 모래 속으로 파묻혀 버린다고 했다. 애벗 씨는 플랫 강이 황소들도 통째로 집어삼킨다고 했다. 언제 어디에서 강을 건너든 강을 건너는 일은 사람 진을 다 빼놓는 일이겠지만, 우리는 애벗 씨의 말이 맞다고 생각했다. 결국 건너야 할 강이었다. 그리고 뎀프시 대위가 강의 남쪽 유역에서 콜레라가 더 심하다고 말했다면, 그것은 우리가 지금 당장 강을 걸어서 건너가야 할 충분한 이유가 되었다.

애벗 씨가 그 결정을 내렸을 때 사람들의 항의도, 불만도 어마어마하게 많았고, 그렇게 넓은 강을 걸어서 건너야 한다는 사실에 겁에 질린 사람들도 있었지만, 우리 마차 행렬의 일행들은 서둘러 각자의 마차로 강을 건널 채비를 하기 시작했다. 사람들의 죽음과 중도 포기로 우리 행렬의 마차의 수는 마흔 대로, 사람들 수는 50명이 줄어 있었다. 대형 마차와 우스꽝스러운 말이 끄는 마차가 있는 헤이스팅스 씨네 가족들은 애벗 씨의 예상과는 달리 아직 포기하지 않고 있었다. 헤이스팅스 가 사람들은 다른 몇 가족들(콜드웰 씨 가족 포함)과 함께 불평불만이 심한 편이었다. 그러면서도 방향을 돌리지 않고 계속 따라오고 있었다. 콜드웰 씨는 존이 우리 행렬과 계속 갈 거라는 냄새를 맡고는 우리 아버지에게 귓속말을 해 굳이 없는 문제를 일으키고 있었다. 콜드웰 씨는 이미 나를 따로 불러내 "저 잡종한테 끌려다니는 것"에 대해 경고했었다. 나는 콜드웰 씨에게, 존은 나를 끌고 다니길 원하지 않는다고, 하지만 만일 존이 그랬다면 나는 기꺼이 끌려다녔을 거라고 받아쳤다. 그 말은 안 하는 편이 나았겠지만, 나는 너무 지친 나머지 콜드웰 씨나 그의 의견을 도무지 참아줄 수가 없었다.

우리는 커니 요새에서 서쪽으로 10마일 정도 이동했다. 그곳이 강의 폭이 가장 좁았고, 모래톱이 자그마한 섬처럼 자리하고 있었다. 나는 존이 플랫 강은 헤엄치지 못하고 반드시 걸어서 건너야 하기 때문에, 그리고 한발짝 내디딜 때마다 우리 발밑에서 우리를 삼키겠다고 위협하기 때문에 미주리 강보다 더 무서운 곳이라고 웨브에게 이야기해주는 것을 들었다.

존은 시간 낭비를 하지 않고 웨브와 윌을 트릭과 텀블 등에 태우고는 트릭과 텀블의 리드줄을 데임에게, 그리고 한 줄로 연결되어 있는 노새들에게 연결했다. 그러고는 동물들이 강물 속으로 들어가도록 구슬렸다.

"멈추지 말고 계속 가라, 얘들아. 꽉 붙잡고 있어야 해. 겁먹지 말고." 존이 말했고 웨브와 윌이 그의 말에 따랐다. 동생들이 "가자, 노새들아, 가자." 하고 가만히 중얼거렸다. 그러자 트릭과 텀블이 물속으로 돌진하듯 들어갔다. 동물들의 발굽이 강바닥의 유사 속으로 빨려들듯 파묻혔다.

"그렇지, 잘했어, 트릭." 웨브는 이 일이 신나는 모험에 불과하다는 목소리로 트릭을 격려했다. 윌은 웨브보다는 약간 더 조심스러운 듯했지만, 텀블은 빠른 속도로 존과 데임의 뒤를 따랐고, 다들 별 탈 없이 강을 건너 반대편 강가에서 우리를 기다렸다.

우리는 마차의 침대들을 할 수 있는 한 가장 높이 올렸고 다른 생활용품들은 가능한 안전하게 묶었다. 막내 울프는 포대기에 싸 바구니에 넣어 다른 잡다한 물건들 사이에 고정되도록 묶어 두었다. 그곳이 울프를 위한 가장 안전한 곳이었지만, 그래도 엄마는 울프 옆에 앉아 얼굴 만면에 두려움을 적나라하게 드러내며 바구니를 꽉 붙잡고 있었다. 아빠는 모세의 지팡이를 들고 황소 두 마리 옆을 걸어가며 마차를 이끌었다. 워런 오빠는 황소들 옆에서 휘몰아치는 물속을 1마일이나 걸어가기에는 아직 몸이 너무 약했기 때문에, 와이엇이 오빠의 마차를 맡기로 했다. 나는 와이엇이 이끄는 마차의 앞 좌석에 올라탔고, 워런 오빠는 물건들이 굴러떨어지지 않도록 지키겠다면서 마차 안에 누워있었다. 아빠는 무슨 말인가를 계속 중얼거렸고, 엄마의 입술은 두려움으로 새하얗게 질려 있었다. 엄마는 강물이 잔잔하기를, 마차에서 날개가 돋아나기를 큰 소리로 기도했다.

채찍질과 함께 외쳐지는 "이랴" 소리와 함께 우리는 플랫 강 물속으로 휘적휘적 나아갔다. 강물이 마차 옆에서 찰랑거렸다. 황소들은 우는 소리를 냈고, 건너편의 강가는 너무 멀어서 신기루처럼 보였다. 존이 물을 첨벙거리며 우리 쪽으로 다가와 방향을 소리쳐 알려주고는 우리 주변을 빙 돌아 맨 뒤로 갔다. 우리는 강의 절반 이상 나아가고 있었다. 한 걸음 내디딜 때마다 자신감도 올라가고 있었다. 그때였다. 아빠의 마차가 한쪽으로 기울기 시작했고, 엄마는 소리를 지르기 시작했다. 마차의 한쪽 바퀴가 강바닥 깊숙이 들어가면서 마차 안의 물건들이 서로 부딪치며 미끄러졌다.

"황소들을 계속 움직이게 하세요, 윌리엄." 존이 자신의 밧줄을 아빠 마차 앞바퀴에 끼우고 자신의 안장뿔에 감으며 소리쳤다. 존이 데임에게 박차를 가하자 마차가 앞으로 덜컥 하고 움직였다.

아빠가 간신히 빠져나옴과 동시에 이번에는 와이엇이 겁에 질리기 시작했다. 와이엇이 이끄는 마차가 속도를 내지 못하고 뒤처지고 있었던 것이다. 나는 두 번 생각 않고 와이엇을 돕기 위해 마차에서 강물로 폴짝 뛰어내렸다. 강물은 깊지 않았지만 내 치마를 빨아들이고 있었다. 나는 우리 마차가 강바닥에 처박히지 않게 하기 위해 물속을 성큼성큼 걸었다. 그러다 발을 헛디뎌 몸이 가라앉았지만 아주 잠시였고, 나는 황소 한 마리의 마구에 있는 가죽 끈을 붙잡아 가능한 한 힘껏 잡아당겼다. 다행히 마차는 제 속도를 찾고, 위기를 모면하고는 다시 앞으로 나아갔다.

그때 내 앞에 나타난 존이 몸을 수그리더니 끙 앓는 소리와 쉬익, 하는 소리를 내며 나를 끌어올려 자신의 안장 앞쪽에 태웠다. 내 치마에서 물이 줄줄 흐르며 나를 강물 속으로 다시 끌어내리겠다고 위협하고 있었다.

"다시는 그러지 말아요, 콜드웰 부인." 그가 엄한 목소리로 말했다. 그의 입이 내 귓가에 있었다. 나는 진흙으로 엉망이 된 머리카락들을 내 볼에서 치우고는 기쁨을 만끽했다. 나는 강물에 흠뻑 젖었고, 더러웠고, 존 라우리와 무척 가까이 있었다. 그의 심장이 내 등 뒤에서 쿵쿵대는 것이 그대로 느껴졌다. 플랫 강 횡단은 내가 생각했던 것만큼 그리 나쁘지 않았다.

6
엘름 크리크

존

마차 한 대가 건너는 걸 돕는 데 한 시간이 걸렸고, 또 한 대를 건너게 하는 데 두 시간이 걸렸다. 많은 물건들이 물살에 휩쓸려 사라져버리는 바람에 마차 행렬 전체가 플랫 강 북쪽에 모였을 때는 사람들이 계속 이동하고 싶은 의지를 거의 상실한 상태였다. 우리는 몇 마일을 가까스로 비틀거리며 나아가 하루를 마무리하고 엘름 크리크라는 곳에 캠프를 세웠다. 우리가 강을 건넌 곳에서 서쪽으로 약 8마일 떨어진 곳이었다.

그날 밤 내가 살면서 한 번도 겪어보지 못한 폭풍이 찾아왔다. 마차의 바퀴들은 말뚝에 고정했고 동물들은 울타리 안으로 몰아넣었지만 텐트 전부가 바람에 날려 뒤집혔고 헤이스팅스 씨네 소형 마차가 빙글빙글 돌다가 넘어졌다. 플랫 강에서 살아남은 마차를 폭풍이 내동댕이치고 산산조각을 내버린 셈이었다. 폭풍과 함께 찾아온 것은 거센 돌풍이었다. 결국 우리는 다음 날 엘름 크리크에서 젖은 것들을 말리며 시간을 보내야 했다. 늦어진 시간을 벌충해야 했지만 어쩔 수 없었다. 그리고 내가 아팠다.

나는 동물들을 돌볼 때도 통증을 숨기고 사람들에게 말하지 않았다. 하지만 상태는 심각했고 나는 무섭기 시작했다. 나는 여러 마차들이 플랫 강을 건너는 것을 도우며 긴 시간을 보냈고, 또 폭풍까지 불어닥치는 바람에 휴식을 취할 틈도, 옷을 말릴 틈도 없었다. 그래서 그렇게 오한이 오는 거라고 스스로 되뇌었다. 하지만 자정쯤이 되자 온몸의 뼈마디가 쑤시고 뱃속이 불덩이가 되었다. 나는 불침번을 끝낸 후에 축축한 이불 속으로 쓰러지듯 누웠다. 그리고 웨브가 나에게 오지 않기를 기도했다. 그리고 후회했다. 제니가 말했던 것처럼 내 여동생들을 보고 왔어야 했다고. 그리고 아버지가 미주리 강 제방 위에 우두커니 서서 내가 떠나는 모습을 바라보고 있었을 때 아버지에게 작별 인사를 했어야 했다고.

이곳에는 사생활은 거의 없고 오직 길만이 존재했다. 나는 텐트에서 비틀거리며 빠져나가 마차들이 소리를 듣지 못하는 곳으로, 나의 다음 불침번이 보지 못하는 곳으로 가서 변을 보았다. 다시 텐트로 돌아갈 엄두가 나지 않았다. 어차피 가봐야 뱃속을 비우기 위해 다시 일어날 일밖에는 없을 것이다. 이제 나에겐 아무런 힘도 남아 있지 않고 그저 나 자신의 더러움에 역겨움을 느끼며, 그리고 그것에 대해 내가 할 수 있는 일이 아무것도 없음을 깨닫고 골짜기에 옹송그리고 있을 뿐이었다. 나는 페퍼민트 약간과 아편틴크를 내 물통에 넣어 놓았었다. 물이 오염되지 않았을까 걱정이 되어 그냥 비워버릴까도 생각했다. 하지만 지금 내 상태에는 물이 아예 없는 것보다는 오염된 물이라도 마시는 것이 낫다는 생각이 들었다. 페퍼민트는 경련을 완화해 주었고, 아편틴크는 댕댕 울려대는 머리를 안정시켜 주었다. 내 목의 통증과 사지의 비명만이 내가 살아있음을 알려주었다.

통증보다도 나는 깊은 후회로 몸서리쳤다. 나오미 메이에 대한 나의 감정을 그녀에게 미처 말하지 못했다. 그녀가 나이 드는 모습을 보고 싶다는 말을 하지 못했다. 그녀에게 말하지 못한 것들이 너무도 많았다.

그 욕망이었다. 그 욕망이 극심한 통증 속에서도 나로 하여금 강물에 들어가 내 몸과 옷에서 오물을 씻어내게 했고 내 텐트로 비틀거리며 돌아가게 했다. 텐트에 있어야 아침이 밝았을 때 사람들이 나를 찾느라 시간을 허비하지 않을 테니까.

내가 이렇게 죽게 될 줄 알았더라면 메이 가족들에게 되돌아가라고 했을 것이다. 이 여정은 앞으로 힘들어질 일만 남아있고, 그들에게는 내가 필요했다. 웨브에게는 케틀을 주고 나오미에게는 데임을 주었을 것이다. 그때였다. 내 위로 그녀의 얼굴이 흐릿하게 보였다. 나는 지금 꿈을 꾸고 있는 거라고 확신했다.

"라우리 씨. 존?"

아 세상에, 그녀가 지금 내 텐트에 있다.

"돌아가요, 나오미."

내일도, 모레도 그녀의 이름을 부르고 싶었다. 하지만 나는 이제 죽게 되리라는 것을 알고 있었다.

"존, 당신 아파요. 내가 도와주려고 왔어요."

"당신 여기 있으면 안 돼요." 나는 나의 존엄성을 원했다. 하지만 마차 행렬을 휩쓰는 질병이 선사하는 설사병과 구토증에는 존엄성 따위는 없었다. 약을 먹는다고 한들 그리 도움이 되는지도 알 수 없었다.

"내가 몸을 일으킬 수 있게 도와줄게요." 그녀가 말했다. "약을 먹어야 돼요. 그러면 조금 나을 거예요. 내가 직접 만들어왔어요."

엘름 크리크 143

"제발…… 그냥 가요. 나는 내가 돌볼 수 있어요." 내가 신음했다.

"마셔요." 그녀가 한쪽 팔로 내 목 뒤를 감아 올리며 말했다. 내 머리가 그녀의 가슴 위에 축 늘어졌다. 나는 내 의지에 반해 올라오는 담즙을 삼키기 위해 입술을 굳게 다물었다. 그러고는 옆쪽으로 몸을 급하게 돌려 나오미가 내 머리맡에 놓아둔 양동이 속에 구역질을 했다. 나는 다시 누웠고 약한 손길로 그녀를 밀어냈다.

"약을 소화시키지 못할 거예요." 내가 말했다.

"그러면 천천히 홀짝이기만 해봐요. 물을 마시기 가장 좋은 때는 속을 게워낸 직후예요." 그녀가 자신 있는 목소리로 평온하게 말했다. 마치 내가 괜찮아질 거라고 확신하고 있는 듯했다. 나는 잠시 그녀를 믿어보려 했으나 나의 위가 다시 저항했다.

나는 그녀를 한 번 더 밀어냈다.

"내 도움을 받지 않으려고 하면 다른 사람이 올 거예요. 그런데 나는 당신이 나를 좋아한다는 걸 알아요." 그녀가 말했다.

"그래서 가라는 거예요." 내가 끙 신음 소리를 냈다.

"알아요. 그래서 내가 안 가는 거고요. 자, 마셔요."

몇 시간이 흘렀다. 나의 끔찍한 통증 외에는 아무것도 인지할 수 없는 시간이었다. 그러나 그림자의 모양이 변했고 기온도 변했다. 마침내 내가 살아났을 때, 나의 고통은 포효 대신 잔향이 되어 남아있었다. 그리고 나오미가 아직 내 곁에 있었다.

"당신이 죽을까 봐 무서웠어요." 그녀가 말했다.

그녀는 나만큼 지쳐 보였다. 입술은 바짝 말라 있었고 두 눈은 퀭했다. 머리카락은 그녀의 창백한 얼굴 주변으로 꼬불거리며 엉망이 되어있었다.

"당신 아름다워요." 내가 말했다. 진심이었다. 그녀가 웃었다. 안도와 놀람이 담긴 환한 웃음이었다. 나는 황홀함을 느끼며 다시 한번 말했다. 그녀의 존재 그 자체가 아름다웠다.

"지금 의식이 혼미한 거예요." 그녀가 말했다.

"아니에요." 그 말을 하면서 내가 고개를 흔들자 어지러움이 밀려왔다. 나는 쇠약한 상태였고, 통증이 물러나자 피곤함이 몰려오고 있었다.

다시 눈을 떴을 때 어지러움은 느려져 있었고 내 얼굴 위로 그녀의 얼굴이 보였다.

"존?"

"칙스팃 탓쿠." 내가 속삭였다. 나 괜찮아요. "통증은 지나갔어요. 그냥 피곤한 거예요."

"떠나지 않을 거라고 약속해 줄래요?" 그녀가 물었다. 그 말은 우리의 마차 행렬이나 서쪽으로 향하는 여정에 대한 것이 아니라는 걸 나는 알고 있었다. 그녀는 죽음을 말하고 있는 것이었다.

"약속해요."

"그러면 이제 자게 해 줄게요. 그렇지만 그 전에 먼저 물을 조금만 마셔요." 내가 머리를 들어 올리도록 그녀가 도왔다. 그리고 내 입술에 양철 컵을 갖다 댔다. 나는 염분이 섞인 물을 조금 홀짝였다. 내 위가 그것을 게워내지 않기만을 바랐다.

"당신도 자야 해요." 내가 말했다. 피곤함으로 그녀의 머리가 까딱거리고 있었다. 나는 손을 뻗어 그녀의 손을 내 가슴 위로 잡아당겨 내 심장 위에 내려놓았다. 그녀는 내 옆에 몸을 웅크리고 누웠다. 그녀의 머리가 내 팔꿈치 안쪽에 놓였고, 서로 움켜쥔 우리의 손이 내 몸 위

를 가로지르고 있었다. 그렇게 우리는 새로이 주어진 삶의 무중력상
태 속에서 길을 잃은 채 잠 속으로 빠져들었다.

다시 눈을 떴을 때 나는 몸에 힘이 없고 강한 갈증을 느끼긴 했지
만 거의 회복된 것 같은 기분이었다. 나오미는 돌아갔고, 그녀의 머리
카락 한 가닥이 내 셔츠에 붙어 있었다.
웨브가 내 텐트 입구에 앉아 있었다.
"누나가 일어나면 알려달라고 했어요. 일어난 거예요, 형?" 웨브가
물었다.
"일어났어, 웨브."
"형은 아비가일처럼 죽지 않을 거죠? 그렇죠, 존? 저는 아비가일을
좋아했거든요. 그렇지만 저는 형이 더 좋아요. 워런 형한테는 말하지
마세요. 제 생각에는 아빠가 형이 나오미 누나를 눈독 들이고 있다고
생각해서 형을 안 좋아하는 것 같아요. 누나에게는 남편이 한 번 있었
어요. 이름은 대니얼이었고요. 그런데 대니얼도 죽었어요. 형은 죽지
않을 거죠? 그렇죠, 존?"
나는 머리가 잘 돌아가지 않았고 목은 뻣뻣했다. 그래도 웨브가 나
에게 쏟아 내는 질문의 흐름을 가까스로 따라가며 질문에 대한 대답
으로 고개를 흔들어 보였다. "지금은 아니야. 안 죽어. 웨브, 내 동물들
을 잘 돌보았니?"
"네. 제가 애들을 지켰어요. 케틀이랑 노새들 전부 말뚝에 매어 놨
어요. 형이 저한테 보여준 것처럼요. 데임도요. 여기 오르막 바로 위쪽
에 풀이 엄청 많아요."

"잘했다."

"사람들 전부 다시 떠날 준비를 하고 있어요. 이제 우리는 전력을 다해 뒤처진 것을 따라잡아야 한대요. 애벗 씨는 형을 두고 가고 싶어 하지 않지만 콜레라가 우리를 따라오는 걸 보고 형을 두고 갈 수밖에 없다고 했어요."

"사람들 전부 나를 기다리고 있었던 거야?"

"다른 사람들 몇 명도 형처럼 아파요. 루시는 죽었어요. 아비가일처럼요. 그리고 엄마가 그러는데 콜드웰 부인이 지금 상태가 무척 좋지 않대요. 빙엄 씨도 아프긴 한데 전보다 좋아졌어요. 아빠는 얼른 출발해야 한다고 하고, 누나는 형 없이는 안 간다고 했어요. 형은 마차 타고 출발해도 될 정도로 괜찮아진 거예요?"

"물 좀 마시고 싶다. 씻고 싶고……. 나오미에게 내가 깼다는 말은 조금 있다가 하는 건 어때? 괜찮겠니?"

웨브가 비누 하나를 가져다주었고 내 안장 가방을 뒤져서 깨끗한 옷을 꺼내다 주었다. 나는 강물에 들어가 더러워진 옷들을 모두 벗어내고 꼭 내가 태어났던 날처럼 완전히 발가벗은 채 힘없이 몸을 씻었다. 그동안 웨브가 망을 봐주었다. 옷을 빨고 물기를 꽉 짜낸 뒤 마른 옷을 입을 때쯤 나는 바들바들 떨며 비틀거리고 있었다. 하지만 다시 캠프로 돌아가는 동안은 웨브가 자신의 한쪽 팔을 내 허리에 두르고, 내 한쪽 팔을 자신의 어깨 위로 올려 나의 목발이 되어주었다.

나오미

존은 보통 펼치고 접는 작은 텐트에서 잠을 잤지만 폭풍이 오거나 바람이 불 때면 애벗 씨의 마차 아래로 들어가 있었다. 아침에는 늘 가장 일찍 일어나 다른 사람들보다 먼저 짐을 싼 뒤에 사람들이 동물을 모으거나 동물에 고삐 채우는 일을 도와주곤 했다.

나는 존의 모든 습관과 행동 패턴을 잘 알고 있었다. 그리고 그에 대한 나의 관심이 부끄럽지도 않았다. 그래서 캠프 사람들이 일어나 어수선해진 지 한참이 되었는데도, 캠프에서 뚝 떨어진 곳에 아직도 펼쳐져 있는 그의 텐트를 보았을 때 나는 무언가 잘못됐다는 걸 알았다. 나는 내가 해야 할 일은 전부 잊은 채 벌떡 일어서서 사람들의 관심을 끌지 않으려고 노력하며 그의 텐트를 향해 성큼성큼 걸어갔다.

존의 텐트의 입구를 향해 걸어가는데 마치 플랫 강 1마일을 다시 건너는 느낌이 들었다. 쉼 없이 움직이는 유사 속으로 발을 내딛는 것 같았고, 두 다리가 무겁고 공포에 꼼짝 못하게 된 것 같은 느낌이었다. 내가 존의 이름을 부르는데 염소 소리가 나오면서 목에 통증이 일었다. 존은 대답하지 않았다. 나는 망설임 없이 캔버스 천을 양쪽으로 벌리고 안으로 기어들어 갔다.

내가 걱정했던 모습 그대로였다. 구토는 이미 시작된 상태였고, 그것은 아비가일이 죽기 직전에 겪었던 증상이었다. 아비가일은 구역질을 시작한 후 한 시간도 버티지 못했다. 하지만 존에게는 나에게 돌아가라고 거부할 정도의 힘이, 나를 밀어낼 정도의 불길이 아직은 남아있었다. 그 모습에 나는 용기를 얻었다.

나는 그날 남은 하루 내내 그의 옆에 있었다. 그리고 존이 회복될 때까지 내가 곁에 있을 거라고 말하며, 가족들에게 나를 두고 먼저 떠나야 할 지도 모른다고 덧붙였다. 엄마는 이해했고, 아빠도 이해했다. 하지만 아빠는 내가 존을 돌보는 것의 부도덕성에 대해 이야기했다.

"애벗 씨도 존을 돌볼 수 있다. 어쨌든 둘은 가족이니까." 아빠가 따지고 들었다. 그렇지만 그랜트 애벗 씨는 존과 거리를 두고 있었다. 자신도 병에 걸릴까 봐 걱정되었던 것이다. 그 모습에 아빠도 더는 아무 말을 하지 못했다. 죽음이 목전에 다가왔을 때 도덕성 같은 이야기는 그저 공허하게 들릴 뿐이었다.

결국 우리 마차 행렬 전체가 엘름 크리크에 남는 것으로 결정이 났다. 이틀 전 플랫 강을 건넌 곳에서 불과 8마일 밖에 떨어지지 않은 곳이었다. 콜레라에 걸린 사람은 존뿐만이 아니었다. 대니얼과 남매지간인 루시 콜드웰 하인스도 그 치명적인 역병에 굴복하고 말았다. 루시는 해가 지기 직전에 숨을 거두었다.

엄마는 그 소식을 전하기 위해 웨브를 나에게 보냈고, (무슨 이유 때문인지는 몰라도 아이들이 어른들보다 콜레라에 더 강했다) 나는 존의 곁을 잠시 떠나 흙구덩이 앞에 섰다. 가여운 아담 하인스가 나의 시누이를 땅속에 묻는 모습을 바라보았다. 아담 하인스는 워런의 눈가에 아직도 남아있는 것과 똑같은 멍한 표정을 짓고 있었다. 루시는 자신의 웨딩드레스를 입고 있었고, 수의 대신 깔개로 돌돌 감겨 있었다. 한때 엘메다의 응접실을 우아하게 만들어주었던 깔개였다.

루시는 이런 말을 한 적이 있었다. 캘리포니아에 도착하면, 그리고 주일 예배에 참석할 때 그 드레스를 다시 입겠다고 말이다. 오늘은 일요일이었고 내 생각에 장례식도 일종의 예배 같은 것이었다. 정작 본인도 몸이 좋지 않은 클라크 집사가 아비가일이 죽었을 때 했던 것과 비슷한 이야기를 해주었다. 그리고 사람들 모두 떨리는 목소리로 '내 주를 가까이하게 함은'을 불렀다. 가사를 전부 알고 있는 사람은 우리 엄마뿐이었다. 나 떠돌이 같아도, 해가 진대도, 어둠이 내려도, 돌 위에서 잔대도, 내 꿈속에서는 내 주님께 더 가까이 다가갑니다.

나는 노래를 제대로 부르지 못했다. 나는 거위가 꽥꽥대는 것 같은 목소리를 내고 있었다. 그리고 찬송가의 가사가 나의 통제력을 약하게 만들었다. 나는 울지 않았다. 울 수 없었다. 나는 루시를 돌보았고, 아비가일을 돌보았었다. 그러나 내 안의 슬픔은 모두 비워지고 있었다. 나는 삶을 위해 내 힘과 체력을 비축하고 있었다. 그것들을 죽음을 위해 쓰지 않을 것이다. 마음 단단히 먹어야 해, 나오미 메이. 내가 가진 것이 내 의지뿐이라면 나는 그것을 제대로 사용해야만 했다. 엄마를 위해서. 울프를 위해서. 나의 형제들을 위해서. 그리고 아직 살아있는 존 라우리를 위해서.

그래서 클라크 집사가 무언가 열심히 말을 하고 사람들이 찬송가를 부르고 있을 때, 나는 이를 악물고 허리를 꼿꼿이 세우고는 얕은 무덤에서 몸을 돌렸다.

"어떻게 그렇게 냉정할 수 있니, 나오미?" 엘메다 콜드웰이 내 등 뒤에 대고 울부짖었다. "내 딸 루시가 누워서 죽어가는데 어떻게 네 가족도 아닌 남자를 돌볼 수 있냐고?"

나는 아무 말도 하지 않았다. 나는 나 자신을 변호하지 않았다. 엘메다의 말이 사실이었기 때문이다. 루시에게는 자기 어머니가 있었다. 루시에게는 자기 남편이 있었다. 그러나 존에게는 나 외에는 아무도 없었다. 나는 알고 있었다. 둘 중 누구의 죽음이 나를 무너뜨릴지를. 그것은 루시 콜드웰의 죽음이 아니었다. 하지만 나는 엘메다를 안아 주기 위해 뒤돌아섰다. 엘메다의 슬픔이 내게 들러붙을 것에 대해 마음의 준비를 하고서.

엘메다는 나를 밀어냈다. 엘메다의 두 손이 비틀린 발톱처럼 내 어깨에 닿았다. 나는 즉시 뒷걸음질 쳤고, 엘메다의 거부에 이상하게 마음이 놓였다. 분노는 좋은 것이다. 분노가 두려움보다 낫다. 분노가 비탄보다 낫다. 나는 엄마에게 엘메다를 위로해주도록 했다. 콜드웰 씨가 씩씩거리며 내 등 뒤에 대고 비난의 말을 퍼부었다. 그래도 나는 존을 향해, 아직 남아있는 희망의 불씨를 향해 발걸음을 옮겼다.

깨어나니 바깥은 여명의 기운이 느껴졌다. 캠프도 곧 깨어날 것이었고, 죽음이 우리들의 숫자를 더 줄여 놓았든 아니든 우리는 다시 출발해야만 했다. 나는 세네 시간쯤 잤다. 그것이 나에게 허락된 전부였다. 존은 내 옆에서 깊은 호흡으로 잠들어 있었고, 그의 손은 아직도 내 손을 감싸고 있었다. 나는 안도감에, 그리고 기쁨에 목놓아 울고 싶은 심정이었다. 존의 상태는 훨씬 좋아졌다. 이제 괜찮아질 것이다.

나는 존이 깨지 않도록 조심히 몸을 일으켰다. 존의 피부는 차가웠고 몸은 축 늘어져 있었다. 나는 엄마의 하나님께, 그리고 엄마의 말로는 만물에 깃들어 있다는 힘에게 감사의 기도를 작게 올렸다. 그러고는 내가 할 수 있는 것은 다 했다고, 존은 사라지지 않을 거라고 생각하며 존의 곁을 떠났다. 존은 나를 떠나지 않을 것이다. 그러지 않겠다고 약속했다. 그리고 내가 알기로 존 라우리는 자신이 한 약속은 반드시 지키는 사람이었다.

아침 식사가 끝나고 태양이 어서 출발하라고 우리를 재촉했다. 나는 웨브에게 가서 존을 지켜보다가 깨어나면 나에게 와서 꼭 알리라고 단단히 일렀다. 캠프 전체는 지쳐 있었고 어수선했다. 아이들은 울고, 동물들도 시끄럽게 울고, 병과 불편함 때문에 마차 행렬 일행들 전체가 축 처져 있었다. 애벗 씨는 캠프를 돌아다니며 누가 출발할 수 있고 없는지를 판단했고, 그럼에도 불구하고 마차 행렬은 정오쯤에 출발할 예정이라고 사람들에게 알렸다. 호머 빙엄 씨에게는 그의 동물을 몰 사람이 필요했고, 다른 어떤 가족은 다시 커니 요새로 돌아가서 다른 마차 행렬을 기다리기로 결정했다. 로렌스 콜드웰 씨는 지금 당장 출발하지 않으면 우리 모두 병에 걸려 죽게 될 거라고 역정을 내고 있었다. 엘메다는 아직 자신의 마차 침대에 누워 있었다. 콜레라에 걸린 것은 아니었다. 그냥 포기한 것이었다.

엘메다의 상태를 확인하러 갔을 때 엘메다는 나에게 한 마디도 하지 않고 두 눈을 감고 양손을 포갠 채로 가만히 누워있었다. 눈꺼풀 아래에서 눈이 흔들리고 있었지만 누구에게도 대답하지 않을 작정인 듯했다. 눈물이 이따금 엘메다의 볼을 타고 흘러내렸다. 엘메다의 아들 젭은 동물들을 돌보는 안락함을 찾아서 도망쳤고, 콜드웰 씨는 그와 마주치는 불운을 겪은 모든 사람들에게 좌절감의 화풀이를 했다. 콜드웰 씨는 지금 마차에 앉아 얼굴을 구기고 혼자서 무슨 말인가를 사납게 중얼거리고 있었다.

"엘메다가 아픈 건 다 너 때문이다, 과부 콜드웰." 내가 그의 마차에서 내려가는데 콜드웰 씨가 쏘아 말했다.

"어째서요?" 나는 차분한 목소리로 물었다.

"대니얼이 그렇게 쉽게 잊히더냐?"

"대니얼은 떠났어요. 제가 대니얼을 다시 살릴 수 있는 것도 아니고요, 콜드웰 씨."

그가 아래턱을 앞으로 쭉 내밀며 나를 향해 손가락을 흔들었다. "너 아주 신이 났구나. 너희 마차가 이제는 라우리한테 편승했다 이거지. 우리는 중요했던 적이 한 번도 없었다는 듯 말이야."

로렌스 콜드웰 씨는 지금 슬퍼하고 있는 것이었다. 하지만 우리 마차 행렬 일행 중에 슬프지 않은 영혼은 하나도 없었다. 콜드웰 씨는 자신의 떨리는 아래턱과 흔들리는 턱살 그리고 나를 재단하려는 행동으로 나를 공허하게 만들고 있었다. 엘메다도 공허해지고 있었다. 만약 엘메다가 죽는다면 그것은 엘메다가 남편에게서 필사적으로 탈출하고 싶기 때문일 것이다. 하지만 그건 못된 생각이었다. 나는 그 생각이 입 밖으로 흘러나가지 못하도록 혀를 깨물었다. 뒤돌아서서 우리 마차를 향해 발걸음을 옮기는데 내 뒤에 꽂혀 있는 그의 시선이 느껴졌다. 그때 울프의 울음소리가 들려왔고, 내가 엄마를 너무 오랫동안 혼자 있게 했다는 생각이 번뜩 들었다.

나는 얼른 돌아가서 접시와 이불을 모아 가능한 빠르게 닦고, 접고 짐을 꾸렸다. 그러면서도 내 눈은 존 라우리의 텐트를 자꾸 쳐다보고 있었다. 특히나 지금처럼 최악의 상황이 지나간 후에 존에게는 잠이 최고의 보약이었다. 아무래도 내가 다시 가서 존을 확인해 봐야겠다는 생각이 들었다. 그런데 그때 존과 웨브가 얕은 강의 제방에서 올라와 빽빽한 버드나무 사이로 걸어오는 모습이 눈에 들어왔다.

존의 얼굴은 창백했고 두 눈은 멍했다. 그리고 얼굴선이 예전보다 날렵해져 있었다. 하지만 자세는 꼿꼿했고 옷을 새로 갈아입은 상태였다. 존은 웨브에게 한쪽 팔을 걸친 채로 나를 향해 걸어오고 있었다.

"존 형 여기 있어, 누나." 웨브가 소리쳤다. "존 형은 아기 울프처럼 잘 걷지 못해. 그래도 형 말로는 이제 안 아프대. 목욕도 했어."

나는 둘을 향해 빠르게 뛰어가 존의 얼굴을 살폈다. 존이 나를 보고 약간 웃어 보였다. 웃음이라기보다는 찡그림에 가까운 미소였다.

"다시 출발할 수 있겠어요?" 내가 물었다. "애벗 씨 말로는 오늘 꼭 출발해야 한대요. 시간을 너무 많이 지체했다고요. 엄마는 워런 오빠 마차에 당신이 누울 자리를 마련해줄 수 있다고 하시거든요. 워런 오빠는 이제 황소 옆에서 걸어갈 수 있을 만큼 괜찮아졌어요. 와이엇과 윌이 당신 노새들을 몰면 되고요. 지금은 노새 숫자도 전보다는 줄었으니까요."

"내가 마차를 몰 수 있어요."

"아니요. 안 돼요." 내가 고개를 저었다. "아직은 안 돼요. 사실 마차에 타고 있는 것도 그다지 쉬는 느낌은 아니겠지만, 그게 우리가 할 수 있는 최선이에요. 하루만요. 어쩌면 이틀. 제발요, 존."

존은 내 말에 반박하고 싶어 하는 듯 보였다. 그의 입술 주변이 팽팽해지는 모양에서, 두 눈썹 사이에 주름이 생기는 모양에서 나는 그것을 알아보았다. 하지만 존은 반박하지 않았다. 나와 말다툼할 기력이 있을 것 같지도 않았다. 서 있는 것조차 아슬아슬해 보였다.

"동물들을 모아야 해요. 지금 내가 동물들을 모아서 마차에 줄로 연결할 수 있을 것 같아요. 이제 숫자가 적어졌으니까요. 윌이 데임을 타고 가면 되겠고…… 최소 오늘은요." 존이 말했다.

"제가 동물들을 모을게요, 형." 웨브가 말했다. "윌 형도 데리고 가서 같이 할게요."

"내가 할게, 웨브. 물론 너도 같이 가도 돼. 지금처럼 내 옆에서 걸어줘. 내가 똑바로 걸을 수 있게." 존이 말했다. "우리가 같이 가서 동물들 모아서 올게요."

"존, 그냥 애들 보고 가라고 해요. 당신은 지금 앉아 있어야 해요." 내가 말했다.

"나오미." 존이 나직한 목소리로 나를 불렀다. 눈빛은 부드러웠다.

"동물들은 쉽게 겁을 먹어요. 내가 가봐야 해요. 이틀 동안이나 방치했잖아요."

나는 존과 웨브가 원형으로 서 있는 마차 사이를 가로질러 시야를 가리는 버드나무 쪽으로 느릿느릿 걸어가는 모습을 지켜보았다. 5분쯤 지나고 웨브가 돌아왔다. 그런데 존이 함께 있지 않았다.

"아빠!" 웨브가 소리 질렀다. "아빠! 라우리 형 노새들이 전부 사라졌어요. 케틀이랑 데임도요. 전부 다 사라졌다고요. 누가 일부러 그런 것처럼 말뚝이 전부 빠져나와 있어요." 웨브의 작은 코에서 콧물이 흘러내렸고 지저분한 볼 위로 눈물이 흘러내리고 있었다. "주변을 다 찾아봤어요. 존 형이 데임을 부르려고 휘파람도 불었어요. 그런데 데임이 오지 않아요."

"존은 어디 있어?" 내가 다급히 물었다.

"형은 계속 찾아봐야 한다고 했어. 그런데 지금 몸이 너무 약해. 나보고 캠프로 돌아가서 애벗 씨에게 말하라고 했어."

내 동생들과 오빠, 아빠 그리고 애벗 씨가 존의 동물들을 찾기 위해 마차에서 방사형으로 흩어졌다. 하지만 15분도 되지 않아 모두 아무런 성과 없이 캠프로 돌아왔다. 존도 함께 있었지만 얼굴은 창백했고 몸은 구부정했다. 애벗 씨가 존에게 쓰러지기 전에 어서 앉아 있으라고 다그치자 존이 앉았다. 그 말에 순종한다는 것 자체가 지금 존의 몸 상태가 어떤지 보여주는 것이었다. 나는 울지 않으려 애쓰며 그에게 달려갔다.

애벗 씨가 자신의 작은 뿔피리를 불어 마차 행렬의 일행들을 모두 불러모았다. 그러고는 지금 발생한 일에 대해 설명했다. 사람들은 진심으로 안타까워하며 놀라움을 감추지 못했다. 그리고 대부분의 (건

강이 괜찮은) 남자들은 수색에 동참하겠다고 자진해서 나섰다.

하지만 잠시 후 그들 모두는 빈손으로 돌아왔다.

나는 존에게는 힘을 아껴두라고 달래고는 그의 텐트를 접고 그의 물건들을 모두 챙겼다. 애벗 씨는 이제 우리가 할 수 있는 일이 아무것도 없다고 말했다. 존은 고개만 흔들 뿐이었다.

"우리 이제 출발해야 한다, 존." 애벗 씨가 말했다. "여기에서 이틀 동안 너와 다른 사람들을 기다리느라 꼼짝도 못 했어. 앞으로 갈 길이 멀다. 척박한 땅이 길게 이어져 있어. 다른 마차 행렬이 먼저 지나가게 두면 그나마 있던 풀들도 모두 뜯어 먹히고 말 거야."

존은 구부정하게 앉아 무릎 사이에 두 손을 깍지를 끼고 애벗 씨 얼굴을 쳐다보다가 충격을 받은 듯 얼어붙었다. 존이 천천히 일어섰다. 절망적인 얼굴이었다. 애벗 씨에게 뭐라고 반박하지 않았지만 우리 아빠를 향해 돌아섰다.

"메이 씨, 노새 한 마리를 빌리고 싶습니다." 존이 말했다.

애벗 씨가 답답하다는 듯 분노에 찬 소리를 냈다. 하지만 내가 애벗 씨보다 먼저 나섰다.

"당신 못 가요, 존. 지금 서 있는 것도 힘들다고요. 당신 아직 환자예요." 내가 겁에 질려 소리쳤다.

"가야 돼요. 내 동물들을 찾지 못한다면 나는 계속 갈 수 없어요." 그는 내 이름을 말하거나 나를 직접적으로 언급하지는 않았지만, 그와 내 눈이 마주쳤을 때 나는 그것이 나에게 하는 말이라는 사실을 알았다. 우리가 함께 하는 미래를 위해서는 그 미래를 쌓아 올릴 기반이 필요한 것이었다.

"그럼 저도 갈게요." 내가 말했다.

"나오미!" 아빠가 소리를 빽 질렀다. 아빠의 얼굴은 단호했고 이를 악물고 있었다. "됐어. 그만해라."

"누군가는 존과 함께 가야 할 거 아니에요!" 내가 소리쳤다.

"제가 갈게요." 웨브가 큰 소리로 말했다. "제가 가서 동물들을 찾아올게요." 웨브는 화가 잔뜩 나 있었다. 웨브의 볼을 타고 눈물이 흘러내리고 있었다. 마치 자신 때문에 존이 이렇게 됐다고 생각하고 있는 것 같았다. 누군가가 존을 이렇게 만든 건 맞지만, 그건 웨브가 아니었다. 로렌스 콜드웰 씨는 애벗 씨가 사람들을 소집했을 때도 동물 찾는 것을 돕지 않았었다. 지금도 노새에 가슴줄을 채우고 출발할 준비를 마치고 자기 마차의 마부석에 앉아서 기다리는 중이었다. 젭과 아담은 그 뒤의 마차에 앉아 있었다. 웨브는 케틀과 데임과 노새들 모두 아침 식사 전에는 분명히 있었다고 말했다. 내 생각에는 콜드웰 씨가 존의 동물을 일부러 풀어놓은 것이 분명해 보였다.

"존 혼자 갈 수는 없어요." 내가 아빠를, 그리고 애벗 씨를 쳐다보며 말했다. "존 혼자 못 간다는 거 아시잖아요."

"내가 갈게, 누나." 윌이 내 손을 맞잡고 말했다. "내가 존 형을 돌볼게."

"와이엇이 라우리 씨랑 가야 해요, 여보." 엄마가 가만히 말했다. "그게 맞아요."

"동물들을 이끌려면 우리에게 와이엇이 필요해." 아빠가 받아 쳤다.

"제가 황소 옆에서 걸어갈 수 있어요, 아빠." 워런 오빠가 목소리를 높여 말했다. 오빠의 두 볼은 야위어 있었지만 아래턱은 단호해 보였다. "이제 쉴 만큼 쉬었으니까요."

"아무도 못 간다. 와이엇도, 윌도. 나오미도. 아무도 못 가." 아빠는 고개를 저으며 고집을 꺾지 않았다. "미안하네, 존. 하지만 자네 노새들이 내 아이들만큼 중요하진 않네."

"아빠!" 내가 소리쳤다.

"아빠…… 라우리 씨가 우리를 얼마나 많이 도와줬는지 생각해 보세요. 우리도 라우리 씨를 도와줘야 한다고요." 워런 오빠가 말했다.

"여보." 엄마가 꾸짖었다.

"우라질." 아빠가 신음했다. "빌어먹을."

"어서 가서 우리 노새들을 데려와라, 와이엇." 엄마가 말했다. 와이엇은 노새들을 데리러 다급히 뛰어갔고, 웨브는 물통과 올가미 밧줄과 리드줄을 가져가야 한다고 조잘대며 와이엇의 뒤를 쫓아갔다.

존과 와이엇이 노새를 타고 출발했다. 안장 위에 앉은 와이엇은 키도 훌쩍 크고 강단 있어 보였고, 호리호리한 어깨는 다부져 보이기까지 했다. 반면 존은 100년은 산 사람처럼 자세가 구부정했다. 나는 그들을 쫓아가 돌아오라고 애원하고 싶었다. 나는 마차를 뒤로 하고 가만히 서서 내 동생과 존 라우리가 초원 속으로 가라앉아 사라져 버리는 모습을 지켜보았다. 나는 살면서 지금보다 더 의욕이 꺾인 적은 없었을 것이다. 그리고 그 가망 없음의 무게가 나를 금방이라도 무너지게 할 것만 같았다. 막대기로 만든 조각상 같았고 지푸라기로 만든 집 같았다. 마침내 나에게 다가온 사람은 엄마였다. 품에 울프를 안고 있었다. 엄마는 내 옆으로 와 섰지만 나의 몸을 만지지는 않았다. 엄마는 알고 있었던 것이다. 나를 조금이라도 토닥였다가는 내가 무너져 버릴 거라는 사실을.

마차들이 한 대씩 차례차례 출발하기 시작했다. 애벗 씨가 선두에 섰다. 나는 애벗 씨에게 너무 화가 난 나머지 잠시 복수할 생각을 마음에 품었다. 그릇과 팬을 들고 애벗 씨의 동물들 사이로 걸어가서 울부짖어볼까 생각했다. 모든 걸 잃었다고 생각했던 오마하 인디언들이 미주리 강 제방에서 그랬던 것처럼. 그렇게 애벗 씨 동물들을 달아나게 하는 것이다.

"장담하는데 그게 애벗 씨 동물이었다면, 빌어먹을 이렇게 출발하지는 않았을 거예요." 내가 엄마에게 말했다. 엄마는 내 입에서 나온 험한 말을 나무라지 않았다. 하지만 애벗 씨 편을 들었다.

"그렇게 가혹하게 판단하지 말아라, 나오미. 누군가는 힘든 결정을 내려야 하는 법이야. 그런 일을 해 달라고 우리가 저 사람을 고용한 거고."

"그럼 콜드웰 씨는요? 저 사람은 어떻게 판단해야 해요, 엄마? 저에게 1달러가 있었다면 콜드웰 씨가 존의 노새들에게 겁을 주고 도망가게 했다는 데 돈을 걸었을 거예요."

"로렌스 콜드웰 씨는 자기가 뿌린 대로 거둘 거다." 엄마가 말했다. 목소리는 차분했지만 눈빛은 암울했고 또 엄했다. 엄마가 잠시 눈을 감더니 숨을 깊이 들이쉬고는 나를 쳐다보았다.

"와이엇과 존은 괜찮을 거야, 나오미." 엄마가 말했다. 하지만 엄마도 마음을 다잡은 것처럼 보이진 않았다. 엄마는 지난 한 달 동안 꼭 십 년은 늙어버린 것 같았다.

내 속에서 급류가 일었다. 내가 입을 열면 구름이 갈라질 것 같았다. 그래서 나는 엄마의 말을 믿는다는 듯 고개를 끄덕였다. 아빠가 우리에게 어서 오라고 손짓했다. 우리는 마차로, 그리고 서쪽으로 출발했다. 우리가 엘름 크리크를 떠난 마지막 마차였다.

7
북쪽

존

"어느 쪽으로 가야 해요?" 와이엇이 물었다.

초원이 물결치고 있었다. 나는 무엇이 실제이고 무엇이 신기루인지 판단이 서지 않았다. 머릿속은 탁했고, 나의 이성은 손상된 것 같았다. 내가 아는 거라고는 동물들을 찾지 못한다면 나는 끝장이라는 사실뿐이었다. 나는 허리에 밧줄을 감아 텀블의 안장뿔에 묶긴 했지만 내가 고꾸라졌을 때 큰 도움이 될 것 같지는 않았다. 내가 정말로 고꾸라진다면 몸 위로 노새까지 넘어지게 할 수도 있었다. 그래도 어쩔 수 없었다. 그렇게 하지 않고서는 안장 위에 제대로 앉아 있을 수가 없었다.

"물가로 다시 돌아오지 않을까요? 몇 마일이나 도망갈 정도로 크게 놀랐다고 해도 어쨌든 물가로는 돌아올 것 같은데. 아닐까요?" 와이엇이 물었다.

나는 동의한다는 의미로 고개를 끄덕였다. "마차 행렬은 서쪽으로 향하고 있으니 우리는 동쪽으로 갈 거야. 우리가 왔던 길을 되돌아가는 거야." 내 노새들을 다른 마차 행렬의 누군가가 발견했다면, 그 사람이 내 노새들을 잘 데리고 있기 만을 바랄 뿐이었다.

"윌이랑 워런 형이랑 웨브가 잘 찾아보며 갈 거예요. 나오미 누나도요. 다들 찾고 있을 거라는 거 알잖아요, 라우리 씨." 와이엇이 내 마음속 걱정에 대답하듯 말했다.

나도 그들이 그렇게 해주리라고 믿었다. 하지만 로렌스 콜드웰 씨는 믿지 못했다. 그가 내 말뚝을 빼고 동물들에게 겁을 줘 쫓아 버린 것이 틀림없었다. 누군가가 그 짓을 했다. 하지만 아무나 그랬을 리는 없었다. 우리 마차 행렬의 일행 중에 소 한 마리라도 잃어버린 사람은 아무도 없었다. 콜드웰 씨가 내 동물들을 풀어놓고 때리거나, 휘파람을 불었거나, 잔디에 대고 채찍을 휘둘러서 화들짝 놀라 도망가게 만들었을 것이다. 그 사람이 무슨 짓을 했든 내 동물들은 모두 사라졌다. 마차 행렬 일행들 사이에서 가축을 훔치는 것은 큰 문제가 되지 않았다. 그래봤자 훔친 가축을 숨길 곳이 없기 때문이다. 하지만 한 사람을 나락으로 보내는 데 그 사람의 동물을 도망가게 하는 것보다 더 확실한 방법은 없었다.

나는 가끔씩 휘파람을 불어 갈매기 울음 같은 날카로운 소리를 냈다. 하지만 그 소리는 속임수 따위는 모르는 하늘 위로 퍼져나가 버렸고, 내 기운을 다 빼놓았다. 결국 나는 그 소리를 내는 것도 포기해 버렸다. 남아있는 내 모든 힘은 안장 위에 앉아 있는 행위에 쏟아부었다. 와이엇이 저지대를 훑어보고 제방도 살펴봐 줄 거라 믿었다.

한 시간을, 그리고 또 한 시간을 버텼다. 그렇게 안장에 매달린 채로 우리가 이틀 전 플랫 강을 건너온 곳에 다다랐다. 강 건너에 포니족 마을이 있었고, 동쪽으로 족히 10마일은 떨어져 있긴 했지만 요새도 강 건너에 있었다. 오늘은 강을 건너는 마차 행렬이 없다. 그 적막이, 우리 마차 행렬이 이동할 때 났던 고함소리와 동물 울음소리, 바퀴와 여인들이 내는 비명 소리, 끽끽대는 소리와 극명한 대조를 이루었다. 그날 강물에서 나오미를 번쩍 들어 올려 안장 위에 앉혔었다. 지금의 나는 내 머리조차 간신히 들고 있는 신세였다. 나는 강을 다시 걸어서 건너가 커니 요새로 되돌아가고 와이엇은 트릭과 텀블과 함께 가족들에게 되돌려 보내는 것을 고민했다. 커니 요새에 가면 일을 구할 수 있을 거라는 데는 의심의 여지가 없었다. 뎀프시 대위는 노새 번식에 대한 나의 전문지식에 일, 이 주 정도는 만족해할 것이다. 그러면 말 한 마리를 살 돈 정도를 벌어서 다시 세인트조로 돌아갈 수 있을 것이다.

"저기 헤이스팅스 네 식탁이에요." 와이엇이 손가락으로 가리켜 보이며 말했다. "저걸 잘 쓸 수도 있었을 텐데 말이에요." 나는 와이엇이 무슨 말을 하는지 알고 있었다. 우리는 식기대나 마차 침대, 나무 상자, 그 밖의 무엇이든 가져다가 관을 만들어왔다. 헤이스팅스 씨네 식탁은 헤이스팅스 씨네 마차를 몰다가 콜레라로 죽은 일꾼을 포함해서 성인 남자 셋을 위한 제대로 된 관을 거뜬히 만들 수 있을 정도의 크기였다.

헤이스팅스 씨 부부는 저 애물단지를 자기네 거대한 마차에 싣고 플랫 강을 건넜었다. 그래놓고는 저걸 싣고 더이상은 한발자국도 갈 수 없겠다는 결정을 내린 것이었다. 그래서 저 식탁을 초원에 아무렇게나 던져 놓았고, 터프트 직물 의자 여섯 개를 함께 내동댕이치며 속이 후련하다고 말했었다. 지금의 저 식탁은 우리가 몇 마일 만에 발견한 유일한 그늘이었다. 대머리독수리들이 있든 없든 나는 더이상은 못 갈 것 같았다.

"나는 좀 쉬어야겠어, 와이엇. 잠시만." 내가 작은 목소리로 말했는데도 와이엇이 내 목소리를 듣고 내가 허리에서 밧줄을 풀기도 전에 자기 안장에서 미끄러져 내려왔다. 내가 와이엇보다 덩치가 훨씬 컸기에 아이는 나를 짊어지고 비틀거렸다. 나를 절반은 끌고 절반은 안아서 버려진 테이블로 데리고 갔다. 그러고는 내가 테이블 아래로 들어갈 수 있게 해주었다. 와이엇이 내 머리 밑으로 무언가를 밀어 넣더니 내 소총을 옆으로 빼 두고 내 입안으로 물을 조금 흘려보냈다. 나는 고맙다는 말을 하기도 전에 잠에 빠져들었다.

꿈에 찰리와 포니 족 마을이 나왔다. 케틀과 인디언 조랑말이 교배해서 사람 얼굴을 한 새끼 당나귀가 태어나는 것도 보았다.

"튀기 당신은 이제 어쩔 셈인가요?" 원주민 여인 하나가 나의 어머니의 목소리로 물었다.

내가 어쩌려는 건지 나도 몰랐다. 나도 알 수가 없었다. 그 여인이 내 볼을 쓰다듬었다. 한참을 그렇게 쓰다듬었다.

"핏쿠 아쑤." 두 발. 한 쪽 발을 다른 쪽 발 앞으로 내디뎌라, 두 발.

"라우리 씨. 라우리 씨, 일어나요." 와이엇이 나를 깨우려 하고 있었다. 기억이 멀리 떠내려갔다. 그 원주민 여인도 내 어머니의 목소리와 함께 사라졌다.

"칙스팃 카라스쿠?" 와이엇이 물었다. 괜찮아요? 나는 혼미한 정신으로 입속이 메마른 채 와이엇을 찬찬히 보았다. 와이엇은 포니 족 말을 할 줄 몰랐다.

"응?" 내가 신음했다.

"무슨 일이 있었던 거예요, 라우리 씨? 왜 여기에 있는 거예요?"

아이는 와이엇이 아니었다. 찰리였다. 그것은 찰리의 손이었고 찰리의 목소리였다. 나는 내 물통으로 손을 뻗었다. 물통이 진짜인지에 대한 확신이 없었다. 찰리가 실제인지에 대한 확신도 없었다. 혹시 내가 아직 꿈에 빠져 있는 것은 아닌지에 대해서도 혼란스러웠다. 찰리가 와이엇이 했던 것처럼 내 머리를 붙잡고 물을 마시는 것을 도와주었다. 뜨뜻한 물이 철벅거리며 목 아래로 넘어가는 느낌에 이건 꿈이 아니라는 확신이 들었다.

"와이엇은 어디에 있니?" 내가 깩깩거리며 물었다. 포니 족 말로 묻지 않았는데 찰리는 이해한 것처럼 보였다.

"여기 라우리 씨와 저 말고는 아무도 없어요. 저랑, 라우리 씨랑, 데임이랑, 라우리 씨의 수탕나귀랑요."

안도감이 나를 관통했다. 나는 찰리의 뒤쪽을 응시했다. 케틀이 데임 뒤에 살짝 가려진 채로 서 있었다. 그래도 케틀의 그 막대기 같은 다리와 쫑긋 서 있는 커다란 귀의 끝부분이 보였다. 데임은 기뻐하며 긴 주둥이를 나에게 내밀어 인사했다.

"얘네들이 요새로 돌아왔어요. 자기 친구들을 찾아서요." 찰리가 포니 족 언어로 말을 이었다. "뎀프시 대위님이 라우리 씨에게 무슨 일이 생긴 게 분명하다고 하셨어요. 저에게 얘네들을 데리고 플랫 강을 건너가 보라고 하셨어요. 혹시라도 찾고 있을지도 모르니까. 제가 라우리 씨를 처음 발견했을 때는 죽은 줄 알았어요. 아무래도 이건 좀 이상한 오두막이잖아요." 찰리가 장난 어린 미소를 지으며 식탁을 두드렸다.

"내 노새들은? 노새들 흔적은 못 봤니?"

"네." 찰리가 고개를 흔들었다. "무슨 일이 있었던 거예요?" 찰리가 다시 물었다. "마차 행렬은 어디에 있어요?"

"나 좀 일어나게 도와줘." 내가 부탁하자 찰리는 식탁을 옆으로 밀어내고, 두 팔로 나를 감싸고 낑낑거리며 상체를 끌어올렸다. 찰리는 와이엇과 비슷한 나이처럼 보였는데 와이엇보다 작았고 훨씬 말랐다.

"저 사람이 혹시…… 와이엇이에요?" 찰리가 물었다. 찰리의 손가락이 노새를 타고 흙먼지를 일으키며 우리를 향해 달려오는 누군가를 가리키고 있었다. 노새 한 마리가 그 뒤를 따르고 있었다. 노새에 탄 사람이 대군을 이끌고 오고 있는 것처럼 그 뒤로 먼지구름이 크게 일었다.

"네 눈엔 몇 명이 보이니?" 내가 찰리에게 물었다. 찰리가 와아 함성을 지르고 양팔을 흔들며 춤을 추기 시작했다. 나는 테이블을 꽉 붙잡고 지금 내가 무엇을 보고 있는지 이해하려 애썼다.

"엄청 많은 사람들이 보여요, 라우리 씨. 우리 전사들이 돌아왔어요!" 찰리가 소리쳤다. 나는 숨을 고르며 안도했다.

"와이엇은 대체 어디에 있는 거지?" 내가 중얼거렸다.

그때야 내가 지금 보고 있는 것이 와이엇이라는 사실을 깨달았다.

멀리서 볼 때 그 모습은 마치 와이엇이 선두에 서서 뒤로 사람들을 이끌고 있는 것처럼 보였다. 하지만 자세히 살펴보니 트릭을 탄 와이엇이 텀블을 데리고 포니 족에게 쫓기고 있다는 사실이 점차 분명해졌다. 트릭과 텀블은 물가를 향해서 전력으로 질주하고 있었는데, 눈앞에 길게 펼쳐진 강물을 향한다기보다는 뒤에서 쫓아오고 있는 존재에게 겁을 먹은 것이 분명해 보였다. 나는 몸을 꼿꼿이 펴고 내 소총을 들어 잘 보이도록 식탁 위에 올렸다.

"찰리! 내 말에 타라. 말을 타고 저들에게 달려가. 사람들에게 가서 내가 친구라고 말해라."

찰리는 아무 말 없이 두 손으로 데임의 갈기를 붙잡아 쥐더니 등 위로 휙 올라탔다. 그러고는 우리 쪽을 향해 질주하고 있는 포니 족 전사들을 향해 빠른 속도로 달려갔다. 불쌍한 와이엇은 이제 퇴로가 막혔다고 생각할 것이 분명했다. 와이엇이 내 이름을 외쳤다. 나는 와이엇을 안심시키려고 내 소총을 들고 흔들었다.

케틀이 겁에 질려 우는 소리를 냈다.

"워워, 케틀." 내가 달랬다. "트릭과 텀블이잖아. 우리 트릭이랑 텀블 알잖아." 하지만 트릭과 텀블만 있는 것이 아니었다. 케틀이 우는 소리를 내며 뒷발질을 했다. 나는 케틀에게 진정하라고 애원했다. 나에게는 케틀을 붙잡아 둘 힘이 없었다.

나에게 빌린 말을 타고 기병 모자를 쓴 채로 자기네 부족 사람들에게 달려가는 찰리를 보는데 나는 잠시 아이가 걱정됐다. 하지만 찰리는 자기 가족에 대한 자신감으로 날카로운 소리를 내며 달리고 있었다. 포니 족 전사 무리도 와이엇을 향한 광란의 질주는 포기하고 서서히 멈춰 서고 있었다.

와이엇은 트릭이 완전히 멈춰 서기도 전에 내려서 나에게 다가왔다. 트릭과 텀블은 지금 언덕 위로 모습을 드러내며 다가오고 있는 포니 족 원주민들에게서 도망치고 싶어서 몸부림치고 있었다.

"저들이 노새들을 데리고 있어요, 존." 와이엇이 헐떡이며 말했다. "그런데 노새들을 돌려줄 것 같아 보이지 않아요." 나는 와이엇이 대견했다. 아이의 얼굴은 땀으로 번들거리고 눈은 공포에 질려 커져 있었지만, 용케 말문이 막히지도 기지를 잃지도 않고 있었다. 우리는 함께 서서 그들이 다가오는 모습을 지켜보았다. 서로 아무 말도 하지 않았고 어떻게 하자는 전략 같은 것도 세우지 않았다. 우리에게 닥쳐오는 것이 무엇이든 다만 그것을 기다릴 뿐이었다.

포니 족 원주민들은 피투성이였고, 그들이 탄 조랑말들은 흙먼지를 뒤집어쓰고 있었다. 조랑말 세 마리의 등에는 죽은 포니 족 원주민들의 시체가 묶여 있었다. 찰리는 이제 기뻐하지도 않았고 웃고 있지도 않았다. 찰리가 자신의 언어로 나를 불렀다. 그러자 찰리 주변에 있던 전사들이 혼란스러운 듯 얼굴을 찌푸렸다. 그들은 나를 어떻게 받아들여야 할지 모르고 있었다. 그동안 나를 어떻게 받아들여야 할지 아는 사람은 아무도 없었다.

"존 라우리 씨, 이 분은 저희 삼촌인 개 이빨 추장님이에요. 추장님이 라우리 씨의 노새들을 발견했대요." 찰리가 소리쳤다. 그러자 개 이빨이라는 사람이 앓는 소리를 내며 나를 노려보았다. 내 노새라는 말에 동의하지 않는 것 같았다. 개 이빨의 머리는 한 부분에만 새카만 머리카락이 솟아 있었다. 개 이빨은 나를 잡아먹을 듯 유심히 살피며 내 힘을 가늠해 보고 있었다. 개 이빨이 나에게 콧방귀를 끼더니 자신의 가슴을 크게 부풀렸다.

"키리키 라사키타?" 개 이빨이 물었다. 넌 어느 부족 사람이냐?

"포니 타트." 내가 대답했다. "하지만 저에게는 마을이 없습니다. 사람들도 없습니다. 원주민 아내도 없습니다. 저에게 있는 건 저 노새뿐입니다." 나는 일곱 마리 노새들을 가리켜 보였다. 머릿속으로는 녀석들을 하나하나 체크했다. 부머, 버드로, 삼손, 델릴라, 거스, 재스퍼, 마지막으로 줄리까지. 터그와 라쏘, 러키, 콜 그리고 페퍼는 뎀프시 대위에게 팔았다.

"우리가 노새들을 발견했다." 개 이빨이 말했다.

"압니다. 하지만 노새들은 제 거예요. 저 아이가 말해줄 겁니다." 나는 찰리를 찰리라고 부르지 않았다. 그 이름이 단순히 뎀프시 대위가 붙여준 이름인지도 알지 못했고, 아이의 추장 앞에서 백인의 이름을 불러 찰리에게 모욕을 주고 싶지 않았다.

찰리가 말에서 내려오더니 나에게로 끌고 왔다. 하지만 내 노새들을 데려오려고 하지는 않았다.

"내 조카 말로는 네가 뎀프씨와 거래를 한다더군." 개 이빨이 말했다. 개 이빨은 뎀프시(Dempsey)의 강세를 두 번째 음절에 두어, 뎀프씨(Demp Sea)라는 이름의 망망대해인 것처럼 말했다.

"네. 몇 년 됐습니다. 하지만 저는 이제 서부로 갈 계획이에요. 저의 노새들과 함께요."

"노새들은 이제 우리의 것이다, 존 라우디." 추장과 똑같이 가운데만 우뚝 솟아오른 머리를 하고 자신의 창에 벗긴 지 얼마 안 된 머리 가죽을 매달고 있는 어느 전사가 끼어들었다. 누군가가 그 전사를 스컹크라고 불렀다. 잘 어울리는 이름이었다. 내 이름의 '리'가 포니 족의 혀 위에서 '디' 발음으로 바뀌긴 했지만 와이엇도 내가 지금 곤경에 처했다는 사실을 인지하고 있었다. 와이엇이 자신의 안장에 있는 총을 향해 조금씩 움직이는 모습이 보였다.

나는 와이엇의 팔을 건드리고 고개를 흔들어 보였다. 나는 지금 이 상황을 총격전으로 전락시키지는 않을 생각이었다. 와이엇은 오늘 죽지 않을 것이다. 오늘 죽는 사람은 아무도 없을 것이다.

"노새들에 표식이 있습니다." 내가 말했다. 라우리 상표는 작고 알아보기도 힘들게 몸통 왼쪽 측면에 닭 발자국 만하게 찍혀 있었다. 단순하게 'JL'이라는 철자였는데, J가 커다란 L에 매달려 있는 모양이었다. 어쨌든 나는 데임과 케틀에 찍혀 있는 표식을 먼저 가리켜 보이고는 소총으로 땅을 짚으며 내 노새들 사이를 걸어 다니며 녀석들 몸 위에 찍혀 있는 상표를 만져 보았다. 노새들은 나를 반기면서도 부끄러운 듯 고개를 푹 숙였다. 녀석들은 달아났지만 지금은 나와 함께 돌아가길 원하고 있다. 그렇지만 내 목숨만이라도 부지해 떠날 수 있어도 운이 좋다 할 수 있을 것이다.

"뎀프시가 이 녀석들이 제 노새라는 걸 알고 있습니다. 저 아이도 제 노새라는 걸 알고 있습니다." 내가 찰리를 가리켰다. "당신들이 저의 노새를 데려간다면 당신들이 나에게서 노새들을 빼앗아갔다는 걸 뎀프시가 알게 될 겁니다. 당신 부족민들에게 좋은 일이 아닐 거예요."

"우리는 방금 수 족의 많은 시체들을 수풀 속에 버려 두고 왔다. 우리는 수 족이 두렵지 않고, '뎀프 씨'가 두렵지 않다." 개 이빨이 말했다. 하지만 그의 주변에 있는 전사들은 조용했다. 나는 전사들이 단지 지쳐서 그러는 것인지, 아니면 개 이빨이 거짓말을 하고 있다는 사실을 알아서 그러는 것인지 궁금했다. 그들은 승리한 사람들처럼 보이지 않았다. 그리고 나는 그들이 내 노새들을 자기들이 가져갈 수 있는 유일한 전리품으로 여기는 건 아닐까 두려웠다.

"몸이 약하군." 개 이빨이 나에게 말했다. 그가 내 핼쑥한 얼굴과 굼뜬 행동을 알아보았다.

"저는 아픕니다. 제가 앓아누워있는 동안 노새들이 도망가 버렸어요."

"그렇다면 어쨌든 너는 죽게 되겠군." 스컹크가 소리쳤다. 주변에 있는 전사들이 숨죽여 웃었다.

"그럴지도 모르죠. 하지만 오늘은 죽지 않을 겁니다. 그리고 이 녀석들은 제 노새들입니다." 내가 말했다.

"우리는 방금 우리의 적 수 족과 전투를 했잖아요. 뎀프 씨와 싸우고 싶지 않아요." 찰리가 걱정 가득한 얼굴로 말했다. 전사들도 다시 점차 조용해졌다. 나는 찰리가 추장의 분노를 산 것이 아니기를 바랐다.

"노새 한 마리를 드릴게요. 한 마리 골라서 가져가세요." 내가 추장에게 말했다. "제 노새들을 찾아준 것에 대한 선물입니다."

"저 노새들은 어떤가?" 개 이빨이 트릭과 텀블을 가리켰다. "저것들은 너의 노새가 아니다. 몸에 표식도 없다."

"저 녀석들은 이 아이의 노새입니다." 내가 와이엇을 턱으로 가리켜 보였다.

"우리가 저 아이의 노새를 데려가면 뎀프시도 상관하지 않을 거다." 스컹크가 말했다. 개 이빨이 한 손을 들어 올려 전사들을 조용히 시켰다. 그러더니 자신의 새끼손가락과 약지만 남기고 모두 접었다. 숫자 2를 의미하는 손짓이었다.

"네가 나에게 한 마리 주고…… 저 아이가 나에게 한 마리 준다. 노새 두 마리. 둘이서 각 한 마리씩. 그러면 너희들은 오늘 죽지 않는다." 추장이 와이엇을 쳐다보았다. 와이엇은 우리의 협상 내용을 한 마디도 알아듣지 못하고 있었다.

"제가 다른 사람의 노새를 드릴 수 없습니다." 내가 말했다.

개 이빨은 고개를 흔들며 버텼다. 그의 머리 위에서 머리카락이 작게 춤을 쳤다.

둘. 그가 다시 한번 손가락을 펴 보이며 숫자를 발음했다. 찰리는 데임 옆에 가만히 서 있었고, 나는 찰리에게 데임을 데리고 추장에게 가라고 눈짓으로 일렀다.

"제 말이 마음에 드시나요?" 내가 개 이빨에 물었다.

개 이빨이 잠시 얕은 신음을 냈다. "마음에 든다." 그의 표정은 냉담했다. 하지만 찰리는 숨도 제대로 쉬지 못하고 있었다.

"제가 이 말을 당신께 드릴게요." 그 말을 하며 나는 마음이 아팠다. 데임을 쳐다볼 수 없었다. 스컹크가 환호성을 질렀다. 이 거래를 향한 그의 열의가 손에 잡힐 듯 생생했다. 데임은 아름다운 말이었다. 노새들은 그 정도의 열의는 불러일으키지 못했다.

"그 말을 가져가겠다…… 그리고 노새 한 마리도." 추장은 내가 바보라는 듯이 나에게 손가락 두 개를 펴 보이며 고집을 굽히지 않았다.

나는 내 움직임을 잘 보라는 몸짓으로 데임의 몸통 옆쪽을 쓰다듬은 뒤 녀석의 배 위를 가로질러 더듬거렸다. 나는 찰리에게도 두 손으로 녀석의 몸통 옆을 쓰다듬고 만져보라고 말했다. 물론 찰리는 아무것도 느끼지 못할 것이었지만 저들에게 보여주기 위한 행동이었다.

"눈이 지나가고 나면 이 녀석이 새끼를 낳을 거예요. 그러면 노새를 갖게 될 겁니다." 내가 개 이빨에게 두 손가락을 들어 보이며 말했다. "말 한 마리. 노새 한 마리."

"거짓말을 하는군." 개 이빨이 말했다.

"거짓말이 아닙니다. 저기 저 당나귀의 씨를 받았어요." 나는 케틀을 턱으로 가리켜 보였다. "전에도 이 둘을 교미시켰어요. 둘 사이에서 난 새끼들을 작년에 뎀프시 대위에게 팔았습니다." 케틀도 아름다운 건 마찬가지였다. 황갈색의 강인한 몸, 어두운 색 다리와 얼굴. 나는 또 한 번의 새끼 노새들을 기대하며 데임의 발정기였던 지난 3월에 케틀과 데임을 교미시켰다. 그것이 성공했는지를 확실히 알려면 지금부터 몇 달은 더 기다려야 했다. 하지만 그 조짐은 분명히 있었다.

세인트조를 떠나기 전 교미를 다시 한번 시도했었는데 그때 데임이 거부했던 것이다. 그것은 확실한 신호였다. 그리고 그 이후로 데임의 발정 신호가 한 번도 없었다.

데임을 두고 가는 편이 나을 것이다. 나는 그 사실을 알고 있었다. 앞으로 이어질 세 달간의 고된 여정은 데임에게, 그리고 아직 태어나지 않은 새끼 노새에게도 견디기 힘들 것이다. 하지만 나는 녀석과 헤어지는 것을 견딜 수 없었다. 그래도 이제는 헤어져야만 했다.

나는 데임은 쳐다보지 않고 추장에게 좋은 거래라는 몸짓을 해 보였다.

개 이빨이 고개를 끄덕이며 나에게 같은 몸짓을 해 보였다. 그가 찰리에게 데임 위에 올라타라고 말했고, 찰리가 그의 말에 따랐다. 찰리의 눈이 나에게서 떨어질 줄 몰랐다. 포니 족 추장은 그 외에 한마디도 없이 자신의 조랑말에 박차를 가하더니 플랫 강 쪽으로 달려갔다. 전사들이 그 뒤를 따랐고, 나와 와이엇 그리고 우리의 노새들과 케틀이 뒤에 남겨졌다.

나오미

웨브는 마차 행렬 선두에서 애벗 씨 옆에 꼿꼿이 앉아서 가고 있었다. 존의 노새들이 있는지 주시하려는 것이었다. 우리는 행렬 맨 뒤에서 이동하면서 마찬가지로 노새들이 있는지 살폈다.

바퀴 자국들은 평야를 가로질러 뻗어 있었다. 어디로 가야 할지, 그리고 우리가 어디를 지나왔는지를 알고 싶으면 그 바퀴 자국만 따라가면 될 일이었다. 하지만 나는 내 그림들을 남겨두었다. 그림들에 나무막대기를 꼬챙이처럼 찔러서 땅에 박아 두었다. 뒤돌아서 봤을 때 그 새하얀 것들이 눈에 들어왔다. 바람이 불면 날아갈 것이다. 폭풍이 다시 불어닥친다면 비에 젖어 사라질 것이었다. 하지만 나는 존과 와이엇이 어느 바퀴 자국이 우리의 것인지 알아볼 수 있게 해주고 싶었다.

우리는 그 길을 따라 4마일을 이동해 버펄로 크리크라는 곳에 도착했다. 그러고서 캠프를 세우기까지 3마일을 더 이동했다. 애벗 씨가 뿔피리를 불어 오늘의 이동이 모두 끝났음을 알렸고, 마차들은 풀이 무성한 지대 주변으로 원형을 만들기 시작했다. 우리보다 먼저 지나간 이주민 행렬이 풀을 완전히 짓밟지도 않았고 동물들이 다 뜯어먹지도 않은 곳이었다. 나는 오후 내내 지평선을 뚫어져라 쳐다보느라고 눈이 아팠다. 우리는 존의 동물들의 그림자도 보지 못했다. 그리고 내 화는 아직 누그러지지 않고 있었다.

이곳에 나무는 보이지 않았지만, 우리는 강물에서 작은 유목들을 건져다가 모아두었다. 오늘 밤 당장에 쓸 수 있는 것은 아니지만 나중을 위해서였다. 대신 버들 관목이 불을 피우는 데 충분한 연료가 되어주었다. 나는 커피를 만들기 위해 물을 끓였고 절인 돼지고기와 감자를 이용해 스튜를 만들기 시작했다. 이 불이 와이엇과 존에게 우리의 위치를 알려주면 좋겠다고 생각했다. 나는 다른 마차들을 등진 채로 저녁 식사를 준비했다. 내 눈은 계속 동쪽을 바라보고 있었다. 그 밖의 다른 것들에는 차마 눈을 둘 수가 없었다.

눈을 가늘게 뜨면 길쭉길쭉한 풀들이 흔들리며 바다의 파도처럼 넘실대는 모습이 보였다. 아빠는 아직도 매사추세츠 이야기, 바닷가에 살았던 이야기를 했다. 아빠가 캘리포니아로 가고 싶어 한 이유도 바다 때문인 것 같았다. 아빠는 매사추세츠에서 태어나 열 살이 되었을 때 가족들과 뉴욕으로 이사했고, 열세 살 때는 펜실베이니아로 이사를 했다. 펜실베이니아에는 개간이 필요했던 땅들과 일손의 부족으로 많은 것을 생산하지 못했던 농장에서 일을 구하기 위함이었다. 아빠 나이 열여덟 살에는 일리노이로 이사를 했고 거기에서 엄마를 만났다고 했다. 아빠 말에 따르면 매사추세츠에서는 커다란 등대들이 만에 자리하고 선박들에 신호를 보낸다고 한다.

초원에는 등대가 없었다. 선박도 없었다. 와이엇도, 존도, 줄이 풀린 노새도, 말도 아무것도 없었다.

"스튜를 넉넉히 만들렴, 나오미. 콜드웰 가족들에게도 줄 수 있도록." 엄마가 내 뒤에서 일어서며 말했다. 엄마의 목소리는 보드라웠지만 피곤함이 느껴졌다. 엄마도 초원의 파도를 지켜보고 있었던 것이다.

"뿌린 대로 거둔다고 했는데, 콜드웰 씨에게는 무슨 일이 일어났을까요?" 내가 혼자 중얼거렸다.

"언제 어떻게 수확을 거둘지는 하나님만이 아신다. 그런 건 우리가 상관할 일이 아니야. 우리는 우리가 뿌리고 있는 것을 걱정해야 해."

"저 사람의 수확이 천천히 그리고 고통스러워야지만, 그걸 제 눈으로 봐야지만…… 받아들일 수 있을 것 같아요." 내가 말했다.

"나오미." 엄마가 꾸짖었다. 하지만 나는 잘못했다고 말하지 않았다. 엄마는 와이엇이 하나님의 축복을 필요로 하는 지금 같은 때에 복수 같은 생각을 해서 하나님의 노여움을 사고 싶지 않은 것인지도 몰랐다.

"젭과 아담과 엘메다는 보살핌이 필요해." 엄마가 가만히 덧붙였다. "네 생각에 로렌스 씨가 보살핌을 받을 자격이 있든 없든 간에."

"넉넉하게 만들게요, 엄마." 나는 고집을 꺾었다. 하지만 엄마가 다른 곳으로 갔을 때 나 혼자서 이렇게 속삭였다. "보고 계세요, 주님? 저 지금 착한 일 하고 있어요. 그러니까 저도 그 보답 하나를 받고 싶어요."

아담과 젭은 내가 준 스튜를 감사히 받고 친절한 목소리로 고맙다는 말을 하고는 걸신들린 듯 먹기 시작했다. 둘의 눈은 그릇에 박혀 있었고 손에는 빵이 쥐어져 있었다. 나는 콜드웰 씨도 배고플 거라는 걸 알았지만, 그는 마치 내가 보이지 않는 것처럼 나에게 등을 돌리고 팔짱을 끼고 있었다. 나는 굳이 그 사람에게 내 존재를 드러내려 하지 않았다. 나는 엘메다의 상태를 확인하기 위해 그의 마차 안으로 그냥 들어가 버렸다. 필요하다면 저녁밥을 엘메다 입에 떠먹여 줄 생각이었다. 엘메다는 눈을 뜨고 있었다. 하지만 두 손은 예전과 같은 위치에 포개어져 있었다. 내가 숟가락을 주는데도 받으려 하지 않았다. 머리카락은 다 헝클어지고 옷도 갈아입지 않고 있었다.

"식사하셔야 해요, 엘메다." 내가 엘메다 옆으로 몸을 굽히고 루시의 작은 나무 궤짝 위에 앉으며 말했다. 궤짝에는 루시가 좋아하는 물건들이 가득 들어있었다.

"안 먹으련다." 엘메다가 속삭이듯 말했다. 그래도 엘메다가 대답이라도 해줬다는 것에 나는 용기가 생겼다.

"안 드시고 싶은 거 저도 알아요. 하지만 젭은 엄마가 식사를 하셨으면 좋겠대요. 젭은 형도 잃고 누나도 잃었잖아요. 그리고 이제는 엄마까지 이러고 계시고요. 그러니까 저 때문에 드시고 싶지 않으신 거라면, 젭을 위해서라도 드세요."

젭 이야기를 꺼내자 엘메다의 눈에서 눈물이 터져 나왔다. 엘메다는 아이들을 사랑했다. 자신의 아이들 전부를 사랑했다. 그렇지만 아직도 눈을 들어 나를 쳐다보려 하지 않고 있었다.

"제가 드시는 걸 도와드릴게요. 그리고 나서 머리를 빗겨드릴게요. 그러면 기분이 나아지실 거예요." 나는 밥을 먹일 때 목에서 걸리지 않도록 엘메다의 몸을 내 몸 위에 받치고 머리 아래로 베개를 집어넣었다. 엘메다는 헝겊 인형처럼 내 몸 위로 축 늘어졌다. 그때 엘메다의 뱃속에서 꼬르륵 소리가 들렸다.

"말을 하라고 하지 않을 게요. 저를 쳐다보라고 하지도 않을 게요. 그냥 드시기만 하세요."

엘메다는 여전히 나를 쳐다보지 않았지만 내가 숟가락을 입술로 가져가자 입을 열어 내가 혀 위로 스튜를 조금씩 밀어 넣을 수 있도록 해주었다. 그릇이 빈 후에 나는 엘메다에게 물을 조금 마시게 했고, 머리를 빗은 뒤 다시 땋아주었다. 그러면서 평소의 나답게 가만히 이런저런 이야기를 했다. 오늘 밤이 얼마나 아름다운지, 달이 얼마나 차올랐는지 같은 이야기들. 모두 끝냈을 때 엘메다는 옆으로 몸을 굴려 나에게 등을 보이고 누웠다.

"제가 드리려고 가져온 게 있어요, 엘메다. 이걸 루시 궤짝에 다른 물건들과 함께 넣어두시면 좋을 것 같아서요. 캘리포니아에 도착하면 액자에 넣어서 새 집의 벽 위에 걸어 놓으셔도 되고요. 그렇게 하면 루시는 언제나 어머니와 함께 있을 수 있을 거예요……. 그리고 어머니도 매일 루시를 볼 수 있으실 거고요."

엘메다는 대답을 하지도, 나를 향해 돌아눕지도 않았다. 나는 루시의 결혼식 날 그린 루시의 그림을 엘메다가 뒤집어쓰고 있는 이불 위에 올려 두었다.

아직은 마주할 준비가 되지 않은 세상을 가려주는 덮개 아래에 숨어있는 엘메다를 그대로 두고 나는 마차에서 나왔다. 그때 안에서 종이가 바스락 거리는 소리가 났다. 엘메다는 내가 나가기를 기다리고 있었던 것이다. 콜드웰 씨네 마차에서 겨우 몇 발자국 갔는데 울음소리가 터져 나왔다. 서럽게 헐떡이며 울부짖는 소리가 엘메다의 목에서 찢어지듯 터져 나왔다. 나는 동정심이 나를 내버려두길 바라며 손으로 가슴을 지긋이 눌렀다. 누군가를 동정하기 위한 힘이 내게는 없었다. 아담과 젭이 나를 빤히 쳐다보았다. 젭이 일어서서 빈 그릇들을 나에게 건넸다. 혓바닥으로 남은 스튜 한 방울까지 모두 핥아먹은 것이 아니라면, 물로 깨끗이 헹궈낸 것처럼 보였다. 엄마 말이 맞았다. 이들은 배가 고팠고 저녁 식사가 필요했다.

"고마워요, 나오미 누나." 젭이 말했다. 나는 고개를 끄덕이고는 바로 접시들로 주의를 돌렸다. 그리고 누군가가 깨끗하게 비운 또 다른 스튜 냄비를 집어 올렸다.

"우는 게 침묵보다 나아요." 젭이 말했다. "걱정 마세요. 제가 보살필 게요."

나는 다시 한번 고개를 끄덕였다. 그러고는 콜드웰 씨에게는 아무 말 않고 엘메다 콜드웰의 울음소리에서 멀리 벗어날 수 있는 우리 모닥불로 서둘러 되돌아갔다. 그런 뒤 나는 존과 와이엇이 보이는지를 계속 주시했다.

큰 달이 높이 떠올라 초원 위를 환하게 비추었다. 달빛에 의지해 마차 행렬이 이동할 수 있을 정도로 밝았다. 우리 일행 중 어떤 사람들은 지체된 시간을 벌충하기 위해 저녁 식사 후 이동을 재개하고 싶어 했다. 하지만 애벗 씨가 회의에 모인 남자들에게 지금 아픈 사람들과 그들을 보살피고 있는 사람들이 쉴 수 있도록 조금만 참아 달라고 호소했다. 그리고 애벗 씨는 불침번 인원을 한 명 더 추가했다. 동물들이 난데없이 사라지는 일이 다시는 없도록 하기 위함이었다. 나는 아빠가 언제나처럼 엄마에게 회의에서 한 이야기들을 모두 들려주는 것을 들었다.

나는 혹시라도 한밤중에 존이 돌아올지도 모른다는 생각에 존의 텐트를 쳤다. 하지만 아침에 동이 텄을 때 텐트를 다시 접어야만 했다.

아침 식사 정리가 거의 끝날 무렵, 웨브가 갑자기 소리를 지르기 시작했다. "저기 보여요! 와이엇 형이랑 라우리 씨랑 노새들이 보여요!"

나는 떠오르는 태양 빛에 눈을 가리고 달리기 시작했다. 내 뒤로 웨브가 마차에서 내려오는 소리가 들렸다. 웨브는 새벽부터 마차 안에 들어앉아 계속 동쪽을 주시하고 있었던 것이다. 하지만 그들에게 가장 먼저 도착한 건 웨브가 아니라 나였다.

존은 안장 위에서 몸을 숙이고 있었다. 와이엇도 마찬가지였다. 나는 잠시동안 누가 누구인지 알아보지 못했다. 둘 다 노새에 타고 있었고, 와이엇이 존의 검은색 펠트 모자를 쓰고 있었다. 와이엇은 이를 악물고 두 손으로 트릭의 뻣뻣한 갈기를 꽉 쥐고 있었는데 탈진한 것처럼 보였고 또 감정을 제어하려 애쓰고 있었다. 존이 우리에게 인사를 할 수 있을 정도로 고개를 들었다. 하지만 혼자서는 노새에서 내려오지 못했다. 나는 누가 보고 있든 신경 쓰지 않고 존에게 손을 뻗었다. 그때 와이엇이 내 옆으로 와서 두 팔을 들어 올렸다. 와이엇과 내가 함께 존을 노새에서 끌어내렸다.

"데임은 어디 있어요, 존? 데임은 못 찾았어요?" 웨브가 노새들을 살펴보며 믿을 수 없다는 목소리로 물었다. 윌과 아빠, 워런 오빠가 뒤어왔고 엄마도 뒤따라 걸어왔다. 워런 오빠와 윌이 동물들을 몰고 강물 쪽으로 갔다.

"데임도 찾았어." 와이엇이 말했다. 와이엇의 목소리가 감정 때문에 갈라졌다. "그런데 내 모자를 잃어버렸어. 존 형이 자기 모자를 쓰라고 했어."

"데임 어디 있어요, 형?" 웨브가 재차 물었다. 웨브의 아래턱이 떨리고 있었다.

존은 대답하지 않았고 대신 와이엇이 입을 열었다.

"어떤 포니 족 전사들이 노새들을 발견했어. 그리고 노새 두 마리를 요구했어. 우리 노새 한 마리, 형 노새 한 마리. 그런데 형이 노새를 주지 않았어. 그 대신 데임을 줘 버렸어."

"데임이 지금 인디언들이랑 살고 있다고?" 웨브가 소리 질렀다.

"웨브, 괜찮아." 존이 중얼거렸다.

"왜 이렇게 오래 걸렸어요? 둘 다 돌아오지 못하는 줄 알았잖아요!" 웨브가 우리 모두의 감정을 대변하며 울부짖었다. 너무나도 긴 24시간이었다.

"속도를 내지 못했어. 황소들만큼 느리게 갔어. 존이 안장 위에 제대로 앉아 있지도 못했거든." 와이엇이 말했다. "그래도 형은 버텼어. 잘 버텨서, 우리가 결국 해냈어."

"그래. 이제 이렇게 여기에 있고." 엄마가 햇볕에 빨갛게 익은 와이엇의 볼을 쓰다듬으며 말했다.

"잘했다, 와이엇." 존이 중얼거렸다. "네가 자랑스럽다." 와이엇은 그저 고개를 끄덕일 뿐이었지만, 눈물이 흘러내리며 그의 붉은 볼 위에 꼬질꼬질한 줄무늬를 만들었다.

"이제 타 컸구나, 와이엇. 다 컸어." 엄마가 속삭였다. "그리고 이렇게 멋진 남자가 되었어."

❖

존은 이틀 동안 워런 오빠의 마차 뒤에 타고 갔다. 잠을 자고 내가 억지로 떠먹이는 옥수수죽 약간을 먹는 것 외에는 아무것도 할 수 없을 정도로 몸이 쇠약해져 있었다. 아빠는 내가 계속 그렇게 존과 단둘이 시간을 너무 많이 보내면 집사에게 주례를 부탁해 결혼시켜버릴 거라고 엄포를 놓았다.

나는 아빠에게 '저는 좋아요'라고 했고, 그 뒤로 아빠는 다시는 그 이야긴 꺼내지 않았다. 우리가 마차에서 함께 흔들거리며 나아가는 동안, 나는 존 옆에 앉아 그림을 그리며 가능한 한 많은 시간을 그와 함께 보냈다.

"우리는 당신 그림을 발견했어요." 존이 가만히 말했다. 내가 종이에서 눈을 들어 그를 보았다.

"대여섯 개 정도 두고 온 것 같아요." 내가 말했다.

"왜 그랬어요?"

"당신에게 흔적을 남긴 거예요." 내가 말했다. "바보 같죠. 나도 알아요. 하지만 당신 없이 그냥 가는 게 잘못된 일처럼 느껴졌어요. 사람들은 이정표도 남기고 거리 표지판도 남기잖아요. 나는 그림을 남긴 거예요." 내가 어깨를 으쓱했다.

"그림을 모두 찾아왔으면 좋았을 텐데."

"잘 그린 것들은 아니었어요. 두고 오면서 별다른 아쉬움도 없었거든요."

우리는 잠시 아무 말도 하지 않았다. 나는 그림을 그렸고 존은 눈을 감고 있었다.

"당신 그림의 문제가 뭔지 알아요?" 잠시 후 존이 입을 열었다.

"뭔데요?"

"그 그림 중에 당신 그림은 없다는 거예요." 그가 대답했다.

존은 추파를 던지는 사람이 아니었다. 존은 상대방 듣기 좋으라고 빈말을 하는 사람도 아니었다. 존은 그저 상대방의 이야기를 묵묵히 듣고 모든 것을 흡수하는 사람이었다. 존은 행동하는 사람이었다. 오래 지켜보는 사람이었다. 그리고 그가 누군가에게 자신의 생각을 말할 때면, 그의 생각들은 메마른 초원 위에 돋아난 연두색의 작은 새싹들 같았다. 바위 사이에서 자라는 부채선인장에 핀 꽃 같았다.

"나 자신을 그려보려고 했던 적이 한 번도 없어요." 나는 골똘히 생각했다. "내가 나를 그릴 수 있을지 모르겠어요. 내 마음의 눈으로 내 얼굴을 보는 건 힘든 일이거든요."

"당신 그림을 하나 갖고 싶어요." 존이 말했다. 그의 목소리에서 다정한 진심이 느껴졌다. "아니, 당신 그림을 많이 갖고 싶어요." 존이 덧붙였다.

"보고 싶을 때마다 나를 직접 보면 되죠." 나는 방금 내가 한 말이 우스꽝스럽다는 것을 깨닫고 그 말을 주워 담고 싶다고 생각하며 손으로 입을 막았다. "무슨 말인지 알죠?" 내가 다시 말했다.

"보고 싶을 때마다 보지는 못해요."

"지금 보면 되잖아요." 나는 혀를 쭉 내밀고 양쪽 귀를 잡아당겨 최대한 못생긴 얼굴을 만들어 보였다. 존은 눈썹을 올릴 뿐이었지만, 그 바보 같은 행동은 내가 존과 함께 있을 때면 늘 내 안에 쌓이기 시작하는 긴장감을 누그러뜨려 주었다. 나는 길게 한숨을 내쉬었다. 그 긴장감이 한숨과 함께 빠져나갔다.

"혹시라도…… 내가 당신을 위해…… 내 그림을 그리게 되면…… 초상화였으면 좋겠어요? 아니면…… 어떤 장소에 있는 그림이면 좋겠어요? 길 위에 서 있거나 트럭 위에 타고 있는? 아니면 이 끔찍한 마차 안에서 흔들거리고 있는 모습?" 내가 물었다.

"전부 다 괜찮아요."

나는 고개를 흔들며 웃었다.

"노란색 원피스에 보닛을 쓰고 사람들이 붐비는 길 한복판에서 물통 위에 앉아 있는 모습을 그린 그림을 갖고 싶어요." 존이 나를 올려다보며 말했다.

그 기억을 떠올리는 데 약간 시간이 걸렸다. 그 기억이 떠오르자 코끝이 찡해지고 눈이 따끔거렸다. 나는 그를 보고 웃어 보였다.

"이제 자야겠어요." 존이 말하고는 눈을 감았다.

나는 그 뒤 한 시간 동안 존이 묘사한 나의 모습을 상상하며 우리가 만났던 날의 나를 그렸다. 그림이 완성되었을 때 나는 그림 속 내 표정이 그를 처음 보았을 때의 내 감정을 고스란히 담고 있음을 깨달았다. 짐을 한가득 든 채로 마구 용품점의 처마 아래에 우두커니 서서 내 눈을 피하지 않고 나를 똑바로 쳐다보던 존을 바라보던 나의 감정. 단 한 번의 긴 응시, 단 한 번의 눈 맞춤에 나는 바로 그에게 사로잡혀 버렸다. 그 후로 단 한 번도 그에게서 눈을 돌린 적이 없었다.

나는 엘메다에게 했던 것처럼, 존이 그림을 발견할 수 있도록 그의 이불 위에 그림을 올려 두고 마차 밖으로 나갔다.

8
모래 절벽

나오미

절벽지대는 모래로 뒤덮여 있었고, 그래서 우리의 이동 속도는 더디어졌다. 그래도 물을 찾는 데는 어려움이 없었다. 늪지대를 피하기 위해 북쪽으로 방향을 틀어 낮은 절벽을 따라 몇 마일을 쭉 간 뒤, 다시 남쪽으로 방향을 틀고 결국 다시 플랫 강으로 돌아온 날도 있었다. 어떤 곳에는 불을 피우기 위한 목재가 풍부한 반면 동물들이 마실 물이 부족했다. 또 어떤 지역에는 물은 풍부했으나 불을 피울 만한 것이 샐비어나 버들 관목 외에는 아무것도 없었다.

우리는 불쏘시개와 나뭇가지들을 눈에 보일 때마다 비축해 두었다. 엘름 크리크를 지나면서 앞으로의 여정에서는 목재를 찾기가 더 힘들어질 거라 경고하는 애벗 씨의 말을 듣고 내가 나뭇가지 하나를 베어 워런 오빠의 마차 안으로 던져 넣었었는데, 알고 보니 그 나뭇가지에 작은 벌레들이 들끓고 있었다. 그날 저녁 여정이 끝났을 때 벌레들은 이미 우리 침낭과 이불 속으로 침투한 뒤였다. 나는 빗자루로 우리 침구에서 벌레들을 털어냈지만 그 후로도 며칠간 우리들은 남아있던 벌레들에게 시달려야만 했다.

존은 우리 마차에서 이틀 정도만 지내다가 나와서 당나귀를 타고 노새들을 뒤로 줄줄이 끌고 이동했다. 플랫 강이 노스플랫 강과 사우스플랫 강으로 갈라지는 곳에 도착했을 때쯤에 존은 언제 아팠나 싶을 정도로 회복되어 있었다.

엘메다 콜드웰도 삶을 다시 붙들기로 결심하고 슬그머니 우리 캠프로 찾아오기 시작했다. 루시가 없어 외로웠을 것이다. 남자들 사이에서 혼자 여자인 것이 그다지 유쾌한 기분은 아닐 것이었다. 그래서 어느 날 저녁 식사 후 엘메다가 찾아왔을 때 엄마와 나는 엘메다를 두 팔 벌려 환영했다. 엘메다가 아기 울프를 처음으로 안아 보고는 가볍게 흔들며 돌봐 주었다. 그동안 엄마는 구멍 난 옷을 꿰매고 나는 강 건너로 보이는 빽빽한 수풀의 풍경을 그렸다. 누군가가 그곳이 애쉬할로우라고 이야기했다. 세인트조에서 구매한 이주자 안내서에 나와 있다고 했다. 하지만 거리가 워낙 멀어서 아무도 그곳에 있는 나무가 어떤 나무인지는 알아보지 못했다. 우리가 지나고 있는 강 북쪽에는 삼나무 한 그루만이 고독하게 서 있었고, 우리보다 먼저 지나간, 나무가 간절히 필요했던 이주자 행렬 때문에 나뭇가지는 이미 거의 남아 있지 않은 상태였다. 내가 살면서 본 나무 중에 가장 슬퍼 보이는 나무였다. 나무 곁에는 광야와 하늘과 구불구불 느리게 흐르는 강 외에는 아무것도 없었다. 나무 몸통에는 사람들 이름의 머리글자들이 새겨져 있었다. 존재의 흔적을 남기고 싶어 하는 인간의 끝없는 욕망이었다. 내가 이곳에 왔었다. 내가 여기에 있다. 이것이 그 증거다.

나는 이 나무가 그토록 오래 살아남았다는 사실이 놀랍기만 했다. 혼자 우두커니 서 있으니 표적이 될 수밖에 없었다. 결국 사람들의 이 모든 관심이 나무를 파멸시킬 것이다.

"애벗 씨가 그러는데 앞으로 200마일 가는 동안에는 나무가 하나도 없을 거라네요." 엘메다가 말했다. 눈은 나의 그림을 보고 있었다.

"이렇게 고독한 장소는 처음이에요." 내가 엘메다의 말을 받아 말했다.

"그러게. 영혼이 길을 잃은 느낌을 받게 하는 곳이야." 엄마가 한숨을 길게 쉬며 말했다.

"너와 아담 둘 다 혼자잖니, 나오미." 엘메다가 살며시 말했다. "어쩌면 너희 둘이…… 서로…… 도울 수 있을 것 같은데. 결혼이라는 게 부족함 위에 세워지는 거잖니."

내 손이 우뚝 멈췄다. 그러나 나는 고개를 들지는 않았다.

"아담에게도 시간이 조금 필요할 거예요, 엘메다." 엄마가 나를 끌어들이지 않고 말했다.

"그렇지만…… 우리에게는 시간이 없잖아요." 엘메다가 말했다. "루시와 아비가일이 그 사실을 증명했어요. 눈 깜짝할 사이에 떠나 버렸다고요." 엘메다가 감정을 추스르려 애쓰며 침을 꼴깍 삼켰다.

"음, 그렇다면 우리는 우리가 선택한 사람들과 시간을 보내야겠지요." 엄마가 대답했다. 나는 아무 말도 하지 않았다. 무슨 말을 할 필요가 있을까. 엘메다는 내가 아담에게 마음이 없다는 사실을 누구보다 잘 알고 있었다.

"아담이 집사 딸에게 관심이 있어 보이긴 했어요." 엘메다가 내 침묵에 대항하듯 말했다. "리디아 클라크 말이에요."

리디아 클라크는 워런 오빠 주변도 맴돌았었다. 하지만 당시 오빠는 아직 아픈 상태였기 때문에 리디아가 주변에 있는지 알아채지도 못했을 것이다. 오빠의 몸은 지금 회복 중이지만 정신은 아비가일이 누워있는 빅블루 강 쪽으로 계속해서 넘어지고 있었다.

"리디아도 네가 라우리 씨에게 하는 것처럼 대담하더구나, 나오미." 엘메다가 코웃음 쳤다. "루시가 땅에 묻힌 지 하루도 안 되었는데 리디아가 아담의 양말을 꿰매 주고 옷을 빨아 주겠다고 하더라니까."

"라우리 씨도 제 옷을 빨아줘요." 내가 종이에서 눈을 떼지 않고 말했다. 엘메다의 보닛을 쓴 나무들 아래에 똬리를 튼 뱀을 그리는 중이었다. "사실 라우리 씨가 우리 가족들 옷을 전부 빨아줬어요. 그렇죠, 엄마?"

엄마가 갑자기 웃음을 터뜨렸다. 그 소리가 바람에 흔들리는 종 소리처럼 크게 울려 퍼졌다. 잠시 후 엘메다도 함께 웃기 시작했다. 웃음과 함께 엘메다의 얼굴에 묻어 있던 적의가 떨어져 나갔다. 나도 고개를 들어 둘을 바라보고는 석양빛에 눈을 찡그리며 활짝 웃었다.

"대담해." 엘메다가 다시 말했다. 그러나 판단은 빠진 목소리였고, 나는 뱀을 장미꽃으로 바꾸어 그렸다.

우리는 잠시 아무 말 없이 있었다. 엘메다가 잠든 울프를 엄마의 팔에 넘겨주고 돌아가려고 하다가 나를 슬픈 표정으로 쳐다보았다.

"그동안 너를 애도해왔단다, 나오미. 대니얼이 죽었을 때 우리는 너도 함께 잃은 거야. 그리고 이제 루시도 가 버렸고."

나는 그리던 그림을 내려놓고 엘메다를 안아 주었다. 그 밖에 무엇을 해야 할지 나는 알지 못했다. 엘메다가 내 어깨 기대어 울었다. 엘메다의 하얗게 센 머리카락이 내 코를 간질이고 내 볼을 쓸었다.

"고맙다, 나오미." 엘메다가 속삭이며 나에게서 떨어질 때 엘메다의 턱이 떨리고 있었다.

"오고 싶을 땐 언제든 와서 같이 있어요, 엘메다." 엄마가 말했다.

엘메다가 그러겠다고 대답했다. 엘메다는 가끔은 아담과 젭도 데리고 와서 우리 모닥불 앞에 앉아 함께 저녁을 먹었다. 하지만 콜드웰 씨는 계속 거리를 두는 눈치였다. 콜드웰 씨는 마치 존이 두려워해야 할 대상이라도 되는 듯 계속해서 존을 의심스러운 눈초리로 바라보았다.

하루는 로 하이드*라는 지류에서 휴식을 취했다. 어느 백인 남성이 품에 아기를 안고 있는 원주민 여성을 죽인 죄로 산 채로 가죽이 벗겨졌다는 데서 이름이 유래한 곳이었다.

애벗 씨가 들려주는 이야기를 들으며 엘메다는 헉 소리를 냈고, 콜드웰 씨는 고개를 절레절레 흔들었다. "야만인 새끼들." 그가 말했다. "전부다 야만인 새끼들이야." 그러더니 존을 쳐다보았다.

"누가 더 야만적인가요?" 애벗 씨가 물었다. "어린 아기 엄마를 죽인 사람인가요, 아니면 그 대가를 치르게 한 사람인가요? 저는 그렇게 당해도 싸다고 봅니다. 여기에서 정의의 실현은 빠르게 실행되는 편이거든요, 콜드웰 씨. 물론 우리는 산 채로 사람의 가죽을 벗기지는 않아요. 하지만 지금껏 수 많은 마차 행렬에서 살해 혐의가 있는 일행을 기꺼이 목매달아 죽이기도 했습니다. 그들만의 정의의 실현이죠."

"도둑질은 어떤가요? 다른 사람의 가축을 풀어놓는 건요?" 와이엇이 물었다. 하지만 아빠가 물통에 물을 채우라고 와이엇을 보내는 바람에 그 질문의 답은 듣지 못했다. 내 형제들은 나만큼이나 존을 방어하려고 했다. 그리고 다들 로렌스 콜드웰 씨가 그 범죄를 저지르고 잘도 빠져나갔다고 믿고 있었다. 데임을 잃게 된 것도 콜드웰 씨 때문이라고 생각했다.

---

* '생가죽'이라는 의미.

와이엇은 포니 족과의 거래 당시 무슨 이야기가 오갔는지 알아듣지는 못했었지만 당시의 이야기를 최대한 자세하게 들려주었다. 피투성이 전사들, 당시 느껴졌던 적대감, 그리고 자신과 존이 동물들을 빼앗기거나 목숨을 빼앗길 거라는 확신이 들었던 것에 대해 이야기해주었다. 존은 그 이야기를 전혀 하지 않았다. 하지만 나는 마음이 무척 불편했다.

"내가 다른 말 하나를 구해 줄게요." 어느 날 밤 내가 콩 한 접시와 빵 한 덩이를 가져다주며 존에게 약속했다. 그가 식사를 하는 동안 나는 그의 모닥불 옆에 머물렀다.

"정말요?" 그가 희미하게 웃으며 물었다. "나에게 한 마리 그려 주려고요?"

"아니요. 언제가 될지는 몰라요. 어떻게 구할지도 모르고요. 그렇지만 다른 말 한 마리를 구해 줄게요. 데임만큼 좋은 말로요."

"그건 어려울 거예요. 데임은 정말 훌륭한 말이었거든요." 존이 가만히 말했다. 그의 두 눈이 밤하늘의 별들을 바라보고 있었다. "내 동물을 쫓아낸 건 콜드웰이에요. 애벗이 나에게 그 사람을 조심하라고 했었어요. 그 사람은 내가 여기에 있는 게 싫은 거예요."

"나도 알아요. 그리고 그건 내 탓이에요. 그러니까 내가 데임을 대신할 다른 말을 찾아 줄게요."

"그게 어째서 당신 탓이죠?" 존이 물었다.

"그 사람은 당신을 행렬에서 사라지게 해서 나를 아프게 하려는 거였어요."

"콜드웰 씨가요?" 그가 물었다.

"네."

"내가 없어지면…… 당신이 아픈가요?" 그가 물었다.

"아플 거예요."

그는 한동안 말이 없었다. 그 말을 곰곰이 생각하고 있는 듯했다. 어느덧 저녁 식사도 끝마쳤다.

"당신은 꼭 제니 같아요." 그가 이상한 목소리로 말했다.

"내가요?" 나는 숨이 턱 막혔다. "당신을 키워주셨다는 그 백인 여성이요?"

"그래요."

"어떻게 닮았는데요?" 나는 그 비교가 좋은 의도인지 어떤 건지 알 수 없었다.

"당신은 완고한 성격이잖아요."

"라고 노새를 사랑하는 남자가 말했습니다." 내가 어깨를 으쓱했다. 그가 놀라며 웃었다. 내가 그를 많이 놀라게 한 것 같았다. "내가 노새를 사랑하긴 하죠."

"제니도 사랑하나요?" 내가 물었다. 나는 그가 나를 보면서 좋아하지 않는 사람을 떠올리게 하고 싶지는 않았다.

"네. 하지만 이해하지는 못해요."

"이해하지 못하는 부분은 어떤 거예요?"

"제니는 우리 아버지를 사랑하거든요."

"당신 아버지는 사랑하기 그리 어려운 분처럼 보이지 않았어요."

"냉정한 분이에요. 내가 아버지를 닮을까 봐 두려워요." 나는 그 말이 마치 자신에게 가까이 오지 말라는 경고처럼 들렸다. "콜드웰 씨는 왜 당신을 아프게 하고 싶어 하죠?" 존이 화제를 돌려 물었다. 존의 눈은 마치 내 대답에 관심이 없는 것처럼 마차들 너머의 어둠 속에 머물러 있었다. 하지만 나는 속지 않았다.

"내가 충분히 슬퍼하지 않았거든요." 나는 덤덤하게 말했다.

존의 눈이 휙 움직여 나의 눈 위에 잠시 머물렀다.

"그 사람 자기 아버지를 닮았었나요?" 존이 물었다. 나는 그게 무슨 말인지 생각하는 데 잠시 시간이 걸렸다.

"누구요?"

"당신 남편. 대니얼이요. 그 사람도 자기 아버지 같았어요?" 그는 다시 나를 쳐다보지 않고 있었다.

"아니라고 하는 게 맞을 거예요······. 하지만 그게 진실인지는 나도 몰라요. 어쩌면 자기 아버지처럼 되었을 수도 있었겠죠. 우리가 서로를 그렇게 잘 알았던 것 같지는 않거든요. 마음 깊이 알지는 못했어요. 우리는 어린 시절 친구였지만······ 함께······ 성장하지는 않았거든요. 그런데 그렇게 세상을 떠났고, 함께 성장하고 알아가는 것도 끝나버린 거예요."

"누군가를 진실되게 안다는 건 힘든 일이에요." 존이 속삭였다.

"맞아요." 내가 고개를 끄덕였다. 솔직히 나는 나 자신에 대해서조차 거의 알지 못하는 것 같았다.

"그래도······ 대니얼과 결혼을 했네요."

"우리는 친구였어요. 서로를 좋아했죠. 주변에 다른 사람도 없었고요. 우리가 결혼을 하는 게 굉장히······ 당연한 일이었어요." 나는 나 자신을 더 변호하고 싶었지만 거기에서 멈췄다. 존은 우리가 사는 세상이 어떤 곳인지 알고 있었다. 여성과 남성이 결혼을 한다. 그것은 생존이었다. 삶이었다. 워런 오빠도 분명 다시 결혼할 것이다. 아담 하인스도 다시 결혼할 것이다. 그것이 이 세상이 돌아가는 방식이었다.

"나에 대해서도 잘 모르죠, 나오미." 존이 내가 했던 말을 그대로 되돌려주었다. "마음 깊이 알지 못하죠."

"그렇지만 알고 싶어요." 내가 한 글자 한 글자 분명하게 말했다. "당신을 알고 싶어요. 마음 깊이요. 당신은 진심으로 알고 싶은 사람이 몇 명이나 있어요?"

"아무도 생각나지 않네요." 존은 대답을 회피하고 있었다. 나는 웃을 수밖에 없었다.

"나도 안 떠오르네요." 내가 말했다. "너무 어려운 일이에요. 사람들 뒤에서 무슨 일이 일어나는지를 알아가느니 그냥 그 사람 얼굴이나 그리고 말래요. 그런데 당신에 대해서는 그런 생각이 안 들어요. 당신에 대해서는 알고 싶어요."

존이 고개를 끄덕였고, 그 모습에 나는 용기 내어 물었다. "존 당신도 나를 알고 싶나요?"

"그래요, 나오미." 그가 중얼거렸다. "당신을 알고 싶어요."

됐다. 나는 그거면 충분했다.

우리는 길 위에서의 권태로운 삶을 받아들이는 것에 이력이 났다. 나는 그것을 '끝없이 이어지는 멍한 나날들'이라고 부르기로 했다. 그래도 이제 죽음이 우리에게서 많이 뒤처져 있었다. 터벅터벅 느리게 나아가는 우리의 발걸음에 죽음도 지쳐 떨어진 듯했다. 그리하여 우리는 무덤을 하나도 파지 않고 한 명의 낙오자도 없는 은혜로운 2주를 보냈다.

나는 행복했다.

삶이 이토록 고되고 더럽고 피곤해서 매일매일이 전쟁인 것만 같고, 매일 밤 딱딱한 마차 침대에서 자느라 얼굴 위의 주근깨만큼 많은 멍이 몸에 생긴 지금 같은 때에 행복을 느낀다는 것은 이상한 일이었다. 이와 같은 완벽한 피폐함에도 불구하고, 나는…… 행복했다. 울프를 낳은 건 엄마였지만 울프는 나의 아이처럼 느껴졌다. 그건 어떻게 말로 설명할 수 없는 것이었다. 어쩌면 내가 울프를 돌보며 보낸 그 모든 시간들 때문일 수도 있었고, 내가 울프에게 느끼는 책임감 때문일 수도 있었다. 아니면, 이제는 몸이 너무 약하고 지쳐 버려 혼자서는 울프를 돌보지 못하는 엄마를 향한 나의 사랑의 연장선인지도 몰랐다. 어쨌든 울프는 나의 아이 같았고, 나는 울프가 내 품에 없으면 허전함을 느꼈다.

동생들도 울프를 잘 돌보았다. 울프가 오랫동안 우리의 가족이었던 것 같은 느낌이었다. 초월이라는 강 건너편에서 메이 가의 일원이 될 순서를 간절히 기다리다가 마침내 이곳으로 건너온 것이다. 우리 중 아무도 울프가 없는 삶을 생각하지 못할 것이다. 울프는 잘 웃는 아기였다. 엄마는 내가 아기 때 울프처럼 잘 웃었다고 했다. 울프는 우리가 무슨 이야기를 하면 그 말을 알아듣는 것 같은 반짝이는 눈으로 발길질을 하면서 입을 움직였다. 마치 우리에게 대답을 하려는 것 같았다. 웨브는 울프 얼굴 위로 몸을 숙이고는 한참 동안 일방적인 대화를 하곤 했다. 울프에게 노새 이야기, 말 이야기, 캘리포니아 이야기를 들려주었다. 그러면 울프는 마치 그 이야기들을 전부 흡수하는 것처럼 보였다.

그렇게 순하고 착한 울프였지만 밤에는 도통 자려고 하지 않았다. 낮 시간 동안 마차가 계속해서 흔들려서, 그때 잠을 많이 잔 때문일 것이다. 그래서 밤이 되면 캠프의 사람들을 깨우지 않기 위해 엄마와 내가 번갈아 가며 울프를 데리고 산책을 해야 했다.

나는 가끔 밤에 울프를 데리고 존이 불침번 서는 곳으로 가서 (존은 언제나 제일 첫 번째 순서로 불침번을 섰다) 존 옆에 앉아 있곤 했다. 아무도 들을 수 없는 곳이니 울프가 하고 싶은 대로 하도록 내버려두었다. 존과 나는 별에 대해, 그리고 일상의 단순한 것들에 대해 이야기했다. 존이 나에게 포니 족 말을 조금 가르쳐주었다. 존은 자신이 이름을 지어줬으면서 울프를 울프라고 부르지 않았다. 대신 울프를 뜻하는 포니 족 단어인 '스키디'라고 불렀다. 그 외에도 여러 가지 단어들을 가르쳐주었다. 우리는 모래로 뒤덮인 저지대에서 버펄로의 마른 배설물이나 새하얗게 변색된 버펄로 두개골 같은 버펄로 떼의 흔적들을 보았다. 그렇지만 가장 자주 나타나는 건 늑대였다. 늑대들은 산등성이 같은 곳에 숨어있다가 우리의 자취를 따라오곤 했다. 그리고 엄마는 늑대가 나타나 울프를 물고 가 버리는 꿈을 꾸었다.

어느 날 밤 나는 너무 피곤했던 나머지 울프를 품에 안고 풀밭에서 깜빡 잠들어 버리고 말았다. 눈을 떴는데 울프가 곁에 없었다. 잠시 동안 나는 내가 어디에 있는 건지, 얼마나 오래 잔 건지 기억이 나지 않았다. 울프를 마지막으로 안고 있던 사람이 나였는지조차 기억나지 않았다. 나는 벌떡 일어났다. 그때 내 몸에 존의 이불이 덮여 있는 것이 보였다. 그리고 푸르스름한 어둠 속에서 존의 실루엣이 보였다. 나는 엄마의 악몽에 사로잡혀 하마터면 소리를 지를 뻔했다. 그때 존의 어깨 위에 기대어 까닥거리는 울프의 동그란 머리의 윤곽이 눈에 들어왔다. 가끔씩 나오는 울프의 딸꾹질 소리가 가축들 울음소리와 사방에서 들려오는 밤의 속삭임 소리에 섞여 들려왔다. 존이 울프에게 내가 알 수 없는 언어로 무슨 말인가를 다정하게 속삭이고 있었다. 때때로 하늘과 소와 달과 노새를 가리켜 보이면서. 나는 감사한 경외감에 흠뻑 젖어 들었다.

존은 신중한 사람이었다. 말을 거의 하지 않았고 휴식 시간도 다른 사람들보다 훨씬 적었다. 그의 그런 과묵함은 기나긴 낮과 짧은 수면 시간 때문인지도 몰랐다. 나는 존과 함께 있을 때 내가 느끼는 편안함 같은 것을 그도 느끼는지 궁금했다. 나는 존도 그러리라 생각했다. 그리고 나는 아울러 편안함 이상의 것을 느꼈다. 매력, 애정 그리고 그가 어디를 가든 따라가고 싶다는 욕망을 느꼈다. 그의 생각을 듣고 싶었다. 그를 바라보고 싶었다.

존은 나를 만지지 않았다. 내 손을 잡지도 않았고 내가 원하는 만큼 나에게 가깝게 앉지도 않았다. 자신의 텐트 안에서 나에게 아름답다고 말했던 그 날 이후로 존은 자신의 감정이 어떤지에 대해 한 번도 내비친 적이 없었다. 나는 그가 그때 했던 감탄의 말이 당시의 병으로 인한 섬망에서 비롯된 것이리라 짐작만 할 뿐이었다. 하지만 내가 그의 곁에 있으려고 할 때 그는 나에게 돌아가라고 하지 않았다. 밤이 깊어지고 캠프에 적막이 깃들면 존은 나에게 말을 했다. 우리는 사랑이나 함께하는 삶에 대한 이야기는 하지 않았다. 그렇지만 나는 행복했다. 워런 오빠와 엘메다가 그토록 외로워하고 엄마가 그토록 지쳐 있는 때에 내가 행복하다는 것이 잘못된 것이라는 걸 나도 알고 있었다. 하지만 존이 나를 행복하게 했다. 막내 울프가 나를 행복하게 했다. 그리고 나의 행복이 나를 강하게 만들었다.

"몇 살이에요, 존?" 어느 날 밤 내가 존에게 물었다.

"나도 몰라요. 아마 스물다섯이나 스물여섯쯤 됐을 거예요."

"됐을 거라고요? 언제 태어났는지 몰라요?"

"네."

"계절도요? 어머니가 아무것도 말해주지 않으셨어요?"

"겨울이었을 거예요. 땅 위에 눈이 있었거든요. 어머니가 나를 낳고 침대에서 일어났는데 오두막 주변에 누군가의 발자국이 있었대요. 그런데 그 발자국이 좀 특이했대요. 양쪽 발에 다른 신발을 신은 사람 발자국이었대요. 눈이 어머니 무릎까지 쌓여 있었는데 발자국은 깊지 않았대요. 어머니가 그 발자국을 계속 따라가 보셨는데 갑자기 끊겨버렸다고 해요." 존이 잠시 생각에 잠겨 말이 없어졌다.

"누구 발자국이었어요?" 내가 물었다.

"누구인지 못 찾으셨대요. 하지만 그게 내 이름이 됐죠."

"두 발. 핏쿠 아쑤." 나는 그 이름을 발음해 보고는 말했다. "당신 어머니에 대해 이야기해줘요."

"그다지 많이 생각나지는 않아요." 존이 가만히 말했다.

"어머니 성함은 뭐였어요?"

"아버지는 어머니를 마리라고 불렀어요. 어머니에게 일을 시켰던 백인들도 어머니를 마리라고 불렀고요."

"물 위를 걷는 마리의 아들." 내가 엄마의 꿈을 떠올리며 속삭이듯 말했다.

"어머니 부족 사람들은 어머니를 '춤추는 발'이라고 불렀어요. 그래서 아마 내가…… 어머니 이름 일부분을 갖게 된 것 같아요."

"왜 춤추는 발이었어요?"

"어머니가 어린 시절에 불 앞에 너무 가까이 앉아 있다가 이불 끝에 불이 옮겨붙어서 빠르게 번졌었대요. 그런데 어머니는 비명을 지르거나 이불을 던져 버리는 대신 두 발로 밟아서 불을 껐다고 해요."

"춤추는 것처럼요."

"네. 원주민들은 이름을 그렇게 지어요. 어떤 아이들은 열 살이 되도록 이름을 받지 못하기도 하죠."

"그래도 당신은 이름을 받았네요."

"그래요. 이름을 받았죠."

"당신은 어머니랑 닮았어요?"

"모르겠어요. 솔직히 어머니 얼굴이 잘 기억나지 않아요." 존이 무력하게 양쪽 손바닥을 위쪽으로 들어 보였다. "안 닮았던 것 같아요. 나는 아버지를 닮았어요. 아버지는 내가 자기 아들이라는 걸 한 번도 의심해본 적이 없었죠. 하지만…… 어머니의 입은 닮았을 수도 있어요. 어머니는 잘 웃는 사람은 아니었지만 웃을 때면 입술이 한쪽만 위로 올라갔거든요. 비뚤어진 미소를 가진 분이었어요."

나는 더 자세히 들려달라고 하고 싶었다. 내가 종이 위에 창조해낼 수 있도록 내 머릿속에서 그분 모습을 떠올려보고 싶었다. 하지만 나는 참았다. 존이 자신의 기억을 더듬으며 말없이 하늘을 올려다보도록 내버려두었다.

"어머니는 머리숱이 참 많았어요. 굵은 밧줄 같았죠. 어쩌면 그땐 내가 너무 작아서 그렇게 보였던 걸 수도 있어요. 내가 어머니 뒤에 서서 어머니 머리카락을 붙잡았어요. 조랑말 갈기처럼요. 그러고는 말 타는 시늉을 했죠. 가끔은 어머니가 등에 저를 태워주시기도 했어요. 어머니는 보통 양반다리를 하고 양손을 무릎에 올린 채로 앉아 계셨고, 몸을 앞으로 구부려서 내가 어머니에게 기대 머리카락을 붙잡을 수 있도록 해주셨어요. 내가 말 타는 시늉을 하는데 어머니가 꾸벅꾸벅 졸다가 잠드신 적도 여러 번 있었어요. 그러면 나는 어머니 무릎 위로 올라가 어머니랑 같이 자곤 했어요."

내가 존에게 꾸벅꾸벅 졸고 있는 원주민 여인과 그녀의 등에 매달려 말을 타는 것처럼 머리카락을 붙잡고 있는 아기를 그린 그림을 주었을 때, 존은 아무 말 없이 침만 꼴깍 삼킬 뿐이었다. 그의 목젖이 위아래로 꿈틀 움직였다. 존은 그 그림을 돌돌 말더니 내가 그에게 준 다른 그림들과 함께 천 조각으로 감쌌다. 아마인유에 푹 담근 뒤 말려 물에 젖지 않도록 만든 천이었다. 그러고는 고개를 들어 내가 자신을 쳐다보고 있었다는 사실을 알아차리고는 자기 어머니의 비뚤어진 미소를 나에게 한 번 지어 보였다.

존

우리 여정의 출발 지점에서 5백 마일 거리에 이르자 지층 형성물들이 지면 위로 우뚝 솟아오르기 시작했다. 모래와 시간에 풍화된 울퉁불퉁한 고대 흉벽들 같은 모습이었다. 풍경의 일부가 된 버려진 성들 같기도 했다. 우리는 가장 먼저 에인션트 블러프스에 도착했다. 캠프를 세운 뒤 우리 일행 중 한 무리의 사람들이 절벽 하나에 올라갔다. 웨브는 바위의 갈라진 틈에 숨어 있던 방울뱀 둥지를 잘못 건드려서 맨발이 보이지 않을 정도로 빠르게 뛰어서 도망쳤다. 나는 방울뱀 몇 마리를 죽여 가죽을 벗긴 뒤 웨브에게 방울 소리를 내는 뱀의 꼬리 끝부분을 주었다. 뱀이 동물들 가까이 오지 못하게 하라는 당부도 잊지 않았다. 나오미가 기름 약간과 양파를 넣고 방울뱀을 볶았다. 메이 가 아이들은 자신들이 먹어 본 중에 가장 맛있는 음식이라고 단언했다. 내 생각에 아이들은 그저 용감한 척하려는 것 같았다. 우리는 그동안 신선한 고기를 한 번도 먹지 못했다. 가끔 누군가가 사슴 종류 중 가장 큰 종인 엘크를 목격했다고 소리를 지르고, 사람들이 그것을 쫓아 초원으로 우르르 몰려 나가긴 했지만 아무런 성과도 없었다.

우리는 버펄로 떼 이야기는 많이 들었지만, 아직 버펄로를 단 한 마리도 보지 못했다. 버펄로 떼는 그 규모가 엄청나고 한 번에 몇 마일씩 이동하며, 이동하는 동안 발밑에 있는 모든 것들을 납작하게 만들어 놓는다고 했다. 우리는 버펄로도 보지 못했지만, 커니 요새를 떠난 이후로는 원주민도 단 한 명 보지 못했다. 와이엇은 찰리를 제외한 그 어떤 원주민도 더는 보고 싶지 않다고 말했다. 와이엇은 찰리에 대해 말할 때면 목소리를 낮추고 공손하게 말했다. 웨브는 가족들이 저녁 식사 전 기도를 할 때 찰리에 대한 감사 기도까지 올릴 정도였다. 웨브는 나에 대한 감사 기도도 자주 했다. 하지만 나는 그것이 단지 내가 메이 가족들과 함께 식사를 하겠다고 했을 때 나를 환영해 주기 위한 것은 아닐까 하는 생각이 들기도 했다. 물론 식사를 그렇게 자주 같이 한 건 아니었지만 말이다.

플랫 강 건너편으로 코트하우스 락이 보였는데, 그것은 지금은 존재하는 않는 사라진 세상의 검투사와 로마 병사들을 상기시켰다. 제니에게 또 편지를 쓰게 되면 이 이야기를 써야겠다고 생각했다. 제니는 나에게 줄리어스 시저를 읽어주었는데, 나는 원로원의 표리부동함과 친구 사이의 불충실함에 충격을 받았었다. 그 모두가 권력욕에서 야기된 것이었다. 제니는 책에서 눈을 들고 나에게 조용하게 경고했었다. "등 뒤를 조심해라, 존 라우리. 그때나 지금이나 사람들은 많이 다르지 않다. 거의 2천 년이 흘렀지만 사람들의 마음은 똑같다." 그런 뒤 잠언으로 옮겨가 성서를 읽어주었는데, 제니는 나와 여동생들에게 그 일부를 외우도록 시켰었다. "이것들은 하나님이 노여워하시는 것들이다. 거만한 표정, 거짓말하는 혀, 순수한 피를 흘리게 하는 손, 사악한 계획을 세우는 마음. 악에게 뛰어가는 데 재빠른 발, 거짓 증언하는 자 그리고 신도들 사이에 불화의 씨를 뿌리는 자."

이튿날 우리는 침니 락을 지나갔다. 구름 한 점 없는 하늘 위로 굴뚝 같은 것이 우뚝 솟아 있었다. 그다음으로 스캇 블러프스를 지나갔다. 그곳의 이름들은 모두 용감무쌍한 덫사냥꾼과 모험가들이 지은 것들이었다. 그 여정에서 살아남아 자신들의 모험 이야기를 들려주고, 보물 사냥꾼들과 서부 개척자들을 위한 지도를 만들어준 사람들이었다. 우리는 느릿느릿 나아가며 우리가 이동한 거리를 보여주는 기념물들과 우리가 아직 가지 못한 거리를 보여주는 표지들을 하나하나 지나쳤다. 나는 그것들의 다른 이름이 무엇일지 궁금해졌다. 수 족과 포니 족은 이 지형과 지물들을 뭐라고 부를까? 에인션트 블러프스의 어느 바위에 새겨진 이주자들의 이름들 가운데서 나는 백인이 새긴 것이 아닌 어떤 글자들을 발견하기도 했다.

나오미는 무언가를 '있는 그대로' 기록하는 것에는 관심이 없어 보였다. 그 대신 그녀는 우뚝 솟은 침니 락을 그 꼭대기에 앉아 있는 웨브와 함께 그렸고, 제일 락을 그 안에 로렌스 콜드웰 씨가 투옥되어있는 모습과 함께 그렸다. 나는 그 그림을 보고 나도 모르게 웃음을 터뜨렸다. 또 코트하우스 락은 작은 버섯 정도의 크기로 자신의 어머니의 손바닥 위에 올려져 있는 모습으로 그렸다. 나는 이러한 풍경들이 나오미에게 어떤 공상적인 것들을 보게 하는 것 같다고, 마치 자신의 운명을 알기 위해 비전퀘스트를 수행하는 젊은 원주민 용사 같다고 나오미에게 말했다.

나오미는 그 개념에 흥미를 느끼는 듯했다. 그러더니 나에게 그런 것들을 믿느냐고 물었다. 내가 대답하지 않자 나오미는 자신의 어머니가 꾸었다는 꿈에 대해 이야기했다. 어머니의 꿈속에서 내가 깃털 머리 장식을 쓰고 물 위를 걸었다는 것이다. 나는 내 손을 나오미 입에 갖다 대고 고개를 흔들었다. 나오미는 즉시 조용해졌다. 내 손에 닿은 그녀의 입술이 따뜻했다.

"나를 내가 아닌 것으로 상상하지 말아요, 나오미."

나오미가 고개를 끄덕였고 나는 손을 뗐다. 그녀의 눈은 궁금해하고 있었다. 아픈 내 옆에서 병간호를 한 그때 이후로 내가 의도적으로 그녀를 만진 것은 이번이 처음이었다. 캠프가 잠잠해지고 나오미가 품에 동생을 안고 나를 몰래 찾아오는 순간들이 마치 그녀의 그림 속 풍경 같았다. 나오미는 낭만적인 사람이었고 꿈꾸는 사람이었다. 그녀는 다른 사람들이 보지 못하는 것을 보았다. 하지만 그녀가 보고 그녀가 그리는 것들은 현실이 아니었고, 우리가 함께하는 시간들도 그와 똑같이 공상적인 느낌이 들었다.

나는 나오미 어머니가 꾸었다는 꿈 이야기에 불편함을 느끼고 며칠간 나오미를 피했다. 나는 성경으로 키워진 사람이었다. 예수님이 누구인지 알고 있었다. 나는 그 비유가 마음에 들지 않았다. 머리 장식을 쓴 남자로 변했다는 그 새도 마음에 들지 않았지만, 물 위를 걷는 추장이라니. 나는 그것이 의미하는 것이 무엇인지 몰랐고, 그것이 의미하는 바가 그렇게까지 중요하다고 생각하지 않았지만, 그 이야기가 나를 이상한 존재, 조사해보고 발굴해야 할 무언가로 느껴지게 했다. 그리고 그것은 내가 되고 싶은 것이 아니었다. 특히 나오미에게는 더더욱 그런 존재로 느껴지게 되는 것이 싫었다.

그러나 나의 회피는 오래 가지 못했다. 나오미를 피하는 것은 내가 불침번이 아닐 때에나 가능했다. 캠프에 적막이 깃들고 내가 동물들과 혼자 남게 되는 순간, 나는 그녀를 기다렸고 그녀는 나를 실망시키지 않았다.

나오미와 함께 있을 때 나는 늘 행동을 조심했다. 절대 그녀에게 가까이 다가가지 않았다. 그녀의 볼이나 자그마한 손을 건드리지 않았다. 손은 햇볕에 까맣게 그을려 그녀의 손답지 않아 보였다. 나는 그녀에게 키스하려고 하지도 않았다. 키스를 해서 그녀를 두렵게 해 물러서게 하려는 나의 시도는 실패로 돌아갔고, 오히려 내가 겁을 먹게 되었다. 그래서 나는 나오미가 울프와 함께 나를 찾아오거나 어둠이 내려 풀밭 위에 잠자리를 펼 때에도 우리 사이의 거리를 유지했다.

물론 낮 동안에도 우리는 서로 거리를 유지했다. 마차 행렬 사람들 사이에 사생활 같은 것은 존재하지 않았고, 나는 사람들의 호기심 어린 시선들을 너무나도 잘 알고 있었다. 하지만 웨브가 늘 방해가 되었다. 윌도 마찬가지였다. 물론 나는 아이들을 그다지 신경 쓰지는 않았다. 메이 가 아이들 모두 착한 아이들이었다. 우리 아버지 말이 맞는 것 같았다. 전부다 어머니에게서 온다. 수탕나귀는 노새에게 많은 영향을 주지 못한다. 위니프레드 메이는 보기 드물게 훌륭한 여성이었고 윌리엄도 그 사실을 잘 알고 있었다. 그것은 메이 씨의 복이었다. 메이 씨가 가진 최고의 장점이 그의 아내였다. 나는 메이 씨는 크게 신경 쓰지 않았다. 어차피 내가 그동안 특별히 좋아했던 남자들이 많았던 것도 아니었다. 남자들은 다들 나를 의심스러운 눈으로 바라보았고, 나도 그들을 의심스럽게 바라보았다. 그것은 그다지 특별한 일이 아니었다.

그래도 나는 나오미를 바라보았다. 나오미도 나를 바라보았다. 그리고 피곤에 찌든 마차 행렬 사람들이 수척한 얼굴과 게슴츠레한 눈으로 우리를 바라보았다. 나도 어쩔 도리가 없었다. 나오미는 너무 야위어 있었다. 여자들 전부가 야위어 있었다. 남자들도 마찬가지였다. 남자들도 몸이 쪼그라들어 연골과 투지밖에 남은 것이 없었다. 우리는 음식의 맛 같은 건 따지지 않았다. 음식이라면 무엇이든 그저 입안으로 밀어 넣을 뿐이었다. 하지만 다른 사람들이라면 웅크리고 겁내는 곳에서 나오미는 어깨를 쫙 펴고 눈을 돌리지 않고 바른 자세로 당당하게 서 있었다.

그녀는 이제 내게는 너무 중요한 사람이었다. 어쩌면 나는 그녀를 가질 수도 있겠다고, 나의 노새들과 돈을 가지고 나오미와 함께 캘리포니아로 갈 수도 있겠다고 믿기 시작했다. 나는 희망을 품기 시작했지만, 그 희망과 함께 다가오는 느낌에는 확신이 서지 않았다. 그건 마치 말이나 길들지 않은 노새 위에서 땅으로 세게 떨어져 그 충격으로 숨이 쉬어지지 않는 것 같은 느낌이었다. 죽을지도 모른다는 생각이 잠시 들 것 같기도 한 느낌. 그때 마침 공기가 몸 안으로 흘러 들어와 느끼게 되는 안도감. 그 안도감은 너무나도 강렬한 것이어서 그곳에 가만히 누운 채로 공기만 들이마시고 있는 것이다.

그렇지만 공기를 충분히 빠르게 들이마시지는 못한다.

그것이 바로 나에게 다가오는 희망의 느낌이었다. 나의 삶에서 가장 끔찍한 낙상 후에 들이쉬는, 내 생애 가장 달콤한 숨. 하지만 그것은 아픈 것이었다.

아담 하인스는 자신의 장모인 콜드웰 부인과 함께 나오미네 모닥불에 몇 번인가 방문했다. 그의 아내가 죽은 지 한 달이 되었고, 그는 이제는 다른 아내를 찾고 있었다. 그가 나쁜 남자라는 생각은 들지 않았다. 하지만 약한 남자였다. 아니면 그냥 평범한 남자였다. 나도 모르겠다. 집사의 딸은 자신이 아담 하인스와 맺어질 거라고 소문을 내고 다녔다. 하지만 그녀는 나오미만큼 예쁘지 않았다. 나오미만큼 똑똑하거나 유능하지도 않았다. 나오미만큼 재미있거나 용맹하지도 않았다. 조금도 그렇지 않았다. 그래서 아담은 나오미가 자신을 원하는지 알아보기 위해 그녀에게 방문을 하는 것이었다.

나는 나오미가 결정하도록 멀찌감치 물러서 있었다. 물론 분노와 고통스러운 희망이 내 어깨 양쪽에 눌러 앉아 서로 드잡이를 해대고 있었다. 나는 남자들이 그녀를 어떻게 바라보는지 알고 있었다. 결혼한 남자들도 마찬가지였고, 자신의 아랫도리에 아무런 느낌도 없다고 말하는 애벗도 물론이었다.

"몇 년 전에 말 한 마리한테 된통 세게 차인 적이 있어. 그 이후로는 예전 같지 않더라고." 애벗이 말했다.

나는 내 아랫도리에도 아무 느낌이 없다면 좋겠다는 생각을 가끔 했다. 나도 다른 남자들처럼 헐떡대는 개가 되고 싶지는 않았기 때문이다.

나오미는 아담 하인스에게 아무런 여지도 주지 않았다. 다른 어떤 남자에게도 관심이나 시간을 내어주지 않았다. 하지만 나는 그녀에게 구애하지 않을 것이다. 그리고 내가 그녀를 바라보는 모습을 구경하는 것보다 더 나은 일이 없는 마차 행렬 일행들에게 구경거리가 되지도 않을 것이다. 그럼에도 나는 살면서 만났던 그 누구보다도 나오미가 가깝다는 느낌을 받고 있었다.

그렇게 나는 희망을 품기 시작했다.

9

래러미 요새

존

저녁이 되면 캠프를 세울 만한 장소가 있는지 물색하기 위해 와이엇 나이대의 소년들(마차를 몰지 않는 아이들) 중 한 명을 마차 행렬에 앞서 미리 파견을 보내곤 했다. 오늘 저녁은 와이엇이 그 일을 맡은 날이었는데 출발한 지 30분 만에 트릭을 타고 우리 마차들을 향해서 전속력으로 달려왔다. 얼마 전 개 이빨과 쉰 명 정도의 포니 족 용사들에게 쫓겨올 때와 같은 모습이었다. 와이엇은 원주민들 한 무리(남성, 여성, 아이들, 그들의 개들, 말들 그리고 티피들)가 래러미 요새라고도 불리는 존 요새로 가는 길목에 있다고 보고했다. 그 길목은 낮은 언덕인데 그 인근의 가장 좋은 풀밭 위에 이미 캠프를 세웠다는 것이다. 존 요새는 우리가 내일 들러야 하는 곳이었다.

우리 일행들은 원주민의 숫자에 깜짝 놀랐고, 다들 캠프를 세우지 않고 요새로 바로 올라가고 싶어 했다. 혹시라도 원주민들과 갈등이 생길까 봐 그 근처에 캠프를 세우고 싶지 않았던 것이다. 하지만 하늘에는 조각달이 떠 있었고, 밤은 어두울 예정이었고, 그래서 일몰 후 이동은 어려울 것이었다. 존 요새는 한나절은 걸려야 갈 수 있는 곳에 있었다. 애벗은 원주민 때문에 문제가 생기지 않을 거라고 말하며 일행들을 안심시켰다.

"그 원주민들은 다코타 족(수 족)입니다. 이곳을 지나가는 마차 행렬에 익숙한 사람들이에요. 우리가 두려워하는 만큼 그 원주민들도 우리를 두려워할 겁니다." 애벗이 말했다.

결국 그곳에 도착해 우리 일행이 터덜터덜 걸어서 지나가자 원주민들은 별다른 사심 없는 눈빛으로 우리들을 쳐다보았다. 원주민들은 임시로 세운 듯한 티피* 아래에서 낮 동안의 열기를 피해 쉬고 있었다. 그리고 물건들을 달고 다니는 장대들이 모피와 다른 물건들과 함께 여기저기 흩어져 있었다.

그런데 암갈색 말 한 마리가 단번에 내 시선을 잡아 끌었다. 검은색 선이 머리 꼭대기에서부터 등 위를 지나 꼬리 끝까지 이어져 있었다. 앞다리 두 개도 똑같은 검은색 털로 덮여 있었다. 마치 검정 스타킹을 신은 듯한 모습이어서 두 발을 내디딜 때마다 껑충껑충 뛰는 듯 보였다. 그 말의 움직임과 색깔이 데임을 생각나게 했다. 물론 데임은 그와 같은 무늬를 뽐내지는 않았었지만.

웨브도 마부석의 제 엄마 옆자리에 앉아서 나를 부르며 그 말을 가리켜 보였다.

"저 예쁜 말 좀 봐요, 존!" 웨브가 소리쳤다. "데임만큼 예뻐요."

애벗이 했던 말과는 달리 다코타 족은 우리를 전혀 두려워하지 않았다. 우리는 야트막한 언덕 하나를 사이에 두고 그들의 임시 야영지에서 반 마일 떨어진 곳에 캠프를 세웠다. 그런데 한 시간 후 원주민

---

* 원뿔형 오두막.

용사 몇 명과 전투 대장 몇 명이 말과 모피들을 끌고 둥글게 모여 있는 우리들의 마차를 향해 다가왔다. 원주민들은 외모가 멀끔했고 영양 상태도 좋아 보였으며, 장비도 잘 갖추고 있었다. 그런데도 우리에게 먹을 것을 요구했다. 겁먹고 종종걸음으로 도망치는 여자들과 겁먹은 눈으로 쳐다보고 있는 남자들의 모습을 재미있어하는 눈치였다.

긴 머리에 금 고리 장식을 치렁치렁 매달고 목에는 조가비 구슬을 여러 줄로 매고 있는 덩치 큰 원주민 하나가 케틀에게 관심을 보였다. 나는 그에게 거래하지 않는다고 말했는데, 그는 점점 더 고집스러운 태도를 보이며 야생 조랑말 여러 마리를 잇따라 끌고 와 우리 앞에서 행진시키면서 자신의 부를 과시했다. 애벗이 나를 대변인으로 지정하긴 했지만, 나는 그 원주민이 하는 말을 거의 알아들을 수 없었다. 포니 족과 수 족은 서로 친밀한 관계가 아니었고, 내가 포니 족 언어로 말을 하니 조롱이 돌아올 뿐이었다. 칼 솜씨가 뛰어났던 나의 혼혈인 스승 오탁타이는 수 족 언어와 영어를 섞어서 사용했었다. 스승과 나의 관계가 내가 다코타 족을 이해하는 데 조금이라도 도움이 될지는 나도 확신할 수 없었다.

원주민 용사 중 하나가 앞으로 나오더니 포니 족 언어로 자신이 다코타 족의 전투 대장이며 포니 족의 적이라고 주장했다. 포니 족 말을 하는 것을 보니 아마도 어릴 때 잠시 포니 족과 살았던 것이 아니었나 싶었다. 나는 그도 나처럼 '두 발'인지 궁금했다. 그는 자신이 두 발이 아니라는 사실을 몹시도 입증하고 싶어 하는 것 같았다. 용사는 자신이 추장의 아들이며 모든 포니 족 원주민과 전쟁을 벌일 것이라고 말했다.

그는 포니 족의 머리 가죽을 벗긴 것을 기념하여 얼굴에 새까만 물감을 칠하고 있었다. 그가 내 얼굴에 대고 그 머리 가죽을 달랑달랑 흔들어 보였는데 내가 반응도 없고 움츠리지도 않자 나에게 덤벼 내 모자를 낚아채려고 했다. 나는 옆으로 몸을 피하고는 내 모자를 그에게 건네주었다. 요새에 가면 새 모자를 살 수 있다. 와이엇도 모자를 사야 했다. 와이엇은 지금 오래된 밀짚모자를 쓰고 있는데 윗부분이 뚫려 있었다. 그래서 와이엇의 금발 머리는 정수리 부분만이 햇볕 때문에 새하얗게 탈색되어 있었고, 마치 정수리 부분의 머리가 벗겨진 것처럼 보이기도 했다. 얼굴에 검은 물감을 칠한 용사가 와이엇 머리의 그 부분을 자신의 창끝으로 건드렸다.

"이 가죽은 이미 벗겨졌군." 그가 나에게 말했다. 와이엇은 움찔했지만 내 옆에서 팔짱을 풀지 않고 서 있었다. 몸무게가 나보다 20킬로그램이나 적게 나가면서 마치 자신이 내 수호자라도 되는 것처럼 굴고 있었다.

마차 행렬의 여인들 몇몇은 음식으로 수 족의 주의를 끌어보려고 하고 있었다. 그런데 정작 음식들을 내줘도 먹으려 하지 않고 있었다. 나오미는 비스킷을 가져다가 경의를 표하는 태도로 다코타 족 용사들에게 바쳤다.

다코타 족은 별 흥미를 느끼지 않았고, '검은 물감'은 내 매머드잭을 갖고 싶다고 결정 내린 것 같았다. 그리고 그 이유라는 것이 단지 내가 굽히지 않고 계속 뻗대고 있어서인 것 같았다. 머리에 금 고리 장식을 한 전사는 인내심을 점점 잃어가더니 결국엔 자리를 뜨려는 듯 자신의 조랑말들을 모으고 있었다. 하지만 검은 물감은 여기저기를 활보하며 겁먹은 이주자들의 가축들과 노새들을 살펴보았다. 그가 진짜로 거래를 원하는 것 같아 보이지는 않았다. 그저 자신이 우리보다

우위에 있음을 과시하고 있는 것이었다.

나오미가 자신의 얼굴을 만지고는 검은 물감의 얼굴을 가리켜 보이며 나에게 말했다. "저 사람에게 물감이 더 있는지 물어봐 줘요, 존. 저 사람이 좋아할 만한 걸 내가 줄 수도 있을 것 같아요."

내가 검은 물감에게 이 여인이 그림으로 당신에게 경의를 표하고 싶어한다고 말하며 물감이 있는지 물었다.

검은 물감은 내 요청에 호기심이 생긴 것 같았다. 그의 올라간 아래턱과 번뜩이는 눈빛에서 그것을 알 수 있었다. 그가 돌아가더니 구슬로 꿰어 만든 안장 가방 속에서 작은 통을 꺼냈다. 그러더니 바닥에 통을 내려놓고 팔짱을 끼고 뒤로 물러섰다.

"혹시 이 사람 방패를 내가 써도 되는지 물어봐 줘요."

검은 물감이 얼굴을 잔뜩 찡그리며 자신의 방패를 물감 옆에 내려놓았다. 버드나무 가지로 만든 둥근 고리를 가로질러 옅은 색 가죽이 팽팽하게 펼쳐져 있었다. 가장자리 고리에는 깃털과 구슬들이 매달려 있었다. 하지만 정작 가죽 가운데 부분에는 아무런 장식이 없었다.

검은 물감은 심기가 불편한 듯 날카로운 소리를 냈고, 나는 그가 혹시 나오미의 의도를 알고 자신의 방패를 도로 낚아채 갈지도 모른다는 걱정이 들었다. 나오미가 방패 옆에 앉아 손가락들을 그 작은 통 안에 든 액체에 푹 찍는 모습을 본 검은 물감의 두 눈은 휘둥그레졌지만, 결국은 그의 호기심이 이긴 듯했다. 나오미는 연필을 사용할 때와는 달리 지금은 두 손을 사용하고 있었고, 검은 물감을 한두 번 올려다보면서 그의 얼굴의 윤곽과 명암을 살리고 있었다. 검은 물감 얼굴에 이내 만족하는 기색이 떠올랐고, 그는 나오미 손가락들이 날아다니는 모습을 보며 놀라움을 감추지 못하고 끙 앓는 소리를 냈다. 마침

내 나오미가 몸을 폈고 그림이 완성되었다. 나오미는 서둘러 자신의 작품에서 멀찌감치 자리를 옮기고는 버펄로 수풀에 손을 비벼 물감을 닦아냈다. 나는 방패를 검은 물감에게 건넸다. 그가 몹시 놀란 얼굴로 그림을 응시했다. 그가 어떤 기분일지 나는 정확히 알고 있었다.

이번에는 머리에 금 고리 장식을 한 용사가 자신의 방패를 내밀었다. 그러고는 깃털로 완전하게 덮여 있는 가장자리를 가리켜 보였다. 나오미가 고개를 흔들었고, 나는 깃털을 손가락으로 가리켜 보이며 깃털에는 그림을 그릴 수 없다고 설명했다. 검은 물감이 금 고리 장식을 한 용사에게 내가 말한 것을 전했다. 그러자 용사가 자신의 방패를 반대쪽으로 뒤집었다. 그곳에는 단순한 X자 모양의 구슬 장식만 되어 있었다. 그는 그 주변에 그림을 그려 주길 원했고, 나오미는 그렇게 했다. 나오미의 그림이 완성되자 그는 그녀에게 모피를 한 더미 가져다주며 거기에 전부 그림을 그려 달라고 요구했다. 그런데 나오미가 거절했다.

"말 한 마리를 받고 싶어요." 나오미가 금 고리 장식 용사에게 말했다. "말 한 마리를 주면 이 모피 전부에 그림을 그려주겠다고 전해줘요."

"나오미." 내가 고개를 흔들며 말했다. 갑자기 나는 나오미가 지금 무엇을 하려는 건지 이해되었다. 금 고리 장식을 한 용사가 뽐내며 데리고 다녔던 조랑말 중의 그 암갈색 말을 나오미도 본 것이었다. 그리고 웨브가 그랬듯 그 말이 데임과 닮았다는 것을 알아본 것이다.

"내 말 전해줘요." 나오미가 말했다.

"안 돼요." 나는 단호했다.

나오미가 일어서더니 내 옆으로 왔다. 그러더니 말을 손가락으로 가리켜 보인 뒤 자기 자신을 가리켜 보였다.

"나오미." 내가 경고했다. "그랬다간 문제가 생길 거예요. 어서 마차로 되돌아가요."

검은 물감이 웃으며 내가 알아듣지 못하는 무슨 말을 다른 수 족 전사들에게 했다. 금 고리 장식을 한 용사는 고집스레 자신의 모피들을 가리켜 보였다. 하지만 나오미는 계속 팔짱을 낀 채로 고집을 굽힐 생각이 없었다.

나는 원주민들에게 우리는 내일 아침에 래러미 요새로 갈 것이며, 그림을 그려준 방패와 음식들은 모두 선물이라고 말했다. 나는 검은 물감에게 내가 가진 가장 좋은 칼도 주었다. 그런 뒤 협상을 끝내자는 의미의 몸짓을 해 보였다. 그러고는 우리는 거래를 원하지 않으며 말을 원하지도 않는다고 말했다. 그들에게 방패와 모피를 모두 챙기고 조랑말들을 데리고 돌아가 달라고 부탁했다.

그런데 정말 놀랍게도 원주민들이 자기들끼리 이야기를 나누기 시작했다. 그러고는 어떤 추가적인 요구도 없이 말에 올라타 언덕 위로 달려갔다. 동그랗게 모여 서 있는 우리들의 마차를 떠나 자신들의 캠프로 돌아가는 것이었다.

나는 나오미가 스스로를 표적으로 만든 것일까 봐 걱정되어 잠을 한숨도 잘 수 없었다. 원주민 부족들 사이에서 다른 부족 여성 원주민을 훔치는 것은 흔히 일어나는 일이었다. 훔친 여성의 아버지에게 그 여성의 가치에 해당하는 만큼 무언가를 주는 것으로 보상은 손쉽게 이루어졌다. 여성과 말은 돈과 다름없었다. 밤새도록 마차 바퀴에 등을 대고 앉아서 다코타 족이 사라진 언덕을 하염없이 바라보고 있는 윌리엄과 워런의 모습을 보아하니 그들도 나와 똑같은 걱정을 하고 있는 것이 분명했다.

그들이 돌아온 것은 새벽이었다. 그들의 동물들은 등 위에 모피를 잔뜩 싣고 있었다. 하지만 이번에는 전사 몇 명만이 아니었다. 부족 전체가 오고 있었다. 노인들과 젊은이들, 개와 조랑말들. 전부 우리를 따라 존 요새로 갈 준비가 되어있었다. 애벗 씨와 내가 그들을 맞이하기 위해 걸어 나갔다. 검은 물감이 '그 여자'를 요구했다. 손으로 자기 얼굴을 쓸면서 '많은'을 뜻하는 몸짓을 하더니 '얼굴들'을 뜻하는 몸짓을 해 보였다. '많은 얼굴들'이 나오미를 의미한다는 데는 의심의 여지가 없었다.

내가 애벗에게 말하자 그는 평화가 깨질까 노심초사한 얼굴로 나오미를 앞으로 나오도록 했다. 윌리엄이 오른쪽 손에 소총을 가볍게 든 채로 나오미와 함께 앞으로 나왔다. 그러고는 검은 물감이 나오미에게 빨간색, 검은색, 노란색, 흰색, 파란색 작은 물감통들을 주는 모습을 지켜보았다.

나오미가 고개를 숙여 감사하다는 표현을 했다. 나오미가 다시 들어가려는데 검은 물감이 목소리를 높이며 자신의 볼일이 아직 끝나지 않았음을 밝혔다.

"너에게 말을 한 마리 주겠다." 그가 나오미에게 말하고는 나를 가리키며 통역할 것을 요구했다. 윌리엄은 완전히 무시한 채 말을 계속 이어나갔다.

"뭐라는 거예요, 존?" 나오미가 검은 물감과 나를 번갈아 보며 물었다.

"저 사람이 당신에게 말 한 마리를 주고 싶대요."

나오미의 두 눈썹이 치켜 올라갔다. 그러더니 미소를 지었다. 그러나 내가 전투 대장의 조건을 말하자 나오미의 미소는 즉시 자취를 감췄다.

"하지만 그 대신 받고 싶은 게 있대요. 말은 원하는 대로 몇 마리고 줄 수 있지만 당신이 자신과 살아야 한대요."

나오미의 숨이 턱 막혔다. 그러더니 고개를 흔들기 시작했다. 나는 나오미 스스로 자처한 이 상황에 화가 났다. 그 모습을 검은 물감이 알아보았다. 그가 나를 잠시 보더니 자신의 어깨 뒤로 손짓을 해 누군가를 오도록 했다. 모여 있는 사람들 가운데서 머리를 묶지 않고 길게 늘어뜨린 옅은 색 모피를 입은 소녀 한 명이 앞으로 걸어 나왔다. 검은 물감은 소녀에게 더 가까이 오라고 재촉했다. 소녀는 근심이 가득한 표정으로 얼굴을 잔뜩 찌푸리고 있었고, 젊은 용사 한 명이 뒤에서 거친 말들을 쏟아 내고 있었다. 격노한 용사 아래에서 조랑말 한 마리가 날뛰고 있었다. 내가 지금 할 수 있는 거라고는 신음 소리조차 내지 않는 것뿐이었다. 마차 행렬 일행들 모두가 걱정스러운 침묵 속에서 우리를 지켜보고 있었다. 일행들의 황소들에는 멍에가 씌워져 있었고 마차들은 전부 출발 채비를 마친 상태였다. 하지만 아무도 감히 움직일 생각을 하지 못했고, 마차를 출발시켜 원주민들의 관심을 끌고 싶어 하지 않았다. 윌리엄과 위니프레드 그리고 그 아들들 모두가 내 뒤로 몇 피트 안 되는 거리에 서 있었다. 그런데 아무리 둘러봐도 애벗의 모습은 보이지 않았다.

"이 소녀도 포니 족이다. 너처럼." 검은 물감이 겁에 질려 있는 원주민 여자를 가리키며 나에게 말했다. "이 여자는 너를 화나게 하지 않을 거다. 나는 '많은 얼굴들' 여자를 원한다. 우리는 교환을 하는 거다. 많은 얼굴들은 나와 함께 살면 많은 말들을 가질 수 있다."

"저 여자는 제 여자가 아닙니다." 내가 말했다. "저에게는 저 여자를 거래할 자격이 없습니다."

나는 윌리엄을 돌아보았다. 윌리엄은 눈을 크게 뜨고 이미 고개를 흔들고 있었다. 검은 물감이 나에게 한 제안을 그에게 설명할 필요가 없었다.

"이 분은 당신이 자신의 딸을 원한다는 것을 영광으로 생각한답니다." 나는 검은 물감의 심기를 건드리지 않기 위해서 최선을 다해 거짓말을 했다. "하지만 저 여인은 가족들과 여기 있는 이 사람들에게 무척 큰 가치를 지녔다고 합니다. 말 전부를 줘도, 원주민 여인들 전부를 줘도 안 된다고 합니다."

검은 물감이 얼굴을 찡그리더니 손짓을 해 그 불쌍한 소녀를 다른 여자들 사이로 도로 돌려보냈다. 그러자 그 소녀를 대신해 항의하던 젊은 용사가 조용해졌다.

검은 물감은 잠시 동안 우리들을 찬찬히 보며 가끔씩 눈을 돌려 나오미를 몇 번 쳐다보았다. 그러더니 어깨를 으쓱하고는 이제 떠날 준비를 하려는 듯 자신이 타고 있는 말의 갈기를 두 손으로 붙잡았다.

"차라리 잘 됐군. 백인 여자들은 원주민 여자들만 못하거든." 그가 말했다. 그 말에 다른 원주민들이 웃음을 터뜨렸다.

나는 반박하지 않았다. 아무런 말도 하지 않았다. 나는 그저 그의 다음 행동을 기다리며 가만히 서 있을 뿐이었다. 잠시 후 그가 한 손을 들자 그의 부족민들이 협상을 포기하고 물감통들만 남겨둔 채 떠났다. 그들이 떠난 자리에는 정적만이 감돌았다. 우리 일행들은 다코타족 전부가 떠날 때까지 마차 안에 들어가 작고 동그란 입구 바깥을 내다보면서 옹송그리고 있었다.

원주민 무리가 지평선 무렵에 다다르자 이주자들 사이에서 그제서야 흥분의 말들이 터져 나왔다. 더불어 안도의 웃음이 모닥불 연기처럼 피어오르고 있었다. 웨브가 나에게 뛰어와 내 다리를 끌어안았고, 와이엇은 콧방귀를 끼었다. 윌리엄은 내가 성공의 주역이라는 듯 내 등을 두드렸다. 위니프레드가 나에게 축복의 기도를 해주었고, 애벗은 이제 출발하자는 의미로 뿔피리를 불었다. 상황은 별 탈 없이 종료된 것이다. 하지만 다른 사람들의 흥분이 가라앉고 모두들 마차를 출발시키는 와중에 나오미와 나는 그 자리에 얼어붙은 듯 서 있었다. 내 안의 분노와 공포가 사그라들지 않고 있었다. 나는 나오미에게 잘못을 뉘우치게 하고 싶었다. 이 상황을 이해하게 하고 싶었다.

"검은 물감은 당신을 데려가고 그 소녀를 주고 싶어 했어요." 내가 나오미에게 말했다.

"그런 것 같았어요." 나오미가 중얼거렸다. "당신은 뭐라고 말했어요?"

"나에게 이미 원주민 여자가 많다고, 그래서 더이상의 원주민 여자는 원하지 않는다고 했어요." 내가 나오미를 노려보며 고개를 절레절레 흔들었다. 거짓말이었다. 나오미도 그 사실을 알고 있었다. 그런데 내 신경이 아직 안정될 생각을 하지 않고 있었고, 내 두 다리는 여전히 후들거리고 있었다.

"그 사람이 정말로 그 소녀를 줘 버렸을 수도 있었을까요?" 나오미가 물었다. 내 마음처럼 나오미의 목소리도 텅 비어 있었다.

"네."

"당신이 안 된다고 말했을 때 그 사람이 뭐라고 했어요?"

"백인 여자는 훌륭한 원주민 여인이 되지 못한다고 했어요."

"하." 나오미가 어이 없다는 듯 말했다. "검은 물감도 좋은 남편감은 아닌 것 같던데요."

나는 나도 모르게 코웃음을 쳤다. 맞는 말이긴 한 것 같다.

"검은 물감은 당신과 그 소녀를 맞바꾸자는 거였어요. 말은 주지 않고요. 여자들끼리요. 그 소녀를 주고 당신을 가져가겠다고." 내가 꾸짖듯 말했다. 나오미는 마치 그 사건이 그다지 대단한 일이 아니었다는 듯 벌써 긴장을 풀고 있었다. 나는 그녀에게 충격을 주고 싶었다. 실제로 나누었던 대화보다 더 심각하게 말해주고 싶었다. "검은 물감은 당신 코 위에 있는 점들에 호기심을 느끼고 있었어요. 자기가 가장 아끼는 조랑말처럼 당신의 온 몸에 그런 점들이 있는지 알고 싶다고 했어요."

"음, 그건 당신도 모를 텐데요." 나오미는 조금 화가 난 목소리였다. 나는 분노와 욕망으로 몸에 열이 올랐다. 회초리를 가져다가 나오미의 엉덩이를 때려주고 싶었다.

"또 다른 얘기는 없었어요?" 나오미가 참지 못하고 물었다.

"당신 가족이 당신과 떨어지지 못한다고 말했어요……. 그리고 당신은 내가 거래할 수 있는 내 소유가 아니라고 했죠."

나오미가 고개를 돌려 나를 쳐다보았다. 그녀의 두 눈이 다코타 족이 사라진 지평선에서 나에게로 옮겨왔다. "나는 당신이 거래할 수 있는 당신 소유가 아니에요, 존. 하지만 나는 당신 거예요." 나오미가 말했다. 나는 눈을 다른 곳으로 돌렸다. 그녀의 시선을 잠시도 더 견딜 수가 없었다. 그녀를 어떻게 해야 할지 알 수 없었다.

"다음 번에 다코타 족 전사와 또 거래를 하게 된다면 그 사실을 좀 기억해줄래요?" 내가 간청했다.

"아무도 다치지 않았잖아요. 그리고 당신도 수탕나귀를 잃지 않았고요. 안 그래요?" 나오미가 몸을 꼿꼿이 펴고 나에게 맞서듯 아래턱을 쭉 내밀었다.

"그래요. 하지만 검은 물감이 당신을 데려가기로 마음먹지 않은 건 우리가 운이 좋았던 거예요."

다코타 족은 온갖 물건들을 모두 싣고 말들까지 몰고 가고 있었는데도 우리들보다 속도가 훨씬 더 빨랐다. 그래서 우리는 멀리 요새가 보이는 언덕을 오를 때까지도 그들을 보지 못했다. 래러미 요새는 플랫 강 남쪽 언덕 위에 자리하고 있었고, 십여 채의 집들과 함께 거대한 아도비 벽에 둘러 쌓여 있었다. 대초원의 재료들을 가져다가 만들거나 장대와 모피를 이용해 세운 오두막이 아닌 주거지의 모습을 보는 것만으로도 우리 일행들은 한동안 느끼지 못했던 원기를 느낄 수 있었다.

플랫 강 양쪽으로 마차 행렬들이 곳곳에 포진해 있었고, 프랑스인 덫사냥꾼과 원주민 아내가 사는 오두막들이 요새의 성벽 근처와 강의 제방을 따라 줄지어 자리하고 있었다. 다코타 족은 이주자 마차 행렬로부터 떨어진 곳에 티피를 세웠다. 그래도 요새에 교역을 하러 갈 수 있을 정도로 가까운 위치였다.

플랫 강 북쪽에서 요새로 가려면 강을 건너야 했다. 요새에 가면 신기한 물건들이 가득하고 문명의 향기를 다시 맡을 수 있다는 사실에도 불구하고, 애벗이 이끄는 마차 행렬 사람들 전부가 강을 건너지는 않았다. 남자들은 아내를 강 북쪽에 남겨둔 채로 강을 건넜다. 남자들이 필요한 물건들을 구매하기 위해 요새로 가 있는 동안, 여자들은 마차에 남아 요리를 하고 빨래도 하며 시간을 보냈다. 나도 물건들을 사기 위해 강을 건넜다. 삼손과 델릴라를 제외한 내 동물들은 전부 다리를 묶어서 다른 가축들과 함께 남겨두고 갔다. 나는 웨브와 윌에게 내 동물들을 특별히 잘 감시해준다면 깜짝 선물을 주겠다고 약속했다. 나는 밀가루와 커피와 말린 고기를 사야 했다. 세인트조에서 출발할 당시 대륙을 횡단할 수 있을 정도로 충분한 물건들을 가져오지 않았다. 또 검은 물감에게 칼을 주었기 때문에, 그것이 내가 가진 유일한 칼은 아니었어도 여분의 칼을 사두고 싶었다.

요새는 세인트조를 생각나게 했다. 규모가 훨씬 작긴 했지만, 사람들 전부가 물물교환을 하고, 장비들을 이리저리 만져보고, 가게에 재고를 채워 넣으며 분주하게 움직이고 있었다. 나는 밀가루와 음식과 곡식을 내 짐가방이 가득 찰 정도로 많이 샀고, 손잡이가 엘크의 뿔로 된 칼도 새로 하나 장만했다. 나오미를 위해 종이 한 묶음과 연필 한 상자, 연필 깎는 칼도 하나 샀다. 나오미의 신발은 밑창이 거의 없다시피 닳아 있었다. 그래서 암사슴 가죽으로 된 모카신도 한 켤레 샀다. 착화감이 부드러워 아마 신발을 신고 있는 줄도 모를 것이었다. 나오미의 눈동자 색깔보다 채도가 몇 단계 더 어두운 녹색 드레스 한 벌이 구석에 포개어져 있는 것이 눈에 들어왔다. 나는 드레스를 집어 그것도 구입했다. 내가 드레스를 사는 모습을 우리 일행들이 아무도 보지 못하기를 바랐다.

웨브와 윌을 위해 활 하나와 화살집도 샀고, 울프를 위한 아기 자루도 샀다. 아기 자루를 사용하면 나오미와 위니프레드가 두 손을 자유롭게 쓸 수 있을 것이다. 와이엇을 위한 중절모도 샀다. 하지만 워런에게는 무엇을 사줘야 할지 딱히 떠오르지 않았다. 래러미 요새의 판매대에 아내는 없었다. 워런은 아비가일을 그리워하고 있었다. 나는 달콤한 것을 사면 모두에게 좋겠다는 생각이 들었다. 갈색 종이에 싸인 사탕 900그램이 나의 마지막 구매였다. 생각했던 것보다 지출이 컸다. 브리저 요새에 가기 전까지는 이곳이 유일한 교역소였기에 이곳의 상인들은 사람들의 수요를 이용하고 있다.

나는 대부분의 남자 일행들이 돌아가기 전에 먼저 캠프로 되돌아와 내 꾸러미들을 들고 메이네 마차로 다가갔다. 윌리엄 메이가 없을 때 몰래 선물들을 주고 싶었다. 그런데 웨브와 윌이 내가 오는 것을 발견하고는 나를 향해 달려왔다. 그러고는 신나게 환호성을 지르며 내 선물을 받았다. 다른 사람들은 어디 있냐고 묻기도 전에 아이들의 볼에는 볼록하게 사탕 하나씩이 들어있었다.

"나오미는 어디에 있니?" 웨브에게 물었다. 웨브는 활을 들고 내 주변을 깡충깡충 뛰어다니고 있었다. 또 활을 들어 태양을 향해 쏘는 시늉을 하면서 맨발로 출전의 춤을 자기 식대로 바꾸어 추었다. 윌은 화살을 자세히 들여다보고 있었다. 눈을 가늘게 뜨고 뾰족한 화살촉과 깃털이 달린 화살 깃을 쳐다보고, 마치 검을 꺼내듯이 화살을 화살통에서 하나씩 꺼내 보고 있었다.

"누나 원주민 여자들 만나러 갔어요. 엄마도요. 그런데 엄마는 한참 전에 오긴 했어요. 엄마는 지금 아기 울프랑 마차 안에 있어요." 윌이 말했다. "제가 엄마한테 아기 자루를 가져다드릴까요?"

나는 황당해하며 윌을 바라보았다. "원주민 여자들이라니?"

윌이 플랫 강 제방에 있는 프랑스인 덫사냥꾼들의 오두막 쪽을 가리켜 보였다. 멀리서도 그곳에 개와 아이들, 여자들이 왔다 갔다 하는 모습이 보였다. 프랑스인 덫사냥꾼들은 전부 원주민 아내를 두고 있었다. 요새에서 누군가가 그들의 공동체를 프랑스 원주민이라고 하는 말도 들었다.

"엄마가 그러는데 누나가 사람들 얼굴을 그려주고 있대요. 줄을 아주 길게 늘어섰대요." 윌이 덧붙였다. 윌은 조금도 걱정하지 않는 듯 보였다. 나는 나오미를 위한 선물들과 함께 다른 짐들을 전부 애벗의 마차 안에 집어넣고, 걱정하지 않으려 애쓰면서 서둘러 언덕 위를 달렸다. 사실 내가 상관할 바가 아니었다. 나는 나오미의 보호자도 아니고 남편도 아니고 아버지도 아니었다. 하지만 나오미가 걱정되었다. 그렇게 나오미를 낯선 사람들 사이에 두고 온 그녀의 어머니를 조용히 원망했다.

그런데 나오미는 혼자가 아니었다. 거기에 있는 오두막 중 가장 큰 오두막 앞에 나오미가 앉아 있었고 나오미 옆에 와이엇이 함께 있었다. 혼혈인 아이들이 그들 주변을 깡충깡충 뛰어다니고 있었고, 아이들 뒤를 개들이 졸졸 쫓아다니고 있었다. 어느 아이가 와이엇이 모으고 있는 듯한 물건들에 발이 걸려 넘어지자 한 원주민 여인이 아이들에게 다른 데 가서 놀라고 손짓했다. 갈색 망토를 두른 원주민 여자는 나오미 앞에 진지한 표정으로 양반다리를 하고 앉았다. 나오미가 그 여자에게 거울을 건넸다. 내가 아파서 워런의 마차에 있었을 때 보았던 버드나무 가지 틀에 걸려있던 거울이었다. 여자는 거울 속 자기 얼굴을 살펴보더니 웃으며 고개를 끄덕였다. 나는 혹시 여자가 전에도 거울 속 자신의 모습을 본 적이 있는지 궁금해졌다.

나오미는 빠르게 그려나갔고 구경꾼의 수는 점점 늘어나고 있었다. 그림을 그린 종이를 갈색 망토를 두른 여인에게 건네주자, 여자는 그 그림을 거울 속 자신의 얼굴과 비교해보더니 씩 웃으며 고개를 끄덕였다. 나오미가 물감을 덧칠해 그린 그림에 대한 대가로 여자는 나오미에게 이불을 하나 주었고, 와이엇이 그것을 받아 점점 커지고 있는 더미 위에 쌓아 올렸다. 나오미는 고개를 약간 숙이며 내가 다코타 족 용사들에게 했던 그대로 좋다는 의미의 몸짓을 원주민 여자에게 해 보였다. 그 후 다음 사람이 앞으로 나왔다. 이 과정이 계속 반복되고 있었다.

와이엇이 나를 발견하고 손을 흔들었다. 마치 자신들이 대단한 모험이라도 하고 있는 것 같은 모습이었다. 나는 나오미는 괜찮으니 돌아가자고 스스로에게 말했다. 나는 돌아가야 했다. 하지만 돌아가지 않았다. 나는 사람들로부터 조금 떨어진 곳에서 그들을 지켜보고만 있었다. 나오미는 대개는 자신의 종이 위에 그림을 그렸지만 어떤 사람들은 가죽을 내밀기도 했고, 나오미가 다코타 족 전사들에게 그림을 그려주었던 것 같은 방패를 가져오기도 했다. 나는 벌써 소문이 다른 캠프까지 퍼진 건지 궁금해졌다. 요새까지 소문이 퍼진 것은 확실했다. 다른 마차 행렬에서 온 이주자 여인들까지 합세해 신기하다는 듯 구경을 하고 자기들끼리 이야기를 주고받고 있었다. 나오미 뒤에 있는 그 거대한 오두막에 살고 있는 듯 보이는 프랑스인 모피상의 차례가 되었다. 그는 소총을 들고 아메리카 너구리 모피로 만든 모자를 쓴 채 진지한 얼굴로 서 있었다. 술로 장식된 그의 양쪽 어깨 사이로 너구리의 통통한 꼬리가 늘어져 있었다.

나오미는 그림에 긴 시간을 소요하지 않았다. 한 사람 당 길어야 10분이었는데도 사람들은 나오미가 그림을 완성할 때마다 감격하며 박수를 쳤다. 그림을 받고 기분이 좋아진 고객들은 그 소중한 것을 조심스레 쥐고 자리를 떴다. 나오미가 플랫 강을 건널 때처럼 치마가 흠뻑 젖어서 온 원주민 여자는 나오미에게 염소 한 마리를 주었다.

나오미는 잠시 어안이 벙벙한 듯했다. 원주민 여자는 다급히 염소의 젖꼭지를 비틀고 찍 나오는 염소젖을 양철 컵에 받아가며 염소의 가치를 몸소 보여주었다. 여자는 그 컵을 나오미에게 고집스레 권했다. 나오미가 컵을 받아 와이엇에게 건넸다. 그러자 와이엇이 망설임 없이 컵을 받아 단숨에 들이켰다.

와이엇이 입을 닦으며 씩 웃었다. 그러자 염소 주인이 박수를 쳤다. 나오미가 와이엇에게 무슨 이야기를 하고 둘이서 고개를 끄덕이기 시작했다. 보아하니 둘이서 염소를 받기로 결정한 것 같았다. 여자는 염소의 리드줄에 말뚝을 박은 뒤 나오미 앞에 앉아 초상화를 위한 포즈를 취했다.

나오미네 마차는 이미 꽉 들어차서 물건을 더 실을 공간이 있을 리가 없었다. 그렇다고 지금 받고 있는 것들 대부분 나오미에게 필요해 보이지도 않았다. 그런데도 나오미는 계속해서 그림을 그려주고 있었다. 나오미의 왼쪽 볼에는 파란색 물감이, 오른쪽 볼에는 빨간색 물감이 묻어 있었고, 코 끝에는 검은색 점이 찍혀 있었다. 내가 세인트조에서 나오미를 처음 보았을 때 입고 있었던 그 노란색 원피스를 입고 있었는데 원피스에도 물감이 튀어 있었다. 비가 아무리 세차게 내린다 해도 지워질 것 같지 않아 보였다. 나오미의 머리카락은 뒤로 굵게 하나로 묶여 있었고, 기다란 머리카락들이 나오미 볼에 묻은 물감에 들러붙어 있었다. 그래도 사람들은 나오미를 마치 하늘의 구름 사이에서 내려온 사람 보듯 바라보고 있었.

몇 시간이 흘렀다. 내 동물들을 확인하러 잠시 자리를 떴다가 다시 돌아왔는데 모여 있는 사람의 수가 훨씬 더 많아져 있었다. 내가 알기로 나오미는 단 한 번도 쉬지 않았고 모여드는 사람을 막으려고 하지도 않았다. 나오미가 받은 물건들의 더미도 점점 커지고 있었다. 덫사냥꾼의 아내는 자신의 아이들을 불러모아 전부 오두막 안으로 데리고 들어갔다. 그러더니 몇 분 지나지 않아 물과 고기 파이를 가지고 나왔다. 와이엇과 나오미는 오래 굶주린 사람처럼 그것들을 게걸스레 먹었다. 나오미가 음식을 준 여인에게 고마움의 표시로 물건들 사이에 있는 이불 하나를 건넸다. 그러자 여인은 파이 하나를 더 가지고 나왔다. 나오미가 나를 가리켜 보였고, 와이엇이 일어나서 나에게 파이를 가져다주었다.

"누나가 우릴 기다릴 거면 먹으면서 기다리래요."

나는 파이를 받았다. 배가 고팠지만 망설여졌다. 와이엇이 다시 나오미 쪽으로 터덜터덜 걸어갔다. 나는 나오미가 지금 무엇을 하려는 건지 도무지 감이 잡히지 않았다. 지금 내가 확실히 알고 있는 것은 나오미가 그림을 그리고 있다는 것, 사람들이 행복해한다는 것, 그리고 나오미가 전리품을 모으고 있다는 것이었다. 해가 기울기 시작했다. 우리 마차 행렬은 내일 아침에 출발할 것이다. 그래서 나는 나오미를 위해서라도 이제 내가 끼어들어 이 광기 어린 일에 마침표를 찍게 해야겠다고 생각했다. 그때 갑자기 사람들이 갈라지며 어딘가를 가리키고 있었다. 구경하고 있던 이주자들은 겁먹은 토끼들처럼 여기저기로 흩어졌다. 검은 물감과 금 고리 장식을 한 용사가 말을 타고 이쪽으로 오고 있었다. 그리고 원주민 여인 세 명이 운반 장비를 맨 노새 한 마리를 끌고 오고 있었다. 검은 물감은 그 암갈색 말과 다른 적갈색 말 한 마리를 끌고 오고 있었다. 적갈색 털이 나오미의 머리카락 색깔과

흡사했다.

검은 물감이 수 족 언어로 사람들에게 뭐라고 말을 했다. 가라? 떠나라? 그러자 사람들이 그 말을 따랐다.

모여 있던 사람들이 제각기 흩어지는 사이 나는 나오미 쪽으로 걸어가 나오미와 와이엇 뒤에 섰다. 나오미와 와이엇은 다코타 족 전투 대장이 왔는데도 전혀 놀라지 않는 눈치였다. 나오미는 지금 어느 기병의 초상화를 그려주고 있었다. 기병은 자그마한 마대 천 위에 자신의 초상화를 그리고 싶어서 요새에서 여기까지 온 것이었다. 나오미가 그림에 몇 번 더 손을 대고는 그에게 건넸다. 그는 그림을 받고서 베이컨 500그램을 내놓고는 다른 사람들처럼 자리를 떴다.

"많은 얼굴들은 말 한 마리를 원한다." 검은 물감이 나에게 포니 족 언어로 말했다. "나는 많은 얼굴들에게 두 마리를 주겠다."

나는 표정 관리를 하려고 애쓰며 나오미를 쳐다봤다. 나오미는 입술을 깨물며 나와 암갈색 말을 번갈아 쳐다봤다.

"내가 말 한 마리를 구해주겠다고 했죠." 나오미가 말했다.

"두 마리를 주겠다는데요."

나오미의 눈썹이 치켜 올라갔다. 그러더니 몸을 숙이고 와이엇에게 도와 달라고 하면서 사람들에게 받아서 모아 놓은 물건들을 검은 물감에게 보여주기 시작했다. 검은 물감은 부족 여인들을 시켜 물건들을 모으도록 했다. 검은 물감은 물건을 하나하나 살펴보고 원하지 않는 물건들은 받지 않았다.

"염소는 내가 가져가겠다고 말해줘요." 나오미가 나를 올려다보며 말했다. "엄마에게 염소가 필요하거든요. 젖소들한테 젖이 안 나온 지 꽤 됐어요. 울프가 모유를 충분히 먹지 못해서 엄마가 걱정하세요. 울프가 항상 배고파한다고요."

나는 검은 물감에게 그 이야기를 전했다. 그러자 검은 물감이 동의하고 염소는 남겨주었다. 여자들은 신속하게 나오미의 물건들을 노새의 운반 장비에 실었다. 물건이 모두 실리자 검은 물감이 고개를 말들 쪽으로 기울였다.

"포니 족 백인 사내, 네가 와서 가져가라. 붉은색 조랑말은 얌전하다. 나이가 많다. 많은 얼굴들이 타기에 좋을 것이다. 저걸 타면 너에게서 도망치지 못할 거다. 너는 어린 말을 타라. 그래야 많은 얼굴들을 잡을 수 있을 거다." 검은 물감의 입술이 약간 비웃듯 일그러졌다. 와이엇과 나오미가 통역을 해 달라는 듯 나를 쳐다보았지만, 나는 아무 말도 하지 않았다. 검은 물감이 나에게 말 두 마리의 밧줄을 건넸다. 그리고 마지막으로 나오미를 한 번 쳐다보더니 금 고리 장식을 한 용사와 부족 여인들을 데리고, 운반 장비에 실린 물건들과 함께 돌아갔다.

암갈색 말이 발을 구르고 우는 소리를 내면서 고개를 휙 젖혔다. 하지만 적갈색 말은 먹을 것이 없는지 찾느라고 고개를 푹 숙이고 있었다.

"어떻게 된 거예요?" 내가 작은 목소리로 나오미에게 물었다.

"저 여자가 검은 물감과 남매 사이더라고요." 나오미가 거대한 오두막 문가에 서서 이 모든 일이 전개되는 모습을 지켜보고 있던 여자를 가리켰다. 여자가 고개를 끄덕이며 웃어 보였다. "엄마가 물물교환을 하고싶어 하셨거든요. 그런데 여기 여자들의 남편이 백인이니까 어쩌면 여기 여자들이랑 어느 정도 말이 통하지 않을까 생각하셨던 거예요."

나는 나머지 이야기를 기다리며 나오미를 빤히 바라보았다.

"내 생각엔 저 여자가 말을 전한 것 같아요. 왜냐하면 우리가 저 여자랑 다른 여인들을 방문하려고 이곳에 온 지 얼마 안 돼서 다코타 족 추장과 다른 원주민들이 나에게 그림을 그려 달라면서 모피를 잔뜩 가지고 왔거든요. 그 사람들은 당신이 여기 오기 전에 떠났어요. 그런데 그때쯤 되니까 사람들이 몰려들기 시작한 거예요. 거울을 가져올 생각을 떠올린 건 와이엇이었어요. 저 너구리 모자를 쓴 남자가 저 여자의 남편인데 검은 물감이 말을 데리고 올 거라고 나에게 말해줬어요. 그때 생각했죠. 검은 물감의 말과 내가 받은 것들을 물물교환을 하면 되겠구나."

나는 놀라서 고개를 절레절레 흔들 수밖에 없었다. "이 말들로 뭘 하려고요?"

"당신에게 주려고요." 나오미가 어깨를 으쓱했다. "이 말들이 당신 노새들보다 돌보기가 훨씬 더 어려울 것 같지는 않거든요. 얌전한 말이면 내가 가끔 타도 되고요."

"당신이 저 암갈색 말을 원하는지 검은 물감은 어떻게 안 거예요?" 내가 놀라며 물었다. 저 말을 콕 집어 데려온 것이 우연일 리는 없었다.

"내가 그림을 그려서 보여줬거든요." 나오미가 의기양양하면서도 피곤한 미소를 지어 보였고, 와이엇은 옆에서 그저 웃고 있을 뿐이었다.

10

인디펜던스 락

나오미

 래러미 요새를 지나 우리는 계속 강의 북쪽 제방길을 따라 이동했다. 세인트조에서 50센트에 구매한 안내서에는 그 길이 아닌 다른 길로 가도록 되어 있었다. 애벗 씨 말로는 이 길은 새로운 길이며 옛길보다 훨씬 더 낫다고 했다. 애벗 씨는 '옛길'이란 플랫 강을 두 번 더 건너야 함을 의미하며(래러미에서 한 번, 디어 크리크에서 한 번), 순진한 이주자들을 상대로 돈을 버는 뱃사람들의 주머니나 두둑하게 만들어주는 일이라고 했다. 우리들 중 또다시 플랫 강을 걸어서 건너고 싶은 사람은 아무도 없었다. 게다가 두 번을 더 건넌다는 건 말도 안 됐다. 그래서 우리는 애벗 씨를 따라서 안내서에 없는 길로 나아갔다.

 지형은 계속해서 변했다. 평야와 사암들은 모두 끝났다. 건널 수 없는 협곡을 피해 우리는 이제 북쪽으로 방향을 틀어 강에서 멀어지는 쪽으로, 강변의 낮은 지대에서 삼나무와 소나무가 빽빽이 들어선 언덕 위를 향해 천천히 나아갔다. 뒤돌아서 보면 풍경이 가히 예술이었다. 또 앞쪽 풍경을 보면 경이로웠다. 나는 이런 산은 한 번도 본 적이 없었다. 애벗 씨가 래러미 봉우리를 가리켜 보였다. 새카맣고 거대한 피라미드의 꼭대기가 구름 속에 파묻혀 있었고, 그 뒤로 다른 봉우리들이 늘어서 있었다.

"저기가 블랙 힐스입니다." 애벗 씨가 말했다. 블랙 힐스는 내가 살면서 본 그 어떤 산맥보다도 거대했다. 애벗 씨는 우리는 그 산맥을 가로질러 건너지 않고 옆으로 빙 돌아서 갈 것이며, 계곡 쪽으로 내려가면 그 산맥이 거의 보이지 않게 될 거라고 말했다. 어느 곳에서는 풀을 찾아보기 힘들었지만, 또 다른 곳은 지천이 풀이었다. 존은 암갈색 말에 타고 케틀과 자기 노새들을 몰고 가느라 늘 바빴다. 암갈색 말은 아직 데임의 안장에 익숙해지지 못했다. 존은 암갈색 말에 타는 시간을 매일 조금씩 늘려갔다. 존은 자기 자신만큼 넓은 보폭으로 매끄럽게 걷는 삼손을 탔다가 암갈색 말에 타면 마치 바위투성이 벼랑 아래로 엉덩이부터 떨어지는 느낌이라고 투덜댔다. 하지만 암갈색 말은 아름다웠고 달리는 것을 좋아했다. 존은 암갈색 말이 언제나 전속력으로 달리려고만 하는 것을 보고는, 다코타 족이 그 녀석을 타고 버펄로 사냥을 했던 게 틀림없다고 말했다. 말은 이따금씩 갑자기 앞으로 돌진을 해서 존을 태우고 한참을 내달리곤 했다. 존은 암갈색 말에게 포니 족 언어로 말을 했다. 말에게 혼자서 속삭이는 소리가, 내 그림을 받고 좋아하던 원주민 여인들이 하던 말과 비슷하게 들렸다. 존이 암갈색 말과 함께 있을 때 기분이 좋다는 걸 알 수 있었다.

적갈색 말은 얌전했고, 등 위에 누가 올라타든 신경 쓰지 않았다. 하지만 존은 오히려 적갈색 말이 무엇을 하든 예민하게 주시하는 것 같았다. 내 생각에 검은 물감이 그 말을 나에게 주었다는 사실을 탐탁지 않아 하는 것 같았다. 나는 오로지 존을 놀려 주기 위해 애정이 듬뿍 담긴 목소리로 적갈색 말을 '빨간 물감'이라고 부르기 시작했다. 우리의 새 식구 염소에게는 거트라는 이름을 지어주었다. 거트도 빨간 물감만큼 성질이 순했다. 그리고 말과 노새들도 거트와 함께 잘 지냈다. 거트가 뒤처질 때는 자기네 안장 위에 타고 가도록 해주기도 했다. 거트의 젖이 뜻밖의 큰 선물이었다. 울프는 배가 부르니 밤에도 잠을 잘 자기 시작했다. 그래도 울프를 핑계로 존에게 방문했지만, 전 만큼 오래 머물지는 않았다. 그리고 이제 다시는 울프를 품에 안고 풀밭 위에서 잠들지 않게 되었다.

우리는 둥근 모양의 거대한 기념비들과 새하얀 모래로 뒤덮인 채 솟아 있는 회색 암반의 둔덕도 지나갔다. 하지만 그곳들은 대초원의 광활함 대신 개천과 소나무, 삼나무 초목들로 둘러 쌓여 있었다. 공기도 달랐다. 그곳의 공기는 희박했고, 그래서 어지럼증을 느끼는 사람들도 있었다. 강의 남쪽에 있는 지류 어귀에 엄청난 금광들이 있다는 소문을 듣고는 마차 행렬들 전부가 경로에서 이탈해 땅을 파기도 했다고 한다. 우리 일행 중 몇 명도 그게 사실인지 확인하기 위해 하루 동안 다녀오고 싶어 했지만, 소문에 휘둘리지 않는 사람들이 훨씬 많았다.

우리는 가는 길에 반대 방향으로 되돌아가는 사람들도 몇 명 만났다. 그중 래러미 요새로 간다는 남자도 두 명 만났는데, 그들은 말 위에 몸이 묶여 있는 다른 남자 한 명을 데리고 가고 있었다. 그 사람들이 애벗 씨에게 하는 말로는, 그 남자가 정신이 이상해져서 자신의 누이와 매부를 죽였다고 했다. 그래서 그를 재판에 넘기기 위해 래러미 요새로 호송하는 중이라는 거였다. 그들 일행 중 몇몇은 그 자리에서 교수형으로 처리하고 싶어 했지만, 어떤 사람들은 그가 그럴 만한 이유가 있었을 거라고 생각했다. 그를 끌고 가는 남자들은 그가 재판을 받게 된 것이 행운이라고 말했다. 우리보다 사흘 앞서간 어떤 마차 행렬에서는 한 남자가 다른 남자를 칼로 찔러 죽였고, 그래서 죽은 남자의 아내는 과부가 되었고 아이는 아빠를 잃게 됐다고 했다. 결국 그 마차 행렬 사람들은 살인을 저지른 남자를 나무에 목매달아 처형했다. 하루 이틀 정도 가면 우리 마차 행렬이 그 교수형의 현장을 지나게 될 터였다.

우리는 바위 사이로 물이 솟아나는 옹달샘 근처에 캠프를 차렸다. 물이 무척 깨끗하고 차갑고 달콤해서 그곳을 떠나고 싶지 않았다. 하지만 그 생각도 호머 빙엄 씨가 어떤 나무에 붙어 있던 종이 한 장을 발견하면서 끝이 났다. 그 종이에는 우리 캠프 인근의 야생 장미 덤불 아래에서 남자와 여자 그리고 아이가 살해된 채 발견되었으며, 시신들의 목이 한쪽 귀에서 다른 쪽 귀까지 잘려있었다고 써 있었다. 우리는 만든 지 얼마 안 된 동그란 묘지도 발견했다. 늑대가 파헤치지 못하도록 큰 돌들로 덮여 있었다. 그리고 유목 하나로 표시를 해 놓았을 뿐이었다. 유목에는 '남자, 여자, 소년'이라고만 적혀 있었다.

원주민들을 조심하시오. 종이에는 그렇게 적혀 있었다. 콜드웰 씨와 다른 사람들이 즉시 떠나자고 요구했다. 하지만 지금 이곳을 떠나면 얼마나 더 가야 이처럼 좋은 수원지나 초원을 만날 수 있는지 불확실했다.

우리 마차 행렬 일행들은 밤이 되어도 함께 모여서 기도를 드리지 않는 날들이 많아졌다. 사람들은 모두 지쳐 있었고, 대부분 저마다의 일을 하면서 시간을 보냈다. 우리 여정이 고되지기 시작하자 계획한 일정 같은 것도 모두 단념해버린 상태였다. 그러나 오늘은 클라크 집사가 우리들을 불러 모았다. 우리는 죽은 이들을 위해 기도했고, 그 어떤 힘이 우리에게 해를 가하려 해도 우리를 보호 해 달라고 기도했다.

존은 그것이 원주민들의 짓이라고 생각하지 않았다. 존의 생각으로는 물건이나 동물을 훔칠 기회를 엿보고 있던 어떤 이주민이 살인을 저지르고 필요한 것을 훔쳐 갔을 가능성이 높다고 말했다.

"원주민은 자신이 한 짓을 숨기지 않아요. 그리고 원주민이었다면 마차를 가져가지도 않았을 거예요. 시체가 보이지 않는 곳에 숨겨져 있었다면, 누군가가 시간을 벌기 위해 그랬을 가능성이 높습니다." 존이 집사에게 말했다.

마차 행렬들 사이에 갈등과 폭력이 있다는 소문이 도는 것을 보면 존의 추정이 맞을 것 같았다. 존은 같은 일행을 의심하는 것보다야 원주민의 탓으로 돌리는 것이 그들에게 더 쉬울 거라고 말했고, 나도 존의 생각에 동의하고 싶었다. 하지만 그와 관계없이 사람들은 겁을 먹었고, 불침번 인력을 두 배로 늘렸으며, 제대로 잠을 자지 못했다. 길가에 보이는 묘지들과 매일매일의 고뇌는 말할 것도 없고, 몇 달간 이어진 수면 부족과 끝없이 걷는 일이 우리 모두를 쇠약하게 만들고 있었다. 그래도 우리 중 많은 사람들이 아직 미치지 않았다는 사실이 놀라울 따름이었다.

우리는 오늘부로 플랫 강과 영원한 작별을 고했다. 커니 요새에 도달한 이래로 거의 늘 함께였던 이 얕고 탁한 강물과의 여정이 끝났음을 우리는 후련한 마음으로 축하했다. 우리는 웃고 행복한 척했지만, 앞으로의 여정이 우리 뒤의 여정보다 더 힘든 것은 아닐까 한편으로 걱정되기도 했다.

상황은 생각보다 훨씬 더 빠르게 나빠졌다.

하루는 진창 천지인 계곡을 통과했고, 그다음 날에는 가망이라고는 전혀 보이지 않는 프로스펙트 언덕 위를 올라야 했다. 언덕은 가팔랐고 돌투성이였고 건조했다. 반대편으로 내려가자 이번에는 새하얀 사막이 10마일에 걸쳐 이어지고 있었다. 알칼리성 평야 지대였다. 사람들의 발과 옷이 전부 새하얀 가루로 뒤덮였다. 풀도 없었고, 물도 없었고, 목재도 없었다. 오직 가루만 있을 뿐이었다. 우리는 캠프를 세웠을 때 불을 피울 버펄로 칩*을 찾기 위해 온종일 땅만 보며 걸었다. 하지만 이곳이 버펄로들조차 다니지 않는 곳이라는 사실을 깨닫는 데는 오랜 시간이 걸리지 않았다. 우리보다 앞서간 사람들이 뒤처지는 동물들의 짐을 줄여 주기 위해 물건들을 버리고 간 모습이 눈에 들어오기 시작했다. 우리의 눈이 닿는 곳마다 모루와 쟁기, 양동이와 물통, 요리용 화로와 마차의 사슬들이 버려져 있었다. 버려진 물건들은 여정이 처음 시작되었을 때보다 종류도 많고 양도 많았다. 이곳은 황소의 묘지 그리고 쇠와 강철로 만든 물건들의 묘지였다. 여기저기 흩어져 있는 물건들 사이로 동물들의 사체가 누워있었다. 짐을 제아무리 많이 줄여준들 한 발자국도 더 내딛지 못한 동물들의 최후였다.

웨브가 오디라고 이름을 지어준, 아빠의 마차를 끌던 황소 한 마리가 정오 무렵 쓰러졌다. 그러고는 다시 일어나지 않았다. 우리는 마차에서 오디의 멍에를 풀어주고 물통에 든 귀한 물을 오디의 검은 혓바닥 위로 흘려보내며 깨우려고 해보았다. 하지만 이미 며칠 전부터 잘 걷지 못한 터라 불쌍한 오디는 그렇게 완전히 탈진하고 만 것이었다.

---

* 버펄로의 마른 배설물.

"알칼리 중독입니다." 애벗 씨가 말했다. 치료약이 있다고도 했지만 오디를 살리기 위해 약을 우려낼 도구들이 우리에게 없었다. 존은 오디가 이미 너무 멀리 가 버렸다고 말했다. 우리는 아빠 마차를 끌던 다른 황소 에디도 우리를 포기해 버릴까 봐 무서웠다. 그래서 에디의 멍에도 풀어주고 물가에 도착할 때까지 짐을 모두 내리고 옆에서 따라오도록 했다. 우리는 존의 노새들 중 두 마리에게 멍에를 씌우고 에디와 오디의 자리를 대신하도록 했다. 오디는 쓰러진 자리에 그대로 두고 갈 수밖에 없었다. 워런 오빠가 오디의 고통을 덜어주기 위해 뒤에 남았다. 우리 뒤로 총성이 울리자 웨브가 울기 시작했다.

"울지 마, 웨브." 윌이 말했다. "울어 봤자 오디한테 도움 될 거 하나도 없어. 너한테도 그렇고. 이제 오디는 행복할 거야. 마차가 없는 곳으로 갔잖아. 오디가 원하는 건 그것뿐이었어."

"여기 땅은 달 위를 걷는 것과 비슷할까?" 내가 웨브의 생각을 딴 데로 돌리기 위해 물었다.

"내 생각에 달은 더 시원하고 어두워." 웨브가 코를 훌쩍였다. "사막 같은 곳은 절대 아니야."

"여기 이 가루들은 재 같아. 불 속을 걷는 느낌이야." 윌이 말했다.

"음…… 어떻게 보면 그런 것 같기도 하구나." 엄마가 말했다. 엄마는 빵을 발효시키는 데 효과가 있을 거라고 생각하는지 하얀 가루를 조금 챙겼다.

그 후로 우리는 말없이 걸었다. 혀가 너무 건조해서 말을 하기도 힘들었다. 그리고 대화를 하려고 입을 열면 입안으로 가루들이 들어왔다. 에디는 등에 웨브를 타게 해주었고, 웨브는 그 위에서 축 늘어져서 잠들었다. 에디가 먼지를 풀풀 풍기며 한 걸음씩 내디딜 때마다 웨브의 손과 발이 축 늘어진 채로 퍼덕거렸다.

우리는 저녁을 먹기 위해 마차들을 세웠다. 윌이 자기 활로 암컷 들 꿩을 잡아 왔다. 윌은 신이 나 있었는데, 우리에게 불을 피울 불쏘시개가 충분치 않아 요리를 할 수가 없었다. 엘시 빙엄과 엘메다가 그동안 모아온 버펄로 칩 몇 개를 내주었다. 그 몇 개의 칩은 작은 꿩의 뼈에서 고기를 발라낼 수 있을 만큼 끓일 때까지 간신히 버텨주었다. 엘시의 배는 엄마가 우리 여정을 출발했을 때만큼의 크기가 되었다. 그러니 그 누구보다도 힘이 필요한 사람은 엘시였다. 엘시가 고기 몇 점을 먹더니 울음을 터뜨렸다. 엘시의 남편은 아내를 무력하게 바라볼 뿐이었다.

우리는 저녁을 먹은 후 잠을 자기 위한 캠프를 세우지 않았다. 멈추는 것이 두려웠다. 마침내 동물들이 마시고 쉴 수 있는 그리스우드 크리크에 도착했을 때, 너무 힘이 들어 그리고 안도감이 밀려와 눈물을 흘리는 사람은 엘시뿐이 아니었다.

"여기가 인디펜던스 락이라는 곳이래." 나는 멀리 보이는 거대한 돌기둥을 바라보며 동생들에게 말했다. 제멋대로 뻗어 있는 거대한 바위 곳곳에 틈이 있었다. 나는 그 바위를 어떻게 그리면 좋을지 이리저리 상상해보았다.

"돌고래 같이 생겼다. 저 동그란 머리랑 꼬리 보여?" 윌이 말했다. 그러자 웨브가 바로 끼어들어 반박했다.

"엄청나게 큰 회색 버펄로 칩 같은데." 웨브가 킥킥거리며 말했다.

"나는 거북이 같아." 내가 말했다. "거대한 바위 거북이."

"이카스." 존이 말했고 우리의 눈이 마주쳤다.

절반. 오늘은 7월 10일이었고, 이제 우리는 전체 여정의 절반쯤 와 있었다.

엄마와 엘메다는 탄성을 내질렀다. 그런데 그 탄성을 자아낸 것은 그 바위 거북이 아니라, 바위 거북을 빙 둘러 흐르고 있는 스위트워터 강의 광경이었다.

"왜 이곳을 스위트워터라고 부르는지 알 것 같아." 엄마가 말했다. "여기엔 이 강보다 더 근사한 풍경이 없었던 거야."

엄마의 감상은 마음에서 우러나온 아멘으로 가득했다. 물론 이곳의 물이 시원하고 깨끗하기도 했지만 엄마는 물의 맛이나 수질에 대해 이야기하는 것이 아니었다. 엄마는 우리가 도착했다는 환희에 젖어 있는 것이었다. 우리는 인디펜던스 락 아래에 모여있는 다른 마차 행렬들을 피하기 위해 강어귀에 캠프를 세웠다. 그리고 강물에 들어가 물을 튀겨가며 마음속까지 깨끗하게 씻어냈다. 여자들은 한 명씩 돌아가며 치마로 둘러놓은 곳으로 들어가 그동안 묵은 때를 모두 벗겨냈다. 머리도 감고 빨래도 했다. 이야기를 나누고 웃음을 터뜨리기도 하고 가끔은 노래도 불렀다.

아빠는 거대한 거북이 바위에 이름을 새기러 동생들을 데리고 갔다. 조각칼과 나무망치도 챙겨갔다. 그 기념물 위를 오르고 구석구석을 돌아다니며 낮 시간을 보내고는 다른 사람들 이름 사이에 자기들의 표식도 남겨두고 왔다. 존도 함께 갔지만 그는 혼자서 이리저리 돌아다녔다.

이곳 바위의 이름과 같은 7월 4일 '독립'기념일을 기념하기에는 이미 일주일이나 늦어 버렸지만, 우리는 어쨌든 결혼식도 올리고 하루

동안 휴식을 취하며 그날을 기념하기로 했다. 아담과 리디아가 결혼하기로 했고, 우리 마차 행렬의 모든 가족들이 결혼식 연회를 위해 무언가를 하나씩 내놓았다. 리디아는 머리를 땋아 동그랗게 말아 올린 뒤 작은 레이스 천을 꽂았고, 나는 나의 새 초록색 드레스를 리디아에게 빌려주었다. 드레스가 나에게는 조금 컸는데 엄마와 나는 그동안 옷 크기를 줄일 시간이 없었다. 그런데 리디아에게는 그 옷이 딱 맞았다. 나는 존이 준 선물을 다른 사람에게 빌려주었다는 것을 존이 기분 나빠 하지 않기를 바랐다. 존은 드레스를 나에게 줄 때도 아무 말도 하지 않았었다. 그냥 짐 꾸러미들을 내 발치에 내려놓고는 걸어가 버렸었다. 나는 매일같이 파란색, 분홍색, 그리고 물감이 튄 노란색 원피스만 입으면서, 그 초록색 드레스는 특별한 순간에 입으려고 아껴두었었다. 지금은 나를 위한 순간은 아니었지만 어쨌든 특별한 순간이긴 했다. 나는 오늘 밤에도 여전히 파란색 원피스를 입었지만 오늘만큼은 땋은 머리에 원피스와 같은 색깔의 리본을 달았다.

  클라크 집사는 우리에게 마음에서 우러난 기쁨을 말하는가 싶더니 결국 설교를 하고 있었다. 그러자 리디아가 목을 가다듬고 아버지에게 자신은 지금 결혼을 하고 싶다는 사실을 분명히 했다. 결국 리디아의 아버지는 횡설수설하며 성혼을 선언했고, 아담에게 신부에게 키스해도 좋다고 말했다. 아담은 그 말을 듣고 땅 위의 모이를 쪼는 닭처럼 바닥만 쳐다보며 리디아에게 키스했다. 모두들 환호성을 지르며 양철 컵을 들어 올렸다. 그러고는 임시로 만든 테이블로 우르르 몰려갔다.

  식사가 끝난 후 테이블 위의 그릇들을 깨끗하게 치우고는 춤을 추기 위해 테이블들을 모두 옆으로 밀어냈다. 호머 빙엄 씨에게 바이올린이 있었고, 그가 경쾌한 곡으로 몇 곡 연주를 하기 시작했다. 나는 워런 오빠에게 함께 춤을 추자고 부추겼다. 오빠는 언제나 그랬듯 춤을 잘 췄다. 얼마 지나지 않아 오빠의 얼굴에 미소가 한가득 떠올랐고 숨소리가 거칠어지기 시작했다. 그동안 오빠가 힘들어하는 모습을 지켜볼 수밖에 없었던 사람들에게는 무척이나 보고 싶었던 모습이었다. 이번에는 와이엇이 오빠와 나 사이에 끼어들어 신나게 춤솜씨를 뽐냈다. 나는 와이엇과 춤을 추다가 다른 사람들과도 흥겹게 어울려 춤을 추었다. 다른 사람들 중에는 오늘의 새신랑도 포함되어 있었다. 그는 나에게 리디아에게 잘해줘서 고맙다고 말했다. 나는 마실 것을 찾아서, 그리고 숨을 고르기 위해 잠시 빠져나왔다. 혼자 그늘에 서 있던 존이 생각나 끌고 오려고 마음을 먹고 그를 찾으러 갔다. 존은 암갈색 말 옆에 서서 밧줄을 손보고 있었다. 내가 다가가니 고개를 들었다.

"바이올린 음정이 하나도 안 맞아요." 존이 건조하게 말했다.

내가 웃었다.

"맞아요. 하지만 그건 중요하지 않아요. 사람들 전부 노래를 따라 부르고 있거든요."

"늑대 한 무리가 와도 그거보다 잘 부를 거예요." 존의 목소리에 웃음이 묻어 있었다. 그의 말도 틀린 말은 아니었다.

"그래도 늑대들은 춤은 그만큼 못 추잖아요." 나는 춤을 추면 기분이 좋았다. 나는 내 결혼식에서도 춤을 췄었다. 가장 끝까지 남아 춤을 춘 여자가 나였다. 대니얼이 인제 그만 좀 추라고 말릴 정도였다.

"그 사람 전 아내 이름이 뭐였죠? 아담의 전 아내요." 존이 밧줄을 계속 꼬면서 물었다.

"루시요."

존이 고개를 끄덕이더니 모자를 벗어 옆에 내려놓았다. "루시의 어머니는 아담이 그렇게 빨리 다시 결혼하는 모습을 보는 게 힘들 것 같아요."

"우리는 때로 이해되지 않는 일들을 해요. 그리고 삶은 혼자서 헤쳐 나가기엔 너무 힘들잖아요." 내가 말했다. "엘메다도 그런 이야기를 했었어요."

"그분은 아담이 당신과 결혼하기를 바랐던 것 같던데요."

나는 잠시 그의 얼굴을 물끄러미 쳐다보았다. 그러고는 씩 웃었다. "질투해요?"

나는 그 생각에 기분이 좋아졌다. 나는 아직도 춤 때문에 숨이 찼지만 상관하지 않고 뒤꿈치를 차올리고 치마를 휙휙 움직이며 혼자서 몇 바퀴를 돌았다. 아직도 바이올린 소리와 집사가 자신의 양철 냄비와 나무 숟가락을 가지고 박자를 맞추는 소리가 들려오고 있었다. 나는 존의 한쪽 손을 잡고 의지가 없는 그의 팔을 휙 들어 올려 팔 아래로 쑥 들어갔다 나왔다를 반복했다. 존의 발은 바닥에 붙박여 있었고 왼쪽 팔은 몸 옆으로 축 늘어져 있었지만 그도 춤을 추는 셈이었다.

"당신 때문에 질투한 적 없어요." 존이 가만히 말했다. "당신이 웃는 모습을 보는 게 좋고, 웃음소리를 듣는 게 좋아요. 당신은 열심히 일만 하고 삶에 즐거움이랄 게 많지 않았잖아요. 그래도 나는 춤은 안 추고 싶어요."

존의 손이 내 얼굴로 다가왔다. 그의 엄지손가락이 내 볼과 콧등을 어루만졌다. 내 주근깨를 따라 움직이는 것 같았다. 나는 그에게 한 발짝 다가서서 뒤꿈치를 들고 그의 몸에 내 몸을 맞댄 채 그의 목에 내 입술을 갖다 댔다. 따뜻함과 소금기와 매끄러운 피부가 내 입술에 닿았다. 존이 고개를 숙여 나의 사랑에 답했다. 그의 입술이 나의 턱을 가로지른 뒤 내 볼 위로 움직였고 숨을 깊이 들이쉬며 마침내 내 입술에 도달했다. 그의 입술이 살짝 벌어져 나를 그 안으로 끌어당겼다.

존은 춤을 추고 싶지 않다고 했지만 우리는 지금 춤을 추고 있는 것이었다. 물론 다른 종류의 춤이긴 했다. 존의 입술이 나를 갈구하며 내 입술에 밀착했고, 우리는 함께 움직이다가 떨어졌다. 모든 것들이 같은 목표를 향해 나아가고 있었다. 혹은 같은 시작을 향해 나아가고 있었다. 우리는 둘로 이루어진 하나의 원이었다.

지금의 키스는 우리가 처음 나누었던 키스와는 달랐다. 우리의 첫 키스는 충돌과 대립 그 자체였다. 존은 나를 도망가게 하려고 했었고, 나는 그 자리에서 맞서 싸우려 했었다. 이번 키스는 싸움이 아니었다. 이번 키스는 느리고 나른했다. 겉으로 보기엔 천천히 흐르고 있었지만 수면 아래에서는 유사들이 계속 이동하며 자리를 잡는 플랫 강 같았다. 존의 팔이 나를 둘러 감쌌고, 내 손바닥은 많은 것을 갈망하며 존의 가슴 위에 놓여있었다. 나의 뱃속이, 나의 심장이, 그리고 우리의 입이 점차 달아올랐다.

"나랑 결혼해줘요, 존." 내가 그의 입에 대고 속삭였다.

나는 존과 결혼하고 싶었다. 나는 많은 걸 아는 여자였다. 나는 남자의 손길이나 남자의 몸을 두려워하는 어린 소녀가 아니었다. 나에게 처녀의 두려움은 사라진 지 오래였고, 나는 육체의 기쁨을 아는 여자였다. 대니얼은 부드러운 사람이었지만 필요 이상으로 빨랐다. 불도 끄지 않은 채로, 필요 이상으론 내 옷을 벗기지도, 자기 옷을 벗지도 않고 일을 치렀다. 내가 시작도 하기 전에 대니얼이 끝나버린다는 사실에 나는 언제나 약간의 화가 났지만 그럭저럭 괜찮았다. 물론 처음에는 상처를 받긴 했었다. 하지만 우리의 짧은 결혼생활 동안 우리의 관계에서 만족을 발견할 정도로 나는 호기심이 많고 대담했었다.

하지만 그때조차 나는 무언가 더 있으리라는 것을 알고 있었다. 나의 젖은 몸에서, 내 배배 꼬이는 뱃속에서, 그리고 내 가슴 속 욕망에서 나는 그것을 느꼈다. 나는 전부 끝나기 전에 그것을 어떻게 밖으로 끌어내야 하는지를 몰랐을 뿐이었다.

그것은 존과 함께 있을 때 나에게 늘 존재하는 결핍이었고, 존은 나로 하여금 그것을 발견하고 싶게 만들었다. 마치 천국 한 조각을 삼킨 것처럼, 엄마가 말하던 그 초월이라는 것을 발견한 것처럼 대니얼이 두 눈을 감고 전율할 때 느끼던 그것을 나도 발견하고 싶게 만들었다.

"왜요?" 존이 나에게 속삭였다. 나는 그의 목소리에서도 내가 가진 것과 같은 욕망의 소리를 들었다. 나는 용기를 얻었다.

"키스보다 더 나아가고 싶거든요."

잠시 동안 그가 자신의 볼을 내 볼에 댄 채로, 커다란 두 손으로 내 허리를 감싼 채로 내 위로 몸을 구부리고 서 있었다. 그러더니 그가 입을 열었다. 목소리가 너무도 감미롭고 나긋나긋해서 그의 말들이 내 귀를 간질였고 나는 더 달아올랐다.

"그런 일은 없을 거예요, 나오미. 지금 여기에서는요."

"나도 알아요." 내가 존의 셔츠를 감싸 쥐며 조용히 속삭였다. "하지만 나는 그러고 싶어요. 너무도 간절해서 캘리포니아에 도착할 때까지 못 기다리겠어요."

"나오미." 존이 나직이 속삭였다. "나는 다른 남자의 마차에서 지내지도 않을 거고, 다른 남자의 아내와 결혼하지도 않을 거예요."

"당신은 그동안 나를 그렇게 보고 있었던 거예요? 다른 남자의 아내로?" 나는 숨이 턱 막혔다.

"그 말이 아니에요." 존이 고개를 흔들었다. "나는…… 당신과 결혼할 수 없어요…… 이런 상황에서는요. 당신의 죽은 남편 가족들이 지켜보고 있고, 당신 가족들이 난처한 이야기를 듣게 될 수도 있는 상황에서……." 존이 갑자기 말을 멈추었다. 그의 난처함이 우리 주변으로 부풀어 올랐다. "나는 당신에게 줄 게 아무것도 없어요."
"나도 줄 게 아무것도 없어요." 내가 속삭였다. "내가 원하는 건 그저 당신 옆에 있는 것뿐이에요."
"그건 머리가 하는 말이 아니에요." 존이 고개를 흔들며 말했다. 그의 손이 내 허리에서 떨어졌고 나는 몸을 가누기 힘들었다. "생각을 하는 데는 시간이 필요로 해요. 하지만 느끼는 건…… 그다지 긴 시간이 필요치 않죠. 느낌은 순간적인 거예요. 반응이에요. 하지만 생각은…… 생각이란 건 힘든 일이에요. 느낌은 수고로움 같은 건 전혀 필요로 하지 않아요. 그게 잘못됐다는 말이 아니에요. 그게 옳다는 말도 아니고요. 그렇다는 사실을 말하는 거예요. 내가 어떻게 느끼는지는…… 나도 정확히 알 수가 없어요. 내가 오늘 느끼는 것과 내일 느끼는 건 다를 수 있거든요. 사람들은 대부분 무엇을 깊게 생각하고 싶어하지 않아요. 깊이 생각하지 않는 게 훨씬 쉽죠. 하지만 안장 위에서 많은 시간을 보내는 남자에게는 생각할 시간이 많아요."
"무슨 생각을 하는데요?" 나는 내 실망을 삼키고 아직 내 몸 속을 흐르고 있는 열기를 누그러뜨리려 애쓰며 물었다.
"나는 이 세상에서의 내 자리에 대해 생각해요. 우리가 캘리포니아에 도착하면 무슨 일이 일어날지에 대해 생각해요. 당신이 존 라우리가 아닌 사람과 훨씬 더 잘 지낼 수 있겠다고 결정하면 어떻게 될지를 생각해요." 존의 목소리에서는 조금의 아쉬움도 느껴지지 않았다. 오히려 확신에 찬 목소리였다.

"존 라우리보다 괜찮은 사람은 없어요."

"그걸 어떻게 알죠?"

"내가 틀렸다는 건 어떻게 알아요?" 내가 쏘아붙였다.

"당신은 생각을 많이 하는 편보다는 그냥…… 행동을 선호하는 사람이잖아요. 나오미."

"그건 진실이 아니에요."

"진실이에요. 당신은 그냥 바람 속으로 몸을 내던져요……. 강물 속으로 몸을 던지죠. 플랫 강 건널 때 생각 나요? 아니면 검은 물감에게 말을 요구할 때 기억나요? 그때 당신은 그냥 자신을 앞으로 내던진 거예요. 그 방법 외에 더 좋은 방법이 있을지도 모른다는 생각은 조금도 하지 않았죠."

"때로 너무 오래, 열심히 생각을 하면 두려움에게 자리를 내어주게 돼버려요. 그렇지만 나는 당신에 대해서는 정말 많이 생각해요, 존 라우리."

"아니요. 당신은 생각을 하는 게 아니에요. 당신은 느끼고 있는 거예요. 그 부분은 나도 기쁘게 생각해요." 존이 목을 가다듬으며 잠시 멈췄다. "그렇지만 나는 한편으로 두렵기도 해요."

"왜요?" 나는 흥분하지 않으려 노력했다.

"왜냐하면 결국에는 시간이 생각을 하게 만들거든요. 시간은 감정이라는 안개 사이에 길을 내고 현실이 담긴 커다란 그릇을 가져다 놔요. 그러면 느낌은 설 자리를 잃게 돼요." 존이 암울한 마침표를 찍듯이 말했다.

"그러면 당신은 왜 여기에 있어요? 내가 어떤 사람인지 대해 그렇게 확신하고 있다면, 도대체 커니 요새에서 왜 돌아가지 않은 거예요? 나는 우리가 서로 마음이 통한다고 생각했어요."

"내가 여기에 있는 이유는 내가 그동안 그것에 대해서 생각해왔기 때문이에요. 당신에 대해서 계속 생각해왔기 때문이에요."

"나에 대해 계속 생각했다고요?" 내가 그의 말을 받아 말했다. "그게 무슨 말이에요?"

"당신이 내가 원하는 여자라는 말이에요. 그 마음은 변하지 않을 거예요. 나는 다른 것을 원하지 않을 거예요." 존이 잠시 멈추더니 그다음 말을 또박또박 내뱉었다. "다른 사람은 원하지 않을 거예요. 나는 늘 당신만을 원할 거예요."

내가 심란한 마음으로 그를 멍하니 바라보았다. 그러고는 나의 발바닥을 내려다보았다.

"그렇지만 이제 당신에게 키스하지 않을 거예요…… 당분간은요. 그리고 당신이 내 여자인 것처럼 굴지도 않을 거예요. 당신 손을 잡지도 않을 거고, 사랑한다는 말도 하지 않을 거예요. 저 집사에게 우리를 두고 어떤 이야기도 하지 못하게 할 거예요."

불과 몇 분 전까지 내 온몸을 흐르던 기쁨이 언제 그랬냐는 듯 사라졌다. 너무도 감쪽같이 사라져 버려서 그 느낌이 어땠었는지 기억조차 나지 않았다.

"당신은 나를 조금도 몰라요." 내가 속삭였다.

존의 눈이 나를 살폈다. 하지만 그가 무슨 생각을 하고 있는 건지 도무지 알 수 없었다. "나는 당신을 알아요. 그리고 확신이 있어요. 그러니 당신도 확신을 가졌으면 좋겠어요." 존이 말했다.

"내가 어떻게 느끼는지 말해줬잖아요." 나는 내 좌절감을 드러내지 않기 위해 끓어오르는 화와 실망을 애써 삼켰다.
 그가 고개를 끄덕였다. "알아요. 그런데 나는 당신이 어떻게 느끼는지 궁금하지 않아요."
 "당신은 내가 무슨 생각을 하는지만 궁금하군요." 내가 단호한 목소리로 말했다. "아니면 생각이라는 걸 하긴 하는지. 아니면 깊이 생각할 능력이 있긴 한지가 궁금한 거예요."
 "나오미." 그가 말했다. 그 한마디 말로 그는 내 말에 반박하고 있었다. "나는 다시는 누구에겐가의 의무 같은 건 되고 싶지 않아요. 우리 어머니에게는 나에 대한 선택권이 전혀 없었어요. 여자들 대부분이 그렇듯이요. 우리 아버지는…… 자신의 의무를 다했어요. 제니도 그렇고요. 나는 그게 인생이라는 걸 알아요. 의무. 책임. 거기에도 큰 가치가 있죠. 하지만 나는 당신이 당신의 선택지를 모두 봤으면 좋겠어요……. 그런 후에도 여전히 나를 원하는지 생각해봤으면 좋겠어요."
 "그러니까, 캘리포니아에 도착할 때까지 말이죠? 키스도 안 하고, 약속도 하지 않고, 사랑도 하지 않겠다. 기다리기만 하겠다. 내가 오랫동안 열심히 생각했는지에 대해 당신이 결정을 내릴 때까지. 그 시간이 얼마나 걸릴 것 같나요, 존?" 내 목소리는 분노로 떨리고 있고, 심장은 격노로 끓어오르고 있었다. 심장이 산산이 부서져 내 가슴 속에 커다란 구멍을 만들지 못하도록 손바닥을 가슴 위에 올리고 싶었다.
 "당신에게 필요한 만큼요."
 "당신은 바보예요, 존 라우리. 나는 계속 당신에게 다가갔어요. 내가 어떻게 생각하는지를 계속 정확하게 말했고요. 단 한 번도 내 생각을 당신에게 숨기려 해본 적 없었어요. 나는 가진 게 많지 않아요. 내 옷들도 다 낡았어요. 내 신발들도요. 나에게는 남편도 없고 집도 없고 심지어는 내 냄비도, 팬도 없어요. 나는 가진 게 많지 않아요." 내가 다시 말했다. "그렇지만 나에게도 자존심은 있어요. 나는 구걸 같은 건 절대 하지 않을 거예요."

존

내가 나오미에게 상처를 주었다. 나오미를 알게 된 지 두 달이 되었다. 내 인생에서 가장 힘든 두 달이었다. 최악의 두 달이었고, 최고의 두 달이었다. 나는 거의 죽은 것과 같았고, 그보다 더 살아있었던 적이 없었다. 나는 그녀에게 아무도 모르는 이야기를 들려주었다. 나는 웃었다. 아무도, 그 무엇도 나를 웃게 만들지 못했었다. 그런데 나오미가 나를 웃게 만들었다.

그런데 내가 그녀에게 상처를 주었다.

나오미는 조용했다. 조용한 것 이상으로 조용했다. 나오미는 나를 철저히 피하고 있었다. 그녀를 탓할 수는 없었다. 그녀는 지금 당장이라도 마차 행렬 속에서 내 아내가 될 준비가 되었다고 말했고, 나는 아직은 아니라고 말했다.

그녀가 말한 대로 나는 바보였다. 나는 그녀를 낚아채 내 것으로 만들고, 관계를 갖고, 아무도 나에게서 그녀를 앗아가지 못하게 만들어 놨어야 했다. 그것이 내가 원하는 것이었다. 하지만 그녀를 위해서는 그러면 안 되는 것이었다.

나는 내 입장을 제대로 설명하지 못했다. 그녀의 지성을 모욕했고 그녀의 마음에 상처를 남겼다. 그렇지만 내가 했던 말들을 돌이켜 생각해 보아도 그 말을 어떻게 다르게 표현할 수 있었을지 모르겠다. 내가 말한 것들이 내가 이야기하고 싶었던 것이었다. 다만 내가 할 수 있었던 모든 말들을 하지 못한 것뿐이다.

나도 그녀와 밤을 보내고 싶다고, 숨 쉬는 것보다 더 많이 키스하고 싶다고 말할 수도 있었다. 그녀를 웃게 만들고 싶다고, 어둠 속에서 함께 이야기 나누고 싶다고 말할 수도 있었다. 나도 그녀와 함께 있고 싶다고 말할 수도 있었다. 그녀가 내가 여기에 있는 이유였고, 커니 요새에서 집으로 되돌아가지 않은 유일한 이유였다. 그런데 나는 그런 것들을 말하지 않았고, 그녀에게 상처만 주었다.

캘리포니아는 아직도 한참이나 멀리 떨어져 있었다.

11

스위트워터 강

존

나는 영어로 꿈을 꾸지 않았고, 포니 족 언어로 꿈을 꾸지도 않았다. 내 꿈은 나의 양쪽 세계의 소리와 몸짓으로 뒤범벅되어 있었던 나의 어린 시절 같았다. 나의 어머니는 내가 태어나는 순간부터 백인들 사이에서 일했었다. 나는 영어를 들었고, 영어를 이해했다. 포니 족 언어를 들었고, 그것도 이해했다. 하지만 때로 내가 이해한 것들을 말로는 표현하지 못했다. 내가 아버지 집에서 살기 위해 갔을 때 나는 거의 아무 말도 하지 못했었다. 말을 이해하지 못해서가 아니었고, 어머니의 언어와 아버지의 언어 모두가 내 머릿속에서 춤을 추었기 때문이었다. 가끔 어머니의 언어들이 내 머릿속에서 흐려지고 점점 희미해지곤 했었다. 그러면 나는 어머니의 마을로 되돌아가 할머니의 발치에 앉아 그 언어가 다시 선명해질 때까지 가만히 듣고 있었다. 포니 족 언어는 늘 다시 되돌아온다는 사실을 깨달은 후부터는 덜 두려워하게 되었다. 내 머릿속에서 부글부글 끓고 있는 언어들의 수프에서 엄마의 단어들은 수프 밑에 가라앉은 고기처럼 깊숙이 간직하곤 했다. 그러고 나면 오히려 나의 어머니 세계의 문이 나를 향해 다시 열렸다. 비록 잠시일지언정.

내가 성장함에 따라 소리도, 언어도 더 많아졌다.

어느 오마하 족 남성이 내 아버지와 잠시 일한 적이 있었다. 우리 가족이 세인트조로 이사했을 때 코 족의 어느 여성은 제니를 위해 빨래를 했었고, 나에게 싸움을 가르쳐준 수 족 혼혈인 오탁타이라는 사람도 있었다. 애벗은 캘리포니아에서 돌아오면서 브리저 요새의 덫사냥꾼들과 함께 왔었다. 그중 한 명에게 쇼쇼니 족 출신의 나이 어린 아내가 있었는데, 미주리까지 다 와서는 그 덫사냥꾼이 갑자기 죽어 버렸고, 그 바람에 그 어린 쇼쇼니 족 여자는 미지의 세상에 혼자 남겨지고 말았다. 애벗이 여자를 제니에게 데려 왔고, 제니는 여자에게 작은 방을 내주고 일을 시켰다. 쇼쇼니 족 여자는 부지런했고, 생색내지 않았으며, 또한 갈 곳을 잃은 상태였다. 그 모습이 나의 어머니를 떠오르게 했다. 여자는 몸짓으로 대화를 조금 할 수 있었고, 영어 단어 몇 개를 아는 것이 전부였다. 그런데 제니는 내가 그 여자와 대화를 할 수 있을 거라고 생각하고 나에게 통역을 해 달라고 부르곤 했었다. 나는 쇼쇼니 족 말을 한 번도 들어본 적이 없었는데도 말이다.

"너는 언어에 재능이 있잖니, 존 라우리." 제니가 말했다. "늘 그랬어. 너는 오래 안 걸리잖아."

쇼쇼니 족 언어에는 포니 족 언어와 똑같은 말도 있었고 다른 말도 있었다. 또 내가 알아듣는 패턴들이 있었고 못 알아듣는 패턴들이 있었다. 하지만 제니 말이 옳았다. 나에게는 시간이 많이 필요하지 않았다. 애벗은 그 여자를 '아나'라고 불렀었다. 나는 그녀의 진짜 이름은 그게 아닐 거라고 생각했었다. 그녀가 아나라는 이름을 받아들이고 자신을 아나라고 지칭했던 걸 보면 그 이름이 실제 이름의 소리와 흡사했을 것이다. 아나의 목소리도 내 머릿속 수프의 일부가 되었고, 나는 그녀가 떠날 때쯤에는 그녀와 제법 대화를 나눌 수 있게 되었으며, 그녀를 더 잘 이해할 수 있게 되었다. 아나는 나에게 백인들이 자신의 누웨, 즉 자신의 부족 사람들을 스네이크라고 부른다고 말해주었다. 그들의 땅을 가로질러 흐르는 강에서 따온 이름이었다.

아나는 일하고 관찰하며 제니의 날개 아래에서 3년을 살다가 어느 날 홀연히 떠나 버렸다. 제니도 그녀가 어디로 갔는지 알지 못했다. 아나는 글을 쓸 줄을 몰랐지만, 제니가 지하실 아나의 침대에서 대충 그린 것 같은 그림 하나를 발견했었다. 그림 속에는 팔다리를 찍찍 그어 그린 여자가 등에 짐을 메고 있었다. 여자의 위로 태양이 있었고 다양한 크기의 뾰족뾰족한 삼각형들이 멀리 그려져 있었다. 그리고 곡선 하나가 쭉 그어져 그 삼각형들을 관통하고 있었다. 산과 티피들. 그리고 강 하나. 나는 그림을 보자마자 그게 무슨 의미인지 알았다.

"집으로 간 거예요." 내가 제니에게 말했다.

"완전히?" 제니의 숨이 턱 막혔다. "자기 혼자서?"

"음…… 아나는 여기에서 혼자였어요. 혼자서 산 거예요…… 여기에서도요."

나는 그 말을 하자마자 후회했다. 제니가 충격을 받은 것 같았다.

"아나는 혼자가 아니었어." 제니가 더듬거리며 말했다.

나는 어깨를 으쓱하고 별 말 하지 않았다. 더 대꾸해 봤자 제니에게 상처가 될 거란 걸 알고 있었다.

내가 이해하지 못하고 이해받지 못한다는 것이 얼마나 외로운 일인지를, 자신의 언어와 자신의 사람들에게 둘러싸여 있는 사람에게 설명하기란 불가능한 일이었다.

제니는 아나가 남기고 간 그림을 자신의 성경책 사이에 끼워 두고 매일같이 아나를 위해 기도했다. 아버지는 아나가 마차 행렬과 함께 떠났다고 말했다. 확실한 소식통을 통해 들은 것이라고 했고, 그 말에 제니는 약간 안심하는 듯했다. 아버지는 아나가 떠난 것에 안도하는 듯했다. 내 생각에 아나는 아버지에게도 나의 어머니를 떠올리게 했고, 그래서 아나가 있을 때 아버지는 한 번도 편안했던 적이 없는 것 같았다. 나의 아버지는 나의 존재에도 편안해한 적이 없었는데, 그것이 나로 하여금 나 자신에 대해 불편함을 느끼게 만들었다. 다른 사람들과 함께 있을 때 긴장하게 했다. 나를 조용한 사람으로 만들었고 늘 조심하게 했다. 나 스스로를 의심하도록 만들었다.

나는 바로 지금도 나 자신을 의심하고 있다. 제니의 말이 맞았다. 나는 언어와 소리에 재능이 있다. 하지만 나는 사람들이 말하지 않는 것을 듣는 데는 언제나 형편없었다. 나오미는 아무 말도 하지 않고 있었고, 나는 어쩔 줄 몰라 하고 있다. 내가 그녀를 이해할 수 있도록 그녀가 나에게 무슨 말이라도 해줬으면 했다. 나오미는 이제 내가 불침번을 설 때도 나를 찾아오지 않았다. 그런데 나는 자존심이 너무 강해 그녀를 붙잡지 못하고 있다. 그래서 나는 슬프고 참담함을 느꼈다. 만약 그녀의 내리깐 눈과 뻣뻣하게 굳은 어깨가 어떤 메시지를 담고 있는 거라면, 그녀도 참담하긴 매한가지였다. 하루가 길게 느껴졌다. 빛과 온기를 흠뻑 만끽하다가 갑자기 추위 속으로 내팽개쳐진 사람은 견디기 쉽지 않은 법이었다.

스위트워터 강은 우리가 따라갈 수 없는 협곡들을 지난 뒤 되돌아서 다시 우리가 가는 길로 왔다가 또다시 휘어지며 구불구불 흐르고 있었기에 우리들은 강을 건너고 또 건널 수밖에 없었다. 어느 날엔가는 강을 세 번 건넌 후에 캠프를 세웠고, 다음날 일어나서 젖은 부츠를 신고 몇 마일 걸은 뒤에 또다시 강을 건너는 일이 계속 반복됐다. 그리고 나도 그 강물처럼, 내가 하고 싶은 것과 해야만 하는 것 사이에서 뭐가 뭔지 알지도 못한 채로 왔다 갔다 했다.

7월 중순이었다. 우리는 스플릿 락(가운데가 브이(V) 자로 갈라져 있는 거대한 바위)과 퍼시픽 스프링스의 중간쯤에 있었고, 계곡들을 걸어서 지나갔다. 그런데 산봉우리에서 바람을 타고 날아온 눈이 그늘진 길가에 수북이 쌓여 있었다. 우리는 눈을 몇 줌 주워 개인 물통과 커다란 물통 속의 물을 시원하게 했다. 커다란 눈 뭉치가 내 어깨 사이에 명중했고, 웨브가 자신의 표적을 맞춘 수 족 용사처럼 신나게 소리를 질렀다. 나오미가 웨브의 두 눈 사이를 공격했고, 그렇게 몇 분 동안 광란의 눈싸움이 벌어졌다. 나는 암갈색 말에 타고 있었고 말은 차가운 눈덩어리가 자기 몸 위로 후두두 떨어지는 것이 달갑지 않은 눈치였다. 나오미는 아무렇지도 않게 내 쪽으로 눈덩이들을 던졌는데, 눈싸움이 끝났을 때는 다시 예의 바른 낯선 사람으로 변해 있었다.

우리는 강에서 멀어져 건널 수 없는 협곡을 빙 둘러 걸었다. 스위트워터 강이 보이지 않는 곳을 이틀 동안 걸은 뒤 되돌아와 강을 또다시 건넜다. 일곱 번. 여덟 번? 몇 번인지도 잊어버렸다. 그렇지만 나는 불평하지 않았다. 강을 건너는 것이 산을 넘는 것보다 나았다.

우리는 아주 가파르고 돌이 많은 산맥도 넘었는데, 동물들이 넘어져 자갈로 뒤덮인 경사지로 굴러떨어질까 봐 동물을 타고 가지도 못했다. 우리는 동물을 정상까지 그냥 올라가도록 했다. 그런 뒤 마흔 대의 마차(출발할 때보다 열 대 적은 것이다)를 한 대씩, 사람들은 뒤에서 밀고 동물들은 앞에서 잡아당기도록 해 산꼭대기로 끌어 올렸다. 그런데 마지막 하인스 부부의 마차에서 밧줄들이 풀리기 시작했다. 마차를 밀던 남자들은 가까스로 몸을 피했지만 마차는 결국 산기슭으로 떨어져 부서지고 구부러지고 완전히 못 쓸 상태가 되어 버렸다.

아담 하인스와 그의 새 신부는 적어도 브리저 요새에 갈 때까지는 마차가 없는 신세가 되어 버렸다. 윌리엄이 두 사람에게 워런의 마차를 이용할 수 있게 해주었다. 대신 마차 안의 물건들은 그대로 두는 것을 조건으로 했다. 다른 몇몇 사람들은 부부의 물건들을 위해 자신들의 마차에 공간을 조금씩 내어주었다. 리디아는 나오미와 위니프레드 옆에서 걸었고, 아담은 기꺼이 자신의 황소들을 제공해 워런의 마차를 끌도록 했다. 평야 지대를 지난 이후 처음으로 내 노새들과 나는 그 일에서 해방되었다. 그래서 나는 메이 씨네 가족들과 함께 가야 할 평계를 박탈당한 채 동물들을 앞쪽으로 몰고 나아갔다. 물론 그동안 그 핑계가 필요했다는 것은 아니었다. 삼손과 델릴라는 아홉 번째이자 마지막으로 강을 걸어서 건너는데 들뜬 것처럼 보이기도 했다. 그렇게 내 삶에서 가장 길었던 일주일을 뒤로한 채 우리는 스위트워터 강에 작별을 고했다.

사우스 패스는 북쪽 산맥과 남쪽 산맥 사이에 자리한 드넓고 풀이 무성한 산등성이 지역이었다.

"이곳을 대륙의 분수령이라고 부릅니다. 동쪽으로 스위트워터 강이 흐르고, 서쪽으로 흐르는 강은 전부 태평양으로 향하죠." 애벗이 자신의 마차를 멈추면서 큰 소리로 외쳤다. "저쪽 방향으로 가면 나오는 것이 전부 오리건 준주입니다."

"오리건? 벌써요?" 웨브는 마치 지금까지의 여정이 사륜 경마차를 타고 시골 지역을 달린 여행이었던 것 같은 목소리로 외쳤다. "윌 형 들었어? 우리 거의 다 왔대!"

다 왔지만 아직 800마일은 더 남아있었다. 웨브는 트릭을 타고 내 옆에서 나란히 가고 있었고, 윌은 웨브 뒤에 있었다. 내 노새와 말들은 곧 목적지에 다가왔음을 감지하고 페이스를 올리고 있었다.

여기저기에 있는 낮은 벼랑들 위로 나무 몇 그루씩이 자리하고 있었다. 그 외에는 오로지 광막함뿐이었다. 위로는 광대한 하늘이, 아래로는 광활한 땅이 있었고, 그 사이의 풍경을 가로막는 것은 아무것도 보이지 않았다.

나는 텐트를 치고 다른 사람들과 거리를 둔 채 내 동물들을 보살폈다. 나는 아직도 결심과 후회 사이를 오락가락하고 있었다. 나는 우리 일행들이 캠프를 세운 곳 옆에 있는 작은 시내에서 양동이에 물을 떠오는 중이었고, 목욕을 한 탓에 머리에서 아직 물이 뚝뚝 떨어지고 있었다. 그때 위니프레드가 나를 발견하고는 잠시 시간 좀 달라고 부탁을 했다. 울프는 아기 자루에서 나와 위니프레드 품에 안겨 두 발을 격렬하게 차올리고 있었다.

"나오미가 붉은색 말을 타고 벼랑으로 올라갔네." 위니프레드가 말했다. "풍경을 보고 싶다면서." 위니프레드가 반 마일 정도 떨어져 있는 벼랑을 가리켰다. 혼자서 말을 타고 오르막을 오르고 있는 그녀가 보였다.

"혼자 가면 안 되는데요." 내가 감정을 숨기지 못하고 화난 목소리로 말했다.

"나도 워런이나 와이엇과 같이 가라고 말했어. 그런데 나오미가 보통 고집불통이어야지." 위니프레드가 나를 바라보았다. "그리고 나오미는 이제 어린 애도 아니잖은가." 위니프레드의 목소리는 놀라울 만큼 침착했고 눈빛도 흔들림이 없었다. 하지만 나는 위니프레드가 무슨 말을 하고 싶은 건지 알 것 같았다. 그래도 알아들었다는 내색은 하지 않았다. "풍경을 보겠다고 저 절벽을 오를 필요는 없다고 생각하네. 여기에서도 아주 잘 보이잖아. 완전히 탁 트인 곳이야. 안 그런가, 존?"

"맞습니다, 부인."

"나오미를 따라서 가주겠나?"

"네?"

"나오미를. 따라서 가주겠나? 내 생각엔 나오미가 원하는 게 그거 같아."

"제 생각에 나오미도 자신이 원하는 게 뭔지 알고 있는 것 같지는 않습니다, 메이 부인."

위니프레드의 양쪽 눈썹이 치켜 올라갔다. 하지만 위니프레드는 내 대답이 미풍에 실려 날아가도록 가만히 기다렸다. 위니프레드가 한 손을 들어 두 눈에 그늘을 만들고 혼자서 말을 타고 벼랑을 오르고 있는 나오미를 찾아보았다.

"나오미의 인생 20년 동안 그랬던 적은 한 번도 없었네, 라우리 군." 위니프레드가 말했다.

우리는 잠시 아무 말 없이 나란히 서 있었다. 위니프레드는 울프를 달래기 위해 몸을 조금씩 흔들고 있었다. 그건 울프를 안고 있지 않을 때도 습관적으로 하는 행동이라는 걸 나는 알고 있었다. 그 모습이 제니가 피아노 위에 두었던 박자기를 생각나게 했다. 똑딱똑딱. 나는 문득 집에 대한 그리움에 사로잡혔다. 처음 느끼는 감정이라 어안이 벙벙해졌다. 아마 예전에는 그 생각을 깊게 할 정도로 오래 집을 떠난 적이 없어서였는지도 모른다. 어쩌면 세상의 모든 것들이 그럴지도 모른다는 생각이 들었다. 나오미 조차도. 나오미는 나를 계속 피했고, 나는 지금 그녀가 너무도 그리워서 숨도 쉬지 못할 지경이었다.

"나오미를 사랑하나, 존?" 위니프레드가 다정한 목소리로 물었다. 그녀의 한쪽 손은 아직도 눈썹 위에 올라가 있었다.

나는 놀랐지만 위니프레드는 내가 대답을 할 수 있을 정도로 오래 기다려주지 않았다.

"사랑하는 게 아니라고 해도 나는 자네를 존중하네. 자네는 나오미에게 자네 생각을 이야기했고 그 입장을 고수하고 있는 걸 테니까. 하지만…… 만약에 나오미를 사랑하는데 그러는 거라면…… 자네가 딛고 선 땅이 단단하지 않은 걸 수도 있어."

"나오미가 저와 결혼을 하고 싶어 해요." 내가 불쑥 내뱉었다. "그 이야기 들으셨나요?"

"자네는 안 하고 싶고?"

"저도 하고 싶습니다." 그 말을 소리 내 하고 나자 그 말이 진심이라는 것이 명확해졌다. 안도감이 밀려왔다. 나는 결혼을 하고 싶었다.

"그럼 왜 망설이는 거지?"

셀 수 없이 많은 이유들이 급류처럼 밀려들었다. 서로 분리되지 않는 수백만 개의 물방울들. 나는 어디에서부터 시작해야 할지 알지 못했다.

"나오미가 포니 족이 아니라서 그러는 건가?" 위니프레드가 물었다.

나는 고개를 저었다. 하지만 그것도 하나의 이유라는 것을 나는 알고 있었다. 한쪽 발 대신 다른 쪽 발을 선택하는 것에는 죄책감이 따랐다.

"그러면…… 자네가 포니 족이라서 그러는 건가?"

나는 한숨을 쉬었다. 그 또한 이유 중 하나였다. "저는 나오미가 저의 아내라는 이유로 힘든 삶을 살게 하고 싶지 않습니다." 내가 설명했다.

"음, 그것도 생각해볼 문제긴 하네." 위니프레드가 한숨을 쉬며 내가 지금 눈을 떼지 않고 바라보고 있는 벼랑 위의 소녀를 살폈다. 내가 잠시라도 눈을 뗐다가는 그녀를 완전히 잃게 돼 버릴 것만 같았다. "그래도 너무 오래 생각하지는 말게."

"나오미를 처음 만난 순간부터 그 생각을 했어요."

"그 정도면 충분히 오래 생각한 것 같네."

"아카아." 내가 얕은 소리를 냈다.

"우리 인생에서 가장 어려운 일은 중요한 것과 중요하지 않은 것이 무엇인지 아는 일이야." 위니프레드가 곰곰이 생각하며 말했다. "중요한 게 아무것도 없다면 아무런 의미가 없는 거야. 모든 것이 중요하다면 목적이 없는 거지. 요령을 말하자면, 그 사이에서 단단한 땅을 발견하는 거라네."

"저는 의미도, 목적도 아직 발견하지 못했어요."

"그냥 살아남기 위해 애쓰는 건 대부분 날들의 삶을 훨씬 단순하게 만들어주지. 우리는 먹어야 하고, 잠잘 곳이 필요하고, 따뜻함도 유지해야 하지. 그런 것들은 중요한 거야."

나는 고개를 끄덕였다.

"하지만 먹여줄 사람이, 재워줄 사람이, 따뜻하게 해줄 사람이 자

스위트워터 강 255

네 곁에 없다면, 그런 것들 전부 하나도 중요하지 않아. 자네가 살아야 하는 이유가 되는 사람이 없다면, 왜 밥을 먹나? 왜 잠을 자나? 왜 걱정을 하나? 그러니 내 생각에 그건 무엇이 중요하냐의 문제가 아니라…… 누가 중요하냐의 문제인 거야."

내가 세인트조지프를 떠날 때 제니가 나에게 마지막으로 했던 말이 내 정신의 뒤편에서 메아리쳤다.

그럴 만한 가치가 있다는 거, 너도 알지.

뭐가요, 제니?

고통 말이다. 견딜 가치가 있는 거야. 더 많이 사랑할수록 더 많이 아픈 법이다. 하지만 견딜 만한 가치가 있어. 그럴 만한 가치가 있는 유일한 게 바로 사랑이야.

"중요한 사람들은 많아요." 내가 반박했다. 물론 그건 항변이라기보다는 애원에 가까웠다. 나에게는 중요한 사람이 별로 없었다. 그리고 내가 그 사람들에게 중요한 사람이라는 확신도 내게는 없었다.

"그래. 하지만 나오미가 자네에게 중요한지를 결정해야 해……. 그리고 얼마나 중요한지를. 나오미를 먹이고 숨 쉬게 하고 따뜻하게 해 주기 위해서 자네는 무엇을 할 텐가?"

"무슨 일이든 할 겁니다." 내가 인정했다.

"그렇다면 바로 거기에 목적이 있는 거야."

"나오미에게 잠잘 곳은 주지 못해요. 여기에서는요."

"그게 바로 결혼이라네. 결혼이 곧 잠잘 곳이야. 결혼이 밥이고. 결혼이 온기야. 결혼은 서로에게서 휴식을 찾는 거야. 누군가에게 당신이 가장 중요하다고 말하는 거야. 그게 나오미가 자네에게 원하는 거라네. 그리고 그게 바로 나오미가 자네에게 주고 싶어 하는 거고."

위니프레드가 손을 올려 내 볼을 쓰다듬고는 돌아섰다. 위니프레드에게는 챙겨야 할 식구들이 있었고, 또한 위니프레드는 하고 싶었던 말을 모두 했기 때문이었다. 그런데 몇 발자국 안 간 위니프레드가 어깨너머로 외쳤다. "어서 나오미를 쫓아가 보는 게 좋을 거야."
나는 위니프레드 메이가 마차에 도착하기 전에 내 안장 위에 올라가 있었다.

나오미는 내가 도착하기도 전에 가파른 언덕을 내려가고 있었다. 그래도 내가 자신을 향해 오고 있다는 사실은 알고 있었다. 그녀가 적 갈색 말을 방향을 돌려 서쪽 방향으로 달리는 바람에 나는 그녀를 따라잡기 위해 전속력으로 달릴 수밖에 없었다. 몸 뒤로 긴 머리카락을 휘날리며 드넓은 평야를 가로질러 달리는 그녀의 모습은 진풍경이었다. 나오미의 머리카락 색깔과 그녀가 타고 있는 말의 털 색깔이 똑같았다. 그 빌어먹을 다코타 족 추장이 저 말을 주었을 때는 그 의도가 분명했을 거라는 생각이 들지 않을 수가 없었다. 적갈색 말의 걸음걸이는 우아하고 보폭이 넓었으며, 나오미의 치마가 말의 몸 양쪽으로 늘어져 있어 왕족 같은 모습을 자아냈다. 나오미는 말을 꽤 잘 타는 편이었다. 삶의 다른 모든 곳에서와 마찬가지로 안장 위에서도 편안한 자세를 유지했다. 나오미는 자신이 어떤 사람인지를 분명히 알고 있는 것 같았다. 그리고 스스로에게 만족하고 있다는 암시도 보이는 것 같았다. 나는 나오미에게 생각을 하지 않는다고, 느끼기만 할 뿐이라고, 행동만 할 뿐이라고 말했었다. 하지만 그건 어쩌면 그녀가 스스로의 본능을 믿고 나아갈 만큼 자신감이 넘치기 때문인지도 몰랐다.

그녀가 벼랑 근처에 다다르자 속도를 늦췄다. 벼랑이 우리와 마차 행렬 사람들 사이의 벽이 되어 주었다. 그녀는 나에게 등을 보인 채 말을 멈추더니 내가 옆으로 다가올 때까지 기다리고 있었다.

"나 혼자 있고 싶어요, 존 라우리." 내가 존 라우리라고 불리지 않기를 부탁했었기 때문에 그녀가 지금 나를 존 라우리라고 부르고 있다는 사실이 또렷이 인식되었다.

"아니요. 당신은 혼자 있고 싶지 않아요." 내가 받아 쳤다. "내가 따라오길 바랐죠."

나오미가 나를 노려보았다. 얼굴은 상기되어 있었고 머리카락은 몸 주변으로 늘어져 있었다. 나는 잠시 넋을 잃고 그녀를 바라보기만 했다.

"왜 그렇게 쳐다보는 거예요?" 내가 족히 1분을 그렇게 쳐다보고만 있자 그녀가 쏘아붙였다. "나는 당신에게 화가 났고, 혼자 있고 싶다고요."

나는 암갈색 말에서 미끄러져 내려갔다. 그리고 나오미가 단지 나를 괴롭히기 위해 달아나지는 않을 거란 믿음을 가지고 그녀를 향해 걸어갔다. 그런 뒤 그녀에게 허락을 구하지 않고 두 손으로 그녀의 허리를 감아 안아 말 위에서 내려오도록 했다. 내가 고개를 숙이면 그녀의 헝클어진 머리카락에 키스를 할 수 있을 정도로 우리는 가깝게 서 있었다. 나오미의 목에서 맥박이 빠르게 뛰고 있는 모습이 보였다. 목의 금빛 주근깨들이 춤을 추고 있었다. 나는 손가락으로 주근깨들을 매만졌다. 그녀가 나를 향해 고개를 들었다. 그녀의 초록색 눈에 반항기가 가득했다.

"다시는 나에게 키스를 하지 않을 거라고 생각했는데요." 그녀가 속삭였다.

"그랬었죠." 내가 말했다.

그리고 그녀에게 키스를 했다.

그녀가 나에게 벌을 주고 싶어 하고 있다는 게 느껴졌다. 나오미는 예전처럼 반응하고 있지 않았다. 그녀의 두 손이 나를 붙들기 위해 올라오지 않았다. 그녀의 입이 나를 반기며 열리지 않았다. 그래도 그녀의 심장박동은 느낄 수 있었다. 그녀의 심장이 내 갈비뼈 위에서 내 심장박동에 맞추어 세차게 뛰고 있었다.

그때 그녀가 한숨을 쉬었다. 거의 감지되지 않는 공기의 떨림. 그녀의 두 손이 올라와 내 얼굴을 붙잡았다. 그렇게 나는 용서받았다.

나는 진하게 키스를 했다. 시간을 가지고 나의 자제력을 시험하며 그녀에게 제대로 키스를 했다. 가벼운 바람이 그녀의 치마를 펄럭이고 내 목을 간질였다. 몇 피트 떨어진 곳에서 풀을 뜯고 있는 말들이 보였다. 말들은 나의 욕망과 우리 입술이 맞닿아 내는 부드러운 소리에 별 관심이 없는 모양이었다. 우리는 따스한 정적에 휩싸여 있었다. 마차의 바퀴 소리도 마차 침대의 스프링 소리도 없었다. 끝없는 걸음도 오르막도 없었고, 슬픔이나 공포도 없었다. 나는 평화를 만끽하고 있었다.

"당신이 무슨 말을 하고 싶은 건지 모르겠어요." 나오미가 잠시 후 나에게 속삭였다. 나는 그녀의 입술을 내 입술로 한 번 더 쓸어낸 뒤 키스를 멈추었다.

"당신이 그리웠어요." 내가 말했다.

나오미의 눈이 내 눈을 살폈다. "나는 아무 데도 가지 않았는 걸요."

"지난 90마일 동안 나를 쳐다보지도 않았잖아요."

"우리 엄마는 아기들 무덤을 지나칠 때…… 그 무덤들을 쳐다보려고 하지도 않으셨어요. 그 무덤들을 쳐다보면 가슴이 아프다고 하셨어요. 그 고통을 가지고 가고 싶지 않으셨던 거예요." 나오미가 침을 꼴깍 삼켰다. 그러고는 내 입술을 바라보았다. "요 며칠 당신을 바라보면 나도 가슴이 아팠어요. 그래서 쳐다보지 않으려고 애썼던 거고요."

"당신 어머니, 현명한 분이세요."

"세상에서 가장 현명하시죠."

"당신 어머니가 나를 찾아오셨어요. 당신이 여기로 갔으니 나에게 따라가 보라고 말씀하셨어요."

나오미가 뒤로 물러섰다. 내가 팔을 뻗어도 그녀를 잡아당기지 못할 만큼 멀어졌다. 그녀의 턱에 힘이 들어갔고 눈빛이 차가워졌다. 나는 내가 하지 말아야 할 말을 했다는 것을 깨달았다.

"나는 내가 지킬 수 있어요."

"그래요. 나도 알아요. 그래도 어쨌든 어머니가 나에게 당신을 따라가 보라고 보내신 거예요."

"여기로 온 이유가 그거예요? 내가 무모한 짓이나 하지 않으려나, 내가 머리를 쓰고 있기나 한지 확인하려고?"

나는 우리가 다시 그 문제로 돌아왔음을 알았다.

"아니에요. 그것 때문에 온 게 아니에요."

나오미가 몸서리치며 숨을 들이마시고 내쉬었다.

"당신이 나에게 무안을 줬잖아요, 존."

"알아요. 내 의도는 그게 아니었어요."

나오미가 내 사과를 받아준다는 듯이 고개를 끄덕였다. 그러더니 자신도 어떻게 사과해야 할지 고민하는 듯 보였다.

"내가 너무 경솔했던 것 같아요. 우리가 만난 지 그렇게 오래되지 않았다는 거 나도 잘 알아요. 하지만 여기에서는 하루하루가 일평생처럼 너무 길잖아요. 우리가 지금 살고 있는 나날들이 너무 고되잖아요. 너무 무겁잖아요. 중요하지 않은 것들을 길가에 버리는 데 오랜 시간이 걸리지 않잖아요……. 그래서 무엇 없이 살지 못하는지도 금방 알게 되잖아요." 나오미가 말했다.

"당신 어머니도 그와 비슷한 말씀을 하셨어요."

"엄마는 저 보고 참을성 있게 기다리라고 하셨어요." 나오미가 작게 말했다. "그래서 그렇게 해보려고요."

나는 내 볼을 만지며 고개를 끄덕였다. 나는 긴장하고 있었다. 하지만 무엇을 해야 할지는 알고 있었다.

"브리저 요새까지는 앞으로 9일, 10일 정도 걸릴 거예요." 내가 말했다.

"캘리포니아까지는 800마일을 더 가야 하고요." 나오미가 시무룩한 목소리로 말했다.

"그래요, 음…… 나는 그렇게 오래는 못 기다려요."

나오미가 어리둥절한 얼굴로 내 눈을 살폈다. "네?" 감히 꿈도 꿔보지 못한 말을 들은 것 같은 목소리였다.

"브리저 요새에 가면 우리의 새 드레스를 살 수 있을 거예요."

"이미 드레스를 선물해 주었잖아요."

"리디아 클라크가 입었잖아요. 나는 당신이 웨딩드레스를 다른 사람과 나눠 입지 않았으면 좋겠어요."

나오미의 얼굴에 웃음이 번지기 시작했다. 하지만 웃음을 참으려고 입술을 깨물었다. "나 이제 넘겨짚는 건 안 할 거예요. 내가 지금 생각하는 그 말을 하고 있는 거라면, 나에게 정식으로 해줬으면 좋겠어요, 존. 정말로 분명하게 표현해주면 좋겠어요. 그러지 않으면, 나는 얼마 간은 당신 얼굴을 제대로 보지 못할 거예요. 내 심장이 그걸 받아들이지 못하거든요."

"내 아내가 되어 줄래요, 나오미?" 내가 말하고 그녀의 눈을 바라보았다.

"브리저 요새에 도착하면요?" 그녀가 반짝이는 눈으로 물었다.

"브리저 요새에 도착하면요." 내가 말했다. "당신과의 첫날밤은 다른 사람들과 떨어진 곳에서 보내고 싶어요. 우리는 남은 여정 동안 우리 둘만의 마차와 생필품을 갖게 될 거예요. 나에게 돈이 좀 있어요. 그리고 내 노새들 전부를 팔아야 한다면 나는 그렇게 할 거고요. 그래도 우리는 우리만의 집을 갖게 되는 거니까요. 그게 설령 바퀴 위의 집이라 해도 말이에요."

"그럼 그 전부를 브리저 요새에서 구할 수 있다는 말이에요?"

"그 전부와…… 어쩌면 마차 일행들로부터 떨어진 곳에서 하룻밤을 보낼 수 있는 방도 얻을 수 있을 거예요."

나오미가 침을 꼴깍 삼켰다. 그녀의 눈이 커져 있었고 입은 웃고 있지 않았다. 그리고 잠시 동안 그녀는 마음을 추스르고 있는 것처럼 치마를 매만졌다. 내가 기대하던 반응이 무엇인지는 몰라도 그것은 망설임은 아니었다.

"내가 그렇게 오래 기다릴 수 있을지 모르겠어요." 그녀가 작게 속삭였다.

"아카아." 그녀에게 속았다 싶어 나는 신음했다.

그때 그녀가 내 품으로 달려와 내 목에 두 팔을 두르고 웃기 시작했다.

나는 그녀의 무게에 못 이겨 뒤로 비틀거리는 척하다가 관목 우거진 풀밭 위로 그녀를 데리고 넘어졌다. 돌멩이 하나가 내 등을 파고들었고, 넘어지면서 우리 둘의 머리가 서로 부딪쳤다. 하지만 그녀의 입술이 내 얼굴 위에 있었고, 그녀의 엉덩이가 내 손 안에 있었다. 그리고 그녀의 행복이 내 가슴 속에 있었다.

"사랑해요, 존 두 발 라우리."

"나도 사랑해요, 나오미 많은 얼굴들 메이." 내가 말했다. 그때 갑자기 목 안에서 감정들이 북받쳐 올랐다. 나는 어머니가 떠난 이후로 운적이 한 번도 없었다. 내가 아직 우는 법을 알고 있는지도 모르겠다. 그리고 나는 그 누구에게도 사랑한다는 말을 해본 적이 없었다.

"나를 믿어요?" 나오미가 물었다. 그녀의 입술이 내 귀 위에 있었고, 그녀의 몸이 내 몸 위에 있었다.

"믿어요." 내가 속삭였다. 나는 자제심을 끌어올리기 위해 두 눈을 감았다.

나오미가 나에게 부드럽게 키스했다. 윗입술에 한 번, 아랫입술에 한 번. 입술을 다물고 한 번, 벌리고 한 번. 나는 그녀가 나를 사랑해주는 모습을 보기 위해 눈을 떴다. 그녀가 나를 사랑하고 있었다.

우리는 풀밭에서 한참 동안 나오지 않았다. 우리들의 입술은 부르텄고, 우리들의 몸은 더 많은 것을 갈망하고 있었다. 그러나 내가 또 다른 것들을 얻기 위해서는 그녀가 먼저 내 아내가 되어야만 했다.

나오미

존은 우리 아빠와 이야기하겠다고 계속 고집을 부렸다. 나는 내 일은 나 혼자 결정할 수 있다고, 내가 아빠에게 직접 말하겠다고 말했는데도 존은 고개를 흔들 뿐이었다.

"내 결정도 내가 해, 나오미. 그리고 내가 당신 아버지께 직접 말씀드릴 거야."

대화는 길게 이어지지 않았다. 아빠의 성격을 생각하면 유쾌한 대화는 아니었을 것이다. 하지만 대화가 끝나고 나를 찾아온 사람은 존이 아니었다.

"너를 닮지 않을 거다." 아빠가 말했다. "너희 아기. 어둠과 빛이 결혼하면 그렇게 된다. 너의 초록색 눈동자도, 너의 머리카락 색깔도 갖지 않을 거야. 그걸 생각해야 해. 그리고 아이가 어떤 삶을 살게 될지를 생각해야 해. 아이는 존을 닮을 거다."

"음, 그러면 저는 더 좋을 것 같은데요. 메이 가 사람들이 약간 못생긴 편이잖아요."

아빠가 두 눈 사이의 주름을 비비며 코웃음을 치더니 약간의 웃음기를 띠었다.

"확신이 있느냐?" 아빠가 물었다.

"확신해요." 내가 내 아이에게서 존의 모습을 볼 수 있는데 무엇이 문제겠는가?

"존이 잘못된 선택이라는 말이 아니다. 존은 잘못된 선택이 아니야. 존은 강하고 능력도 있어. 그리고 너를 원하고 있는 것 같고." 아빠가 떨떠름한 얼굴로 말했다.

"음, 그것참 다행이네요." 내가 빈정대며 말했다. 불쌍한 우리 아빠는 말에 소질이 있었던 적이 한 번도 없었다. 내 생각에 말은 엄마의 타고난 능력이었다.

"나중에 문제가 생겨도 아빠를 원망하지 말아라."

"안 그래요, 아빠."

아빠가 한숨을 쉬었다. 뱃속 깊은 곳에서 터져 나오는 거센 돌풍 소리였다. "네가 어떤 녀석인지는 알고 있더냐?"

"모르고 있어요. 그건 아빠가 우리 둘만의 비밀로 간직해 주시면 정말로 감사하겠어요."

아빠가 고개를 절레절레 흔들며 너털웃음을 터뜨렸다. 그 웃음에 아빠의 몸이 흔들렸다. "내 생각엔 존도 벌써 알고 있는 것 같더라, 요 녀석아. 마차 행렬 사람들 전부 다 알고 있어. 존이 똑똑한 녀석이라면 너를 꽉 붙잡을 거다. 내 딸을 길들이려면 아무렴 훌륭한 노새꾼 정도는 되어야지." 아빠는 발걸음을 옮기면서도 계속 웃고 있었다. 그것이 애정을 담은 말이라는 걸 나는 알고 있었다.

우리는 갈림길에 도착했다. 오른쪽으로 꺾으면 오리건으로 가는 길이었고, 왼쪽은 캘리포니아로 가는 길이었다. 육안으로 볼 때 두 갈래 길이 서로 점점 더 멀어지는 형세였다. 작별을 고하고 한참을 가야 하는 장소 치고는 이름이 참 예쁜 곳이었다.

"브리저 요새까지는 열흘 걸릴 겁니다." 애벗 씨가 말했다. "그리고 우리 쪽이 훨씬 나아요. 저쪽 길로 간 사람들은 사막을 지나가야 합니다." 애벗 씨가 우리가 가지 않을 길의 바퀴 자국을 가리키며 말했다. "저 길을 서블렛 컷오프라고 부릅니다. 완전히 고통 그 자체라고 들었어요. 보통은 전부 브리저 요새로 갔답니다. 그런데 사람은 언제나 시간을 아끼고 싶어 하잖아요. 참 웃긴 일이죠. 시간을 아끼려고 지름길로 갔는데 목숨을 잃게 된다는 게. 사람들은 그걸 두고 역설이라고 부른다지." 애벗 씨가 말을 마치고 마치 현자라도 된 듯이 고개를 끄덕였다.

애벗 씨는 늘 신중했다. 존의 노새들이 모두 흩어져 사라졌을 때 마차를 출발시켰던 그에 대해 나는 아직 화가 풀리지 않은 상태였지만, 그는 매 순간 신중함을 보였다. 어떨 때는 신중함 이상의 모습을 보였다. 리틀 콜로라도라고 불리는 사막과 오버랜드 트레일에 있는 가장 높은 산맥을 피해 브리저 요새까지 이어지는 고리 모양의 길은 이주자들에게나 동물들에게나 다른 길보다 더 쉬운 길이었다. 하지만 그 길로 가게 되면 거리가 70마일 혹은 80마일은 족히 늘어나는 셈이었고, 우리 일행들 중에 지름길에 도전해보고 싶어 하는 사람도 조금은 있는 듯했다.

양쪽 길은 이후에 한 번 만나서 얼마간 함께 이어지다가 다시 갈라지는 모양이었다. 하지만 이곳 갈림길에서 북쪽 길로 가는 사람들은 사막을 지나고 가파른 내리막을 내려가는 것을 모두 성공한다면 며칠은 앞서가는 셈이었다. 결국 우리 일행들 중 절반은 빙 둘러 가는 브리저 루프 길을 따라가기로 했고, 나머지는 지름길을 따라가기로 했다.

우리 마차들 중 열여덟 대가 떨어져 나갔고, 그 마차들은 투표로 선출된 클레어 매크레이라는 남자의 통솔하에 가는 것으로 결정되었다. 우리가 다시 만나게 될 가능성이 희박하다는 사실을 알고 있는 사람들은 눈물을 보였다. 우리들 전부 결국에는 헤어지게 될 거라는 사실을 알고 있었지만, 그렇다고 해서 몇 달간 함께 고생하며 정든 사람들과의 이별이 더 쉬워지는 것은 아니었다.

  우리는 다시 출발했다. 마차 스물두 대와 절반의 동물들. 우리의 눈은 남쪽 방향, 우리의 남은 여정을 향해 있었다. 하지만 나는 캘리포니아나 남은 거리 같은 건 생각하지 않았다. 땅과 녹음이 우거진 계곡들에 대해서, 혹은 이 모든 여정이 끝나는 날에 대해서 생각하지 않았다. 내 머릿속은 온통 브리저 요새 생각으로 가득했다.

12
그린 강

나오미

  우리는 7마일을 더 이동한 뒤 하루 일정을 마무리하고 빅 샌디 강 인근에 캠프를 세웠다. 마차들이 만든 원이 작게 느껴졌고, 이상하게 조용한 것 같았다. 강물은 흙탕물이었지만 유속이 빨랐다. 애벗 씨는 이 곳의 물맛이 좋지는 않지만 마셔도 되는 물이라고 했다. 특히나 우리가 두고 온 시원하고 달콤한 샘물 맛을 본 이후에는 더 맛없게 느껴질 거라고 했다. 우리는 커다란 나무 물통에 남아있는 물을 개인 물통에 따르고 나서 빅 샌디 강의 흙탕물로 큰 물통을 채웠다. 앞으로 사막의 가장자리를 따라서 30마일을 이동해야 했기에 물은 갈수록 구하기 힘들어질 것이었다. 특히 7월 말에는 더더욱 그랬다.

  우리 뒤를 바짝 쫓아오는 마차 행렬은 없었다. 우리 뒤쪽에 있는 마차 행렬은 모르몬교인들 같았는데, 그들의 최종 목적지는 브리저 요새에서 서쪽으로 불과 100마일 밖에 떨어져 있지 않은 솔트 레이크 계곡이었다.

  먼 거리가 주는 압박감으로 모두들 걱정에 휩싸인 것 같았다. 콜드웰 씨와 몇몇 일행들은 매일같이 애벗 씨에게 불만을 토로했다. 밤이면 남자들은 여자들 없이 회의를 한 뒤 자신들의 캠프로 돌아가 결국 아내들의 의견을 구했다. 아니면 우리 아빠만 그러는 걸 수도 있지만.

엄마는 지독한 기침 감기에 걸렸다. 엄마는 기침을 참아보려 애썼지만 가끔씩 엄마의 비쩍 마른 가슴을 크게 울리며 기침이 터져 나왔다. 엄마는 소리만 지독할 뿐이지 몸이 아프지는 않다고 했다. 사막의 건조한 공기와 흙먼지가 엄마의 기침을 더욱 악화시켰다. 엄마는 울프를 데리고 마차에 올라타 천막을 꽉 닫아 둔 채로 온종일 마차 안에 있었지만 엄마의 기침 소리는 계속 새어 나왔다. 엄마는 내 초록색 드레스를 고쳐야 한다고 말했다.

"몸에 안 맞으면 입지 못하잖니." 엄마가 말했다. 하지만 그것은 엄마가 스스로를 고립시키는 것에 대해 우리의 마음을 편하게 해주려고 하는 변명일 뿐이었다. 우리는 이제 숟가락을 이용해 울프에게 밥을 먹였다. 염소젖 한 컵을 가져다가 숟가락으로 푹 떠서 울프 입에 한 번에 한 방울씩 떨어뜨렸다. 시간이 오래 걸리고 지루한 일이었지만 갈수록 엄마의 모유 양이 줄어들고 있었기 때문에 어쩔 수 없는 노릇이었다.

나는 엄마에게 존이 나에게 새 드레스를 사줄 거라는 말은 하지 않았다. 그건 중요하지 않았다. 엄마는 나를 보며, 그리고 존을 보며 행복해했고, 우리가 더이상 기다리지 않기로 결정한 것을 기뻐했다.

존은 이제 내 옆에 앉아서 식사를 했다. 매일 밤 우리 가족 모닥불로 찾아올 때마다 자신의 안장을 들고 와 앉았다. 예전과 마찬가지로 우리 단둘이 있는 것이 아니면 우리는 서로의 몸에 손을 대지 않았다. 하지만 브리저 요새에 도착하면 결혼식이 열릴 거라는 소문이 우리 마차 행렬 일행들 사이로 빠르게 퍼졌다. 비밀을 누설한 범인은 웨브일 확률이 가장 높아 보였다. 웨브는 자신의 이야기를 들어주는 사람 모두에게 존이 자신의 매형이 될 것이며, 캘리포니아에 도착하면 자신과 존이 함께 사업을 할 거라고 말하고 다녔다.

"제가 이름을 하나 생각해봤어요, 존." 웨브가 말했다. "라우리 메이 노새. 그리고 그걸 우리의 브랜드로 하면 될 거예요." 웨브가 막대기 하나를 꺼내더니 땅바닥에 알파벳 M과 L을 연결해서 그렸다.

"좋은 아이디어인데." 존이 고개를 끄덕이며 말했다. "마음에 든다."

"윌 형도 같이해도 돼." 웨브가 윌을 소외시키고 싶어 하지 않으며 말했다.

"나는 노새 교배에는 관심 없어." 윌이 말했다. "난 하루 종일 사냥만 하고 싶어. 나는 덫사냥꾼이 될 거야."

윌은 활과 화살을 손에서 도통 내려놓지 않았다. 온종일 눈에 보이는 모든 것들을 화살로 쏘고 다녔다. 웨브가 자기 차례가 오길 기다리며 매일같이 윌을 졸라댔지만, 솔직히 말하면 웨브는 끝없이 사격연습을 하는 것보다는 노새와 함께 있을 때 가장 행복해했다. 웨브에게 올가미 밧줄도 있었는데, 웨브는 노새 위에 올라탄 채로 밧줄을 머리 위에서 빙글빙글 돌렸다. 트릭과 텀블도 웨브가 안장 위에서 쉴 새 없이 움직이는 것에 적응이 된 듯 보였다. 가여운 거트는 우리에게 온 이후로 하루에도 몇 번씩은 올가미 밧줄에 걸리는 신세를 면치 못했다.

"이 세상에 노새보다 더 좋은 건 아무것도 없어. 안 그래요, 존?" 웨브가 윌의 야심을 무시하고 물었다.

"음… 나도 모르겠다, 웨브. 어쩌면 좋은 것 몇 가지는 더 있을지도 모르지." 존이 말했다. 존이 나를 슬쩍 쳐다보았고, 웨브는 코를 찡그렸다.

"나는 아무것도 생각나지 않는데요." 웨브가 입을 뿌루퉁 내밀었다. "단 하나도요."

"엄마가 불러주는 노래나 블루베리 비스킷, 나오미 누나의 그림은 어때?" 언제나처럼 평화수호자인 윌이 나섰다.

"그것들도 다 좋긴 해." 웨브가 인정했다. "블루베리 비스킷 먹고 싶다. 존 형은 제일 좋아하는 게 뭐예요?"

존은 너무 사적인 질문을 불편해하며 자세를 조금 고쳐 앉았다. "나는 생각을 해 봐야 할 것 같은데." 그가 말했다. 그때 엄마가 존을 구하기 위해 끼어들었다.

"엄마가 가장 좋아하는 건 버터밀크 파이, 밝은 청록색, 웨브의 웃음, 윌의 기도, 와이엇의 용기, 나오미의 당돌함, 아빠의 사랑, 울프의 코 고는 소리, 그리고 엘메다의 우정." 엄마가 엘메다를 대화로 끌어들이며 엘메다를 보고 씩 웃었다. 콜드웰 부부와 빙엄 부부, 애벗 씨가 함께 커피를 마시고 대화를 나누기 위해서 우리 집 모닥불로 찾아왔다. 마차 행렬이 둘로 쪼개진 이후 사람들 전부 외로움을 느끼고 있었다. 그리고 사람들은 취침 시간에 서로를 찾기 시작했다. 여정 초기 때와 비슷한 모습이었다.

"그리고 엄마는 워런의 이야기도 좋아하고, 엘시의 유머 감각도 좋아하고, 존의 인내심도 좋아해." 엄마가 유감스러운 미소를 지으며 존을 쳐다보며 덧붙였다. 그건 사실이었다. 웨브에 관한 한 존에게는 욥의 인내심이 있었다.

"아빠는 뭐가 좋아요?" 웨브가 대결이라도 시키듯 물었다.

아빠도 몇 가지를 줄줄이 읊었다. 신선한 고기, 잠, 깨끗한 물, 평평

한 땅. 전부 우리가 많이 갖지 못한 것들이었다. 사람들 전부 좋아하는 것들이 다 떨어질 때까지 돌아가며 이야기했다. 애플 타르트와 깃털 침대, 주방에서 따뜻한 물로 하는 목욕 같은 것들을 떠올리고 나니 우리는 약간 허망해졌고 배도 고파졌다. 엘시 빙엄은 모로 누워 두 팔을 배 위에 올린 채 남편 무릎에 머리를 대고 잠들어 있었다.

"엄마 노래 불러주면 안 돼요?" 사람들이 전부 말이 없자 웨브가 말했다. 우리는 다들 피곤했고, 역설적으로 몸을 일으켜 잠자리로 갈 힘 또한 부족했다.

"오늘 밤에는 못 해줄 것 같다, 웨브. 엄마 목이 간지럽거든. 내일 기침이 떨어지면 그때 불러 줄게." 엄마가 말했다.

"음, 워런 형은 지금 불침번 중이라서 이야기를 들려주지도 못하고." 웨브가 한숨을 푹 쉬었다. "존 형은 재미있는 이야기 아는 거 없어요?"

열 몇 쌍의 눈들이 일제히 존을 향했다. 우리는 전부 애벗 씨의 이야기는 들을 만큼 들었고, 아빠는 이야기 같은 것에는 소질이 없었다.

존이 컵을 내려놓더니 금방이라도 튀어 나갈 것처럼 몸을 바르게 폈다.

"있긴 한데." 존이 말했다. 목소리가 너무 작아 사람들 전부 더 잘 듣기 위해 고개를 존 쪽으로 기울였다. "이게 실제로 있었던 일인지는 모르겠어. 옛날이야기인지, 최근 이야기인지도 모르겠고. 우리 할머니가 나에게 한 번 들려주셨던 이야기야. 내가 할머니를 마지막으로 본 날이었지. '매'라는 이름을 가진 포니 족 청년의 이야기야. 우리 어머니가 포니 족이셨거든. 내 생각엔 나도 그렇고……"

"나도 포니 족이고 싶다." 웨브가 끼어들었다. "형은 어떻게 포니 족이 된 거예요?"

"음…… 이 이야기는 매가 코만치가 된 이야기야."

"코만치가 뭐예요?" 웨브가 물었다.

"웨브!" 와이엇이 으르렁거렸다. "그냥 제발 조용히 좀 들을래? 너 자꾸 그러면 존 형이 겁먹고 도망갈 거야. 그러면 다른 사람들이 존 형의 이야기를 듣지 못하게 될 수도 있다고."

"코만치는 다른 부족 이름이야. 코만치 족은 포니 족과 엄청난 앙숙이었어. 코만치 족은 포니 족과 싸우기를 좋아했고, 포니 족도 코만치 족과 싸우기를 좋아했고 또 코만치 족의 말을 훔치는 걸 좋아했지. 어느 날 밤, 자기가 가진 말도 많지만, 코만치 족 말을 훔치는 걸 무척 즐겼던 매(쿳-아위-쿠츠)가 코만치 족의 캠프 한곳에 몰래 침입했어. 매는 그곳의 커다란 오두막 바깥에 많은 수의 아름다운 말들이 있는 걸 발견했지."

"무슨 말이었는데요?" 웨브가 물었고 와이엇은 한숨을 쉬었다.

"뭐였을 것 같아?" 존은 웨브가 자꾸 끼어드는 것이 별로 신경 쓰이지 않는 듯 웨브에게 물었다.

"한 마리는 암갈색 말, 한 마리는 두 색이 섞인 말, 또 한 마리는 예쁜 흑백 얼룩말이요." 웨브는 주저하지 않고 대답했다.

"웨브 말이 맞는 것 같아. 매는 그 말 세 마리를 전부 다 훔쳐 가려고 하고 있었어. 그런데 그때 오두막 안쪽에 그림자 하나가 보였어. 무척 근사한 오두막이었거든. 깃털들이 달려있고 버펄로의 말린 발굽들이 문가에 매달려서 바람이 불면 서로 부딪치면서 달그락 거리는 소리를 냈는데, 그 소리가 마치 매의 이름을 부르는 것처럼 들렸어. 매는 주변에 아무도 없다는 사실을 확인하려고 주위를 둘러봤어. 그런데 달그락 거리는 발굽들과 속삭이는 깃털들이 또 매의 이름을 부르는 소리를 냈어. 쿳-아위-쿠츠. 매는 누군가가 오두막 안에서 자기를 부르고 있는 건지도 모른다고 생각했어. 그래서 오두막 안을 살짝 들여다봤는데, 안에서 어떤 소녀가 긴 머리를 빗고 있는 거야."

"그 소녀는 나오미 누나처럼 생겼어요?"

"나오미는 인디언이 아니잖냐." 콜드웰 씨가 앓는 소리를 냈다. 모닥불에 둘러앉은 사람들 사이에 불편한 기운이 감돌았다.

"그래. 나오미랑 닮은 사람이었어." 존이 평가를 하기 위해 잠시 나를 보았고, 나는 그의 조용한 반항에 미소를 지었다.

"매는 말 생각은 새까맣게 잊어버렸어. 그 대신 시간 가는 줄도 모르고 밤새 소녀만 바라보고 있었지. 결국 그곳을 떠나면서 매는 말 두 마리를 데리고…"

"두 색이 섞인 말이랑 암갈색 말이요." 웨브가 말했다.

"맞아. 흑백 얼룩말은 혹시 그 소녀의 것일지도 모르니까 놓고 갔어. 매는 자신의 부족 사람들에게 돌아갔는데, 아름다운 물건들을 볼 때마다 그 코만치 소녀가 생각이 나는 거야. 그래서 매는 자신이 가진 말들을 닥치는 대로 예쁘고 고운 물건들과 물물교환했어. 자신이 가진 말들이 거의 남지 않게 될 때까지 말이야.

매의 친구가 말했어. '우리의 적 코만치 족에게 가서 말을 더 훔쳐와야 돼. 이제 네 말도 거의 남지 않았다고.' 매는 친구의 말에 동의했지만 이번에는 자신이 그동안 모아 둔 예쁜 물건들을 가지고 갔지.

매와 매의 친구들은 코만치 족 캠프가 있던 곳으로 다시 갔어. 그런데 캠프가 사라져버린 거야. 다른 캠프에도 가봤지만 매는 그 소녀의 오두막을 찾을 수가 없었어. 매는 말을 훔치지 않고 그냥 왔어. 매의 친구들은 이해하지 못했지. 매가 말했어. '다른 캠프를 찾아보자. 그 캠프의 말을 훔치자.' 그들은 다른 캠프로, 또 다른 캠프로 갔지만 매는 말을 단 한 마리도 훔치지 않았어. 매는 그 소녀만을 애타게 찾을 뿐이었지.

마지막으로 찾아간 코만치 족 캠프에서 매는 오두막들 사이를 조심조심 다니면서 그 버펄로 발굽과 깃털이 매달려 있던 오두막을 찾아봤어. 그때 매의 이름 소리가 들려왔어. 쿳-아위-쿠츠. 매는 그 오두막을 발견했음을 알았지. 매가 그 오두막으로 들어가니 그때 그 소녀가 깊이 잠들어 있었어. 매는 자신이 그녀를 위해 그동안 모아온 예쁜 물건들을 소녀의 발치에 내려 놓고는 소녀 옆에 누웠어. 소녀를 찾아다니느라 너무 피곤했던 거야."

콜드웰 씨가 마치 이야기가 갑자기 부적절해지기라도 한 것처럼 비웃으며 고개를 절레절레 흔들었다.

"그때 무슨 일이 일어났어요? 소녀가 일어나서 비명을 질렀어요?" 웨브가 주변에 감도는 불편함을 알아차리지 못하고 물었다.

"소녀가 일어났어. 하지만 주변이 너무 어두워서 거기에 누가 있는지 보이지 않았지. 소녀가 손을 뻗었는데 매의 머리카락이 만져졌어. 포니 족 전사들은 여기 부분은 빼놓고 머리를 밀거든." 존이 손을 뻗어 웨브의 정수리와 이마 사이의 보드라운 머리를 한 움큼 쥐고 가볍게 잡아당겼다.

"개 이빨처럼요." 와이엇이 진지하게 덧붙였다. 와이엇은 아직도 포니 족 무리에게 쫓기는 꿈을 꾼다고 했다.

"맞아." 존이 고개를 끄덕였다. "소녀는 매가 포니 족이라는 사실을 알고 있었기 때문에 두려워졌어. 하지만 매의 피부가 차갑고 너무 깊이 잠들어 있어서 그 남자에게 연민의 감정이 생겼던 거야. 그래서 자기 이불을 가져다가 매에게 덮어주고 조용히 오두막을 빠져나가 자신의 아버지를 찾으러 갔어. 소녀의 아버지는 코만치 족의 최고 추장이었지."

"매는 달아났어요?" 웨브가 걱정스러운 목소리로 물었다.

"매는 달아나지 않았어." 존이 천천히 대답했다.

"달아나지 않았다고요?" 웨브가 못 믿겠다는 목소리로 물었다.

"달아나지 않았어. 매는 그 소녀 곁에 있고 싶었던 거야."

웨브는 그것을 상상할 수 없다는 듯이 코를 찡그렸다. 내 가슴 속에서 따뜻한 무언가가 차오르기 시작했다.

"최고 추장과 그의 전투 대장들이 매를 데리고, 그리고 그 예쁜 물건들을 전부 가지고 거대한 오두막 안으로 들어갔어. 추장들은 불을 가운데에 두고 둘러앉아서 담뱃대를 옆으로 넘기며 매를 어떻게 죽일지 상의했어."

"사람을 죽이는 데 방법이 엄청 많아요?" 웨브가 물었다.

"많아. 어떤 방법은 다른 것들보다 더 고통스럽지. 그리고 소녀의 아버지는 매에게 화가 단단히 나 있었어."

"왜냐하면 포니 족이랑 코만치 족은 서로 앙숙이니까요." 웨브가 말했다.

"맞아. 코만치 족 추장들은 담뱃대를 한 바퀴, 두 바퀴, 계속해서 돌렸지만 누구도 결정을 내리지 못하고 있었어. 그런데 그때 나이 지긋한 할아버지 한 분이 오두막으로 들어와서 자기 손녀딸의 이불로 덮인 채 운명을 기다리고 있는 매의 모습을 본 거야. 할아버지는 그가 가지고 온 선물들을 보고는 매에게 말했어. '자네는 내 손녀딸을 납치해

가려고 여기에 온 건가?'

그러자 매가 대답했어. '아니요. 저는 단지 그녀 곁에 있고 싶을 뿐입니다. 저를 여기에 머물 수 있게 해주신다면, 그녀의 부족이 저의 부족이 될 것입니다.'

할아버지는 코만치 족 추장들 사이에 앉았어. 그러고는 자신에게 담뱃대가 돌아왔을 때, 자신의 아들인 최고 추장과 다른 모든 용사들에게 말했어. '우리는 포니 족을 죽이지 않을 것이다. 저 사람을 우리 부족원으로 만들 것이다. 저 사람이 포니 족과 코만치 족 사이에 평화를 가져다줄 것이다.'"

"평화요? 싸우는 이야기는 없어요?" 웨브가 투덜거렸다.

"응. 싸움은 없어." 존의 입술이 씰룩거렸다. "매는 코만치 족 마을에 살면서 추장의 딸과 결혼을 했어. 그리고 아내가 죽는 날까지 아내의 부족 사람들인 코만치 족과 함께 살았지. 아내가 죽고 나서야 자신의 부족 사람들에게 돌아갔어."

"죽었어요?" 웨브가 놀란 목소리로 물었다. "어떻게 죽었어요?"

"그건 할머니가 말해주지 않으셨어. 하지만 그건 이 이야기에서 중요한 부분이 아니야."

"그럼 뭐가 중요한데요?" 윌이 물었다.

"부족들 간의 평화." 존이 대답했다.

우리 모두 그것에 대해 생각하며 잠시 동안 말없이 있었다. 콜드웰 씨도 할 말이 없었다.

"나도 그 이야기 들은 적이 있어." 애벗 씨가 말했다. "포니 코만치 족 추장인 매의 전설은 무척 길다고."

"나는 말을 훔치는 부분이 제일 재미있는 것 같아요." 웨브가 얼굴을 찡그리며 말했다. "암갈색 말과 두 가지 색깔 말과 얼룩말은 어떻게 됐는지 궁금해요."

"그건 웨브 네가 한번 생각해 보고 내일 저녁 식사 후에 우리들에게 들려주렴." 엄마가 말했다.

"저는 이제 불침번 갈 시간이라서요." 존이 갑자기 일어서며 말했다. 존은 너무 오랫동안 사람들의 집중을 받고 있었다. 존은 나를 거의 쳐다보지도 않고 인사를 했다. 그가 자리를 떴지만, 내 머릿속은 아직도 그 이야기에 푹 빠져 있었다. 애벗 씨와 콜드웰 부부도 인사를 하고는 자신들의 접시와 각자의 의견을 가지고 급히 자리를 떴다. 호머 빙엄 씨는 엘시를 깨우고 일어서게 도운 뒤 뒤뚱뒤뚱 걸어가는 아내와 함께 마차까지 함께 걸어갔다.

엄마는 동생들 모두 자러 가도록 했다. 아빠에게 아이들을 전부 텐트로 데리고 가 잠자리에 눕히도록 했다. 엄마와 나는 불 옆에 잠시 단둘이 남게 되었다. 울프는 엄마 발치에 있는 바구니에서 곤히 자고 있었다. 저녁 기온이 따뜻해져 있었고 모닥불은 뜨거웠는데도 엄마는 색동 외투를 꼭 여며 입고 있었다. 이제 우리는 접시와 컵을 닦고 밀가루 반죽도 해야 했다. 그런데 엄마와 나 누구도 움직이지 않았다.

"네 이야기야." 엄마가 가만히 말했다. "그리고 존의 이야기고."

"뭐가요, 엄마?"

"매와 코만치 소녀 이야기 말이야. 사람들 사이의 평화 이야기."

"존도 그걸 알고 있었을까요? 저는 존이 저 때문에 자기 부족을 포기하지는 않았으면 해요."

"존이 누구보다 잘 알고 있을 거다. 존이 아빠에게 허락을 구하러 왔을 때 했던 이야기랑 거의 똑같은 이야기였어."

"아빠의 허락이요?" 내가 한숨을 내쉬었다. "나는 아빠의 허락 같은 건 필요 없어요."

"너는 필요 없었을지도 모르지……. 그래도 존은 필요했어. 존은 아빠에게 이렇게 말했단다. '제가 나오미를 보살피겠습니다. 하지만 저는 메이 씨 가족들도 모두 보살피겠습니다. 메이 씨의 가족이 곧 제 가족입니다.'" 엄마가 허리를 굽히고 양팔로 무릎을 감싼 채 모닥불을 바라보았다. 나는 문득 존을 찾아가 그의 발치에 드러눕고 싶었다.

"엄마, 먼저 가세요. 울프 데리고 가서 주무세요. 제가 여기 정리하고 밀가루 반죽도 만들고 금방 엄마 옆으로 갈게요."

엄마는 별말 없이 피곤한 기색으로 일어섰다. 마치 빨래 바구니를 드는 노파처럼 울프의 바구니를 들어 올렸다. "존에게 인사하러 가거든 이야기 들려줘서 고맙다고 전해주렴." 엄마의 목소리는 피곤해 보였지만 그래도 기분 좋은 목소리였다. 나는 마차로 가는 엄마를 바라보고 웃었다. 엄마는 나를 너무 잘 알았다.

"그럴게요, 엄마."

"사랑한다, 나오미." 엄마가 덧붙였다. "엄마는 딸을 하나밖에 못 낳았지만, 하나님이 가지신 최고의 딸을 엄마에게 주셨어."

"하나님은 저를 없애 버렸다고 아주 후련하셨을 것 같은데요."

"하나님은 너를 없애 버리는 분이 아니시다. 하나님은 그런 분이 아니야."

"안녕히 주무세요, 엄마."

"잘 자렴. 그리고 존도 잠 좀 자게 해줘라, 나오미."

내가 망설이자 엄마가 웃었다. 하지만 엄마의 웃음소리는 이내 쌕쌕거리는 숨소리로 바뀌었다.

존

모래 그리고 흙먼지와 자갈이 펼쳐져 있는 척박한 땅이라는 점을 제외하면 애벗 말이 맞았다. 힘든 길이 아니었고, 그래서 우리는 우울한 기분은 떨쳐내고 눈썹 사이 고랑에서 걱정을 지운 채 속도를 올렸다. 이튿날 그린 강에 도착했다. 제방을 따라 수목이 늘어서 있었고 풀도 무성했다. 하지만 강의 폭이 넓었다. 이쪽 기슭에서 저쪽 기슭까지 못해도 100피트는 되어 보였다. 게다가 유속도 빨랐다. 암갈색 말을 끌고 강에 들어갔는데 3분의 1 지점에서 말의 발이 강바닥에 닿지 않았다. 나는 말의 방향을 돌려 나왔다.

"여기는 물이 너무 깊어서 건너기 힘들 것 같은데요. 제가 상류로 올라가 볼게요. 몇 마일 올라가면 모르몬교인들이 나룻배를 가지고 있다는 소문도 있거든요. 일단 동물들이 물을 마시고 풀을 뜯게 해주세요. 제가 강을 건널 만한 더 좋은 장소를 찾아보고 올게요." 내가 애벗에게 말했다. 애벗은 순순히 동의했다.

나는 물가를 따라가다가 가끔씩 수심을 확인하기 위해 방향을 틀어 강물 속으로 들어갔다. 그러는 동안 마차들이 강둑에서 수월하게 내려갈 수 있는지도 함께 살펴보았다.

15분쯤 올라갔는데 백 명이 넘는 원주민들이 강가에 모여 있는 모습이 눈에 들어왔다. 대부분 여성들과 아이들이었다. 동물들 등에는 로지폴 소나무 목재와 동물 가죽이 최대한으로 실려 있었다. 그 짐 위에 앉아 있는 아이들도 몇몇 있었다. 몇 안 되는 남자 원주민들이 동물들을 몰고 강을 건너기 시작했다. 이곳 강과 수심에 익숙한 듯 보였다. 여자들도 남자들이 반대편 강기슭에 닿을 때까지 기다리지 않고 망설임 없이 그 뒤를 따라 들어갔다. 아기들은 여자들 등에 업혀 있거나 들고 있는 바구니 속에 들어있었다. 나뭇가지를 한데 엮어 만든 뗏목 몇 척에는 물건들이 실려 있었고, 어느 정도 큰 아이들은 뗏목 가장자리를 붙잡고 밀며 헤엄쳐 나아가고 있었다. 강물이 아이들 가슴께에서 찰랑거렸고, 아이들은 뗏목을 꽉 붙잡고 있었다. 개들도 뗏목 옆으로 풍덩 뛰어들어 최대한 빠르게 헤엄쳤다. 물살을 가르고 떠내려가지 않으려고 안간힘을 쓰고 있었다. 결국 한 무리 모두가 건너편에 무사히 도착했다. 나는 암갈색 말을 다급히 멈추고 원주민 무리가 강물을 헤쳐 나가는 모습을 바라보며 수심을 가늠해보았다. 우리 마차들이 강을 건널 최적의 장소를 찾아냈다는 확신이 들었다.

 나는 원주민들이 위협을 느끼지 않도록 강물에서 조금 떨어진 곳에서 바라보고 있었다. 그런데 그때 한 여성이 눈에 들어왔다. 짐을 실은 노새 한 마리를 끌고 가고 있었고, 노새에 단단히 묶여 있는 짐 위로 작은 아이 둘이 앉아 있었다. 여자는 등에 아기 자루를 메고 있었고, 그 안에는 얼굴이 동그랗고 머리카락이 새까만 아기가 있었다. 내 시선을 끈 것은 그 노새였는지도 모르겠다. 노새가 몇 걸음 갈 때마다 멈춰 서자 여자가 리드줄을 잡아당겼다. 그러자 노새가 일이 미터 정도를 껑충껑충 달리다가 또다시 멈춰 섰다. 세 번째로 발을 내디뎠을 때는 발이 바닥에 닿지 않자 노새가 허우적거렸다. 결국 노새와 등에 타고 있던 두 아이들이 물에 첨벙 빠졌고, 여자가 줄을 잡은 채로 휘청거렸다.

 두 아이가 소리를 질렀고, 노새는 여자를 끌고 계속 앞으로 나아갔다. 강을 건너는 것만이 자신의 유일한 선택이라고 결론 내린 듯 보였다. 여자는 앞으로 휘청이다가 물에 빠졌지만 곧바로 일어섰다. 그러면서도 노새의 리드줄은 절대 놓지 않고 있었다.

하지만 여자가 다시 똑바로 일어섰을 때 아기 자루는 비어 있었다. 작은 보따리 같은 것이 빠른 물살에 빙그르르 돌면서, 그 혼돈의 행진으로부터 빠른 속도로 멀어지며 강 아래로 떠내려가고 있었다. 여자가 소리를 지르기 시작했다. 여자는 아기를 붙잡기 위해 몸을 던졌지만 엉뚱한 곳으로 넘어지고 말았다. 아기는 가벼웠고 물살에 휩쓸려 떠내려가는 데 아무런 저항도 받지 않고 있었다.

나는 말에 박차를 가해 강물 속으로 들어가도록 했다. 빙글빙글 돌며 강 중앙을 따라 속수무책으로 떠내려가는 아기에게서 눈을 떼지 않고 바라보며 다가갔다. 어쩌면 아기에게 제 시간에 닿지 못하겠다는 생각이 잠시 스쳤다. 하지만 어느 곳에선가 물살이 느려지더니 아기가 떠내려가는 방향이 내 쪽으로 바뀌었다. 나는 말에서 몸을 던져 아기를 물에서 떠올려 내 품에 안았다. 암갈색 말은 혼자 헤엄치기 시작했다. 나는 말을 앞으로 가도록 유도하면서 꼿꼿한 자세를 유지하기 위해 싸웠다. 아기는 울지 않았고, 몸은 미동도 없었다. 아기는 울프보다 몸집이 크고 개월 수가 더 많아 보였고, 몸도 더 튼튼해 보였다. 그래도 아기의 몸은 너무 작고 미끈거려 혹시 아기를 다시 강물로 빠뜨릴까 봐 나는 두려워졌다. 나는 아기의 배를 내 어깨 위에 올린 뒤 한쪽 손으로 엉덩이와 다리를 붙잡고 다른 손으로 아기 등을 두드리기 시작했다. 강에서 빠져나가는 동안 균형을 유지하기 위해 애써야 했다. 남자 원주민 몇 명이 내 쪽으로 뛰어오고 있었다. 아기 엄마는 아직 강에서 나오지 못하고 있었다. 나는 무릎을 꿇고 앉아 아기를 모래 위에 내려놓은 뒤 아기 몸을 옆으로 돌리고 등을 계속 문질렀다. 그때 아기의 하얗게 질린 입술 사이로 갑자기 물이 뿜어져 나왔다. 아기는 바로 악을 쓰며 울기 시작했고, 공기를 갈구하며 팔과 다리를 세차게 흔들었다. 나는 아기를 들어 올려 아기의 작은 배를 내 안쪽 팔뚝 위에 올린 뒤 등을 계속해서 두드렸다.

첫 번째 원주민 남자가 나에게 왔다. 몸 뒤로 긴 머리를 휘날리고 있었고, 엉덩이와 모카신이 전부 강물에 젖어 있었다. 나는 일어서서 아기를 남자에게 내밀었다. 남자가 아기를 받아 살펴보더니 그의 뒤로 도착한 남자에게 아기를 전달했다. 좀 전에 물에 빠졌던 두 아이들도 다행히 사람들에게 구출된 것 같았다.

나는 좋다는 의미의 손짓을 했고, 남자가 고개를 끄덕이며 똑같은 손짓을 했다. "아뜨." 남자가 말했다. 나는 그 말을 알아들었다. 좋다.

잠시 후 아기 엄마가 숨을 헐떡거리며 울면서 도착했다. 온몸이 흠뻑 젖어 있었고 비어 있는 아기 자루가 아직도 여자의 등에 메여 있었다. 여자는 날카로운 소리를 내며 우는 딸을 꼭 껴안았다.

여자는 아기와 자신 모두를 안정시키기 위해 아기를 품에 꼭 안고 흔들어주며 나에게 고맙다고 말했다. 아직도 울고 있는 여자는 흐느끼는 소리와 함께 무슨 말인가를 중얼거렸는데, 나는 그 말을 알아들었다. 그뿐만 아니라 여자는 내가 아는 사람이었다.

"아나?" 나는 말문이 턱 막혔다.

아나가 나를 올려다보더니 자신의 감정은 뒤로한 채 순식간에 얼어붙었다.

"존 라우리?" 아나는 자신이 보고 있는 게 믿기지 않는다는 듯 두 눈을 비비며 물었다. "존 라우리?" 아나는 제니가 내 이름을 부를 때와 똑같은 말투로 내 이름을 불렀다. 나는 웃으며 아나의 두 팔을 잡아당겨 머리 위에 키스했다.

우리 주위로 점점 몰려든 사람들이 나의 애정 표현에 탄성을 내질렀다. 나에게 두 번째로 도착한 나이든 남성이 내 두 팔을 잡아 밀쳤다. 나는 이내 그가 아나의 아버지이며, 그런 친근감의 표현을 좋아하지 않는다는 사실을 알았다.

아나가 자신의 아버지에게 그리고 우리 주변에 모여든 사람들에게 내가 누구인지, 우리가 서로 어떻게 아는지를 이야기했다.

"존 라우리. 미주리에서 온 사람이에요." 아나가 말했다. "존 라우리. 내 백인 포니 족 오빠."

아나는 그 사람들이 쇼쇼니 족 원주민들이며, 그들의 땅을 가로질러 흐르는 강 때문에 덫사냥꾼들과 모피상들 사이에서는 스네이크족이라고 불린다고 말해주었다. 나는 그동안 그녀의 말을 따로 해본 적이 없었고, 말하고 싶은 단어를 떠올리는 데도 시간이 한참 걸렸지만 아나가 하는 말, 그리고 그녀의 부족 사람들이 하는 말을 이해하는 데는 크게 문제가 없었다. 사람들은 아나를 하나비라고 불렀다. 아나와 크게 다르지 않은 이름이었다. 아나는 와샤키라는 추장의 아내였다. 와샤키는 선하고 강하고 현명한 사람이라고 했다. 아기는 아나 부부의 외동딸이었다. 노새 위에 앉아 있던 아이 둘은 아나의 오빠의 아이들이었다. 아나는 내가 귀한 손님으로서 그들과 함께 머물러 주기를 바랐다. 그리고 그레이트 솔트 호수의 계곡에 거래를 하러 간 아나의 남편과 다른 많은 남자 원주민들이 돌아오면 내가 만나기를 바랐다.

나는 우리 마차 행렬 일행들에게 돌아가야 한다고, 사람들이 나를 기다리고 있다고, 그들이 강을 건널 수 있게 내가 도와줘야 한다고 아나에게 말했다. 그러자 아나는 자신의 아버지와 잠시 상의하더니 내가 돌아올 때까지 기다리겠노라 약속했다.

"우리는 강물이 갈라지는 곳 인근 계곡에서 남편을 기다리다가 남편이 오면 스네이크족 원주민들이 모두 모이는 대집회에 갈 예정이야. 그렇지만 오늘은 여기에서 오빠와 함께 머물 수 있을 거야."

나는 말을 타고 우리 마차 행렬이 있는 곳으로 되돌아가 사람들을 데리고 쇼쇼니 족이 강을 건넌 지점까지 올라갔다. 일행들에게는 강 건너 제방에서 우리를 기다리고 있는 원주민들을 무서워하지 않아도 된다고 말했다. 웨브는 그들이 코만치 족인지 궁금해했고, 내가 그들은 쇼쇼니 족이며 그중 한 명이 나의 몇 년 전 친구라고 말하자, 웨브와 다른 사람들 전부 신기하다는 반응을 보였다. 내가 누구를 만났는지 애벗에게 말하자 그는 기쁨을 감추지 못했다. 아나를 만난 애벗은 바람과 태양으로 거칠어진 양 볼로 흘러내리는 눈물을 닦으며 말했다. "아나. 우리 아나. 선하신 하나님 감사합니다."

아나가 말했던 것처럼 아나와 쇼쇼니 족 사람들은 우리를 기다리고 있었다. 그들은 이미 짐을 다 푼 상태였고, 그들의 조랑말들은 서쪽 제방 바로 뒤쪽에 풀이 무성한 곳에서 풀을 뜯고 있었다. 우리들의 마차가 멈춰서기도 전에, 쇼쇼니 족 남자들과 몇몇 여자들이 강을 거꾸로 건너와 우리가 건너는 것을 돕기 시작했다. 물에 젖으면 안 되는 물건들은 자신들의 뗏목에 싣고 반대편으로 건너갔다. 우리는 그들에게 사례를 하려고 했지만 그들은 거절했다. 아나는 내가 자기 딸의 생명의 은인이며, 자신이 홀로 외로웠을 때 내가 3년 동안 따뜻한 가족이 되어주었다고 말했다.

"내가 오늘 오빠네 부족 사람들을 대접할 거야." 아나가 말했다.

나의 '부족 사람들'은 경계했다. 눈을 동그랗게 뜨고 불편한 미소를 지으며 지켜보았다. 그래도 우리가 강을 건널 때는 쇼쇼니 족이 건넜을 때만큼 힘들지 않고, 마무리 정리 작업도 전보다 훨씬 적은 시간이 걸렸다. 유속이 빠른 강을 건너느라 고된 오후가 되었을 법한 시간이 휴식과 큰 기쁨으로 바뀌어 있었다. 우리는 강을 건넌 곳에서 멀지 않은 곳에 캠프를 세웠다. 우리에게 앞으로 펼쳐질 길고 메마르고 풀 없는 길에 대비해 오늘 하루는 우리와 동물들 모두 기운을 재충전하는 시간을 갖기로 합의를 보았다.

아나(하나비)는 종일 내 곁에 머물렀다. 물에 빠져 죽을 뻔했던 아나의 딸은 새 아기 자루에서 아무렇지도 않다는 듯 잠을 자고 있었다. 아나는 제니와 내 여동생들에 대해 물었고, 아버지의 안부까지 물었다.

"과묵한 분이셨어. 강하고. 내 남편 와샤키처럼."

"아버지가 너에게 잘 대해주지 않았다는 거 알아." 내가 말했다.

아나는 놀란 얼굴을 해 보였다. "아버지는 잘해주셨어, 항상. 내가 집으로 돌아오는 데도 도움을 주셨지. 나에게 노새를 한 마리 주셨고, 내가 같이 갈 수 있는 마차 행렬도 구해 주셨어."

나는 아나의 말에 크게 놀랐다. 아버지는 자신이 아나가 떠나는 것을 도왔다는 것에 대해 한 마디도 한 적이 없었다.

"아버지가 말씀 안 하셨어?" 하나비가 물었다.

내가 고개를 흔들었다.

"아버지는 내가 오빠를 데리고 갈까 봐 두려우셨던 것 같아."

나는 이해가 되지 않아 얼굴을 찌푸렸다. 그러자 아나가 웃었다.

"우리는 비슷한 나이였잖아, 존 라우리. 하지만 오빠는 여자를 만날 준비가 되어있지 않았고, 나는 오빠에게는 그냥 동생이었지."

나는 나오미에게 하나비를 소개했다. 하나비에게는 우리가 곧 결혼할 거라고 말했다. 그러자 하나비는 흰색 버펄로 모피와 진홍색 이불을 결혼 선물로 주고 싶다고 고집을 부렸다. 쇼쇼니 족 여인들이 우리들을 위해 요리를 했다. 산딸기 열매와 송어, 그 밖에 무엇인지 모르지만 여러 가지 음식들로 식사가 차려졌다. 우리 마차 행렬 일행은 그저 조용히 배를 채울 뿐이었다. 나는 오늘, 바로 지금 나오미와 결혼하고 싶다는 생각이 들었다. 그리고 이 연회를 우리의 결혼 축하연으로 만들고 싶었다. 하지만 지금 이 평화를 깨고 목소리를 높여 새로운 드라마를 만들 용기가 나지 않았다. 나는 그 충동을 물리쳤다.

식사를 하는 동안 하나비는 자신이 예전에 집으로 어떻게 돌아갔었는지에 대해, 그리고 자신을 받아주었던 마차 행렬과 가족에 대해 이야기해주었다. 나는 하나비의 이야기를 우리 일행들에게 통역해서 전달했다. 하나비의 이야기를 들으며 나도 감정이 점점 북받쳐 올랐다. 나는 때로 어떤 말로 통역해야 할지 적절한 단어를 찾으며 말을 멈췄고, 하나비가 자신의 부족에게로 되돌아간 순간을 떠올릴 때는 나도 내 감정을 추슬러야 했다. 집으로 돌아갔을 때 하나비의 어머니는 돌아가신 후였고, 아버지와 오빠는 아직 살아있었다고 한다. 하나비의 아버지는 작은 쇼쇼니 족의 추장이셨고, 하나비는 아버지가 알고 지냈던 덫사냥꾼에게 어린 나이에 시집을 갔다. 그런데 1년 뒤 고향에서 멀리 떨어진 곳에 혼자 덩그러니 남게 된 것이었다. 남편도, 가족도, 자기 부족 사람들도 아무도 없는 곳에.

"3년 동안 저희 백인 가족과 함께 살았어요." 내가 말했다. "애벗이 하나비를 데리고 왔거든요. 우리는 그동안 하나비가 많이 보고 싶었어요."

"나도 떠나는 게 두려웠었어. 하지만 다시는 내 고향을 보지 못한다는 것, 다시는 우리 부족 사람들 사이에 있지 못한다는 게 더 두려웠어."

우리 마차 일행들은 숨을 죽이고 경외심 가득한 눈으로 하나비를 바라보았다. 그날 밤이 끝나기 전 나오미는 다시 그림을 그리고 있었다. 종이와 동물 가죽 위에 새 친구들의 얼굴을 그려주었다. 우리의 캠프 위로 달이 높이 떠오를 때까지, 그리고 위키업*과 마차들 모두 잠에 빠져들 때까지 그림을 그렸다.

유일하게 잠을 자지 못하고 있는 사람이 울프였다. 나오미가 랜턴 빛에 의지해 마지막 그림을 그리고 있는 동안 울프는 위니프레드의 품에서 발버둥치고 있었다. 나오미의 마지막 그림은 하나비가 딸을 안고 있는 모습이었다. 하나비의 사랑스러움과 힘이 그림 속에서 빛나고 있었다.

하나비는 그림을 선물로 받고 자신과 꼭 닮은 모습에 놀라움을 감추지 못했다. 하나비는 일어서서 잘 자라는 인사를 했고, 나의 손을 꽉 잡고 나서 나오미의 손도 잡았다. 그런데 잠든 아기를 품에 안고 하나비가 무언가 망설이고 있었다. 하나비는 위니프레드가 울프의 불안해하는 입에 염소젖을 떠먹이는 모습을 잠시 지켜보았다.

하나비가 갑자기 자기 딸을 나오미에게 내밀었고 나오미가 놀라서 아기를 받았다. 하나비가 위니프레드의 맞은편에 주저앉더니 울프를 향해 양쪽 팔을 내밀었다.

"어머니에게 내가 아기 젖을 주겠다고 말해줘, 존 라우리." 하나비가 나에게 말했다. "우리 딸이 먹을 수 있는 것보다 젖이 더 많이 나오거든."

위니프레드가 아들을 하나비에게 넘겼다. 희미한 빛 속에서 위니

---

* 반구형 오두막.

프레드의 눈이 반짝 빛났다. 하나비는 주변을 전혀 의식하지 않고 가운을 열더니 울프의 입을 젖꼭지로 가져갔다. 울프는 어려움 없이 젖꼭지를 찾아 물더니 하나비의 품에서 몸이 축 늘어졌다. 몸은 가만히 있는데 양 볼만 오물오물 열심히 움직이고 있었다.

위니프레드가 서럽게 울기 시작했다. 한쪽 손은 심장 위에 대고 다른 손으로 입을 막고 울었다. 나오미도 하나비의 딸을 안은 채 함께 울었다. 나오미의 눈은 젖을 빨고 있는 막냇동생에게 붙박여 있었다. 한쪽 젖을 빨고 다른 쪽 젖까지 빨았다. 얼마 후 모유로 배를 채우고 단잠에 빠져든 울프의 입에서 젖꼭지가 빠져나왔다. 하나비가 가운을 여미고 울프를 자신의 어깨에 걸쳐 올린 뒤 아기의 작은 등을 쓰다듬기 시작했다. 잠시 후 만족스러운 트림 소리가 크고 길게 터져 나왔다. 하나비가 울프를 다시 위니프레드에게 건네주는데 위니프레드가 눈물을 흘리면서 웃어 보였다.

나는 고개를 돌렸어야 하는 그 광경에 감명받아 완전히 넋을 놓고 보고 있었다. 그제서야 내가 그 자리에 있었다는 사실을 민망해하고 있는데, 하나비가 어떤 불편한 기색도 없이 나오미의 팔에서 자기 아기를 받으며 나를 올려다보았다.

"어머니께 우리가 헤어지기 전 동틀 녘에 한 번 더 젖을 주겠다고 말해줘. 어머니도 식사를 잘 하고 잘 쉬셔야 젖이 잘 나올 거야."

나는 하나비의 말을 위니프레드에게 전했다. 위니프레드는 흘러나오는 눈물을 주체하지 못하고 고개를 끄덕였다. 무슨 말을 하고 싶어 하는 것도 같았는데 한동안 눈물만 계속 흘릴 뿐이었다. 하나비는 괜찮은 건지 궁금해하며 나를 쳐다보긴 했지만 위니프레드를 이해하고 있는 듯 보였다.

"어머니는 감사해하고 계셔, 하나비. 그동안 너무 힘들었는데 불평 한 번 해본 적 없으시거든." 나도 내 감정을 삼키려고 애쓰며 말했다.

"이 모습을 본 적이 있어…… 내 꿈에서." 위니프레드가 흐느끼며 더듬더듬 말했다. "어떤 여자가…… 원주민 여자가…… 울프에게 젖을 주는 걸 봤어. 그때 나는…… 두려웠었어. 하지만 이제는 두렵지가 않아."

13

브리저 요새

존

우리는 이튿날 이른 시간에 하나비 그리고 쇼쇼니 족과 헤어졌다. 다들 기력과 정신이 모두 회복되어 있었다. 우리는 15마일에 걸쳐 황량한 지역을 이동한 후 블랙스 강을 건너며 하루를 마무리 지었다. 애벗과 이주자 안내서에 따르면 브리저 요새에 도착할 때까지 블랙스 강을 세 번 더 건너야 했다.

"그린 강과는 달라요. 완전히 다릅니다. 그냥 물속을 걷기만 하면 되죠. 마차 안의 짐을 내릴 필요도 없고, 물살에 휩쓸릴까 봐 걱정할 필요도 없습니다." 우리가 강 건너에 캠프를 세우고 있는데 애벗 씨가 우리를 안심시켰다. 하지만 나는 다른 것들을 생각하며 초조해지기 시작한 상태였다. 나는 미지의 세계 때문에, 그리고 그것에 대비할 능력이 내게 없다는 사실 때문에 마음속에 커다란 돌 하나가 들어앉아 있는 느낌이었다. 한시라도 빨리 가고 싶었다. 브리저 요새에 도착하면 내가 필요한 장비들(마차, 안장 용품, 밧줄과 체인, 예비용 부품 그리고 두 달 동안 필요한 살림살이들)을 구입하고 나오미와 결혼하기 위해 잠시 머물러야 했는데, 우리 마차 일행들 전부가 브리저 요새에서 나를 기다려줄 수는 없는 노릇이었다. 나에게는 시간이 필요했고, 만약 지금 요새까지 남은 30마일을 마차들과 함께 이동한다면 내 계획은 성공하지 못할 것이다. 나는 애벗에게 그 이야기를 했고, 애벗은 낙관적이진 않았지만 내 계획에 수긍해주었다.

"브리저 요새에 물품들이 많이 있었는지 기억이 안 나네. 래러미 요새 같지는 않을 거다. 이동 중에 들러서 숨을 고르기에야 좋은 곳이지. 물도 깨끗하고 잔디도 많고, 땔감으로 쓸 목재도 풍부하고, 길도 서블렛 길보다 가기 수월하겠지만 막상 가보면 실망할 수도 있을 거다."

내 불안은 차츰 커져갔고, 나는 그 이야기를 더 일찍 해주지 않은 애벗을 조용히 원망했다. 브리저 요새는 서부 이주자들이 들렀다 가는 핵심 요새 중 하나였다. 나는 사실 브리저 요새도 웃돈을 주더라도 이주자들이 원하는 모든 것들을 쉽게 구할 수 있는 래러미 요새 같은 곳일 거라 기대했었다. 돈이야 더 내면 되는 것이지만, 살 수 있는 게 아무것도 없다면 이야기가 달라졌다. 나는 나오미를 따로 불러내 나의 계획을 말했다. 나오미는 아랫입술을 깨문 채로 내 눈을 지긋이 바라보며 말없이 나의 이야기를 들었다. 나오미는 어느 정도의 확신을 바라고 있었다.

"애벗 말로는 지금 이 속도로 계속 가면 브리저 요새에 이틀 반이면 도착할 거래. 하지만 내가 암갈색 말을 타고 노새들을 끌고 혼자서 가면 하루 만에 갈 수 있어. 그러면 하루 동안 필요한 것들을 구해 놓을 수 있을 거야. 이제 그린 강도 건넜고 가장 메마른 지역도 지나왔으니 마차들이 브리저 요새까지 가는 데는 별문제 없을 거야."

"여기 사람들이 걱정되는 게 아니야." 나오미가 말했다. "하지만…… 당신이 꼭 먼저 가야 하는 거라면…… 와이엇을 데리고 가는 건 어때? 와이엇 때문에 속도가 느려지지도 않을 거고 당신이 혼자이지 않으니 내 마음도 더 편할 것 같아."

"당신 가족들이 괜찮다고 하면 와이엇을 데리고 갈게." 내가 동의했다. 와이엇과 함께 가면 와이엇이 내 노새 한 마리에 타고 그 뒤로 세 마리를 줄로 연결해 끌고 갈 수 있을 것이다. 그러면 나는 내 노새들 전부를 한 줄로 연결하고 이동하지 않아도 된다. 나는 내 동물들을 마차 행렬에 남겨두고 갈 생각은 감히 하지 않았다. 콜드웰 씨는 이제 나의 존재를 체념한 듯 보였지만, 그래도 나는 아직은 그를 믿을 수 없었고 나오미의 가족들에게 내 동물들을 보살피는 짐을 안겨주고 싶지도 않았다.

이튿날 이른 새벽, 아직 새들도 깨어나기 전에 나오미가 우리를 배웅하겠다고 고집을 부리며 따라 나왔다. 내가 나오미에게 키스했다. 그리고 다 잘 될 거라고, 이틀 뒤에 보자고 약속했다.

"나를 떠나지 않을 거지?" 나오미가 물었다. 피곤한 목소리에 웃음이 묻어 있었다. "내가 당신을 찾아낼 거야. 나는 원하는 게 있으면 집요해지거든."

"진짜예요, 형. 누나가 보통 집요한 게 아니라고요." 와이엇이 놀렸다. 와이엇은 마차의 단조로움에서 탈출한다는 것에 들떠 무척 활기찬 모습이었다. 와이엇이 뒤도 돌아보지 않고 삼손을 앞으로 나아가게 했다. "가자, 노새들아. 이랴." 와이엇이 힘차게 소리를 내며 삼손에 박차를 가했다. 와이엇의 뒤로 버드로, 거스, 델릴라가 따라갔.

나는 안장 위로 휙 올라탔다. 동트기 전이라 등불을 든 나오미는 하나비가 준 붉은색 이불로 어깨를 덮고 서 있었는데 얼굴에 근심이 가득했다. 나는 몸을 숙여 그녀에게 다시 한번 키스를 했다.

"사랑해, 두 발." 나오미가 말했다.

"나도 사랑해, 나오미 메이. 걱정 마. 먼저 가서 기다리고 있을게."

동물들은 하루 종일이라도 달릴 수 있을 것처럼 달렸다. 우리의 이동 속도에 아찔한 기분이 들 정도였다. 나는 암갈색 말의 속도를 느껴보기 위해 끈을 풀어주고 평야를 가로질러 전력으로 달리게 했다. 그런 뒤 다시 방향을 돌려 와이엇과 노새들에게 되돌아 갔다. 우리는 멈추지 않고 달렸다. 말을 바꿔 타고 물을 먹일 때가 우리가 멈춰 서는 유일한 시간이었다. 지금은 마차들 없이 이동하는 수월함을 맛보고 있지만, 앞으로 두 달 반 동안 나는 황소의 속도로 마차를 몰게될 것이다. 하지만 나오미가 내 옆 좌석에 앉아 있게 될 것이다. 그 생각을 하자 방금 노다지를 발견한 사람처럼 웃음이 났다. 나는 암갈색 말을 마음껏 달리게 해주었다.

우리는 차가운 물이 굽이쳐 흐르는 시내 근처의 풀이 많은 곳에서 저녁을 먹기 위해 멈췄다. 그렇지만 캠프는 세우지 않았다. 우리는 무척 빠르게 달렸다. 일 년 중 이 시기에는 해가 늦게 떨어지기 때문에 어두워지기 몇 시간 전에 마지막 몇 마일을 마저 달려 목적지에 도착할 수 있었다.

브리저 요새(이곳을 지었고 지금도 이곳에 거주하고 있다고 알려진 산사나이 짐 브리저의 이름을 딴 곳이다)에는 대충 자른 통나무들을 쌓고 그 틈으로 바람이 들어오지 못하게 진흙을 약간 발라 만든 길쭉한 통나무집 몇 채가 있었다. 그리고 그와 똑같은 재료로 만들어진 10피트 높이의 벽이 통나무집들을 둘러싸고 있었다. 통나무집들 근처에는 커다란 울타리가 있었고 그 안에 많은 말들이 있었다.

하지만 그것이 전부였다.

나는 암갈색 말의 고삐를 당기고 가만히 "워" 소리를 내며 노새들의 속도를 늦췄다. 그런 뒤 양손을 허벅지 위에 올린 채로 말 위에 앉아 나의 슬픈 운명을 둘러보았다.

서쪽에 있는 공터에 마차 한 대를 중심으로 수십 개의 텐트들이 모여 있었다. 소규모 민병대 같아 보였다. 그린 강에서 보았던 쇼쇼니 족의 것과 다르지 않은 위키업들이 모여 있는 모습이 멀리 보였다. 그리고 성벽을 따라서 오두막 몇 채가 흩어져 자리하고 있었다. 마침 마차 행렬 한 무리가 이제 막 출발을 하고 있었다. 내가 이곳에 도착하며 느낀 낙담과 똑같은 심정을 머금고 마차 열 대가 흔들거리며 멀어지고 있었다.

이곳은 래러미 요새가 아니었다. 어느 모로 보아도 래러미 요새와는 완전히 달랐다. 빌릴 만한 방도, 구입할 드레스도, 물건으로 가득한 판매대도 없을 것 같았다.

"이보다는 더 클 줄 알았는데." 와이엇이 못 믿겠다는 듯이 말했다. "우리 제대로 온 거 맞아요?"

평범하기 그지없는 입구에 두 개의 높다란 기둥이 있었고 그 위에 박혀 있는 판자에는 우리가 제대로 왔음을 알리는 요새 이름이 적혀 있었다.

"물건이 많지는 않아도 대장장이 한 명이 있소이다." 내가 교역소로 사용되는 건물 안에 들어가 물어보자, 성긴 회색 콧수염과 그보다 더 성긴 턱수염을 한 호리호리한 남자가 대답했다. 판매대에 있는 물건들 전부 값이 말도 안 되게 비쌌고 물건이 많은 것도 아니었다.

"대장장이는 필요 없습니다. 마차가 한 대 필요해요." 내가 가라앉는 심장을 부여잡고 말했다. "마차 장비와 생필품들도 필요하고요."

"이런…… 그거 문제구먼. 그래도 내가 밀가루와 베이컨, 커피와 콩은 팔 수 있소이다. 기름. 그렇지, 기름도 있소. 요리용 기름도 있고 마차 바퀴 윤활유도 조금 있지."

"저에게는 바퀴가 없는데요."

"마차가 없으니 그렇겠군. 그러면 옥수숫가루가 많이 남아있고, 요리용 화로도 있어요. 주전자 하나, 냄비 하나, 양철 컵 두 개, 접시 두 개, 숟가락 하나도 있소. 레몬 시럽이 조금 있고. 그 밖에도 이것저것 있소이다."

"다른 곳은 어떤가요?"

"그 대장장이가 아마 안장 용품들을 팔 거요."

내 안에 좌절감이 다시 차올랐다. 나는 안장 용품 이상의 것이 필요했다.

"저기 마지막 집에는 바스케스와 그 부인이 살고 있소. 막사 건물에 브리저 방도 있고요. 여기에 있을 때를 말하는 거요. 브리저는 여기에 잘 없어요. 언제 다시 올지도 모르고 말이오. 모르몬교인들이 와서 아주 난리를 피웠어요. 브리저가 원주민들에게 술과 화약을 팔았다고, 그게 연방법 위반이라나 뭐라나. 모르몬교인들은 여기를 사들이고 싶어 할 뿐이오. 지금 저쪽에 100명쯤 되는 모르몬교인들이 캠프를 세우고 브리저를 체포하려고 기다리고 있소이다. 그러니 장사꾼들이 겁먹고 도망갈 수 밖에요."

그의 이야기를 듣고 보니 밖에서 본 많은 텐트들이 이해가 되었다.

"조만간 물건 공급 마차가 오기로는 되어 있소." 그가 말했다. "그 때는 살 수 있는 물건들이 더 많지요. 하지만 내가 그쪽이라면 다음 마차 행렬이 오기 전에 지금 당장 필요한 것들은 사겠소. 마차 행렬이 몇 팀은 더 올 가능성이 높아요. 대부분 솔트 레이크 계곡으로 가는 사람들이지."

"안 그래도 내일 마차 행렬이 한팀 올 거예요." 내가 침울하게 말했다. 나는 판매대와 나이 많은 상인에게서 몸을 돌려 안뜰을 내다보았다. 와이엇이 동물들에게 물을 먹이고 있었다. 그리고 몇 안 되는 사람이 서성이고 있었다. 원주민들, 멕시코인들, 백인들이었다. 요새는 마지막 마차 행렬이 떠난 후 적막에 휩싸여 있었다. 나는 어떻게 해야 할지 막막했다. 나에게 돈이 있긴 했지만 낭비할 돈은 없었다. 판매대에 있는 물건들의 가격은 세인트조지프에서 파는 것보다 열 배는 비쌌다. 안타까운 사실은 간절한 사람들은 그 돈을 지급한다는 것이었다. 나는 노새 한 마리를 주고 식량을 사느니 그냥 굶는 편이 낫다는 생각이었다. 하지만 이제는 나 혼자만의 이야기가 아니었다.

계산대 뒤에 있던 남자가 내 옆으로 걸어와 섰다. 텅 빈 매대와 나의 큰 실망에는 아무런 관심도 없어 보였다. "어이…… 혹시 저 수탕나귀 팔 생각이오? 꽤나 괜찮아 보이는데. 나에게 괜찮은 암말이 몇 마리 있소이다. 노새들이 있으면 여기에서는 돈을 벌 수 있소. 모피상과 산 사나이들이 노새를 워낙 좋아하니까 말이오."

"저 놈은 안 팝니다……. 그렇지만 내가 필요한 것들을 적당한 가격에 주신다면, 그러니까 제 말은 지금 가격의 4분의 1 가격에 주신다면, 그 암말들을 제가 봐 드리겠어요. 암말이 순순히 따른다면 돈을 받지 않고 저 수탕나귀와 교미를 시켜드릴게요."

남자가 턱수염을 잡아당기며 눈을 가늘게 떴다. 그러더니 어깨를 으쓱했다.

"저 정도 되는 수탕나귀를 내가 언제 또 볼 수 있을지 모르는 거 아니오. 당신이 필요하다는 건 다 챙겨보겠소. 당신의 수탕나귀는 저 좋은 일을 하고, 우리는 가격에서 합의를 보고, 그러면 당신은 당나귀를 팔지 않아도 되고. 당신에게 줄 만한 궤짝이 하나 있소이다. 거기에 물건들을 담으면 될 거요. 마차 행렬들을 쫓아다니면서 사람들이 내다 버리는 것들을 주워오는 친구가 하나 있거든. 나무에서 열매를 따는 거랑 비슷한 거요. 그 친구가 가져온 것들을 전부 모아둔 방이 있소."

나는 내게 필요한 것들을 남자에게 말했다. 조리도구들과 접시들, 프라이팬, 건빵, 밀가루, 그리고 살 수 있을 가능성이 있는 모든 것들을 이야기했다. 나는 그 물건들을 실을 마차를 아직 구하지 못했다는 것, 마차를 구할 뾰족한 수가 없다는 것은 되도록 생각하지 않으려고 했다. 남자는 종이 위에 계속해서 적어 내려갔다. 나는 상인이 다른 방에서 궤짝을 끌어내는 걸 도왔다. 그리고 그 안에 물건 전부를 넣고 자물쇠로 잠근 다음 계산대 뒤에 밀어 넣어 두었다.

"테디 볼스요." 상인이 손을 뻗으며 말했다.

"존 라우리입니다."

"존, 저기 앞에 무슨 일이 생겼나 봐요." 와이엇이 문 안쪽으로 고개를 들이밀고 말했다. 와이엇의 눈이 나와 테디 볼스를 번갈아 쳐다보았다. "한쪽은 원주민들이고 다른 쪽은 백인들인데 상황이 좋지 않아 보여요."

"제기랄!" 테디가 문 쪽으로 뛰어가며 투덜거렸다. "바스케스를 불러와야겠어."

나오미

 블랙스 강을 여러 번 건너고 있자니 구불구불한 스위트워터 강과 존이 나에게 했던 '거절'이 떠올랐다. 당시의 나는 나에게 마음을 주지 않는 남자를 애타게 그리워하며 남은 나날들을 보내겠구나 생각했었다. 존은 나를 혼돈에 빠트리고 뒤도 안 돌아보고 가 버렸었다. 그건 그가 너무 열심히 생각했기 때문이었다. 나는 살면서 그렇게 열심히 생각하는 남자는 만나본 적이 없었다.

 지금의 나는 그저 존이 우리에게 필요하다고 생각하는 것들을 모두 구할 수 있기만을 바랄 뿐이었다. 그러지 못한다면 우리의 결혼식은 이루어지지 않을 수도 있기 때문이다. 내가 존에게, 우리가 워런 오빠의 마차를 아담과 리디아 부부와 함께 쓸 수 있다고 말했을 때, 존은 나를 눈 세 개에 뿔이 두 개 달린 사람 보듯 쳐다봤었다.

 대니얼과 내가 결혼했을 때 우리의 살림살이는 대접 두 개와 숟가락 두 개, 나무 쟁반 하나, 접시 하나 그리고 프라이팬 하나가 전부였다. 엄마와 나는 누비이불을 지었고, 대니얼은 결혼 선물로 궤짝을 만들어 주었다. 하지만 우리의 첫날밤은 대니얼 아버지의 집에서 치러졌다. 둘째 날 밤도, 셋째 날 밤도, 그리고 마흔다섯 번째 날 밤도 마찬가지였다. 대니얼이 죽기 한 달 전 우리는 그의 가족들이 있는 곳에서 몇 마일 떨어진 곳에 방 한 칸짜리 통나무집으로 살림을 옮겼다. 벽난로 하나와 창문 하나가 있는 집이었다. 침대와 찬장, 대니얼의 궤짝, 식탁 그리고 의자 하나를 놓을 수 있을 정도의 집이었다. 저녁 식사 시간이면 나는 침대 위에 앉고 식탁 의자에는 대니얼이 앉도록 했다. 대니얼이 죽고 난 뒤에 나는 그 식탁 의자에 앉을 수 없었다. 그것이 잘못된 것처럼 느껴졌다. 그리고 침대에서 잘 수도 없었다. 사실 그 이후로 나는 그 침대에서 잠을 잔 적이 한 번도 없었다. 슬픔과 상실감이 나를 삼켜버릴까 봐 두려웠다. 그 대신 나는 엄마와 아빠의 주방 바닥에 모포를 깔고 잠을 청했다. 엄마와 아빠는 나에게 돌아가라는 말은 절대 하지 않았다.

일리노이를 떠나면서 나는 통나무집에 있는 물건들을 전부 단돈 몇 달러에 팔아버리고 내 인생에서 아내로서의 문을 닫아 버렸다. 마차는 워낙 공간이 부족했기 때문에 얼마 되지도 않는 내 물건조차도 넣을 자리가 없었다. 나는 살면서 나만의 방을 가져본 적도 없었고, 나만의 침대도 가져본 적이 없었다. 대부분의 사람들이 그랬다. 유일하게 나 혼자 있을 수 있는 공간은 잠잠히 침잠할 수 있는 나의 생각 속, 그리고 내 앞에 놓여있는 빈 종이뿐이었다. 그래서 나는 존이 왜 그렇게 우리만의 마차가 필요하다고 고집을 부리는지 이해하지 못했다. 나는 두 달 동안 텐트에서 지낼 수 있었다. 일 년 동안이라도 텐트에서 지낼 수 있었다. 하지만 존의 꽉 다문 입과 뻣뻣하게 굳은 등 모양을 보고 나는 깨달았다. 존은 자기 생각을 굽히지 않을 거라는 것을. 그리고 존에게 나의 생각을 설득시키려고 하는 것이 아무런 쓸모도 없으리라는 것을. 존은 자존심이 강한 사람이었고 자신의 이야기를 잘 하지 않는 사람이었다. 내가 만약 자신의 집에서 이방인처럼 느끼며 살아왔다면, 나만의 공간이라 할 만한 곳을 무척 갖고 싶어 했을 것이다.

존이 지금 그런 욕구를 느끼고 있었다……. 그리고 나는 존이 그 욕망을 추구하도록 내버려 둘 생각이었다. 존이 어디를 가고 싶어 하든, 무엇을 하고 싶어 하든, 나를 곁에 있게만 해준다면 나는 괜찮을 것이다. 우리 엄마와 아빠, 오빠와 동생들을 함께 갈 수 있게만 해준다면 그가 무엇을 해도 상관없었다. 우리 가족들은 벌써 존에게 많은 애정을 느끼고 있었다.

우리 마차 행렬이 블랙스 강의 또 다른 지류에서 낮 휴식을 취하기 위해 멈췄는데, 엄마가 오래된 가족 성경책을 꺼내 왔다. 맨 앞장에 몇 대에 걸친 우리 가문 사람들의 이름과 함께 출생과 사망, 결혼, 출산 날짜들이 꼼꼼하게 기록되어 있었다. 엄마는 그 성경책을 읽어준 적이 한 번도 없었다. 성경을 읽어줄 때면 다른 성격 책을 가지고 왔다. 그 오래된 성경책은 천에 싸여 나무 상자에 보관되고 있었고, 그 나무 상자는 우리의 여정이 시작된 이래로 마차 침대 아래에만 있었다.

"이 성경책을 너무 오랫동안 꺼내 보지 않았구나. 늘 마음이 쓰였어." 엄마가 말했다. 엄마는 성경의 맨 앞장, 줄줄이 적혀 있는 엄마의 자녀들 이름 끝에 울프의 이름과 생일을 적더니 아비가일이 죽은 날짜도 기록했다.

내 이름 오른쪽으로 선을 하나 긋더니 '존 라우리, 1853년 7월 결'이라고 적었다. 내 이름 왼쪽으로는 '대니얼 로렌스 콜드웰, 1830년 10월 출, 1851년 10월 결, 1852년 1월 사'라고 적었다. '출'은 '출생'을, '결'은 '결혼'을, '사'는 '사망'을 뜻했다.

나는 대니얼의 이름을 완전히 지워버리고 싶지는 않았지만 거기에 그렇게 쓰여 있는 모양새가 마음에 들지 않았다. 내 이름을 가운데 두고 양쪽으로 두 남자의 이름이라니. 존도 좋아할 것 같지 않았다. 엄마가 그 성경책을 존이 없을 때 꺼내 온 것에 감사할 따름이었다.

"우리가 결혼할 때까지 기다리는 게 낫지 않아요, 엄마?" 내가 물었다.

"아니야. 존 생일이 언제니?" 엄마가 가만히 묻고는 내 대답을 기다리며 펜을 들어 올렸다. 엄마는 오늘 기분이 훨씬 좋아 보였다. 하나비의 너그러움이 엄마를 회복시켜 준 것이다.

"존도 모른대요. 1827년이나 28년 겨울이요."

"겨울?"

"존의 어머니가 존을 낳았을 때 눈 위에서 자국을 보셨대요. 그래서 겨울일 거라고 그러더라고요."

"무슨 자국을?" 엄마가 가만히 물었다. 그때 펜에서 새까만 잉크 한 방울이 종이 위로 떨어졌다.

"발자국이요. 양쪽 발에 다른 신발을 신은 사람 같았대요." 내가 대답했다. 하지만 엄마의 관심은 이미 잉크 얼룩으로 옮겨가 버렸다.

"오, 안 돼. 내가 무슨 짓을 한 거니." 엄마가 잉크 자국을 내려다보며 안타까운 목소리로 말했다. 잉크 때문에 엄마의 이름을 완전히 못 알아보게 되어 버렸다.

존

대치 상황이 전개되고 있었다. 인근 텐트촌에서 온 남자들이 요새 앞 20야드 정도의 지점에 버티고 서서 말을 타고 있는 원주민 무리의 길을 막고 있었다. 고기와 모피를 가득 싣고 온 것을 보니 원주민들은 거래를 하러 온 것이 틀림없어 보였다.

"우리는 짐 브리저를 찾고 있다." 누군가가 외치는 소리가 들렸다. "그 자를 찾을 때까지는 요새 안으로 아무도 못 들어간다."

"우리는 들어왔잖아요." 와이엇이 얼굴을 찌푸리며 말했다. 우리는 지금 케틀과 암갈색 말, 그리고 노새들을 우리 뒤로 줄줄이 끌고 가고 있었다. 동물들은 여기에서 다시 나가는 것이 내키지 않아 보였다. 나도 다시 나가는 것이 내키지 않았다. 나에게는 해야 할 거래가 있었고 시간은 턱없이 부족했다. 우리는 대치 중인 사람들로부터 거리를 두고 요새 입구 동쪽 바깥 벽을 따라서 움직였다.

잠시 후 테디 볼스와 바스케스로 추정되는 남자가 요새에서 바깥으로 성큼성큼 걸어 나왔다. 바스케스는 우리 아버지의 나이 정도로 보였는데 머리카락은 아직 본래의 색을 잃지 않고 있었다. 머리를 뒤로 매끈하게 붙여 넘기고 수염도 말끔하게 밀었으며, 셔츠의 소매는 팔꿈치까지 말아 올려져 있고, 그 위로 가죽조끼를 입고 있었다. 주머니에선 금시계 사슬이 늘어져 있었다. 외모는 은행가 같아 보였지만 손에 소총을 들고 있었고 보기 좋게 탄 이마 위로 주름이 깊게 파여 있었다.

바스케스의 뒤로 여자 한 명이 등장했다. 흰색 줄무늬에 작은 흰색 깃으로 장식된 짙은 파란색 원피스를 입고 있었다. 머리카락은 심하게 꼬불거렸고 허리는 무척이나 꼿꼿이 세우고 있었다. 바스케스가 여자에게 도로 들어가라고 소리를 빽 질렀는데, 여자는 그 말을 무시했다. 그 여자를 보니 나오미 생각이 났다.

바스케스와 볼스 씨는 모르몬교 민병대 사이를 헤치고 걸어가 말에 타고 있는 원주민 용사들 앞에 섰다. 여자는 와이엇과 나로부터 불과 10피트 떨어진 거리에서 그 모습을 전부 지켜보고 있었다.

"이건 규칙 위반이잖소, 켈리 대장." 바스케스가 소리쳤다. 프랑스어 억양이 약간 섞인 영어였다. 나는 그의 이름 때문에 잠시 혼란스러워졌다. 바스케스.

나는 불현듯 그가 누구인지 생각났다.

"루이스 바스케스. 세상에 이런 일이 다 있군." 내가 나직이 말했다. 미주리에서 나고 자란 소년. 스페인 출신의 아버지와 프랑스계 캐

나다인 어머니 사이에서 태어난 루이스 바스케스는 평야를 누비고 산맥을 걸어서 넘어 다니는 모피상으로, 미주리에서는 모르는 사람이 없는 유명인사였다. 미주리에서는 모든 사람이 서부 이야기를 했고, 그것은 지난 20년 간 '미국의 정신'의 일부분이기도 했다. 나의 아버지는 본디 말수가 적은 분이셨는데, 바스케스에게 노새 한 마리를 팔고는 깊은 인상을 받았는지 집으로 돌아와 그 이야기를 들려주었었다. "루이스 바스케스가 오늘 라우리 노새를 한 마리 샀다. 정말로 대단한 일이야." 누가 보면 아버지가 조지 워싱턴(그 또한 유명한 노새 사육자였다)에게 노새를 팔고 온 줄 알았을 정도였다.

"우리 대원 두 명을 총으로 쏘고 머리 가죽을 벗겨간 원주민들은 쇼쇼니 족이었다. 나는 문제를 일으키고 싶지 않다. 하지만 그런 일이 다시 발생하길 원하지도 않는다. 그리고 원주민들에게 화약과 술을 팔고 있는 짐 브리저는 계속 상황을 악화시키고 있을 뿐이다. 그에게서 어떤 대답을 듣기 전까지 나는 단 한 발자국도 움직이지 않을 거다." 모르몬교 민병대의 대장이 외쳤다.

"형 친구 하나비도 쇼쇼니 족 아니었어요?" 와이엇이 물었다. "형이 저 사람이랑 이야기할 수 있을 것 같은데요. 안 그래요, 형?"

와이엇은 나의 대답을 기다리지 않고 여자를 불러 우리를 쳐다보게 만들었다. "라우리 씨가 쇼쇼니 족 말을 할 줄 알아요, 부인. 라우리 씨가 도울 수 있을 것 같아요."

여자는 미소로 화답했다. "저 분이 하실 수 있을 것 같은데요, 루이스." 여자가 사람들을 둘러싸고 있는 갈등 사이로 목소리를 높여 말했다. "여기에 켈리 대장을 대신해서 와샤키 추장에게 이야기할 수 있는 사람이 있어요."

와샤키. 그는 하나비의 남편이 틀림없어 보였다.

양쪽 무리 사람들의 고개가 전부 우리를 향했다. 여자가 밝게 웃으며 마치 자신의 백성들에게 인사를 하는 여왕처럼 고개를 숙였다. 여자가 나를 쳐다보며 갈등이 발생한 곳을 향해 손을 쭉 뻗었다. 그리로 가라는 의미였다.

"라우리 씨?" 여자가 재촉했다.

"여기에서 기다려, 와이엇." 내가 작게 말했다. "그리고 다음부터 내가 할 말은 내가 직접 할게."

모르몬교 사람들이 조심스레 갈라지며 자기들의 대장과 바스케스에게로 가는 길을 나에게 터주었다. 쇼쇼니 족의 수장은 자신의 안장 위에 계속 꼿꼿한 자세로 앉아 있었고 자신이 받고 있는 환영에 불안해하지 않는 듯했지만, 그렇다고 좋아하는 것 같지도 않았다. 그들에게 다가가는데 쇼쇼니 족 추장의 눈이 나와 마주쳤다. 나는 무의식적으로 모자를 벗었다. 모자를 계속 쓰고 있는 것은 상대를 모욕하는 것으로 보일 수도 있기 때문이었다. 물론 나를 제외하고 아무도 모자를 벗지는 않았지만 말이다. 추장은 버펄로 모피를 걸치고 있었고 깃털 몇 개가 그의 긴 머리카락 사이에 늘어져 있었다. 추장은 떡 벌어진 가슴에 잘생긴 얼굴을 하고 있었다. 그의 나이는 가늠하기 힘들었다. 흰 머리도 없어 보였고 얼굴에 주름도 없었다. 하지만 추장이 될 정도로는 나이가 많지 않아 보였다. 추장은 젊은 사람의 자리가 아니었다.

테디 볼스는 마치 우리가 오랜 친구라도 되는 듯 내 등을 탁, 쳤다. 하지만 켈리 대장은 나를 의심스러운 눈으로 바라보았다.

"자네가 쇼쇼니 족 말을 할 줄 안다고?" 바스케스가 물었다.

"그렇습니다. 어느 정도 합니다."

"우리는 저 사람에게 그 습격에 대해 아는 것이 있는지 묻고 싶네. 우리는 그 원주민들이 쇼쇼니 족이었다고 알고 있거든. 그걸 저 추장에게 물어봐 줄 수 있나?" 켈리 대장이 물었다.

나는 조금은 더듬거리며 그것에 대해 물어 보았다.

추장은 나의 얼굴을 뚫어져라 쳐다보더니 이내 나를 무시했다. 추장의 어깨는 뻣뻣하게 굳어 있었고 눈빛은 몹시 차가웠다. 화가 나 있었다. 지금 이 대치 상황에 모욕을 느끼고 있는 것이었다.

"거래를 하고 싶다. 지금." 추장이 말했다.

"이 사람과 거래를 한 적이 있으신가요?" 나는 궁지에 몰린 상황에 불편함을 느끼며 바스케스에게 물었다.

"많이 했지. 브리저는 이 추장을 친구라고 생각한다고." 바스케스가 대답했다.

"매년," 켈리 대장이 동의했다. "엄청난 대접을 해주지."

"그렇다면 문제가 뭔가요?" 내가 물었다.

"문제는 두 사람이 죽었고, 브리저가 법을 어기고 있다는 거다. 추장에게 다시 물어보게." 켈리 대장이 재촉했다.

"혹시 민병대를 죽이고 말을 가져간 사람이 누구인지 아시나요?" 나의 질문이 비난으로 들리지 않도록 노력하며 와샤키 추장에게 조심스럽게 물었다.

"그들이 죽을 만해서 죽었을 거라는 것 정도는 안다." 와샤키가 말했다. 나는 그 말을 켈리 대장에게 전하지 않고 와샤키가 말을 계속 잇기를 기다렸다. 그런데 와샤키가 화제를 돌리며 나에게 물었다. "너는 백인인가?"

"제 아버지가 백인이십니다."

"어느 부족인가?"

"부족은 없습니다."

"포니 족 아닌가?"

나는 그의 말에 깜짝 놀랐다. 내 말투에서 포니 족 억양이 들리는지 궁금했다.

"제 어머니가 포니 족이셨습니다." 내가 말했다.

"너는 아니고?"

나는 잠시 생각에 잠겨 아무 말도 하지 않았다. 어떻게 대답해야 할지 알 수 없었다. 결국 나는 그냥 나 자신을 소개했다. "저는 존 라우리입니다."

"존 라우리." 그가 반복해 말했다. "들어 보았던 이름이다."

"하나비가 예전에 저희 가족과 살았었습니다." 나는 조금 두려운 마음으로 그녀의 이름을 언급했다. 다른 남자의 아내와의 친분을 드러내는 것이 현명한 행동인지 확신이 서지 않았다.

와샤키는 내가 하나비의 이름을 언급할 때 아무런 표정 변화가 없었다. 하지만 무거운 침묵이 흐른 후 내 질문에 대답했고, 그의 목소리에서 적대감은 모두 사라져 있었다.

"군인들을 죽인 건 우리 부족민들이 아니다. 우리는 백인을 죽이지 않는다. 우리는 크로우 족을 죽인다. 때로 우리는 서로를 죽인다. 그렇지만 우리는 백인은 죽이지 않는다." 추장이 말했다.

"왜죠?" 나는 진심으로 궁금했다.

"이 땅에 백인들은 계속해서 밀려들고 있다. 그들을 죽여 봤자 좋을 게 없다." 그가 어깨를 으쓱했다.

나는 켈리 대장과 바스케스에게 추장이 말한 것들을 전했다.

"포카텔로일 수도 있다." 와샤키가 말했다.

"쇼쇼니 족 인가요?" 내가 물었다.

와샤키가 고개를 한번 끄덕였다. "그자가 백인들을 좋아하지 않는다. 그자는 머리 가죽을 좋아한다. 그자는 온갖 색깔과 크기의 백인 머리 가죽을 가지고 있다."

"당신이 그 사람의 추장이신가요?"

"아니. 그자는 따로 무리를 이루고 있다. 그자가 무엇보다도 갖고 싶은 것이 아마 내 머리 가죽일 거다. 나는 그자의 추장은 아니지만 그자는 자신의 무리가 나를 따를까 봐 걱정하고 있다." 와샤키는 그게 별 문제가 되지 않는다는 듯 어깨를 한 번 더 으쓱해 보였다.

나는 와샤키의 말을 전했다. 두 무리 사이에 갈등을 촉발할 수 있을 것 같은 이야기들은 내 선에서 차단했다.

"브리저가 저들에게 술을 팔고 있는지 물어봐 주게." 켈리 대장이 요구했다.

와샤키는 그 단어를 알아듣고는 켈리 대장을 경멸하는 얼굴로 쳐다보았다. 그러더니 말을 돌리고, 가져온 물건들을 지키고 있던 다른 원주민들에게 소리를 지르며 명령을 내렸다. 갑자기 모두 어수선하게 움직이고 있었다. 이곳을 떠나려는 것이었다.

바스케스는 와샤키가 거래하기 위해 가져온 물건들을 원하며 그들을 불러 세웠다.

"가지 마시오, 와샤키. 부탁이오." 바스케스가 애원했다. 그의 두 손이 간절한 듯 위로 올라가 있었다. "와샤키에게 원하는 건 다 주겠다고 전해주게." 그가 나에게 돌아서며 말했다. "이제 질문은 더는 없을 거라고."

켈리 대장이 한숨을 쉬었지만 바스케스에게 반박하지는 않았고, 나는 와샤키에게 바스케스가 지금 거래를 원한다고 말했다.

와샤키는 몸 앞으로 팔짱을 끼고는 원하는 물건들을 말했다. 설탕, 페인트, 총, 구슬 그리고 지금 이곳에서 오래 기다렸고 형편없는 대접을 받았으므로 물건들을 더 많이 받기를 원한다고 했다. 바스케스는 테디 볼스를 서둘러 안으로 보내 물품들을 신속하게 마련했다. 대치 상황이 끝난 것으로 보고 요새 안에서 나온 몇몇 상인들이 바스케스와 함께 물물교환을 하기 시작했다. 나는 와샤키의 태도와 처신에 놀라움을 느꼈다. 그는 두려워하지 않았고 순응하지도 않았다. 하지만 대놓고 공격적으로 굴지도 않았다. 그 모습이 그의 부족민들을 안심시켰다. 와샤키의 자신감은 그의 전사들에게도 그대로 투영되었다. 외모가 말끔한 전사들은 근사한 차림새를 하고 있었다.

켈리의 병사들도 긴장을 풀었다. 어떤 병사들은 자리를 옮기기도 했지만 남은 병사들은 자신들도 물물교환을 하기 위해 돌아다녔다. 몇몇 병사들은 나에게 통역을 해 달라고 부탁을 했다. 양쪽의 말을 옮기며 흥정을 수월하게 하도록 도왔다. 나는 와이엇에게 손짓을 해 내 짐가방을 가져오도록 했다. 그런데 내가 값을 치르려고 하자 와샤키가 고개를 흔들었다. 그는 내가 구매하려고 챙겨 둔 모피와 버펄로 고기를 가리켰다. 고기는 나오미 동생들이 한 달 동안 먹을 수 있을 정도로 많은 양이었다.

"하나비를 위해서다." 와샤키가 말했다. "거래는 없다. 존 라우리. 선물이다." 그러더니 그는 내가 지불하려는 것을 쳐다보려 하지도 않았다.

요새를 떠나는 그의 조랑말들과 짐꾸러미는 새 물건으로 가득 차 있었다. 바스케스는 아직 내 옆에 있었고, 켈리 대장은 병사들을 데리고 철수한 상태였다.

"루이스 바스케스네." 그가 한 손을 내밀며 말했다. 우리는 아직 정식으로 인사도 하지 않은 상태였다.

"익히 들었습니다." 내가 말했다. "당신은 제가 온 곳에서는 전설 같은 분이세요."

그가 멋쩍은 듯 웃음을 터뜨렸지만 기분은 좋은 듯했다.

"저희 아버지가 10년 전쯤에 당신께 노새 한 마리를 파셨어요. 아버지는 그 기억을 제 머릿속에 각인을 시켜 두셨죠." 내가 덧붙였다. "저희 아버지가 원래 그렇게 자랑하는 분이 아니신데 말이에요."

"존 라우리." 그가 고개를 끄덕이며 말했다. "기억하고 말고. 자네 이름을 들었을 때 무슨 관련이 있겠다 싶었어. 자네 아버지가 판 노새를 아직도 키우고 있네. 10년이 되었군 그래. 그 노새는 한 번도 나를 힘들게 한 적이 없었어. 나를 절대 저버리지 않았지."

"집에 편지를 쓸 때 아버지께 말씀드려야겠어요. 아버지가 무척 좋아하실 거예요."

"이쪽은 내 아내 나르시사라고 하네." 바스케스가 방금 옆으로 온, 짙은 파란색 원피스를 입은 여인을 소개했다. 나르시사는 몸집이 작고 날씬했고, 바스케스보다 적어도 스무 살은 어려 보였다. 하지만 그녀의 웃는 모습에서 그녀가 어떻게 바스케스 같은 남자를 한곳에 정착하도록 설득했는지가 보였다. 설득이 필요했다면 말이다.

"반가워요. 라우리 씨." 나르시사가 내 손을 잡으며 말했다. "당신 덕분에 살았어요. 도대체 어디에서 이런 분이 나타나셨을까?"

"아······ 그게." 나는 어떻게 대답해야 할지 몰라 말을 더듬었다.

"저는 마차 행렬과 함께 이동 중입니다. 저희 마차들은 하루 뒤에나 올 거예요. 저는 볼일이 있어서 먼저 왔습니다."

"저것들은 자네 동물들인가?" 바스케스가 내 동물들을 바라보며 물었다. 와이엇이 아직 근처에서 동물들을 지키고 있었다.

"네, 그렇습니다."

바스케스가 동물들을 향해 걸어갔다. 나르시사가 그의 옆에서 따라갔다. 바스케스가 삼손의 등 위로 와이엇의 손을 잡고 흔들었다.

"팔려는 건가?" 바스케스가 물었다.

"아닙니다. 어쩔 수 없는 경우가 아니면 팔지 않습니다. 저는 캘리포니아까지 가야 하고, 제 마차를 끌려면 녀석들이 필요하거든요."

"아쉽게 됐군. 팔 생각이 있으면 내가 구입할 생각이 있는데 말이야. 어쨌든 내가 자네에게 신세를 졌네, 라우리. 자네가 상황을 잘 수습해줬어. 내가 빚을 진 거야. 나는 쇼쇼니 족 말은 잘 할 줄 모르네. 켈리 대장은 더 못하고 말이야."

"이 요새는…… 제가 기대하던 모습이 아니에요." 내가 나의 당면한 문제로 화제를 돌리며 말했다.

"나도 이런 곳을 기대했던 건 아니랍니다, 라우리 씨." 나르시사가 온화한 얼굴로 남편을 바라보며 말했다.

바스케스가 얼굴을 비비며 한숨을 쉬었다. "브리저와 나는 여기를 번창시킬 정도로 오래 머물지 못하네. 모피 거래도 점점 변하고 있어. 이제는 이곳에 오는 사람은 덫사냥꾼보다 이주자들이 훨씬 많지. 물론 이주자들 대부분의 목적지는 솔트 레이크 계곡이고 말이야. 그리고 모르몬교인들은 우리가 하는 일들을 못마땅해하고 있어."

"그런 것 같네요."

"가격은 너무 비싸지, 물건 종류는 별로 없지."

"그것도 맞는 것 같습니다." 나는 가능한 한 아무렇지도 않은 목소리로 말했다. 나는 간절한 사람들에게 바가지를 씌우는 것이 옳다고 생각하지 않았다. 바스케스는 내가 꺼내지 않은 말을 알아듣는 것처럼 다시 한번 한숨을 쉬었다.

"여기는 물건들이 무척 비싸네. 그래도 여기에는 풀도 많고 물도 참 깨끗하고 시원하지. 그래도 그걸로 돈을 받지는 않아." 바스케스가 말했다. "그렇지만…… 요즘은 그냥 모르몬교인들에게 이곳을 팔아버릴까 생각 중이야." 나르시사가 바스케스를 쳐다보았다. 둘만의 긴 대화가 있었음을 보여주는 얼굴이었다.

"문제가 있었나요?" 내가 물었다.

"브리저와 모르몬교인들 사이에? 있었지. 그리고 그들이 옳아. 미국 정부는 현지 원주민들에게 술을 파는 일을 나 몰라라 하고 있지. 위스키 거래가 동부의 원주민들을 어떻게 망쳐놓았는지는 하나님만이 아시네. 하지만 수 족은 위스키에 손도 대지 않을 거야."

"똑똑한 사람들이에요, 수 족은." 나르시사가 끼어들었다.

"그렇지만…… 우트 족이나 블랙풋 족에게 거래하지 않겠다고 말하긴 곤란하지." 바스케스가 코웃음 쳤다. "그들이 위스키를 원하고, 그들에게 버펄로 모피와 생가죽이 있으면 우리는 거래를 하는 수밖에 없어. 브리저는 현지 부족민들의 유모가 되는 일에는 관심이 없다고."

"우트 족과 블랙풋 족이요?"

"그들은 와샤키와는 달라. 와샤키는 친구 같은 사람이야. 그가 우리를 친구처럼 대해주니 우리도 그에게 매정하게 할 수 없는 거야. 와샤키는 우리와 거래를 하고 모르몬교인들과도 거래를 하지. 모르몬교인들이 와샤키를 조금이라도 곤란하게 했다는 게 놀라운 이유가 바로 그거야. 우트 족과 블랙풋 족은 우리 중 누구에게도 아무런 쓸모도 없다고. 특히 홀 요새 주변에 있는 블랙풋 족 원주민들은 골칫덩어리 그 자체야."

"그러면 켈리 대장이 말하는 민병대 습격은요?" 내가 물었다.

"그것에 대해서는 나도 아는 게 아무것도 없네. 그런 일은 사실 거의 일어나지도 않고, 오히려 모르몬교 이주자들이 겁을 집어먹고 먼저 총을 쏘는 경우가 꽤 많다고."

"꽤 많아요." 나르시사가 맞장구 쳤다.

"켈리 대장도 나쁜 사람은 아니야. 아까 어떻게 보였을지는 몰라도 지금까지는 와샤키와 싸워본 적도 없어." 바스케스가 말했다. "켈리 대장은 브리저와 싸우고 있는 거야. 그리고 나는 그런 일들이 전부 아주 지긋지긋하네. 그냥 여기를 팔아버릴 생각을 하고 있어. 돈을 받고 떠나는 거지. 계곡에 가게를 하나 차릴 수 있을 거야. 아니면 미주리로 돌아갈 수도 있을 거고."

"자 그럼 자세한 이야기들은 전부 다 들었으니." 나르시사 바스케스가 남편의 기분을 좋게 해주려는 듯이 팔짱을 끼고는 나를 보고 웃으며 말했다. "우리가 어떤 도움을 줄 수 있을까요, 라우리 씨? 우리도 은혜를 갚아야지요."

"저희에게 마차가 한 대 필요해요, 부인." 와이엇이 불쑥 끼어들어 말했다.

바스케스가 낮고 부드러운 휘파람을 불었다. "여기에 마차들이야 많이 오지. 하지만 전부 이주자들이 잔뜩 타고 있어. 길 위에 버려지는 마차는 있어도, 일단 여기로 굴러 들어오는 마차들은 전부 다시 굴러

나간다고."

"제퍼슨이 도움을 줄 수 있을지도 몰라요." 나르시사가 말했다. "그런데 우리 신사분들께서 굳이 지금, 이렇게 멀리까지 온 마당에 새로운 마차가 왜 필요하실까요?"

와이엇이 기대에 찬 얼굴로 나를 쳐다보았다.

"사실은…… 제가…… 결혼하고 싶은 여자가 지금 오고 있는 마차 행렬에 있습니다. 그녀에게 가족들이 있고 책임이 있어요. 그리고 그건 저희가 마차 행렬을 계속 따라가야 한다는 의미입니다."

"오, 그렇군요." 나르시사가 이해했다는 듯 고개를 끄덕이며 말했다.

"그녀에게 브리저 요새에 도착하면 결혼을 하자고 말했습니다."

"이곳이 래러미 요새와 비슷할 거라 생각했던 거군요. 첫날밤을 보낼 수 있는 곳일 거라고요. 루이스와 내가 래러미 요새에서 결혼했어요. 주례는 드 스메트 신부님이 봐주셨고요. 정말 좋았었죠. 그분에 대해 들어본 적 있나요? 교회 쪽에서는 유명한 분이신데."

"아니요, 부인."

"나르시사, 이 청년은 가톨릭 신자는 아닌 것 같은데." 바스케스가 투덜거렸다.

"네, 가톨릭이 아닙니다." 내가 말했다.

"주례를 봐줄 분은 계시고요?" 나르시사가 물었다.

"있습니다."

"그렇다면 우리 집에서 결혼하셔야겠어요. 우리 응접실에서요. 제가 이렇게 부탁할게요. 그리고 첫날밤은 제 방에서 보내게 되실 거예요. 마차는 구해드리지 못해도 그건 제가 도와드릴 수 있답니다."

바스케스가 놀란 얼굴로 쳐다보았다. 그의 아내는 멈추지 않고 말을 이었다.

"남편이 내일 켈리 대장과 함께 그레이트 솔트 레이크 계곡으로 떠나거든요. 브리저 씨는 당분간은 이곳으로 돌아오지 않을 거라고 켈리 대장을 설득하는 데 성공한 것 같아요. 저는 아이들과 자면 돼요. 원래 남편이 없을 때는 자주 그러거든요."

내가 와이엇을 쳐다보았다. 결혼식과 첫날밤 이야기에 와이엇의 얼굴이 빨개져 있었다. 나의 가슴 속에서 자존심과 욕심이 싸우고 있었다.

"정말 친절한 분이세요, 부인." 와이엇이 나를 구하기 위해 뛰어들었다. "그런데 사람들이 꽤 많아요. 저희 마차 행렬 사람들 전부가 결혼식에 참석하고 싶어할 거예요. 야외에서 하는 게 더 좋을 것 같아요. 그렇지만 저희 누나는 좋은 것, 멋진 것을 누릴 자격이 있어요. 부인이 방을 내주신 걸 누나가 무척 감사해할 것 같아요."

하나님, 와이엇에게 축복을 내려주세요.

"좋아요." 나르시사가 말했다. "요새 뒤편에 작은 공터가 하나 있어요. 그곳에 내가 정원을 꾸며 놓았죠. 아직 활짝 피지는 않았지만 야생 아킬레아 천지랍니다. 교회보다는 훨씬 예쁠 거예요. 내일, 해질녘으로 해요. 하루 중 가장 아름다운 시간이죠. 그리고 라우리 씨, 신부가 도착하면 나에게 데리고 오세요."

14
샛길

존

다음 날 아침 나는 내 마차에 실을 생필품들을 테디 볼스로부터 할인된 가격으로 구입하면서 시간을 보냈다. 그에게는 정말로 암말 몇 마리가 있었다. 나는 그의 암말들을 살펴본 후, 다른 말들로부터 떼어 놓아 임신을 막으려 했던 그의 노력에도 불구하고, 한 마리는 이미 임신을 한 것 같다고 말해주었다. 하지만 다른 한 마리는 지금 발정기에 들어선 것 같다는 사실도 알려주었다. 암말의 교미 시기는 이른 봄부터 늦여름까지 이어지고 그 기간 내내 임신이 가능하다. 나는 그런 것들을 이야기하면서 내가 일을 어떻게 진행하는지를 설명해주었는데, 테디 볼스는 막무가내로 지금 당장 시작하기를 원하고 있었다.

"놈을 여기로 데리고 와 보자고." 그가 두 손을 탁 맞잡으며 말했다.

"암말은 수탕나귀에게는 관심이 없을 겁니다." 내가 경고했다. "암말은 수말을 원하겠죠."

볼스가 내 말을 이해하지 못하고 얼굴을 찌푸렸다. "하지만 나는 저 수탕나귀의 노새 한 마리를 얻고 싶다 이 말이오."

와이엇이 웃음을 참고 있었다.

"이해합니다." 내가 말했다. "그렇지만 암말이 협조하도록 하려면 수말 한 마리가 필요해요."

나는 그 밖에 필요한 것들 몇 가지를 줄줄이 말했고, 한 시간 뒤에 울타리 안쪽을 나누고 있는 중간 울타리 근처에서 다시 만나기로 했다.

볼스는 납득한 것 같지는 않았지만 어쨌든 와이엇보다 한 살 정도 어려 보이는 자비라는 이름의 멕시코 소년 한 명을 마구간으로 보내 수말 한 마리를 데리고 오도록 했다. 그 사이 볼스는 내가 요청한 다른 것들을 가지러 갔고, 와이엇과 나는 케틀이 있는 울타리로 향했다.

"그런데 수말은 왜 필요한 거예요?" 와이엇이 물었다.

"암말을 흥분하게 만들어야 하거든. 교미 준비를 시키고 나서 케틀에게 일을 치를 기회를 줄 거야."

"시간은 얼마나 걸릴까요?" 와이엇이 물었다.

"수탕나귀들은 느려. 수탕나귀들은 암탕나귀를 더 좋아하지. 이 모든 일이 자연스러운 게 아니듯이 수탕나귀가 암말 위로 올라타는 일이 자연스럽게 이루어지지는 않아."

"허." 와이엇이 흥미롭다는 듯 소리를 냈다.

나는 케틀의 두 귀를 긁어주었다. "녀석을 구슬려야 해. 설득을 시켜야 하지. '너는 저 암말을 좋아한다, 케틀. 너는 좋아한다' 하고 녀석에게 말해."

와이엇이 씩 웃더니 모자를 벗고 이마에 달라붙은 먼지가 묻은 금발 머리 몇 가닥을 손으로 툭툭 쳤다. "대부분은 설득이 되나요?"

"누가 보채지만 않으면 대개는 할 수 있지."

볼스는 내가 요청한 것들을 가지고 왔고, 나는 다른 말들을 전부 뒤쪽 작은 방목장으로 몰아낸 뒤 30분도 되지 않아 작은 마구간들을 만들었다. 각 마구간은 평행으로 판자를 대서 울타리를 둘로 나누었다. 암말과 수말은 각자 자신의 마구간 안에 들어가서 서로를 마주 보도록, 하지만 펜스로 서로 분리되도록 했다.

"암말을 칸막이 안으로 끌고 가, 와이엇. 그런 뒤에 리드줄을 잡고 서 있어라. 대신 줄은 느슨하게, 암말의 신경을 건드리지 않도록 가만히 잡고 있어야 해." 임시로 만든 마구간은 암말이 서 있을 정도로는 넓었지만, 몸을 돌리지는 못할 정도로 좁았다.

나는 볼스를 향해 손짓했다. "수말을 반대편 칸으로 데리고 가서 암말과 마주 보게 세우세요. 그렇죠. 저희 고향에서는 수말을 댄디라고 불러요. 그냥 멋있는 모습을 보여주고 암말에게 키스를 조금 하게 할 거예요."

볼스는 이 장면을 잘 살펴보기 위해 칸막이를 딛고 올라섰다.

암말이 고개를 휙 쳐들었고 수말은 이빨을 드러낸 채 암말의 목을 깨물었다. 나는 이 의식이 진행되도록 1분 동안 녀석들을 그대로 두었다. 그런 뒤 케틀을 암말 뒤로 데리고 가 서도록 했다. 나는 케틀에게 암말의 냄새를 맡고 코로 암말을 건드리고 주둥이로 암말의 후반신을 콕콕 찔러대도록 했다. 그런 뒤 케틀을 뒤로 물러서게 하고 잠시 시간을 주었다. 암말은 수말에게 정신이 팔려 있어 케틀이 뒤에 있는지도 모르고 있었다.

우리 주변으로 온갖 구경꾼들이 다 몰려와 있었다. 바스케스와 그의 아들로 보이는 꼬마도 있었고, 모르몬교 텐트촌에서 온 사람들도 있었다. 그리고 어디에서 왔는지 알 수 없는 덫사냥꾼, 원주민, 멕시코인들까지 군데군데 모여 있었다.

케틀이 뒷발만 땅에 디딘 채 앞다리를 들고 암말의 옆구리를 붙잡고 올라탔다. 그러고는 상황을 살핀 뒤 다시 내려와서 뒤로 물러섰다. 구경꾼들이 한숨을 쉬었고, 암말은 수말을 향해 고개를 치켜들고 엉덩이를 낮추며 가볍게 전율했다.

"사람들이 이렇게 전부 지켜보고 있는데 케틀이 할 수 있을까요?" 와이엇이 손에 암말의 리드줄을 붙잡은 채로 작게 말했다.

볼스가 콧방귀를 뀌었고, 나는 고개를 흔들었다.

"인내심." 내가 말했다.

케틀이 다시 마음을 먹고 준비가 되기까지 꽤 시간이 걸렸다. 케틀이 다시 암말에 올라탔다가 뒤로 물러섰다. 또다시 올라타고 물러섰다. 나는 케틀에게 시간을 주었다. 구경꾼들은 점점 지쳐가고 있었고, 볼스의 얼굴에는 의심의 빛이 떠오르기 시작했다. 나는 그런 것들은 모두 무시하고 인내심을 끌어모았다.

몇 번의 실패 끝에 마침내 옆구리 쪽이 축축하게 젖은 채로 암말은 꼬리를 치켜 올리고 엉덩이를 낮추었다. 암말이 갈망하는 대상은 암말 앞에서 자세를 취하고 있었고, 케틀이 뒤에서 암말 위로 올라탔다. 그런 뒤 케틀이 암말에 연결되어 엉덩이를 들썩이기 시작했다. 그러더니 30초도 되지 않아 내려왔다. 임무 완료. 케틀은 주변에서 기다리고 있던 구경꾼들로부터 잠깐의 박수를 받았고, 볼스는 자신의 모자를 머리 위로 던지며 축하했다. 볼스가 자비에게 수말을 데리고 가서 '그 불쌍한 녀석에게 곡물 한 컵을 더 주라'고 지시했다.

나는 암말의 머리에서 리드줄을 풀어주고 손바닥을 쫙 펴 녀석의 가슴을 힘있게 토닥이며 마구간에서 뒷걸음질 쳐 나가도록 했다. 암말은 순순히 나의 지시에 따랐고, 볼스가 암말을 넘겨받아 데리고 갔다. 볼스는 벌써 새끼 노새의 색깔에 대해 큰 소리로 떠벌리며 궁금해하고 있었다. 와이엇과 나는 망치로 못을 빼고선 칸막이 판자를 떼어 냈다.

"자네 수탕나귀는 언제 또 일을 치를 수 있나?" 바스케스가 물었다. "나는 번식 사업에는 발을 들여본 적이 없네. 세상에 내가 모르는 게 정말 많다는 걸 깨달았어." 바스케스의 아들은 어느새 곁에 없었고, 바스케스 옆에는 바람에 나부끼는 거대한 콧수염과 어깨까지 내려오는 긴 머리카락을 가진 한 남자가 서 있었다.

"내일이요. 아마도요. 녀석이 협조해주는 걸 보고 저도 조금 놀랐습니다. 여기까지 거의 1천 마일을 왔거든요. 엄청나게 지쳐 있어요."

"그러니까 수탕나귀는 제 일을 제대로 못 했을 거라 이거야." 콧수염 남자가 말했다. "연극을 한 거라고."

나는 남자에게 반박하지 않았다. 일이 제대로 됐다면 새끼가 생길 것이고 잘못됐다면 안타까울 뿐이다. 나는 자연의 순리를 거스르는 일을 늘 즐겨 해왔지만, 내가 전부 통제할 수 있다는 듯 행동한 적은 결코 없었다.

"존 라우리, 이쪽은 제퍼슨 존스. 이곳 요새의 대장장이일세. 이 친구가 자네 마차 구하는 걸 도울 수 있다고 해서 말이야."

나는 판자를 옆에 내려놓고 반가움의 악수를 했다.

"모르몬 트레일에 산등성이가 하나 있어. 여기서 서쪽으로 10마일쯤 되지. 무지하게 가파른 곳이야. 그 산 아래에 버려진 마차가 대여섯 대쯤 있다고." 제퍼슨이 말했다.

"부서진 마차 대여섯 대가 있지." 바스케스가 끼어들었다.

"그래. 그래도 마차라는 게 원래 다 그렇게 시작되는 법이야. 마차 부품들을 끌고 올 장비가 나에게 있네. 가서 부품을 찾는 데 한나절,

가지고 오는 데 한나절이 걸릴 거야. 그렇지만 모든 부품들이 다 거기에 있다고. 차축이 휘었어도 여기까지 가져올 수만 있으면 고치는 거야 식은 죽 먹기지."

"저는 노새꾼이지 수레바퀴 목수나 마차 만드는 사람이 아닙니다. 그 부품들을 모두 모아서 마차를 만드는 데는 시간이 얼마나 걸리나요?" 내가 물었다.

"하루하고 더. 이래 봬도 내가 저 녀석 나이일 때 이리 운하에서 일했던 사람이라고." 남자가 와이엇을 가리키며 말했다. "그때 했던 일이라고는 마차를 고치는 게 전부였어. 마차 한 대쯤은 눈 감고도 뚝딱 만들 수 있지."

"이틀이요?"

"가서 부품을 가져오는 데 하루. 와서 조립하는 데 하루. 그러고 나면 출발할 수 있을 걸세." 남자가 말했다.

나는 이 대장장이라는 사람을 믿어도 되는 건지 확신이 서지 않아 바스케스를 쳐다보았다. 바스케스가 어깨를 으쓱했다. "이보다 더 나은 조건은 찾기 힘들 거야." 바스케스가 말했다.

"그러면 제가 뭘 드리면 되나요?" 내가 다시 제퍼슨을 쳐다보며 물었다.

"저 수탕나귀를 받고 싶네."

와이엇의 입에서 욕이 나지막이 흘러나왔다.

"그건 안 됩니다."

"마차가 그렇게 급한 건 아닌가 보구만." 제퍼슨이 낄낄거렸다. 나는 마차가 필요했고, 그걸 구할 방법을 알지 못했다. 하지만, 내 등에 나오미를 들쳐업고, 막대기로 나를 찔러대는 콜드웰 씨를 견디며 캘리포니아까지 가는 한이 있어도 케틀을 팔 생각은 없었다. 나는 이 여정을 위해 이미 수탕나귀 한 마리를 잃었다. 나머지 한 마리까지 잃을 수는 없는 노릇이었다.

"값이 너무 비싼 것 같습니다. 다른 조건을 말씀해주세요." 내가 말했다.

남자는 내가 비합리적이기라도 하다는 듯 한숨을 푹 쉬더니 볼록한 몸통 앞으로 팔짱을 꼈다. "좋아. 수탕나귀는 안 된다? 그렇다면 노새 한 마리를 주게. 저기 저 크고 까만 놈으로." 남자가 내 동물들이 모여 있는 곳을 손으로 가리켰다. 나는 쳐다보지 않아도 알 수 있었다. 남자는 삼손을 원하고 있었다.

와이엇이 거절하고 싶어 하는 게 보였다. 입술을 깨물고 눈을 빠르게 깜빡이고 있었다. 그러나 와이엇은 아무 말도 하지 않았다. 노새업에서 가장 어려운 일은 바로 노새를 거래하는 일이었다.

나는 천천히 고개를 끄덕였다. 내가 내 마차와 생필품들, 그리고 아내와 함께 이곳 브리저 요새를 떠나게 될 것을 생각하면 노새 한 마리 잃는 것 정도야 나쁜 조건은 아니었다.

"거래를 받아들이겠나?" 제퍼슨이 재촉했다.

"거래하는 걸로 하시죠. 제가 마차를 받으면, 그때 노새를 드리겠습니다."

나오미

낯선 사람의 응접실에 들어가 보면 내가 얼마나 꾀죄죄하고 또 얼마나 지쳐 있는지 정확하게 알 수 있다. 바깥에서 볼 때 이곳은 교역소의 한쪽 구석에 박혀 자리한 2층짜리 집일 뿐 그다지 대단해 보이지 않았었다. 그런데 안으로 들어오니 완전히 다른 세상이 펼쳐져 있었다. 바닥에는 카펫이 깔려 있고, 벨벳 커튼이 창문 가장자리를 감싸고 있고, 벽에는 무늬 벽지가 붙어 있었다. 우리 머리 위에는 짤랑거리는 샹들리에가 매달려 있었고, 새 양초들이 두 줄로 줄지어 선 채 어서 불이 켜지기를 기다리고 있었다.

"근사하지 않아요?" 나르시사 바스케스가 내 시선을 따라가며 들뜬 목소리로 물었다. 그녀의 눈부신 미소가 목소리에 색을 입혔고 분홍빛 양 볼에 주름을 만들었다. "작년에 마차 행렬이 이곳에 왔었어요. 그런데 어느 신사분께서 이 샹들리에를 위스키 두 병을 받고 팔았지 뭐예요. 제가 보기에 그 신사분은 이 샹들리에를 처분하기 위해서라면 오히려 저에게 위스키 두 병을 주고 싶어 하는 것 같았어요. 그분의 아내가 퍼시픽 스프링스를 지나고 얼마 지나지 않아 돌아가셨다고 해요. 그 길을 오는 내내 아내 분과 샹들리에를 두고 싸우셨다더군요. 아내 분은 그걸 가지고 가고 싶으셨대요. 절대 버리고 싶지 않으셨다죠." 나르시사가 숨을 길게 내쉬었다. "우리 여자들은 이 세상을 더 밝게 만들고 싶어 하잖아요. 안 그래요? 설령 그 과정에서 남자들과 싸워야 한다고 해도 말이에요."

"저희를 집으로 초대해 주셔서 감사합니다." 엄마가 가냘픈 목소리로 말했다. 나는 엄마가 기침을 참으려고 노력하고 있다는 사실을 알고 있었다. 엄마의 가슴 속에서 쌕쌕 거리는 소리가 들렸다. 엄마와 나 둘 다 혹시라도 무언가를 더럽힐까 봐 조금도 움직이지 못하고 있었다. 내가 한 발짝만 움직여도 치마에서 먼지가 풀풀 피어올랐다.

우리 마차 행렬이 요새의 벽으로부터 반 마일 정도 떨어진 곳에 도착해 빙 둘러서고 있을 때 나는 안 좋은 소식을 들을 거라고 예상했었다. 우리는 캠프를 세웠고 동물들을 풀어주고 풀을 뜯게 했다. 그리고 나는 우리의 계획이 연기될 것을 예상하며 존을 기다렸다. 마침내 존이 한 줄로 묶인 노새들을 끌고 와이엇과 함께 캠프에 도착했을 때, 존은 나를 다시 한번 놀라게 했다.

　존은 클라크 집사에게 이곳에서 결혼식을 치를 예정이라는 것을 공식적으로 이야기했고, 마차 사람들 전부를 결혼식에 초대했다.

　"일몰. 요새 뒤에서요. 바스케스 부인이 그러시는데 우리 전부 다 케이크도 먹을 수 있을 거래요." 와이엇이 들뜬 목소리로 외쳤다.

　그때 존이 나에게 초록색 드레스를 가지고 자신과 함께 어디론가 가자고 했다. 존은 나에게 새 드레스를 사주지는 못하게 됐지만, 그 외의 모든 것들은 다 준비되어 있다고 말했다. 그리고 엄마도 모시고 오라고 했다. 그렇게 나와 엄마가 지금 나르시사 바스케스의 근사한 응접실에 들어와 서 있는 것이었다. 열대 파라다이스에 있는 두 개의 회전초*처럼 우리에게 어울리지 않는 장소였다.

　"네…… 저희를 집으로 초대해 주셔서 감사드려요." 내가 앵무새처럼 엄마의 말을 따라서 했다. 목 안쪽에 큰 덩어리가 걸린 것 같았다. 나는 존과 결혼하고 싶었다. 그 무엇보다도 그것을 원했다. 그러나 나는 지저분했고 지쳐 있었다. 그리고 난생처음으로 나에게 부족한 것이 무엇인지 정확하게 깨닫고 있었다.

　"이렇게 모시게 되어 제가 더 기쁘고 영광이랍니다. 여기에서 살면 참 외롭거든요." 나르시사가 솔직하게 말했다. 나르시사는 어느 모로

---

* 뿌리에서 분리되어 바람에 굴러다니는 식물의 지상 부분으로, 뿌리가 없이도 살아서 식물의 기능을 수행할 수 있다.

보나 정말 사랑스러운 여인이었다. 그녀의 드레스, 머리, 이목구비, 미소. 나는 그녀를 넋이 나간 채로 쳐다볼 수밖에 없었다. 나르시사가 두 손을 맞잡더니 마치 깜짝 놀랄 만한 일이 있다는 듯 우리를 향해 환히 웃었다.

"자. 이제 저를 따라오세요. 목욕물을 데워 놓았답니다. 남자들이야 강물에서 씻어도 되지만 신부라면 특별 대접을 받아야지요. 신부의 어머니도 마찬가지고요."

엄마가 고개를 흔들기 시작했다. 엄마에게는 입을 만한 것이 더는 없었다. 그리고 울프가 엄마의 품에 잠들어 있었다. "아, 아니에요. 아니에요. 저희는 그럴 수 없습니다."

"아니요. 그러셔도 돼요." 나르시사가 말했다. "아기는 제가 데리고 있을게요. 어머니가 입을 수 있는 옷들이 산더미같이 쌓여 있답니다. 제가 몸집이 조금 작은 편이긴 하지만, 치마에 붙어있는 모양 잡는 틀을 빼면 길이가 조금 길어질 거예요. 특히 어머니께 정말 잘 어울릴 만한 옷이 한 벌 있어요. 제가 막내를 임신했을 때 입었던 옷이에요. 그 옷은 다른 옷들보다는 약간 더 클 거예요."

엄마의 입에서 헉, 하는 소리가 작게 새어 나왔다.

"그리고 나오미. 그 초록색 드레스는 당신의 초록색 눈동자와 사랑스럽게 어울릴 거예요. 당신은 키가 크고 날씬하군요. 저에게 레이스가 조금 있어요. 원한다면 목에 두를 수 있을 거예요. 아니면 내 옷 중에 한 벌을 골라 입어도 되고요. 우리 신부님이 좋아할 만한 옷도 저에게 조금 있을 거예요."

엄마와 나는 혹시라도 주변의 물건들을 건드릴까 봐 조심하면서 순순히 나르시사를 따라갔다. 주방으로 들어가니 멕시코 여인 한 명이 주물 욕조에 김이 모락모락 나는 물을 따르고 있었다. 여자는 한 손을 물속에 넣어 휘휘 저으며 찬물과 뜨거운 물을 섞더니 이제 됐다는 듯 고개를 끄덕였다. 테이블의 위 작은 접시들에 자그마한 케이크들이 놓여 있었다. 설탕 가루가 하얗게 뿌려진 케이크들이 자기를 맛봐달라고 애원하고 있었다. 나의 배가 으르렁거렸고, 나르시사가 나를 향해 윙크를 했다.

"케이크들은 결혼식 파티를 위한 거예요. 하지만 마리아가 빵과 버터 조금, 말린 사과와 살구 그리고 치즈를 준비해 두었어요. 마음껏 드시길 바라요."

"하지만……." 엄마가 말했다. 나는 엄마가 지금 내 동생들을 걱정하고 있다는 것을, 우리가 빵과 치즈와 살구를 마음껏 먹는 동안 아이들이 무엇을 먹을지 걱정하고 있다는 것을 알았다.

"목욕하실 수 있게 이제 저희는 나가볼게요. 아기를 저에게 주세요." 나르시사가 울프를 향해 팔을 뻗으며 말했다.

엄마는 나르시사의 열의에 고집을 꺾고 울프를 넘겨주었다. 나르시사는 우리에게 또 한 번의 빛나는 미소를 지어 보이더니 주방에서 빠르게 빠져나갔고, 마리아가 그 뒤를 따라 나갔다.

두 여인이 나간 후 엄마와 나는 어안이 벙벙해 잠시 동안 아무 말도 못 하고 그대로 서 있었다. 그러다가 웃기 시작했다. 우리의 몸이 구부러질 때까지 웃었다. 우리는 눈물이 날 때까지 웃었다. 그런 뒤 우리는 울었다. 낯선 사람들의 호의를 받은 것이 일주일에만 두 번째였다.

"네가 먼저 씻으렴, 나오미. 그래야 물이 깨끗하지." 엄마가 고집을 부렸고 나는 엄마의 다정함에 또다시 눈물을 흘렸다. 내가 어렸을 땐

토요일 밤마다 빨래통에 들어가 목욕을 했었다. 엄마는 그때처럼 의자를 욕조 앞으로 가지고 왔다. 나는 언제나 오빠와 동생들보다 먼저 목욕을 했고, 그 뒤로 오빠와 동생들이 순서대로 목욕을 했다. 그러고 나면 마지막엔 목욕물이 새카매지곤 했었다.

엄마가 내 머리에 물을 부어내리며 나를 씻어주었다. 장미 향이 났고, 나는 또다시 감정이 북받쳐 올랐다. 엄마의 순서가 되었을 때 나도 마찬가지로 양철 컵으로 물을 떠서 거품 난 엄마의 머리카락 위로 부어주었다. 반짝이는 갈색 머리카락 사이로 은빛 머리카락이 보였다.

"나중에 내 머리도 엄마 머리처럼 되겠죠." 내가 물을 뿌리고 손바닥으로 엄마의 머리칼을 쓸어내리며 작게 속삭였다.

"그래. 하지만 그 전에 너에게는 살아야 할 삶이 있어. 오늘은 그 새로운 시작의 날이고."

우리가 목욕을 끝내기 전에 마리아가 다시 들어와 우리의 더러운 옷들을 챙기더니 잘 마른 면 블루머와 슈미즈[*]를 놓고 급히 나갔다. 엄마와 나는 깜짝 놀라 다시 웃기 시작했다.

앉을 곳이 없어 모두가 서 있었다. 꽃으로 뒤덮이고 나무로 둘러싸인 공터에 사람들이 반원 모양으로 서 있었다. 웨브는 신발을 신고 있지 않았다. 빅블루 강을 건넌 후부터 신발을 신지 않았다. 웨브의 발은 말의 발굽처럼 거칠어져 있었고 흙먼지가 깊이 박혀 있었다. 그래도 아빠는 웨브에게 머리를 빗도록 했고, 차가운 강물에서 씻고 온 탓

---

* 엉덩이를 덮는 상의 속옷.

에 웨브의 두 볼이 아직도 발그레했다. 엄마는 웨브의 옷에 구멍을 계속 꿰매 주었지만 이제는 조각보를 이은 누비이불을 입고 있는 것처럼 보이기 시작했다. 전부가 그랬다. 와이엇, 워런 오빠, 윌 그리고 아빠까지. 우리의 고된 여정에서 원래의 모습으로 남아있는 건 아무것도 없었다.

우리 마차 행렬의 가족들 전부 와 있었다. 다들 흙먼지 뒤집어쓴 옷을 입고 있었지만 얼굴만큼은 말끔했다. 모두들 결혼식 참석을 위해 깨끗이 씻은 듯했다. 애벗 씨와 젭, 리디아와 아담, 엘시와 호머 모두 자기 가족의 일처럼 기뻐하고 있었다. 콜드웰 씨도 새카맣게 탄 이마 위로 하얗게 센 머리에 깔끔하게 가마를 타고 참석해 있었다. 엘메다는 벌써부터 울고 있었다. 슬픔과 기쁨이 섞인 눈물이었다. 거기엔 사랑과 상실감이 있었다. 그래도 나는 눈물이 언제나 보이는 그대로를 의미하지 않는다는 것을 알고 있었다. 나는 엄마의 팔을 붙잡고 다가가며 엘메다에게 웃어 보였고, 엘메다도 떨리는 입술로 나에게 미소 지어주었다.

나르시사는 우리가 입장할 입구를 만들어 주기 위해 엄마와 나를 최대한 늦게까지 기다리도록 했다. 오늘 이 결혼식의 모든 것들은 나르시사의 지휘하에 이루어졌다. 아빠도 울고 있었지만 나를 쳐다보지는 않았다. 아빠는 나르시사의 라벤더 색 드레스를 입고 있는 엄마를 바라보고 있었다. 소매가 조금 짧았고 어깨 부분이 조금 꽉 끼었지만 엄마는 다시 소녀로 돌아간 것처럼 보였다. 우리는 엄마의 머리를 살짝 꼬아 뒤로 모은 뒤 목 뒤에서 똘똘 감아 묶어주었다. 나르시사는 엄마와 나에게 새하얀 꽃을 조금씩 쥐여 주었다. 나르시사는 그 꽃을 아킬레아라고 불렀다. 이곳 공터 사방에 지천으로 피어 있는 꽃이었다.

나는 존을 쳐다보지 않으려고 했다. 그가 지금 이곳에서 나를 기다리고 있다는 사실을 나는 알고 있었다. 클라크 집사 옆에 존이 서 있는 모습이 나의 주변 시야로 보였다. 그를 쳐다보면 마음을 다잡지 못할 것만 같아 나는 두려웠다. 너무 많은 감정들이 느껴지고 있었고, 나의 감정들을 존이 아닌 다른 사람과 공유하고 싶지 않았다. 나는 문득 존이 왜 그렇게 말이 없는 사람이었는지, 왜 자신의 감정을 그토록 꽁꽁 숨기고 드러내지 않았었는지 이해가 되었다. 그것을 입 밖으로 내뱉는 순간 그 감정들은 더이상 내 것이 아니게 되어 버리기 때문이었다.

나는 그 초록색 드레스는 입지 않기로 했다. 엄마 말 대로 새로운 시작의 날이었다. 그리고 나르시사의 노란색 드레스를 본 순간 내 얼굴에 미소가 저절로 떠올랐다. 우리가 처음 만났을 때 입었던 노란색이었다. 화려한 옷은 아니었지만 내가 입어본 옷 중에서 가장 근사한 옷이었다. 풀 스커트는 나에게는 약간 짧았지만 라운드넥 상체 부분은 내 몸에 딱 맞았다. 팔꿈치까지 오는 소매는 레이스로 덧대어져 있었다. 나는 존이 래러미 요새에서 나에게 사준 암사슴 가죽 모카신을 그동안 아껴 두고 있었다. 오늘 그 신발을 신기로 했다.

클라크 집사는 검은색 넥타이에 깔끔한 검정 정장 상의, 그리고 다 낡은 바지를 입고 있었다. 나는 존의 부츠를 쳐다보았다. 존은 자신의 윤기 나는 새카만 머리카락처럼 부츠에도 광을 냈다. 존의 머리카락은 이제 상당히 많이 자라서 뒤로 빗어 넘긴 머리가 셔츠의 목깃에 닿을 정도였다. 새 셔츠는 바지만큼 깨끗했다. 양쪽 소매는 걷어 올렸고, 존의 앞 팔뚝은 그의 목과 턱선, 콧날처럼 강인했고 짙은 갈색을 띠고 있었다. 나는 그의 두 눈을 제외한 모든 것을 바라본 뒤 마지막으로 그의 두 눈을 올려다보았다.

존은 웃고 있지 않았다. 숨도 쉬지 않는 것 같았다. 그때 그의 가슴이 올라왔다 내려가며 깊은 숨을 쉬었다. 계속 그렇게 숨을 쉬고 있었다. 존의 눈이 빛을 내며 나의 눈을 내려다보았다. 길을 잃은 것 같았던 나의 느낌은 이제 달아났고, 나는 다시 예전의 내가 되어 있었다. 자신감이 차올랐다. 확신이 들었다. 준비가 되었다. 나는 세인트조의 길 한복판 물통 위에 앉아 존을 처음 만났던 날 그랬던 것처럼 그를 보고 미소 지었다. 나는 그때 이미 알고 있었던 것 같았다.

"그리하여 이제 한 남자가 자신의 아버지와 어머니를 떠나 아내와 결합합니다. 두 사람은 한 몸이 됩니다." 클라크 집사가 말했다. 나는 집사의 말을 내 영혼의 밑바닥에서부터 느끼고 있었다. 집사는 우리에게 서약을 하게 했고, 우리는 그의 말을 따라 했다.

"저는 존을 남편으로 맞이하겠습니다."

"저는 나오미를 아내로 맞이하겠습니다."

"법적으로 오늘부터 죽음이 우리를 갈라놓을 때까지, 좋을 때나 나쁠 때나, 부요할 때나 가난할 때나, 아플 때나 건강할 때나, 언제나 서로를 사랑하고 소중히 여길 것을 맹세합니다."

존

나오미는 바스케스의 방 안의 작은 책상 앞에 앉아 있었다. 촛불 하나가 그녀 옆에서 깜빡이고 있었고, 그녀는 내 셔츠를 입고 있었다. 양손이 나오도록 소매를 접어 올렸고 셔츠의 아랫단은 나오미의 무릎에서 몇 인치 위까지 내려와 새하얀 맨다리를 드러내고 있었다. 새로 산 까끌까끌한 셔츠였고, 나는 그걸 벗기고 싶어 참을 수가 없었다. 하지만 그걸 입고 있는 나오미의 모습이 좋았다. 헝클어진 머리는 허리까지 늘어져 있었고, 깜박거리는 촛불의 불빛 속에서 그녀는 사랑스러웠다. 나는 눈을 반쯤 뜨고 그녀를 그윽하게 바라보았다.

"당신 아름다워." 내가 속삭였다.

"당신은 죽어가고 있을 때나 반쯤 잠들었을 때만 그 말을 하더라." 나오미가 연필에서 시선을 들지 않고 입꼬리를 올리며 대답했다.

"하지만 늘 그렇게 생각하고 있어."

"깨우려던 건 아니었어. 미안." 그녀가 말했다. 하지만 나는 괜찮았다. 나중에 자면 될 일이었다.

"지금 뭐 하고 있어?" 내가 물었다.

"바스케스 부인 그림을 그리고 있어. 감사의 표시로 드리려고. 초상화. 미소가 정말 아름다운 분이셔."

"당신 내 셔츠를 입고 있네."

"내 드레스보다 입기가 수월해서."

"벗기도 수월하지."

"맞아." 나오미의 입꼬리가 다시 한번 올라갔다.

"조금이라도 잤어, 나오미?"

"너무 행복해서 그 시간을 잠으로 낭비하고 싶지 않았어. 깨어 있으면 밤이 더 길어지잖아." 나오미가 마침내 눈을 들어 나를 보았다. 결혼식에서 보았던 것과 똑같은 빛이 지금 그녀의 눈 속에서 일렁이고 있었다.

"이리 와." 내가 말했다.

나오미는 종이 위를 이곳저곳 몇 번 쓱쓱 긋더니 일어섰다. 그리고 순종적인 아내가 되어 한 손에는 촛불을, 다른 손에는 종이 한 장을 들고 나에게 다가왔다. 나오미가 침대 위의 내 옆으로 올라왔다. 그녀의 차가운 발가락들이 내 종아리 사이를 파고들었다.

"이것도 그렸어." 그녀가 속삭였다. "내 남편을 위한 결혼 선물."

검은색 연필로 깔끔하게 그린 그림이었다. 우리의 몸이 엉겨 붙어 있었고, 내가 나오미 머리를 향해 고개를 숙이고 있었다. 그녀를 감싼 내 두 팔 아래로 벌거벗은 그녀의 긴 등과 둥근 엉덩이 선이 드러났다.

"나도 그게 우리의 진짜 모습인지는 모르겠어. 아니면 당신이 나를 그렇게 느끼게 한 건지도 모르겠고. 오늘을 절대로 잊고 싶지가 않아." 나오미가 말했다.

나는 나오미의 손에서 초를 받은 다음 그림을 받았다. 그림을 잠시 감상한 뒤 초와 그림을 놓고 내 셔츠를 그녀의 머리 위로 벗기면서 우리 둘 다 오늘을 잊지 않게 하겠다고 맹세했다. 나는 나오미에게 키스했고, 그녀가 나의 열정에 답했다. 그녀가 거친 숨을 쉬며 입을 떼더니 두 손으로 내 얼굴을 부드럽게 잡았다. 그녀의 엄지손가락들이 내 입술을 쓸었다. 내 가슴 속에 사랑이 차올랐다. 너무도 강렬하고 생경한 것이어서 나는 시선을 돌릴 수밖에 없었다. 나는 시선을 돌려 그녀의 손바닥을 바라보고 그 가운데에 키스했다.

"내일 당신을 두고 가고 싶지 않아." 그녀가 속삭였다. 나는 마차를 만들기 위한 나의 계획을 이야기했고, 나와 와이엇을 제외한 나머지 마차들은 내일 아침에 먼저 출발하기로 합의한 상태였다.

"내가 무슨 말을 할지 알지 않아?" 내가 가만히 말했다.

"알아. 겨우 며칠일 뿐이라고 말 하겠지." 나오미가 말했다. "그러면 내가 뭐라고 하겠어?"

"당신은 우리에게 새 마차가 필요 없다고 하겠지. 그냥 그동안 해오던 대로 하면 된다고."

"정확해." 나오미의 목소리는 부드러웠다. 나오미가 자신의 머리를 내 팔에 기대고 간절한 눈으로 나를 바라보았다. 그녀의 입술은 붉게 부르터 있었다.

"하지만 우리가 그동안 하던 대로 여정을 지속한다면 내가 이걸 못하게 되는데." 내가 그녀의 한쪽 젖꼭지에 입을 맞췄다. "아니면 이거." 내가 다른 쪽에도 입을 맞췄다. "그동안 해오던 대로 가게 되면, 나는 당신에게 거리를 둬야만 해. 당신도 그래야 할 거고."

"그럴 순 없어." 나오미가 우는 소리를 냈다.

"알아." 내가 웃었다. "그럼 이제 뭐라고 말할 거야?"

"우리에게는 우리만의 마차가 필요해." 그녀가 말하며 나를 다시 웃게 만들었다.

"우리에게는 우리만의 마차가 필요해." 내가 똑같이 따라 하며 내 얼굴을 그녀의 목 안쪽에 갖다 댔다. 목에 코를 비비고 맛을 보았다. 입을 벌리고 그녀의 달콤함을 맛보았다. 나오미의 심장박동이 빨라졌다. 내 얼굴을 감싸고 있던 나오미의 손이 이제 내 가슴 위에 있었다…… 그리고 내 엉덩이에 있었다…… 그리고 나의 허리 위에 있었다. 나에게 어서 들어오라고 재촉하고 있었다. 나오미는 다시 준비가 되어 있었다. 이제 그녀의 입술이 나의 입술 아래에 있고, 그녀의 몸이, 살과 뼈와 아름다운 굴곡들이 내 몸 아래에 있었다. 그리고 우리는 곧 모든 것들은 잊어버리고 서로에게 집중했다.

이튿날 나는 테디 볼스를 통해 편지 한 통을 부쳤다. 앞으로 며칠간 편지 보내는 걸 잊어버릴까 봐 서둘러 쓴 편지였다. 볼스는 조만간 어떤 사람이 동쪽으로 떠날 예정이라고 말했다. 그에게는 이주자들이 맡긴 편지로 가득 찬 캔버스 천 가방이 두 개 있었다. 나는 이번에는 편지를 한 통만 쓰기로 했다. 두 통을 쓸 인내심도 종이도 없었다. 나는 제니와 아버지에게 내가 잘 지내고 있으며 노새들도 건강하다고 전한 뒤, 결혼을 하게 됐다고 빠르게 몇 줄 휘갈겨 적었다. 편지지가 작아 어떻게 더 기교 있게 소식을 전할 방법이 없었다. 굳이 그러고 싶지도 않았지만. 편지 속 내 말투는 무뚝뚝하고 차가웠으며, 간단했다. 나는 편지가 너무 짧은 것을 보고 놀랐다. 하지만 나의 언어적 재능은 글쓰기까지 이어지지 않았다. 나는 편지를 이렇게 마무리 지었다.

아내의 이름은 나오미 메이예요. 아버지도 한 번 만난 적이 있으실 거예요. 나오미의 가족이 마차 행렬과 이동하고 있어요. 우리는 이주 여정이 끝날 때까지 나오미 가족들과 함께 갈 거예요. 집사님의 주례로 결혼을 했고 결혼식에서 성서도 읽고 찬송도 불렀다는 걸 알면 제니가 기뻐하실 것 같아요. 나오미는 정말 근사한 여자예요. 그리고 저는 나오미를 사랑하고 있어요. 아나도 만났어요. 지금 쇼쇼니 족 추장의 아내가 되었고, 예쁜 딸도 있어요. 아나가 두 분께 무척 감사해하고 있어요. 저처럼요. 캘리포니아에 도착하면 또 편지 쓰겠습니다.

아들,
존 라우리.

15

쉽 락

존

  산기슭에 마차들이 있었다. 마차마다 부패와 파손 상태가 제각각이었다. 바퀴 없는 마차, 캔버스 천막 덮개가 누더기가 되어있는 마차, 끌채가 썩어 있는 마차, 차축이 휘어져 있는 마차. 나는 엉덩이에 두 손을 올린 채 그저 바라볼 수밖에 없었고, 브리저 요새를 처음 보았을 때 느꼈던 것과 똑같은 절망감을 느끼고 있었다.

  "걱정 말라고, 라우리. 내가 마차를 주지 못하면 노새도 받지 않을 거야. 여기서 상태 좋은 것들은 가져가고 나머지는 그냥 두자고." 제퍼슨이 말하고는 언덕을 내려가기 시작했다. 언덕 아래로 내려가는 그의 부츠 뒤꿈치가 이판암으로 뒤덮인 언덕을 푹푹 파고들었다.

  나는 마차를 만들어본 적이 없었다. 그래서 뭐가 좋고 나쁜지를 판단할 수 있을지 알 수 없었다. 그래도 어쨌든 배우겠다는 의지 하나로 골짜기 아래로 미끄러져 내려갔다. 제퍼슨이 낡은 잔해들을 뒤지기 시작하더니 어느 마차 하나를 두고 '금광'이라고 소리쳤다.

  "마부석도 멀쩡하고 썩은 곳도 없구만. 다른 것들도 전부 제대로 있는 것 같군. 핀, 금속판…… 왜건 하운드 모양도 좋고. 브레이크빔은 부러진 것 같이 보이는군. 그래도 고칠 수 있어. 새 브레이크를 장착하면 되거든." 제퍼슨은 마차를 계속 살피며 말했다. "천막 프레임과 새 천막은 필요하겠군. 그건 테디가 도와줄 수 있을 거야."

나는 잔해더미를 뒤져 천막을 지지해줄 프레임 열두 개를 찾았다. 그리고 얼마 지나지 않아 제퍼슨이 다른 마차에서 휘거나 갈라지지 않은 바퀴 두 개를 골라냈다.

"낡아 보이긴 해도 기름칠만 잘 해주면 된다고. 바큇살 몇 개를 교체해줘야 할 수도 있지. 바퀴 통은 여기 있고, 차축도 여기 있고, 이 마차에는 거리를 기록해주는 주행계도 있구먼. 나는 한 번도 써본 적 없는 건데 있으면 편리할지도 모르겠어."

제퍼슨은 잔해더미 뒤지는 것을 즐기고 있었다. 그 후 타르 버킷과 이송 변속 장치 같은 말들을 혼자 중얼거리고 이것저것 살펴보면서 한 시간을 더 보내더니 이제 다 됐다고 말했다. 우리는 마차와 노새들을 체인으로 연결해 언덕 위로 끌어올렸다. 와이엇은 언덕 위에 올라가 있었고, 제퍼슨과 나는 마차 옆에서 기어 올라갔다. 그런데 반쯤 올라갔을 때 체인이 풀려 제퍼슨의 금광이 언덕 아래로 도로 미끄러져 내려갔고, 결국 바퀴 한쪽이 또 부러지고 말았다.

"아무런 문제도 되지 않아." 제퍼슨이 크게 외쳤다. "저것도 다 고칠 수 있다고."

우리는 한 시간 후에야 마차를 언덕 위로 끌어올리는 데 성공했다. 그런데 제퍼슨이 지금 당장 바퀴를 수리하고 부러진 브레이크 라인을 보강하는 것이, 마차를 다 분해해서 요새까지 싣고 가는 것보다 수월할 거라는 결정을 내렸다.

"그렇게 하면 시간을 조금 단축할 수 있을 거라고."

제퍼슨이 마차를 수리하기 시작했다. 그러나 자신에게 필요한 도구가 전부 있는 건 아니라는 사실을 깨닫고는 결국 마차를 다시 분해하기 시작했다. 바퀴의 나사를 풀고 마부석을 하부 구조에서 떼어낸 뒤 부품 전체를 자기 마차에 실었다.

꼬박 하루가 걸렸다. 우리는 마차를 끌고 일몰 한 시간 후에야 브리저 요새에 도착했다. 애벗과 우리의 마차 행렬이 출발한 지 열다섯 시간이 경과해 있었다. 제퍼슨은 마차를 다시 조립하는 데 하루가 걸릴 것이니 예정된 시간보다 늦어지지 않았다고 말했지만, 그에 대한 나의 믿음은 이미 흔들리고 있었다. 나오미와 다시 만나게 될 순간까지 내 뱃속에 뱀들이 들어있는 느낌일 것 같았다. 그 느낌에 익숙해지는 중이었지만, 다른 사람이 내 운명을 좌지우지하는 상황에서는 뱀들이 더 시끄러워졌다. 그리고 지금 내 운명은 제퍼슨 존스의 손에 달려있었다.

"내일 온종일 일하면 되죠. 걱정 말아요." 몇 시간만이라도 눈을 붙이기 위해 침낭을 펴는데 와이엇이 말했다. "형의 노새들이 있으니까 마차 행렬보다 훨씬 더 빠르게 갈 수 있을 거예요. 사흘 뒤처진다고 해도 따라잡을 수 있어요. 애벗 씨 말 들었잖아요. 북서쪽으로 가면 소다 스프링스가 나오고, 쉽 락에서 왼쪽 샛길로 가면 된다고요. 거기서부터는 평탄한 길이 계속 이어진다고 했어요. 그때쯤에는 사람들을 따라잡을 수 있을 거예요."

나오미

스미스 강에 도착했을 때는 브리저 요새에서 출발한 지 이틀째 되는 날이었고, 우리는 근면한 이주자들이 불과 1년 전에 만들어 놓은 다리를 건널 수 있었다. 마차에서 짐을 내리고 엉덩이까지 오는 물에 들어가 물살을 헤치며 건너야 하는 일에 비하면 훨씬 쉬운 일이었지만, 트릭과 텀블은 그 다리가 마음에 들지 않는 눈치였다. 그래서 우리는 트릭과 텀블이 다리 위로 올라오도록 구슬려야만 했다. 존에게서 이것저것 배운 것이 있는 웨브가 다리 위로 걸어가더니 동물들이 따라올 때까지 작은 양팔을 넓게 벌리고 왔다 갔다 걸어 다니는 모습을 보여주었다. 싱그러운 풀들이 강변 지천에 깔려 있었지만, 모기들이 너무 많아서 동물들이 풀을 제대로 뜯지 못하고 있었다. 밥을 못 먹는 건 우리들도 마찬가지였고, 애벗 씨는 쉬지 말고 계속 가자고 이야기했다.

"존이 올 수 있는 길은 하나 밖에 없어요, 나오미 양. 조만간 존이 우리를 따라잡을 겁니다. 하지만 여기에 캠프를 세우는 건 우리들에게 좋을 게 하나도 없어요. 아무도 쉬지 못할 거예요." 애벗 씨가 설명을 하자 모두들 쉬지 않고 계속 이동하는 것에 동의했다.

나는 물감 얼룩이 묻은 낡을 대로 낡은 노란색 드레스 밑단을 길게 뜯어낸 뒤 가장 깊은 바퀴 자국 근처에 있는 나무에 묶어 두었다. 그리고 그 아래에 메모 하나를 같이 붙여 두었다.

존과 와이엇.
우리는 쉬지 않고 떠날 거야. 우리 모두 잘 지내고 있어. 모기가 극성이야. 우리는 이제 소다 스프링스로 갈 거야.

사랑을 담아,
나오미.

우리는 밤에도 달빛에 의지해 빠르게 전진했고, 다음날 토마스 강에 도착했다. 우리는 수면과 풀 그리고 모기가 둥둥 떠 있지 않은 물이 너무나도 절실했다. 우리는 베어 강을 따라서 북쪽으로 이동 중이었고, 계곡에는 초록 풀들이 무성했지만 벌레들이 우리를 끈질기게 괴롭히고 있었다. 토마스 강을 지나자마자 메뚜기떼의 습격이 시작됐다. 우리는 머리 위에 이불을 뒤집어쓴 채로, 메뚜기들이 달라붙으면 소리를 꺅꺅 지르고 옷을 때려가며 길을 걸었다. 노새들은 다리를 건너는 것보다 메뚜기들을 더 힘들어했다. 발길질을 하고 온몸을 들썩이며 메뚜기떼로부터 자유로워지고 싶어 했다. 황소들은 그저 고개를 떨군 채 터벅터벅 걸을 뿐이었지만 꼬리는 시계추처럼 휙휙 움직이고 있었다.

엘시 빙엄은 마차에 타기를 두려워했다. 그녀의 아기는 언제라도 나올 것 같았고, 엘시는 양수가 터지는 걸 원하지 않고 있었다. 엘시는 요 며칠간 노새들 중에 걸음걸이가 가장 얌전한 텀블 위에 타고 가고 있었다. 하지만 메뚜기들이 계속해서 노새들을 놀라게 만드는 바람에 엘시는 이제 뒤뚱뒤뚱 걸어서 가는 수밖에 없었다. 엘시는 다른 사람들보다 훨씬 끔찍한 시간을 보내고 있었다.

요새에서 출발한 지 엿새째 되는 날이었다. 틈틈이 기도를 하고 자꾸만 어깨너머를 돌아보았던 날들이었다. 우리는 소다 스프링스에 도착했다. 차가운 물임에도 마치 끓는 듯이 콸콸 소리를 내며 뿜어져 나오는 곳이었다. 어떤 곳에서는 물이 하늘 위로 높이 솟아오르며 우르릉거리는 소리와 삑삑거리는 소리를 크게 냈다. 멀리서도 그 소리와 함께 물줄기가 솟아오르는 모습이 보였다. 마차 행렬의 남자들 몇 명이 물줄기의 수압이 얼마나 센지 실험해보기 위해 다양한 무게와 크기의 물건들을 물줄기가 솟아오르는 입구에 갖다 대보았다. 젭 콜드웰은 물줄기의 입구에 안장을 올리면 자신이 물줄기에 올라탈 수 있다고 생각했지만 동전처럼 뒤집어졌을 뿐이었다. 물에서는 이상한 맛이 났는데 아주 불쾌한 맛은 아니었고, 입안이 따끔따끔하긴 했지만 애벗 씨는 마셔도 되는 물이라고 했다.

"물에 미네랄이 들어있어서 요상한 맛이 나죠. 이 물을 좋아하는 사람도 있어요. 그 사람들 말로는 이 물이 속을 진정시켜준다고 합니다."

소다 스프링스를 지나 4마일 정도 가자 지형이 가파르고 들쭉날쭉해졌다. 우리가 몇 마일을 따라 걸어온 베어 강이 그 주변을 감싸며 급격하게 꺾이더니 우리가 지나온 방향으로 다시 되돌아가기 시작했다. 우리는 쉽 락에 도착했다. 길이 다시 갈라지는 곳이었다. 북쪽으로 가면 홀 요새와 오리건 트레일이 나오고, 서쪽으로 쭉 가면 올드 캘리포니아 로드였다.

"이제 겨우 정오지만 여기에 캠프를 세웁시다." 애벗 씨가 말했다. "앞으로 메마르고 걷기 힘든 구간이 132마일 기다리고 있어요. 그러니 오늘은 쉬면서 동물들도 쉬게 하고 준비를 하자고요. 내일 아침에 눈 뜨자마자 출발할 예정입니다."

"와이엇과 존에게는 쉽 락에서 기다리겠다고 하셨잖아요." 내가 평정심을 유지하려 애쓰며 반박했다.

"내가 존에게 쉽 락에서 왼쪽 샛길로 갈 거라고 말했어요." 애벗 씨가 조심스레 말했다. "존도 우리가 기다리지 못할 거라는 걸 알 겁니다."

"우리가 기다렸는데 오지 않으면 어쩔 셈이냐?" 콜드웰 씨가 끼어들었다. "그러면 괜히 헛고생만 하는 셈이다."

"존은 올 거예요." 애벗 씨가 나의 어깨를 두드리며 안심시켰다. "의심하지 않아요. 두고 봐요. 존은 내일 아침이 되기 전에 여기로 올 겁니다. 내 말 똑똑히 기억해두라고요."

나는 애벗 씨의 말을 똑똑히 기억했지만 존은 오지 않았고, 결국 이튿날 동이 튼 후 몇 시간도 지나지 않아 마차 행렬은 출발했다. 동물들은 물을 마시고 풀도 뜯었고, 마차들 물통에는 물이 가득 채워졌고, 우리가 가야 할 길이 앞에 펼쳐져 있었다. 나는 노란색 드레스의 밑단을 조금 더 뜯어내 메모와 함께 나무에 묶어 두었다. 나는 의심하지 않으려 했지만 엄마조차 점점 수심에 잠기고 있었다.

"둘이 서로 잘 보살필 거다." 엄마가 말했다. "그동안 그랬던 것처럼." 나는 고개를 끄덕이고 눈물을 삼키려 최선을 다하며 심호흡을 했다. 우리는 그 이야기는 다시 꺼내지 않았다. 우리의 두려움을 입 밖으로 내거나 그들이 왜 늦어지고 있는지에 대해 소리 내어 궁금해하지 않았다. 하지만 엄마의 생각들도 소용돌이치고 있다는 걸 나는 알고 있었고, 엄마도 나처럼 기도만 할 뿐이었다.

월경이 시작된 것이 나를 더 힘들게 했다. 블루머가 다 젖고 다리가 쓸렸다. 청결을 유지하는 것이 어려워졌다. 나는 존이 지금 이곳에 없는 것이 다행이라고 스스로를 다독였다. 그가 돌아왔을 때는 월경이 끝나 있을 것이고 그에게 가까이 다가가는 것을 걱정하지 않아도 될 것이다.

샐비어와 화산암 지대를 지나 10마일을 이동했을 때 애벗 씨가 뿔피리를 불고는 이곳에서 멀지 않은 곳에 있다는 샘을 찾아 방향을 틀도록 했다. 우리는 정해진 경로에서 2마일 정도 벗어나 풀이 별로 없는 잔디밭 위에 원형으로 마차를 세우기 시작했다. 그런데 그때 아빠의 마차가 바위에 부딪치는 바람에 바퀴가 부서지고 말았다. 그리고 텀블의 등 위에 타고 있던 엘시 빙엄은 이제 진통이 시작된 것 같다고 말했다.

"더는 못 가겠어요." 엘시가 신음했다. "내려야 할 것 같아요." 엘시의 진통은 이미 시작된 상태였고, 노새 위에서 떨어질까 봐 두려움에 떨고 있었다. 엄마와 내가 엘시를 안장에서 내려오도록 돕고 몸을 가누도록 부축했다.

"시간이 오래 걸릴 수도 있어, 엘시." 엄마가 말했다. "첫 아기이니 어떨지는 알 거야. 지금 할 수 있는 최선은 마차들이 멈추고 있는 동안에, 그리고 진통 주기가 아직은 길 때 휴식을 취하는 거야."

"알겠어요." 엘시가 고개를 끄덕이며 말했다. "그런데…… 혹시 오늘 밤에 안 나오면…… 내일 아침에 제 곁에 있어 줄 수 있으세요? 아침에 출발해야 한다는 건 저도 알아요. 하지만 제가 아침에 갈 수 있을지 모르겠어요."

"벌써 날이 어두워지고 있고 우리 마차 바퀴도 부서졌으니." 엄마가 옅은 미소를 띠며 말했다. "그러니 우리는 아무 데도 안 갈 거야."

"휴우, 하나님, 마차 바퀴를 망가지게 해주셔서 감사합니다." 엘시가 나직이 속삭였다.

"우리 도움을 필요로 하는 한 엄마와 제가 곁에 머무를 거예요." 내가 거들었다.

나는 존과 와이엇이 우리를 지나쳐가지 않기만을 바랄 뿐이었다. 우리는 정해진 경로에서 이탈해 있으니, 그들은 우리가 어디에 있는지 모르고 있을 테니까.

존

노새들이 귀를 쫑긋 세우고 코를 치켜드는 모습을 보고 나는 나무 좌석 위에서 몸을 꼿꼿이 세운 뒤 하루 종일 그래왔던 것처럼 지평선 쪽을 바라보았다. 우리는 지금 서쪽으로 이동하는 중이다. 태양은 하늘 높이 떠올라 있고 흙먼지가 자욱해 앞이 잘 보이지 않았다. 오늘쯤에는 마차 행렬을 따라잡아야 했는데, 노새들이 어딘가에 관심을 보이는 모습을 보자 기대감으로 내 심장박동이 빨라지기 시작했다. 우리는 오늘 아침 쉽 락을 지났고, 어느 나무에서 펄럭이는 노란색 리본과 함께 나오미가 남겨놓은 종이를 발견했다. 나오미는 종이 맨 위에 날짜를 쓰고 그들이 이곳에서 출발한 시간(어제 아침)을 적어 두었다. 그 정도면 지금쯤 멀리 가지는 못했을 것이다.

"형, 뭐가 좀 보여요?" 와이엇이 햇빛에 얼굴을 찌푸리고 흙먼지에 이를 악물며 물었다. 와이엇은 마차의 내 옆자리에 앉아 있었고, 한 손에 소총을 들고 있었다.

"아니." 내가 고개를 흔들었다. "아무것도 안 보여. 그런데 노새들이 저기 어딘가에 트릭과 텀블이 있다는 걸 느끼는 것 같아."

"지금쯤이면 마차들을 만날 수 있을 거라고 생각했는데." 와이엇이 말했다. "아무래도 제가 예상했던 것보다 더 멀리 간 것 같아요."

우리는 일정이 며칠이나 늦어졌다. 제퍼슨 존스는 마차를 만들어주긴 했지만, 내가 그를 죽여버릴 뻔했을 때가 되어서야 마차를 완성했다. 제퍼슨은 하루는 자기 가게에서 이것저것 뒤지면서 시간을 보냈고, 또 하루는 마차를 조립하면서 시간을 보내더니 급기야는 부품 하나가 없다는 사실을 깨달은 것이었다. 우리는 결국 다시 그 산등성이로 되돌아갔고, 그는 거기에서 한참을 빈둥거리더니 원하던 부품을 찾아냈다. 그렇게 또 한나절을 흘려보낸 것이었다. 나흘째 되던 날 저녁, 나는 그에게 우리는 내일 아침에 떠날 것이며, 마차가 있든 없든 내 노새들 전부를 데리고 갈 것이라고 선언했다. 제퍼슨은 화가 난 것 같았지만, 이내 진지해지더니 이튿날 새벽에 모든 생필품을 실을 수 있는 마차 한 대를 뚝딱 완성 시켜 놓았다. 나는 그에게 삼손을 주지 않았다. 거스를 주었다. 그도 굳이 따지고 들지는 않았다. 나는 마차의 무게를 나누어 끌도록 나에게 남은 노새 여섯 마리에 마구를 채웠고, 마차 한쪽에 케틀을, 다른 쪽에 암갈색 말을 묶었다.

우리는 열심히 그리고 빠르게 달렸다. 밤에도 가장 어두운 시간에만 휴식을 취했고 동이 트기 한참 전에 일어났다. 노새들은 잘 견뎠다. 마차도 잘 견뎠고 와이엇은 들떠 있었다. 하지만 나는 견디기 힘들었고 조금도 들떠 있지 않았다. 나무에서 발견한, 다들 잘 지내고 있다는 나오미의 쪽지와 노란색 리본이 없었다면 내 기분은 완전히 나락으로 빠졌을 것이 분명했다.

"아직 멀리는 못 갔을 거야." 내가 말했다. "노새들은 예민하거든. 무슨 일이 일어날지를 다른 누구보다도 더 먼저 알지. 우리는 지금 점점 가까워지고 있는 거야. 마차들이 지나간 지 얼마 안 된 곳을 우리도 지나온 것 같아." 나는 노새들이 속도를 내도록 내버려두었다. 노새들의 발굽이 땅 깊숙이 파고들기 시작했고, 노새들이 미친 듯이 추적하는 모습을 보자 고삐를 잡은 내 손에도 힘이 들어갔다.

어느 순간 노새들이 가슴을 들썩거리며 속도를 늦추기 시작했다. 우리 주변으로 먼지가 자욱이 구름처럼 피어올랐고, 노새들은 완전히 멈춰 섰다. 나는 먼지가 완전히 가라앉을 때까지 가만히 기다렸다. 내 두 눈이 먼 곳을 쭉 훑었다. 덤불 우거진 땅을 살피고 바위투성이의 암석 돌출부위도 살펴보았다. 8월의 차분한 녹색과 갈색들 사이에 혹시 줄지어 서 있는 하얀 지붕들이 보이지는 않는지 찾아보았다. 열기와 침묵 그리고 아무도 없는 드넓은 땅이 나의 시선을 맞이했다.

"먼지 때문에 잘 안 보이긴 하는데, 저기 연기 같아 보이지 않아요?" 와이엇이 우리 오른쪽으로 잿빛 구름 같은 것이 솟아오르는 곳을 가리켰다. 너무 멀리 떨어져 있어서 무엇이 불에 타고 있는지도 알아볼 수 없었다. "제가 보기엔 연기 같아요." 와이엇이 코를 킁킁거렸다. "냄새 나요?"

냄새가 났다. 하지만 내 눈길을 사로잡은 건 냄새가 아니었다. 길게 피어오르는 연기 앞으로 자그마한 두 형체가 보였다. 나오미 코 위의 주근깨들보다 크지 않았다. 나는 지금 내가 무엇을 보고 있는지 알지 못한 채로 그것들을 바라보았다. 서부에서는 나무를 보기 힘들었기 때문에 나무를 보고도 사람이라고 착각하기 쉬웠다.

노새들은 몸을 흔들어 대며 쿵쿵 걷기 시작했다. 하지만 암갈색 말은 고개를 높이 들고 내 시선이 향한 방향으로 코를 돌리고는 미동도 없이 서 있었다.

"워워, 노새들아. 워워." 나는 노새들을 안심시켰다. 그리고 잠시 후 고삐를 한번 흔들어 노새들을 다시 출발시켰다. "이랴."

노새들이 우리가 가던 길에서 방향을 틀어 바위와 샐비어들 사이로 조심스레 나아갔다. 큰길에 있는 자국만큼 깊거나 뚜렷하지는 않았지만 거기에도 바퀴 자국이 있었다. 노새들은 멀리서 떨리고 있는 자그마한 형체들을 향해 나아갔다.

와이엇은 내 옆에 조용히 앉아 있었다. 나는 와이엇의 침묵이 고마웠다. 나에겐 많은 질문이 있었으나 해답은 떠오르지 않았다. 노새들은 멈칫거리지 않고 기운을 내며 속도를 계속 높였다. 나는 바퀴들이 걱정되어, 혹시라도 수리를 해야 하는 상황이 올까 봐 속도를 조금 늦추게 했다. 몇 분 후 그 형체들이 모습을 드러내기 시작했다.

"형, 저기…… 저기 윌이랑 웨브 같아요."

나는 마차 바퀴에 대한 생각은 잊어버리고 노새들의 속도를 높였다. 와이엇이 한 손으로 좌석을 집고 다른 손으로 소총을 들었다.

"나머지 마차들은 어디로 갔지?" 끽끽 거리는 바퀴 소리 너머로 와이엇이 소리쳤다. "마차들 전부 대체 어디로 간 거지?"

두 아이가 우리를 향해 달리기 시작했다. 아이들의 팔과 다리가 크게 오르내렸고 아이들의 텁수룩한 머리카락이 세차게 들썩였다. 아이들도 우리를 보고 있었다. 둘 다 모자도 신발도 없이(그렇다고 웨브가 원래 모자를 쓰고 신발을 신고 다녔다는 말은 아니다) 그렇게 단 둘이 있었다.

우리 사이의 거리가 1천 마일은 되는 것 같았다. 순간 나는 두려움에 사로잡혔다. 잠시 모든 것들이 느려지고 아득해졌다. 내 귀에 들리는 건 다른 모든 소리를 집어삼킨 내 심장 소리뿐이었다. 나는 노새의 고삐를 당기고 총과 물통을 들고 마차에서 뛰어내려 내가 듣고 싶지 않은 소식을 향해 울퉁불퉁한 땅을 가로질러 달려갔다. 윌은 내 발치에 쓰러졌고 웨브는 내 두 다리에 매달렸다. 나는 웨브를 두 팔로 안아 들었고 와이엇은 윌이 일어나도록 부축했다. 하지만 윌의 두 다리는 다시 풀렸고, 와이엇도 윌 옆에 무릎을 꿇고 앉았다.

"윌?" 와이엇이 한쪽 팔로 동생을 감싸고 말했다. "윌, 어떻게 된 거야? 마차들 어디 있어?"

"모-모르겠어. 그들은 가-가-갔어." 윌이 더듬거리며 말했다. "아빠가 마차 바퀴를 망가뜨렸고, 빙엄 부인은 아-아-아기를 낳고 있었어." 윌의 몸이 떨리기 시작했다. 너무 심하게 떨려 몸이 세차게 오르내렸다.

나는 윌과 웨브에게 물을 마시게 했다. 웨브는 우느라고 물을 잘 삼키지도 못했다. 아이들이 마저 이야기를 하기 시작했다.

"인디언들." 윌이 말했다. "내가 인디언 한 명을 죽-죽였어. 일부러 그런 건 아니야. 그런데 인디언들이 아빠랑 워-워런 형을 죽였어. 비-비-빙엄 씨도 죽였어. 그리고 마-마차를 부-부-불태웠어. 마차들은 다 망가졌어. 엄마도 주-주-죽었어."

"우리는 바위 뒤에 숨어있었어요." 웨브가 울부짖으며 끼어들었다. "오랫동안 바위 뒤에 숨어있었는데 마차들은 다 불타 버렸어요. 윌 형이 나를 못 일어나게 했어요. 윌 형이 나를 누르고 내 입을 틀어 막았어요. 내가 다 죽여버리려고 했는데. 내가 누나를 구했어야 했는데."

숨을 쉴 때마다 내 목이 불에 타는 것 같았다. 내 가슴이 불에 덴 것 같았다. 그래도 나는 질문을 했다.

"누나는 어디에 있니? 나오미에게 무슨 일이 생긴 거야?"

와이엇은 단호하게 고개를 흔들고 있었다. 방금 들은 이야기를 전부 부정하고 있었지만 눈가로 눈물이 새어 나오고 있었다. 이제 윌도 울고 있었다. 내 질문에 대답한 건 웨브였다.

"인디언들이 누나를 데려갔어요." 웨브가 공포에 질린 눈으로 나를 올려다보며 울부짖었다. "인디언들이 누나를 데려갔어요."

바퀴 자국을 따라서 1마일 정도 이동 한 뒤, 마차를 세우고 나는 아이들에게 마차 안에서 기다리라고 했다. 마차 한 대는 잉걸불 더미가 되어 연기가 피어오르고 있었다. 다른 한 대는 일부분만 불에 탔고, 천막 덮개에는 시커먼 재가 잔뜩 묻어 누더기처럼 덜렁거리고 있었다.

"안 죽었을 수도 있어." 웨브가 소리쳤다. 웨브의 얼굴에 아직 해결되지 않은 모든 질문에 대한 희망과 두려움이 동시에 떠올랐다. 하지만 윌은 그 답을 알고 있었다.

"모두 죽었어, 웨브." 윌이 작게 말하고는 두 손으로 얼굴을 감쌌다.

와이엇은 나와 함께 가고 싶어 했지만 나는 와이엇에게 마차에서 한 발자국이라도 나온다면 몸을 묶어 놓겠다고 으름장을 놓았다. "여기에서 웨브와 윌과 함께 있어. 그리고 내가 다시 돌아올 때까지는 절대 밖으로 나오지 마. 아무도 나와서는 안 돼." 와이엇은 소총을 들고 있었고, 얼굴은 흙먼지와 눈물로 얼룩덜룩했다. 하지만 싸울 준비가 된 것처럼 턱에 힘이 들어가 있었다.

"여기에서 기다려라." 내가 와이엇의 눈을 바라보며 다시 말했다. 와이엇이 고개를 한 번 끄덕였다. 총을 잡은 와이엇의 손에 힘이 잔뜩 들어가 있었다. 나는 뒤돌아서 총의 공이치기를 당겨 세웠다. 총이 필요할 것 같지는 않았지만 가지고 가기로 했다.

나는 가까이 다가가 현장을 자세히 살폈다. 마차 두 대. 한 대는 일부분만 탔고, 다른 한 대는 불에 다 타고 잔해만 남아있었다. 황소들은 데리고 가지 않았다. 황소들은 물웅덩이 주변에 모여 있었고 다들 멀쩡해 보였다. 내가 가까이 다가가자 황소들이 고개를 들고는 내가 자기들 뒤쪽에 있는 시신들을 발견하는 모습을 지켜보았다.

윌리엄 메이의 머리 가죽이 벗겨져 있었다. 벗긴 지 얼마 안 돼 피거품이 보였다. 윌리엄과 워런 사이의 땅이 피로 물들어 있었다. 워런은 얼굴을 땅으로 향한 채로 자기 아버지의 머리 쪽으로 두 발을 벌리고 있었다. 호머 빙엄은 둘에게 등을 보인 채로 있었는데 무언가를 향해 손을 뻗은 것처럼 두 팔을 앞으로 내밀고 있었다. 바닥에 손톱자국이 있었다. 자신의 아내 쪽으로 기어가려고 했으나 1피트 정도 밖에 못 가서 그의 머리 가죽을 가져간 파괴자들에게 굴복한 것으로 보였다.

무자비하게 짓밟힌 죽음의 존엄성이 나를 망연자실케 했다. 죽음 그 자체뿐만이 아니었다. 나는 전에도 죽음을 본 적이 있었지만 이런 죽음은 아니었다. 깊고 불가해한 수치심이 내 가슴 속에 차올랐다. 이것은 내가 이해할 수 있는 죽음이 아니었다. 내가 이들을 위해 할 수 있는 일은 그들의 존엄성을 조금이나마 찾아주는 것, 그리고 내 마차에서 기다리고 있는 아이들의 눈으로부터 그들을 가려주는 것 외에는 아무것도 없었다. 나는 물 조금과 손수건을 사용해 그들 얼굴에서 끔찍한 핏자국들을 지우고 모자를 가져다가 피가 응고된 머리 위에 씌웠다. 그러고 나서 그다음을 위한 마음의 준비를 했다.

메이 가족의 마차는 천막은 손상되고 마차 몸통은 새카맸지만 다른 마차보다는 상태가 좋았다. 바퀴 하나가 없는 것을 보고 윌리엄의 마차라는 걸 알았다. 메이 가족의 마차 안에 새카매진 물건들과 불에 그을린 이불들이 있었다. 하지만 그게 전부였다. 이송 변속 장치와 마차 측면에 붙어있던 물통을 묶고 있던 끈은 녹아서 끊어져 버렸다. 물통은 데굴데굴 굴러 다 타버린 다른 마차 잔해 앞에 멈춰서 있었다.

빙엄의 마차 쪽에는 새카맣게 탄 해골, 그리고 주철 냄비 하나가 손상되지 않은 채로 뭐가 뭔지 알 수 없는 잔해들 가운데 덩그러니 놓여 있었다. 잔해들 속에서 열기와 매캐한 악취가 풍겨 나왔다. 나는 가까이 다가가 보았다.

남아있는 것이 거의 없었다. 머리카락도, 형체도, 살도 아무것도 없었다. 어떻게 고통받다 죽었는지도 알 수 없었다. 남아있는 것은 새카맣게 타서 재의 옷을 입고 나란히 누워 있는 두 구의 시신으로 보이는 것뿐이었다. 왜건 박스가 무너져 그들의 형체를 더 알아보기 힘들게 했다. 목이 따가웠다. 심장이 미친 듯이 고동쳤다. 손에서 감각이 느껴지지 않았다. 나는 뒤돌아서서 호흡을 가다듬었다.

이제 무엇을 해야 할지 알 수 없었다.

위니프레드. 윌리엄. 워런. 빙엄 부부. 아이들. 나오미.

"아카아." 내가 신음했다. "나오미."

지금 나오미가 어디에 있는지 알 수 없다. 그녀를 어떻게 찾아야 하는지도 몰랐다. 아이들을 두고 갈 수 없었고, 그들의 죽은 부모를 그냥 두고 갈 수도 없었다. 그들은 이제 나의 부모이기도 했다. 그들은 나오미의 가족이었다. 그리고 나는 아이들을 보살피겠다고 윌리엄에게 약속했었다.

나는 막막한 마음으로 무력하게 주변을 둘러보았다. 윌리엄이 고치고 있던 바퀴 주변에 공구들이 흩어져 있었다. 나는 지난 일주일을 마차를 만들면서 보냈다. 나는 나에게 필요한 공구를 들고 메이네 마차 아래로 미끄러져 들어갔다. 그러고는 마차의 하부에 왜건 박스를 조이고 있는 볼트들을 찾아냈다. 볼트를 제거하고 나서 왜건 박스를 프레임에서 떼어내고 옆으로 떨어뜨렸다. 안에서 까맣게 탄 식료품들과 물건들이 땅바닥으로 쏟아져 나왔다. 나는 왜건 박스를 다른 마차의 잔해가 있는 곳으로 끌고 갔다. 시신 전부를 가릴 수 있는 것이 필요했다. 하지만 땅은 단단했고 나에게는 시간이 많지 않았다. 남자 셋을 그들의 여인들 곁으로 한 명씩 끌고 간 뒤 왜건 박스를 뒤집어 그들 몸 위로 덮었다. 마치 바위와 덤불 사이에 자리한 테이블 같이 보였다. 하지만 그곳에 죽음이 숨겨져 있었다. 그 속에 끔찍한 공포가 감춰져 있었다. 나는 가서 아이들을 데리고 왔다.

나는 윌이 이미 알고 있는 것들을 확인시켜줘야 했다. 윌이 웨브에게는 끔찍한 부분들은 못 보게 했겠지만, 웨브도 알고 있었다. 윌이 얼마나 오랜 시간 바위 뒤에서 몸을 수그리고 기다렸던 것인지 알 수 없었지만 빙엄의 마차가 전부 타 버릴 정도였다면 한참을 기다렸을 것이다.

"얼마나 오래 숨어있었는지 모르겠어요." 내가 묻자 윌이 말했다. "그런데 그 일이 일어났을 때는 정오를 지난 지 얼마 안 됐을 때였어요."

현재 시각이 4시에 가까워지고 있었다.

"우리가 가서 누나랑 아기 울프를 찾아야 돼요." 웨브가 훌쩍거리며 말했다.

"알아. 그럴 거야. 하지만 당장은 너희들 도움이 필요해."

우리는 뒤집혀 놓인 왜건 박스를 고정하기 위해 커다란 돌들을 가져다가 위에 쌓았고, 그 주변으로 돌을 빙 둘러 돌무덤을 만들었다. 그런 뒤 나는 메이네 마차 하부 구조를 가져다가 십자가를 만들고 똑바로 서 있도록 땅 깊숙이 파묻었다.

"우리는 무슨 말을 하거나, 아니면 노래라도 불러야 해." 와이엇이 말했다. 와이엇은 이를 악물고 있었고 믿을 수 없는 상황에 오히려 차분해 보였다. 자기 동생들이 본 것을 와이엇은 보지 않아도 되었다는 사실이 조금이나마 위안이 되었다.

"노래 부르려면 엄마가 있어야 하는데." 웨브가 말하고는 얼굴을 일그러뜨렸다.

"내가 할 수 있어." 윌이 말했다. 입술은 떨리고 있었지만 어깨는 곧게 펴져 있었다.

윌이 부르는 노래는 내가 아는 노래였다. 제니가 불러주곤 하던, 하나님의 은총을 찬미하는 노래. 윌은 맑은 목소리로 노래했고, 위니프레드의 목소리처럼 진심이 담겨있었다. 그런데 3절이 시작되고 윌이 울기 시작했다. 노래를 끝마치기 위해 와이엇과 웨브가 도와야 했다. 나는 노래를 부를 수 없었다. 그래도 아이들과 함께 가사를 읊었다.

주는 내게 선을 약속하셨네.
주의 말씀 내 소망 지켜주시네.
주는 나의 방패요 운명이시네.
내 삶이 다하는 그 날까지.

찬송이 끝나고 나는 내 노새들에게서 마구를 풀고 내 마차에 있던 마구를 윌리엄의 황소에 맞는 것으로 바꾸었다. 그런 뒤 황소를 데리고 와 멍에를 씌웠다. 물웅덩이에서 멀지 않은 곳에서 피와 나오미의 공책에서 빠져나온 듯한 종이 한 장을 발견했다. 놈들이 습격했을 때 나오미가 여기에 있었던 것이다. 편자가 박히지 않은 조랑말의 수많은 발자국들이 그곳에서부터 이어지고 있었다. 최소한 나의 시작점이 어디가 될지는 알게 된 셈이었다.

"왜 황소에 멍에를 씌우는 거예요?" 와이엇이 물었다. "노새들이 훨씬 빠르잖아요. 누나를 찾으러 가려면 빨리 가야 하지 않아요?" 와이엇과 동생들은 메이 마차의 식료품 중에 챙길 수 있는 것들을 챙기고 가져갈 수 있는 물건들도 꺼낸 뒤 내 마차에 싣고 있었다.

"마차를 끌고 이 자국을 따라갈 순 없어, 와이엇." 내가 말했다.

"그럼 우리 마차를 놓고 가요?"

"아니. 나는 나오미와 울프를 찾으러 갈 거고, 너는 동생들을 데리고 이 마차를 끌고 갈 거야. 너는 저 바퀴 자국을 따라서 애벗과 마차 행렬을 만나게 될 때까지 가면 돼."

"아니요. 싫어요. 싫어요. 우리도 형이랑 같이 갈 거예요." 와이엇이 울상이 된 얼굴로 고개를 흔들며 말했다.

"와이엇."

와이엇은 다시 한번 고개를 흔들었다. 아이의 입술이 떨리고 있었다. 이제는 와이엇도 금방이라도 무너질 것 같았다. 그러나 와이엇은 무너져서는 안 되었다.

"할 수 있어, 와이엇. 해야만 해. 사라진 내 동물들을 찾으러 갔다가 캠프로 되돌아왔을 때 네 어머니가 하신 말씀 기억해?"

"아니요. 기억 안 나요." 와이엇이 목이 멘 목소리로 대답했다.

"너도 이제 남자가 다 됐다고 하셨잖아. 그때 어머니는 알아보신 거야. 그리고 너는 이제 정말로 남자야, 와이엇."

"형이랑 있으면 강해지는 게 쉬워요. 하지만 나 혼자서 잘 할 수 있을지 모르겠어요."

"나는 가서 나오미를 찾아야 돼, 와이엇. 거기에 윌과 웨브를 데리고 갈 수는 없어. 너도 알잖아."

와이엇이 우는 소리를 내며 두 손으로 머리카락을 움켜쥐었다.

"마차에 돈이 있어. 황소들도 있고. 필요한 물건들도 있고, 마차 행렬에 너희를 걱정해주는 사람들도 있어. 사람들을 만날 때까지 저 바퀴 자국을 따라서 계속 서쪽으로 가. 마차 행렬은 겨우 하루 앞서가고 있어. 행렬을 만나면 애벗과 함께 있어. 애벗이 너희들을 캘리포니아까지 데리고 가줄 거야. 내가 나오미를 찾으면 너와 동생들을 찾으러 갈게."

"약속해요?" 와이엇은 이제 울고 있었다. 나도 울고 싶었다. 하지만 나는 다가올 미래가 너무 두려워 울 엄두도 나지 않았다.

"약속할게. 얼마나 걸릴지는 모르겠어. 하지만 꼭 가겠다고 약속할게."

"알겠어요." 와이엇이 작게 속삭였다.

아이들은 떠날 준비를 끝냈다. 나에게는 암갈색 말과 노새 몇 마리가 필요할 것이었다. 케틀과 노새 세 마리는 아이들 각각을 위해 마차 양옆으로 묶어 남겨두기로 했다. 나는 웨브와 윌을 마차 뒤에 타도록 도왔고, 와이엇에게 한 이야기를 웨브와 윌에게도 했다.

"나는 너희들과 가지 못하게 됐다. 너희들 서로를 잘 보살펴야 해. 그래야 내가 누나랑 울프를 보살필 수 있어." 내가 말했다. "너희들 와이엇 형의 말 잘 들어라. 형이 시키는 대로 해야 해. 웨브 너는 케틀과 노새들을 잘 보살펴라. 저 녀석들은 이제 메이의 노새들이야. 윌 너는 웨브를 잘 보살피고."

웨브가 내 팔 안으로 파고들었다. 나는 창백한 얼굴로 말없이 있는 윌에게 팔을 뻗었다. 윌의 눈물은 이제 다 말라 버렸고 두 눈에는 초점이 없었다.

"다 내 잘못이에요, 형." 윌이 말했다. "내가 인디언 한 명을 죽여서 그들이 우리를 공격한 거예요."

"다른 사람들이 한 짓을 네 탓으로 돌릴 수는 없어. 무슨 일이 일어났는지는 나도 몰라. 왜 그랬는지도 모르고. 하지만 이것만은 알아. 너는 네 동생의 목숨을 구했고 침착하게 행동했다는 것. 나는 네가 정말 대견하다."

"그 사람들 싫어요. 인디언들이 싫어요." 웨브가 울부짖었다. 아이의 목소리가 내 어깨에 파묻혔다.

"너는 형도 싫으니?" 내가 가만히 물었다. "형도 인디언이야."

"아니요. 형은 사랑해요."

"나도 웨브를 사랑해. 모든 민족마다 좋은 사람도 나쁜 사람도 있는 거야. 인디언들과 이주자들도 다 똑같아. 콜드웰 씨가 내 동물들을 풀어놨을 때 기억나지?"

"네. 콜드웰 씨도 진짜 싫어요." 웨브가 흐느끼며 말했다.

"형 친구 하나비 기억나? 찰리는? 그 사람들은 우리를 도와줬었잖아. 찰리가 없었으면…… 와이엇과 나는 너희들에게 다시 돌아오지 못했을 거야." 나는 아이에게 다시 상기시켰다. "그러니까 누구를 싫어할 때는 정말로 신중해야 해."

웨브가 조용해졌다. 나는 팔에서 아이를 풀어주었다.

"자 이제 갈 시간이다." 내가 말했다.

"무서워요, 형." 윌이 말했다.

"알아. 나도 무서워. 하지만 우리 모두 해야 할 일들이 있잖아. 그리고 우리는 그것들을 해낼 거고."

나는 내 마차가 좌우로 휘청거리며 떠나는 모습을 바라보았다. 와이엇은 제 아버지의 막대기를 들고 마차를 몰고 있었고, 웨브와 윌은 마차 뒤로 멀어져가는 나를 오래도록 바라보았다.

16
어디에도

나오미

 울프는 잠이 들었고, 나는 비틀비틀 걷고 있었다. 나는 수 마일을 계속 비틀비틀 걷고 있었다. 걷는 것에는 익숙해졌지만 끌려가는 것에는 익숙해지지 않고 있었다. 말에게는 편안한 속도가 품에 아기를 안고 있는 여자에게는 따라가기 힘든 속도였다. 땀으로 피부가 미끈거리고 옷이 축축했다. 눈 아래에 난 상처가 따가웠고 한 걸음 내디딜 때마다 머리가 욱신거렸다. 하지만 다른 모든 것들과 마찬가지로 그 느낌도 아득하게 느껴졌다. 태양이 하늘에서 움직이는 것을 인식하는 것처럼, 신발에 난 구멍으로 돌멩이 하나가 파고드는 것을 인식하는 것처럼. 나는 앞만 바라보고 있었다. 내 눈은 한 원주민이 머리에 쓰고 있는 검정 깃털의 자취를 쫓고 있었다. 깃털들은 남자의 등 뒤로 내려와 가죽 레깅스까지 길게 늘어져 있었다. 나는 한 번도 뒤돌아보지 않았다. 내 뒤를 따라오는 사람은 아무도 없었고, 혹시라도 고개를 돌렸다가 넘어져서 다시 일어설 수 없게 될까 봐, 더 최악의 경우 울프를 내 품에서 빼앗기게 될까 봐 두려웠기 때문이다.
 엄마는 우리가 가장 두려워하는 것들은 우리를 찾아오게 마련이라고 말했었다. 성경 속 욥이 그랬던 것처럼. 사람들은 주님이 욥을 시험하신 거라고 생각했다. 하지만 우리가 욥으로부터 배울 수 있는 것은 그뿐만이 아니라고 엄마는 말했다. 내가 두려워하는 그것이 내게 임하고 내가 무서워하는 그것이 내 몸에 미쳤구나.

"어떤 고난은 피할 수 없단다. 어떤 고난은 반드시 직면해야만 하지. 욥은 가장 훌륭한 사람이었어. 그럼에도 고난을 피하지는 못했단다."

우리는 어느 강에 도착했고 그 강을 건넜다. 남자들은 동물들에게 물을 먹였다. 남자들은 내 목에 있는 밧줄을 풀지는 않고 바닥으로 떨어뜨린 뒤 훠이 훠이 소리를 내며 나를 강물 쪽으로 몰았다. 나는 발을 질질 끌며 제방 아래로 내려가 거트 옆에 주저앉았다. 몸이 바들바들 떨리고 있었다. 내가 거트의 젖꼭지를 너무 세게 잡아당기는 바람에 거트가 매애 하고 울었고 젖이 울프 얼굴에 뿌려졌다. 나는 다시 정신을 차리고 거트의 젖을 짜서 울프의 입안으로 넣어 주었다. 몇 분이 지난 뒤 밧줄이 다시 잡아당겨질 때까지 울프에게 거트의 젖을 먹일 수 있었다. 나는 물을 한 모금도 마시지 못했다. 우리는 강에서 멀어지며 북서쪽으로 방향을 꺾었다. 나는 목이 말랐고, 울프가 울기 시작했다. 나는 남자들에게 잠깐 멈추어 달라고 애원했지만 그들은 전혀 신경 쓰지 않고 말을 타고 계속 나갔다. 결국 울프는 목이 다 쉬어 한숨 소리가 흘러나올 때까지 울다가 다시 잠에 들었다.

해가 저물고 있었고, 우리는 어느 캠프에 가까워지고 있었다. 고함소리가 들렸고, 나는 누군가 우리를 보고 있다는 사실을 알았다. 온종일 내 위에서 둥둥 떠다니던 두려움이 이제 내 어깨 위에 안착했다. 허리를 곧게 펴기 위해 계속 힘을 주고 있었던 탓에 허리가 불타는 것 같았다. 개들이 짖어 댔고 내 다리로 달려들었다. 그중 한 마리에 발이 걸려 넘어졌다. 울프의 포대기는 다 젖어 있었고, 오줌 냄새가 코를 찔렀다. 전사들은 괴성을 내며 축하했고 창과 방패들이 하늘 높이 올려졌다. 머리 가죽들이 하늘에서 춤추었고, 내 몸이 흔들거렸다. 얼룩무늬 조랑말에 타고 있던 남자가 땅으로 미끄러져 내려오더니 아무런 경고 없이 나에게서 울프를 낚아채갔다. 나는 두 팔에 쥐가 나서 똑바로 펼 수 없었다. 남자를 향해 팔을 뻗을 수도 없었다. 얼룩말 용사가 울프를 어떤 여자에게 내밀자 여자는 못마땅한 얼굴로 내 동생을 빤히 쳐다보았다. 여자가 울프를 바닥에 내려놓고 뒤돌아 가 버렸다. 남자가 뒤에서 여자를 불렀다. 그는 화가 나 있었다. 남자가 울프를 다시 안아 들고 여자를 따라갔다. 나는 여자들과 아이들에게 둘러싸여 있었다. 그들이 내 옷과 머리카락을 잡아당겼다. 어떤 여자가 내 뺨을 때렸고, 그러자 눈 아래에 난 상처에서 피가 다시 흐르기 시작했다. 나는 펴지지 않는 두 팔로 머리를 감싸고 사람들을 헤치며 울프를 향해 나아갔다. 울프의 울음소리가 들렸지만 아이가 멀어지면서 그 소리도 점차 잦아들었다. 나는 울프의 이름을 부르짖었다. 그러자 원주민 아이들이 작은 머리를 뒤로 젖히더니 하울링을 하기 시작했다. 나는 아이들이 나를 흉내 내고 있다는 것을, 그리고 '울프'의 발음이 늑대의 하울링 소리처럼 들린다는 것을 깨달았다.

그때 여자들이 구슬프게 우는 소리가 들려왔다. 죽은 남자가 자기 말에서 끌어내려지고 있었다. 예전에 경고도 없이 불어닥쳐 플랫 강물을 불어나게 만들었던 갑작스러운 폭풍우처럼, 비통함이 마을을 갑작스레 집어삼켰다. 남자들 중 하나가 자기 말에서 내려오더니 여자와 아이들을 헤치고 걸어왔다. 그러더니 한 손으로 내 머리채를 붙잡고 머리를 뒤로 홱 젖혔다. 남자는 무슨 말인가를 계속하며 한동안 내 머리를 이쪽저쪽으로 흔들어댔다. 그러더니 내 머리를 쥐고 있지 않은 손을 올려 더러운 손가락들로 내 입술을 벌렸다. 말과 피의 맛이 났다. 남자가 손가락 관절로 내 이빨을 두드려 보더니 자기 이빨도 두드려 보았다. 내 이빨이 남자를 기분 좋게 하는 것 같았다. 내 입안에 있던 손가락이 이번에는 내 왼쪽 눈으로 옮겨가서는 내 눈꺼풀을 밀어 올렸다. 나는 그의 손을 피하려고 몸부림치며 소리를 질렀지만 남자는 내 눈 색깔에 도취된 듯 보였다. 남자는 내 고개를 홱홱 돌리고 눈을 강제로 벌려 모든 사람들에게 보여주고 있었다. 어떤 여자 하나가 나에게 침을 뱉었고, 나는 침 때문에 앞이 보이지 않았다. 남자는 내 얼굴은 풀어주었지만 내 머리카락은 그대로 잡고서 어디론가 끌고 갔다. 나는 비틀거렸지만 넘어지지 않으려 애쓰며 그의 뒤로 질질 끌려갔다. 내 머리카락이 뿌리째 뽑히지 않게 하기 위해 두 손으로는 남자의 팔목을 잡고 있었다. 두피를 칼로 벗겨내는 것도 이보다 더 아플 것 같지 않았다.

누가 나와 울프를 찾으러 올지 알 수 없었다. 존, 존이 찾으러 올 것이다. 몸이 부르르 떨렸고 뱃속이 다시 요동치고 있었다. 아빠와 워런 오빠는 죽었다. 엄마, 엄마도 죽었다. 내 마음속이 텅 빈 것 같았다. 존이 나를 찾으러 오지 않았으면 좋겠다. 저들이 존을 죽일 것이다. 나도 죽일 것이다. 다만 내가 바라는 것이 있다면 그 일을 빨리 해치워 주는 것뿐이었다.

존

나오미는 모카신을 신고 있다. 나는 나오미의 발자국으로 그걸 알아보았다. 나오미의 발자국은 비틀거리며 가고 있는 듯 보폭이 좁았다. 나오미 발자국 옆에 다른 사람 발자국은 보이지 않았다. 나머지는 말들과 두 마리의 노새 발자국들이었다. 트릭과 텀블의 발자국. 그리고 그것보다 더 작은, 갈라진 발굽의 발자국을 보고 나는 그것이 거트의 발자국일 거라고 생각했다. 그 발자국들을 따라가다 몇 번인가 그들의 자취가 사라져 버려, 왔던 길을 다시 돌아가야 했다. 그러다 또다시 사라져 버렸다. 내가 잘못된 길로 가고 있는 건 아닌가 하는 생각이 들기도 했다.

메마른 땅 위에서 하얀 물체가 펄럭 뒤집히는 모습이 눈에 들어왔다. 나는 그것을 향해 질주했다. 그것을 쫓아 반 마일을 달렸다. 마침내 그 하얀 물체가 샐비어 덤불 우거진 땅 위에 잠시 내려 앉았다. 그것을 따라잡았을 때쯤 나는 좌절감에 비명을 지르고 말았다. 거칠게 쉰 내 목소리 때문에 내 동물들이 겁을 먹었다. 동물들이 몸을 흔들며 슬금슬금 나를 피했다. 나는 삼손의 등에서 미끄러져 내려 종이를 잡기 위해 동물들을 앞으로 내몰았다.

내가 전에 경탄하며 본 적 있는 그림이었다. '상자 안의 뼈들'이라고 그림 아래쪽에 쓰여 있었다. 나오미의 휘갈겨 쓴 글씨였다. 온 몸이 피에 젖은 나오미가 바위 사이 어딘가에 누워있고 그녀의 몸 옆에 펼쳐진 채 놓여있는 공책에서 그림들이 바람에 날리는 모습이 환상처럼 눈앞에 떠올랐다.

그러나 잠시 후, 문득 예전에 와이엇과 내가 사라진 노새들을 찾으러 갔을 때 나오미가 자신의 그림으로 흔적을 남겨놓았던 일이 떠올랐다. 그러자 평온이 나의 고뇌를 잠재웠다. 나오미는 나를 위해 다시 종이를 남기고 있는 것이었다.

나오미

캠프가 어수선해지는 소리를 듣고도 나는 눈을 뜨지 않았다. 나는 잠시 우리 마차 행렬과 함께하며 내가 혹시 늦잠을 잔 건가 생각했다. 그때 문득 내가 어디에 있는지, 왜 여기에 있는지가 떠올랐다. 깊은 슬픔이 급류처럼 밀려와 숨도 쉬지 못할 지경이 되었다. 나는 쌕쌕거리며 헛구역질을 하고 숨을 헐떡였다. 밤새 내 옆에 있던 개가 자신의 주둥이를 내 사타구니에 갖다 댔다. 월경혈이 내 원피스 밖으로 스며 나와 있었다. 나는 개를 발로 밀어내고 잠자는 척을 포기했다. 그러고는 몸을 옆으로 굴려 두 다리를 내 가슴으로 끌어당겼다. 내 몸 옆으로 또다시 쿡 찌르는 느낌이 들었다. 또다시 개일 거라 생각하며 찰싹 때렸다. 그런데 내 손에 닿은 것은 누군가의 다리였다.

내 위로 한 할머니가 모습을 드러냈다. 할머니의 얼굴은 너무도 까맣고 쭈글쭈글해서 마치 나무껍질로 만들어진 것같이 보였다. 할머니가 움푹 파인 검고 빛나는 눈으로 나를 빤히 쳐다보더니 나에게 따라오라 손짓했다. 나는 오두막 밖으로 나가 떠오르는 태양을 보고 움찔했다. 사람들은 캠프를 철수하고 있었다. 아이들은 뛰어다니고 있었고 남자들은 말을 모으고 있었다. 그리고 여자들은 짐을 싸고 있었다. 다른 오두막들은 전부 해체되었고, 모닥불은 전부 물을 뿌려 꺼진 상태였다. 원주민들은 서둘러 떠날 채비를 하고 있었다. 내가 나가자 원주민들이 나를 쳐다보았다. 하지만 아무도 나를 막아서지는 않았다. 어젯밤과 같은 모습이었다. 내 머리채를 잡고 끌고 간 남자는 나를 자신의 오두막으로 데리고 갔었다. 남자는 나를 지저분한 개와 함께 구석으로 밀어 넣더니 내가 이해하지 못하는 말들을 으르렁거렸다. 그때 이 할머니가 나에게 물과 이불을 가져다주었었다. 나는 물을 마시고 잠이 들었다.

할머니는 지금 나를 물가로 내려가도록 재촉하고 있다. 할머니는 몸집이 작았다. 키가 나보다 머리 하나는 작아 보였다. 하지만 내 팔을 붙잡은 할머니의 손아귀는 강했다. 나는 달리 무엇을 해야 할지 알지 못했고 그저 시키는 대로 할 수밖에 없었다. 그리고 나는 목이 말랐다. 나는 하류 쪽으로 내려갔고, 할머니는 제방 위에서 나를 쳐다보고 있었다. 나는 목에 걸려있는 그림 공책이 든 가방을 바위 위에 내려놓고 스타킹과 모카신을 벗었다. 그러고 나서 옷을 입은 채로 강물 속에 몸을 푹 담갔다. 물이 내 턱 아래에서 찰랑거렸다. 나는 두 다리 사이 더러워진 부분을 문질러 씻고 원피스 주머니에서 월경용 천 조각들을 꺼내서 헹궈냈다. 이른 아침의 물은 시리도록 차가워 나는 바들바들 떨며 몸을 심하게 들썩였다.

도망칠까 하는 생각이 잠시 들었다. 물살을 따라 떠내려가면 어떨까 싶었다. 할머니를 쳐다보았다. 할머니도 나를 쳐다보고 있었다. 할머니의 흰머리 한 가닥이 작별의 인사를 하듯 나부꼈다. 할머니가 내 생각을 읽은 것인지 궁금했다. 그때 어떤 아이 하나가 울음을 터뜨렸고, 나는 수치스러움을 느꼈다. 나는 울프를 두고 떠날 수 없었다. 나는 물에서 일어섰다. 원피스에서 물이 세차게 후드득 떨어졌다. 나는 다시 절뚝이며 물 밖으로 나갔다. 내 연약한 발이 미끄러운 돌멩이들 위에서 둥글게 말렸다.

할머니에게 울프의 행방을 물을 수가 없었다. 그 대신 나는 내 팔에 아기가 있는 듯한 몸짓을 해 보였다. 할머니는 반응이 없었다. 나는 내 가슴을 두드리고 보이지 않는 아기를 품에 안은 몸짓을 하며 더 열심히 설명했다. 할머니가 내가 알아들을 수 없는 말을 하고, 한 번 더 목소리 높여 말하더니 고개를 흔들며 내 팔을 옆으로 끌어내렸다. 할머니가 말하려는 것이 그것일까 봐 무서웠다. 내가 이미 알고 있는 것. 울프는 더이상 나의 아이가 아니라는 것.

나는 할머니에게 나의 이름을 말하려고 애썼다. "나-오-미." 나는 내 가슴을 가볍게 두드리며 천천히 말했다. "나오미."

할머니가 가벼운 신음을 냈다. 나는 다시 한번 필사적으로 말했다. "나오미."

"나오미." 할머니가 내 이름을 한 번에 이어서 말했다.

"맞아요." 내가 고개를 끄덕이며 말했다. "맞아요. 나오미 라우리." 나오미 메이 라우리. 나는 갑자기 터져 나오는 눈물을 가까스로 삼켰다.

할머니가 자신의 가슴을 두드리며 내가 따라 하지 못할 것 같은 알아들을 수 없는 말을 했다. 나는 무기력하게 고개를 흔들었다. 첫음절도 따라 하지 못할 것 같았다. 피읖보다는 부드럽고 비읍보다는 센 소리였다.

할머니가 자신의 이름을 다시 말했다.

"비야?" 내가 따라 해보았다. 하지만 내가 맞게 말하고 있는 건지 확신이 들지 않아 내 목소리는 점점 작아졌다.

"비야." 할머니가 만족한다는 듯 반복해 말했다. "나오미." 할머니가 말하고는 내 가슴에 손을 댔다. 할머니가 몸을 구부리더니 내 가죽가방을 들어 올려 그 안을 살폈다. 내 공책을 꺼내는데 그림 몇 장이 떨어져 나왔다. 종이들을 묶어 두었던 가죽끈이 풀려 있는 것이었다. 공책이 아직 가방 안에 들어있다는 것은 행운이었다.

비야는 공책 안을 보고 싶어 했다. 나는 비야가 내 공책을 빼앗아

갈까 봐 두려움에 떨며 공책을 열어 보여주었다. 와이엇이 수많은 선으로 이루어진 진짜가 되어 나를 향해 웃고 있었다. 나는 공책을 다시 닫아 버렸다. 온몸이 다 젖은 상태라 어디에 감출 수도 없었지만. 비야가 나의 괴로움을 이해하지 못하고 공책으로 손을 뻗었다. 나는 쭈그려 앉아 모카신을 신기 시작했다. 손가락들이 굳어 말을 듣지 않았다. 스타킹은 너무 더러워져 그냥 버릴까 싶었다. 비야가 쉭쉭 소리를 내고 신음 소리를 내며 내 공책을 꼼꼼하게 훑어보았다. 나는 비야가 내 공책을 망가뜨리지 않기를 기도했다.

비야가 갑자기 공책을 나에게 넘기는 듯하다가 공책으로 내 가슴을 밀쳤다. 나는 공책을 받으려고 했지만 비야는 공책으로 나를 툭툭 치며 어떤 말을 하고자 애쓰고 있었다.

"나-오-미."

내가 고개를 끄덕였다.

비야가 단호하게 내 공책을 가리켰다. "비야." 비야의 바람은 명확했다. 비야는 내가 자신의 얼굴을 그려 주기를, 공책에 자신의 얼굴을 담아 주기를 바라는 것이었다.

존

강에서 1마일 정도 떨어진 잔디에서 그림 하나를 또 발견했다. 황소 에디의 등에 올라탄 웨브의 그림이었다. 그림 속 웨브는 에디의 등 위에서 팔다리를 축 늘어뜨린 채로 잠들어 있었다. 나는 그 날을 기억하고 있다. 오디가 길바닥에 주저앉았고, 우리는 그런 오디를 남겨둔 채로 가야만 했던 날이었다. 어둠이 내리면 나는 나오미의 자취를 따라갈 수 없다. 그래서 물가에서 멀지 않은 곳에서 해가 뜨길 기다리며 앉아 있었다. 나는 계속 북쪽으로 이동하고 있었다. 바싹 메마른 땅과 달궈진 바위들이 있는 광활한 평원을 지나, 길쭉한 노란색 수풀로 뒤덮인 이곳에 도달했다. 이곳은 꺾여 있는 줄기들을 제외하면 내가 옳은 길을 가는지에 대한 거의 아무런 단서도 주지 못했다.

 나오미가 그림을 떨어뜨리며 그림을 통해 어떤 메시지를 보내고 있다고 생각하는 건 아니지만, 그 그림들이 나를 힘들게 했다. 그날의 좌절감과 절망감이 내 안에서 메아리 쳤다. 아마 바람이 종이를 그녀가 걷고 있는 길로부터 수 마일 떨어진 곳으로 실어 나른 것일 것이다. 나는 지금 정처 없이 배회하는 중이었다. 나의 노새들은 목말라 했고 지쳐 있었으며 빠르게 잠이 들었다. 나는 계속 자다 깨다를 반복했다. 꿈에 나오미가 오디의 등 위에 누워있는 모습을 보았다. 둘 다 죽어 있었고 새하얀 가루를 뒤집어쓰고 있었다. 나는 몸을 바르르 떨고 메스꺼움을 느끼며 깨어났다가 잠시 후 다시 잠이 들었는데, 하얀 모래사막이 다른 모습으로 다시 나타났다. 이번에는 나오미 혼자 모래사막 위에 쓰러져 있었다. 아무리 일으키려 해도 나오미는 움직이지 않았다.

 나는 이 강의 이름을 몰랐고 이 강을 따라가면 어디가 나오는지도 몰랐다. 아침이 오고 나는 강을 건너갔다. 그러나 건너편에서는 아무런 흔적을 발견할 수 없었다. 나는 제방을 오르내리고 강의 상류로 반 마일가량 올라갔다가 다시 반대 방향으로 되돌아오며 제방 근처의 흙을 자세히 살펴보았다. 나오미를 데려간 놈들이 강을 건너지 않았다는 확신을 하고 다시 강을 건너와 흔적들을 좀 더 찾아보았다. 하지만 강에서 멀어지는 쪽 수풀 속에서는 뚜렷한 흔적이라 할 만한 것을 찾을 수가 없었다. 나는 말과 노새에 관해 잘 알고 있다. 원주민들은 말에 편자를 박지 않는다. 또한 노새는 편자를 박을 필요가 없다는 사실을 알고 있다. 하지만 나는 사냥꾼이 아니었다. 어디로 가야 할지는 알 수 없었다.

나는 혹시 바람에 날리는 흰 종이가 있는지 찾기 위해 먼 곳을 바라보았다. 그러나 보이는 것은 헐벗은 구릉들과 먼 산맥들 그리고 나의 오른쪽으로 또 왼쪽으로 구불구불 이어지는 강뿐이었다. 나무라고 할 만한 것이 없었고, 마차 행렬도 보이지 않았다. 사람도, 말도, 동물 떼도 없었다. 나오미도 없었다. 나는 어젯밤에 흔적을 보았던 곳에서 다시 한번 강을 건넜다. 그리고 강을 따라서 가기로 했다. 땅은 척박했고 낮에는 너무 뜨거웠다. 그렇게 숫자가 많지 않은 원주민 무리가 자신들의 마을에서 떨어져 아주 멀리까지 왔을 것 같지는 않았다. 영구적인 정착촌이든 임시로 만든 캠프이든 모두 어쨌든 강에서 멀지 않은 곳에 자리했다. 그렇게 몇 마일 가지 않아 나의 예상이 맞아떨어졌다. 강은 한 번 굽어져 일직선으로 이어지다가 다시 뒤로 꺾어지면서 삼 면이 강으로 둘러싸인 지대를 만들어냈다.

그렇게 만들어진 반도 같은 땅 위에 원주민 마을 하나가 자리하고 있었다.

나는 안장에서 내린 뒤 노새들을 끌고 마을로부터 거리를 유지하며 강물 쪽으로 걸어갔다. 위키엄들은 쇼쇼니 족의 것처럼 보였다. 잠시 안도감이 찾아왔으나 곧 두려움이 엄습했다. 와샤키는 포카텔로도 쇼쇼니 족이라고 말했었다. 나는 이쪽 지역과 현지 부족들에 대해 잘 알지 못했다. 웨브와 윌은 마차를 공격했던 원주민들의 이렇다 할 특징을 설명하지 못했다. 자세히 설명해 달라고 요구했을 때 아이들은 얼굴이 하얗게 질려 울음을 터뜨렸고, 나는 더이상 묻지 않았다.

내 짐가방에 작은 망원경이 들어있다. 나는 물가에 노새들의 두 다리를 묶어 둔 뒤 캠프를 자세히 관찰할 수 있는 높은 지대로 올라갔다. 멀리서 볼 때 캠프는 조용했고 캠프 전체가 휴식 중인 것처럼 나른해 보였다. 말들은 서성이고 있었고, 사람들은 오두막 안팎을 드나들고 있었지만 힘든 노동을 하는 것 같지는 않았고 다급한 일이 있는 것 같지도 않았다. 그래서 나는 그곳이 임시로 만든 캠프일 거라 확신했다. 아마 하루 이틀 정도 강가에 머물다가 어딘가 새로운 곳으로 떠날 것이다.

나는 한 시간 넘게 위키업들을 지켜보았다. 내 노새들이 잘 있는지도 가끔씩 확인하면서 캠프 안팎에 있는 모든 동물들을 유심히 살펴보았다. 혹시 트릭과 텀블이 있는지, 적갈색 말이 있는지, 호머 빙엄의 노새가 있는지 찾아보았지만 녀석들의 모습은 보이지 않았고 염소의 모습도 보이지 않았다. 나오미와 울프가 있을 거라고 생각하게 하는 어떤 실마리도 보이지 않았다. 그때 낯익은 말 한 마리가 눈에 들어왔다. 짙은 갈색 몸에 흰색 앞다리와 검정 갈기를 가진 말이었다. 말의 이마에 꼭짓점이 코를 향하는 역삼각형 모양의 흰색 무늬가 있었다. 브리저 요새에서 만났던 와샤키가 그와 비슷한 말을 타고 있었다.

그때 한 여인이 엘크 가죽으로 뒤덮인 커다란 위키업 문에서 나오더니 강으로 향했다. 품에 아기를 안고 있었고 머리카락은 등 뒤로 길게 하나로 땋아 내렸다. 하나비였다. 확실했다. 아이들이 강가에서 뛰어놀고 있었는데, 망원경으로 보니 하나비 오빠의 아이들이 확실해 보였다. 하나비는 아이들을 야단치고 있는 것처럼 보였고 그때 강둑에 있던 개 한 마리가 하나비에게 인사하기 위해 신나게 달려갔다. 개가 몸을 격렬하게 흔들었고, 하나비는 물이 뚝뚝 흐르는 개의 인사를 피하고자 다급히 위키업으로 도망쳤다.

내가 다가가는 모습을 아이들이 발견하더니 손가락질하고 소리를 지르며 달리기 시작했다. 오두막들에서 사람들이 물밀듯 쏟아져 나왔다. 어떤 사람들은 겁을 먹은 것처럼 보였다. 어떤 남자는 자신의 말을 향해 뛰어가면서 고함을 질렀다. 나는 안장에 앉은 채로 두 손을 위로 올리고 천천히 다가갔다. 그리고 그들 말로 인사했다. 그린 강에서 쇼쇼니 족과 함께 캠프를 세웠을 때 남자들 대부분이 그곳에 없었다. 이런 반응은 충분히 예상했다. 잠시 후 하나비와 와샤키가 자신들의 위키업에서 서둘러 나왔다. 하나비는 신이 나서 나에게 두 팔을 넓게 벌리며 다가왔다. 마치 집에 잘 돌아왔다고 환영하는 모습이었다.

"여긴 어쩐 일이야, 존 라우리!"

내 존재에 대한 하나비의 기쁨은 위안이기도 했고, 그와 동시에 내 심장을 찌르는 칼날이 될 수도 있었다. 나는 안장에서 미끄러져 내려가 하나비의 손을 잡고 하나비 옆에 서 있는 와샤키를 바라보았다. 와샤키는 크게 기뻐하거나 환영하지는 않았지만 나에게 가볍게 인사를 했다.

"존 라우리."

"와샤키 추장님."

"어디에서 오는 길인가?" 와샤키가 내 뒤로 먼 곳을 바라보며 물었다.

"그래! 어디에서 오는 길이야? 그리고 오빠의 여자는 어디에 있어?" 하나비가 내 뒤를 쳐다보며 물었다. "오빠 가족은? 오빠 혼자 온 거야?"

나는 잠시 아무 말도 할 수 없었다. 엉킨 생각의 타래 속에 내 말이

갇혀 버렸다. 그것을 풀기 위한 감정적 인내심이 내게 없었다. 나는 아직 슬퍼하지도, 무너지지도 않았다. 지금 그 이야기를 하면, 그 말들을 입 밖으로 내뱉으면 내 통제력을 완전히 잃게 될 수도 있었다.

"존 라우리?" 하나비가 눈썹을 찡그리며 수심 가득한 얼굴로 물었다. 와샤키도 똑같은 표정이었다.

"내 아내…… 가……" 쇼쇼니 족 말로 납치되었다는 말이 무엇인지 떠오르지 않았다. 나는 다시 말해 보았다. "나오미가…… 길을 잃었어."

나와 와이엇이 연기를 본 순간부터 시작해 나오미를 데려간 남자들을 찾으러 내가 출발한 장면에 이르기까지 내가 알고 있는 모든 것들을 하나비와 와샤키에게 이야기했다. 이야기 도중 여러 번을 멈추어야 했다. 하나비는 나에게 음식과 물을 가져다주었다. 와샤키는 나에게 위스키 한 병을 건넸다. 나는 술을 좋아해 본 적이 없었다. 단 한 번도 없었다. 하지만 위스키를 컵에 따라 단숨에 들이켰다.

위스키는 나를 진정시켜주지도, 조여오는 가슴을 느슨하게 풀어주지도 않았지만, 그 타는 듯한 느낌이 내 생각을 다른 곳으로 돌리게 해주었다. 나는 배에 윌의 화살이 꽂힌 원주민에 대해 웨브와 윌이 들려준 이야기를 메이는 목으로 간신히 이야기할 수 있었다. 와샤키는 그들이 몇 명이었는지, 어떻게 생겼는지를 물었지만 나는 말해주지 못했다. 그저 남자 셋과 여자 둘을 빠르게 처리할 수 있을 정도의 숫자였을 거라는 말밖에 할 수 없었다. 그리고 정확히 알아보기는 힘들었지만 말발굽 자국으로 보았을 때 아홉 명 혹은 열 명 정도일 거라고도 말했다.

"왜 당신 여자를 죽이지 않았지?" 와샤키가 물었다.

그 질문은 나 스스로도 계속 해왔지만 나도 답을 찾지 못했다.

하나비는 점점 말이 없어지고 있었다. 하나비의 눈과 입에 슬픔이 가득했다.

"어떡하면 좋아, 존 라우리." 하나비가 속삭였다. "가슴이 찢어지는 것 같아."

"다른 마차들은 거기에 없었나?" 와샤키가 물었다. "그 마차 두 대 뿐이었나?"

나는 그들이 왜 거기에 있었는지, 왜 두 대밖에 없었는지, 베어 강과 쉽 락에서 얼마나 멀리 이동한 상태였는지를 설명했다. 와샤키는 그 지역들을 다른 이름으로 알고 있었지만 내가 그 샘물과 검은색 바위들, 그리고 지금 있는 곳에서 그 강까지의 거리를 설명하자 고개를 끄덕여 보였다.

내가 이야기를 모두 마쳤을 때 와샤키는 두 손을 자신의 허벅지 위에 올리고 허리를 꼿꼿이 세운 채로 가만히 앉아 있었다. 와샤키는 몇 분 동안 말이 없었지만 나는 그를 재촉하지 않았다. 나는 그저 탈진한 채로 망연자실 앉아 있었다. 하나비의 딸이 깼고 하나비는 일어나 아기를 품에 안고 다시 돌아왔다.

"포카텔로." 하나비가 자기 남편을 보며 말했다. 하나비의 입술은 굳게 닫혀 있었다. 포카텔로. 모르몬교 병사들과 문제를 일으킨 것으로 추정되는 쇼쇼니 족 추장. 나는 와샤키와 마찬가지로 말없이 조용히 있었다.

"포카텔로." 남편이 반응을 보이지 않자 하나비가 재차 말했다.

와샤키가 가벼운 신음을 냈다. 어떤 결정을 고심하고 있는 듯 보였다. 마침내 와샤키가 눈을 들어 나를 다시 바라보았다.

"우리는 세 번의 겨울마다 한 번씩 대집회에 가네."

포니 족처럼 원주민 부족들 대부분은 햇수가 아닌 계절을 사용했다.

"쇼쇼니 족 전체가 오지. 북쪽, 동쪽, 서쪽에서." 와샤키가 덧붙였다.

그린 강에 캠프를 세웠을 때 하나비가 했던 이야기가 떠올랐다.

"지금 대집회에 가는 중이신가요?"

"그래." 와샤키가 깊은 한숨을 쉬었다. "포카텔로가 거기에 올 거야."

"그들이 포카텔로 무리였는지는 저도 알지 못합니다." 내가 말했다.

"포카텔로 짓이야." 와샤키가 간단히 말했다. "이쪽은 그자의 지역이야. 그자가 훔친 동물들을 데리고 대집회에 올 거야. 그 동물들로 물물교환을 할 거고, 네 여자도 거래를 할 거야…… 아니면 죽이든지. 그 여자가 죽게 된다면 그 습격이 누구의 소행인지 알고 있는 유일한 목격자가 없어지게 되는 거지." 와샤키가 어깨를 으쓱 했다. "그 습격의 소문이 백인들 사이로 퍼지면, 모든 부족을 곤란에 빠트릴 수도 있어. 쇼쇼니 족 전체를. 모든 민족을."

와샤키는 강하게 확신하고 있었다. 하지만 나오미의 운명에 대해서 말할 때는 목소리에 일말의 감정도 들어있지 않았다.

"저를 그곳으로 데려가 주시겠습니까?" 나는 끓어오르는 분노를 억누르려 애쓰며 메이는 목소리로 물었다.

"그자는 너에게 여자를 되돌려주지 않을 거다. 거기에 가면 너는 쇼쇼니 족의 바다에 혼자가 될 거다."

"오빠는 혼자가 아니에요." 하나비가 몸 앞으로 팔짱을 끼고 사나운 눈빛으로 자기 남편을 바라보며 말했다. "오빠에겐 당신이 있잖아요." 하나비가 쏘아붙였다. "오빠에겐 우리 부족민들이 있잖아요."

와샤키는 아내의 말에 반박하지 않았다. 그저 나를 물끄러미 쳐다보았다.

"포카텔로를 죽이고 싶나? 그자의 부족민들을 죽이고 싶나?" 와샤키가 물었다.

윌리엄의 벗겨진 두피에서 보이던 피거품과 워런의 얼굴이 떠올랐다. 가정적인 남편에 대한 사랑으로 가득했던, 해맑은 미소를 지닌 엘시 빙엄이 떠올랐다. 위니프레드. 내가 사랑했던 위니프레드. 와이엇과 웨브 그리고 겨우 열두 살의 어깨 위로 자신이 저지른 일의 무게를 짊어지고 가고 있을 가엾은 윌의 얼굴이 떠올랐다.

"네. 죽이고 싶습니다. 그자의 부족민들도 죽이고 싶습니다. 만일 내 아내를 찾았을 때 죽어 있는 상황이라면, 그자를 죽이고 머리 가죽을 벗겨 나오미의 동생들에게 가져다줄 겁니다. 내가 그 일을 외면하지 않았다는 사실을 보여주기 위해서요." 내가 결연하게 말했다.

"만약 아내가 죽지 않았다면?" 와샤키가 물었다. "내가 자네 아내를 찾아줄 수 있다면?"

나는 와샤키가 나에게 무엇을 원하고 있는지 알 수 없었다. 나는 분노와 공포로 이를 악문 채 와샤키의 다음 말을 기다렸다.

"내가 자네를 그자에게 데려다주겠네." 와샤키가 말했다. "내가 자네를 대집회로 데리고 가주겠네. 하지만 만약 자네의 여자가 살아있다면 그녀와 아이를 데리고 떠나겠다 약속하게. 살인은 없는 거네. 복수도 없는 거고."

"만약 살아있지 않다면요?" 나는 이 말을 속삭여야만 했다.

"여자가 살아있지 않다면, 자네가 포카텔로를 죽이도록 내가 돕겠네."

하나비가 고개를 숙였고, 나는 할 말을 잃은 채 가만히 앉아 있었다.

"하지만 그자만이야. 그자만 죽이고 떠나는 거네. 그리고 다른 백인들을 이 일에 끌어들여서는 안 돼. 백인 군대에 찾아가서 그들을 이곳으로 보내는 건 안 되네. 백인들에게 무덤을 보여주고 손가락으로 가리켜 보이는 것도 안 되네."

하나비가 걱정스러운 눈을 들어 나를 보았다. 나의 대답을 기다리고 있었다.

"이해했나?" 와샤키가 물었다. 그의 목소리는 차분했고 거의 다정하다시피 했다.

"백인들이 개입하면 고통받는 이는 포카텔로와 그의 부족민들뿐만이 아닐 겁니다." 나는 어떤 상황이 들이닥칠지 이해하며 말했다.

와샤키가 고개를 끄덕였다. "누웨." 민족. "민족 전체가 대가를 치러야 할 거야."

나는 손을 들어 두 눈을 가렸다. 윌이 자신이 목격한 잔혹한 장면을 지워버리려 했을 때처럼.

"자네의 여자는 강한 사람인가?" 와샤키가 여전히 다정한 목소리로 물었다.

"네." 내가 작게 대답했다. "무척 강한 여자입니다."

"그럼 우리가 가서 여자를 찾아오자고."

나오미

나에게서 울프를 낚아채 자기 아내에게 준 남자는 비아귀라는 사람이었다. 유일하게 아무도 죽이지 않은 사람이었다. 하지만 나는 그가 차라리 나를 죽여주었다면 좋았겠다고 생각했다. 내 머리채를 잡고 자기 오두막으로 끌고 간 남자는 비야의 아들인 것 같았다. 그 사람의 이름은 매귀치였다. 그가 우리 아빠를 죽였다.

나는 사람들을 그런 식으로 기억했다. 나에게서 울프를 빼앗아간 사람. 아빠를 죽인 사람. 워런 오빠를 죽인 사람. 호머 빙엄을 찌르고 머리 가죽을 잘라간 사람. 나는 엄마가 죽는 모습을 보지 못했다. 엘시가 죽는 모습도 보지 못했다. 하지만 엄마와 엘시의 머리 가죽을 누가 가지고 다니는지는 알고 있었다. 마차를 불태운 사람이 누구인지 알았다. 그중 한 명이 추장이었지만 그의 이름은 알지 못했다.

우리는 하루 종일 걸었다. 북쪽으로, 마차가 절대 가지 못할 길을 따라 이동했다. 둘째 날 아침에는 1마일에 걸쳐 이어져 있는 높은 흰색 아도비 벽돌 토담 안으로 들어갔다. 담 바깥쪽에 마차들이 원형을 이루고 서 있었고 오두막들이 무리 지어 자리하고 있었다. 홀 요새가 분명해 보였다. 그 사실을 깨닫고, 내가 그 마차들을 향해 달리면 그들이 어떻게 반응할지 궁금했다. 매귀치가 자기 말을 타고서 나를 쫓아올까? 추장이 내 등에 화살을 꽂을까? 그것도 그리 나쁘지는 않았다. 그리고 어쩌면 도망칠 수도 있었다. 그렇지만 울프를 두고 갈 수는 없었다. 그래서 나는 계속 걸었다. 마차들로부터 거리가 너무 멀어서 원주민 사이에 백인 여자 하나가 끼어 있다는 걸 알아차리기 힘들 것이다. 그리고 나는 원주민처럼 옷을 입고 있었다.

비야가 내 노란색 드레스를 가지고 갔다. 그리고 솔방울처럼 생긴 나무토막을 가져다가 내 머리를 빗어 등 뒤로 땋아주었다. 내 드레스는 더러운 넝마가 되어 있었지만 나는 내 드레스가 사라졌다는 사실을 알고 비야에게 무척 화가 났다. 비야가 나에게 입으라고 가져다준 옅은 색 암사슴 가죽 원피스와 레깅스는 8월 날씨에 입기에는 너무 더웠다. 강한 햇살이 내 얼굴 위로 쏟아져 내리고 있었다.

우리는 무언가를 향해 이동하고 있었다. 어딘가를 향해 가고 있었다. 며칠 동안 정착 캠프를 세우지 않았고, 동물 떼를 쫓는 것처럼 보이지도 않았다. 비야는 나에게 짐 노새처럼 많은 짐을 들게 했고, 늘 내 옆에 있었다. 비야는 할머니의 이름이 아니었다. 비야는 엄마를 뜻하는 그들 말이었다. 피아? 비야? 그 차이는 나도 알아들을 수 없었다. 비야는 매귀치의 어머니였고, 지금 자신을 나의 어머니라고 생각하고 있었다. 비야가 어두운색 아기 자루와 극명한 대조를 이루는 창백한 얼굴과 새하얀 머리카락을 가진 울프를 업고 있는 비아귀의 아내를 가리켜 보였을 때, 나는 그 말이 어머니를 의미함을 알았다.

"웨다 비야." 비야가 고집스레 손가락질을 하며 말했다. "비야." 할머니는 이제 웨다라는 이름의 여자가 울프의 어머니라는 말을 하고 있는 것이었다.

나는 할머니가 나를 안심시키려 하고 있다고, 울프를 돌보는 사람이 있다고 말하려는 거라고 생각했다. 하지만 나는 전혀 기쁘지 않았다. 나는 고개를 흔들었다. "아니요. 비야 아니에요." 내가 말했다.

비야는 내가 자신의 얼굴을 그려 주기를 바랐고 나는 그림을 그려주었다. 하지만 나는 그림을 그리며 아무런 즐거움을 느끼지 못했다. 나는 예전에 그린 그림들, 사랑하는 얼굴들을 공책에서 모조리 떼어내어 가방 안에 집어넣었다. 공책 안에는 빈 종이만 남겨두었다. 혹시 비야가 다른 여자들과 자기 아들에게 내 공책을 보여줄까 봐 두려웠다. 그 그림들을 잃을 수는 없었다. 내가 매귀치의 신경을 거스르면 내 공책을 불 속으로 던져버릴 것 같아 무서웠다. 그는 내 눈동자 색깔을 두려워했고, 내가 그를 똑바로 쳐다보았을 때 내 뺨을 때렸다. 그래서 나는 그 사람의 얼굴은 쳐다보지 않았다. 곁눈질로 그의 움직임을 쫓았다. 그에게는 여자가 없었다. 어쩌면 예전에 있었을지도 모른다. 내가 알고 있는 것은 비야가 매귀치의 오두막에서 지낸다는 것, 매귀치를 돌본다는 것, 그리고 내가 매귀치를 쳐다보지 않는 한 그도 나를 그냥 내버려둔다는 사실뿐이었다.

어느 날 밤이었다. 남자들이 추장의 오두막에 모두 모여 앉아 있었는데 비야가 나를 공책과 연필을 가지고 여자들 사이에 앉혔다. 비야는 무척 자랑스러워하고 있었다. 무척 흥분해 있었다. 나는 사람들이 무슨 말을 하는지 이해하지 못했고, 그들도 내 말을 이해하지 못했다. 닷새째 되는 날이었고, 그 시간은 마치 5분처럼 느껴졌다. 마치 5년처럼 느껴졌다. 다섯 시간처럼 느껴졌고, 50년처럼 느껴졌다. 나는 한편으로는 기다리고 있었고, 또 다른 한편으로는 죽어 있었다.

내가 받아들인 것은 생명 없는 소녀였다. 존을 사모하지 않는 소녀, 엄마에게 이야기를 하지 않는 소녀, 내 동생과 오빠들을 걱정하지 않는 소녀였다. 생명 없는 소녀는 길을 걸었고 일을 했다. 그리고 그리자마자 잊힐 얼굴들을 그렸다. 생명 없는 소녀는 웨다가 울프에게 젖을 먹이는 모습을 보았고, 놀라지 않았다. 나는 그저 궁금했다. 웨다의 아기는 어디에 있는지. 어쩌면 아기는 우리 엄마와 함께 있는지도 몰랐다.

17

디어 로지 계곡

존

 와샤키는 그 강을 토비타파 강이라고 부른다고 했다. 우리는 아침에 그 강을 떠났다. 쇼쇼니 족은 티피를 치기 위한 동물 가죽과 장대들을 가지고 이동했다. 하지만 집회 장소에 도착하면 위키업을 세울 것이다. 위키업은 반구형의 오두막으로 바깥쪽을 가죽으로 덮고, 오래 머물 경우에는 잎나무로 덮기도 했다. 집회는 한 번 열릴 때마다 몇 주에 걸쳐 이어졌다. 집회가 끝나면 다가올 겨울을 대비해 버펄로 사냥을 할 것이다. 우리가 스네이크 강까지 가는 데는 며칠이 걸렸다. 쇼쇼니 족은 그 강을 피우파 강이라고 불렀다. 나는 스네이크 강에서 여인들이 골풀을 가져다가 물건들을 싣고 건널 뗏목을 만드는 것을 도왔다. 어떤 남자들은 나에게 포니 족 남자들은 전부 여자처럼 일하느냐고 묻기도 했다.
 "착한 사람만요." 내가 말했다. 하나비는 내가 원주민 여성 두 명 분의 일을 하고 있다고 말했는데, 다들 그 이야기를 듣고 오히려 웃음을 터뜨렸다.
 와샤키는 내가 도착한 날 밤에 자신의 전투 대장들과 회의를 열었다. 내가 자리를 뜬 후에 그들이 무슨 이야기를 나눴는지 알지 못했다. 나는 그들 사이에 앉아 나의 이야기를 했고, 내 이야기가 모두 끝나자 나에게 자기들끼리 이야기할 수 있게 나가 달라고 했다.

나는 그들과 이동하는 동안 누구를 탓하지도 않았고 포카텔로의 이름을 언급하지도 않았다. 대집회 이야기나 내가 와샤키에게 한 약속, 와샤키가 나에게 한 약속 같은 것도 말하지 않았다. 나는 와샤키에게 전적으로 모든 것을 맡겼다. 하나비는 자기들과 함께 움직이는 가족들이 많지는 않지만(사람은 250명, 위키업은 70개였다) 와샤키가 쇼쇼니 족의 많은 부족들 가운데 가장 높은 추장이라고, 사람들이 와샤키의 말을 들을 거라고 말했다.

와샤키는 나의 여자가 강한지 매일 물었다.

나는 나의 여자는 강하다고 매일 대답했다.

나는 와샤키가 그만 물었으면 하고 바랐다. 그 질문은 나로 하여금 나오미가 정확히 얼마나 강해야 하는지를 궁금해하게 만들었다. 와샤키는 그것을 알아야 해서 묻는 것이 아니었다. 와샤키는 그것을 나에게 상기시키려는 듯이, 소리 내어 말하게 하려는 듯이 물었다. 와샤키는 많은 질문을 했고, 우리의 대화는 내 뱃속에서 쉭쉭 거리고 몸부림치는 뱀들을 잠시나마 잊게 해주었다. 뱀들은 이제 너무 크고 시끄러워져서 내 뱃속에 다른 것이 들어갈 공간을 남겨두지 않게 되었다. 밤이 되면 나는 티피들 사이에 텐트를 치고 잠들지 않은 채 누워있는 시간이 많았다. 하지만 잠을 잘 때조차 뱀들은 내 뱃속에서 똬리를 틀고 있었다.

와샤키는 나의 백인 아버지와 포니 족 어머니에 대해 궁금해했다. 그래서 나는 그들에 대해 이야기했다. 와샤키는 알고 싶은 것이 많았고, 나는 모든 질문에 솔직하게 대답해주었다. 내 대답을 막아서는 것은 잘 모르는 쇼쇼니 족 단어들뿐이었다.

"자네 부족이 자네를 키우지 않은 건가?" 와샤키가 물었다. 그는 포니 족을 이야기하는 것이었다.

"그 사람들은 저를 좋아하지 않았습니다. 저는 두 발이었어요. 핏쿠 아쑤."

와샤키는 내가 더 설명하기를 기다렸다.

"어머니가 저를 아버지에게 데려다주셨어요. 저는 아버지가 저를 좋아한다고 생각한 적이 한 번도 없습니다. 하지만 제가 틀렸을지도 몰라요. 이제는 아무것도 모르겠어요."

"좋은 아버지셨나?"

나는 찰리에게 개 이빨이 좋은 추장인지 물었던 순간이 떠올랐다. 찰리의 대답은 "좋은 추장은 어떤 거예요?"였다. 좋은 아버지는 어떤 것인가? 나도 내가 그 답을 아는지 알 수 없었다.

"아버지는 한 번도…… 회피한 적이 없으세요." 나는 내가 정확한 단어를 쓰고 있는지에 대해 확신이 없는 채로 말했다. 하지만 와샤키는 이해한다는 듯 고개를 끄덕였다. "아버지는 한 번도 저를 회피한 적이 없으세요. 아버지는 근면한 분이셨어요. 저에게 싸우는 법을 알도록 해주셨어요. 그리고 저는…… 사랑을 받았어요." 그것은 내가 한 번도 인정해본 적 없는 것이었으나, 이제 나는 그것이 사실임을 믿게 되었다.

"내 아버지는 우리 부족이 아니었다." 와샤키가 잠시 침묵한 후 말했다. "나도 너처럼 두 발이지."

"아버지께서 쇼쇼니 족이 아니셨어요?" 내가 놀라서 물었다.

"아버지는 플랫헤드 족이셨다. 내가 어릴 때 돌아가셨지. 아버지가 돌아가시자 어머니는 자신의 부족인 쇼쇼니 족으로 되돌아가셨어. 그래서 나는 쇼쇼니 족에서 자라게 되었다." 와샤키가 늙은 말 위에 탄 여인을 가리켜 보였다. "저 분이 내 어머니시다. 어머니 이름은 길 잃은 여인. 내가 어머니의 유일한 자식이지."

나는 전에 그 여인을 본 적이 있었다. 그린 강에서 하나비 옆에 있던 분이었다. 하지만 그 여인은 늘 나와 거리를 두었고, 와샤키는 우리를 인사시켜준 적이 없었다. 하나비가 지금 그 여인 옆에서 말을 타고 있었다. 그 둘의 차이는 극명하게 대비되었다. 하나비는 어리고 자세가 꼿꼿했고 머리카락이 새카맣고 숱이 많았다. 하나비 옆에 있는 그 여인은 등이 굽어 있었고 머리카락은 하얗게 세 있었다. 그리고 자신이 타고 있는 말처럼 지친, 오래된 고통을 지니고 있었다.

"이름이 왜 길 잃은 여인인가요?" 내가 물었다. 여인을 보는데 내 가슴이 아파왔다.

"어머니는 늘 그 이름으로 불리셨어." 와샤키가 어깨를 으쓱했다. "그리고 그것이 내 어머니이시지. 길 잃은 여인. 어머니는 비통함 속에서 길을 잃으셨어. 남편, 딸, 두 아들. 모두 죽었어. 내 형제들은 죽은지 얼마 되지 않았어. 눈 쌓인 산비탈에 사냥을 하러 갔었어. 그런데 눈사태가 일어나기 시작했고 둘 다 눈 속에 파묻히고 말았지. 어머니가 내 형제들을 찾으러 가셨어. 어머니는 내 형제들이 그곳에 묻혔다는 것을 알고 계셨지. 어머니는 산비탈의 눈을 전부 손으로 파헤치셨어. 내가 아무리 그만하라고 애원해도 아무것도 듣지 못하셨다. 내 형제들은 눈이 전부 녹았을 때 발견되었지."

❖

우리는 마차로 가는 것보다 훨씬 빠른 속도로 이동했지만 나에게는 매일매일이 고문이었다. 나는 걱정과 압박감에 시달리고 있었고, 우리가 이동해야 하는 거리도 짧다 할 만한 거리는 아니었다. 우리는 계속 북쪽으로 나아갔다. 와샤키 부족민들은 대집회에 대한 열의로 들떠 있는 듯 보였으나 조금이라도 서두르거나 빨리 가려는 기색은 보이지 않았다. 중간에 버펄로들도 발견했다. 하지만 남자들이 소리를 꽥 지르며 사냥을 하고싶어 했을 때 와샤키는 고개를 가로저었다. 고기를 건조하고 가죽을 처리하는 데 시간이 너무 많이 걸릴 것이었다. 내 쪽으로 던져지는 못마땅한 시선들이 있었다 해도 나는 그것들을 보지 않았다. 그리고 감사해하고 있었다. 나오미를 구하겠다고 나 혼자서 전속력으로 달려가지 않는 것이 내가 할 수 있는 전부였다. 그래도 나는 그게 얼마나 바보 같은 짓인지, 얼마나 소용없는 짓인지 알고 있었다. 나는 계속 내 뱃속의 뱀들을 견디고 있었다.

"언젠가 우리도 자네처럼 보이게 될 거야." 어느 날 와샤키가 나에게 말했다. 토비타파 강을 떠난 지 거의 일주일째 되는 날이었다. 와샤키의 갑작스러운 말에 나는 깜짝 놀랐다.

"제가 어떻게 보이는데요?" 내가 그 말의 의미를 이해하지 못하고 물었다.

"백인처럼 옷을 입은 원주민."

잠시 후 와샤키가 말을 이었다. "원주민의 피와 백인의 피가 함께 흐르게 될 거야. 하나의 민족. 나는 그걸 본 적이 있어." 그 말을 하는 와샤키의 목소리는 행복하게 들리지 않았다. 그는 체념한 듯 보였고, 나는 무슨 말을 해야 할지 몰랐다.

나는 와샤키에게 예전에 나오미가 나에게 했던 거북이 이야기를 들려주었다. 땅과 물 양쪽 모두에 사는 거북이. 와샤키는 웃었지만 고개를 흔들었다.

"우리는 완전히 새로운 생명체가 될 거야. 그러면 우리 모두 길 잃은 민족이 되겠지…… 나의 어머니처럼 말이야."

나오미

비야는 들떠 있었다. 여자들 전부 들떠 있었다. 우리는 걸음을 재촉했고, 모든 사람들이 웃고 떠들고 있었다. 선두에서 이동하던 남자들이 넓은 계곡을 훑어보더니 손가락으로 어딘가를 가리키며 언쟁을 벌였다. 추장(비야는 그 사람을 포카텔로라고 불렀다)이 최종 결정을 내리고 어느 지점을 지목하자 사람들은 그의 뒤에서 쏟아져 내려가기 시작했다. 강이 가로질러 흐르는 평평한 땅이었다. 이곳은 임시 캠프가 아니었다. 우리는 최종 목적지에 도착한 것이었다.

낮 동안에는 위키업을 세우고 주변으로 울타리를 치며 시간을 보냈다. 우리가 그곳에 처음으로 도착했지만 오래지 않아 다른 무리가 속속 합류를 하고 있었다. 한낮에 다른 원주민 무리가 북쪽에서 도착했다. 얼마 지나지 않아 서쪽에서도 한 무리가 도착했다. 각 무리들은 계곡에 자리를 잡고 울타리로 경계를 만들었다. 해가 저물 쯤에는 오두막 1천 개가 세워져 있었고 말과 개의 수는 그보다 두 배는 더 많았다. 그럼에도 원주민 무리는 계속해서 도착하고 있었다.

해질녘이 되자 기념행사가 시작되었다. 내가 울프를 안고 원주민 캠프에 도착했을 때 들었던 것과 같은 날카로운 괴성이 들려왔다. 그 소리는 몇 시간 동안 이어졌다. 각 무리의 우두머리들은 머리 가죽을 매달고 다니는 장대 주변으로 둘러앉았다. 전사들이 추장들 주변에서 춤을 추었고, 여성과 아이들이 그 바깥쪽에 자리를 잡았다. 둥글게 둥글게 춤을 추었고, 내가 들어본 적 없는, 다시는 듣고 싶지 않은 노래들을 불렀다. 비야는 춤을 추지 않았지만 행사가 진행되고 있는 커다란 원의 바깥쪽 풀밭에 나를 데리고 앉아 조금씩 몸을 흔들고 작게 소리를 지르며 즐거워하고 있었다.

사람의 수보다 말의 수가 훨씬 많았다. 이튿날 아침이 밝았을 때 경주가 시작되었다. 남자들은 온종일 경주를 하면서 그 결과를 두고 내기를 하고 내기에서 지면 무언가를 내놓았다. 비야와 나는 매귀치가 말 다섯 마리를 잃고, 말 다섯 마리를 누군가에게서 다시 따내고, 그 말들을 다시 잃는 모습을 지켜보았다. 매귀치의 기분은 최악이었다. 비야는 대부분의 낮 동안 나를 위키업에 발도 들이지 못하게 했다. 비야는 나를 인형처럼 차려 입혔다. 땋은 머리에 깃털들을 꽂고 귀에는 비즈 귀걸이를 했다. 비야가 돌멩이 하나와 낚싯바늘 하나, 코르크 마개 크기의 나무토막을 가지고 와 내 귀를 잡아당겼을 때 나는 비야가 하고싶은 대로 하도록 내버려두었다. 이제 나에게는 맞서 싸울 힘이 없었다. 날카로운 통증이 느껴졌으나 오래가지는 않았다. 그 통증이 사라져 버렸을 때는 그것이 그리울 지경이었다.

여자들은 다른 부족의 캠프들을 돌아다녔고 공터에 모여 자신들의 물품을 내보이고, 또 다른 사람들의 물건을 구경했다. 구슬로 장식한 옷과 모카신, 그림을 그린 항아리와 깃털 머리 장식, 벨트, 팔찌 같은 것들이 있었다. 어떤 여자들은 한데 모여 말의 갈기인 것으로 보이는 기다란 가닥에 구슬을 꿰고 있었다. 손은 바쁘게 움직였고 입으로는 쉴 새 없이 말을 했다. 그들 사이에 언어 장벽은 없었다. 그들은 같은 부족은 아니라 해도 같은 나라 사람들이었던 것이다.

어떤 여자들은 가죽이 아니라 천으로 된 옷을 입고 있었다. 심플한 튜닉에 허리띠를 하고 자기 부족 스타일로 꾸민 긴 치마를 입고 있었다. 하지만 나는 그들과 조화하지 못했다. 원주민들은 눈을 동그랗게 뜨고 입을 떡 벌린 채로 나를 쳐다보았다. 하지만 비야는 그 관심을 즐기고 있었다. 비야가 내 팔을 잡아당겨 나를 앉게 했다. 그러고는 내 앞에 가죽 하나를 펼치고 그 옆으로 작은 물감통들을 놓았다. 비야가 가죽을 가볍게 치고 나의 이름을 말했다. "나오미." 그러더니 가죽을 다시 쳤다. 그런 뒤 모여 있는 사람들 가운데서 한 여성을 앞으로 데리고 나와 여자의 얼굴을 가리켜 보인 뒤 내 앞에 있는 가죽을 가리켜 보였다.

군중 사이에서 그 여자가 나오는데 다른 여자들이 즉시 갈라지는 모습을 보아하니 여자는 지위가 높거나 존경받는 사람이었다. 여자가 적대적이면서도 궁금하다는 얼굴로 나를 내려다보았다. 비야가 나에게 시작하라는 몸짓을 했다. 나는 순순히 그림을 그렸다. 가운데 가마를 탄 검은색 긴 머리와 노려보는 두 눈, 장식 고리를 단 귀를 간결한 선으로 그렸다. 실제보다 더 아름답게 그렸다. 나는 바보가 아니었다. 그림을 다 그렸을 때 구경하던 여자들이 웅성거리고 있었다. 거만한 여자가 몸을 굽혀 그림을 자세히 들여다보았다.

"아뜨." 여자는 나를 무시하고 비야에게 말했다. 여자는 자신의 목에서 구슬 목걸이를 빼더니 비야에게 걸어주었다. 그러고는 자기 그림을 집어 올렸다. 아직 마르지 않은 물감이 번질 새라 조심스레 그림을 들었다. 여자가 다시 무언가 중얼거렸고 비야가 환하게 웃어 보였다.

나는 그들에게 신기한 인물이었고, 비야가 가져다준 물감들을 가지고 몇 시간에 걸쳐 가죽 위에 그림을 그렸다. 손가락 관절부터 손톱까지 물감 범벅이 되었다. 하지만 상관없었다. 나는 가죽 위에 사람들 얼굴을 계속 그렸다. 비야는 자신이 받은 물건들을 한데 모았고 사람들이 보내는 관심의 따스함을 한껏 만끽했다. 잠시 후 그 거만한 여자가 어떤 남자와 함께 다시 나타났다. 이마에서 귀까지 굵은 흉터가 이어져 있는 남자였다. 흉터는 남자의 얼굴을 한층 더 강렬해 보이게 했다. 남자는 뼈로 만든 목가리개를 하고 있었고, 긴 머리는 뒤로 넘겨져 있었다. 빨간색 노란색 술들이 양쪽 관자놀이에 매달려 툭 튀어나온 광대를 스치며 떨어졌다.

나는 남자의 아내가 내 앞에 내려놓은 새하얀 가죽 위에 남자의 얼굴을 그렸다. 흉터와 얼굴의 거친 선을 강조해 그렸다. 보는 사람을 겁먹게 하는 강렬한 얼굴의 초상화가 완성되었고, 남자는 그림을 보고 좋아했다. 남자가 비야에게 무슨 말인가를 했다. 매귀치에 대한 것이었다. 비야는 그 말을 듣고 좋아하지 않는 눈치였다. 비야가 단호하게 고개를 흔들더니 그림들과 자신이 받은 물건들을 다급히 모으기 시작했다. 그러더니 내 팔에 그것들을 안기고 들고 가는 걸 돕도록 했다. 우리 주변에서 자기 차례를 기다리던 사람들이 목소리를 높여 불만을 표하고 있는데도 비야는 떠날 준비를 끝내고 이동하기 시작했다. 나는 순순히 비야를 따라갔다. 이제 다 끝났다는 생각에 마음이 놓였다. 그런데 남자가 뒤에서 비야를 끈질기게 불렀다. 비야는 대답을 하지 않고 서둘러 자리를 떴다. 우리는 매귀치의 위키업으로 돌아가 비야의 보물들을 문가에 쌓아 두었다. 비야가 나를 버펄로 깔개 위에 앉도록 내리누르고는 어떤 명령을 내렸다. 기다려? 그러더니 서둘러 다시 나가 버렸다.

나는 고요함에, 그리고 갑작스레 찾아온 예기치 못한 자유에 어안이 벙벙해졌다. 하지만 나는 기다리지 않았다. 이곳으로 끌려온 이후로 한 번도 혼자 있어 본 적이 없었다. 볼일을 보러 갈 때도 마찬가지였다. 나는 조금도 망설이지 않았다. 나는 웨다와 비아귀의 위키업이 어디에 있는지 알고 있었다. 나는 좌우를 보지 않고 그곳을 향해 성큼성큼 걸어갔다. 나에게 무슨 일이 일어나도 상관없었다. 내가 원하는 건 오직 울프를 다시 보는 일뿐이었다.

아무도 나를 막아서지 않았다. 나를 쳐다보지도 않는 것 같았다. 나는 몸을 숙여 위키업으로 들어갔다. 심장이 미친 듯이 뛰고 뱃속이 조여왔다. 위키업 안은 매귀치의 위키업처럼 어두웠다. 나는 내 눈이 그곳에 적응할 때까지 가슴을 들썩이며 가만히 서서 기다렸다.

울프는 그곳에 있었다. 가죽 더미 위에 누워 잠들어 있었다. 울프의 작은 두 팔은 머리 위로 뻗어 있었고, 작은 두 다리는 개구리 다리처럼 접혀 있었다. 울프의 입술이 꿈속에서 젖을 빨고 있는 듯 위아래로 움직였다. 울프는 벌써 많이 자라 있었다. 2주 만에 이렇게 많이 자랐다. 나는 울프 옆에 앉았다. 내 가슴 속의 주저함, 내 뱃속의 냉정함과 함께 내 안 깊은 곳에서 전율이 일었다. 두려운 마음에 신음이 터져 나왔다. 그것을 막으려 두 손으로 입을 틀어막았다.

갑자기 문에 달린 가죽이 움직이고 위키업 안으로 빛이 흘러 들어왔다. 누군가가 들어온 것이다. 한 번의 심장박동, 한 번의 숨 막힘. 웨다가 소름 끼치는 비명을 내지르기 시작했다. "비아귀, 비아귀, 비아아아귀이이이이." 웨다는 뒤로 비틀거리며 소리를 질렀다. 문에 걸려있는 가죽이 아직 그녀의 손에 붙들려 있었다.

"아니요, 아니요, 제발요." 내가 애원했다. 하지만 웨다는 이해하지 못했다. 나는 울프에게서 뒷걸음쳐 두 손을 높이 들었다. 하지만 웨다의 비명 소리가 울프를 깨우고 말았다. 울프의 아랫입술이 삐죽 튀어나와 떨리더니 길고 구슬픈 소리로 울기 시작했다.

그때 비아귀가 왔고 매귀치도 위키업으로 급히 들어왔다. 비야가 그 뒤에서 비틀거리며 따라왔다.

매귀치가 내 머리채를 잡았고 웨다가 울프를 들어 안았다. 비아귀가 매귀치에게 고함을 질렀고, 매귀치는 나를 질질 끌고 나가면서 비아귀에게 똑같이 소리쳤다. 비야가 매귀치의 등을 주먹으로 때리자 매귀치가 내 머리에서 잠시 손을 떼고 비야를 밀어냈다. 비야가 매귀치 옆으로 오더니 내 땋은 머리카락을 쓰다듬고 내 귀걸이를 건드리고 내 가슴과 엉덩이를 만져 보이며 무슨 말인가를 했다. 알아들을 수는 없어도 매귀치를 필사적으로 회유하는 말투였다. 비야가 지금 무얼 하고 있는지 나는 알았다.

비야는 내가 예쁘다고 매귀치를 설득하려는 것이었다. 나에게 성적인 매력이 있다고, 내가 탐스럽다고 설득하려는 것이었다. 존이 자기 수탕나귀들에게 했던 것처럼. 나는 와이엇이 입안에 케이크를 잔뜩 문 채로 워런 오빠에게 그 이야기를 들려주는 것을 들었다. 존과 내가 결혼 서약을 한 후였다.

"수탕나귀에게 너는 암말을 좋아해, 하고 설득을 시켜야 돼. 그러는 동안 암말의 신경은 암말이 가장 원하는 상대에게 돌려놔야 해."

그때 존은 와이엇을 나무랐었다. 하지만 나는 존과 단둘이 있을 때 그 이야기를 자세히 들려 달라고 했다. 존은 내 귀에 대고 이야기를 속삭이고, 내 목을 깨물고, 펼친 두 손을 내 엉덩이 위에 올린 채로 아주 섬세한 방식으로 그것을 설명해주었다. 그때 나에게는 어떠한 '설득'

도 필요하지 않았다.

나는 비야의 손을 밀쳐냈다. 비야는 나를 도와주려 했다는 듯이 고개를 흔들며 나를 야단쳤다. 매귀치가 다시 내 머리채를 붙잡고 날카로운 소리를 내며 내 머리를 옆으로 확 밀었다. 비야가 말리려고 했지만 매귀치는 멈출 생각이 없어 보였다. 나는 머리에 가해지는 힘을 줄이기 위해 두 손으로 그의 손목을 감싸고 그의 옆에서 휘청거렸다. 지금 어디로 끌려가고 있는지 알 수 없었다. 우리는 매귀치의 위키업으로 가지도 않았고 캠프 가장자리에 멈추지도 않았다. 몇 분 후 우리는 그 공터로 들어섰다. 남자들이 경주를 하기 위해 모여 있고 여자들은 자기들 물건을 펼쳐 두고 있는 곳이었다. 사람들이 입을 떡 벌리고 매귀치와 나를 쳐다보았다. 비야는 어느새 사라지고 없었다.

얼굴에 커다란 흉터가 있는 전사도 다른 남자들과 함께 그곳에 서 있었다. 그가 매귀치의 말들을 데리고 있었다. 그는 우리를 기다리고 있었다.

"오 안 돼요, 안 돼, 안 돼." 내가 울먹였다. 이제 생명 없는 소녀는 사라져 버렸다. 지금 그 자리에 있는 것은 깨어나길 기다리는 소녀, 구조를 기다리는 소녀, 희망을 기다리는 소녀, 망각을 기다리는 소녀였다. 그러나 구조도 희망도 없었다. 나는 매귀치의 팔에 매달려 빌기 시작했다. 그가 나를 저 사람에게 줘버린다면 나는 다시는 울프를 보지 못할 것이다. 먼 발치에서도 울프를 지켜보지 못하게 될 것이다. 삶이 너무나도 고통스러운데, 그보다 더 나빠질 수도 있다는 것이 내 눈앞에서 생생하게 증명되고 있었다.

비야가 왔다. 그녀는 내 가방을 들고 있었다. 내 그림들, 내 보물 같은 얼굴들을. 비야는 나와 매귀치와 흉터가 난 전사 사이에서 내 그림들을 흔들어 보이며 계속 무슨 말인가를 떠들어댔다. 매귀치는 고함을 질렀고, 전사는 얼굴을 찌푸렸다. 그런데 전사가 비야에게서 종이들을 받아 들었다. 그리고 그의 부족 사람들이 그를 에워쌌다.

흉터 있는 전사는 그림들을 하나하나 찬찬히 훑어보았고 가끔씩 눈을 들어 나를 쳐다보았다. 그가 그림들을 자기네 부족민들에게 건넸고, 그들도 그와 똑같은 반응을 보였다. 매귀치는 조용해졌지만 내 머리는 놓아주지 않고 있었다.

흉터 있는 전사가 내 그림들을 비야에게 건넸다.

"그거 내 거예요. 내 거라고요!" 내가 매귀치의 팔에 매달린 채로 비야에게 소리쳤다. 그런데 흉터가 난 전사는 고개를 흔들더니 나를 가리켜 보였다. 그는 내 그림이 아니라 나를 원하고 있었다. 그가 무슨 말인가를 하자 매귀치가 대답했다. 서로 말을 주고받으며 협상이 이어졌고, 비야는 내 가방을 가슴에 꼭 끌어안은 채로 두 남자를 번갈아 쳐다보았다. 흉터 있는 전사가 말 두 마리를 더 주겠다는 몸짓을 해 보였다. 매귀치가 내 머리를 놓았다. 매귀치는 팔짱을 끼더니 동물들 사이를 걸어 다니며 생각하는 듯 보였다. 그러더니 고개를 흔들고 비야에게서 내 가방을 빼앗아 흉터 있는 전사에게 건넸다. 더는 협상은 없다는 뉘앙스였다.

내 눈앞이 흐려졌다. 나는 새로운 사람의 손에 끌려갈 것이라고 생각하고 있었는데 흉터 있는 전사가 내 가방을 손에 쥔 채로 돌아섰고, 그의 부족 사람들은 말들을 끌고 가 버렸다.

매귀치가 나를 밀치며 우리 캠프로 데려갔다. 나는 다리에 힘이 풀려 하마터면 쓰러질 뻔했다. 매귀치는 나에게 고함을 지르더니 내 팔을 붙잡았다. 그가 나를 계속 앞으로 가게 재촉했다. 비야는 미소를 짓고 기분 좋은 소리를 내며 우리 뒤를 바삐 따라왔다. 무슨 일이 일어나고 있는지 나는 알지 못했다. 그 전사는 더 많은 것을 주겠다고 제안했는데 매귀치가 생각을 바꿨다는 사실 외에는…….

비야는 내 머리를 빗겨주며 음정 없는 노래를 불렀다. 바깥에서 춤이 시작되는 소리, 점점 고조되는 노래와 열기의 소리가 들려왔다. 비야는 매귀치가 나를 팔아 버리지 않은 것을 기뻐하고 있었다. 내가 이해할 수 있는 것은 아무것도 없었고, 내 그림들도 전부 가져가 버렸다. 이제 나에게 남은 것은 아무것도 없었다.

비야가 잠을 자기 위해 누웠고 나도 따라 누웠다. 누워서 위키엄 위로 뚫려 있는 구멍을 통해 새카만 잿빛 하늘을 올려다보았다. 이곳의 하늘은 훨씬 거대했고, 이곳에서의 나는 너무나도 작았다.

너의 에너지를 네가 바꿀 수 없는 것들을 넘어서는 데 사용하렴, 나오미. 마음 단단히 먹고.

울프 우는 소리가 들려왔다. 착각할 수 없는 울프의 소리였다. 나는 일어나 앉아 울프의 울음소리를 들으려 안간힘을 썼다. 울프의 울음소리는 길게 이어지지 않았다. 성난 고함소리가 몇 번 들려왔고, 아이는 다시 잠잠해졌다. 나는 다시 누웠지만 듣는 것을 멈추지는 않았다. 이곳의 하늘은 훨씬 거대했고, 이곳에서의 나는 너무나도 작았다. 하지만 이곳은 울프가 있는 곳이다.

매귀치가 위키엄으로 돌아왔다. 나를 쳐다보며 들어오는 그를 보고 나는 깜짝 놀라 일어나 앉았다. 매귀치가 두 손을 엉덩이에 올린 채로 내 쪽으로 걸어오더니 내가 앉아 있는 버펄로 깔개 옆에 와 멈춰 섰다. 나는 그를 화나게 하지 않기 위해 그의 눈을 피했다. 그런데 그가 몸을 굽히더니 내 아래턱을 잡고 내 얼굴을 찬찬히 살폈다. 그의 숨에서 지독한 술 냄새가 났다. 나는 몸을 옆으로 피했다. 그러자 매귀치가 한 손을 내 가슴에 대고 뒤로 밀어 나를 다시 눕게 만들었다. 그러더니 두 손으로 내 원피스를 붙잡고 내 몸을 뒤집어 엎드리도록 만들었다.

나는 비명을 질렀지만 감히 맞설 엄두를 내지는 못했다. 내 심장은 이미 내 가슴 속에서 도망친 상태였다. 나는 숨을 쉴 수 없었다. 매귀치의 거친 호흡이 내 귓가에 닿았다. 그가 내 엉덩이를 잡고서 무릎을 꿇고 엉덩이를 들게 만들더니 치마를 내 허리 위로 밀어 올렸다. 나는 잠자리에 눕기 전에 레깅스를 벗어 버렸기 때문에 치마 안에 아무것도 입고 있지 않았다. 비야가 몸을 뒤척이며 꿈속에서 무언가 중얼거렸다. 비야가 일어난대도 나를 도와주지는 않을 것이다. 매귀치는 지금 자신이 나를 원한다고 결정을 내린 상태였다.

아팠지만…… 나는 저항하지 않았다.

나는 싸우지 않았다. 소리를 지르지도 않았다. 나는 소리 없이 울었고, 견뎌냈다.

매귀치는 신음 소리를 내고 몸을 부르르 떨며 끝내더니 나에게서 떨어져 나가 위키업의 반대편에 있는 자신의 버펄로 깔개 더미로 비틀비틀 걸어가 쓰러지며 긴 한숨을 내뱉었다. 그러고는 바로 코를 골기 시작했다.

나는 밤 속으로 걸어 나갔다. 그리고 강물 속으로 들어가 치마를 걷어 올리고 주저앉아 매귀치를 씻어냈다. 차가운 물에서 몸의 감각이 없어지기를 기다리며 오랫동안 앉아 있었다. 개 한 마리가 짖어댔지만 개가 워낙 많아서인지 사람들은 개 짖는 소리에 신경 쓰지 않았다. 먼 곳에서 노랫소리가 들려왔다. 먼 곳에서 불빛이 보였다. 이곳의 하늘은 훨씬 거대했고, 이곳에서의 나는 너무나도 작았다. 하지만 이곳은 울프가 있는 곳이다.

"마음 단단히 먹어야 해." 내가 가만히 속삭였다. "초월을 발견해야 해."

하지만 나는 이미 부유하기 시작한 상태였다.

존

우리가 도착한 날 아침, 계곡에는 이미 원뿔형 티피들과 반구형 위키업들이 셀 수도 없이 많이 세워져 있었다. 캠프 옆에 또 다른 캠프가 계속해서 이어졌고, 사람은 수천 명, 말 수천 마리, 그리고 개의 수는 셀 수 없을 정도로 훨씬 많아 보였다. 서부 이주 행렬 출발 시즌 때 세인트조의 언덕 위보다 훨씬 더 어마어마한 규모였다. 와샤키와 그의 전투 대장들이 선두로 나아갔고 우리는 대집회를 가로질러 천천히 이동했다. 계곡의 일부 공간이 와샤키를 위해 남겨져 있었다. 중앙에는 거대한 원형의 공간이 마련되어 있었고 그 원형 공간에 사람들이 모이는 것 같았다. 나는 나오미가 있는지 찾기 위해 필사적으로 사람들 얼굴을 살폈지만 셀 수 없이 많은 사람들 속에서 그녀를 찾기란 쉽지 않았다. 와샤키와 그의 전투 대장들이 다른 부족의 우두머리들과 인사를 하며 캠프들 사이를 구불구불 가로질러 나아갔고 우리는 그 뒤를 천천히 따라갔다. 하지만 나오미의 모습은 보이지 않았다. 와샤키는 우리가 마지막으로 도착한 것이라고 했다.

"나는 포카텔로 캠프로 가지 않을 거네. 하지만 하나비와 다른 여자들 몇 명이 그곳에 방문할 거야. 누웨들의 추장들이 서로 의견일치를 보지 못한다고 해도, 누웨들 간에는 기본적으로 호감이 존재해. 하나비와 여자들이 자네 아내와 그녀의 동생이 있는지 찾아볼 거야. 그들이 여기에 있다면 내가 저녁에 회의를 소집할 거네. 사람들 사이에 공포심을 불러일으키거나 놀라게 하지 않을 거야. 그래봤자 자네 여자와 투아에게 안 좋을 거야."

와샤키와 전투 대장 몇 명은 경마를 보기 위해 다른 부족의 전사들 사이로 섞여 들었다. 나는 내 노새들을 돌보고, 길 잃은 여인이 와샤키의 대형 위키엄을 세우고 요리를 하기 위해 불을 때는 것을 도왔다. 부족 안에서는 여자들이 모든 노동을 도맡아 했다. 그건 포니 족과 다르지 않았다. 남자들은 사냥을 한다. 하지만 여자들은 동물의 가죽을 벗기고, 사지를 찢고, 고기를 잘 포장해서 집으로 가지고 간다. 가져온 고기를 조각조각 썰고 말리고 두드린 다음 다시 조금 더 말린 뒤에 보관한다. 또 여자들은 나무를 모으고, 가죽을 손질하고, 아이들을 보살피고, 부족에게 밥을 지어준다. 여자들의 일은 결코 줄어들지 않는다.

길 잃은 여인은 조용히, 효율적으로 일을 했다. 그리고 늘 내 가까이에 있었다. 이 부족을 만난 이후로 나는 길 잃은 여인에게 몇 마디 해본 적이 없었다. 하지만 여인은 와샤키의 위키엄에서 잠을 잤고 나의 이야기를 알고 있었다. 그리고 내 뱃속의 뱀을 느끼고 있었다.

"자네 겁먹었군." 여인이 말했다.

"맞아요. 나오미가 여기에 없다면······." 나는 말을 잇지 못했다. 나오미가 여기에 없다면 나도 내가 무슨 짓을 하게 될지 몰랐다.

"영원히 길을 잃지는 않을 거야." 길 잃은 여인이 가만히 나를 안심시켜주었다. 나는 그 영원이라는 것이 오늘 끝났으면 하고 기도했다.

우리는 몇 시간을 기다렸다. 나는 부족 간의 방문에서 행해지는 관습이나 전통 같은 것에 대해 알지 못했다. 나는 그 무지에 좌절한 채로 내 텐트로 기어들어가 잠을 자려고도 해보았다. 길 잃은 여인이 나를 깨워주겠다고 약속했지만 나는 여자들이 돌아오는 순간 바로 알아챘다. 나는 길 잃은 여인이 나에게 알려줄 시간을 갖기도 전에 텐트에서 다급히 기어 나갔다. 와샤키와 그의 추장들도 마침 돌아온 참이었다.

와샤키의 얼굴에는 표정이 없었다. 하나비가 나에게 달려왔다.

"나오미가 여기에 있어. 아기도 있고." 하나비가 숨이 차서 말했다.

나는 안도감에 휩싸여 다리에 힘이 풀려 버렸다. 내가 무릎을 꿇고 앉자 하나비가 내 옆에 앉으며 내 손을 잡았다.

"전에 봤을 때보다 아기가 많이 통통해졌어. 잘 지내고 있어." 하나비가 웃었다. 하지만 다른 무언가가 있었다. 와샤키의 얼굴에서 나는 그걸 보았다. 하나비는 나에게 힘을 주려고 하고 있었지만 분명히 무언가 잘못된 것이 있었다. 와샤키의 부족민들이 나를 쳐다보고 있었고, 와샤키는 한 손을 뻗어 나를 일어나게 했다.

"따라오게." 그가 말했다. 나는 그의 위키업으로 따라갔다. 내 뒤로 하나비와 길 잃은 여인이 따라왔다.

"전부 다 얘기해줘." 와샤키가 하나비에게 말했다.

"그들이 아기를 어떤 여자에게 줘 버렸어. 그 습격이 있기 며칠 전에 아기를 잃은 여자래. 여자 남편은 비아귀라는 사람인데 그것 때문에 아기를 죽이지 않은 거였어. 그리고 화살에 맞아 죽은 사람이 비아귀의 형제였고." 하나비가 말했다.

"그들은 자신들의 공격에 대해서 말했어?" 어쩐 일인지 나는 그들이 거기에서 있었던 일을 숨길 거라고 생각했다.

"그들은 그걸 전투라고 말하고 있어. 비아귀 아내 웨다는 그걸 무척 자랑스러워하고 있고. 웨다는 울프를 숨기지도 않았어." 하나비가 말했다.

"전투라고?" 나는 숨이 턱 막혔다.

"그쪽 부족원 한 명을 잃었잖아." 하나비가 나에게 상기시켰다. 하나비의 부드러운 목소리가 내 피부를 후려쳤다.

"정정당당한 싸움이 아니었어." 내가 신경질적으로 말했다.

"그들에게는 정당한 싸움이었던 거야. 그리고 그들이 시작한 전투가 아니었고."

"나오미는?"

"나오미를 보긴 했는데 우리가 도착하자마자 누군가 데리고 가 버렸어." 하나비가 말했다.

"남자들이 나오미에 대한 이야기를 하더군. 나오미는 이제 매귀치의 여자야." 와샤키가 가만히 말했다. "나오미는 지금 매귀치의 위키업에서 지내고 있어. 사람들 말로는 여자가 가죽 위에 얼굴을 그려줬다고 하네. 여자는 매귀치에게 가치 있는 존재야. 여자를 팔려고 하지 않을 걸세."

"나오미는 여기에서 얼굴 여자라고 불리고 있어." 하나비가 말했다. "잘 된 거야 오빠. 가치가 있으면 안전할 테니까."

"나오미가 매귀치에게 가치가 있다고." 내가 중얼거렸다. 머릿속이 어지럽게 뒤섞이고 있었다. 토할 것 같았다. 그 매귀치라는 작자를 죽여버리고 말겠다. 나를 막아서는 인간은 누구든 다 잡아 죽여버리고 말겠다. 죽어도 이보다 더한 지옥은 아닐 것이기에.

와샤키가 암울한 눈빛으로 내 어깨에 손을 올렸다. 와샤키는 내 심장 속을 꿰뚫어 보고 있었다.

"각 부족 추장들에게 말을 전해 놓았네. 해질녘에 회의가 열릴 거고 자네도 참석하게 될 거야. 그들에게 무슨 일이 있었는지 말해주게. 여자와 아기를 돌려 달라고 부탁하게. 내가 말을 전해주겠네."

나오미

하나비를 보았다. 하나비도 나를 본 것 같았지만 확실하지는 않다. 하나비의 아기는 예전처럼 하나비 등에 업혀 있었다. 비야는 겁이 많았다. 하나비와 여자들이 이곳에 찾아온 이후로 비야는 위키업에서 한 발자국도 나가지 않고 있었다. 존은 하나비의 남편 이름이 와샤키라고 말했었다. 브리저 요새에서 만나 깊은 인상을 받았다고 말했었다.

이곳 계곡에 도착한 이후로 와샤키라는 이름을 여러 번 들었다. 그는 쇼쇼니 부족들 사이에서 추앙받는 인물이었다. 여기에 있는 사람들 전부가 쇼쇼니 족이었다. 내 가족을 죽인 부족의 사람들이 나의 가족에게 젖을 주었다. 엄마의 아기에게 젖을 주었던 여자가 엄마의 아기를 빼앗아간 여자와 함께 앉아 있었다. 나는 길을 잃었다.

나는 버펄로 깔개 위에 누워 눈을 감았다. 내 가슴 안에 무언가가 느슨하게 풀리는 느낌이었다. 내가 움직일 때마다 그것이 조금씩 더 풀리는 것이 느껴졌다.

비야가 나를 쿡 찌르더니 그림을 그리게 하려고 했다. 하지만 나는 그럴 힘이 없었다. 비야는 결국 나를 내버려 두었다. 몇 시간 후 매귀치가 돌아와 자고 있던 나를 발로 쿡쿡 찔렀다. 그러더니 나에게 긴 치마와 천 블라우스를 주었다. 내 그림을 받은 여자가 준 옷이었다. 나는 떨리는 손으로 그 옷을 입기 시작했다. 목과 소매에 구슬 장식이 되어 있었다. 두꺼운 구슬 벨트를 허리에 둘렀다. 아름다운 옷이었고, 옷을 입은 나의 모습을 보고는 비야가 좋아했다.

비야가 나를 어디론가 데리고 가고 있었다. 하지만 나는 너무 지친 나머지 두려워할 힘도 없었다. 나는 두려워해야 했다. 내가 살았다고 생각하는 순간이 지옥으로 가는 또 다른 문이 열리는 순간이었다.

18
대집회

존

소문은 퍼졌고, 공터는 원주민 전사들로 인산인해를 이루었다. 추장의 수가 워낙 많아서 위키업 하나에 모두 들어가는 것은 불가능했다. 회의는 야외에서 열렸다. 구덩이 하나에 불을 지폈고, 추장들 모두 서로의 얼굴을 볼 수 있도록 그 주변으로 둘러앉았다. 와샤키 말로는 무슨 말이 오가는지 제대로 듣지 못한다 하더라도 이렇게 회의에 참여할 수 있도록 해주는 건 이례적인 일이라고 했다.

하나비는 내가 쇼쇼니 족처럼 입어야 한다고 생각했다. "오빠 피부가 하얀 편은 아니잖아." 하나비가 말했다. "오빠도 쇼쇼니 족이라고 해볼 수 있을 거야."

하지만 와샤키는 그 생각에 동의하지 않는 듯 고개를 저었다. "존은 백인 아내와 아내의 백인 동생을 되돌려 받기 위해 온 거야. 존도 백인이어야만 해. 백인처럼 보여야만 해."

와샤키는 동쪽으로 자리를 잡았다. 북부의 부족들이 와샤키의 오른쪽에 자리했고, 남부의 부족들이 와샤키의 왼쪽에, 서부의 부족들이 불 건너편에 자리했다. 나는 와샤키의 뒤에 그의 전투 대장들과 자리를 잡았다. 와샤키는 내가 말할 차례가 되면 일어서게 할 거라고 했다. 늙은 추장들과 젊은 추장들도 있었지만 대부분은 와샤키처럼 그 중간 어디쯤의 나이였다. 물론 와샤키가 그중 가장 돋보이긴 했다. 와샤키는 다른 부족들로부터 존경과 칭송을 받았다. 다른 부족의 우두머리들 사이에서의 그의 지위를 보고 나는 안심했다. 포카텔로는 북쪽에 자리한 쇼쇼니 족 추장들 사이에 앉아 있었다. 깃털 장식을 하고 거만한 모습이었는데, 아래턱이 앞으로 너무 튀어나와 그의 크고 뾰족한 코와 누가 더 앞에 있나 겨룰 수 있을 정도였고, 두 눈은 작고 사나워 보였다. 추장들이 만든 원 바깥쪽으로는 각 부족의 남자들이 빽빽하게 모여 있었다. 여자들은 그 바깥으로 더 큰 원을 만들었고, 무슨 일이 일어나는지 보려고 모두 서 있었다. 하나비도 거기에 있었고 길 잃은 여인도 있었다. 하지만 나오미의 얼굴은 보이지 않았다.

추장들이 담배 파이프를 돌리기 시작했다. 한 명이 피우고 바로 옆 추장에게 넘겼다. 파이프를 든 추장은 자기 부족의 번영과 기량에 대해 이야기했다. 포카텔로가 가장 길게 이야기했다. 크로우 족, 블랙풋 족과의 전투 그리고 쇼쇼니 족을 공격한 백인 적들과의 전투에 대해 이야기했다. 포카텔로는 머리 가죽들이 매달린 자신의 장대를 높이 치켜들고 흔들었다. 그의 이야기를 들은 다른 추장들이 무슨 말들을 중얼거리며 인정한다는 듯이 고개를 주억거렸다. 포카텔로는 나오미나 울프에 대해서는 이야기하지 않았다. 그는 지금 이 회의가 왜 열렸는지 모르고 있었다.

늙은 추장 몇 명은 느릿느릿 말을 했다. 그들의 목소리는 잘 들리지 않았고, 군중들은 따분한 듯 가만히 있지 못했다. 졸고 있는 추장들도 있었다. 마침내 와샤키의 차례가 되었다. 와샤키는 우리의 적들을 물리치는 것, 우리의 땅을 지키는 것은 좋은 것이며, 부족민들을 보호하기 위해 평화를 유지하는 것도 좋은 것이라고 말했다.

"우리는 호스 크리크에서 백인들이 마차를 타고 지나갈 수 있게 해주겠다는 협정을 맺었소. 우리가 그 협정을 어긴다면 백인들에게 그들의 약속을 깨는 빌미를 제공하게 될 뿐이오."

"그들은 자기들이 한 약속을 지키지 않는다." 포카텔로가 끼어들며 소리쳤다. "그들은 우리를 속이고 싶어 한다."

와샤키가 그 말을 인정한다는 듯 고개를 끄덕였다. 그러더니 뒤돌아서 나에게 일어서라고 했다. 원주민들 사이로 호기심이 물결처럼 번져 나갔다. 추장들이 허리를 펴고 똑바로 앉았다. 그들 사이에 이미 분명하게 인지되고 있었던 나의 존재를 설명할 차례였다.

"이쪽은 존 라우리요. 두 발이라고 불리지. 우리 부족의 친구이고 내 여자의 형제요. 내 딸이 물에 빠져 죽을 뻔한 걸 이 사람이 구했소." 와샤키는 사람들이 나를 바라보도록, 자신의 이야기가 사람들 사이로 가라앉도록 잠시 말을 멈추고 기다렸다. "이 사람의 백인 여자와 그녀의 남동생을 포카텔로가 데려갔소. 이 사람은 그들을 돌려 달라는 평화로운 부탁을 하고자 이 자리에 왔소. 이 사람의 이야기를 들어봅시다."

포카텔로가 자신의 머리 가죽들을 흔들었고, 그의 부족원들이 웅성거리는 소리가 들려왔다. 하지만 다른 추장들은 내 이야기를 기다리며 나를 쳐다보고 있었다.

나는 긴장하고 있었다. 나는 내가 무슨 짓을 하고 있는지 깨닫지 못한 채로 포니 족 말을 하기 시작했다. 사람들이 웅성웅성 투덜대며 신경질적인 소리를 냈을 때에야 나는 정신을 차리고 다시 쇼쇼니 족 언어로 말하기 시작했다. 계속 준비를 했는데도 그 순간의 무게가, 나오미의 운명과 나의 운명의 무게가 내 혀를 엉키게 만든 것이었다.

나는 웅변가의 능력이 있는 사람이 아니었다. 하지만 나는 내 능력 안에서 최선을 다해 이야기를 했다. 불에 탄 마차들, 바위 뒤에 숨어있던 아이들, 죽은 여자들과 남자들. 그 활에 대한 이야기, 그리고 그 활을 가지고 놀다가 사고로 비아귀의 형제를 죽인 이야기도 했다. 내 아내, 나오미. 어디를 가든 사람들 얼굴을 그려주는 여자에 대한 이야기와 아기 울프에 대한 이야기도 했다. 나오미가 여기에 있다고, 많은 이들이 그녀를 보았을 거라고 말했다. 그리고 나오미와 그녀의 남동생을 돌려 달라고 부탁했다.

내 이야기가 끝나자 잠시 적막이 이어졌다. 그때 한 젊은 용사가 일어섰다. 그의 얼굴은 분노와 슬픔으로 일그러져 있었다. 그는 나에게, 그리고 불 주변에 앉아 있는 추장들에게 주먹을 들고 흔들어댔다.

"내 동생이 죽었습니다. 내 동생 대신에 그 아이를 가질 겁니다." 남자는 비아귀가 틀림없었다. 그의 아내가 울프를 데리고 있었다. 사람들이 웅성거리며 고개를 끄덕였다. 또 다른 남자가 비아귀 옆에서 일어섰다. 그는 체격이 우람하고 상의를 입고 있지 않았다. 등 뒤로 검정 깃털들이 늘어져 있었고, 주변 사람들에게 말하기 위해 고개를 돌리자 깃털들이 바람에 나부꼈다.

"여자는 내 것입니다. 여자를 저 '파니 다이포'에게 주지 않을 겁니다." 그가 소리쳤다. 사람들이 '포니 족 백인 남자'를 의미하는 그 말을 듣고 낄낄거렸다. 내 뱃속의 뱀들이 똬리를 틀며 쉭쉭 소리를 냈다. 뱀들의 독이 내 목 위까지 올라왔다. 이 남자가 매귀치였다.

"너는 네 것이 아닌 것을 가지고 갔다." 와샤키가 매귀치를 향해 말했다. "너는 다른 남자의 아내를 훔쳐 갔고, 그러므로 너에게는 여자에 대한 소유권이 없다." 와샤키가 또 포카텔로를 향해 몸을 돌리더니 차갑고 딱딱한 목소리로 말했다. "당신이 가지고 있는 백인들의 머리 가죽이 당신의 부족에게, 그리고 모든 쇼쇼니 족 주민들에게 죽음과 복수를 초래하게 될 거요."

그 책망의 말을 들은 포카텔로의 얼굴이 분노로 일그러졌다. 포카텔로가 자리에서 벌떡 일어섰다. "당신은 백인이 두려운 거로군. 저 인간의 요구에 복종하고 있어. 우리는 먼저 공격하지 않았다. 그들이 먼저 공격했다."

군중이 웅성거렸다. 일이 잘 풀리지 않고 있었다.

"여자와 아이를 여기로 데리고 와라." 늙은 추장 한 명이 말했다. 불 주변에 앉아 있던 추장들이 동의하는 듯 고개를 주억거렸다. "어떻게 해야 할지 우리가 결정을 내리겠다."

비아귀가 항의했고 매귀치는 분노를 참지 못하고 식식거리고 있었다. 포카텔로는 신경질적으로 명령을 내렸고 남자들이 그의 명령을 따르기 위해 자리를 떴다. 와샤키는 다시 자리에 앉지 않고 계속 내 옆에 서 있었다. 포카텔로도 팔짱을 낀 채 험악한 표정을 짓고 서 있었다. 우리는 남자들이 돌아오기를 기다렸다.

비아귀의 여자가 품에 울프를 안고 왔다. 아기의 금발 머리가 여자의 가슴에 폭 기대어 있었다. 여자는 겁에 질려 있었고 비아귀도 두려워하고 있었다. 비아귀의 한 손은 여자의 등 뒤에 있었고 다른 한 손에는 창을 들고 있었다. 비아귀는 긴장한 채로 암울한 표정을 짓고 있었다. 내 살갗 아래에서 웅웅거리는 것과 똑같은 극심한 긴장감이 그에게서도 보였다.

그때 나오미를 보았다. 나오미는 쇼쇼니 족 여자처럼 옷을 입고 있었다. 목과 귀에 구슬 장식을 달았고 적갈색 머리카락은 하나로 길게 땋아 허리께에서 흔들리고 있었다. 그녀의 초록색 눈은 야윈 얼굴에 비해 커 보였고, 두 손에는 온통 물감이 묻어 있었다. 나오미가 나를 보더니 휘청거렸다. 매귀치가 나오미를 붙잡아 쓰러지지 않게 부축했다. 노파 한 명이 누가 죽기라도 한 것처럼 서럽게 통곡을 하며 그들 뒤를 따라왔다.

"존?" 나오미가 외쳤다. "존?" 나오미의 두 다리가 다시 풀렸다.

나는 그녀에게 가고 싶었지만 와샤키가 한쪽 팔을 내 가슴 앞으로 쭉 뻗었다. "안 되네, 형제."

늙은 추장이 두 손을 들어 사람들에게 정숙을 요구했다. 그가 중재자 역할을 맡았고, 사람들은 이내 조용해졌다. 늙은 추장이 나를 쳐다보았다. "여자에게 우리가 물어볼 게 있다고 말하게. 그리고 자네는 여자가 말하는 걸 우리에게 전하게."

나는 고개를 끄덕이고 나오미를 쳐다보았다. 나로부터 겨우 10피트 떨어져 있었지만 매귀치가 나오미를 붙잡고 놔주지 않고 있었다. 나는 매귀치에게 그녀에게서 물러서라고 말했다. 그러자 그는 오히려 나오미를 더 세게 붙잡았다.

"놔줘." 내가 소리쳤다. 그러자 늙은 추장이 쉬이, 하며 매귀치를 향해 손을 내저었다. 매귀치가 나오미를 놔주고 옆으로 한 발짝 물러섰다. 두 발을 땅에 단단히 디딘 채 자신의 검을 쥐고 있었다.

"나오미, 이 사람들은 지금 당신이 자기들 질문에 대답해 주길 원하고 있어." 나는 쇼쇼니 족 언어로 먼저 말한 뒤 영어로 다시 그녀에게 말했다. 매귀치는 최대한 무시했다.

나오미가 고개를 끄덕이고 내 얼굴을 뚫어져라 바라보았다.

"이 남자는 누구인가?" 늙은 추장이 나를 손가락으로 가리키며 나오미에게 물었다. 내가 통역을 했다.

"존 라우리. 내 남편이에요." 나오미의 목소리가 갈라졌다.

"저 아기는 누구인가?" 늙은 추장이 울프를 가리키며 물었다.

"제 동생이에요." 나오미가 대답했다.

"저 여자는 젖을 못 먹입니다." 비아귀가 소리 질렀다. "져 여자는 아기 엄마도 아니고 젖도 나오지 않아요."

추장이 다시 한번 정숙을 요청했다. 늙은 추장은 계속 질문을 했고, 나는 통역을 했고, 나오미는 대답을 했다. 늙은 추장이 마차가 어디에 있었는지 물었을 때는 와샤키가 끼어들었다. 와샤키가 그 지역을 알고 있었고, 그곳의 쇼쇼니 이름을 알고 있었다. 이주자들이 지나가는 길을 그가 알고 있었다. 군중들 사이에 동정심이 일었고 나에게도 그것이 느껴졌다. 하지만 그것이 사라지는 순간도 느껴졌다.

"먼저 죽인 건 누구인가?" 늙은 추장이 나오미에게 물었다. 나오미가 주저했다. 나오미의 가슴이 고통스레 오르내렸다.

"우리는 저 사람들을 보지 못했어요. 저 사람들이 거기에 있는지 몰랐어요. 사고였어요." 나오미가 애원했다. 내가 통역하자 포카텔로가 고함을 지르기 시작했다.

"저들이 우리를 공격했다! 저들이 싸우기를 선택했다!"

늙은 추장이 두 손을 다시 들어 올리고 정숙을 요구했다.

"저자 보고 여자를 데리고 가라고 하세요. 그게 정당합니다. 하지만 아기는 줄 수 없습니다." 비아귀가 외쳤다. 그의 목소리가 사람들의 소음 위로 우뚝 솟아올랐다. 그의 피부 위로 붉은 불빛이 너울거렸다.

매귀치가 침을 뱉었다. 그리고 사람들 모두 조용해졌다.

나오미는 무슨 일이 일어나고 있는 건지 이해하기 위해 그녀의 두 눈이 사람들 얼굴 사이를 미친 듯이 오갔다.

"둘 다 보내주십시오. 비아귀 동생의 복수는 이미 이루어진 겁니다." 와샤키가 굵은 목소리로 말했다. 하지만 불 주변에 있는 추장들은 고개를 흔들었다.

"우리가 투표를 하겠다." 늙은 추장이 말했다. 다시 담배 파이프가 돌기 시작했다. 추장들이 한 명 한 명 자신들의 의견을 말했다. 와샤키는 둘 다 보내주길 원했고 포카텔로는 둘 다 주지 말아야 한다고 말했다. 나머지는 비아귀와 같은 의견이었다. 형제를 대신한 아기. 울프를 안고 있는 여자는 서럽게 울고 있었고 비아귀는 자신의 창을 하늘 높이 쳐들고 흔들고 있었다. 나오미가 군중들 사이에서 일어섰다. 그녀의 얼굴에 끔찍한 희망이 떠올랐다. 매귀치는 나오미 옆에 있었고, 노파는 나오미의 팔을 붙잡고 서럽게 통곡하고 있었다. 늙은 추장이 일어서서 손가락으로 나오미를 가리킨 후 나를 가리켰다.

"가라." 추장은 이 말을 영어로 한 뒤에 쇼쇼니 족 말로 한 번 더 명령했다. 노파가 나오미를 놔주더니 가슴에 화살이라도 맞은 것처럼 비명을 지르며 바닥으로 쓰러졌다. 매귀치는 추장들에게 등을 돌렸다. 나오미가 입술을 바르르 떨며, 눈물을 줄줄 흘리며, 물감이 묻은 두 손으로 치마를 움켜쥔 채로 나에게 달려왔다. 그러고는 내 품에 안겼다. 나오미의 얼굴이 내 가슴에 파묻혔다.

"여자를 데리고 평화롭게 떠나라." 늙은 추장이 나에게 말했다.

"아기는요?" 내가 나오미를 꽉 감싸 안은 채로 간절한 목소리로 외쳤다. 하지만 추장들은 이제 일어서고 있었다. 회의는 끝난 것이었다.

결정은 내려진 것이었다.

"아기는 이곳에서 아들로 키워질 거네. 자네가 그랬던 것처럼. 두 발로." 와샤키가 말했다. "비아귀는 존경받는 인물이야. 아기가 다칠 일은 없을 거야." 와샤키는 아직 내 곁에 서 있었다. 그의 두 눈이 내 품에 안긴 여자에게 머물렀다. 나오미는 아직 이해하지 못하고 있었다.

"존…… 울프는 어떻게 되는 거야?" 나오미가 몸을 뒤로 빼며 나의 얼굴을 살피고는 울프를 찾아 두리번거리기 시작했다. 와샤키는 뒤돌아 가 버렸다.

나는 나오미에게 그 말을 할 수가 없었다. 하지만 나오미는 그 끔찍한 진실을 알아챘다. 나오미는 울부짖고 몸부림치며 나를 때리기 시작했다. 하지만 나는 나오미를 붙잡고 놔주지 않았다.

"울프를 두고 갈 수 없어, 존. 울프를 두고 갈 순 없어!" 나오미가 미친 듯이 애원했다.

"나는 당신을 두고 갈 수 없어." 내가 나오미를 흔들며 그녀의 얼굴에 대고 소리쳤다. 지난 2주간의 무게가 내 몸 위에서 부서지고 있었다. "당신을 두고 가지 않을 거라고!" 나는 그녀가 내 얼굴을, 나의 극심한 절망감을 마주할 수 있도록 나오미로부터 거리를 두었다. 그러자 나오미는 마치 잠에서 막 깨어나고 있는 것처럼 눈 속에 어떠한 이해의 빛이 서서히 떠오르기 시작했다. 그녀에게서 나의 것과 똑같은 공포와 두려움과 고통이 보였다. 나오미가 몸을 구부리더니 비통한 소리를 내며 목놓아 울기 시작했다. 나는 나오미를 두 팔로 안아 들고 공터를 뒤로한 채 어둠 속으로 걸어갔다. 공터에선 춤이 시작되고 있었다.

나오미

 존은 두 팔로 나를 꽉 감싸 안은 채로 걷고 또 걸었다. 존의 눈물이 그의 턱을 따라서, 그리고 내 볼 위로 흘러내리고 있었다. 어쩌면 전부 내 눈물이었는지도 모르겠다. 존이 마침내 걸음을 멈췄을 때 그 곳에는 모닥불도, 캠프도 없었다. 알 수 없는 것을 축하하며 날카롭게 외치는 괴성도 없었다. 우리 위로 별이 총총한 하늘이 있었고, 우리 아래로 잔디가 있을 뿐이었다. 존은 숨을 헐떡이며 나를 안은 채로 주저앉았다. 존의 눈물이 그의 얼굴을 따라 고요하게 흘러내렸다. 태어나서 처음 운다는 듯이, 이십 몇 년 간의 모든 고통이 한 번에 치밀어 오르는 것처럼 울고 있었다. 하지만 나는 그에게 위안을 주지 못했다. 내가 할 수 있는 거라고는 힘없이, 쓸모없이 그의 팔 위에 누워있는 것뿐이었다.

 존에게 줄 수 있는 것이 아무것도 없었다. 내게 남아있는 것이 아무것도 없었다. 그의 고통을 덜어주기 위해 인제 그만 흐느껴보려고도 해 보았지만, 내 가슴 속에서 느슨하게 풀리던 것들이 마침내 완전히 풀려 버린 상태였다. 살면서 한 번도 느껴 보지 못한 고통이었다.

 "아카아, 나오미. 아카아." 존이 내 머리를 쓰다듬으며 반복해서 속삭였다. 잠시 후 나의 흐느낌이 천천히 멎기 사직했고, 그 자리에는 절대 치유되지 못할 것 같은 커다란 구멍이 남겨졌다. 존이 그것을 눈치챈 듯 (존도 가슴 속에 똑같은 고통을 느꼈는지도 모른다) 한쪽 손을 펴서 내 가슴 위에 지그시 갖다 댔다. 묵직하고 따뜻했다. 내 눈꺼풀 아래로 눈물이 다시 새어 나오고 있었다. 나는 내 두 손을 그의 손 위에 올렸다. 존이 자신의 볼을 내 머리카락에 댄 채로 몸을 웅크렸다.

 나는 아무 말도 할 수 없었다. 존에게 무슨 말이라도 할 수 있을지 알 수 없었다. 해야 할 말이 너무 많았지만, 어떤 것들은…… 어떤 고통은…… 말할 수 없는 것이었다.

'주님 감사합니다'라고 말하던 아빠의 목숨을 주님이 앗아간 이후로, 나는 내 말들을 혼자 품고만 지내왔다. 지금 그 말들이 내 목구멍으로 밀려들고 머릿속에서 무리 지어 있었다. 그리고 존의 손 아래에 있는 내 가슴 속에서 마구 흔들리고 있었다. 하지만 그것들을 어떻게 내보내야 하는지 나는 알지 못했다.

존이 나를 어떻게 발견한 건지 그 이야기를 전부 듣고 싶었다. 그들이 왜 나를 풀어줬는지, 울프는 어떻게 되는 것인지 존이 모두 말해주었으면 했다. 내가 앞으로 어떻게 살아나가야 하는지 존이 설명해주었으면 했다. 하지만 나는 아무 말도 할 수가 없었다.

비야가 나를 공터로 데리고 가서 모여 있는 여자들 사이에 앉도록 했었다. 공터의 중앙으로부터 너무 멀리 떨어져 있어서 그곳에서 무슨 대화가 오가는지, 무얼 하고 있는지 알 수가 없었다. 비야는 내가 사람들 얼굴을 보고 사람들이 나를 볼 수 있도록 내 주변으로 횃불 여러 개를 놓아주었다. 그림을 그리라는 것이었다. 나는 그들의 기대치만큼 일을 해내고 있었다. 그때 매귀치가 왔다. 사람들 사이로 성큼성큼 걸어오더니 나를 데리고 갔다. 그의 얼굴은 매정했고, 나를 붙잡은 손은 더욱 매정했다. 나는 물물교환이 다시 시작된 거라고 생각했었다. 그런데 그가 나를 공터의 중앙으로 데리고 갔다. 스무 명 정도의 추장들이 불 주위로 둘러앉아 있었고, 쉰 명의 나머지 추장들이 그들 뒤로 둘러앉아 있었다. 수없이 많은 원주민들이 나를 쳐다보았다. 그때 가까이 있는 존을 보았다. 그렇게 가까운 곳에 그가 있다는 사실이 도무지 믿기지 않았다. 존 옆에는 키가 크고 인상적인 외모를 가진 추장이 서 있었다. 무릎까지 내려오는 빽빽한 머리 장식을 쓰고 있었다. 꿈을 꾸는 것 처럼 그 무엇도 현실이라고 느껴지지 않았다. 존도, 질문들도, 오가는 말들도, 비아귀와 웨다와 울프도 그 무엇도 현실이 아니라고 느껴졌다. 그러고는 빠르게 모든 것이 끝났다. 정신을 차려보니 나는 존의 품에 안겨 있었다.

하지만 울프는 나의 품에 없었다.

그리고 모든 것은 현실이었다.

우리 뒤로 어떤 소리가 들려왔다. 말의 콧바람 소리와 작은 발자국 소리였다. 존이 자신의 부츠에서 총을 꺼내고 나를 더 깊숙이 감싸 안았다. 그런데 어둠 속에서 누군가가 높은 목소리로 존의 이름을 불렀다. 존의 몸에서 힘이 빠졌다. 나는 비야가 나를 다시 데려가려고 왔을 거라고 잠시 생각했다. 그런데 비야보다 나이가 많은 할머니였다. 하얗게 센 머리카락은 달빛을 받아 광채를 내고 있었다. 할머니는 얼룩무늬 조랑말에서 내려 망설이는 걸음으로 우리를 향해 걸어왔다. 할머니는 이불, 물이 담긴 가죽 부대, 그리고 말린 베리와 고기, 씨앗이 든 주머니를 들고 있었다. 할머니는 가지고 온 것들을 바닥에 내려놓더니 우리 옆에 웅크리고 앉았다. 할머니의 새하얀 머리가 바람에 부풀어 올랐다. 할머니의 두 눈은 연민으로 가득했다. 할머니가 떨리는 손으로 내 볼을 쓰다듬었다. 그러더니 일어나서 존의 머리를 만지고 존에게 무언가 가만히 말하더니 뒤돌아 조랑말로 다시 걸어가 말을 타고 어두운 밤 속으로 섞여 들었다.

"길 잃은 여인이라는 분이야." 존이 말했다. "와샤키의 어머니야. 우리에게 확신을 주려고 여기까지 오신 거야⋯⋯." 존의 목소리가 갈라지며 말을 잇지 못했다. 하지만 나는 무슨 말을 하려는 건지 알 것 같았다. 할머니는 우리에게 길을 잃은 게 아니라는 확신을 주려고 온 것이다.

"하지만 우리는 길을 잃었어." 내가 말했다. 냉정한 목소리였다. 열한 글자. 나는 열한 글자를 또박또박 말했다.

그런 뒤 우리는 말없이 있었다. 존은 이불을 내 몸 위로 덮어주었고, 나에게 물을 마시게 했다. 하지만 몇 모금 마시자 내 뱃속이 저항했고 나는 물을 밀어냈다.

"와이엇과 웨브, 윌에게 약속했어. 내가 당신을 찾아낼 거라고." 존이 말했다.

웨브와 윌. 동생들 이름을 듣자 가슴 속 구멍이 커졌다가 다시 수축했다. 웨브와 윌. 그 애들이 죽었을까 겁이 났다……. 혹은 나처럼 이런 신세가 되지 않았을까 두려웠다. 오 하나님, 사랑의 하나님, 내 불쌍한 동생들.

존이 나를 내려다보았다. 하지만 나는 그와 눈을 맞출 수가 없었다. 나는 눈을 감고 고개를 돌려 얼굴을 그의 어깨에 파묻었다.

"내가 아이들을 발견했어, 나오미. 그리고 아이들을 내 망할 마차에 태워 보냈어. 와이엇에게 마차를 끌게 했고 서둘러 마차 행렬을 찾으라고 했어." 존은 이 모든 일들을 자신의 잘못이라고 생각하고 있었다. 그의 목소리에서 그것이 느껴졌다. 그 고통. 죄책감. 하지만 만약 존이 그때 우리와 함께 있었다면 존과 와이엇도 모두 죽었을 가능성이 높았다. 존이 거기에 없었기에 존이 살 수 있었다. 와이엇이 살 수 있었다.

"우리가 당신 어머니와 아버지, 워런을 묻어주었어. 호머와 엘시도. 그리고 윌이 노래를 불렀어. 가능한 모든 정성을 다해 보내 드렸어."

존은 엘시의 아기에 대해서는 말이 없었다. 나도 물을 수 없었다. 나는 그 울부짖는 소리들, 비명 소리들, 그리고 불타오르는 마차에 대해서 이야기할 수 없었다. 그럴 수가 없었다.

"아이들에게 약속했어. 내가 당신을 데리고 가겠다고. 그리고 또 약속했어. 무슨 일이 있어도 너희들을 다시 찾겠다고. 동생들에겐 당신이 필요해, 나오미. 나에게도 당신이 필요해. 당신이 나에게 하라는 건 뭐든지 다 할 거야. 시간이 얼마나 걸리든 상관없어. 당신이 떠날 준비가 될 때까지 내가 당신 곁에 있을 거야. 울프를 다시 돌려받을 방법을 찾을 때까지 내가 당신 곁에 있을게."

존

나는 노새들에 짐을 싣고 나오미를 삼손 등에 태우고 떠나고 싶었다. 포카텔로와 그의 부족으로부터 가능한 한 멀리 떠나고 싶었다. 하지만 이튿날 아침이 밝았을 때, 동쪽의 새카만 하늘이 회색과 금색 얼룩으로 물들기 시작했을 때 나는 이불과 남은 음식들을 챙겼다. 그리고 나오미와 함께 낯선 이들의 무리로, 나오미가 절대 포기하지 않을 아기가 있는 곳으로 되돌아갔다. 나에게 계획은 없었다. 무엇을 해야 할지도 몰랐다. 하지만 우리는 되돌아갔다.

나오미는 말이 없었다. 두 팔로 자기 배를 감싼 채 앞만 보고 혼자서 걸었다. 하지만 강가에 도착하자 나오미는 캠프를 두리번거렸다. 그리고 자신이 찾고 있던 것을 발견했다. 나오미의 어깨에서 긴장이 조금 풀렸다. 포카텔로와 그의 부족이 밤사이 떠났을까 두려웠던 것이다. 와샤키의 캠프에 도착했을 때 여자들은 이미 분주히 움직이고 있었다. 하나비와 길 잃은 여인은 와샤키의 오두막 앞에 앉아 있었다.

하나비는 자신의 머리를 땋고 있었고 길 잃은 여인은 불을 때고 있었다. 그들은 우리가 다가오는 것을 보면서도 하던 일을 멈추지 않았다. 하지만 우리의 얼굴을 살폈다. 나의 텐트가 아직도 펼쳐져 있었다. 동물 가죽으로 뒤덮인 위키업들 사이에서 작은 백기처럼 홀로 앉아 있었다. 내 노새 세 마리는 아직도 근처에서 몰려다니며 셀 수 없이 많은 조랑말들 사이에서 풀을 뜯고 있었다.

"오빠, 나오미…… 어서 와. 여기 앉아." 하나비가 일어서면서 땋은 머리를 어깨 뒤로 넘기고 우리를 맞이했다. "우리가 요리를 해 줄게."

길 잃은 여인이 나에게서 이불을 받아 가져갔고, 나는 나오미에게 손을 뻗었다. 내 손이 그녀의 팔을 감싸는데 나오미가 움찔하며 놀랐다. 나는 나오미를 놓아주었다.

"우리 보고 같이 앉자고 하는데." 내가 말했다.

"지금은 아닌 것 같아." 나오미가 작게 말했다. "저 텐트 당신 거야?" 나오미가 나의 텐트를 가리켜 보였다. 내가 고개를 끄덕이자 나오미는 서둘러 텐트 쪽으로 걸어가 안으로 들어갔다.

"이리 와, 오빠." 하나비가 내 어깨에 한 손을 가만히 올리며 다정한 목소리로 말했다. 나는 순순히 모닥불 옆에 앉았다. 피로감으로 온몸이 아팠다. 지난 밤 한숨도 자지 않았다. 밤새 나오미를 안고 있었는데도 내가 나오미의 팔을 붙잡자 나오미가 움찔했다.

"나는 우리가 일어나기 전에 오빠가 떠날 거라고 생각했어." 하나비가 말했다. "떠나지 않아서 기뻐."

"나오미는 동생을 두고 가지 못해." 내가 쉰 목소리로 털어놓았다. 희망이 없는 목소리였다. "그리고 내가 나오미를 억지로 데리고 갈 수는 없어. 그랬다가는……"

"여자는 영원히 길을 잃을 거야." 길 잃은 여인이 말했다.

"나오미는 영원히 길을 잃을 거야." 내가 속삭였다.

"그럼, 여기에 있어." 하나비가 말했다. "우리와 함께 지내."

"하지만…… 나는 가진 게 아무것도 없어." 하나비의 말에 나는 당황했다. 여기에서 지낸다는 것은 생각보다 훨씬 더 복잡한 일이다.

하나비가 얼굴을 찌푸렸다. "가진 게 없다니 무슨 말이야? 오빠에겐 노새들이 있잖아. 오빠의 여자도 있고. 위키업은 만들면 되지, 사냥도 하고. 전부 다 가지고 있는걸."

"여기에서 지내게." 길 잃은 여인이 고개를 주억거리며 말했다.

19

경주

존

나는 텐트에서 나오미와 함께 몇 시간 동안 잠이 들었다. 잠에서 깨고나니 다시 불안과 걱정이 밀려왔다. 나는 나오미가 깨지 않게 조심해서 일어났다. 나오미는 모로 누워 몸을 웅크리고 있었다. 두 손은 양 겨드랑이에 끼고 폭풍 속의 새 한 마리처럼 고개를 수그리고 있었다. 나는 강물에 들어가 씻은 뒤, 동물들을 돌보기 위해 다가갔다. 내가 목을 쓰다듬고 코를 긁어주자 녀석들은 가만히 있었다. 하지만 내 손이 멈추자마자 녀석들은 다시 풀을 뜯기 시작했다. 나는 암갈색 말 목에 밧줄을 걸었다. 녀석은 저항 없이 나를 따라왔다. 녀석은 우리가 들판을 질주할 거라 생각하고 있었다. 하지만 나는 달릴 수 없었다. 지금은 어디론가 떠날 때가 아니었다. 하나비의 조언에도 불구하고 우리에겐 아직 필요한 것들이 있었다.

나오미에게는 지금 입고 있는 옷을 제외하면 아무것도 없었다. 공책도, 가방도 없었다. 그것들이 어디 있냐고 물었더니 매귀치가 다른 사람에게 줘 버렸다고 말했다.

"얼굴에 흉터 있는 전사가 내 그림들을 좋아했어." 나오미는 한 글자 한 글자 힘들여 말했다. 내가 더 이야기해 달라고 했지만 나오미는 고개를 흔들며 작게 말했다. "그림은 이제 없는 거야, 존."

나는 내가 어떻게 받아들여질지 알 수 없었다. 나는 이방인, 파니 다이포였다. 내가 공터로 들어서자 의구심 가득한 얼굴들이 나를 맞이했다. 내가 거래할 수 있는 물건은 나에게 남은 마지막 담배, 리본 조금, 구슬과 단추 등이 들어있는 주머니가 전부였다. 그리고 노새 세 마리와 이 암갈색 말이 있었다. 가방에 있는 돈은 더이상 도움이 되지 못할 것이다. 돈은 여기에서는 아무런 쓸모가 없었다.

나는 말에 타고 있는 남자들을, 그리고 얼굴에 진한 흉터가 있는 전사를 찾아보았다. 시간은 오래 걸리지 않았다. 남자는 노련해 보였지만 나이가 많지는 않았다. 무리 중 우두머리로 보였지만 추장은 아닌 듯했다. 흉터는 남자의 얼굴에 굵은 이랑을 만들며 왼쪽 이마에서 시작해 콧등을 지나 오른쪽 뺨 아래로 내려와 오른쪽 귀 아래까지 이어지며 얼굴을 두 부분으로 나누고 있었다. 남자는 강렬한 선들의 집합체였다. 머리카락, 팔과 다리, 등 그리고 그 흉터까지. 남자는 회색 얼룩무늬 말 위에 앉아 있었다. 얼룩말은 어서 달리고 싶어 엉덩이와 어깨를 들썩이며 잠시도 가만히 있지 못하고 있었다. 경주가 시작되었다. 총성이 울리자 조랑말들이 깜짝 놀라 앞으로 튀어 나가 공터를 전속력으로 질주했다. 여자 한 명이 그녀의 아기 자루와 함께 하마터면 말에 깔릴 뻔했고, 조랑말 한 마리가 몸부림을 치며 날뛰어 그 위에 타고 있던 남자를 공중으로 떠오르게 했다. 땅에 떨어진 남자가 천천히 일어나는데 팔이 기이하게 꺾여 있었다. 그러나 경주는 계속되었고 그의 말도 계속 달렸다. 말들은 캠프 사이를 가로질러 강을 건넜다가 되돌아왔다. 경주의 시작점이 결승점이었고, 말들이 들어오자 사람들은 코요테처럼 열광적으로 소리를 질러댔다.

흉터가 있는 전사가 쉽게 우승을 했다. 모두가 예상했던 결과처럼 보였다. 물론 기수들과 구경꾼들 중에 분노와 짜증을 표출하는 사람들도 눈에 보였다. 매귀치는 경기에서 말 한 마리를 잃은 사람 중 하나였다. 그의 말 한 마리가 흉터가 있는 남자의 부족민에게 끌려가고 있었고, 매귀치는 경주를 다시 하자고 요구하고 있었지만 사람들에게 무시당하고 있었다. 이제 새로운 내기가 시작되고 있었다. 나는 의기양양한 우승자를 향해 걸어갔다. 내가 다가오는 것을 본 남자가 고개를 꼿꼿이 세우고 나를 보았다. 그의 주변에서 사람들이 나누고 있던 대화가 점점 잦아들었다. 나의 존재에 사람들은 놀란 눈치였다. 그들에게 나는 오래 전에 떠났어야 하는 사람이었다. 이제 모든 사람들이 나를 쳐다보고 있었다.

이것은 내가 원하던 상황이 아니었다. 나는 조용하게 협상을 할 수 있을 거라 생각했다. 나는 암갈색 말을 끌고 계속 걸어갔다. 흉터 있는 전사를 똑바로 바라보면서 다가갔다.

"너도 경주를 하고 싶나, 파니 다이포?" 내가 가까이 다가가자 남자가 물었다. 그는 내가 누구인지 알고 있었다. 아마 사람들 전부 알고 있을 것이다.

"아니요." 내가 그의 앞에 멈춰 서며 말했다.

남자가 인상을 썼다. "아니라고?"

"저는…" 나는 '그림'이 쇼쇼니 족 말로 무엇인지 모른다는 사실을 깨달았다. "저는 매귀치가 당신에게 준 종이 얼굴들을 원합니다." 매귀치의 이름을 말하자 남자는 무언가 중얼거렸다. 내 말을 따라 하고 있는 것 같았다.

"너에게는 얼굴 여자가 있다." 흉터 난 전사가 말했다. "너에게는 여자의 그림들이 필요 없다."

"여자 부족의 얼굴들이에요. 여자 부족민들이 죽었어요."

남자는 말없이 곰곰이 생각했다. 남자가 나에게 기다리라며 한 손을 들어 보이고 뒤돌아 어디론가 가더니 잠시 후 나오미의 가방을 들고 돌아왔다. 가방의 잠금쇠를 풀더니 종이 여러 장을 꺼냈다. 위니프레드 메이가 나를 바라보고 있었다. 갑작스러운 슬픔이 내 안에서 치밀어 올랐다.

"너에게 그림들을 주고 싶지 않다." 남자가 말했다. 그는 그림들과 떨어지고 싶지 않은 것이었다.

"그림들이 많아요." 나는 감정을 억누르며 쉰 목소리로 말했다. "그 그림들 전부 다를 원하는 게 아니에요."

남자가 알겠다는 듯 고개를 끄덕였다. 내가 안장 가방에서 담배 주머니를 꺼내고 위니프레드의 그림을 가리켜 보였다. "그걸 받고 싶어요."

남자가 인상을 찌푸리고 잠시 생각에 잠겼다. 그러더니 고개를 끄덕였다. 나는 남자에게 담배를 건넸다. 남자가 맨 위에 있는 그림을 나에게 건넸다. 그러자 워런의 초상화가 모습을 드러냈다. 수심에 잠긴 지친 얼굴로 자신이 결코 도달하지 못할 어느 먼 곳을 응시하고 있었다.

"그것도 받고 싶어요." 내가 말하고 구슬을 꺼내기 위해 가방을 뒤졌다. 흉터 있는 전사가 입술을 오므리고 그림을 유심히 들여다보았다. 그러더니 그 그림도 나에게 넘기고 내 물건을 받았다. 나는 윌리엄의 그림을 받고 리본을 주었고, 웃고 있는 웨브의 그림을 받고 목에 두르고 있던 스카프를 넘겼다. 그러자 이제 내게는 교환할 물건이 아무것도 남지 않게 되었다. 보물 같은 그림들이 아직도 전사의 손아귀에 한가득 있었다. 전사는 그림들을 다시 가방에 넣고 닫았다.

"그 그림을 전부 주시면 저 암갈색 말을 드리겠습니다." 내가 말했다. 나는 그림들이 몹시 받고 싶었고, 남자는 그 사실을 잘 알고 있었다. 남자가 암갈색 말을 유심히 쳐다보더니 고개를 저었다.

"좋은 말이다. 하지만 나에게는 말이 더이상 필요 없어. 이미 많은 말을 내기에서 따냈다. 쉰 마리 정도. 와하테위는 항상 이긴다!" 남자가 마지막 말을 큰 소리로 외치며 주변에 있는 사람들을 선동했다. 그러자 일부 남자들이 함성을 질렀고, 어떤 이들은 야유했다.

"내가 이겨주겠다, 와하테위." 누군가가 외쳤다. 말 위에 타고 있는 매귀치였다.

"나는 너에게 열 번을 이겼다, 매귀치. 이제 너에게는 남은 말도 없다. 이제 누가 나와 경주를 하겠는가?"

흉터 난 전사는 어디 한번 덤벼보라는 듯이 두 팔을 벌리고 대답을 기다렸으나 아무도 대답하지 않았다. 전사가 어깨를 으쓱하며 웃었다. "아무도 나와 경주를 하고 싶지 않아 하는군. 와하테위는 항상 이긴다."

"제가 당신과 경주를 하겠습니다." 내가 말했다. 주변에 있던 남자들이 흥분해 환호성을 질렀다. "만약에 제가 이기면 얼굴 여자의 그림들을 저에게 주시는 걸로요."

"내가 너희 둘과 경주를 하겠다!" 매귀치가 고함쳤다. "내가 이긴다면 그 여자와 내 말들 모두 돌려받겠다."

"저는 여자를 걸고 경주하지 않을 겁니다. 그리고 매귀치와도 경주하지 않을 겁니다." 내가 와하테위를 바라보며 말했다. "오직 당신과 할 겁니다. 그림들을 걸고." 나는 소리를 치거나 목소리를 높이지도 않았다. 하지만 남자들 사이로 흥분이 퍼져 나가는 것이 느껴졌다.

"내가 이긴다면? 나는 무엇을 얻는가?" 와하테위가 물었다. 그러나 그는 어찌 됐든 내 제안을 받아들이고 싶어 하고 있었다.

"다른 말은 필요 없으시잖아요." 내가 그에게 상기시켰다. 남자가 반짝이는 치아를 드러내며 웃었다. 커다란 흉터가 그의 미소를 비뚤어져 보이게 했다. 그것 때문에 그에게 호감 비슷한 감정이 느껴졌다.

"내가 이기면 얼굴 여자가 나를 위해 가죽에 그림 하나를 더 그려 준다." 남자가 말했다. 하지만 나는 다시 주저했다.

"얼굴 여자는 상태가 좋지 않습니다." 내가 말했다. 나오미는 상태가 좋지 않았다. 그래서 나는 그녀의 그림들을 되돌려 받아야 했다. 와하테위가 인상을 쓰고 매귀치를 바라보았다. 그리고는 강한 눈빛으로 나를 다시 쳐다보았다. 와하테위는 매귀치를 좋아하는 것 같아 보이지 않았다. 그에 대한 나의 호감이 다시 한번 샘솟았다.

"경주를 한다. 네가 이긴다면 그림들을 전부 주겠다. 내가 이긴다면…… 그림들은 내가 갖겠다. 그렇게 하자." 남자가 말했다.

"경주하자고!" 매귀치가 소리 질렀다.

와하테위가 뭔가를 가늠하는 듯한 얼굴로 나를 쳐다보았다. "매귀치는 화가 났다. 내가 전에 얼굴 여자를 주면 그가 잃은 말들을 전부 되돌려주겠다고 했었다. 말 다섯 마리. 그런데 저자가 여자의 가치가 더 높다고 결정했다. 지금 저자에게는 말도 없고 여자도 없다. 그리고 경주에서 계속 지고 있다."

와하테위가 다른 곳을 쳐다보고 목소리를 높였다. 내기를 하는 사람들에게 무언가를 말하는 것이었다.

"와하테위와 파니 다이포가 경주를 한다. 매귀치는 빠진다."

"매귀치가 두려운 거로군!" 매귀치가 말에 탄 채로 소리쳤다. 와하테위와 나는 그를 무시했다. 함성 소리가 들리면서 사람들이 내기를 하기 시작했다. 나는 와샤키 부족의 소년 하나를 불러 나의 안장을 가져다 달라고 부탁했다. 안장은 텐트 바깥쪽에 있었다. 위키업과 티피들로 가득한 곳에 있는 유일한 텐트였으므로 그것을 찾느라 어려움을 겪지 않을 것이다. 와샤키도 이미 공터에 와있었다. 와샤키는 흰 무늬가 있는 검은색 말에 탄 채로 공터 가장자리에 자리 잡고 있었다. 내기에는 거리를 두고 있는 것 같았다. 와샤키도 경주를 한 적이 있다면, 모르긴 몰라도 저 말은 절대 내기에 걸지 않았을 것이다. 포카텔로와 그의 부족민들이 출발선 근처에서 내기를 하고 있었다. 매귀치는 사람들에게 불만을 쏟아 내고 있었다.

소년이 내 안장을 가지고 돌아왔다. 아이 얼굴은 기대감으로 환히 빛나고 있었다. 나는 가방에서 동전을 하나 꺼내 아이에게 주었다. 아이가 동전을 톡 던져 잡고는 웃어 보이더니 재빠르게 뛰어갔다. 나는 암갈색 말에 안장을 올리고 말 위로 휙 올라탔다. 녀석은 몸을 계속 움직이고 고개를 쳐들면서 한시라도 빨리 달리고 싶어 안달하고 있었다. 내기를 바꾸려는 소리가 들려왔다. 나는 그들의 내기가 어떤 방식으로 진행되는지 몰랐고 알고 싶지도 않았다. 내가 이기면 나는 그림들을 받게 될 것이다. 그것이 내가 관심 있는 유일한 것이었다.

나는 암갈색 말이 몸을 풀 수 있게 잠시 날뛰도록 내버려두었다. 시험 삼아 한번 달려보고도 싶었지만 그것을 기다려줄 사람은 없었다. 나는 출발선으로 나아갔다. 그런데 그곳에서 기다리고 있는 건 와하테위만이 아니었다. 매귀치가 자신도 경주를 하겠다고 고집을 부리고 있었고, 그를 감히 막아설 사람은 아무도 없었다.
"내가 이기면 여자를 갖는다." 매귀치가 소리쳤다.
"아니요. 당신이 이기면, 이기는 겁니다. 나에게서 아무것도 받지 못합니다." 내가 그를 쳐다보지 않고 말했다. 매귀치는 출발선에서 나와 와하테위 사이에 서 있었다. 나는 혐오스러운 매귀치가 나를 못살게 굴지 못하도록 내 말을 와하테위의 얼룩말 옆으로 이동시켰다.
"내가 이기면 내 말들을 전부 돌려받는다." 매귀치가 와하테위에게 경고하듯 말했다. 군중이 와하테위의 대답을 기다리며 조용해졌다.
"네가 이기면 내가 딴 말 다섯 마리를 너에게 돌려주겠다." 와하테위가 큰 소리로 말했다.
매귀치가 벌써 이기기라도 한 것처럼 두 손을 높이 뻗어 올리며 함성을 질렀다.
"하지만 저 파니가 이기면." 와하테위가 장난기 가득한 눈을 반짝이며 크게 소리쳤다. "말 다섯 마리는 파니에게 주겠다." 사람들이 내기를 다시 한번 바꿔서 거는 소리가 들려왔다.
매귀치는 할 말을 잃고 조용해졌다. 우리를 둘러싼 사람들의 함성이 들려왔다. 하지만 우리에게는 말다툼할 시간이 없었다.
"우리가 경주를 한다!" 와하테위가 외쳤다. "저 강을 건넜다가 되돌아온다, 파니."
그때 총이 발사되었다. 총소리에 내 말이 놀라 높이 튀어 올랐다. 그 사이 매귀치와 와하테위는 벌써 자기 말의 옆쪽 몸통을 발로 차며 출발해 버렸다. 그들의 머리카락이 뒤로 휘날렸고 흙먼지가 자욱이 피어올랐다. 나는 말에 박차를 가할 필요도 없었다. 말은 자기를 남겨두고 앞서가고 있는 두 말을 보더니 그 뒤를 맹렬히 쫓기 시작했고, 나는 하마터면 말에서 떨어질 뻔했다. 나는 자세를 낮춰 몸을 말 등에 완전히 밀착시켰고, 내 머리를 말의 검정 갈기 속으로 파묻어 말이 달리도록 했다. 녀석은 공터를 따라 힘차게 달렸다. 캠프들을 지나 미친 듯이 질주했다. 와하테위가 매귀치보다 앞서 있었고, 그들은 점점 가까워지고 있는 내 말에게는 조금의 관심도 주지 않고 있었다. 내가 강을 건널 때 와하테위와 매귀치는 이미 반환점을 돌아 오고 있었다. 내 말도 강 건너편 제방까지 달렸고, 녀석은 혼자 알아서 뒤돌아 달리기 시작했다. 녀석은 지고 있었다. 그리고 녀석은 지는 것을 좋아하지 않았다.

공터 가장자리까지 되돌아 달려왔을 때쯤 내 말은 와하테위의 얼룩말과 비등비등하게 달리고 있었고 매귀치는 우리 뒤에 있었다. 나는 매귀치가 얼마나 뒤처져 있는지 보기 위해 뒤돌아보지 않았다. 내 말은 거의 날듯이 뛰고 있었다. 래러미 요새를 떠난 이후로 누리지 못했을 즐거움을 한껏 만끽하며 달리고 있었다. 결승점에 도착했을 때에도 녀석은 멈추고 싶어 하지 않았다. 나는 녀석의 방향을 돌리기 위해 갈기를 세게 잡고 등자를 깊숙이 눌러야 했다.

와하테위는 고개와 두 팔을 뒤로 젖히고 껄껄거리며 웃고 있었다. 마지막에 마음을 바꿔 승산 없는 말에 내기를 걸었던 사람들이 환호성을 지르며 춤을 추고 있었다. 그 잠깐의 달콤한 시간 동안 내 심장의 무게가 가벼워지고, 뱃속의 뱀들이 고요해졌다. 나는 믿을 수 없다는 듯 고개를 흔들며 말을 타고 결승점으로 빠르게 되돌아갔다.

"네가 그 정도로 달릴 줄은 전혀 몰랐다, 다코타." 내가 웃으며 암갈색 말에게 말했다. 이제 녀석에게 이름을 붙여줄 때가 되었다. 녀석이 제 이름을 얻어낸 것이다.

"그 말을 갖고 싶다, 존." 와하테위가 외쳤다. 그는 비뚤어진 입술 뒤로 반짝이는 치아를 드러내고 있었다. 나도 내 이름을 얻어낸 것 같았다. 와샤키가 말에 탄 채로 나에게 다가오고 있었다. 전투 대장들이 그의 뒤를 따르고 있었고, 전부가 밝게 웃고 있었다. 좋은 승부였다.

나는 암갈색 말에서 미끄러져 내려가 와하테위가 내밀고 있는 가방을 향해 손을 뻗었다. 와하테위는 아직 얼룩말에 타고 있었고 믿기지 않는다는 표정으로 웃고 있었다. 그때 순식간에 그 표정이 사라지는 것을 보았다. 그의 두 눈에서 불길이 타올랐고 경고의 비명을 내질러졌다. "형제!"

나는 빙그르르 돌며 옆으로 물러섰다. 칼 하나가 암갈색 말의 오른쪽 몸통에 깊숙이 들어가 박혔다. 녀석은 날카로운 비명을 내지르며 날뛰었고, 쇼쇼니 족 사람들은 과열된 프라이팬 위로 떨어진 기름처럼 순식간에 사방으로 흩어졌다.

매귀치가 나에게 달려들었다. 치아를 다 드러낸 채로 또 다른 칼날을 번쩍이며 달려왔다. 나는 몸을 빙그르 돌렸다. 하마터면 내 목부터 배꼽까지 찢어질 뻔한 것을 아슬아슬하게 피했다. 내가 왼쪽으로 움직이는 척하는데 그가 다시 칼을 휘둘렀다. 이번에는 칼날이 내 얼굴을 그었고 내 머리카락 일부도 잘려 나갔다. 나는 엉거주춤 뒤로 물러서서 내 부츠에 있는 칼로 손을 뻗었다. 매귀치가 다시 움직였고 나는 재빨리 움직여 몸을 회전시켰다. 그의 칼날이 내 셔츠에 걸렸고, 칼의 끝부분이 내 배 위에 길고 얕은 칼자국을 남겼다. 벌어진 옷 아래로 피가 차오르는 모습을 보고 매귀치가 미소 지었다. 우리 주변 공간은 넓고 텅 비어 있었다. 아무도 끼어들지 않았고 소리를 지르지도 않았다.

그들은 지켜보고만 있었다.

"네 놈의 머리 가죽을 벗기고 네놈의 여자를…… 다시 데려가겠다." 매귀치가 내뱉었다. "여자의 뱃속에 누웨를 넣을 거다." 매귀치는 자신감으로 거칠게 숨을 헐떡이고 있었고 그의 칼에는 내 피가 묻어 있었다. 하지만 수 족의 혼혈 오탁타이는 나에게 발차기 방법, 주먹을 쓰는 법, 내장을 꺼내는 무시무시한 방법들을 알려 주었었다. 내가 열세 살이 되기도 전, 나의 분노가 갈 곳을 잃었던 때였다. 하지만 지금 나의 분노는 그때와 비교할 수 없을 만큼 불타오르고 있었다.

매귀치는 양 다리를 넓게 벌리고 서서 다시 한번 칼을 휘둘렀다. 나를 찔러 죽이기 위해 그의 굵은 허벅지가 양쪽으로 넓게 버티고 서 있었다. 나는 노새처럼 자세를 낮추고 발차기를 해 그의 무릎에 타격을 가했다. 매귀치가 앞으로 넘어질 듯 중심을 잃었고 나는 팔꿈치로 그의 머리 측면을 최대한 강하게 가격했다. 그가 비틀거리더니 결국 칼을 떨어뜨렸고, 나는 뒤로 물러서서 그가 칼을 다시 집도록 기다렸다. 나는 그를 죽이고 싶었다. 하지만 나는 세 아이와 세상을 뜬 한 남자에게 나오미를 지키겠다고 약속했었다. 지금 이 남자를 죽이면 나는 나오미를 지키지 못할 것이고, 2천 명의 적을 마주하게 될 것이다. 나는 그들이 아니었지만 매귀치는 그들이었다.

"당신을 죽이고 싶지 않다. 칼과 와하테위의 말들을 가지고 가라. 나는 말들이 필요 없다."

매귀치가 웃음을 터뜨렸다. 우리를 둘러싸고 있는 사람 중 몇 명이 야유를 보냈고, 어떤 사람들은 우리의 모습을 보기 위해 옆에 있는 이들을 거칠게 밀치고 있었다. 매귀치가 칼을 집더니 자세를 낮추고 원을 그리며 움직이기 시작했다. 그의 머리에 달린 깃털들이 춤을 췄다.

그가 다시 달려들었고 나는 그의 다친 다리를 다시 공격했다. 하지만 워낙 많은 말발굽이 끊임없이 지나다녔던 곳이라 바닥의 두터운 흙이 부드러워진 상태였고, 결국 나는 미끄러졌다. 그때를 틈타 매귀치가 칼을 들고 커다란 호를 그리며 나를 덮쳤다. 매귀치의 칼은 내 머리 위쪽 땅을 스쳤다. 하지만 내 칼은 이미 그의 뱃속에 박혀 있었다. 매귀치의 몸이 굳어졌다. 그의 건장한 몸의 근육들이 깜짝 놀라 수축했다. 그는 몸을 굴려 자신의 몸에 깊이 박혀 있는 칼날로부터 도망쳐보려 했지만 나는 두 손으로 내 칼자루를 감싸고 칼을 재빨리 위쪽으로 밀어 올렸다. 그의 배가 갈라지며 열렸고, 그제서야 나는 그를 떼어놓을 수 있었다.

매귀치는 숨을 제대로 쉬지 못하고 헐떡거리며 배를 움켜쥐었고, 내가 칼을 뽑기도 전에 죽어 버렸다. 나는 온몸이 피투성이가 된 채로 두 발로 딛고 일어섰다. 그러고는 다시 칼을 빼 들고 다음에 오는 무엇이든 상대할 준비를 마쳤다.

나는 쇼쇼니 족 원주민들이 칼을 들고 나를 향해 돌진해올 거라고 예상하고 있었다. 그런데 잠시 적막이 이어지더니 함성소리와 울부짖는 소리가 울려 퍼지기 시작했다. 그뿐이었다. 와하테위가 두 팔을 힘차게 들어 올리고 환호성을 질렀다. 와샤키도 똑같이 했다. 포카텔로의 원주민들이 사람들 사이에서 앞으로 나왔다. 조심스러운 눈빛이었다. 그중 하나가 나에게 매귀치의 머리 가죽을 가져갈 거냐고 물었다. 내 뱃속이 저항했지만 나는 고개를 흔들고 그 의식을 거절했다. 그들은 매귀치를 들어 올려 어깨에 들쳐 맸다. 매귀치의 피가 땅 위로 흘러 내렸다. 하지만 창이나 칼을 가지고 나에게 달려드는 사람은 아무도 없었다. 나에게 맞서는 사람은 아무도 없었다. 누군가가 슬퍼하며 애처롭게 통곡하고 있었다. 매귀치의 시체가 공터에서 빠져나가는데 그 통곡 소리에 많은 사람들의 웅성거리는 소리가 덧입혔다. 회의에서 결론 난 최종 결정을 매귀치는 부정했고, 매귀치가 도전을 했고, 그가 졌다. 나는 흙먼지와 핏자국으로 엉망이 된 나오미의 가방을 집어 들고 내 말을 향해 걸어갔다.

나오미

먼 곳에서 들려오는 늑대의 울음소리를 듣고 잠에서 깨어났다. 몇 시간이 흘렀고 늦은 오후가 되었다. 캠프 너머에서 소리가 들리고 있었다. 또 어떤 새로운 지옥이 찾아왔는지 보기 위해 텐트에서 밖으로 나갔다. 그런데 하나비의 위키업 근처에 사람들이 모여 있었다. 와샤키 추장이 이야기를 하고 있었고, 남자들과 여자들 모두가 눈을 동그랗게 뜨고 입을 떡 벌린 채 그의 말을 열중해서 듣고 있었다. 와샤키 추장이 어떤 상황에 대해 이야기를 들려주고 있는 것 같았다. 가끔씩 어떤 용사 한 명이 끼어들어 추장의 말을 강조 하거나 설명을 덧붙이는 것 같았고, 그런 뒤에 와샤키가 다시 이야기를 이어 나갔다. 그런데 와샤키가 존의 이름을 언급하는 것이 간간이 들려왔다.

그때 존을 보았다.

존은 암갈색 말을 끌고 캠프 쪽으로 걸어오고 있었다. 존과 말 둘다 흙과 피로 엉망이 되어 있었다. 와샤키 캠프에 있는 사람들 전부가 그를 보고 함성을 질렀다. 몇몇 사람은 존을 향해 뛰어갔다. 하지만 존은 자신의 동물들에게 하듯이 한 손을 들어 보이고 그들을 안심시키고 조용히 시켰다. 나도 존에게 뛰어가고 싶었지만 발이 제자리에 그대로 묶여 버렸다. 존은 자기 주변으로 몰려든 사람들 너머를 살피다가 나를 발견했다. 존이 사람들 사이를 헤치고 다시 걷기 시작했고, 존이 지나갈 수 있게 사람들이 양쪽으로 갈라졌다. 누군가가 말을 보살피겠다고 한 것 같은데 존은 고개를 젓고는 말을 데리고 내 쪽으로 걸어왔다. 하나비가 박수를 쳐 신호를 보내자 사람들은 우리 둘만 있을 수 있도록 다른 곳으로 모두 흩어졌다.

"다친 거야?" 나는 존을 쳐다보지 않으려고 애쓰면서, 내 뱃속에서 끓어오르는 분노를 잠재우려고 노력했다. 나는 존의 어깨너머 서쪽 하늘을 쳐다보았다. 나는 몇 달간을 서쪽 하늘을 바라보며 그곳을 향해 걸어갔었다. 그런데 지금 나는 이곳에서 멈춰서 버렸다.

"아니. 내 피가 아니야." 존이 가만히 말했다. 침묵이 이어졌다.

"그렇구나." 내가 말하며 고개를 끄덕였다.

"앉아 있어." 존이 말했다. "당신 얼굴이 유령처럼 창백해."

"괜찮아." 존이 나를 부축하기 위해 한 손을 뻗었다. 하지만 나도 모르게 뒤로 물러섰다. 존이 내밀었던 손을 떨어뜨렸다.

"미안해." 존이 말했다. "강에 가서 씻고 올게."

"내가 깨끗한 셔츠를 가지고 갈게. 비누랑 수건도." 존은 괜찮다고 했지만 나는 뒤돌아 텐트로 들어갔다. 그에게서 달아났다. 나는 떨리는 손으로 존의 텐트 안에 있는 짐가방을 뒤졌다.

강에 도착했을 때 존은 바지를 제외한 옷 전부를 벗은 채로 물에 푹 잠겨 있었다. 몸과 머리카락에 묻은 피는 거의 다 씻겨 나간 상태였다. 존은 자신보다는 말이 더 걱정되는 눈치였다. 양철 컵으로 말의 등과 다리에 물을 부어 선혈과 묵은 때를 씻어냈다. 말의 몸통 옆쪽이 1인치쯤 찢어져 있었다. 상처가 깊은 듯 피가 계속 흘러나오고 있었다. 나는 존에게 비누를 건네준 후 그의 셔츠와 수건을 들고 잔디 위에 그대로 주저앉았다.

존의 피도 있었다. 배 위에 얕은 칼 자국이 길게 나 있었고, 얼굴에도 작은 자상이 있었다.

"당신 가방 저기에 있어." 존이 턱으로 내 옆쪽 잔디를 가리켜 보였다. "가방은 천으로 닦고 기름을 먹이면 새것처럼 깨끗해질 거야. 안에 그림들 확인해 봐. 내 안장 가방에도 몇 장 더 있어."

나는 낡은 가죽 가방을 물끄러미 바라보았다. 그리고 넋이 나간 채로 잠금쇠를 만졌다. 흙먼지가 잔뜩 묻어 있었고 피도 묻어 있었다. 나는 가방을 열고 안에 든 것을 확인했다. 지금은 똑바로 쳐다볼 수 없는 얼굴들이 그려진 종이들로 가득했다. 나는 어찌할 바 모르는 고마움에 압도되어 가방을 다시 닫았다.

"어떻게?" 나는 희미한 목소리로 물었다. "어떻게 찾았어?"

"흉터 있는 전사, 와하테위가 돌려줬어."

"그 사람이 돌려줬다고?" 나는 숨이 턱 막혔다. 하지만 존은 더이상 내 말을 듣고 있지 않았다. 존도 나를 계속 쳐다보는 것이 힘들다는 듯이 다시 강물 속에 몸을 담그고 비누로 머리카락과 몸을 씻었다.

내 뒤에서 누군가가 쇼쇼니 족 말로 외치는 소리가 들렸다. 뒤돌아보니 그 흉터 있는 전사가 말 다섯 마리를 끌고 강물 쪽으로 걸어오고 있었다. 가슴이 조여오고 뱃속이 뒤틀렸다. 그런데 존이 일어섰다. 존의 머리와 몸에서 물이 세차게 떨어졌다. 존이 그에게 인사를 했다. 존은 나에게 그 사람을 소개했다. 그러나 나는 올려다보지 않았다. 나는 흉터 있는 전사와 이미 만난 적이 있었다. 나는 그를 잊는 편이 더 낫다는 걸 알고 있다.

둘이서 잠시 대화를 나누었다. 와하테위의 눈이 나에게 잠시 머무는 것이 느껴졌고 그는 곧 되돌아갔다. 그런데 말을 모두 두고 갔다. 말들은 강가에서 고개를 수그리고 물을 마시고 있었다. 주인이 가든 말든 신경 쓰지 않는 눈치였다.

"이제는 우리 거야." 존이 조용히 말했다. "위키업을 만들려면 동물 가죽도 필요하고, 여기에서 겨울을 나려면 깔고 잘 버펄로 깔개도 있어야 해. 저 말들로 필요한 것을 얻을 수 있을 거야."

내 머리가 빙빙 돌기 시작했다. 여기에서 겨울을 난다고? 위키업? 그리고 저 말들이 왜 우리의 소유가 되는 거지? "매귀치의 것이었던 건 아무것도 갖고 싶지 않아." 내가 더듬더듬 말했다.

"나도 와하테위에게 그렇게 말했었어. 그런데 그 사람이 그러더라. 그 주인이 누구…… 였는지는 말의 잘못이 아니라고."

"누구였는지라니?" 나는 여전히 감을 잡지 못하고 물었다.

존은 대답하지 않았다. 존은 매귀치의 말들을 챙기느라 바빴고, 내 말이 들리지 않는 척을 하고 있었다. "왜…… 와하테위가…… 저 말들을 당신에게 주는 거야, 존?"

"내가 말을 따냈어…… 경주에서. 다코타가 저 말들을 따낸 거야."

"다코타?"

"우리 암갈색 말. 그 말 이름이야."

"언제부터?"

"녀석이 당신 가방과 말 다섯 마리를 와하테위에서 따냈을 때부터." 존이 가만히 말했다.

"그런데 당신 배에 난 그 칼자국과 볼에 난 상처…… 다코타 몸에 있는 상처는 누가 그런 거야?"

"매귀치." 존은 그 이름을 말하는 것도 역겹다는 목소리로 말했다.

"당신이 매귀치한테 뭘 했길래?" 내 가슴 속 구멍이 새카만 어떤 것으로 차오르고 있었다.

존은 잠시 말이 없었다. 그러더니 눈을 들어 나를 보았다. 근엄하고 어두운 눈빛이었다. "내가 그자를 죽였어, 나오미."

나는 안도감과 혐오감에 휩싸였다. 나는 눈을 질끈 감고 이를 갈았다. 그리고 내가 떠내려가지 못하도록 두 손을 바닥으로 내려 잔디 위를 짚었다.

"나오미?" 존이 중얼거렸다.

"응?"

"당신이 나를 쳐다봐주었으면 좋겠어."

"그럴 거야. 그렇게, 존. 그런데 지금은…… 그럴 수가 없어." 내가 눈을 꽉 감은 채로 말했다. 존이 나를 향해 걸어오는 소리가 들렸다. 존이 내 옆에 쪼그려 앉았다. 존의 몸에서 떨어져 나오는 냉기, 그리고 그의 익숙한 따스한 숨결이 느껴졌다.

"지금 나를 바라봐주면 좋겠어." 존이 다정한 목소리로 말했다. "부탁이야."

내가 눈을 뜨고 고개를 들었다. 그와 눈을 맞추기 위해 마음을 단단히 먹었다. 너무 많은 말들이 입속을 맴돌았다. 너무나도 많은 말들. 하지만 존의 얼굴을 바라보며 아무런 말도 하지 않는 내가 거짓말쟁이처럼 느껴졌다.

"내가 와샤키에게 당신을 찾는 걸 도와주면 복수를 하지 않겠다고 약속했었어. 나는 그 약속을 지켰고. 그런데 매귀치는 자기가 나를 죽일 수 있을 거라고 생각한 거야. 그자가 오늘 그 생각을 행동으로 옮겼고. 그래서 내가 그를 죽일 수 밖에 없었어."

내 맘속에 간직된 언어들이 솟아올라 내 눈에서 흘러내리고 있었다. 나는 다른 곳을 쳐다보고 싶었다.

"죽어도 싼 인간이야. 나는 미안하지 않아. 이런 말을 한다는 것이 부끄럽지도 않아. 나는 부끄러워할 짓 같은 거 한 적 없어. 당신도 마찬가지야. 당신도 부끄러울 짓 한 거 없어. 내 말 듣고 있어?" 존의 목소리는 사나웠지만 두 입술은 떨리고 있었다. 내가 손을 들어 그의 입술을 만졌다. 나 자신은 무너지고 있었지만 그를 안심시키고 싶었다. 존이 내 팔목을 붙잡아 손바닥 위에 키스했다. 우리는 잠시 슬픔과 죄책감, 입 밖으로 내지 못하는 말들과 싸우며 함께 버둥거렸다.

20
윈드 강

존

와샤키의 부족은 집회에 가장 늦게 도착했었고, 떠나는 것도 가장 마지막이었다. 그런데 내가 매귀치를 죽인 지 이틀째 되던 날 동이 트기도 전에 포카텔로와 그의 부족민들이 떠나 버렸다. 나오미는 깊은 슬픔에 잠겼다. 나는 나오미가 허락하는 한도 내에서 그녀의 곁에 최대한 가깝게 머물렀고, 나오미가 마침내 잠이 들었을 때는 노새들과 말들을 돌보러 갈 수 있도록 길 잃은 여인이 나오미 옆에 한동안 앉아 있어 주었다. 내가 다코타의 상처를 돌보고 있는데 와샤키가 나를 발견하고 다가왔다.

"포카텔로가 떠났네." 와샤키가 말했다.

나는 고개를 한 번 끄덕였다. 마음은 불안했고 몸은 녹초가 되어있었다. "알고 있어요."

"나-오-미는 집에 갈 수 없어." 와샤키가 나오미의 이름을 말했고, 나는 그것에 감사했다. 나오미는 '많은 얼굴들'이나 '얼굴 여자'가 아니었다. 그녀는 나오미였고, 나오미도 그것을 기억할 필요가 있었다.

"네. 나오미는 집에 못 가요……. 집이 어디인지도 모르겠지만요.

아니, 집은 제가 무덤으로 바꾸어 놓은 그 마차였죠."

"그자의 무리가 멀리 있지는 않네." 와샤키가 말했다.

나는 얕은 신음 소리를 냈다. "얼마나 멀어지면 완전히 떠나 버렸다고 할 수 있는 건가요?"

와샤키는 대답이 없었다. 하지만 그 질문을 곰곰이 생각하고 있는 것 같았다. 와샤키는 말의 등에서 다리로 손을 미끄러뜨리면서 말들을 살펴보았다.

"그자들이 어디에서 겨울을 보낼지 내가 알고 있어. 우리도 그곳에서 겨울을 날 거야. 그러면 나오미는 자기 동생 가까이에 있게 될 걸세." 와샤키가 말의 검사를 끝내고 벌떡 일어서며 갑자기 말했다.

나는 회색 반점이 있는 말의 등 너머로 그와 눈을 맞춘 채로 얼어붙었다.

무슨 말을 해야 할지 몰랐다. 말을 하려고 해봤지만 고개만 흔들 수밖에 없었다.

"그곳에서 영원히 지낼 수는 없어. 하지만 당분간은…… 당분간은 그럴 수 있어. 나오미가 집으로 돌아갈 준비가 될 때까지." 와샤키가 말했다. 그러더니 그것이 최종적으로 결정되었다는 듯 고개를 끄덕이고는 나를 말들 사이에서 울게 내버려 둔 채로 돌아서서 가 버렸다. 나오미에게 우리가 포카텔로를 따라갈 거라고 이야기하자 그녀도 나와 같은 반응을 보였다. 경외심과 감사함을 느끼며 눈물을 흘렸다. 눈물이 문제를 해결해주지는 않을지언정 지금 당장의 고통은 덜어주었다.

나는 말 세 마리를 주고 동물 가죽과 버펄로 모피 깔개, 옷가지 그리고 보온을 위해 안쪽이 양모로 덧대진 발목까지 올라오는 모카신을 구해왔다. 하나비와 길 잃은 여인의 도움으로 위키업을 만들었다. 마차와는 비교도 안 될 만큼 따뜻하고 아늑했다. 이제는 고쳐야 할 바퀴나 곧게 펴야 하는 차축도 없었다. 하지만 이런 생각이 떠오를 때면 수치심도 같이 느껴졌다.

메이네 식구들은 내 마음에서 멀리 떨어질 수 없는 사람들이었다. 메이네 가족 전부가 그랬고, 와이엇과 윌, 웨브는 특히 더 그랬다. 나는 내가 가진 지도들을 보며, 그리고 서부로 가는 여정에서 이주자들이 보게 될 것들로 가득하지만 그에 수반되는 고난에 대해서는 전혀 언급하지 않는 안내서를 들여다보며 아이들이 어디쯤 갔을지를 가늠해 보고 있었다. 8월 말쯤, 내가 나오미를 찾았을 때 아이들은 200마일은 이동했을 것이다. 그러면 그때 기준으로 400마일이 더 남아있게 된다. 지금은 9월이니 눈이 내리기 전에 시에라 네바다 산맥을 건너야 했을 것이다. 나오미와 나도 눈이 내리기 전에 시에라 네바다 산맥을 건너야 했을 수도 있었다. 하지만 우리는 그곳을 건너지 않았다. 우리는 우리의 운명을 봉하고 적어도 내년 봄까지는 한곳에 정착을 해야 할 것이다.

우리는 앞으로 일어날 일에 대해 이야기하지 않았다. 나오미는 잠들 때 내 손을 잡았고, 우리는 소소한 것들에 대해 이야기하기 시작했다. 쇼쇼니 족 말과 쇼쇼니 족의 방식, 그리고 하나비와 길 잃은 여인이 나오미에게 가르쳐준 가죽 작업과 고기를 말리고 옷에 구슬을 꿰매는 방법에 대한 이야기들. 나오미는 자기 가족에 대한 이야기를 하지 않았고, 나에게 키스하지 않았다. 그녀의 마음속 불길이 완전히 사라진 것은 아니었다. 그녀의 사랑도 마찬가지였다. 나오미의 곁에 있을 때면 나는 아직 그것들이 느껴졌다. 나오미가 나에게 결혼해 달라고 했을 때의 그 열정이 느껴졌다. 하지만 불 속에는 이미 땔감이 많이 쌓여 있었고, 나는 굳이 거기에 땔감을 더 얹으려 하지 않았다.

우리는 계곡에서 벗어나 우리가 왔던 남쪽 길을 되짚어가는 대신 동쪽으로 이동했다. 와샤키는 본격적인 추위가 찾아와 버펄로 떼가 남쪽으로 이동하기 전에 버펄로 사냥을 하고 싶어 했다. 우리는 크로우 족 영토로 들어가고 있었고, 와샤키는 정찰병 여러 무리를 파견 보냈다. 우리는 서쪽으로는 빽빽한 삼림을 두고 동쪽으로는 광활한 평야를 둔 채로 산 가장자리를 따라서 구불구불 나아갔다. 와샤키가 파견 보낸 부족민 한 무리가 몇 마일 떨어진 곳에서 크로우 족의 마을 하나를 찾아냈다. 우리가 캠프를 철수하고 다시 출발할 때 그들은 어둠을 틈타 말들을 훔치기 위해 크로우 족의 그 마을로 되돌아갔다. 와샤키는 그 부족민들이 지난 겨울에 자신의 부족에게서 말 쉰 마리를 훔쳐 갔으며 그때의 손해를 메울 기회를 노리고 있었다고 말했다. 또 와샤키는 말을 훔치러 간 부족민들이 성공할 경우 그냥 돌아오지 않고 우회해서 이동할 거라고 말했다. 크로우 족에게 우리의 경로를 노출시키지 않기 위해서라고 했다. 그렇게 말들을 몰고 쇼쇼니 족 영토로 가서 우리를 기다릴 거라고 했다.

습격조로 파견되지 않은 남자들은 아쉬워했고 이후 며칠 동안 자신의 형제들이 말 몇 마리를 훔쳐 올지, 그리고 크로우 족이 뒤쫓아올지에 대해 궁금해했다. 그러면서 과거에 크로우 족으로 보냈던 습격조와 크로우 족에서 보냈던 습격조의 이야기들까지 나오게 되었다. 이야기를 모두 듣고 보니 부족들이 서로 훔치는 것은 대부분 유흥을 위한 게임 같은 것이라는 생각이 들었다. 물론 그 과정에서 다치거나 죽는 사람은 늘 있는 것 같았지만 말이다.

우리는 엄청난 규모의 영양 떼를 만났고 그것이 우리 영혼에 생기를 불어넣었다. 내 말들의 영혼에도 마찬가지였다. 다코타는 다시 달릴 수 있게 되었다. 경주할 때 그랬듯 다코타는 이번에도 자신이 무엇을 해야 할지 정확히 알고 있었다. 우리는 영양 떼 일부를 나머지로부터 분리하고 그 불쌍한 짐승들이 진이 다 빠져 풀밭에 드러누울 때까지 번갈아 가며 영양들을 원을 그리며 몰았다. 탐욕은 없었고 낭비되는 것도 없었다. 우리는 우리가 먹거나 보관할 수 있을 만큼만 사냥한 뒤에 이동을 재개했다.

대집회가 열린 계곡을 떠난 지 3주가 되었을 때 우리는 윈드리버 계곡에 캠프를 세웠다. 우리의 앞쪽으로는 낮은 고원지대들이 자리한 광활한 평야와 완만하게 경사진 잔디밭, 푸른 하늘이 펼쳐져 있었고, 우리 뒤쪽으로는 윈드 리버 산맥의 봉우리들이 그 그림자 아래에 있는 생명들에는 별 관심이 없는 듯한 모습으로 아득하게 자리하고 있었다. 나는 우리가 어디에 있는지 알고 있었다. 미대륙을 가르는 너른 땅, 사우스 패스가 산맥의 아래에 있었다. 나오미와 내가 지나온 갈림길로 되돌아온 것이다. 나는 우리가 가는 길이 어디로 향하게 될지 아는 것이 거의 없었다.

와샤키는 이곳이 자신이 가장 좋아하는 곳이며, 자신이 어린 시절을 보낸 곳이라고 말했다. "나의 아버지가 이곳에 묻혀 계시네. 나도 이곳에 묻히게 될 거야. 이곳이 내 집이야." 와샤키는 단순하게 말했다. "나뭇잎들이 완전히 붉게 물들 때까지 이곳에 머물 예정이야. 그 후에 동쪽으로 이동할 걸세. 눈이 내릴 때는 뜨거운 물이 샘솟는 곳에서 겨울을 나게 될 거야. 포카텔로가 멀지 않은 곳에 있을 걸세."

습격조로 파견되었던 원주민들은 승리를 거두고 크로우 족 최고의 말 서른 마리를 데리고 이미 그곳에 와있었다. 우리는 가문비나무와 전나무 숲속으로 깊숙이 들어가 캠프를 세웠다. 하루는 와샤키와 그의 용사 몇 명과 함께 동물 떼를 찾고 사냥 계획을 세우며 시간을 보낸 뒤 정오쯤에 캠프로 돌아왔다. 돌아오니 여자들이 둥그렇게 둘러앉아 솔방울에서 잣을 빼고 있었다. 손가락은 바삐 움직였지만 편안한 대화가 오가고 있었다. 하나비는 우리 가족과 지내는 몇 년 동안 알게 된 영어 단어 몇 개를 기억하고는 나와 대화를 하려고 애썼다.

"나도 한때는 나오미였어, 오빠." 하나비가 말했다. "나는 나오미를 이해해."

나는 하나비에게 고마움을 느꼈다. 길 잃은 여인은 나오미에게 무한한 인내심을 보였고, 말을 걸려고 하지도 않았다. 길 잃은 여인은 행동으로 증명했고, 나오미를 사랑하고 보살펴주었다. 길 잃은 여인과 나오미 둘 모두에게는 고요가 깃들어 있었다. 그리고 거기에는 무언의 교감이 있었다. 나오미는 길 잃은 여인에게 끌렸다. 그런데 지금 나오미는 잣을 빼는 여인들과 함께 있지 않았고, 위키업에도 없었고 말들 사이에도 보이지 않았다. 길 잃은 여인이 물가를 가리켜 보였다. 길 잃은 여인은 나오미가 혼자 있고 싶어 했다고 말해주었다.

"이제 충분히 혼자 있었어. 자네가 가보게." 길 잃은 여인이 숲 방향으로 손짓을 했다. 나오미는 빽빽한 잡목림 안쪽 강가에 있었다. 레깅스를 벗고 암사슴 가죽 원피스를 허벅지까지 올리고 하얀 다리에서 피를 씻어내고 있었다.

"나오미?" 내 목소리에 나오미가 화들짝 놀라며 몸을 똑바로 세우다가 미끄러지며 강물로 엉덩이부터 넘어지고 말았다. 나오미는 물속에 앉은 채로 두 손은 무릎에 올리고 두 다리를 넓게 벌리고 있었다.

"나오미?" 나는 그녀가 괜찮은지 조바심이 났다.

나오미가 나를 올려다보며 애써 웃음 지었다. 미소 그리고 눈 맞춤. 우리는 최소한 그 만큼은 해냈다. "당신이 오는 소리를 못 들었어. 캠프에서 멀리 떨어진 곳으로 오려고 했거든. 그래야……."

나는 나오미 쪽으로 걸어가 물가에 멈춰 섰다.

"피가 나는데."

"응." 나오미가 고개를 끄덕였다. 나오미의 눈은 빛나고 있었다. "마침내 피가 나와. 걱정했었거든."

나는 무슨 말인지 이해가 되지 않았다.

바로 그때…… 나는 깨달았다. 그 깨달음에 다리의 힘이 풀리고 숨이 막혀왔다.

"내가 쉽 락에 도착했을 때쯤 피가 나왔었어. 그런데 이후로는……."

"그때 이후로는 우리가 함께 잔 적이 없었지." 내 목소리는 내 느낌만큼 공허했다.

"맞아, 그랬지." 나오미가 작은 목소리로 말했다. "나는 계속…… 기다리고 있었어. 알아야 했어. 확신이 필요했어."

"아카아." 나는 메스꺼움을 느끼며 속삭였다. 뜨거운 분노가 일었다. 나는 물속으로 들어가 나오미 옆에 주저앉았다.

"그런데 지금 피가 나와." 나오미가 짐짓 명랑하게 말했다. "잘된 일이야."

나는 고개를 끄덕였다. 그리고 두 팔로 나의 구부린 무릎을 끌어안고 갈 곳 없는 분노를 눌러보려 애썼다.

우리는 그렇게 그늘에 잠긴 개울에 나란히 앉아 몸에 감각이 없어질 때까지 한동안 가만히 있었다. 부러진 것을 어떻게 이어 붙여야 하는지, 내 이해가 닿지 않는 고통을 어떻게 덜어줘야 하는지 알지 못했다.

"나는 싸우지 않았어, 존." 나오미가 불쑥 내뱉었다. 그녀의 말이 다급한 고백으로 실려 나왔다.

나는 숨을 죽이고 기다렸다.

"나는 싸우지 않았어." 나오미가 힘주어 다시 말했다. 마치 그것을 직접 마주하겠다는 듯 더 큰 목소리로 말했다. "매귀치가 나를 다른 부족에게 팔아버릴까 봐 무서웠어. 그러면 내 동생을 다시는 볼 수 없게 되니까. 그래서 싸우지 않았어." 나오미가 떨리는 목소리로 말했다. 그녀의 두 눈에 눈물이 차오르더니 넘쳐흐르기 시작했다. 하지만 그녀의 목소리에는 분노가 있었다. 나는 내심 그녀의 분노에 안도감을 느꼈다. "비명을 지르고 싶었어. 달아나고 싶었어. 하지만 나는 그걸 받아들였어." 나오미의 숨소리가 떨리고 있었다. "싸우려면 싸울 수도 있었어. 나는 그걸 알아." 나오미는 자신의 말을 재차 확인하며 고개를 끄덕였다. "그런데 나는…… 싸우지 않았어. 내가 지금 극복할 수 없는 게 바로 그거야."

"당신은 싸웠어." 내가 말했다.

"아니. 나는 싸우지 않았어." 나오미가 단호하게 고개를 흔들었다. 그러고는 손등으로 분노의 눈물을 닦아냈다.

"이 세상에는 여러 가지 싸우는 방법들이 있어, 나오미 라우리."

그녀의 이름을 그렇게 부르자 나오미가 고개를 들고 나를 쳐다보았다.

"당신은 동생 울프를 위해서 싸웠어. 당신 목숨을 위해 싸웠어. 차라리 할퀴고 발로 차고 물어뜯는 게 더 쉬웠을 거야. 내 말을 믿어. 나는 알거든. 나는 열다섯 살 때까지 이 세상 모든 것들과 모든 사람들과 싸우며 살았어. 하지만…… 인내는…… 완전히 다른 싸움의 방식인 거야. 비교도 안 될 정도로 훨씬 더 힘든 거라고. 싸우지 않았다는 말 다시는 하지 마. 그건 결코 진실이 아니니까. 당신 삶의 단 하루도 싸우지 않은 날이 없었어. 당신은 용감히 싸웠어, 나오미. 바로 지금도 싸우고 있고."

나오미의 볼 위로, 입술 위로 눈물이 흘러내리고 있었다. 나오미가 몸을 기울여 내 눈물 위로 자신의 눈물을 갖다 댔다. 짧고 달콤한 감사의 키스였다. 나오미가 다시 얼굴을 떼어냈다.

"그건 내가 원하는 키스가 아닌데." 내가 분위기를 깨는 것이 아니기를 바라며 말했다.

나오미가 고개를 뒤로 젖히며 웃음을 터뜨렸다. 나는 잠시 그녀를 바라보았다. 나의 나오미를. 검은 물감과 거래를 하고, 폭우 속에서 빨래를 하고, 나에게 어떻게 키스를 받고 싶은지를 직설적으로 말하던 여자를.

"아니라고?" 나오미가 주저 없이 말했다. "어떤 키스를 받고 싶은데?"

"나를 처음 본 순간에 하고 싶었던 방식으로."

나오미가 다시 웃었다. 웃음소리에는 눈물이 있었고, 웃음소리라기보다는 울음소리처럼 들렸다. 나오미가 손끝으로 내 입술을 어루만졌지만 그녀는 나에게 다시 키스해주지 않았다.

"사랑해, 두 발." 나오미가 말했다.

"나도 사랑해, 나오미 메이 라우리."

나오미

오늘 아침 사람들이 버펄로를 발견했다. 캠프 사람들의 열기는 광기 그 자체였다. 모닥불에 땔감이 하늘 높이 쌓였고, 주술사와 늙은 전사들이 땀을 흘리며 무언가에게 혹은 누군가에게 사냥이 성공해 겨우내 먹을 고기를 구할 수 있게 해 달라고 빌면서 몇 시간 동안 불 주위를 빙글빙글 돌며 춤을 췄다. 여자들은 춤을 추지도, 기도를 올리지도 않았다. 여자들은 밤새 남자들 주변에 머물면서 불이 꺼지지 않게, 남자들이 계속 활동할 수 있게 도와주었다.

쇼쇼니 족 안에는 두 세계가 공존했다. 하나는 여성의 세계, 다른 하나는 남성의 세계였다. 두 세계가 중첩하는 곳은 그들이 공유해야 할 고된 노동과 서로에게 의지하기 위한 공간이었다. 어쩌면 모든 부족들이, 모든 원주민들이 똑같은지도 몰랐다. 모든 사람들이 똑같은지도 몰랐다. 래러미 요새 인근의 다코타 족 원주민들도 다르지 않을 거라는 생각이 들었다. 나 자신의 세계도 다르지 않은 것 같았다. 어쩌면 엄마와 아빠에게 있어서 중첩되는 부분은 다른 사람들 보다 더 컸던 것 같다. 엄마에게는 엄마의 일이 있었고 아빠에게는 아빠의 일이 있었지만 그것들은 주변부일 뿐이었다. 엄마와 아빠의 삶의 대부분은 중첩되는 가운데에서 함께 살고 사랑했다.

그 중첩되는 부분이 이곳에서는 작았다.

남자들이 먼저 식사를 했다. 언제나 그랬다. 여자들은 음식을 준비하고, 음식을 차리고, 남자들의 식사가 끝날 때까지 기다렸다가 다 함께 모여 아이들 사이에 앉아 남은 음식들을 먹었다. 그 모습을 보면서 나는 두 세계의 거리가 망망대해만큼이나 멀다고 느꼈다. 존은 언제나 그 중간 어디쯤에서 자리를 찾았다. 남자들과 대화를 나누었지만 여자들을 기다려주었다. 그 모습이 안타깝다는 듯 하나비는 혀를 찼고 길 잃은 여인은 나에게 존을 어떻게 대접해야 하는지 몸소 보여주었다. 하지만 존은 우리가 먹을 때까지 먹지 않고 기다렸다.

"제니." 하나비는 그 한 단어가 존의 특이함을 잘 설명해준다는 듯 나에게 말했다. 내 생각도 같았다. 하나비가 무슨 말을 하고 싶은 건지 나는 정확히 알고 있었다. 존은 쇼쇼니 족 여인의 손에서 자라지 않았고, 쇼쇼니 족 남자로서 완전히 편안하게 지내지 못할 것이다.

달리 보면 이 삶이 존에게는 안성맞춤이었다. 이제 존의 머리카락은 길게 자라 있었고, 존의 피부는 햇볕을 가득 머금어 와샤키만큼 새카매져 있었다. 이제는 쇼쇼니 족 말을 쉽고 유창하게 해서 나를 놀라게 했다. 쇼쇼니 족 사람들은 존을 쉽게 좋아했고, 존도 그런 그들을 좋아했다. 만일 존의 어머니가 죽지 않았었다면, 존이 백인의 세계에 뚝 떨어져 그곳에 적응해야만 하는 상황이 아니었다면 존의 인생이 어떻게 달라졌을지 궁금할 수밖에 없었다. 나는 언제나 그랬던 것처럼 존에게 매력을 느끼고 경외감을 느끼며 그에게로 돌아갈 나의 길을 찾으려 애쓰며 그를 지켜보았다.

존은 사냥에 대한 설렘을 가득 안은 채로 위키업 안의 내 옆에 누웠다. 존은 긴장된 에너지와 어서 아침이 오기를 바라는 열망으로 가득했다. 그를 보니 웨브와 윌 생각이 났다. 무언가 특별한 일이 다가오고 있다는 생각에 한시도 가만히 있지 못하고 잠도 자지 못하는 어린아이. 존은 나를 위해 자신의 열정을 감추려 애썼지만, 존으로부터 새어 나오는 그 열정이 나에게 그대로 전해졌고, 그것이 나의 기분을 좋게 만들었다.

존은 행복한 기분이 들면 죄책감을 느꼈다. 우리 둘 모두 그랬다.

우리는 동생들 이야기를 하지 않았다. 그 누구에 대해서도 이야기하지 않았다. 하지만 내 동생들은 늘 엄마와 아빠보다도 더 많은 시간을 함께 보냈고, 지금은 우리를 기다리고 있다. 우리를 지켜보고 있을 것이다. 또한 그것이 우리 사이의 평온을 방해하고 있기도 한 것이다. 위키업이 고요한 어둠에 잠기면 우리는 한때 그토록 바라 마지않았던 사생활을 전부 누릴 수 있었다. 하지만 열 개가 넘는 '메이'들의 눈의 무게가 느껴졌다. 그러면 나는 존을 향해 몸을 돌릴 수가 없었다. 그래야만 했는데, 존에게 내가 필요했는데도 그럴 수가 없었다.

나는 울프가 어디에 있는지, 잘 지내고 있는지 알지 못했고, 그 사실은 나를 계속 따라다녔다. 하지만 한 가지 진실만큼은 나를 평온하게 했다. 웨다는 내가 할 수 없는 일을 할 수 있다는 것. 웨다는 울프에게 젖을 줄 수 있다. 웨다는 당분간은 울프를 잘 살아가게 할 수 있다. 와샤키는 존에게 사냥이 모두 끝나고 고기를 전부 말리고 가죽 가공이 끝나면, 포카텔로가 겨울을 나는 계곡으로 가서 눈이 녹을 때까지 그곳에 머물 거라고 약속했다. 그 후에 어떻게 될지는 나도 몰랐다.

나는 여자들과 높은 지대에 앉아 지켜보았다. 등에 혹이 난 버펄로의 털 텁수룩한 등들이 내려다보였다. 말들은 우리 뒤쪽에서 풀을 뜯고 있었다. 말에는 안장을 얹어 빈 짐가방과 사냥이 끝나면 고기를 옮길 때 사용할 장대를 실어 놓았다.

우리는 들판에서 겨우 20피트 위쪽에 있었다. 낮게 올라온 절벽 덕분에 남자들에게 방해가 되거나 물소 떼에 깔리지 않고도 사냥하는 모습을 구경할 수 있었다. 여자들 사이의 흥분으로 판단하건대 지금

보고 있는 것이 흔히 볼 수 있는 풍경은 아닌 것 같았다. 하나비는 계속해서 "나오미! 봤어? 봤어?" 하면서 손뼉을 쳤다. 내 심장은 두려움과 기대감으로 세차게 뛰고 있었다.

남자들은 버펄로 떼 주변으로 커다란 원을 만든 상태였고 창을 들고 있었다. 그들이 원을 점점 좁혀 나가기 시작했다. 몇 명씩 팀으로 움직이며 수소나 암소 한 마리를 무리로부터 분리시킨 후 완전히 탈진해 쓰러지게 만들었다. 존은 와샤키와 팜피라는 이름의 용사 한 명과 움직였다. 와샤키와 팜피는 900킬로그램은 나가는 수소를 쓰러뜨리기 위해 말을 타고 정신없이 달렸고 존은 그들의 뒤를 따라다녔다.

그야말로 선혈이 낭자한 예술이었다. 수소를 쓰러뜨리기 위해 와샤키가 말 위에 매달려 전속력을 달리다가 수소의 뒷다리에 창을 꽂아 넣고 힘줄을 끊어냈다. 그 광경을 나는 온몸이 얼어붙은 채로 지켜보았다. 수소는 몸이 한쪽으로 기울어진 채 원을 그리며 위태롭게 달렸고, 팜피는 그 버펄로를 향해 전속력으로 돌진하면서 활시위를 당겼다. 화살이 수소의 목에 명중했다.

와샤키가 환호성을 질렀고, 그들은 곧바로 다른 버펄로를 쫓기 시작했다. 이번에는 창을 들고 버펄로를 쫓는 사람은 팜피였고, 주변을 맴도는 사람은 와샤키였다. 존은 와샤키의 뒤를 계속 따라다녔다. 팜피가 수소를 쫓다가 다리에 창을 찔러 넣었고 와샤키가 무슨 말을 외치더니 옆쪽으로 방향을 꺾어 존이 총을 쏘도록 비켜주었다. 존이 소총을 들고 수소를 향해 전속력으로 달리다가 망설임 없이 총을 발사했다. 총알은 소의 눈 바로 위에 명중했다. 수소가 암갈색 말의 날뛰는 다리 쪽으로 위태롭게 미끄러졌다. 나는 깜짝 놀라 비명을 질렀지만 말은 멈칫하거나 놀라지 않았다. 길 잃은 여인이 내 다리를 토닥였고,

하나비가 흥분한 목소리로 소리를 질렀다. 와샤키가 승리의 환호성을 질렀다. 존도 소총을 흔들며 똑같이 따라 했다. 존의 새하얀 이빨이 반짝였고 가슴이 힘차게 들썩이고 있었다. 그런 뒤 다시 사냥이 시작되었다. 수소 한 마리를 골라 지쳐 쓰러질 때까지 쫓아다녔다.

사냥이 모두 끝나자 괴롭힘을 당한 버펄로 떼는 더 안전한 초원을 찾아 힘차게 발을 구르며 떠났다. 노란 잔디 위에 버펄로 쉰 마리가 쓰러져 있었다. 각 가정에 두 마리의 버펄로가 돌아갔다. 나와 존에게는 한 마리가 주어졌다. 그리고 남은 한 마리는 잔치를 위한 것이었다. 버펄로 한 마리면 우리 캠프 전체가 먹고도 남을 양이었다.

존은 윗옷을 입지 않고 활짝 웃으며 기뻐하는 모습으로 버펄로들이 누워있는 곳으로 왔다. 내가 길 잃은 여인이 하는 것을 보고 버펄로를 머리에서 꼬리까지 칼로 갈라 가죽을 벗기는데 존이 옆에서 도와주었다. 등쪽에서 고기를 발라낸 뒤에는 밧줄 두 개를 가져다가 앞다리와 뒷다리에 하나씩 묶고 말들을 이용해서 버펄로를 뒤집었다. 그러고는 소의 턱에서 꼬리까지 가른 뒤 버펄로 앞쪽 고기를 발라냈다. 힘이 무척 많이 들고 온몸이 지저분해지는 작업이었다. 나와 존은 버펄로의 고기를 분해하는 작업을 해본 적이 없었다. 길 잃은 여인과 하나비는 우리가 한 마리를 가지고 낑낑거리는 사이에 소 두 마리의 가죽을 벗기고 분해해 포장까지 마쳤다. 캠프로 돌아왔을 때 나와 존 모두 숨을 거칠게 쉬고 있었고, 몸에 온통 피가 묻어 있었다. 그래도 우리는 스스로가 자랑스러웠다.

우리는 고기를 말리기 위해 길고 얇게 잘라 매달아 두었다. 하나비는 내일 고기를 돌로 두드린 뒤에 조금 더 말려야 한다고 했다. 가죽은 처리하는 데 며칠이 걸리지만 일단은 그냥 두라고 했다. 우리는 배가 고팠고 잔치의 준비가 시작되고 있었다.

점차 어둠이 내리는 가운데 모닥불이 군데군데 피어났다. 그리고 길쭉하게 뜯은 버펄로 고기와 두툼하게 썬 토막 고기들이 불 위에서 구워지고 있었다. 길 잃은 여인은 내 머리만큼이나 커다란 살코기를 쇠꼬챙이에 끼워 불 위에서 돌리고 있었다. 고기 굽는 냄새가 사방에서 진동했다. 존과 내가 씻기 위해 멀리 찾아간 개울에서도 고기 굽는 냄새가 났다. 우리는 먼저 옷을 입은 채로 물에 들어가 옷을 비벼 빤 뒤에 옷을 벗고 몸을 씻었다. 우리는 서로 등을 맞댄 채로 차가운 물에서 몸을 떨며 씻었다. 목욕을 마친 후 강둑으로 올라가 존이 대집회에서 가까스로 얻어낸 천 옷을 입었다.

존은 아직도 사냥에서 빠져나오지 못하고 있었다. 자주 웃었고 표정이 밝았다. 내 젖은 머리카락이 마른 블라우스에 닿지 않도록 존이 내 머리카락을 감아 들어줄 때 내 얼굴을 바라보는 존의 눈빛은 그윽했다. 나는 그의 기쁨을 들이마시고 그의 기쁨이 나의 폐에 자리 잡도록, 내 팔다리를 따뜻하게 해주도록 했다. 내 입술이 벌어졌다. 존은 조심스러웠고 키스는 고요했다. 그러나 내 심장은 세차게 뛰고 있었고 내 영혼은 갈망하고 있었다.

내 혀가 존의 윗입술에 닿았다. 존은 내가 길을 찾기를 가만히 기다려주었다. 집으로 돌아온 여자의 이야기를 들려주기를 기다렸다. 존이 입을 열며 나를 환영했다. 그리고 내가 문가에 머물도록 해주었다.

나는 존의 거친 턱을 따라 두 손을 미끄러뜨리며 그를 내게 붙잡아 두었다. 그러고는 우리가 한때 공유했던 방으로, 나에게 걱정할 것이 아무것도 없었던 때에 우리가 공유했었던 방으로 살금살금 들어갔다. 나는 침대에 누워 그가 잠자는 모습을 보고 싶었다. 예전처럼 그를 만지고 싶었다. 하지만 나는 그때의 기억 속에서 길을 잃은 채로, 그의 입술에 나의 입술이 머문 채로 망설이고 있었다. 존은 내가 다시 달아났다고 느꼈다.

그의 몸은 달아올랐고 숨결은 뜨거웠다. 하지만 존은 뒤로 물러서며 나를 문밖에 둔 채로 문을 가만히 닫았다. 나를 돌아가게 해주었다. 존이 내 손을 붙잡았다. 그리고 우리는 아무 말 없이 위키업들이 있는 곳으로 되돌아갔다.

존

손에 든 고기에서 기름이 뚝뚝 떨어져 팔을 타고 흘러내렸다. 우리는 많이 먹었고, 배가 불렀고, 그리고 또 먹었다. 나오미는 오래 굶주린 사람처럼 고기를 해치웠다.

어젯밤 모닥불 주변에서 기도를 올리며 추던 버펄로 춤은 이제 여유로운 잔치와 만족스러운 대화로 변해 있었다. 무척 긴 하루였지만 나는 지금껏 이보다 더 좋은 하루를 보내 본 적이 없었다. 브리저 요새의 빌린 방에서의 더 좋은 순간은 있었지만, 이보다 더 좋은 하루는 없었다. 나는 걱정과 근심, 슬픔과 죄책감은 잠시 옆으로 밀어두고 몇 시간쯤은 더 오늘 하루를 만끽하기로 했다.

엄마의 무릎에서 꾸벅꾸벅 조는 아이들은 침대로 보내졌다. 그런 뒤에 술병이 돌았고 이야기들이 시작되었다. 나는 남자들이 동그랗게 모여 있는 곳의 바깥쪽에서 내 안장에 기대어 다리를 쭉 뻗고 나오미와 나란히 앉았다. 길 잃은 여인은 내 옆에 양반다리를 하고 앉아 술병이 오자 쭉 들이켜고는 나오미에게 마셔보라는 표정으로 병을 건넸다.

나오미는 시키는 대로 한 모금을 마시고는 캑캑거렸다. 하지만 고개를 뒤로 휙 젖히더니 꿀꺽 삼켰다.

"살살 하세요, 아가씨." 내가 말했다. 나오미가 나에게 병을 건네고는 손등으로 입가를 닦았다. 나도 한 모금 마시고 옆으로 넘겼다.

한 늙은 전사가 절대 죽지 않는 흰색 버펄로에 대한 이야기를 들려주었다. 나는 그 이야기를 나오미에게 속삭여 전했고, 나오미는 내 옆에서 잠에 빠져들고 있었다. 나는 나오미의 머리를 내 무릎 위로 눕혔다. 곱슬거리며 마른 머리카락이 나오미의 몸 주위로 퍼졌다. 나오미는 머리를 묶지 않았고, 그 모습이 사랑스러웠다.

길 잃은 여인이 내 쪽으로 몸을 기울이더니 나오미의 볼을 쓰다듬었다. "돌아오고 있어." 길 잃은 여인이 중얼거렸다.

"맞아요." 내가 감격하며 속삭였다. "돌아오고 있는 것 같아요."

"정령들이 돕는 거야." 길 잃은 여인이 말했다. 얼굴은 웃고 있었지만 다 안다는 듯한 눈빛이었다.

"정령은 자네를 용감하게 해주고 따뜻하게 해주지." 길 잃은 여인이 덧붙이며 명확히 해주었다.

나는 고개를 끄덕였다.

"정령이 우리를 보살펴주는 거야. 나는 가끔 눈 위에서 그들 발자국을 보곤 해."

나는 눈썹 사이에 고랑을 만들고 길 잃은 여인을 쳐다보았다. 하지만 길 잃은 여인은 몸을 일으켜 굽은 등을 하고서 위키업을 향해 작은 보폭으로 걸어가고 있었다.

모닥불 주변에서 오가던 이야기는 이제 과거의 사냥과 크로우 족과의 끝나지 않는 전투 이야기로 흘러가 있었다. 나는 그 이야기들이 얼마나 오래된 이야기들인지, 또 앞으로 얼마나 오래 이야기될지 궁금해졌다. 윈드 리버 계곡의 세계는 1천 년 간 변하지 않고 있다. 어쩌면 더 오래일지도 모른다. 하지만 새천년이 다가오고 있었고, 와샤키도 그것을 알고 있었다. 와샤키는 지금 불 옆에 가만히 앉아 늙은 남자들이 이야기하는 것을, 젊은 남자들이 웃고 떠드는 것을 지켜보고 있다. 그의 눈이 건너편의 내 눈과 마주쳤다. 나는 갑자기 지친 느낌이 들었다.

나는 나오미를 깨웠다. 나오미는 졸린 눈으로 일어나 물을 찾아서, 그리고 헝클어진 머리를 누일 더 푹신한 곳을 찾아서 위키업을 향해 비틀비틀 걸어갔다. 와샤키가 낮고 다정한 목소리로 나를 불렀다.

"자네는 이제 버펄로 사냥꾼이야, 형제. 꿈에서 버펄로를 보게 될 거야. 그때는 총을 쏘지 말게."

그의 남자들이 웃었고, 와샤키도 미소 지었다. 나는 모두에게 잘 자라는 인사를 건넸다.

나는 버펄로 꿈을 꾸지 않았다. 나는 마차를 끄는 황소들 꿈을 꾸었다. 혼자 남겨진 황소 오디와 오디 옆에 앉아 다시는 보지 못할 사람들의 그림을 그려주고 있는 나오미의 꿈을 꾸었다. 나는 화들짝 놀라 거친 숨을 몰아쉬며 깨어났다. 여기가 어디인지 순간 떠오르지 않았다. 그때 나오미가 내 손을 잡고 나를 안심시켜 주었다.

"나쁜 꿈을 꿨나 봐." 나오미가 속삭였다.

"나쁘지 않았어." 내가 속삭였다. "그냥 이상하고…… 쓸쓸했어."

나오미가 물병으로 기어가더니 나에게 물병을 가져다주었다. 마치 물을 마시면 쓸쓸함이 치료될 수 있다는 듯이. 나는 목이 마르지 않았지만 물을 마셨고 나오미도 물을 마셨다.

나오미는 다시 누웠지만 우리 둘 다 잠에서 완전히 깨 버렸다. 오랜 침묵 끝에 나오미가 작게 말했다. "꿈 이야기 해줄래?"

"가끔 오디 꿈을 꿔." 나는 나머지 이야기는 하지 않았다. 나오미도 묻지 않았다. 하지만 잠시 후 나오미가 버펄로 가죽을 옆으로 밀어 놓더니 내 가슴 위로 올라와 내 몸 위에 몸을 쭉 펴고 누웠다. 나오미의 볼이 내 가슴 위에 있었다. 나는 잠자기 전에 셔츠를 벗어 두었었고, 나오미의 숨결이 내 피부에 따뜻하게 닿아왔다.

"가여운 오디. 오디는 우리 전부를 끌고 가다가 지쳐버린 거야." 나오미가 가만히 말했다. 나는 눈을 감고 내 몸 위의 그녀를 한껏 음미했다. 나는 손을 들어 허리까지 이어지는 나오미의 긴 머리카락을 쓸어 내렸다.

"가끔은 걱정이 돼. 존 당신도 우리 전부를 끌고 가다가 지쳐버릴까 봐."

"나는 당신을 데리고 지구 끝까지라도 갈 거야."

나오미가 고개를 들고 나를 내려다보았다. 나오미의 벽은 낮아져 있었고 눈빛은 다정했다. 나오미가 두 손으로 내 얼굴 양옆을 붙잡더니 나에게 키스를 하기 시작했다. 입술, 아래턱, 볼, 눈썹. 부드럽게 그리고 달콤하게. 그러고는 그 모든 과정을 다시 반복했다. 세 번째로 그녀가 내 입술로 되돌아왔을 때, 나오미의 심장은 세차게 뛰고 있었다. 나오미의 입술은 갈구하고 기대하며 내 입술에 매달렸고, 나는 거기에 응답했다. 나는 내 입술로 그녀의 입술을 뒤덮고 그녀의 혀를 쫓았다.

나오미는 잘 때면 낡은 천 슈미즈를 입었다. 하나비가 준 것이었다. 나는 그 얇은 옷을 나오미의 엉덩이 위로 들어 올려 머리 위로 벗겨냈다. 나오미는 나에게서 눈을 떼지 않고 있었다. 그녀의 입술이 촉촉하게 젖어 기다렸다는 듯 나에게 되돌아왔고, 나는 더이상은 몸을 가만히 둘 수 없었다. 나오미의 두 팔이 나에게 감겼고 나오미의 두 다리가 내 다리와 뒤엉켰다. 몸을 굴려 나오미와 위치를 바꾸었는데 갑자기 나오미의 몸이 굳는 것이 느껴졌다. 나는 즉시 멈춰 섰고, 양팔을 바닥에 대고 몸을 든 채로 나오미의 몸이 눌리지 않게 했다. 하지만 나오미가 내 엉덩이를 붙잡고 나를 집으로 안내했다. 우리는 하나가 되어 신음했다. 그리고 함께 움직였다. 우리의 눈은 서로에게 붙박여 있었고, 우리의 몸은 하나로 묶여 있었다. 그런데 나오미의 눈에서 눈물이 흘러나오기 시작했다. 눈물이 흘러 나오미의 머리카락 속으로 들어갔다.

"나오미?" 내가 그녀의 눈물에 키스하며 속삭였다. 나는 주저했지만 나오미는 두 팔과 다리로 나를 더 꽉 붙들고 놔주지 않았다.

"아니야, 멈추지 마. 그냥…… 행복해서 그래. 그런데…… 기분이 좋다는 사실이 가슴을 아프게 해."

"왜?" 내가 속삭였다. 나오미는 처음 만난 순간부터 자신이 나를 원하고 있다는 것을 알게 했었다. 나는 나오미를 한 번도 의심한 적이 없었다. 다만 나는 내 운명과 행운을 의심했었다. 나오미의 구애가 두려워 자꾸 도망쳤다. 하지만 나오미는 단 한 번도 진심이 아닌 적이 없었다. 지금 나의 기쁨은 먼 곳에서 흘러온 물 때문에 불어난 플랫 강 같았다. 하지만 나는 나오미를 기다리며, 그녀의 몸의 전율을 느끼며 그것을 억눌렀다. 나오미는 지금 절정의 순간에도 가슴 아파하고 있었다.

"행복해서 가슴이 아파." 나오미가 말했다. "다들 아무것도 느끼지 못하잖아."

"누가, 나오미?" 나는 답을 알고 있었지만 그것은 중요하지 않았다. 나오미가 그것을 나에게 말해야 했다.

"엄마, 아빠, 워런 오빠. 엘시 빙엄과 그녀의 아기. 그녀의 남편. 다들 죽었어. 그런데 나는 죽지 않았고, 그게 옳은 일처럼 느껴지지 않아."

나는 우리의 모든 것들이 옳은 것으로 느껴졌다. 그녀의 둥근 엉덩이, 비단 같은 피부, 내 가슴에 닿아 있는 그녀의 가슴, 내 얼굴에 닿아 있는 그녀의 입술. 내 몸이 움직이라고 비명을 지르고 있었다. 하지만 나는 움직이지 않았다. 조금도 움직이려고 하지 않았다.

"나는 여기에 당신과 있잖아. 사랑하고, 사랑받으면서. 그치만…… 다른 이들은……." 나오미는 나에게 이해를 간청하기라도 하는 것처럼 말했다.

"나도 알아."

"그래서 기분이 좋은 게…… 가슴이 아파."

"맞아. 가슴이 아파." 나도 그 사실을 부인할 수 없었다. 그리고 그것을 인정하고 나자 내 가슴 속 아픔과 그녀의 얼굴 위의 긴장이 누그러졌다.

나오미가 눈물을 닦았다. 나는 나오미 이마에 키스를 하고 거기에 입술을 올려 두고 있었다. 우리는 그 고통을 느끼며, 서로를 꽉 끌어안은 채로 함께 호흡했다.

그런 뒤 우리는 다시 움직이기 시작했다.

21

가을

존

　머리 위에서 곧바로 쏟아져 내려오던 햇빛은 이제 땅 위를 비스듬히 비추었고, 산꼭대기에서 빛이 낮게 휘감기며 쓸쓸한 그림자들을 만들어냈다. 더욱 황금빛을 띠며 누그러진 이 빛도 조만간이면 사라질 터였다. 공기도 슬슬 차가워지고 있었다. 우리는 10월 중순에 윈드리버 산맥을 떠났다. 정확한 날짜는 알지 못한다. 브리저 요새 이후로 날짜를 세지 못했다. 아이들은 지금쯤이면 산맥을 모두 건넜을 것이다. 그들의 여정은 서터스 밀에서 끝이 날 것이고, 나는 애벗이 다가올 겨울 동안 아이들이 지낼 곳을 찾아 주기를 기도했다. 콜드웰 부부와 클라크 부부도 아이들을 돌봐줄 거라고 믿었다. 엘메다는 위니프레드를 사랑했고 나오미도 사랑했다. 나는 우리가 아이들을 찾으러 갈 때까지 엘메다가 아이들을 사랑으로 보살펴 주기만을 바랐다.
　나오미의 양쪽 볼 주근깨 아래로 색이 올랐다. 예전의 야윈 얼굴이 아니었다. 나오미는 머리가 바람에 휘날리지 않도록 하나로 땋고 삼 손을 탔다. 지금은 작은 주머니에서 마가목 열매를 꺼내 먹고 있었고, 열매의 과즙 때문에 입술이 붉게 물들었다. 어젯밤 캠프를 세운 곳에서 마가목 덤불을 발견했다. 이미 철이 지나서 열매 대부분이 익어 땅에 떨어져 있었다. 우리는 그 열매로 배를 채웠고 남은 열매들을 보관했다. 나오미는 자신이 먹어본 것 중에 가장 맛있다고 말했다. 우리는 보통은 고기를 먹고 가끔씩 식물 뿌리와 씨앗으로 끼니를 해결했기 때문에 과일은 특별식이나 마찬가지였다. 하지만 쇼쇼니 족의 식단에는 무언가가 있었다. 쇼쇼니 족 사람들은 느리게 나이 들었고, 모두가 건강한 치아를 가지고 있었다.

나오미는 내가 자신을 바라보고 있는 것을 발견하고는 웃어 보였다. 그 모습을 보자 내 가슴에서 발끝까지 열기가 확 퍼졌다. 우리 사이의 공간은 사라졌다. 머뭇거리는 손길이나 조심스러운 말들 모두 사라졌다. 우리는 우리의 위키업 안에 뗏목을 만들었다. 우리 둘만이 탈 수 있는 노아의 방주 같은 것이었다. 날이 저물면 우리는 홍수와 두려움과 물이 모두 빠졌을 때, 바뀌어 있을 세상의 불확실성 같은 것들을 밖에 두고, 문을 걸어 잠근 뒤 단 둘이서 물 위를 표류했다. 어떤 날 밤이면 나오미는 무척 사나워졌다. 마치 폭풍이 우리를 가라앉힐까 봐 무섭다는 듯이 빨랐고 뜨거웠고 격렬했다. 또 어떤 때는 몇 시간이고 내 품에 안겨 내가 메마른 땅이라도 되는 듯 천천히 나를 사랑해주었다.

우리는 윈드 리버 산맥의 북쪽 끝을 돌아, 와샤키가 티위낫이라고 부르는 봉우리들이 있는 서쪽을 향해 나아갔다. 어머니 대지에서 축 늘어진 젖꼭지들이 솟아올라 늘어서 있는 것 같은 모습의 봉우리들이 멀리 어렴풋이 보였다. 우리는 거의 일주일 동안 산등성이들과 수목이 빽빽한 계곡들을 가로지른 뒤 산 사이의 골짜기로 내려갔다. 그곳에는 초록색 풀들이 길게 자라 있었고, 거기에서 하루 간 휴식을 취하는 동안 동물들은 풀로 배를 실컷 채웠다. 와샤키는 더이상 시간을 지체하게 하지 않았고, 우리는 그 골짜기의 남쪽 끝에서 빠져나가 피우파 강을 따라서 나아갔다. 그리고 강들이 합류하고 담청색 웅덩이에서 따뜻한 물이 보글보글 샘솟는 골짜기를 지나갔다. 아이들과 나오미가 그 웅덩이들에 매료되었고, 나오미는 그곳에서 목욕을 하고 싶다고 애원했다. 와샤키는 산 반대편에 있는 계곡에 그런 웅덩이들이 더 많이 있을 거라고 약속했다.

이틀 후 협곡에서 빠져나오자 우리 앞으로 녹음이 짙은 평야 지대가 길게 뻗어 있었다. 우리 뒤로는 산맥들이 있었고 옆으로는 강들이 흘렀다. 하나는 서쪽으로, 하나는 남쪽으로 흘러갔다. 와샤키가 말했던 대로, 산기슭 바위들 사이에서 온천수가 보글보글 끓어올랐다. 와샤키는 추울 때 동물들이 온천수 주변으로 모이기 때문에, 추위로 사냥이 어려운 계절에는 이런 곳에서 동물을 사냥하고 덫으로 잡는 것이 쉽다고 말했다. 우리는 두 강이 만나는 합류 지점의 동쪽, 수목한계선 바로 아래에 캠프를 세웠다. 불 피울 목재가 풍부하고, 잔디가 눈으로 덮여 있어도 동물들이 나무 아래에서 풀을 뜯을 수 있는 곳이었다. 야생 닭과 들꿩들이 여기저기 돌아다녔고, 강물 속에는 물고기들이 가득했다. 어마어마한 엘크 떼도 북쪽 방향에서 발견되었다. 살면서 그렇게 아름다운 곳은 본 적이 없었다. 토양에는 온천수에서 흘러나오는 미네랄이 풍부했고, 물도 풍부했다. 농경지로 더없이 좋은 곳이라는 생각을 하지 않을 수 없었다.

나는 와샤키에게 그의 부족민들은 왜 이 땅에서 옥수수를 키워 수확하지 않는지, 왜 이곳에 1년 내내 머물지 않는지 물었다. 와샤키는 내 말이 마음에 들지 않는 눈치였다.

"백인들의 문제는 늘 원주민들에게 어떻게 살지에 대해 가르치려고 한다는 거다. 백인들은 말하지. 울타리를 쳐라. 작물을 키워라. 다리가 없는 집을 지어라. 그러나 그런 집들은 무덤과 다름없네. 내가 자네에게 삶을 어떻게 살아야 할지 가르쳐 주길 원하나?"

"저는 누가 그래 준다면 좋겠습니다."

와샤키가 나를 보고 잠시 인상을 찌푸렸다. 놀란 것도 같았고, 약간 불쾌한 것도 같았다. 하지만 얼굴에 이내 미소가 번지더니 웃음이 터져 나왔다. 목 안에 파리 한 마리가 걸린 것처럼 거칠고 숨이 막힌 것 같은 소리였다.

"자네는 두 발을 양쪽 강둑으로 쭉 뻗어 놓은 것 같은 사람이야. 원주민과 백인, 두 종족의 땅에 동시에 살려는 사람 같이." 와샤키가 말했다. 그에게서 불쾌함은 사라져 있었다.

"그래서 제가 두 발이라고 불리는 거예요." 나는 어깨를 으쓱했다. 나는 늘 그렇게 살았다. 하지만 나는 예전보다도 지금 그 이름과 함께 훨씬 평화롭게 지내고 있었다.

"어쩌면 우리 모두가 양쪽 강둑으로 다리를 뻗고 있는지도 몰라." 와샤키가 골똘히 생각하며 말했다. "어제의 땅과 내일의 땅에 살고 있는 거지."

와샤키와의 많은 대화가 그랬듯이 이 대화도 나를 깊은 생각에 빠져들게 했고 또 슬프게 만들었다. 강둑들은 무너지고 있는 것 같았고, 어제의 땅도 곧 사라질 것이었다.

와샤키는 며칠 뒤 나에게 다시 찾아와 작물을 심는 것에 대해 물었다. 그것에 대해 줄곧 생각하고 있었던 것이다.

"저도 잘은 몰라요." 내가 말했다. "저는 농부가 아니거든요. 저희 아버지도 농부가 아니셨어요. 어머니의 부족이 옥수수를 키웠었는데 수 족이 끊임없이 옥수수 작물을 불태웠었죠. 제가 마지막으로 찾아갔을 때는 어머니의 마을 전체가 불에 타서 모두 사라진 상태였어요."

"자네 아버지는 노새꾼이었다." 와샤키가 내가 했던 이야기를 떠올리며 말했다. 예전에 그 이야기를 나눈 적이 있었다.

내가 고개를 끄덕였다. "아버지는 노새를 교배하고, 팔고, 길들이는 일을 하셨어요. 농사일은 하기 싫어하셨어요. 농사에는 전혀 소질이 없으셨거든요."

"나도 농사를 짓고 싶지는 않다." 와샤키가 단호하게 말했다. "하지만 동물 떼가 전부 사라져 버리면 사람들은 굶게 될 거야."

이런 곳에서는 동물 떼가 사라진다거나 먹을 것이 부족하다는 것은 상상하기 힘든 일이었다. 나무들은 저마다의 색을 입고 찬란하게 빛났고, 강 유역에도 먹을 것들이 흘러넘쳤다. 하지만 나는 와샤키의 걱정을 이해했다. 와샤키에게는 자신만의 뱀 구덩이가 있는 것이었다. 나는 메이 가족들을 돌보겠다고 약속했고(그렇다고 그 일을 특별히 잘 해냈다는 것은 아니지만), 와샤키는 한 부족 전체에 대한 책임감을 느끼고 있는 것이다.

"너도 노새꾼이다." 와샤키가 농사 이야기를 제쳐 두고 나의 노새 세 마리를 가리키며 말했다. 삼손, 버드로, 델릴라. 녀석들은 지금 말들 사이에서 풀을 뜯고 있었다. 여정이 처음 시작되었을 때는 나에게 열두 마리의 노새가 있었다.

"노새꾼도 말을 길들일 수 있나?" 와샤키가 물었다. 크로우 족으로부터 훔쳐 온 말 몇 마리는 사람을 한 번도 태워본 적 없는 녀석들이었다. 그리고 와샤키 부족의 남자들은 돌아가며 말 위에서 내동댕이

쳐지고 있었다. 나에게는 다른 할 일들이 있었다. 장작더미를 모으는 일도 그중 하나이다. 나중에 눈이 내리면 여자들이 나무를 하러 몇 시간씩 왔다 갔다 하지 않도록 하기 위함이었다. 부족 남자들 몇 명이 와샤키에게 내가 여자의 일을 하면서 자신들을 욕보이고 있다고 불만을 토로하는 것을 들은 적이 있다. 그런데 그 후에 와샤키가 도끼 하나를 들고 어느새 내 옆에 와서 같이 나무를 베고 있었다. 우리에게는 앞으로 여섯 달 동안 마을 전체가 따뜻하게 지낼 수 있을 만큼의 나무가 준비되어 있었다. 그때 길 잃은 여인은 할 말이 없다는 듯 우리를 쳐다보고만 있었다.

나는 지금도 그 일을 하고 있었다. 탁, 탁, 나무를 쪼갰다. 나무를 하고 있으면 머릿속이 깨끗해졌다. 와샤키는 지금은 나를 도와 나무를 베지는 않는다. 와샤키는 이미 부족 남자들에게 자신의 생각을 설득해 놓은 상태였다. 지금 와샤키의 말투에는 약간의 장난기가 섞여 있었다.

"길들지 않은 노새들은 셀 수 없이 많이 길들여봤어요." 내가 말했다. "말과 노새가 그렇게 다르지는 않아요."

"말은 노새보다 발도 높이 구르고 뛰는 속도도 빠르지." 와샤키가 두 눈을 반짝이며 말했다. 그러더니 검은색 갈기와 그보다 더 새카만 성질을 가진 회색 종마 쪽으로 손짓해 보였다. "자네가 저 말을 탈 수 있다면 저놈을 자네에게 주겠네. 그러면 다른 남자들도 자네가 여자의 일도 하고 남자의 일도 할 수 있다는 걸 알게 될 거야."

나는 도끼를 내려놓고 눈썹을 쓱 비벼 닦은 후 말들을 향해 돌아섰고, 와샤키가 웃으며 나를 따라왔다. 와샤키가 부족 남자들을 큰 소리로 불러 모으자, 남자들이 회의적인 관심을 가지고 하나둘 나타났다.

나오미는 아마 어딘가에서 하나비를 돕고 있을 것이다. 나는 나오미가 나타나지 않기를 바랐다. 나오미는 결코 좋아하지 않을 것이다. 나도 내키지는 않지만 지금의 상황으로썬 어쩔 수가 없을 것 같다.

그것은 노새들을 이끌고 빅 블루 강을 건너는 일이나 케틀에게 암말을 좋아하도록 설득하는 일과는 다른 것이었다. 종마는 나를 등에 태우기 싫어할 것이고, 때문에 최대한 빠르게 등 위로 올라타야 할 것이다. 일단 올라탄 뒤에는 놈보다 내가 오래 버티기만 하면 된다.

용사들 몇 명이 말에게 너무 가까이 다가가지 말라는 장난기 어린 말들을 외쳤다. 하지만 녀석은 그저 누가 자기 등에 올라타는 게 싫은 것 뿐이었다. 내가 가까이 다가가도 녀석은 반응이 없었다. 내가 주머니에서 말린 베리 한 줌을 꺼내 녀석에게 내밀었다. 말의 커다란 입술이 내 쫙 편 손바닥 위에서 둥글게 말렸고 그 사이 나는 녀석의 옆에 서 있을 수 있었다. 한쪽 팔은 앞으로 뻗은 채로 다른 쪽 팔은 녀석의 엉덩이 위에 가볍게 얹고 몸을 조금 낮추도록 만들었다. 녀석이 내 손에서 주둥이를 들어 올리는 순간 나는 녀석의 갈기를 붙잡고 단번의 매끄러운 동작으로 녀석의 등 위로 올라탔다.

종마는 내가 뜨겁게 달궈진 부지깽이로 자기 엉덩이를 찌르기라도 한 것처럼 깜짝 놀라 튀어 올랐고, 그때 나오미가 내 이름을 외치는 소리가 들렸다. 나는 뒤를 돌아보거나 옆을 보거나 아래를 보지 않았다. 나는 아무것도 보지 않았다. 나는 그냥 거기에서 버티고 있을 뿐이었다.

녀석은 달렸다. 달리고 또 달렸다.

녀석은 몸을 세차게 흔들거나 뒷다리로 일어서지 않았다. 나는 내가 운이 좋다고 생각하며 녀석의 등에 내 배를 밀착하고 양손으로 녀석의 갈기를 꽉 움켜쥐고 무릎은 녀석의 양쪽 몸통에 딱 붙인 채로 버텼다. 출발지에서 몇 마일 떨어진 곳에 이르러서야 녀석이 마침내 속도를 늦추었다. 녀석은 헐떡대고 있었고, 성질도 누그러져 있었다. 내 손가락과 허벅지에서 감각이 느껴지지 않았다.

"망할 분구." 내가 투덜거렸다. 분구는 쇼쇼니 족 언어로 '말'이라는 의미였고, 녀석에게 딱 어울리는 이름이었다. 이것이 끝나면 나는 검은 갈기를 가진 분구 한 마리와 검게 물든 멍 자국을 새로 얻게 될 것이다.

나는 섣불리 손이나 다리에 힘을 풀 생각을 하지 못했다. 혹시라도 녀석의 몸부림으로 바닥에 떨어질 수도 있기 때문이다. 우리는 둘 다 온몸이 땀으로 번들거렸고 숨을 거칠게 몰아쉬고 있었다. 강물이 멀지 않은 곳에 있었고, 녀석은 그 냄새를 맡을 수 있었다. 우리는 평야를 달려왔고, 이곳은 강에서 높게 솟아올라 있었다. 그러니 강은 우리 아래, 가파른 강둑 아래로 흐르고 있었다. 강가에 밀집해 있는 나무들이 보였지만 나는 분구의 등에서 내려가지 않았다. 녀석이 알아서 물을 찾아 내려갔다. 이 강은 우리가 캠프를 세운 곳에서 남쪽으로 흐르는 강이라는 생각이 들었다. 강가로 내려가 나무 사이로 빠져나가는데 나는 그곳에 우리만 있는 것이 아니라는 것을 발견했다.

열댓 명의 원주민 아이들이 강의 하류로부터 100야드 정도 떨어진 작은 만에서 뾰족한 막대기로 물속을 찌르며 놀고 있었다. 물고기를 잡고 있는 것 같았다. 그렇게 시끄럽게 굴었다간 아마 한 마리도 잡지 못할 것이다. 아이들은 나와 분구의 존재를 알아채지 못하고 있었고, 나는 혹시 문제가 생기지 않을까 계속 그쪽을 주시하며 말에게 물을 마시게 했다. 한 무리의 여성들이 분구가 내려온 땅보다 더 경사진 언덕을 따라서 물가로 내려갔다. 나는 말이 조금 더 멀리 달렸다면 그들의 캠프까지 갔을 수도 있었겠다는 생각이 들었다. 여자들 중 두 명은 아기 자루를 메고 있었다. 나는 그들에게 목격되지 않고 되돌아가기 위해 분구가 물 마시는 것을 마치게 할 작정이었다. 나도 목이 말랐고 양손에서 경련이 일고 있었지만 녀석의 등에서 내려갈 수는 없는 노릇이었다. 특히 지금은 안 되는 일이었다. 원주민들은 세부적인 것은 보이지 않을 정도로 멀리 떨어져 있었는데, 한 여자가 자기 뒤에 있는 늙은 여인을 돕기 위해 뒤돌아섰을 때 그녀가 뒤에 멘 아기 자루가 눈에 들어왔다. 아기의 분홍빛 얼굴 주변으로 옅은 색 머리카락이 구불거리고 있었다. 아기가 누구인지는 착각할 수 없는 것이었다.

와샤키 말이 맞았다. 포카텔로의 부족은 우리 바로 옆 계곡에 있었다.

나오미

존이 간 지 한참 지났고, 나는 화가 나고 또 무서웠다. 존이 회색 말의 등 위로 번쩍 올라타자 와샤키는 한참을 웃었다. 하지만 지금의 와샤키는 웃고 있지 않았다. 길 잃은 여인은 두 손을 맞잡고 비틀고 있었고, 하나비는 말투를 듣자 하니 지금 와샤키를 나무라고 있는 것 같았다. 와샤키는 두 팔을 접고 평온한 얼굴로 자기는 아무 걱정 없다는 듯 행동하고 있었지만, 존이 사라진 먼 곳에서 눈을 떼지 않고 있었다.

마침내 존이 돌아왔다. 까만 점이 점점 커지더니 터벅터벅 걷는 말과 그 말 위에 타고 있는 한 명의 사람이 되어 나타났다. 나는 안도감을 삼키고 내 눈가에 그렁그렁한 맺혀 있는 분노의 눈물을 훔쳤다. 다친 데가 없다는 걸 확인할 수 있을 정도로 존이 가까이 왔을 때 나는 뒤돌아서 발을 쿵쿵 구르며 우리의 위키업으로 들어갔다.

그런데 존은 곧바로 우리의 위키업으로 오지 않았다. 그가 위키업에 들어섰을 때쯤에는 내 눈물은 다 말라 있었지만 화는 부글부글 끓어오르고 있었다. 나는 버펄로 모피 침대 위에서 양반다리를 하고 앉아 기다리고 있었다.

"정말 멍청한 짓이었어, 존 라우리." 나는 입구에 걸린 가죽이 제자리로 떨어지기도 전에 쏘아붙였다.

존이 침대로 걸어와 앉았다.

"길 잃은 여인도 겁에 질렸었다고." 내가 덧붙였다.

"길 잃은 여인의 딸이 예전에 말에 끌려다니다가 죽었대. 벌써 한바탕 잔소리 듣고 오는 길이야." 존의 목소리는 길 잃은 여인 생각에 슬픈 듯했지만 자신의 행동을 특별히 뉘우치는 것 같지는 않았다.

"왜 이렇게 오래 걸린 거야?" 내가 화를 내며 말했다. 나는 두 손으로 존의 머리카락을 붙잡고 흔들고 싶었다.

"분구가 지칠 때까지 달렸어. 그래서 시간이 조금 걸렸어."

"분구? 자기 말에 '말'이라는 이름을 지어줬어?" 화가 너무 치밀어오른 나머지 나는 그의 말꼬리를 물고 늘어졌다.

존이 나를 보더니 자랑스럽다는 듯이 미소 지었다. "그 단어 아는구나."

"알지. 그 단어도 알고 다른 단어들도 알아. 쿠티스 같은 것. 미쳤다는 말. 당신이 한 짓은 미친 짓이야, 존."

"오, 나오미." 존이 두툼한 두 손을 내 엉덩이에 대더니 나를 자기 쪽으로 끌어당겼다. 나는 빠져나가려고 뒤로 몸부림쳤지만 계산 착오였다. 존이 내 몸을 눕히고 위로 올라와 내 머리 양쪽에 팔꿈치를 떠

받치고 엎드려 누운 것이다. 나는 완전히 꼼짝 못 하는 신세가 되었고, 화는 아직 풀리지도 않았다. 그에게서 말 냄새, 가죽 냄새, 수정란풀 냄새가 났다. 그에게서 존의 냄새가 났고, 나는 그 냄새가 좋았다. 나는 존을 사랑했다. 그리고 그를 잃고 싶지 않았다. 나는 이번에는 다른 논리로 시비를 걸어보았다.

"존 당신에게 무슨 일이 일어나면 나는 어떻게 되겠어?" 내가 물었다.

"나는 열두 살 때부터 노새를 길들여왔어, 나오미. 그게 내 일인 거야. 그리고 지금 나는 말 한 마리를 더 얻어왔고. 와샤키가 내가 저 말을 탈 수 있으면 나에게 저 말을 준다고 했거든."

나는 체념하고 눈을 감았다. 존은 전혀 미안해하고 있지 않았다. 존이 나의 감긴 눈꺼풀 위에 키스하더니 내 턱을 따라 입술을 미끄러뜨렸다. 존이 나의 아랫입술을 자기 입안으로 잡아당겼을 때 나는 화를 누그러뜨리고 그에게 함께 키스했다. 그래도 아직 용서한 게 아니라는 걸 보여주기 위해 그의 혀를 깨물었고, 그러자 존도 내 옆 목을 깨물었다. 존이 지금 미안하다는 말 한마디 없이 용서를 받으려 하고 있다는 사실을 생각하고 있는데, 그가 갑자기 고개를 들더니 숨을 깊게 들이쉬었다.

"아기를 봤어, 나오미. 울프를 봤어."

순간 날카로운 통증이 내 뱃속을 난도질하는 느낌이 들었다. 날카롭지만 익숙한 그 고통에 숨이 막혔다.

"그들이 여기에 있어. 와샤키가 말했던 그대로야. 게다가 가까이에 있어. 하마터면 분구가 그들 마을 안쪽까지 달려갈 뻔했어."

"당신이 우-울프를 봤다고?" 나는 말을 더듬거렸다.

"건강해 보였어. 좋아 보였어." 존이 나를 안심시키며 속삭였다. 존은 말에게 물을 먹이려고 강가로 내려갔던 이야기, 강의 하류에서 아이들과 여자들을 본 이야기를 들려주었다.

"나를 보지 못한 것 같아. 아무도 도망가거나 겁을 먹지 않았거든. 그리고 여기까지 쫓아온 사람도 없어."

"울프를 보고 싶어." 내가 부탁했다. "나도 보러 갈래. 지금 당장."

존은 내 반응을 예상했다는 듯이 천천히 고개를 끄덕였다. 하지만 여전히 자기 몸 아래의 나를 꼼짝 못 하게 하고 있었다. "와샤키에게 이야기했어. 와샤키가 하나비와 길 잃은 여인, 그리고 다른 전투 대장 몇 명을 데리고 방문할 거래. 당신이나 나는 안 가는 게 좋다고 생각하고 있어. 와샤키는 그들에게 우리가 여기에 있다고 알리려는 거야. 겁먹고 달아나거나 혹은 서로 공격을 하는 경우가 생기지 않도록 말이야. 평화와 선의의 방문이 될 거야."

"선의라고?" 내 가슴이 조여왔다. 나는 숨을 쉬기 위해 존을 밀어냈다. 존이 옆으로 몸을 굴려 한쪽 팔로 몸을 지탱한 채로 나를 계속 내려다보았다. "선의라고, 존? 나는 포카텔로와 그 인간의 부족에게 선의 같은 건 특별히 느끼지 못하겠는데."

존이 내 말에는 대답하지 않은 채 일어나 앉아 두 다리를 껴안고 고개를 수그렸다. 나는 그의 침묵을 이해할 수 없었다.

"우리 가족은 학살을 당했어. 나는 엄마의 비명 소리를 들었어. 아빠와 오빠가 피 웅덩이에 누워있는 모습도 봤다고." 내가 말했다.

"나도 알아." 존이 가만히 말했다. "나도 그 현장을 봤어."

"그 인간은 와샤키와는 달라, 존. 포카텔로는 나쁜 놈이야. 나쁜 놈들은 사람들을 해쳐. 모든 사람들을 말이야. 앞으로도 계속 사람들을 해칠 거야. 이 세상에 그놈 같은 인간들을 위한 곳은 없어. 그런데 여기에 그 인간을 막고 싶어 하는 사람이 아무도 없는 것 같아." 내 목소리에는 나도 놀랄 만큼 원망이 가득했다. 나는 존을 원망하고 싶었던 것은 아니었다. 내가 어떻게 그러겠는가? 나는 와샤키를 원망하지도 않았다. 와샤키는 진정한 친구였다. 나는 포카텔로를 원망했다. 그 인간과 그의 부족 남자들은 아무런 책임도 지지 않고 있었다.

"그런 인간들을 위한 곳은 이 세상 어디에도 없어." 존이 나를 다시 바라보며 말했다. 눈빛이 흔들리고 있었다. "와샤키의 전투 대장들이 모닥불에 둘러앉아 자기들 영토와 자기들 삶의 방식을 지키는 것에 대한 이야기를 나누었어. 하지만 와샤키는 미래에 자신들의 삶의 방식을 지키는 것이 쉽지 않을 거라는 걸 알고 있어."

"무슨 삶의 방식? 머리 가죽 벗기는 거? 마차 불태우는 거? 여자를 사고팔고 강간하는 거?" 나는 존이 이해되지 않았다. 내 가슴은 분함과 억압된 감정으로 불타오르고 있었다. 존은 내 옆에서 아무 말이 없었다. 그가 마침내 고개를 다시 돌렸을 때 나는 그의 얼굴에서…… 실망을 보았다. 존은 상처받고 실망한 것처럼 보였다. 나에게 말이다.

"와샤키가 나에게 이런 이야기를 해준 적이 있어. 소 한 마리가 이주자 마차 행렬에서 이탈해 홀 요새 인근의 블랙풋 족 마을로 들어갔대. 블랙풋 족은 그 소를 죽여서 먹었지. 그들은 소를 훔친 게 아니었어. 누구 소인지도 몰랐지. 소가 그들의 캠프 안에 있었고, 그러니 그 소는 그들 것이었던 거야. 누군가 신고를 했고, 조사를 하기 위해 기병들이 보내졌어. 그리고 혼돈 속에 마을의 절반이 전멸했대. 사방이 추악함 천지야, 나오미. 그런 식으로 말하는 건 옳지 않아."

나는 끓어오르는 분노를 참기 위해, 존이 갖는 반감의 부당함을 외면하기 위해 두 손으로 가슴을 지긋이 눌렀다. 하지만 그것은 불가능한 일임을 깨달았다. 나는 벌떡 일어서서 위키업 바깥으로, 낮이 남겨 놓은 분홍빛과 보랏빛 자국 속으로 비틀비틀 걸어 나갔다. 해는 거의 넘어가 있었다. 우리 뒤쪽의 산맥들이 새까맸다. 나는 내 심장의 불길을 잠재우기 위해 긴 숨을 몇 번 들이마시고 비틀비틀 나아갔다. 존은 따라 나오지 않았다. 다행이었다.

나는 나무들 사이로 걸어갔다. 온천수 웅덩이가 나왔다. 그곳을 보니 아담 하인스가 예전에 강한 물살에 넘어졌던 샘물이 떠올랐다. 우리 가족 전부가 나를 떠나기 바로 며칠 전이었다. 내 삶이 송두리째 사라져 버렸는데, 존은 지금 삶의 방식을 지키는 것을 걱정하고 있다. 오, 사랑의 하나님. 저에게는 엄마가 필요해요.

앞으로 어떻게 해야 할지, 어떤 감정을 느껴야 할지 엄마가 나에게 말해 주었으면 했다. 나는 내 마음을 다잡아야만 했다.

"엄마?" 내가 말했다. 엄마라는 말을 하자 눈물이 터져 나왔다. "엄마, 내 목소리 들리면 우리 이야기 좀 나눠요. 엄마에게 할 이야기들이 있어요. 여기에서는 아무도 내 말을 이해하지 못해요. 존조차도요. 엄마가 미치도록 보고 싶어요. 엄마를 다시는 볼 수 없겠죠. 그게 너무 화가 나요. 엄마가 돌아가셨다는 게 화가 나고, 엄마가 어떻게 돌아가셨는지를 생각하면 화가 나요. 옳지 않아요! 옳지 않다고요, 엄마. 앞으로도 절대로 옳은 일이 될 수 없을 거예요."

"나오미?"

나는 당황하며 화들짝 놀랐다. 하지만 어깨너머를 쳐다보지 않았다. 굳이 돌아보지 않아도 누구인지 알 수 있었다. 나는 곧 민망해졌다. 나는 정신 나간 사람처럼 물에 대고 혼잣말을 지껄이고 있었던 것이다. 나는 등을 보인 채로 좀처럼 멈출 것 같지 않은 눈물을 멈춰보려고 애썼다.

길 잃은 여인이 가까이 다가오더니 내 옆에 멈춰 섰다. 그러더니 내가 알아들을 수 없는 무슨 말을 했고, 엄마를 향한 나의 그리움은 마음 깊은 곳에서 더 높이 차올랐다.

"엄마가 보고 싶어요." 내가 말했다. 흐느낌에 목소리가 갈라졌다. "어떻게 해야 할지 모르겠어요. 엄마가 보고 싶어요. 수아 비야." 나는 애원했다. 내가 '필요하다'라는 말을 제대로 썼는지 모르겠다. 존이 나에게 가르쳐준 적 있는 말이었다.

길 잃은 여인의 얼굴을 볼 수 없었다. 눈물 때문에 앞이 보이지 않았다. 나는 바보 같았고, 좌절감에 목놓아 울고 있었다.

"나오미?" 길 잃은 여인이 말했다.

나는 정신을 차리려고, 길 잃은 여인의 눈을 바라보려고 내 눈을 비벼 닦았다.

"이야기해……." 길 잃은 여인이 다정하게 말했다.

길 잃은 여인이 내 손을 붙잡더니 그곳에서 나를 데리고 나갔다. 하지만 잠시 후 나무들 사이를 걸어가고 있을 때 길 잃은 여인은 내 손을 놓아주었고, 우리는 그렇게 어둠 속을 함께 거닐었다. 모닥불의 오렌지 빛이 캄캄한 밤하늘에 스며들어 있었다.

"다이과." 길 잃은 여인이 말했다. 이야기해.

나는 이야기를 했다. 엄마에게 이야기하듯 길 잃은 여인에게 이야기했고, 그녀는 뒷짐을 지고 가만가만 거닐며 내 이야기를 들어주었다. 길을 잃지 않을 정도로 위키업에 가까웠고, 단 둘이서 이야기를 나누기엔 충분히 멀리 떨어진 곳이었다. 나는 길 잃은 여인에게 내가 얼마나 화가 났는지 이야기했다. 내가 얼마나 아프고 두려운지 이야기했다. 내 모든 말들을 쏟아 냈다. 추악하고 끔찍한 모든 말들을. 나는 길 잃은 자들이 떠도는 곳에 갇힌 것 같다고, 어디로 나가야 할지 모르겠다고 이야기했다. 절대 빠져나갈 수 없을 것 같았다. 울프가 없다면 더더욱 그럴 수 없었다. 그런데 울프는 더이상 나의 아이가 아니었다. 울프는 우리의 아이, 나의 아이, 엄마의 아이가 아니었다. 울프는 그들의 아이였다. 그래서 나는 화가 났다. 차라리 내가 죽었으면 좋겠다고 이야기했다……. 그렇지만…… 내가 살아있어서 너무나 행복하다고 이야기했다. 길 잃은 여인을 사랑한다고, 그리고 싫어한다고도 이야기했다. 그 말을 하자 또 눈물이 터져 나왔다. 그녀를 싫어하는 감정보다 사랑하는 감정이 훨씬 더 크기 때문이었다. 나는 존이 몹시 필요하기 때문에 존도 싫다고 말했다.

나는 증오했고, 사랑했다. 그리고 나는 내가 증오한다는 사실이 싫었다.

모든 이야기를 길 잃은 여인에게 털어놓았다. 이야기가 모두 끝났을 때 내 가슴 속에는 어떤 단어도 남아 있지 않았다. 나는 걸음을 멈추었다. 그리고 숨을 쉬었다. 길 잃은 여인도 걸음을 멈추더니 내가 한 모든 말들을 이해한다는 듯이 나를 쳐다보았다.

"아뜨." 길 잃은 여인이 고개를 끄덕이며 말했다. 잘했어. 나는 웃음을 터뜨렸다. 길 잃은 여인도 미소 지었다. 길 잃은 여인의 새하얀 머리카락이 부풀어 올랐다. 이제 하늘은 그렇게 커 보이지 않았고, 나도 그렇게 작아 보이지 않았다. 길 잃은 여인이 존이 나를 기다리며 서 있는 어둠의 끝자락을 가리켜 보였다. 우리는 존을 향해 걸어갔다.

존이 내가 이해하지 못 하는 말들을 길 잃은 여인에게 했다. 길 잃은 여인이 내 볼을 어루만지며 가만히 대답했다. 그러더니 존과 나를 남겨두고 돌아갔다.

집으로 들어와 존과 나는 약간 떨어진 채로 어둠 속에 누웠다. 지금 당장은 나에게 아무 말도 남은 것이 없었다. 하지만 내가 잠을 자려고 그에게서 등을 돌리자, 존이 나를 자신의 몸 쪽으로 끌어당겨 얼굴을 내 머리카락 속에 묻었다.

"뭐라고 했던 거야?" 내가 물었다.

"당신을 집으로 데려와 주셔서 감사하다고 했어."

"그랬더니 뭐라고 하셨어?" 내가 작게 물었다.

"가만히…… 그러시더라…… 여기는 당신 집이 아니라고. 그리고 당신이 엄마를 보고 싶어한다고 하셨어."

나는 내 목 안의 덩어리 같은 것을 꿀꺽 삼키고 눈을 감았다. 힘이 쭉 빠지는 느낌이 들면서 존이 다시 이야기를 시작했을 때 설핏 잠이 들기도 했다. 존은 너무 조용히 조심스레 이야기하고 있어서 마치 자장가를 듣는 것 같았다.

"나도 내 어머니가 보고 싶어." 존이 조용히 말했다. "나는 어머니의 유산이야. 내 피부. 내 머리카락. 내 두 눈. 내 언어. 이곳도 내 집은 아니야, 나오미. 하지만 여기에 있으면 어머니 생각이 나. 여기에 있으면 어머니와 가까이 있다는 느낌이 들어. 이곳 사람들이 전부 사라지게 되면…… 이 사람들의 세계가 사라져 버리면…… 내 어머니도 사라지게 될 거야."

나는 오랫동안 말없이 누워있었다. 가슴이 아팠다.

"날 용서해줘, 존." 내가 속삭였다. 하지만 존은 이미 잠들어 있었다. 여기에 있으면 어머니와 가까이 있다는 느낌이 들어.

잠시였지만 길 잃은 여인과 함께 걷고 이야기 나누면서 나도 우리 엄마와 가까이 있다는 느낌을 받았다. 엄마가 내 옆에서 걸으며 내 이야기를 들어주는 것 같았다.

"엄마?" 내가 속삭였다. "이제 어떻게 해야 할지 모르겠어요. 내 집이 어디든 내가 집으로 가는 길을 찾을 수 있게 도와주세요."

22

겨울

나오미

와샤키가 포카텔로 마을에 가 있는 동안에는 눈이 내렸다. 그리고 이틀로 예정됐던 선의의 방문은 닷새로 늘어나 있었다. 마침내 방문을 마친 사람들이 마을로 되돌아왔을 때 존과 나는 와샤키 추장의 위키업으로 가서 식사를 하며 이야기를 들었다. 하나비는 울프가 살이 통통하게 올랐다면서 양 볼을 한껏 부풀리며 나를 꽉 끌어안아 주었다. 하나비는 나를 생각하며 안도했다. 하나비의 딸은 우리가 처음 그린 강에서 만난 이후로 많이 자라서, 남자들이 이야기를 나누는 동안 위키업 안을 아장아장 걸어 다니며 우리들에게 웃음을 주었다. 와샤키 추장도 안도하는 것 같았다. 한시름 덜어낸 것처럼 보였고, 우리를 그곳에 오랫동안 붙잡아 두었다.

우리의 위키업으로 돌아왔을 때 존은 와샤키가 이번 겨울에는 두 부족 간에 그 어떤 갈등도 없을 거라고 확신하고 있다는 이야기를 해 주었다.

"와샤키 말로는, 당신이 아기를 볼 수 있도록 비아귀와 웨다가 울프 보이, 이사 투이네쁘를 여기로 데리고 올 수도 있대." 존이 주저하며 말했다. 내 얼굴을 보고 반응을 살피고 있는 존의 두 눈이 잔뜩 긴장하고 있었다.

"그 사람들이 울프를 울프 보이라고 부르는 거야?" 내가 당황해서 물었다.

"와샤키가 그렇게 말하더라고."

"이사 투이네쁘." 내가 말했다. 그 말을 소리 내 발음해보니 마음이 편안해졌다. "울프는 아직도 울프인 거네."

"맞아. 울프는 여전히 울프야."

그것은 좋은 소식이었고, 나는 다른 많은 것들에도 불구하고 그 소식에 안도감과 기쁨을 느꼈다. 나는 존이 연습하도록 도와준 쇼쇼니족 말을 더듬거리며 와샤키에게 감사함을 표현하려고 했었다.

와샤키가 듣더니 고개를 끄덕였다. "나오미 가흐니." 와샤키가 말했다. "존 가흐니."

와샤키는 그의 부족에 우리 집이 있는 거라는 말을 하고 있다고 존이 알려주었다. 나는 그게 응답인지 궁금했다. 나는 엄마에게 나의 길을 찾을 수 있게 도와 달라고 애원했었다. 어쩌면 나의 집은 와샤키의 부족에 있는 건지도 몰랐다…… 영원히 말이다.

겨울의 하루는 어둡고 길었다. 존은 위키업 안에 잠시도 가만히 있지 못하고 덫을 치러 다니고 눈 위를 오래 걸어 다녔다. 어느 날 밤에는 자신이 가져온 이주자 지도를 들여다보며 우리가 세인트조에서 어느 경로로 왔는지를 짚어보았다.

"애벗이 제니와 아버지께 편지를 써주면 좋을 텐데." 존이 말했다. "제니가 그랬었거든. 아버지는 내가 떠나고 나면 힘들어하신다고. 그때는 그 말을 믿지 않았어. 하지만 이제 알 것 같아. 그리고 아버지가 내가 어디에 있는지 궁금해하면서 힘들어하지 않으셨으면 좋겠어. 당신 동생들도 힘들어하지 않으면 좋겠고. 봄이 오면…… 우리가…… 가서 동생들을 찾아야지. 당신도 알고 있지?"

나도 알고 있었다. 그런데 내가 과연 말을 타고 갈 수 있을지 알 수 없었다.

"갔다가 돌아올 수도 있을 거야. 이곳에 우리 집을 만들고 울프를 지켜볼 수 있을 거야……." 존의 목소리가 무력하게 점점 작아졌다. "아니면 울프가 어디든 갈 수 있을 정도로 클 때까지 기다렸다가…… 데리고 갈 수도 있을 거야."

나는 우리 둘이 말을 타고 총성을 울리며 포카텔로의 캠프를 습격하는 모습을 그려보려 했지만 상상이 되지 않았다. 매귀치를 죽인 후에 그랬던 것처럼 존이 피에 흠뻑 젖어 있는 모습이 머릿속에 그려졌다. 존은 나를 위해 사람을 죽였다. 그 생각을 하자 속이 메스껍고 머리가 어지러웠다. 우리는 그 이야기를 그만두었다.

나는 다시 그림을 그리기 시작했다. 가죽 위에 사람들 얼굴을 그렸다. 위키업마다 온 가족들의 얼굴을 다 그려 주었다. 이제는 종이가 남아 있지 않았다. 하나비는 초상화를 원하지 않았다. 하나비는 나무와 동물 그림을 갖고 싶어 했고, 나는 하나비네 위키업 문과 바닥 주변에 늑대와 사슴, 말과 새로 이루어진 패턴을 그려주었다. 하나비의 딸이 손에 물감을 묻힌 것을 보고 아기의 손바닥 자국도 패턴에 넣었다. 와샤키는 나를 지켜보더니, 자신의 꿈을 그려 달라며 어느 날 존에게 통역을 요청해왔다. 와샤키는 거대한 엘크 가죽을 가지고 우리 위키업으로 와 양반다리를 하고 앉았다. 진지한 눈빛이었다.

"와샤키는 자기 어머니나 하나비를 화나게 하고 싶지 않대. 자기 부족 사람들도. 그래서 당신이 그려주면." 존은 와샤키의 말이 끝나기를 기다렸다. "와샤키 혼자서만 볼 거래."

나는 고개를 끄덕였고, 존은 와샤키를 안심시켰다. 하지만 와샤키는 마음이 불편해 보였다. 와샤키는 잠시 멈춘 후에 다시 이야기하기 시작했다.

"와샤키는 그 환상의 내용이 잘 이해되지 않는대. 그 환상이 와샤키에게는 이상한 느낌을 준대. 거기에서 본 어떤 것들은 설명할 수 없는 것들이래." 존이 말했다.

"우리 엄마도 꿈을 꾸셨어요." 내가 말했고, 존이 와샤키에게 전했다. "엄마가 그 꿈들을 전부 이해하신 것 같지는 않아요. 엄마는 존을 만나기 전에 존의 꿈을 꾸셨어요. 그리고 어떤 여자가, 원주민 여자가 울프에게 젖을 먹이는 꿈도 꾸셨어요. 엄마는 이걸 알고 계셨던 거예요." 내가 두 손을 들어 주변을 가리켜 보였다. "엄마는 무언가가 다가오고 있다는 걸 아셨어요…… 무언가…… 힘든 일이 오고 있다는 걸요."

와샤키는 존의 이야기를 듣고 있었지만 눈으로는 내가 이야기하는 모습을 계속 쳐다보고 있었다.

"어머니는 도망치지 않으셨군." 와샤키가 말했다.

나는 고개를 천천히 끄덕였다. "도망치지 않으셨어요. 엄마는 언제나…… 마음을 다잡으셨어요. 늘…… 초월에 이르셨어요."

존은 통역하느라 진땀을 흘리고 있었다. 초월이라는 말은 설명하기 힘든 말이었다. 존과 와샤키가 몇 분 간 이야기를 나누었다. 내가 이해할 수 없는 언어로 한바탕의 토론이 벌어졌다.

"와샤키는 당신 어머니가 그걸 어떻게 하신 건지 알고 싶어 해." 존이 나를 돌아보며 말했다.

'새가 하늘을 난다고 해서 새에게 화가 나거나, 말이 아름답다고 해서 말에게 화가 나거나, 곰에게 무서운 이빨과 발톱이 있다고 해서 곰에게 화가 나니? 단지 너보다 크기 때문에? 더 강하니까? 네가 싫어하는 모든 것들을 파괴한다고 해서 상황이 달라지진 않아. 너는 여전히 곰이나 새나 말이 될 수 없는 거야. 남자를 미워한다고 해서 네가 남자가 되지는 않지. 너의 자궁이나 가슴, 아니면 너의 나약함을 미워한다고 해서 그것들이 사라지진 않아. 미워하는 것은 아무것도 해결해주지 못해.'

내 머릿속에 있는 엄마의 단순한 지혜를 모두 떠올리고 보니 엄마의 말이 옳은 것 같았다. 나는 와샤키에게 엄마가 했던 이야기를 했다.

"초월은 우리가 바꿀 수 없는 것들을 인정하고 넘어설 때 도달할 수 있는 거라고 하셨어요." 내가 덧붙였다.

"우리가 바꿀 수 없는 것들이 무엇인지 어떻게 알지?" 와샤키가 존에게 물었고, 존이 다시 나에게 물었다.

나는 고개를 흔들었다. 그 답은 나도 알지 못했다.

"지금 일어나는 일들은 바꿀 수 없어. 과거에 일어났던 일들도." 존이 와샤키 추장의 말을 천천히 통역해 주었다. "앞으로 일어날 일들만이 바꿀 수 있는 것들이지."

'초월은 이곳을 넘어선 세계이고 장소야. 한계를 뛰어넘는 곳이지.'

와샤키는 골똘히 생각하더니 엘크 가죽을 만지며 나를 쳐다보았다. 나에게 그림을 그리게 할 준비가 된 것이었다.

"몇 년 전에 이런 꿈을 꿨대. 환상을 보았대. 당시에 와샤키는 흰색의 파도에 내쫓긴 다른 부족들이 쇼쇼니 족 영토를 침략할까 봐 걱정을 하고 있었대. 그래서 홀로 어디론가 떠나서 사흘 동안 단식을 하고…… 기도를 했었대. 그때 본 것들을 이제 설명해주겠대." 존이 말했다.

와샤키는 눈을 감고 아무 말도 미동도 없이 잠시 있었다. 그 기억을 떠올리려 애쓰는 것 같았다. 그가 다시 이야기를 시작했을 때 나는 아무 생각도 하지 않는 무아지경의 상태에서 그림을 그렸다. 내 손가락들과, 세밀한 것들을 그릴 때 쓰라고 존이 만들어준 말갈기 붓 몇 개를 이용해 그 내용을 그려냈다.

와샤키는 저절로 가는 마차와 쇠로 만들어진 말 이야기를 했다. 사람들이 진짜 새가 아닌 거대한 새를 타고서 와샤키 자신도 존재하는지 몰랐던 어떤 곳들로 날아갔다고 했다. 세계는 작을 것이며 땅은 지금과 다를 것이라고, 그리고 원주민들은 모두 사라질 것이라고 말했다. 붉은 피와 푸른 피가 함께 흐를 것이라고, 하나의 피가 될 것이라고 했다. 하나의 부족이 될 것이라고 했다. 통역을 하는 존의 목소리가 점점 감정에 북받쳐 갈라졌고, 내 뺨을 따라 눈물이 흘러내렸다. 하지만 나는 계속 듣고 계속 그렸으며, 와샤키는 계속 이야기했다.

"내 인생을 보았어. 내 출생을, 내 죽음을. 그리고 그 사이의 나날들을. 내 머리에 깃털들이 있었고, 한 손에는 무기가, 다른 손에는 파이프 담배가 쥐어져 있었어. 그 꿈에서…… 누군가가 나에게 싸우지 말라는 경고를 했어." 와샤키가 말했다. "무기가 아닌 파이프 담배를 택하라고. 가능하다면 언제나 백인들과의 평화를 택하라고. 그래서 나는 앞으로 그렇게 할 생각이야."

존

와샤키는 돌아갈 때 그림을 가지고 가지 못했다. 나오미가 아직 그림을 완성하지 못한 것이었다. 나오미는 내가 옆에 있는지도 모른 채로 몇 시간째 그림에 매달려 있었다. 나는 랜턴의 심지가 계속 타도록 내버려 두었고, 장작 또한 계속 타들어갔다. 나오미의 양쪽 팔목까지 물감이 흠뻑 묻어 있었고, 암사슴 가죽 치마 위에도 물감이 여기저기 묻어 있었다. 이제 물감이 묻지 않은 옷은 하나도 남지 않게 되었다. 이 그림을 시작할 때 나오미의 머리는 단정했었는데 이제는 많은 머리카락이 느슨해져, 나오미가 흘러내린 머리카락들을 무심코 쓸어 올리다가 얼굴에 검은색 물감 자국을 길게 남기고 말았다. 나는 가느다란 밧줄 조금을 가져다가 나오미의 머리카락을 하나로 모아 동그랗게 말아서 다시 묶어주었다. 그러면서 수그린 나오미의 머리 아래로 나오미가 창조해내고 있는 꿈의 정경을 바라보았다. 나오미가 화들짝 놀라며 나를 올려다보더니 자기 머리를 만졌다.

"머리에 물감 묻었지?"

나는 나오미 옆에 쭈그려 앉았다. "응, 묻었어. 거기 말고 다른 데도 다 묻었어. 그래도 괜찮아."

나오미는 다시 무릎을 꿇고 앉더니 그림을 진지하게 들여다보았다. "이런 그림은 이제껏 한 번도 그려본 적이 없어. 그래도…… 이제 다 끝났어." 환상의 세밀한 부분들은 와샤키 이야기의 경로를 따라가면서 처음엔 장면들에 초점을 맞추었다가 뒤의 장면들에선 흐려지는 방식으로 표현했다. 흐릿했지만 몽롱하지는 않았다. 냉혹했지만 절망적이지는 않았다. 나오미는 소용돌이치는 선과 불협화음 같은 장면들을 통해 와샤키의 절망과 바람을 한 폭의 그림 안에 담아냈다. 색과 대치, 그리고 와샤키의 이미지 안에 연결된 조화.

"와샤키의 얼굴이 보여." 놀란 내가 탄성을 내질렀다. "처음에 봤을 때는 분명하지 않았어. 그런데 이제 다른 건 보이지 않고 그것만 보여."

"그림을 그리다 보니 갑자기 나타났어. 그 무엇보다도 와샤키의 얼굴이 이야기를 하고 있잖아. 그게 바로 와샤키의 환상이야."

"나오미와 나오미의 많은 면면들." 내가 말했다. "그게…" 나는 적당한 단어를 찾으며 이야기를 멈추었다. "그게…… 초월적이야."

나오미가 나를 보며 웃었다. 두 눈이 촉촉이 젖어 있었고 입술은 부드럽게 미소 짓고 있었다. "와샤키가 좋아할 것 같아?" 나오미가 속삭였다.

"이건 그런 그림이 아니잖아, 여보."

나의 애칭을 듣더니 나오미가 웃으며 내 볼을 어루만졌다. "맞아. 그런 그림이 아닐 거야."

"그래도 와샤키에게 위안을 줄 수는 있을 거야……. 아니면 용기를…… 아니면 어디로 가야 할지 모를 때 눈을 둘 곳이 되어 줄 수 있을 거야."

"당신은 좋은 사람이야, 존 라우리." 나오미가 내 쪽으로 몸을 기울이더니 양손으로 내 턱을 잡아당겨 입술에 키스했다. "당신은 좋은 사람이야…… 그리고 이제 당신 얼굴에 물감이 잔뜩 묻어 버렸네." 나오미가 킥킥거리며 말했다. "미안."

"당신도 마찬가지야." 내가 웃었다. "그래도 어디에서 지울 수 있는지는 내가 알지." 밤늦은 시간이었고, 돌아다니는 사람은 아무도 없었다. 나는 이곳 계곡으로 온 순간부터 계속 온천에 대한 꿈을 꾸었다.

우리는 옷을 벗고 버펄로 모피를 걸친 뒤 잠든 캠프에서 살금살금 빠져나가 나무들 사이에 고립되어 있는 웅덩이로 향했다. 우리가 오자 부엉이 한 마리가 놀라 푸드덕 날아갔고 무언가 더 큰 것도 도망을 갔다. 우리는 그 따뜻함 속으로 몸을 푹 담갔다. 숨이 턱 막히며 끙 앓는 소리가 터져 나왔다. 나는 가져온 비누로 우리 얼굴과 나오미 머리카락에 묻은 물감들을 모두 씻어냈다. 나오미 손에 묻은 물감은 비누와 물로도 깨끗이 지워지지 않았다.

"내 손은 이제 가망이 없어." 나오미가 손바닥을 위로 하고 랜턴 빛에 비춰보며 말했다.

"나는 그 자국들이 좋아. 당신을 처음 만났던 그 순간에 당신 손가락에 묻어 있는 물감 자국들을 봤었어. 기억나?"

"기억나지. 당신이 쳐다보는 걸 봤었어. 그때 당신은 무슨 생각을 해야 할지 몰랐었잖아."

"지금도 몰라." 내가 놀리듯이 속삭였다. "그래도 그 자국들 없는 당신은 나오미가 아닐 거야."

"너무 많아." 나오미가 가만히 말했다. 나는 나오미가 물감 자국 이야기를 하는 게 아니라는 걸 알았다. 나오미가 두 손을 물속으로 집어넣더니 세례식을 하듯이 물 아래로 몸을 완전히 잠기게 했다. 나오미가 물 밖으로 다시 나왔을 때 나오미는 나에게 완전히 집중하고 있었다. 그 물감 자국들이 없다면 나오미가 아닐 것이고, 이 온천을 제대로 활용하지 못한다면 그것도 나오미가 아닐 것이다.

한 시간 뒤 우리는 뜨거웠던 열기를 뒤로 한 채 바들바들 떨며 언덕을 내려갔다. 나오미의 젖은 머리카락 끝이 벌써 버펄로 모피 위에 들러붙고 있었다. 우리는 서둘러 내려갔다. 우리 발아래에서 눈이 뽀

득뽀득 소리를 냈다. 우리는 기름을 아끼기 위해 랜턴 불은 끈 상태였다. 랜턴 빛은 필요 없었다. 커다란 달이 하늘 높이 떠 있었고, 달빛이 흰 눈에 반사되어 어두운 밤을 부드러운 빛으로 밝혀주고 있었다.

그때 남쪽 방향에서 어두운 형체들이 어렴풋이 모습을 드러냈다. 대자연의 평원 위로 점점 올라오고 있었다. 나는 나오미를 내 뒤로 숨기고 그대로 얼어붙었다. 추위에 옷을 두껍게 껴입은 두 사람이 말을 타고 우리 위키업들 쪽으로 달려오고 있었다. 크로우 족이 말을 훔치러 오는 것은 아니었다. 몰래 접근하는 기색은 전혀 없었고 다급함만이 있었다. 그리고 단 두 사람으로 어떤 공격을 한다는 것도 말이 안 되었다. 지금은 완전한 한밤중이었다. 그들이 왜 지금 모습을 드러내는지 나는 가늠조차 할 수 없었다. 그런데 그들은 우리 캠프로 곧장 들어오고 있었다.

"와샤키!" 말들이 발을 멈추기도 전에 한 사람이 소리쳤다. "와샤키!" 남자가 다시 외쳤다. 다급한 목소리가 캠프에 쩌렁쩌렁 울렸다. "와샤키! 얼굴 여자가 필요해. 나 비아귀야. 울프 보이를 데려왔어. 아기가 아프다고."

나오미와 나는 침묵 속에서 서둘러 옷을 갈아입었다. 와샤키는 웨다와 비아귀를 자신의 위키업으로 안내했다. 우리는 와샤키가 부를 때까지 기다리지 않았다.

우리가 와샤키의 위키업에 도착했을 때 웨다와 비아귀는 아직도 버펄로 모피 코트를 벗지 않고 위키업 안쪽에 서 있었다. 하나비는 이미 불을 피웠고, 길 잃은 여인은 약초 찜질제를 만들고 있었다. 와샤키는 치료 주술사를 깨우러 갔다. 비아귀는 경계하고 있는 눈치였다. 그리고 겁을 먹은 것 같았다. 웨다는 가슴 앞쪽으로 팔을 둘러 버펄로 코트 안쪽에 아기를 위한 은신처를 만들어주고 있었다.

"저기……" 나오미가 웨다에게 두 팔을 뻗으며 물었다. "제가 봐도 될까요?"

여자는 비아귀를 쳐다보았고, 비아귀는 고개를 홱 움직이며 허락했다. 웨다는 몹시도 망설이는가 싶더니 코트 안에서 아기를 꺼내 나오미에게 건넸다.

울프는 몰라보게 자라 있었다. 아기의 자그마한 다리는 살이 올라 오동통했고, 손목과 허벅지도 두툼한 살로 감싸져 있었다. 둥근 얼굴 주변으로 금발 머리가 세차게 곱슬거렸다. 그런데 양 볼이 붉게 상기되어 있었고, 아기는 지금 미동도 없었다.

웨다가 고통에 신음하며 나오미에게 울프 보이를 낮게 할 수 있는지 물었다. 웨다는 자기 가슴에 손을 얹더니 거친 소리로 숨을 쉬었다. 아기를 아프게 한 것이 무엇인지 알 것 같았다. 하지만 울프는 기침도 하지 않았고 쌕쌕거리지도 않고 있었다. 울프는 숨도 거의 쉬지 않으며 그저 불덩이가 되어 누워있었다. 나오미는 울프를 꼭 끌어안았다. 나오미의 입술이 떨리고 있었다.

"사흘간 아팠는데, 그래도 젖도 먹고 웃기도 했단 말이오. 울지도 않았고. 그런데 지금 일어나질 않고 있어." 비아귀가 굳은 얼굴로 말했다.

하나비는 비아귀와 웨다에게 코트를 벗고 모닥불 옆에 앉으라고 했다. 하지만 둘 다 근심으로 인해 결국 코트를 벗긴 했지만 여전히 서 있었다. 비아귀는 저항하듯 앞으로 팔짱을 끼고 서 있었고, 웨다는 아직도 아기를 안고 있는 것처럼 몸을 앞뒤로 흔들거리고 있었다. 그 모습을 보니 위니프레드가 떠올랐다. 위니프레드가 그렇게 몸을 흔들곤 했었다.

와샤키가 치료 주술사를 데리고 돌아왔다. 주술사는 공기를 정화한다며 샐비어를 불에 태우고 내가 알아들을 수 없는 소리를 반복적으로 내면서 늑장을 부렸다. 그런 뒤 울프의 관자놀이 위에, 그리고 가슴 위에 무언가를 올리더니 아이 몸 위에서 딸랑이 같은 것을 흔들었다. 아기 몸에서 병을 몰아내려는 것이었다. 그러고 나서 구슬픈 소리를 내며 위키업 안을 거닐었다. 한 바퀴 돌고 다시 돌아와서 그 딸랑이를 울프의 몸 위에서 조금 더 흔들었다. 나오미의 눈은 울프의 얼굴에서 떠나지 않고 있었다. 하지만 주술사의 그런 고릿적 방법에 화가 난 비아귀는 포카텔로의 캠프에 있는 치료 주술사도 사흘 동안 거의 똑같은 행위를 했으며, 아기의 병세는 더 악화될 뿐이었다고 와샤키에게 말했다.

"저 사람은 모든 다이포가 죽기를 원하고 있는 거요. 투아가 죽기를 원하는 거라고. 진짜 약은 쓰지도 않고." 비아귀가 으르렁거리며 말했다.

나오미가 통역을 바라며 나를 바라보았다. "비아귀 말로는 저 치료 주술사가 백인들을 좋아하지 않는대. 비아귀는 주술사가 지금 울프를 치료하려고 노력하지 않는다고 생각하고 있어." 내가 중얼중얼 말했다.

와샤키는 지쳤다는 듯 고개를 흔들며 주술사에게 돌아가라고 손짓했다. 주술사는 모욕을 느꼈지만 우리들의 불신과 비아귀의 분노 앞에서 어쩔 수 없다는 듯 물건들을 챙겨 떠났다. 하나비도 병이 옮는 것을 걱정해 자기 딸을 안고 위키업에서 나갔다.

길 잃은 여인이 나오미를 불 옆으로 이끌더니 거기에 앉도록 했다. 길 잃은 여인은 나오미에게 아기를 달라고 하거나 내려놓으라고 하지 않았다. 길 잃은 여인이 냄새가 강한 약초 찜질제를 울프의 가슴 위에 올렸다. 아기가 숨 쉬는 걸 도와주고 몸에서 열을 내보내게 해줄 거라고 했다. 찜질제에서 많은 증기가 올라왔고 나오미의 얼굴에 땀이 맺히기 시작했다. 웨다가 등을 구부리고 머리를 수그린 채로 나오미 옆에 앉았다. 며칠간 잠을 자지 못한 것 같았다. 비아귀는 우리 안에 갇힌 퓨마처럼 위키업 안을 서성였고, 와샤키는 내 옆에 서 있었다.

그때 울프에게서 작은 울음소리가 터져 나왔고, 나오미가 아기를 어깨 위로 올리고 등을 문질렀다. 모두가 희망을 품고 숨죽여 지켜보았다. 하지만 울프는 다시 울지 않았고, 우리는 다시 기다렸다.

웨다가 울프를 가슴에 끌어안고 젖을 먹이려고 해보았다. 웨다의 가슴은 땀으로 젖어 있었고 축축한 머리카락이 얼굴에 들러붙어 있었다. 하지만 울프는 젖을 물지 않았다. 잠에서 깨지도 않았다. 웨다는 울프를 나오미에게 돌려주지 않았고, 나오미도 그럴 생각은 아닌 것 같았다. 둘은 졸린 눈으로 나란히 앉아서 몇 시간 내내 울프를 지켜보았다. 길 잃은 여인이 약초 찜질제를 새로 만들어서 올렸다. 열기 때문에 위키업 안은 숨 막히게 더웠고, 비아귀는 더는 참지 못하고 휘청거리며 문밖으로 나갔다.

새벽 즈음 울프가 눈을 떴다. 웨다가 벌떡 일어서며 탄성을 질렀고 비아귀를 소리쳐 불렀다. 비아귀가 뛰어 들어왔다. 우리 모두 이 새벽이 울프에게 새 삶을 가져다주기를 소망하며 자그마한 아기를 내려다보았다. 길 잃은 여인은 물러서서 지켜보고 있었다.

"작별 인사를 하게 해줘." 길 잃은 여인이 웨다에게 말했다. "얼굴 여자가 동생을 안고 작별 인사를 하게 해줘."

나오미는 무슨 말인지 이해하지 못했고, 빤히 바라보는 울프의 눈에서 눈을 떼지 못하고 있었다. 웨다는 두 팔에 힘을 주고 길 잃은 여인에게 항의했다. 지친 저항이었다. 아기에게 다시 생기가 돌았기 때문에 웨다에겐 새로운 희망이 생기기 시작했고 아기를 내주고 싶어 하지 않았다. 하지만 비아귀가 울프를 빼앗아 나오미에게 건네주었다. 나오미가 감사함의 눈빛으로 울프를 받아 안고 동생의 얼굴을 내려다보았다.

"안녕, 울프." 나오미가 속삭였다. "안녕, 예쁜 아가. 얼마나 보고 싶었다고."

울프의 두 눈이 나오미의 얼굴에서 떨어지지 않았다. 장미꽃 봉오리 같은 울프의 입술이 미소를 짓는 것처럼 약간 휘어 올라갔다. 그러더니 울프의 눈꺼풀이 닫혔다. 아기의 숨에서 가르랑거리는 소리가 났다. 울프는 그렇게 가만히 떠나 버렸다.

나오미

울프의 볼에서 붉은 기가 희미해지더니 몸의 온기도 사라졌다. 나는 울프가 떠났다는 것을 알았다. 웨다가 비명을 질렀고, 비아귀는 충격으로 신음했다. 울프를 내 팔에서 낚아채 갔다. 웨다가 바닥으로 넘어지더니 울프를 가슴에 꼭 끌어안은 채로 울부짖었다. 부정과 절망의 통곡이었다. 그녀의 비통함이 내 뱃속에서 메아리치는 게 느껴졌다. 나는 그녀 옆에 무릎을 꿇고 앉았다. 하지만 그녀는 나에게서 재빨리 떨어지며 나에게, 길 잃은 여인에게, 비아귀와 존에게 악을 쓰며 소리를 질렀다. 와샤키에게도 소리를 질렀다. 와샤키는 고요한 연민으로 그녀를 바라볼 뿐이었다.

웨다가 문 근처에서 일어섰다. 사납게 치켜뜬 눈에서 눈물이 줄줄 흘러나오고 있었다. 우리 모두가 자신을 배신했다는 듯이 우리를 노려보았다. 그러더니 울프를 마지막으로 한번 쳐다보고는 아기를 바닥에 내려놓았다. 비아귀가 처음에 죽은 아들을 대신해 그녀의 팔에 울프를 안겨주었을 때 그녀는 받아들이지 못했다. 그녀는 그때 그랬던 것처럼, 하지만 부드럽게 아기를 바닥에 내려놓았다. 그러고는 눈 속으로 나가 버렸다.

존

공기는 차갑고 깨끗했다. 공기를 코 속으로 빨아들이자 가슴 속 통증과 목 안의 슬픔이 누그러졌다. 나는 고개를 들어 하늘을 쳐다보고 말없이 서 있었다. 어머니와 위니프레드 메이에게 나를 좀 내려다보라고 부탁했다. 위니프레드는 이해하지 못할 거라는 걸 알면서도 포니 족 말로 이야기했다. 그건 내 어머니의 언어였고, 지금 나에게는 내 어머니가 필요했다.

곱게 흩날리는 눈발이 아침을 아무도 손대지 않은 새것으로 만들어 놓았다. 와샤키의 위키업에서 시작된 발자국들이 말발굽 자국들이 잔뜩 모여 있는 곳까지 이어져 있었다. 비아귀와 웨다가 자기들이 타고 온 말을 묶어 놓았던 곳이다. 웨다는 버펄로 코트도 걸치지 않고 그냥 나가더니 탈진해 넋이 나간 채로 말을 타고 자기 마을로 되돌아가 버렸다. 비아귀가 웨다의 코트를 자기 말에 걸치고 뒤따라갔다. 말을 탄 비아귀의 등이 부담감에 눌려 구부러져 있었다.

그들의 슬픔은 우리에게 위안이었다. 제니가 말한 것과 같았다. 아프지 않다면 슬프지 않다면 그건 사랑이 아니었다. 그들의 고통은 울프가 소중한 아이였다는 것, 사랑받았다는 것, 애도되고 있다는 것을 보여주었다. 울프의 삶이 짧았든 길었든, 삶의 끝에 남은 것은 그것이 전부였다.

그들은 울프의 시신을 두고 갔다. 그것은 나오미에게는 선물이고 자비였다. 나오미는 지금 울프와 함께 있었다. 나오미는 울프를 씻긴 뒤 색동 줄무늬가 있는 작은 양모 이불로 감쌌다. 와샤키가 준 것으로, 나오미는 그 이불을 보니 요셉이 이집트로 팔려 갈 때 입었던 것 같은 자기 엄마의 색동 외투가 떠오른다고 말했다. 나는 나오미에게 혼자서 애도할 수 있는 시간을 주었다. 나오미는 차분했다. 평온해 보이기까지 했다. 하지만 슬픔은 다가올 것이다. 이곳에 울프를 묻을 것이고, 슬픔은 기어코 나오미를 찾아오고 말 것이다.

"눈 위에 발자국이 있어." 길 잃은 여인이 내 뒤에서 말했다.

나는 고개를 끄덕였다. 하지만 길 잃은 여인은 비아귀와 웨다가 남긴 발자국을 보고 있는 것이 아니었다. 길 잃은 여인이 내 팔을 잡아당겨 자기를 따라오도록 했다. 눈이 많이 쌓여 거의 무릎까지 다다랐다. 발을 내디딜 때마다 푹푹 눈 속으로 빠져들었다. 걷고 빠지고, 걷고 빠지고. 우리는 새로 내린 눈가루들을 발로 차며 나아갔다.

"보여?" 길 잃은 여인이 와샤키의 위키업 뒤에서부터 이어지는 발자국을 가리켜 보였다. 알 수 없는 곳으로 길게 일직선으로 이어지는 발자국이었다. 그것 외에는 새로 내린 눈 위에 찍힌 발자국은 없었다.

나는 자세히 보기 위해 쭈그려 앉았다. 길 잃은 여인도 내 옆에 웅크리고 앉았다.

남자의 발자국이라기에는 작고, 어린아이 발자국이라기에는 큰 발자국이 눈의 표면에 찍혀 있었다. 그 발자국들, 더 정확히 말하면 발가락 자국들 옆에는 작은 발자국이 찍혀 있었다. 여성 한 명과 늑대 한 마리. 나는 할 말을 잃은 채로 발자국들을 따라갔다. 그러다가 발자국들은 갑자기 사라졌다.

"어머니가 아들을 위해 온 거야." 길 잃은 여인이 말했다.

나는 이해가 되지 않아 빤히 쳐다만 보았다. 길 잃은 여인이 설명했다.

"정령들은 때로 눈 위에 발자국을 남겨. 그 발자국들이 우리를 안내하지. 때로 우리를 위로하기도 하고. 어떨 때는 우리를 집으로 데려다주기도 해. 나는 내 아들들이 죽은 뒤에 발자국들을 보았었고, 내 손주가 태어난 다음 날 아침에도 발자국들을 보았어. 다 다른 발자국이었어······. 하지만 항상······ 같은 방식이었어."

한 여자의 발자국······ 그리고 막내 울프의 발자국.

"어머니가 자기 아들을 위해 온 거네요." 내가 감격스러움에 압도되어 속삭였다.

"그래. 그리고 이제 나오미는 집으로 갈 수 있어."

겨울 487

1858년

에필로그

나오미

존은 울프가 나를 자유롭게 해준 거라고 말했다. 나는 울프를 구할 수 없었다. 울프를 지키지 못했다. 울프를 데려오지 못했고, 울프를 떠나지 못했다. 그래서 울프가 나를 떠났다. 존은 우리 엄마가 와서 울프를 데려간 거라고 말했다. 하지만 길 잃은 여인이 존에게 보여주었다는 눈 위의 발자국을 보러 갔을 때 그곳에는 눈더미와 움푹 파인 존과 길 잃은 여인의 발자국들만 남아 있을 뿐이었다. 그래도 나는 존의 말을 믿었다. 그리고 오늘까지도 나는 눈 위에 찍힌 엄마의 발자국과 그것이 의미하는 모든 것들을 생각하고 있다. 어쩌면 그 초월이라는 곳이 있을지도 모르겠다는 생각이 든다. 모든 피들이 함께 흐르는 곳. 와샤키의 꿈에서처럼 우리 모두가 하나의 민족인 곳.

우리는 5월 초에 그 계곡에서 떠났다. 눈이 모두 녹고 신록의 풀이 대지를 뒤덮기 시작하던 때였다. 와샤키의 부족민들은 어디론가의 방향으로 떠났고, 존과 나는 다코타와 분구를 타고 노새 세 마리와 매귀치의 말 두 마리를 끈으로 연결해 그들과는 다른 방향으로 떠났다. 우리에게는 존의 짐가방을 채울 정도의 짐도 없었다. 하지만 와샤키는 우리가 여정의 끝까지 잘 버틸 수 있도록 말린 고기를 넉넉히 챙겨가도록 했다.

이제 와서 깨닫는다. 삶은 갈림길의 연속일 뿐이라는 것을. 그리고 어떤 갈림길은 다른 곳보다 더 고통스럽다는 것을. 우리는 쇼쇼니 족에게 작별 인사를 하지 않았다. 우리는 그저 길 잃은 여인에게 키스하고 하나비를 안아 주었고, 존은 와샤키에게 꼭 다시 만나자는 약속을 했다. 잠시 떨어져 있을 뿐인 것처럼. 눈물로 흐려진 눈으로 뒤돌아봤을 때 와샤키의 부족은 어깨에 짐을 짊어지고 말의 등 위에 짐들을 올린 채로 그대로 남아 우리를 바라보고 있었다. 그동안 그 모습을 수채화로 그려보려고도 해 보았지만 쉽지가 않았다.

존은 뒤돌아보지 않으려 했다. 뒤돌아보는 것은 너무 가슴 아픈 일이었고, 그때 나는 작은 무덤들로부터 애써 눈을 돌리던 엄마의 모습을 떠올렸다. 엄마는 그 고통을 안고 갈 수 없었던 것이었다. 하지만 결국엔 존은 그 고통을 안고 가기로 했다. 시에라 네바다 산맥 기슭에 있는 금광에 도착할 때까지, 그리고 그 후로도 오랫동안 그 고통을 지니고 다녔다.

존은 언제나 두 세계에 발을 걸치고 있는 두 발일 것이고, 거기에서 내가 할 수 있는 일이라고는 존이 지키고 속할 무언가, 누군가를 주는 일뿐이었다. 우리가 알던 세계들은 사라진다. 사람들도 사라진다. 하지만 존은 자신의 일부를 쇼쇼니 족 사이에 남겨두고 왔다. 자신의 일부가 그곳에 남아 와샤키와 함께 산을, 개울을 돌아다니도록 했다. 언젠가, 수 세대가 지난 후에는 존의 영혼이 그곳으로 되돌아가게 될 것이며, 내 영혼도 그의 영혼을 따라가야 할 것이라고 나는 확신하고 있다.

시에라 네바다 산맥을 떠난 지 일주일이 되었을 때 우리는 존과 동생들이 만든 마차 무덤에 도착했다. 십자가는 약간 기울어져 있었지만 쓰러지지 않고 있었다. 우리는 십자가를 똑바로 세우고 돌을 더 많이 가져다가 왜건 박스 위에 올렸다. 하지만 이번에 떠날 때 나는 뒤돌아보지 않았다. 나는 내가 사랑하는 이들이 거기에 있다는 것을 느끼며 그 사막을 뒤로 하고 떠날 수 있음에 감사했다.

우리가 콜로마에 도착한 것은 1854년 7월이었다. 콜로마는 1848년 한 남성이 황금을 발견하면서 생겨난 금광 타운이었다. 존과 나는 버펄로 가죽옷을 벗고 우리에게 남은 유일한 천 옷을 입었다. 옷 상태는 그다지 좋지 않았다. 존은 자신의 머리카락이 너무 길어서 누군가가 자신에게 질문보다도 총을 먼저 쏘지 않을까 두려워했다. 그래서 나는 존의 앞 쪽으로 자리를 옮기고 석양빛에 눈을 가리며 앞으로 나아갔다. 피난처들과 금방이라도 쓰러질 것 같은 낡은 오두막들이 풍경 사방에 자리하고 있었고, 나는 그 모습에 할 말을 잃은 채로 나아갔다. 내 동생들을 어떻게 찾아야 할지 막막했다.

그런데 그들이 먼저 우리를 보았다.

애벗 씨는 1849년 캘리포니아 골드러시 때 그곳에 판잣집과 다름없는 방 한 칸짜리 오두막집을 구입해 뒀었는데, 거기에서 내 동생들 모두를 데리고 지내고 있었다. 그들은 그곳에서 함께 지내며 겨울이 끝나길 기다렸고, 제재소에서 일하고 사금 채취를 하며 봄을 살아나가고 있었다. 웨브는 여전히 신발을 신지 않고 다녔고, 윌은 키가 1피트나 자라 있었다. 와이엇의 얼굴에서 이제 앳된 모습은 찾아볼 수 없었다. 하지만 내 품에 안겼을 때 와이엇은 아기처럼 울고 있었다.

그때의 기쁨은 그 어떤 말로도 표현할 수가 없다. 우리의 다리는 우리를 지탱해주지 못했고, 우리는 서로의 몸 위로 넘어져 하나의 덩어리가 되어 함께 웃고, 울고, 서로를 껴안았다. 우리는 말을 해보려 했지만 결국에는 포기하고 눈물이 다 말라버릴 때까지 그냥 울기만을 반복했다.

"존 형이 약속했어. 형은 약속했고, 약속을 지켰어." 웨브가 말했다. 그리고 우리의 말랐던 눈가가 다시 젖어 들기 시작했다.

존은 무엇이든 어떻게든 해내는 사람이었다. 존은 무언가를 거래하고 또 무언가를 교환하기 시작했다. 그러자 우리에게 어느새 집이라고 부를 만한 공간이 생겼다. 가게도 생겼고, 케틀과 암말 몇 마리로 노새업을 시작할 수 있을 정도로 큰 울타리까지 갖게 되었다. 와이엇은 일자리를 얻었고, 애벗 씨는 결혼을 했다. 허리 아래로는 느낌이 없다던 그의 말을 생각했을 때 우리 모두에게 놀라운 일이었다. 우리는 미주리로 편지를 보냈고, 제니와 아버지는 늘 답장을 보내왔다. 그들은 약간의 돈과 내 동생들을 위한 선물도 보내 주었다. 고된 삶은 결코 아니었다. 하지만 존은 여전히 그 고통을 지니고 다녔다.

1856년, 우리는 동생들을 데리고 이제 막 움트기 시작하는 노새업을 그레이트 솔트 레이크 계곡으로 옮겼다. 존이 또 다른 약속을 지키기 위함이었다. 기나긴 여름 동안 존은 이주자들과 원주민 부족들이 시장 안팎을 드나드는 모습을 지켜보더니 와샤키도 언젠가 거래를 위해 그곳으로 다시 올 거라는 확신을 가졌다.

와샤키가 왔던 날의 기쁨과 환희는 그 무엇에도 비할 수 없었다. 존은 와샤키를 집으로 데려 왔고, 그와 그의 부족민들은 우리의 방목장에 캠프를 세웠다. 우리는 이야기를 나누고 추억을 회상했다. 와샤키는 이곳에서도 평판이 좋았고, 아무도 와샤키의 부족과 갈등을 일으키지 않았다. 웨브와 윌, 와이엇이 와샤키의 부족민들 사이에 앉아, 무슨 말인지 알아듣지도 못하면서 그들의 이야기를 듣고 웃음을 터뜨렸다.

와샤키는 왜 아직까지 아기를 갖지 않았는지에 관해 묻지 않았다. 그러더니 떠나기 전에 와샤키가 존에게 아들을 갖게 될 것이라고 말했다. 존은 와샤키에게 우리에겐 이미 아들 같은 메이 꼬마 셋이 있다고 말했지만, 와샤키는 온전한 존 라우리의 혈통이 생길 것이라고, 그 후손이 존의 이야기를 하고 그의 이름에 영광을 가져다줄 것이라고 말했다.

그런 면에서 보면 와샤키는 우리 엄마와 비슷했다. 그의 꿈과 예감들. 이듬해 다시 와샤키를 만났을 때 내 배는 동그랗게 불러 있었고, 아기를 낳던 날 밤에는 눈 위에 발자국이 찍혀 있었다.

작가의 말

존 라우리는 미주리에서 포니 족 여성과 백인 남성 사이에서 태어나, 이후에 서부로 이주해 1850년대에 유타에 정착했었던, 실재했던 인물이다. 그분이 내 남편의 5대 조부님이다. 5대 조부님의 아버지(그분 역시 존 라우리라는 이름을 가지셨다)가 조부님의 실제 아버지였는지에 대해서는 라우리 가문 내에서도 의견이 분분하다. 그것은 우리가 앞으로도 확실하게 알 수는 없는 부분이다. 조부님의 아버지는 존 라우리라는 이름을 아들에게 물려주셨고, 그 후 수 세대에 걸쳐 그 이름이 이어져 내려왔다.

나는 사후 세계라는 것이 존재하면 좋겠다는 생각을 한다. 그곳에서 조부님을 만나 실제 있었던 이야기를 들어보고 싶다. 나도 존 라우리가 정말로 와샤키 추장을 알고 지냈었는지 확실히 알지는 못한다. 그러나 이 책을 다 쓰고 난 후, 나는 두 사람 모두를 알고 있는 것 같은 느낌을 받았다.

내 남편은 어린 시절 아버지와 윈드 리버 산맥을 걸어 다니며 여름을 보냈었고, 지금 우리 침실에 걸려있는 오래된 마구 옆에는 와샤키 추장의 사진 하나가 걸려있다. 남편은 와샤키 추장을 숭배하며 성장했는데, 나도 이 이야기의 아이디어를 형성하기 전까지는 솔직히 남편을 이해하지 못했었다. 와샤키 추장은 사람들이 자신의 이야기를 책으로 쓸 것이라고 예언했었고, 나는 그 예언을 현실로 만든 여러 사람들 중 하나일 뿐이다. 와샤키는 많은 예언을 했었고 그것들은 현실이 되었다. 이야기 속 나오미 부분은 허구이긴 하지만 이 책에서 언급된 환상(와샤키의 꿈)은 1850년에 와샤키가 실제로 경험한 것이라고 한다. 나는 그 환상 부분을 이 이야기에 꼭 담고 싶었다. 그것이 와샤키 추장의 삶과 리더십에 있어 무척 핵심적인 부분이기 때문이다. 그 환상을 그린 그림 한 점이 있는데 1932년 와샤키 추장의 아들 찰리 와샤키가 그린 것이다. 그리고 나는 독자들의 혼란을 방지하기 위해 이 책에서 나오미가 환상을 묘사하는 부분은 실제와는 다르게 서술했다. 엘크 가죽 위에 그려진 '와샤키의 환상'이라는 작품은 유타 주립 대학교 이스턴 캠퍼스(USU Eastern)에 전시되어 있다.

    와샤키 추장은 1800년쯤 태어나 1900년쯤 세상을 떠났다. 세상을 떠났을 당시 최소 100세였을 것으로 추정된다. 와샤키는 미국 정부와의 협상을 통해 자신이 선택한 영토를 보유했던 몇 안 되는 원주민 추장 중 하나였다. 윈드 리버 산맥과 와샤키의 유년 시절의 땅은 지금까지도 쇼쇼니 족(그리고 아라파호 족) 주민들이 소유하고 있다.

    나는 와샤키의 어머니인 '길 잃은 여인'을 가능한 한 사실적으로 묘사하려 노력했다. 내가 조사를 하면서 길 잃은 여인이라는 이름을 발견했을 때 놀라지 않을 수 없었다. 길 잃은 여인은 이 책의 정신을 고스란히 담고 있는 인물이다. 1850년대 아메리카라는 풍경 속 모든 여성들, 모든 어머니들의 분투를 대변한다. 하나비도 실제로 라우리 가족과 함께 산 적은 없지만 실존했던 인물이다. 하나비에 대해서는 알려진 것이 많지 않다. 하나비는 와샤키의 두 번째 혹은 세 번째 부인이며, 이른 나이에 세상을 떠났다. 와샤키와 하나비 사이에는 딸이 한 명 있었고, 그 아이도 성장해서 아이들을 낳았다.

포카텔로 추장 또한 실존했던 인물이다. 포카텔로와 와샤키는 당시 적대적 관계였다. 부족민들의 걱정과 고난을 다루는 방식이 서로 달랐던 것에서 기인한 관계였을 가능성이 높다. 포카텔로는 누군가에게는 영웅이었고 누군가에게는 악당이었다. 나는 그저 이 책에서 포카텔로를 너무 가혹하게 그린 것이 아니기를, 당시의 상황과 환경을 사실적이면서 동정 어린 시선으로 바라보고 표현해낸 것이기를 바랄 뿐이다.

나오미의 가족, 메이 가의 이름은 서부 개척 시대 초기에 유타로 이주해온 나의 실제 개척자 조상의 이름에서 따온 것이다. 나는 또 남편의 5대 선조들 중 한 분인 밀로 애플턴 하먼께도 무한한 감사를 드린다. 조부님은 평야를 여러 번 횡단하셨고, 그 기간 동안 계속해서 일기를 쓰셨다. 조부님은 자신의 아이들이 읽을 수 있도록 종이 위에 유산을 남기셨고, 나는 그분의 일기로 큰 축복을 누렸다. 일기를 읽으며 그분이 얼마나 검소하고 근면 성실하고 대단한 분이셨는지 알게 되었다.

덫사냥꾼이자 모피상이며 브리저 요새의 공동소유자였던 루이스 바스케스 역시 실존 인물이다. 바스케스는 결국 자신이 가진 요새의 절반의 소유권을 모르몬교 지도자들에게 판 것으로 보이는데, 그 때문에 짐 브리저와 모르몬교 사이에 갈등이 끊이지 않았다. 루이스의 아내 나르시사 바스케스 또한 실존했던 인물이다. 나는 그녀의 외모나 성격을 내 마음대로 그려냈지만, 그녀를 알았던 사람들 말에 따르면 나르시사는 몸집이 작고 쾌활하며 사랑스러운 미소를 가진 여인이었다고 한다. 이 책에서 그녀의 이야기를 조금이나마 맛볼 수 있을 것이다.

역사 소설에 있어 사실과 상상은 함께 엮이기 마련이다. 사실이라고 알려진 것 중에도 많은 부분이 논란의 대상이 되기도 하고, 전체적인 맥락을 들려주기에 부족한 경우도 있기 때문이다. 논란의 대상이 아닌 한 가지를 말하자면, 당시 미 대륙을 횡단했던 이주자들에게 삶은 몹시 가혹했었다는 것이다. 나는 셀 수 없이 많은 개척자들의 일기와 글 모음집을 읽었다. 이주자들은 고통에 신음했고, 가진 것이 거의 없었고, 대부분은 더 나은 삶을 원했을 뿐이었다. 더 나은 삶을 찾아 서부로 떠난 것이었다. 거기에는 좋음과 나쁨, 추함과 아름다움, 수치스러움과 희망이 공존했다. 그리고 그 모든 것들이 아주 풍부한 하나의 유산으로 포장되어왔다. 나는 당시의 시대상을 더욱 정확하게 반영하기 위해 일부러 불편함이 느껴지는 용어와 단어들을 사용했고, 내가 불편함을 느끼는 것들에 대해 이야기했다. 독자들 또한 그것들이 불편하다고 느낄 것이다. 나는 독자들이 이 이야기가 쓰인 정신에 입각해 이 이야기를 경험해주면 좋겠다. 지금의 '우리'라는 존재는 당시의 '그들'이라는 존재와는 다르다는 것을 깨달아주면 좋겠다. 역사적인 인물들에게 오늘날의 잣대를 들이댄다면 우리는 그들에게서 아무것도 배울 수 없을 것이다. 그들의 실수와 그들의 성공으로부터 아무것도 배우지 못할 것이다. 그 사람들이 바로 지금 우리가 서 있는 이곳의 뼈대를 세우는 데 도움을 준 사람들이다. 그 뼈대를 함부로 훼손하지 않도록 우리는 신중을 기할 필요가 있다.

마지막 고백 : 많은 원주민 언어들이 그러하듯 포니 족과 쇼쇼니 족도 서로 다른 방언과 철자를 사용하며, 지역별로 용법도 가지각색

이다. 이 책의 많은 원주민 단어들은 소리 나는 대로, 우리 귀에 들리는 대로 철자를 적은 것이며, 원주민들조차 단어의 철자를 저마다 다르게 쓴다. 나는 원주민 언어의 철자를 제대로 쓰기 위해 최선의 노력을 다했으며 상황이나 문맥에 따라서 최대한 필요할 때만 사용하려고 했다. 혹시라도 책 속 원주민 단어에 실수가 있었다면 독자들의 너그러운 용서를 바라는 바다. 나는 내 나라의 토착 유산을 사랑한다. 그리고 우리에게 잊힌 사람들, 새로운 이야기를 통해 되살아날 수 있는 사람들에게 빛을 비춰주고 싶은 마음 밖에는 없다.

에이미 하먼

길 잃은 자들이 떠도는 곳

초판 1쇄 2023년 2월 7일
초판 2쇄 2023년 3월 14일

지은이 에이미 하먼
옮긴이 김진희
펴낸이 김운태
기획·관리 박정윤
편집 김운태
디자인 정초희

펴낸곳 도서출판 미래지향
출판등록 2011년 11월 18일 제2013-000129호
주소 서울시 마포구 마포대로 53 B동 1603호
전자우편 kimwt@miraejihyang.com
대표전화 02-780-4842
팩스 02-707-2475
홈페이지 www.miraejihyang.com
ISBN 979-11-85851-22-8

값은 뒤표지에 있습니다.
잘못된 책은 구입하신 서점에서 바꾸어 드립니다.